U0554281

外国文学名著丛书

〔德〕歌德／著

维廉·麦斯特
的学习时代

冯 至　　姚可崑／译

"外国文学名著丛书"编委会

人民文学出版社
PEOPLE'S LITERATURE PUBLISHING HOUSE

Johann Wolfgang von Goethe
WILHELM MEISTERS LEHRJAHRE

图书在版编目(CIP)数据

维廉·麦斯特的学习时代/(德)歌德著;冯至,姚可崑译.—北京:人民文学出版社,2022(2023.3 重印)
　(外国文学名著丛书)
　ISBN 978-7-02-016893-4

　Ⅰ.①维… Ⅱ.①歌…②冯… ③姚… Ⅲ.①长篇小说—德国—近代 Ⅳ.①I516.44

中国版本图书馆 CIP 数据核字(2022)第 031387 号

责任编辑　欧阳韬
装帧设计　刘　静
责任印制　王重艺

出版发行　**人民文学出版社**
社　　址　北京市朝内大街 166 号
邮政编码　100705

印　　刷　北京盛通印刷股份有限公司
经　　销　全国新华书店等

字　　数　428 千字
开　　本　850 毫米×1168 毫米　1/32
印　　张　20.5　插页 3
印　　数　4001—7000
版　　次　1988 年 6 月北京第 1 版
印　　次　2023 年 3 月第 2 次印刷

书　　号　978-7-02-016893-4
定　　价　92.00 元

如有印装质量问题,请与本社图书销售中心调换。电话:010-65233595

歌　德

出 版 说 明

　　人民文学出版社自一九五一年成立起，就承担起向中国读者介绍优秀外国文学作品的重任。一九五八年，中宣部指示中国科学院文学研究所筹组编委会，组织朱光潜、冯至、戈宝权、叶水夫等三十余位外国文学权威专家，编选三套丛书——"马克思主义文艺理论丛书""外国古典文艺理论丛书""外国古典文学名著丛书"。

　　人民文学出版社与中国科学院文学研究所，根据"一流的原著、一流的译本、一流的译者"的原则进行翻译和出版工作。一九六四年，中国社会科学院外国文学研究所成立，是中国外国文学的最高研究机构。一九七八年，"外国古典文学名著丛书"更名为"外国文学名著丛书"，至二〇〇〇年完成。这是新中国第一套系统介绍外国文学作品的大型丛书，是外国文学名著翻译的奠基性工程，其作品之多、质量之精、跨度之大，至今仍是中国外国文学出版史上之最，体现了中国外国文学研究界、翻译界和出版界的最高水平。

　　历经半个多世纪，"外国文学名著丛书"在中国读者中依然以系统性、权威性与普及性著称，但由于时代久远，许多图书在市场上已难见踪影，甚至成为收藏对象，稀缺品种更是一书难求。在中国读者阅读力持续增强的二十一世纪，在世界文明交流互鉴空前频繁的新时代，为满足人民日益增长的美好生活的需要,人民文学出版社决定再度与中国社会科学院外国文学研究所合作,以"网罗经典,格高意远,本色传承"为出发点,优中选优,推陈出新,出版新版"外国文学名著丛书"。

值此新版"外国文学名著丛书"面世之际,人民文学出版社与中国社会科学院外国文学研究所谨向为本丛书做出卓越贡献的翻译家们和热爱外国文学名著的广大读者致以崇高敬意!

"外国文学名著丛书"编委会
二〇一九年三月

编委会名单

译 本 序

一

  歌德在他晚年写的《纪年》(*Annalen*)里,叙述到一七八六年时,关于《维廉·麦斯特》写了几句简明扼要的话:"《维廉·麦斯特》的开端起源于一个对于这伟大真理的朦胧的预感:人往往要尝试一些他的秉性不能胜任的事,企图做出一些不是他的才能所能办到的事;一个内在的感觉警告他中止,但是他不能恍然领悟,并且在错误的路上被驱使到错误的目标,他并不知道这是怎么发生的。凡是人们称作错误的倾向、称作好玩态度的,诸如此类,都可以这样来看。若是关于这点随时有一缕半明半暗的光为他升起,就产生一个濒于绝望的感觉,可是他又每每任凭自己随波逐流,只是一半抵抗着。有许多人由此浪费了他们生命中最美好的部分,最后陷入不可思议的忧郁。然而这也可能,一切错误的步骤引人到一个无价的善:一个预感,它在《维廉·麦斯特》里逐渐发展、明朗,而证实。最后用明显的字句说出:我觉得你像是基士的儿子扫罗,他外出寻找他父亲的驴,而得到一个王国。"这不但说明歌德写这部小说的意

1

图,而且可以当作德国所有的"修养小说"(Bildungsroman)①共同的题词。

德国有一大部分长篇小说,尤其是从十七世纪到十九世纪这三百年内的代表作品,在文学史上有一个特殊的名称:修养小说或发展小说(Entwicklungsroman)。它们不像许多英国的和法国的小说那样,描绘出一幅广大的社会图像,或是单纯的故事叙述,而多半是表达一个人在内心的发展与外界的遭遇中间所演化出来的历史。这里所说的修养,自然是这个字广泛的意义:即是个人和社会的关系,外边的社会怎样阻碍了或助长了个人的发展。在社会里偶然与必然、命运与规律织成错综的网,个人在这里边有时把握住自己生活的计划,运转自如,有时却完全变成被动的,失却自主。经过无数不能避免的奋斗、反抗、诱惑、服从、迷途……最后回顾过去的生命,有的是完成了,有的却只是无数破裂的片断。作者尽量把他自己在生活中的体验与观察写在这类的小说里,读者从这里边所能得到的,一部分好像是作者本人的经历,一部分是作者的理想。在德国,从十七世纪的葛利梅豪生(Grimmelshausen)到十九世纪末叶,几乎每个第一流的小说家都写过一部或两部这类的长篇小说,其中,歌德的《维廉·麦斯特》是最突出的一个榜样。

《维廉·麦斯特》共两部分:《学习时代》和《漫游时代》,这里只谈《维廉·麦斯特的学习时代》。

一九〇九年岁暮,在瑞士苏黎世有一位姓毕雷特(Billeter)的高级中学教员,忽然一天有个学生给他拿来一本手抄

①　又译"成长小说"。

的旧稿,说这书在他父亲的抽屉里放过许多年,不知有没有什么价值。毕雷特拿在手里翻了两页,先还以为是《学习时代》的抄本,但仔细看下去,词句并不相同,直到第三部,在篇首才发现全书的标题:《维廉·麦斯特的戏剧使命》,原来是《学习时代》的初稿。这个发现和二十五年前《浮士德》初稿的发现一样,无异于在歌德作品的天空又发现了一颗重要的行星。这两部初稿又同样都是由歌德的女友亲手抄写下来的:《浮士德》初稿是魏玛歌西浩生(Göchhausen)女士的抄本,《戏剧使命》则是苏黎世舒尔泰斯(Schultheiss)夫人的笔迹。

从此就能更明显地看出《维廉·麦斯特》成长的过程。

《戏剧使命》共有六部,内容相当于《学习时代》的前四部。从它的标题上就可以看得很明了,里边写的纯粹是戏剧生活。歌德起始写这本书,在《少年维特之烦恼》出版后的第三年,一七七七年。一七八五年十一月十一日致函石泰因夫人(Frau von Stein)说已经写完了六部,也就是这抄本里所有的六部。歌德本来想继续写六部,但是没有写下去,他当时所拟的计划也没有保留下来。此后就去意大利旅行,他于一七八七年二月十日从罗马写信给奥古斯特公爵,说想把这部小说在四十岁时完成,可是也没有实现。此后歌德每每提到这搁浅多时的工作,像是一个心情上重大的负担。直到一七九三年才决定改名《学习时代》,并且从新改作,把前六部写成四部,一七九四年交给柏林的出版家翁格尔(Unger)分四册出版,每册两部,第一册于一七九五年一月出版,第二册于五月出版,第三册于十月出版。但这时第四册,也就是第七部和第八部,尚未脱稿,并且小说里的一切都要在这里得到解决,致使歌德的友人洪波(von Humboldt)①产生怀疑,不相信这是可能的事。直到次年六月十六日、八月二十八日,第七部与第八部才相继完成,于十月出版。至于《漫游时代》,则一直到了一八二一年才有一部分在《断念者》的标题下出版,全部则于一八二九年,歌德逝世前三年才完成。

《学习时代》经过长期的搁浅,最后在两三年内整理、修改、补充以至于续成出版,这中间最重要的一件事是席勒的友谊的赞助。前三册在未出版时席勒已经读到刚印成的样本,后一册席勒读的是手稿。席勒不但仔细读,而且提出许多意见,指出书中矛盾的地方,有时越过辅助者的界限,关怀这部小说,像是自己的作品,在歌德与席勒的通信集里关于《学习时代》的讨论占去相当大的一部分。这里不能详细叙述,因为这需要一个专题。

从《维特》问世到《学习时代》出版,中间经过二十一年。在这时期内歌德的转变很大,他早已脱离了狂飙突进时期的气氛,经过意大利旅行达到古典的境地。所以无论从内容还是从文体上看,这两部小说显然属于两个不同的世界。这时人们不能不感谢《戏剧使命》的发现,无论对于歌德散文的文体,还是歌德小说的技巧,这部抄本都好像古希腊的两面神,一方面看着过去,一方面望着将来。若没有这部抄本,人们会感到在这两个时期的两部代表作品的中间缺乏一个过渡的桥梁。在《戏剧使命》里着重处理的市民生活与戏剧生活的冲突,以及那片断式的文体,不固定的形式还都属于过去的时期,但是这里也渐渐演变出《学习时代》,从冲突里得到谐和,

① 通译为洪堡。

从片断达到完整;这是古典的风格了。

二

欧洲中世纪的手工业者往往要经历三个阶段:学习时代、漫游时代、为师时代。他们在第一个阶段里学习基本的知识和技术,学习期满后漫游各处以广见闻,最后自己的技术达到熟练的地步,就可以招收学徒,为人师傅了。歌德在这部小说里以维廉·麦斯特为中心写出他的教育理想。写成的只有两个时代,最后的为师时代歌德也许计划过,但是,关于第三部书歌德没有留下片纸只字,人们也只能满足于这两部书了。

《学习时代》从技巧方面看,并不是一部没有缺陷的作品。当时德国文学虽已随着歌德与席勒走进灿烂的古典时期,但社会上还充斥着流行着冒险、盗侠与神怪的说部。《学习时代》摒弃了那些荒诞不经的气氛,如实地写一个善良的市民的儿子的成长和发展,诚然是孤军突起,在人们面前廓清许多烟雾。可是在技巧上,歌德还多少受些时代的限制,当时说部中惯用的陈腐旧套,歌德也有时不能避免,例如抢劫、拐骗、决斗、乔装,以及血族通奸,都在这里占有一定的地位。又如第一部维廉童年的叙述,现在读着的确有些沉闷;而最后一部,因为全书里的种种都要在这里得到解决,有的地方又有些牵强,显得不自然了。并且里边也有时间的错误、人物关系的矛盾,歌德未能预计到,这里也无须列举。虽然有这些缺陷,但全书在德语长篇小说里的重要地位是不容置疑的。

读者在这里边遇到三种人:商人、演员、开明的贵族。维廉本来是商人的儿子,后来脱离开商业环境,经过戏剧生活,归终被一个高贵的团体收容,领悟到人生的要义。前五部写维廉的戏剧生活,他抱着远大的志愿,想为德国创造民族剧院,但当时并没有与他的理想相适合的戏剧团体,他不得不与一群气味不相投的人为伍,这是在他的努力中不知不觉地走入的迷途。这中间,每逢紧要关头便出现一两个有见识的人——他们暗地组成一个团体——给他一些暗示,这些暗示只能感动他,他却不能立即领悟。(这方法,有些近似《红楼梦》里一僧一道的出现。)直到后二部,维廉一半被命运一半被那几个人引导着,走入一个较高的社会,在这里一切得到解决与说明。先前是纷扰、琐屑、低级的戏剧团体,现在是明朗的、几个高尚的人的结社。维廉经过这两个世界,阅历了他所应阅历的一切,内心随时都发生矛盾,同时他也在发展。在这两个世界中间,歌德很巧妙地建筑起一座桥梁,把维廉以及读者从此岸引入彼岸:这是第六部全篇,标题为《一个美的心灵的自述》。

在全书里,歌德还以另样优美的心情,穿插一个美妙而奇异的故事,那是迷娘与竖琴老人的故事。有几个《学习时代》的读者不被迷娘的形象所迷惑、不被竖琴老人的命运所感动呢?他们的出现那样迷离,他们的死亡那样奇兀,歌德怀着无限的爱与最深的悲哀写出这两个人物,并且让他们唱出那样感人的歌曲。仅仅这两个人的故事,已经可以成为世界文学中的上品,但它在这里边只是一个插曲,此外还有那么多丰富的事迹与思想。从这点看来,《维廉·麦斯特》确是一部名著了。

三

　　前五部的人物多半是演员和艺人，近于实际；后两部的人物是几个开明贵族，却是理想的。读者在那戏剧社团里遇见可怜的、因误解而被遗弃的马利亚娜，渺小而处处为自己打算的梅里纳和他的搔首弄姿的夫人，以及饶舌老人、老古板等，都是社会上常常见到的角色。但其中也不乏可爱的人物：如女人憎恶者雷欧提斯和轻薄而风趣横生的菲利娜，精明干练的剧院经理赛罗，以及他那一往情深、被爱人所遗弃的妹妹奥莱丽亚。在这部分也有贵族出现，可是他们的行为多半是可笑的：一个热心戏剧而不甚内行的男爵，一个卖弄风情的男爵小姐，一个枯燥无味的伯爵和他那美丽的、并不很忠实的夫人。但是在后两部就迥然不同了，歌德在里边描写出他理想的人物：罗塔里欧是一个具有高远理想而又着重实行的贵族，冷峻多智的雅诺和博大的阿贝都是对人类有无限关怀的教育家，苔蕾丝是一个实事求是的女子，歌德最后在罗塔里欧的妹妹娜塔丽亚身上创造了一个理想的女性，正如席勒在一封信里（一七九六年七月三日）所解释的那样：她从不认为爱是特殊事物，因为爱是她的天性；她代表最高的道德修养，但她觉得这不是外在的法则，却是内在的冲动。所以歌德让维廉和她订了婚。这些人虽然出身贵族，但不是当时的贵族中所能见到的，他们超越过阶级的界限，努力于建立一种新的社会生活，他们只是歌德理想中的人物，不是现实的。

　　其中还有两个重要人物，并没有正式出现，那是外叔祖和一个"美的心灵"（"美的心灵"在德国十八世纪是一个比较普遍的名称，人们用以称呼一个和谐的、善与美相结合的女性)，前者只在第四部里一度出现，其余关于他的为人只能从旁人的口述里听到；后者歌德把第六部全篇的地位都献给她，让她自己介绍自己。这两个人物恰恰成为一个对比，这里又表现歌德的两条道路：向外与向内。外叔祖主张为人类工作，处处勿忘人生；"美的心灵"则是一个虔诚派的信徒，事事反省，完全过着内心生活。《一个美的心灵的自述》是歌德根据她母亲的一个女友克莱腾贝格(Klettenberg)的谈话和信件组成的。后边的一部分提到她的叔父(也就是外叔祖)怎样抚养她已去世的妹妹遗留下的二男二女，则是虚构的。可是二男二女中间的罗塔里欧和娜塔丽亚是第七、第八部中的主要人物。

至于迷娘，在当时德国社会里不可能有像她这样的模型，可以说是歌德心灵中的产物。多少人想从歌德的生活里寻找迷娘的来源，歌德是否经历过这样的一个女孩子，都得不到什么线索，人们只能把她看成是歌德自己的创造。她像是从一个没有历史的国度里跳出来的自然儿，在戏剧社会里以及在贵族社会里她同样是一颗纯洁的珍珠，放射着奇异的光彩。她在"文化"之外，两性之外，她没有故乡，却患着沉重的乡思，她一向童装，等到她起始知道穿女孩子的衣裳时，她死去了。她对于歌德是一个象征，一个渴望的象征。虽然说她来自柠檬盛开的意大利，但她真正的故乡则在诗人的心里。至于她那个她并不认识的罪孽深重的父亲，竖琴老人，则阴沉沉地负担着罪恶与悔恨，有如希腊悲剧里走出来的人物，是可怕的命运的代言人。当迷娘想从远方以及天上寻找一个新春时，他却只希望在坟墓中得到解脱。——席勒看全书的人物布置得像是美丽的太阳系,这两个意大利父女的出现与消逝却那样神奇,有如两颗彗星,"可是也像彗星那样恐怖地把这个星系连接在一个远方的更广大的星系上边"(一七九六年七月二日信)。

再进一步,书中的人物,女人多半是和谐的天性,男人则在内心与行为上时时发生冲突和矛盾。从温柔的马利亚娜、美丽的伯爵夫人、忧郁的奥莱丽亚,直到实际的苔蕾丝、高尚的娜塔丽亚,以及那轻浮的拖着拖鞋走来走去的菲利娜,她们都有新鲜的血和活泼的心,对于维廉的精神无形中有很大的影响。男人无论在哪方面,相形之下都较为偏狭,罗塔里欧、雅诺、阿贝,虽然都是高贵的人品,但最后在娜塔丽亚的面前,都显得黯淡无光了。在这方面,又和中国同样在十八世纪产生的《红楼梦》不无类似之处。

四

歌德在这部小说里没有说明这故事发生在什么时代。就罗塔里欧曾参加过美国独立战争来看,总该在一七八〇年前后。书里反映的社会情况应属于十八世纪的后半期,一般生活方式,尤其在伯爵的府邸里,还保留着罗珂珂(Rokoko)的余风。但是有少数人已经不满足当时德国的狭窄的气氛,他们的眼光放远了,他们要为人类服务,例如罗塔里欧曾为减轻农民的痛苦而努力。

十八世纪由于启蒙运动,宗教失却了它控制一切的权力,人们不相信教会能绝对负起改善人类的责任。什么能作为教会的代替者呢?这是关心人类前途的人们常常考虑的问题。

于是前有莱辛，后有席勒，都认为剧院是教会最适宜的代替者。莱辛说过这样的话：从前是礼拜堂，现在是剧院在教育人类。当时有些不满现状的青年往往走入戏剧界，做改善社会的尝试，这也是维廉投身戏剧生活的主要原因。但是那里他得到的结果是失望。另一方面，还有少数人集合同志，组织会社，把他们的力量和影响渐渐向外扩大，从事改善人类的活动。这些会社对外多半严守秘密，对内有隆重的设施和仪式，以代替旧日礼拜堂里的庄严。它们打破国家种族的界限，以人文主义理想教育人类。所以自由坛人会①（Freimauerei）和起源于西班牙的开明会②（Illuminatenwesen）等组织都盛极一时，欧洲各处有它们的分会，各阶级里都有它们的会员，歌德也曾经参加自由坛人会的集会。所以维廉在戏剧生活中走了许多迷途，领悟了人生的意义以后，终于从一个秘密的团体里接受了"结业证书"。

这个小团体用种种方法引导或暗示纯洁的青年加入他们的会社，为人类工作。罗塔里欧家里的塔楼（第七部第九章），外叔祖建筑的"祖先堂"（第八部第五章），写得虽然过于夸张，但也不难从此想象当时那些会社的设施是多么庄严，多么隆重。维廉得到"结业证书"后，被这团体里的人视为自己人，那森严的塔楼对他再也不是一块禁地，但是这团体详细的组织他还不十分明了，他只深切地感到：

"不能否认，罗塔里欧是被秘密的影响和联系包围了；我自己就有这样的经历：有些人不停地忙碌着，从某种意义上

<hr>

① 通译"共济会"。
② 又译光明会，或光照派。

看,他们是在关心着许多人的行为和命运,他们很善于引导别人。"(第八部第四章)

维廉的行为与命运,在他没有离开他的家乡时,或者说更早一点,在他童年时已经有人关心了;每逢一个紧要的时刻,便有这团体里的一个人给他一个可贵的暗示:那在故乡的街上遇见的不相识的外乡人(第一部第十七章),水上行船时遇到的不相识的牧师(第二部第九章),在伯爵的花园里迎面走来的骑马的军官(第三部第十一章)以及上演哈姆雷特时舞台上出现的鬼魂(第五部第十一章)与鬼魂遗留给他的蒙纱,上面写着:"第一次也是最末一次,逃走吧!青年,逃走吧!"(第五部第十三章)这一切,都是暗中引导着他的人,他们的指示与劝告一次比一次迫切,直到维廉脱开戏剧生活的迷惘加入他们的团体为止。在这团体里每人应该先认识自己的所长,然后分散各地为人类工作。

五

一八二五年一月十八日歌德与秘书爱克曼(Eckermann)谈到这部小说,他说:"这著作属于那些最无法估计的作品,我几乎自己都缺乏钥匙。人们寻找一个中心点,这是艰难的,而且不讨好。……人们若是一定要这样做,那么就把住弗里德里希在书末向我们的主人公说的那句话,他说:我觉得你像是基士的儿子扫罗,他出去寻找他父亲的驴,而得到一个王国,人们要把住这点。因为全部在根本处好像并不要说其他的道理,只是说人虽然有一切的愚行和紊乱,可是被一个较高的手引导着,达到幸福的目的。"歌德在这里警诫读者在书中寻求什么中心思想,但是他不自觉地把这部书的主要意义说给读者了。寻驴而得王国的比喻,歌德一再引用;歌德虽然说他自己也缺乏钥匙,但他在这里还是给了读者一把钥匙。所以后来常有人从这比喻引申出来一句话:"维廉寻求戏剧艺术,而得到人生艺术。"

维廉为了替他父亲料理一些商业上的事务,离开家乡,在中途同些演员混在一起,这些人当时还被看作在固定的职业之外流动着的人,社会上还不承认他们的地位,他们自己也不认识他们的价值。维廉却在这低级的气氛中抱着远大的理想,认莎士比亚为他的教父,想创造民族剧院,这无异于要在一片贫瘠的卤地上开辟一座美丽的花园。经过沮丧与兴奋、外求与内省,以及一些错综的爱情,归终一半由于遭遇,一半由于人为的机缘,他才得以和较为明智的人们接近。当他独自一人走在前往罗塔里欧庄院的路上时,又遇到水上行船时所遇见的那个不相识的牧师,问他当年的剧团都到哪里去了,维廉感慨地说:"我一回想和他们一起度过的岁月,便觉得望见一片无限的空虚;从中我毫无所得。"但是那牧师说:"你错了;我们所遭遇的一切都会留下痕迹,一切都不知不觉地助成我们的修养;可是要把它解释清楚,是有害无益的。我们会变得不是骄傲而怠慢,就是颓丧而意气消沉,对于将来,二者都同样阻碍我们。最稳妥的永远是只做我们面前最切身的事……"(第七部第一章)这是说只要我们有善良的品质,在我们为了理想努力时,就是迷途,也能有助于将来,无须悔恨,因为渺小与卑污的能量究竟是有限的。正如维廉自己所说的,"修养自己"从少年时期起就朦朦胧胧地成了他的愿望和志向(第五部第三章),这里又和《浮士德·天上序幕》中上帝所说的"在人努力时间内,总要迷惑"相吻合了。在第七部第九章维廉领受"结业证书"的一幕中,那些暗中引导维廉的人都先后出现,他们尽量发挥迷途对于修养的意义,读者自然会读到,这里只引一句:"为师者的职责并不是警诫你莫入迷路,而是引导迷途的人,甚至让他在迷误中吃尽苦头,为师者的贤明就表现在这里。"

维廉终于从那些迷途中走出来,在领得"结业证书"后,迈入娜塔丽亚周围的明朗的境界,得到他的"王国"。

这修养的理想是什么呢?是十八世纪后半叶德国思想界所追求的人文主义教育的理想:完整的人。既不是像启蒙运动那样完全崇尚理智,也不是狂飙突进时期那样强调热情,而是情理并茂,美与伦理的结合。人们在《一个美的心灵的自述》里听到外叔祖赞颂这样的人:"他的灵魂在努力追求道德文化,他同时也就有充足的理由修养更锐敏的官感,使自己不因受到杂七杂八幻想的引诱而面临从道德的高处滑下来的危险……"

维廉在长久的迷途后所达到的目的,可以借用席勒的话来说,"他从一个空洞的、不定的理想蹈入一个确定的行动的生活,但是并没有丧失理想化的力量"(一七九六年七月八日信)。这又是理想与实际的融合。维廉发展到这阶段,被这个团体接纳,结束他的学习时代,成为一个"完整的人",所以那久别的威纳与他重逢时不禁说道:"如今你可像一个人了。"(第八部第一章)

歌德使他和娜塔丽亚订了婚。这女子,兼有过着内心生活的"美的心灵"与脚踏实地的苔蕾丝二人的所长,是歌德创造的一个理想的女性。

这修养理想,是歌德经过意大利旅行与古典艺术接触后渐渐涵养成熟的。这是唯一的主要的原因:为什么《戏剧使命》只限于是一部写戏剧生活的小说,而《学习时代》则发展到这高远的境地。因为这部小说在将近二十年的时间内随时都在随着作者变化着、生长着。

歌德同时代的人文主义者洪波说过这样一句话:"真的道德第一个法则:自修;第二个法则:影响他人。"在《学习时代》里只完成第一个法则;至于第二个法则,怎样舍开自己为集体工作,那是《漫游时代》的主题,这里不能叙述了。

六

维廉所以能够达到这个地步,已经一再地说过,多赖几个关怀者的诱导。他们中间每个人出现都要和维廉谈到命运问题。

维廉信任命运,他随时都看到"引导着人们的命运在向他招手"(第一部第十一章)。他和那不相识的外乡人谈到他的戏剧爱好时,他说:"还是尊重那能够引导我和每个人向善的命运吧!"(第一部第十七章)等到他由于与马利亚娜发生误会一度放弃戏剧的志愿,专心致力于商业了,"他确信那段命运的严酷考验对他有莫大的好处"(第二部第七章)。水上行船时,维廉与不相识的牧师谈天才的修养与教育的功能,维廉不胜羡慕那些被命运所帮助的人(第二部第九章)。他与雅诺谈论莎士比亚,称莎氏的作品为"命运的奇书",他从少年起就有过的、对于人们和他们的命运的许多预感,都在这里边实现了,发展了(第三部第十一章)。他在病榻上回想那救护他的女英雄(即娜塔丽亚)的出现,不禁唤起童年的幻想,他深深感到:"这些将来的命运的图像在少年时不就在睡梦里一样萦绕着我们吗?……命运的手不是已经预先撒播了我们将来所要遭逢的事体的种子吗……"(第四部第九章)在赛罗的剧团里,他也这样想,"我没费一点事,命运就把我引到我的一切愿望的目的地这里来了,我怎能不尊重命运呢?凡是我往日所设想的、所计划的一切,我并没有费一点力,不是都偶然变成现实了吗"?(第四部第十九章)最后维廉引吕迪亚到苔蕾丝那里去,他把这任务当作"一种鲜明的命运的工作"(第七部第一章)。

维廉这样信任命运,但是那几个暗中指导着他的人却随时提醒他,在必然与偶然的中间、人的理性要施展它的机能,人才能够立于天地间,不至于沉沦。所以那不相识的外乡人说:"这世界的组织是由必然与偶然组成的,人的理性居于二者的中间,懂得管领它们;它把必然看作生命的根基;它对于偶然是顺导、率领、利用,并且只有理性坚固不拔时,人才值得被称为地上的主宰。"那不相识的牧师也同样回答维廉:"我宁愿永远靠着人的理性当作教师。"这些人是在教导一个善良的青年怎样把持命运的舵而达到一个明朗的"完整的人"的境界。这也是当时人文主义的思想。

与此相反,却是竖琴老人,完全被可怕的命运压倒了,陷入一个永远黑暗的境地,他自信他什么地方也不应该停留,因为不幸到处追赶着他,并且伤害与他结伴的人们。他由于偶然或命运把一件大罪恶担在自己身上,永远拖着这罪恶的回忆。他无处能摆脱他毫不容情的命运,最后只有在坟墓中求得解脱。他的出没,在维廉面前,随时都乌云似的投下一片阴影,在全书中与理性对照,是作者最有意义的一个穿插。

七

《学习时代》出版后,一方面被人反对,一方面被人热烈地接受。拒绝的是歌德旧日的朋友雅阔比(Jacobi)、史托尔贝格(Stolberg)兄弟,以及赫尔德(Herder)与石泰因夫人。他们都不能容忍书中他们认为不道德的故事,弗里德里希·史托尔贝格甚至把全书拆开烧毁,只留下第六部《一个美的心灵的自述》。这些反对者局限于他们狭隘的道德观念,在时代潮流的冲击下早已失去了他们的依据。真正了解歌德、给这部小说以全面评价的是席勒。席勒在通读了全书以后,他于一七九六年七月二日写信给歌德:"无法写给你,这著作中的真理、美的生活、单纯的丰满,是多么感动我。……平静而深沉,明澈却又像自然那样不可捉摸,它这样活动着、存在着,并且一切,即使是最小的枝节,都显示出心境的美的均衡,而一切都是从这心境里流涌出来的。"浪漫派的理论家和诗人们对这部小说也热烈欢迎。史勒格尔(Schlegel)兄弟因此奉歌德为"诗的精神真实的总督"。弗利德利希·史勒格尔把《学习时代》和费希特的知识论与法国革命并论,称为时代的三大趋势。这种提法未免评价过高,可是他为这部小说写的一篇评论,则是德语文学评论文章中前此不曾有过的佳作。史勒格尔认为,《维廉·麦斯特》在创作方法、思想内容、心理描写等方面都创造了德国长篇小说的新局面。大部分浪漫派的作家都或多或少地受过这部小说的影响,尤其是迷娘和菲利娜这两个可爱,而在德国现实生活里很少见的人物,更引起他们的赞赏,足以供他们模拟。只有诺瓦利斯(Novalis)由于他强调幻想,追求无限的彼岸,对于过多地描绘现实、提倡节制的《学习时代》表示反对。他雄心勃勃地要在一部小说里写一个在幻想中成长的人物亨利希·封·奥夫特丁根,与维廉·麦斯特相对抗。但他不幸早逝,这小说并未完成,只留下小说开端的几章片断。最能继承歌德修养小说的传统、堪与《维廉·麦斯特》相媲美的,就应该是十九世纪下半叶、瑞士德语现实主义作家凯勒(G. Keller)的《绿衣亨利》了。

冯　至

一九四三年夏写于昆明

一九八四年八月二十二日修改

附记:这部小说是我和姚可崑在四十年代战争时期合译的,久未整理付印,弃置篋中,约四十年。现经该书责任编辑关惠文同志校订加工,付出很多的时间和精力,此书得以出版,谨向他表示感谢。

冯　至

一九八七年十二月八日

第 一 部

第 一 章

这场戏演得很久。年老的女仆巴尔巴拉几度走到窗前，侧耳倾听窗外有没有马车声。她在等待她美丽的女主人马利亚娜，马利亚娜今天在余兴剧里扮演一个青年军官为观众助兴。她期待的心情比一向等她吃一顿家常晚饭更焦急；马利亚娜将要意想不到地得到一件包裹，这是年轻的富商诺尔贝格寄来的，表示他就在远方也思念着他的情人。

巴尔巴拉以老女仆、知心人、顾问、代理人和女管家的身份，据有开封启信的权利，这晚她越发抑制不住她的好奇心了，因为她甚至比马利亚娜还动情，念念不忘女主人的这位慷慨的情郎的恩惠。她非常欢喜，她在这包裹里发现有赠给马利亚娜的一幅细麻布和最时新的丝带，另外还有给她的一块棉布、几条护领小方巾和一小卷钱。她是怀着多么爱慕、多么感激的心情忆念着那远方的诺尔贝格啊！她怎样兴高采烈地打定主意，当着马利亚娜的面也要极力称赞他，并提醒她：她是怎样欠他的情，他正希望和期待从她忠诚的心里得到什么。

那幅麻布，被松开一半的丝带的色彩点缀着，放在小桌上，好似圣诞节的礼物；当老女仆听见马利亚娜上楼的脚步声，迎面向她跑去时，灯烛的位置恰好使礼物更放光辉，一切都已秩序井然。但她吓得倒退了几步,她看见这位女性的小军官并不注意她的温存爱抚,只从她身边挤过,以反常的急速动作走进屋来,把插着羽毛的帽子和军刀抛在桌上,心神不定地走来走去,对那按隆重仪式点燃起的蜡烛看也不看一眼。

"你怎么啦,小心肝儿?"老女仆惊讶地大声说,"我的老天,小女儿,发生了什么事? 瞧这儿的礼物! 除了你最温柔的朋友,有谁会送给你呢? 诺尔贝格送给你这幅细麻布做睡衣,不久他自己就来了。我觉得他比以前更热心,更慷慨了。"

老女仆转过身来,正要把那些其中也有自己一份的礼品递给她看,马利亚娜却躲开这些礼物,愤激地嚷道:"走开!走开! 这些事我今天一点也不想听;从前我是听你的话的,你也希望这样,那就这样好了! 一旦诺尔贝格回来,我又成了他的人,又成了你的人,可以任你摆布了;但是,纵使你怎样花言巧语,只要你说不动我改变主意,那我可就仍然是属于我自己的。我愿意把这整个的我,送给那爱我而我也爱的人。不要给我坏脸子看! 我要一任这段痴情支配,我觉得这段痴情永久没个完。"

老女仆并不缺乏驳斥她的看法和理由,可是因为争吵下去她的言语变得又激烈又尖刻,马利亚娜便向她扑去,揪住她前胸的衣服。老女仆高声大笑起来。"我必须关照一声,她赶快再穿上长袍,我的生命安全才有保障。去,把衣服脱下来! 我希望这位小姐能请求我宽恕她临时乔装公子横加给我的伤害;把男上装脱下来,立刻把一切都脱下来! 这是一身讨厌的服装,我看穿在你身上很危险。这两边的肩章都使你忘乎所以了。"

老女仆把手放在她的身上,马利亚娜闪开了。"不要这么急!"她说,"我现在还要等候一个人来拜访。"

"那可不好,"老女仆接口说,"可是等着那个青年,那个商人家多情的乳臭未干的小儿子?""正是他。"马利亚娜答道。

"好像是宽宏大量成了支配着你的痴情,"老女仆嘲讽地说,"你照料这个未成年的、没有财产的人倒非常热心。被人当作一个大公无私的女施主来崇拜,真叫人眼热。"

"嘲讽吧,随你的便。我爱他!我爱他!我是多么高兴地第一次说出这样的话来!这就是我时时想象,始终说不清的那种痴情。是的,我要抱着他的脖子!我要握住他,仿佛要永久把住他。我要向他表示我整个的爱情。"

"你要克制,"老女仆心平气和地说,"你要克制自己的感情!我必须用一句话打断你的欢喜:诺尔贝格要来了!过十四天他就来了!这里有他的信,是跟礼物一起寄来的。"

"若是第二天的晨光要抢去我的朋友,我宁肯装作什么也不知道。十四天!时间太长了!十四天后,什么不会发生,什么不会改变!"

维廉走进来。她是多么活泼地向他飞过去!他搂住她那穿着红色制服的身躯,让那白缎子小背心紧紧贴在他的胸前,心情是何等愉快!谁肯在这里继续描写,谁又适于述说两个爱人的幸福!老女仆喃喃抱怨着躲到一边去,我们也随她走开,让这两个幸福的人儿单独留在那里。

第 二 章

　　第二天早晨,维廉向他母亲问安时,她对他说明,父亲很不高兴,不久就要禁止他天天去看戏。她接着说:"纵使我自己有时也喜欢去看戏,可是,我却常常诅咒它,因为我家庭的安宁完全被你对这种娱乐的过分嗜好给搅乱了。父亲总再三地说,那有什么用?人人哪能净这样荒废他的时间?"

　　"这样的话我早就听他说过,"维廉答道,"我回驳他也许过于尖锐了,但是天呀!我的妈妈!难道说凡是不能直接把钱送到腰包里来的,凡是不能马上为我们赚一批财产的事务,都是没有用的吗?从前我们的老房子真是不够住吗?又盖一所新的,那有必要吗?父亲不是年年都把他盈余中很大一部分用在修饰房间上吗?这些丝质的壁布,这些英国式的家具,不也是没有用的吗?使用一些不太名贵的物品,我们就不能满足吗?至少我要承认:这些画着条纹的墙壁,这些百番重复的花朵、花纹、花篮和花样只给我留下一种使人极不舒服的印象。在我看来它们至多不过像是我们戏院中的帷幕。可是在帷幕前一坐,又是怎样地不同呀!不论我们还要等候多少时候,我们总是早已知道,这幕布将高高升起,我们将要观赏各式各样的景象,它们将给我们带来快乐,它们将启发我们,引我们向上。"

　　"什么事都要适可而止,"母亲说,"父亲在晚上也愿意消遣消遣;可是他一开始就认为,这会使你懒散,归终,他一烦恼起来,我就要担当这个罪过。我是常常招他责骂,因为那套被诅咒的傀儡戏,就是我在十二年前圣诞节送给你们的,是它最初使你们尝到戏的味道。"

"不要咒骂那套傀儡戏,不要后悔您错用了您的慈爱和教诲。那是我在这所新的空房子里所享受的第一次娱乐的时刻。如今我还觉得当时的情景就在眼前,我记得,按照惯例接受了圣诞礼物后,让我们在一扇通向另外一间房的门前坐下,我感到多么新奇。门忽然开了,并不像平日那样供人出入,入口却填满了一种意想不到的华丽的布置。一座彩台高高耸起,遮着一张神秘的帷幕。我们先都站在远处,可是当我们的好奇心渐渐增长,想去看看在这半透明的遮拦后隐秘着些什么又闪烁又作响的物件时,有人捐给我们每人一张小椅,吩咐我们耐心等候。

"于是,大家都坐下来,不再作声了;哨声一响,帷幕便高高卷起,显现出一幅涂得绯红的庙宇的内景。祭司长撒母耳同约拿单上来了,他们那新奇变换的声音使我肃然起敬。随后扫罗登台了,那个身体魁伟的战士肆无忌惮地向他和他的人马挑战,他很狼狈。当那位侏儒形的耶西的儿子手持牧杖、牧囊和弹弓跳着出来的时候,我有多么快乐;他说:'至上的王与主!绝没有人为了这样的事丧胆。如果陛下允许我,我愿意去同这个力大无比的巨人一决胜负。'——第一幕结束了,观众都紧张万分,要看往后怎么演变,人人都希望音乐赶快停息。帷幕终于又高卷起来。大卫把巨人的肉喂给空中的飞鸟、地上的走兽;那个非利士人叫骂不绝,双脚频频跺地,归终倒下去像一块顽木,演出圆满成功。随后少女们都唱起歌来:'扫罗打败了一千人,大卫打败了一万人!'那巨人的头从这矮小的胜利者的面前抬过去,大卫娶了美丽的公主为妻,这时,我虽无比欢喜,却有一事使我不快,那就是这幸福的王子被装扮成侏儒模样。可是按照巨大的歌利亚和矮小的大卫对比的观念看来,人们并没有弄错,两个人的性格刻画得十分准确。请您告诉我,那些傀儡都到哪里去了呢?我最近同一个朋友谈到这种儿童游戏,他听了非常高兴,我答应给他看一看。"

"你如此活现地回想到这一切,我并不感到奇怪,因为你对这一切都很有感情。我记得,你那时是怎样从我这里偷去小唱本,全部背得烂熟。一天晚上你用蜡块捏成大卫和歌利亚,让他二人侃侃交谈,最后打那巨人一下,把他插在一根大头针上的畸形的头用蜡一捏正粘在矮小的大卫的手上,直到这时我才知道你拿走了小唱本。我那时对你良好的记忆力和你激昂的说辞怀有一种亲切的母亲的欢悦,我立时决定,将这套木制的傀儡亲手交给你。我并没有想到,这件事竟会给我招来这么多烦恼。"

"你不要为那件事后悔,"维廉回答,"这种游戏曾使我们度过许多愉快的时光。"

说着他就要来钥匙赶快跑去,找到那些傀儡,刹那间他又回到往日里去了:那时他觉得这些傀儡仿佛都是活的,那时他认为是他活泼的声音、他手的动转给它们以生命。他把它们拿回他的屋里,小心收藏起来。

第 三 章

如果相信一般人的意见，认为第一次恋爱是一个心灵或早或晚所能感受的最美的事物，那么我们必须再三称颂我们书里的主角的幸福，他有福分，全盘来享受这些惟一的良辰里的欢悦。但只有少数人是这样特别幸运，而大多数人则被他们青春的感觉引导着只是受一番严厉的教训，他们经过一种可怜的享受后，便在这教训中被迫去学习放弃他们最好的愿望，永远割舍那系在心弦的最高幸福。

维廉对这个楚楚动人的女孩的爱欲乘着幻想力的翅膀高高升起，经过短期的来往，他便赢得了她的爱慕，他已经占有一个他这样爱甚至崇拜的人儿：因为他初次看见她，是在演戏时增人美丽的光照中，他对舞台的爱好是和对一个女性的初恋连在一起的。他的青春让他尽量享受那些被生动的艺术所启发、所保持的丰富的快乐。他的情人的处境也使她的举止动作含有一种足以助长他的爱情的情调。她怕她的情人发现她以前的种种关系，这恐怖心在她身上融成一种蕴含着忧虑与羞惭的可爱的外表，她真心实意地爱他，就是她的不安也好像增长了她的温柔。她在他的怀中是一个最可爱的女性。

当他从第一次销魂的沉醉中醒来，回顾他的生活和种种关系时，他觉得，一切仿佛都很新鲜，他的责任更神圣，他的爱恋更富有真情，他的认识更清晰，他的才能更有力，他的意向更坚定。于是,采取措施,以躲避他父亲的责罚,安慰他的母亲,并且不受干扰地去享受马利亚娜的爱情,这在他也不是难事了。白天准时料理他的事务,平时不去看戏,晚间在饭桌上随便闲谈,只在大家都入睡时,他才穿上外套,蹑手蹑脚地走出花园,心里想林多耳和兰得耳①的勾当,不停息地跑到他情人那里去。

"您拿的是什么?"一天晚上他拿出来一捆东西,马利亚娜这样问;老女仆希望是些好玩的礼物,非常注意地观察它。"您怎么也猜不出。"维廉答道。

等到从那解开的包袱中露出一乱堆一拃长的傀儡时,马利亚娜感到多么惊奇,巴尔巴拉又是多么失望。当维廉费力去分开那些乱铁丝,将傀儡一个个递给她看时,马利亚娜大声笑了。老女仆垂头丧气地退到一边。

只需要一件小事,便足以助长两个爱人的兴会,这晚我们的两位朋友就快乐到了极点。这一小套傀儡被他们反复吟味,每个形体都详细观察,任情取笑。身穿黑绒上衣、头戴金冠的扫罗王,马利亚娜绝对不喜欢;她说,他太呆板,太学究气了。比较使她满意的却是约拿单,他的光滑滑的下颌,黄红参差的衣裳,还有缠头。她也会很得法地提着铁丝将他转来转去,让他行礼,陈述爱情。相反,她毫不注意预言者撒母耳,纵使维廉不住向她称赞那小小的胸章,并且说那锦绣的僧衣的衣料是从祖母的一件旧衣上取下来的。她觉得大卫太小,歌利亚又太大了;她总是喜欢她的约拿单。她能这样得法地把玩它,最后把对傀儡的爱抚又转移到我们的朋友身上,这次一

① 林多耳和兰得耳,是十八世纪喜剧中时常出现的情人的名字。

段小小的游戏又成为幸福良辰的导线了。

街上的一片喧哗，把他们从温存的美梦中吵醒。马利亚娜唤来老女仆，老女仆勤恳做事已习以为常，这时她正忙着整理下次演戏用的戏装上需要更改的材料。她告诉她的主人说，方才外边有一群快乐的小伙子从隔壁意大利酒馆里蹒跚地拥出来，牡蛎刚上市，他们为了尝鲜，没有节制地喝了许多香槟酒。

"真可惜，"马利亚娜说，"早些时竟没有想起，我们也应该乐一乐。"

"这还不晚，"维廉答道，他递给老女仆一块金币，"你若给我们买来我们想吃的食品，你也可以同我们一起享用。"

老女仆办事很敏捷，不大工夫便有一张铺设精致、陈列着小吃的桌子摆在这对情人的面前。老女仆也坐在一起，大家吃喝，自得其乐。

在这样的情境中是不缺乏闲谈的资料的。马利亚娜又拿过来她的约拿单，老女仆也很会把话头转到维廉最喜爱的题目上。她说："您曾有一次向我们述说圣诞节晚上傀儡戏的导演，听着有趣味。可是谈到芭蕾舞要开始的时候，您的话头中断了。现在我们才看到这漂亮的傀儡剧团，它竟发生过那么大的影响。"

"是的，"马利亚娜说，"继续说给我们听，你那时觉得怎样？"

"亲爱的马利亚娜，"维廉回答，"如果我们回想往日，和往日一些无伤大体的歧途，尤其是在我们已经顺利地登上高峰的那一瞬间，我们再向四下一望，并且能俯瞰我们所走过来的路，这真是一种极大的乐趣。心满意足地回忆许多我们常常带着苦恼的情绪认为是不能排除的障碍,同时把我们现在所理解的东西和我们往日不理解的东西相比较,也是同样令人愉快的。但此时此刻我同你谈到往事,我觉得是不可言喻的幸福,因为我同时看到前面便是那令人销魂的国土,我们将手牵着手一起在那里漫游。"

"那场歌舞怎样了呢?"老女仆岔开他的话头,"我怕并不是一切都是应时应分结束的。"

"啊,"维廉回答,"太好了!关于那些男黑人和女黑人,男牧童和女牧童,男侏儒和女侏儒的奇特的跳跃在我一生永久是一件朦胧的回忆。随后帷幕垂了下来,门也关起,我们整个的小团体像是吃醉酒一般蹒跚地跑到床上去。我却清楚地记得,我那晚不能入睡,我还想说些什么,我还有许多问题要问,所以把送我们去睡眠的保姆放走我很不甘心。

"可惜第二天早晨那神秘的架子又消失了,那神秘的帷幔也拿开了,我们又能随便穿过那个屋门,从这间到那间去,这么多的奇迹竟没有留下一点儿痕迹。我的弟弟妹妹们抱着他们的玩具跑进跑出,我却独自一人轻步踱来踱去,昨天有这么多幻术的地方,今日竟只有两扇门框,这是不可能的。啊,谁若是寻求失去的爱情,他不会比我那时所感受的更为不幸!"

他用狂喜的眼光注视着马利亚娜,这眼光使她确信,他不怕他有朝一日会落到这般境地。

第 四 章

"从此我惟一的愿望就是能够看见这台傀儡戏的重演,"维廉接着谈下去,"我恳求我的母亲,她也找合适的时机游说我的父亲,可是她的努力白费了。父亲的意思是,只有偶一娱乐对人才有意义,儿童和老人不懂得看重他们天天所遇到的好事。

"如果不是这场傀儡戏的创建者,也就是那秘密的导演者自己有兴致要重演一次,而且上演时在尾声里又添一个崭新的丑角的话,我们很可能必须等待很久,也许要等到再过圣诞节时才能再看到它。

"那是炮兵队里的一个青年军人,他多才多艺,特别精于机械,我们造新房子时,他在关键时刻帮了我父亲许多忙,也受过父亲的重谢。他要趁着圣诞节的机会向我们小家庭表示谢忱,于是给他的资助人做了一座他暇时所扎起、加了雕饰和绘画、装置得十分停当的小戏台当作赠品。就是他在一个仆人的帮助下亲自掌管这些傀儡,假嗓说出每个不同角色的话。他没有费多少力去游说父亲,父亲就出于友谊答应他朋友演出一次傀儡戏,以前他曾为了坚持自己的信条拒绝过孩子们的类似要求。总之,戏台又安置好了,一些邻家的儿童也邀来了,这出戏又重新演起来。

"如果说第一次演戏时我由于新奇和惊讶而感到欢悦,那么第二次演戏时所领略的就是因注意和研究而产生的极大的快乐了。现在我的愿望是要知道那是怎么一回事。傀儡自己不说话，我在第一次已经就说过了，但是为什么一切都这般巧妙呢？而且看起来真像是他们自己在说在动呢？烛光与人可都在什么地方呢？我越是想在同一时刻既做看戏法的又做变戏法的，在同一时刻我的双手既在变戏法，而我本人也当观众去享受这戏法幻境的快乐，上面那些疑团也就越发使我不安。

"这出戏闭幕了，人们预备演出尾声，观众都站起来，任意谈笑。我挤得离门近了一些，听里面嘎嘎作响，那是有人在拾掇布置。我揭起下面的毡子，从架子空间偷偷向里望。我的母亲发现了，把我扯回来；可是我却看见了他们把朋友们和敌人们，扫罗和歌利亚（任他们怎样称呼吧）都装到一个抽屉里，我这一半满足的好奇心也就得到了新鲜的养料。使我万分惊讶的是，我看见炮兵连长在密室里忙个不停。从此以后台上丑角不管把他的鞋跟跳得多响，再也不能使我开心了。我沉入深思，在这次发现以后，我是比从前更心安，也更不安了。我知道了一些东西以后，我反而觉得我好像一无所知，我是有道理的：因为我缺少一个总体观念，而一切事物本来都与这一点有关。"

第 五 章

"在陈设讲究、井然有序的房舍里，"维廉继续说，"孩子们有一种大小老鼠时常有的感觉：他们随时注意一切能弄到禁食的糖果的缝隙和小孔。他们享受这些糖果时总是怀着一种窃喜的恐惧心理,这种心理正是儿童幸福的一大部分。

"如果什么地方插着一把钥匙,在兄弟姐妹中,我比谁都更留心。我常几星期几个月之久在那些深锁的门前窥探,要是母亲为取东西打开这个密室,我也有时偷看一眼;对那些紧锁的门我不胜崇敬,这种崇敬心越大,我就越迅速地去利用女管家由于粗心给我造成的可乘之机。

"不难想象,在这些门当中,我最感兴趣的是食品贮藏室的门。母亲有时叫我进去帮她拿东西,随后我不是靠她的慈爱,就是靠我的狡猾,得到几枚干梅子,生活上预感到的快乐很难比得上我这时的亲身感受。层层堆积的东西真是琳琅满目,它们夺去了我的想象力,就连好些种香料混合放出的奇异的香味也刺激我的味觉,使我特别想吃东西,结果,只要我能挨近,我就决不怠慢,至少要使劲儿嗅一嗅这喷香的空气。我悄悄地沿着墙边来回走了几趟,开始我几乎没有注意到这把钥匙,最后我才轻轻地走上去将门开开,刚迈进一条腿我便觉得我置身于长久渴望的至乐之境的近旁了。我用怀疑的目光扫了一眼那些匣子、口袋、盒子、筒子、杯子,我要选择什么,拿什么呢,归终我抓了一把我最心爱的干梅子,又添上几个干苹果,还心满意足地拿了一块糖制的橙子皮。我正要带着赃物溜回原路时,我忽然看见了几个并排的匣子,其中一个有些带着小钩子的铁丝,因为匣盖没有锁好,吊在外边。我以为那是真的东西,便扑了过去,我以飘飘欲仙的喜悦心情发现那里边包裹着我的英雄们和给我带来快乐的世界!我要拿起最上层的东西仔细看,就去抽出最下层的东西;可是我立即弄乱了那些细铁丝,再加上隔壁厨房里的厨娘又发生一些响动,我便陷入不安和恐怖中，我尽可能将一切都堆在一起，关上匣子，只将一册丢在外边的，描写大卫和歌利亚的喜剧的小抄本藏在身边，轻悄悄带着这个战利品隐入楼顶的小屋。

"从这时起，我就利用我一切秘密的、寂寞的时刻去反复读我的剧文，将它背熟；我心中想象，要是我也能够用我的手指传给这些形体活的生命，那该有多么好！我在这样思量时，自己也就变成了大卫和歌利亚。在楼顶下小屋内的一切角落里、马棚里、花园中，斟酌各样情形，我把这出戏完全记在心里，扮演所有的角色，背诵台词，只是我多半爱当主角，只让那些配角像卫星一般在我的头脑里随同默诵。大卫向傲慢的巨人歌利亚挑战时所说的宽宏大量的词句使我日夜不忘。我时常反复吟诵它，除了父亲再没有人注意，他有几次听到我背台词，见我听过很少几次就能记住这么多，便私自赞叹他儿子的记忆力。

"因此我越来越胆大了，一天晚上我在我母亲面前背诵出全幕的多一半，同时我将几个小蜡块捏成傀儡，她发觉了，她追问我，我承认了。

"幸好她发现这一切时，正赶上那位炮兵连长亲自表示，请允许他引我走入这神秘的世界。我母亲立刻把他儿子出奇的才能告诉他，他于是开始准备，家人把最上层平常空着的两间房交给他，一间供观客用，另一间是演员的，舞台仍然布置在二屋相连的门口。父亲让他的朋友调度一切，他个人只做出漠然置之的样子，按照他的原则，大人必须不让孩子们看出他是怎样爱他们，因为他们很容易被惯坏；他认为在孩子们快乐的时候必须显出严肃的态度，有时还要打断他们的快乐，免得他们过分得意，忘乎所以。"

第 六 章

"炮兵连长于是扎起舞台,照料一切。我看见他在这星期内有好几次都是在不寻常的时刻到我家里来,我便暗自猜想他的来意。我的好奇心,难以想象地膨胀起来,因为我觉得我在星期六以前是没有份来参加筹备的。我所期望的那一天终于到了。傍晚五点钟我的导师来了,带我一同上去。我走进门,乐得直发抖,我望见架子两旁都依照登台顺序悬吊着的傀儡。我细心观察它们,登上踏板,踏板把我运上戏台顶,于是我就悬浮在这小宇宙的上空了。我怀着敬畏的心情从小木板中间向下望,因为我回忆起舞台整体从外面留给我的美好的印象,现在我又感觉到我被引入多么神秘的后台境界里。我们做了一番试验,一切都很顺利。

"第二天,邀请了一群儿童,我们演得很好,只是我让约拿单在战火中倒了一次,不得已又把手伸下来扶起它;一种偶然的失手破坏了当时的幻境,引起一片笑声,我真有难言的痛苦。就是这失误,我父亲仿佛也很欢迎,为慎重起见,他没有表露出他因亲眼看见儿子如此精明而发自内心的欢喜,演出后他立刻提出几处缺点,他说,如果这一点或是那一点没有弄坏,那不定有多么好呢。

"这失误使我心里十分苦恼,我整晚都很悲哀,但是第二天早晨我又将这一切懊丧都睡忘了,心中反而高兴,除去那件不幸的事以外,我玩得确是高妙。何况还有观众们的喝彩,他们都绝对以为,炮兵连长虽然粗细的声音运用得很好,可是他的说辞多半都过于矜持,过于呆板了,相反,这新的学徒,叙说大卫和约拿单的词句,却十分出众。我的母亲特别称赞我向歌利亚挑战和在国王面前介绍那谦逊的胜利者的宽宏大量的言辞。

"我真欢喜极了,演完后,戏台没有拆毁,后来因为春天来了,用不着火炉,我每逢闲暇游戏的时候便躲在那间屋里,让傀儡们颠三倒四地演唱,我时常请我的弟妹们和同伴们来看。他们若是不愿来,我就一个人在上边搞。我凭借想象细细思考着这小小的世界,这世界很快便得到另外一种形象。

"戏台和全套的傀儡都是为第一出戏所设备和规定的,我几乎还没演几回,它就不能使我感到快乐。这时在祖父的书籍中有一部《德意志舞台》①和几种意大利文与德文对照的歌剧落到我的手里,我非常深入地加以研究,而且每次都只是开头先约略估计一下角色,便直截了当地去演这出戏。于是穿着黑绒衣的扫罗王必须串演米雷、卡托、达利乌。附带声明一句,这几出戏没有一次是整本演完的,多半只演以刺杀为结局的第五幕。

"歌剧由于有复杂的变化和冒险的传奇比任何一切都更吸引我,也是很自然的。在歌剧里,我看见风涛汹涌的海洋,从云中降落的神仙,和最使我神往的雷电。我能利用纸板、颜料和纸,很巧妙地做出一片夜景;能令人恐怖地望见闪电,只是雷霆不能回回都成功,但这并不重要。歌剧里也常有机会

---

① 《德意志舞台》,高策特于一七四○年至一七四六年所出版的丛刊,第六册。考米雷、卡托、达利乌,均系该集剧中的人物。

添进去我的大卫和歌利亚,这在寻常的戏剧中几乎是不可能的。我觉得我对于享受许多快乐的狭窄的小地方的依恋与日俱增。我也承认,傀儡们身上从食品储藏室里带出来的香味对这种依恋情绪起了不少作用。

"我的舞台布景从此渐臻完美。因为我从小就巧于使用圆规,剪裁纸板,画彩色画,现在我就占了许多便宜。使我苦恼的是,我的全套傀儡还不能演出大型的剧本。

"我的姐妹总给她们的洋团团脱换衣服,这激发了我的灵机,我想给我的英雄们也渐渐置办些可以脱穿的衣裳。我们从它们身上剥下来小布片,尽可能都缝在一起,储蓄一些钱,买来新的绦带和金银箔,乞求许多碎锦缎,渐渐制成一组戏装,尤其没有忘记为女角预备带条纹的裙子。

"这套傀儡从此便备有就是最大的戏也够用的服装了。本来以为如今可要一出接着一出地演下去了;但是我同许多儿童习性一样:他们计划远大,做些大规模的准备,大半也尝试几次,可是一切都往往半途而废。我必须承认我也有这种缺点。我最大的快乐是创新和发挥想象力与效用。每每因为任何一幕的缘故这出戏或是那出戏便引起我的趣味,我立刻又教人做新的衣裳。经过这样的调整,我的英雄们原来的衣裳都乱得一点秩序也没有,拉来拉去弄丢了,甚至最初的那出戏都再也不能演出了。我一任我的幻想支配,总是试来改去,建筑起无数的空中楼阁,不觉已经把这小世界的基础给破坏了。"

在维廉讲述的时候,马利亚娜尽量对维廉献殷勤,以隐藏她的睡意。从一方面看,这故事好像饶有趣味;但从另一方面看,她却觉得它有些太单调,其中的论断也过于严肃了。她温柔地把她的脚放在她爱人的脚上,显出注意和赞叹的样子。她从他的酒杯里喝酒,使维廉确信他说的故事没有一个字落了空。停息片刻后,他喊道:"现在轮到你了,马利亚娜,也把你儿时的乐事告诉我。我们总为眼前的事奔波,竟没能注意到我们双方从前的生活。告诉我说:你是在怎样的情况中受的教养?你时常回想的,最早、最生动的印象都是什么?"

若不是老女仆立即从旁帮忙,这些问题一定会使马利亚娜无法应付。"您真以为,"那聪明的老妇人说,"我们都这样注意我们往日的遭遇吗?我们都有这样有趣的事可说吗?就是我们有的可说,我们也能有这样的口才吗?"

"好像需要口才!"维廉高声说,"我非常爱这个温柔、美好而可爱的人,以至于我生活的每一瞬间若没有她,我便烦恼万分,让我至少是用想象力去分担你往日的生活吧!你把一切都告诉我,我也把一切都告诉你。我们要尽量陶醉,重新设法获得那些对于爱情虚过了的时间。"

"您若是对这一点这般热心执着,我们也许能够使您满足,"老女仆说,"只是请您先告诉我们说,您对戏剧的爱好是怎样渐渐滋长的,您是怎样练习,怎么这样顺利成功的,您简直可以算作一个好的戏子!在这过程中您绝不会缺少有趣的经历。现在我们还不需要休息,我还预备有一瓶酒。谁知道呢,我们最近还能不能这样安静而满意地坐在一起?"

马利亚娜含着一种忧郁的目光望了望她,维廉却没有注意,又继续讲下去。

第 七 章

"因为我们的游伴渐渐增加,那些少年的游戏便妨碍我单独寂静的享乐了。一任我们游戏的需要,我轮替着有时当猎夫,有时当士兵,有时当骑士;可是我比起旁人来总格外有个小特长,我能够巧妙地给他们制作出必要的器具。刀剑多半是我制造的,我把撬子加以修饰,镀成金色,一种秘密的本能使我不能安静,直到我把我们的军队改组成古希腊式的为止。制好了盔胄,饰以纸制的羽毛、盾,甚至铠甲也做成了,为做这些东西,家里会裁会缝的仆人们和女缝工不知折损了多少支针。

"我看着一部分少年的伙伴都装扮整齐,其余的虽然比较差一些,也都渐渐被装备起来,一队华美的军团便成立起来了。我们在院子里、花园里,分头进军,勇敢地击盾敲头,也时常起些纠纷,但不久便排解开了。

"这种大家都很高兴的游戏刚玩了两三回我便感到不满足了。看着这么多武装的身影,在我心里自然而然地被激发起对骑士的想象,这想象自从我阅读古代传奇以来,便充斥在我的脑海里。

"后来科培译的《耶路撒冷解围记》①落到我的手里,它

---

① 《耶路撒冷解围记》为意大利诗人塔索(1544—1595)的叙事诗,又译《耶路撒冷的解放》。科培的德文译本于1742年出版,歌德少年时曾熟读。此诗中,美女阿美特曾将骑士赖纳德拘在她的魔圈旁。

终于给我彷徨不定的思想指出了方向。那部书我固然不能全读，但是有些地方我能够背诵，诗中的图像也萦绕在我脑海里。克罗林德和她的行为举止尤其使我神往。对于一个正在发展中的灵魂来说，这种巾帼英雄气概，她那雍容大雅的风度，比阿美特人工的娇艳，影响更大，虽然我并不轻视阿美特的魔圈。

"但是足有几百次，每当我傍晚在建筑在两个房顶之间的露台上散步，眺望景色，这时从夕阳落处有一道颤动着的光照从地平线上朦胧升起，星辰显露出来，夜从所有的角落和幽深处浸出，蟋蟀的声音叫破严肃的寂静，我便吟诵起唐可雷和克罗林德二人悲惨的决斗故事。

"按理讲我虽然是属于基督教徒这方面的，可是当这异教的女英雄燃烧围攻者的碉楼时，我却全副精神都在帮助她。唐可雷是在夜里遇见了这个认错了的战士，在阴暗的笼罩下开始争斗，他们战斗又如何地激烈——我决不能背出这句诗：

可是克罗林德的寿数已满，
她死亡的时刻到了！

"我的眼里含不住泪，已经泪如雨下，那不幸的情人把剑向她胸中刺去，解下那倒在地上的人的盔胄，认出是她，便战栗着取来受洗礼的圣水。

"但是，如果在这魔林中唐可雷的剑触到一棵树，顺着剑刃流下血来，耳边听见有声音说，在这儿他又刺伤了克罗林德，他是被命运注定，只要是他所爱的，他到处都不知不觉给伤害了，我的心将是如何沸腾不息！

"这故事是这样占据我的想象力,甚至凡是我从这部诗里所读到的片断,竟暗地在灵魂里组织成一个整体,我是这般执着,我想用任何一种方式来表演它。我要串演唐可雷和赖纳德,手下也有两套早已做好了的戏装。一件是用深灰色的纸制成的,带有鳞甲,正好给严肃的唐可雷穿,另一件是用银色和金色纸做的,用来装扮漂亮的赖纳德。我的想象非常生动活泼,我把这一切讲给我的游伴,他们都兴高采烈,只是他们大半不能理解,这一切都能上演,而且是由他们来演。

"我毫不费力地排解开这些疑惑。我立刻安排在一个邻家游伴的房子里搞几间空屋,并没有估计到,那位老伯母绝对不肯把房间让出来,舞台也一样没有着落,我只想把舞台建筑在几块木板上,用几扇断开了的屏风隔出后台,背景只挂上一大块布。对此我也没有一定的概念。但是这些材料和用具该从哪儿来呢,我并不曾考虑到。

"关于树林我们得到一个好消息:一个熟人家里的老仆,他现在是看管树林的人,我们好言相求,请他给我们弄一些小棵的白桦和松树,这些树也真是比我们希望的还快都给运来了。但是我们现在仍然感到有很大的困难,我们怎样能够在这些树木未枯萎之前演成这幕戏呢?这时大家都束手无策:没有地方,没有舞台,也没有帷幕,只有几扇屏风是我们惟一的道具。

"面临这样的困难,我们又去找炮兵连长,夸大地向他叙述我们所要举行的盛事。他虽然不十分理解我们的计划,却肯于帮忙,他把凡是家里和邻居家所能找到的桌子都排在一间小屋里,把屏风放在桌上,用一幅绿色帷幕做背景,这些树也立刻连带着排列成一行。

"这时已是晚间了,点上了灯,女仆和孩子们都落了座,戏要开始了,全武行也装扮整齐,可是现在人人才发现,他们不知道他们要说什么台词。我完全信任我的对象,在这构思的狂热中竟忘却,每人必须知道每人在什么地方要说什么。而其余的人也由于热衷于演出而没有想到这一点:他们以为他们会轻易地表演英雄,能够轻易地和我让他们所扮演的角色一样地言谈举动。他们大家惊愕地站着,彼此问询谁该先上台,我呢,起始就想串演唐可雷,于是独自登台,开始唱了几句这首英雄诗中的诗句。但是因为我念的这个地方很快就要接演故事本身,而我最终又要以第三者的身份出现来说话,并且现在要说话的是郭特夫利特,而他又不肯出来,我就不得已在观众的大笑之下走下了台。这不幸使我在灵魂中深为痛苦。这场戏是完全失败了。观众们坐在那里,要看一些东西。其实我们都装扮好了。我只好振奋精神,直截了当地决定去串演大卫和歌利亚。我们剧团里有几个人从前跟我一起演过傀儡剧,而大家也都常常看过,于是分配好了角色,都说定尽我们的力量去做,有一个矮小、滑稽的男孩自己画了一缕黑须,说是如果有接演不上来时,他可以当个丑角做些笑话来填补空场。这是一种准备,我个人以为是违反全幕的严肃的,很不愿意让这种准备实现。可是我起下了誓,只要我这次能够从这种僵局里得救,我若不深思熟虑,就再也不敢排演一出戏了。"

第 八 章

马利亚娜被睡意征服,靠在她情人身上,他紧紧抱住她,继续说他的故事,与此同时,老女仆却小心谨慎地享受那残余的酒食。

他说:"我同我的朋友们在演唱没有剧文的剧本时所造成的窘局,我不久便忘记了。就是很不适宜的材料也不能抗拒我的演剧癖性,我总要把我所读的小说,我所学的历史,都演成戏剧。我完全确信,凡是在小说里有趣的,表演出来必定效果更好;一切都会在面前,在舞台上实现。若是学校里讲起世界史,我就小心记下,凡是什么地方有人很离奇地被人刺死或毒死,我的幻想力便忽略了戏剧的发端与错综发展,而直接跑到有趣的第五幕。我也就当真着手写几个剧本,然而都从尾幕起始,绝没有一本写到开端。

"与此同时,一半由于自己的冲动,一半由于对演戏感兴趣的朋友的启发,我读完了一大堆杂乱的戏剧作品,这都是我偶然得到的。我正在少年,那时一切我都喜欢,我们喜欢丰富多彩和变化多端。但是可惜我的判断走上另外一种歧途。在什么戏里我指望能讨人喜欢,我就格外喜欢什么戏,而且多半的剧本我都是在这种愉快的自欺里读过的,因为我能够设想所有的角色,我活泼的想象力诱我相信,我可以串演所有的角色;所以我在分配角色时,常选择那些和我完全不适宜的,而且,只要有一点可能,竟担任好几个角色。

"儿童们最会在游戏时利用一切:一根棍棒就是猎枪,一条木板就是刀剑,每个小捆都可以当洋团团,每个房角便是一间屋。我们的私人的剧院就这样发展着。我们完全不认识我们的能力,却计划一切,也不注意到 qui pro quo(谁扮演谁),并且确信,我们说我们是什么,旁人也一定把我们当作什么。可惜一切都是这么平淡无奇地进行着,甚至我连一件特殊的可以叙说的蠢事都没有。最初我们演少数几出只有男角出现的戏,随后我们尽自己的资力也装扮女角,最后把姊妹们也都找来一起玩耍。有几家认为这种游戏是一种有益的事,请我们来表演。我们的炮兵连长这时也不离开我们。他指导我们应该怎样出来进去,怎样说台词和用什么表情;他虽然费力不小,却很少听到感谢的话,我们以为关于舞台艺术已经比他懂得的更多了。

　　"我们不久便想到悲剧:因为我们时常听说,并且自己相信,写一部或是表演一出悲剧比在喜剧里容易成功。在初次悲剧的尝试时,我们已经觉得应付自如,我们想死板和矫饰地较好表现出角色们的高贵的地位和优异的性格,而且我们确实有点儿自负。真不明白,我们大吼大闹,双脚蹬地,甚至由于愤怒和绝望而摔倒在地,竟会觉得十分开心。

　　"男孩们和女孩们在这些游戏里没有合作多久,人的天性就开始蠢动,开始把这团体分成几个小的爱恋情侣,因为多半是在喜剧里又演出喜剧来。幸福的情侣在台后握手握得极其温柔,当他们系着带子,化了装,很理想地出了台,他们便沉浸在幸福里了,相反地,是那些不幸的情敌为了嫉妒而憔悴,怀着怨意和幸灾乐祸,种下各样的不幸。

　　"这些游戏虽说是没有理智的计划,没有经人指导就演出了，可是对于我们并不是没有用。我们训练我们的记忆和我们的身体，在言谈举止中得到更多的温柔蕴藉，这不是平素在这么小的年纪就能获得的。而那段时间对于我，特别是个有意义的时代，我的精神完全贯注到戏剧上，我觉得没有比读剧本、写剧本和演戏更大的幸福了。

"我的教师们的课程还继读着，家人让我学习商业，送我到邻家的账房里去；但也正在这时，我的精神更有力地在摆脱一切我认为是卑鄙的事务。我要把我整个的活动都献给舞台，到舞台上去寻找幸福与满足。

"我记得一首在我旧稿堆中还找得到的诗，在那首诗里有悲剧艺术的女神，还有另外一个被我当作职业化身的女性，她俩为我的一个可贵的人物彼此争吵不休。这种想象是平凡的，我也记不起那些诗句是否还有价值；但你们为了诗中充满的恐惧、憎恶、爱和热情，也应该看一看它。我是多么细腻地描写了那老年的主妇，她腰带上系着纺线用的卷丝杆，旁边带着一堆钥匙，鼻子上戴着眼镜，总是操劳，总是不安，喜欢争吵，家务繁琐，偏狭而劳苦！我是多么同情地刻画出那个男人的境况，他为了挣到几个小钱不得不屈服在她的鞭笞下，汗流浃背地做奴隶般的工作。

"与此相反，那位女神走出台来又是怎样的不同啊！在这个忧愁的人看来，她成了一个多么了不起的人物！她身材美丽，仅凭她的本性与举止便可以把她看作自由神的女儿。很有个性的感觉使她具有一种坚强的信念。她的衣裳合身，遮盖着她的四肢，一点儿也不嫌紧，衣料上数不清的皱纹就像发出回声一样，千百次地重复着这位女神使人销魂的动作。这是怎样一个对照！你很容易想象得到我的心是向着哪一边的。凡是足以写出我的女神的特征的，没有一件事被忘记。像是前辈所传说的那样，金冠和匕首，项链和面具，在这里也都给她添上了。这番竞争是激烈的，两人的谈话针锋相对，因为人在十四岁的时候一向是把黑和白画得十分分明。老主妇说话像是合乎一个连一根大头针都保存起来的人的身份，那女神却像是一个能够把王国赠给你的人。老女人的弇人听闻的警告被拒绝了。我对于她答应给我的财物睬也不睬：我抛却遗产，赤裸裸献身给我的女神，她投给我她金色的轻纱，蒙盖起我的赤身。

"若是我那时就能想到，啊，我的亲爱的，"他紧紧地抱住马利亚娜喊道，"有另一个更可爱的神将要来到，加强我的意志，在我的路上陪伴着我的话啊——我的诗不定会得到怎样一个更美好的转变呢，这首诗的结局不定要变得多么有趣！可是我在你的怀里所得到的，不是诗，而是真理与生活。让我们有意识地享受这甜美的幸福吧！"

由于他的胳膊抱得太紧，由于听见他激动而高亢的声音，马利亚娜才从睡梦中醒来，她爱抚他，隐瞒她的窘态：因为他的故事最后一部分她连一个字也没有听见，但愿我们书中的主人公将来能够得到更有心的听者，来听他心爱的故事。

第 九 章

维廉就这样在亲切的爱情享乐里度过他的良宵，在期待新的幸福时刻来临的心情中消磨他的长日。就是在相思与希望把他向马利亚娜吸引的那个时候,他已经觉得像是获得了新的生命,他觉得他开始变成另外一个人;现在两情如一,他的愿望满足了,日日感到一种销魂的境界。他的心努力把他钟情的对象看得非常纯洁,他的精神把这可爱的女孩也高高捧起。在最短时间的分离中他也害着相思。若是从先他以为她是必需的,那么现在她就是离不开的了,因为他把人间的一切都跟她联系在一起了。他纯洁的灵魂觉得,她是他自己的一半,那较好的一半。他对她无限感谢,他已永生永世把自己的生命献给了她。

马利亚娜也被迷惑了很长时间,她和他分担他热烈的幸福感觉。啊,要不是那谴责的冷手有时伸到她的心上该多好!就偎依在维廉胸前,埋在他爱的羽翼下,她也心情不定。若是她又是独自一人了,从那被他的痴情托入的云层中落下来,意识到她的现况,她就是很可怜的了。因为她这样久地在下流的嚣杂里生活,迷惑于她的境况,或者连这境况也都认不清,一向只是敷衍了事。她任凭那些一件件的偶然事来摆布:欢乐与懊丧相互交替,用虚荣与刹那间过分的满足来偿补她的自卑与缺欠;她蒙混自己,也能将困难和习惯当作法则和辩解的理由,这样那一切不愉快的感觉便可以一时一时、一天一天地自然消散了。但是现在这可怜的女孩有时觉得已经移入一个比较良好的世界,她俯视她的颠沛的生活,像是从上望下,从光与欢悦里观望荒野一般,也感到一个女人是多么可怜的生物,她不能同时要求引起人的爱情与尊敬,她觉得她表里还是丝毫没有改善。她生活中没有一件事能使她振作。若是她看一看自己,加以搜寻,那么她便发现她精神里是空虚的,她的心也没有依靠。这种景况越悲哀,她对她情人的钟爱也越坚决。她的爱情一天比一天生长,同样,失却她的情人的危险也一天比一天在挪近。

与此相反,维廉却幸福得意,浮荡在较高的境地,他也觉得眼前出现了一个新世界,但是充满了美丽的远景。他早日欢悦的过分还未稍减,他一向在黑暗里所摸索的事物已亮闪闪在他灵魂前出现。她归你了!她献身给你了!她,那亲爱的,他所寻找的,所祈求的人儿,她是满怀忠诚与信仰献身给你了,但她并没有把自己交托给忘恩负义的人。无论他是站着,走着,他总是自言自语,他的心永久膨胀着,他用整套丰富多彩的字句说出那些崇高的心意。他相信他领悟了光辉灿烂的运命的召唤,这运命的由来正是因为马利亚娜把手递给了他。他久已想摆脱这闭塞的,拖泥带水的市民生活,他现在可以脱离它了。抛却他父亲的家,抛却他的亲属,他觉得是一些容易的事。他还年轻,刚刚迈入崭新的世界,向远方追逐幸福与满足的勇气也由于这段爱情增强了。从此他置身舞台的决心也明显了。他处在跟马利亚娜相爱的情境里,他所设想的高高的目标也比较接近了,在自得的谦逊中他把自己看成一个杰出的演员,一个将来国家剧院的创造者,他听说,这样的剧院正是许多人所渴望的。在他灵魂最幽深的地方一向轻眠着的一切,如今活动起来了。他从许多种概念出发,用爱情的色彩在云雾里组成一幅图画,形体自然是含混不清,但是因此全体也就发生一种更感动人的影响。

第 十 章

他坐在家里,翻检他的书籍稿件,准备启程。凡是带有他一向的职务上的气味的,都丢在一边了:他要在他游览世界时也忘却每个不愉快的回忆,只有文雅的作品,诗人和批评家,好像熟识的朋友一般,才属于被选之列。他一向很少注意艺术评论家,这时他重新检阅他的书籍,发现讲理论的书多半还没有裁开,他于是对于学理的欲望又油然而生了。他从先完全确信需要这样的作品,曾经置办许多,可是用尽心力没有一本能够读到一半。

相反,他倒更热心地熟读文体,一切门类,只要他一熟悉,他便亲自试作。

威纳走进来了,当他看见他的朋友研究这些稔熟的书册时,他嚷道:"你又在弄这些稿件吗?我打赌,你绝对没有意思完成任何一件!你把它们看上一遍,至多不过是又开始写一些新的。"

"完成,不是学生的事,只要他练习,就够了。"

"还是要量其所能做完才好啊。"

"姑且提出这么一个问题:如果有一个青年,他自己发现计划了一些笨拙的事,他不再继续他的工作,不愿为了一些永不会有什么价值的事而徒然费力,浪费光阴,我们会不会正因如此而对他生出好的希望呢?"

"我知道,完成一些事,那绝不是你的事,你总是在没有达到一半的时候就疲倦了。以前你还当我们傀儡戏的经理时，为那些侏儒制造出多少新的衣裳啊？剪成了多少新的舞台上的装潢？时而是这出悲剧，时而又是那一出要上演了，但至多你只演一次第五幕，一切都五色斑斓地乱闯一阵，许多人互相刺死。"

"如果你要谈到那个时候，让人把这些适合我们的傀儡，紧紧缝在它们身上的衣裳剥下来，为一套过于铺张，没有用的戏装浪费金钱，那又是谁的罪过呢？你不是总善于煽动我的爱好，利用我的爱好来兜售你的新缎带吗？"

威纳笑着大声说："我总是怀着欢悦的回忆，我从你们戏剧的冒险里得到利益，就像军火商从战争里获利一样。当你们准备演出《耶路撒冷解围记》时，我也从中赚了一笔好钱，和从前威尼斯人在同样的场所所赚得的一样。我觉得世上没有比从旁人的蠢事里得到利益更有理性了。"

"我不知道，那是不是能使人们避免去做蠢事的一种更高贵的娱乐。"

"像是我所见到的，那不过是一种浮夸的努力罢了。一个单独的人要变得聪明而又充实，也不是一件简单的事，多半他是靠着旁人的牺牲。"

"《歧路彷徨的青年》这首诗恰好落到我的手里，"维廉正从一些稿件里抽出一个本子，他说，"这首诗可是写完了，此外也词通意达。"

"把它放在一边，投到火里去吧！"威纳答道，"这想象没有一点儿值得赞美的地方。先前仅仅这种结构也足以使我不快，并且还给你招来父亲的憎恶。那也许是些妥帖的诗句，但想象的方法是根本错误的。我还记得你将商业拟成人形，记得你的那个浑身皱在一起的可怜的老巫。这个形体你不定是从一个什么样的可怜小铺子里拣来的呢。关于商务,你那时是毫不理解,我不知道,谁的精神会比一个真正商人的精神更开展,并且必须更为开展。我们按部就班地经营我们的营业,试想有什么样的纲领不是秩序给我们造成的呢!它让我们随时概观全体,我们并不利用零碎的事件逼迫秩序变得混乱。这里复式的簿记给我们商人怎样的利益!那是人类精神最美满发明中的一种,每一个良好的家长必须在他管理家务时利用它。"

"请原谅,"维廉微笑着说,"你从形式方面开始,好像那便是事物本体,但是你们也时时为了加减乘除忘却人生本来的总答案。"

"可惜你看不出,我的朋友,形式与本体这里只是一回事,二者缺一,绝不能成立。秩序和清醒增加我们对于节省和获利的乐趣。一个人料理家务不善,在黑暗中也觉得很舒适:他不愿意将他所欠的项目总起来核算。然而一个良好的家长却觉得没有比天天计算他日增月进的幸福的总额更愉快的了。纵使有一件损失忽然很讨厌地来临,那也不足以恐吓他,因为他立刻便知道,这边秤盘上是获得的利益,那边就难免有些亏损。我亲爱的朋友,我深信你若是在我们事业中能够尝到真正的兴味,你也会确信,有些精神的能力也会有它充分活动的余地。"

"我所预订的旅行很可能会启发我新鲜的思想。"

"啊,一定的!相信我吧,你所缺乏的,只是不会放眼看一件伟大的事业,使你永久变成我们这样的人。若是你回来了,你就会愿意与商人为伍,他们会运用各种的运输与投机把一部分在世上永远川流不息的财富收拢到自己这边来。你看一看世界各地自然的和人工的产品,你观察它们怎样轮流着成为必需品!认清楚在这瞬间为大家所寻求,可是不久便缺乏,便难得到的一切,谁找什么,便会又快又容易地给他置办来,谨慎地将货物囤起,去享受这个大轮旋中每一瞬间的利益,那是怎样一种愉快的、机智的操劳啊!我觉得,这对于每个有头脑的人都曾给予一种大的欢喜。"

维廉好像并不厌烦,威纳接着说:"你先拜访几座大商埠,几处海港,你一定会被那些地方吸引住。如果你看见有多少人兢兢业业,如果你看见那里的新陈代谢,你一定也会含着无限的快乐亲眼看到那些事务由你经营。即使你观察那最不值钱的货物,你也把它们同整个市场联系在一起,正因如此没有任何东西你以为是渺小的,因为一切都在周而复始的循环中得到发展,你的生命也从中得到它的养分。"

威纳实际的才智是在和维廉的交往中修养来的,他习惯于在想他的商业、想他的事务时也怀着崇高的精神,他永远相信,他比他那位一向明智而可敬的朋友更有权利做那些事,他觉得他的朋友是认为这世界上最不可靠的事意义极为重大,值得为它献出全部身心。他时常想,抑制这种假的热狂,是绝对必要的,必须把这样的好人引到正路上来。他怀着这样的希望继续说:"这个世界上的强者强占了所有的土地,他们过着荣华富贵的生活。我们欧洲最小的地方也都各有所主,每个领地都固定了,官场和其他市民的事务都获利微薄;除了在商业里,还能在什么地方找得到更为正当的进益,更为公平的利润呢?这世上的公侯们在他们的势力内有河流、道路、码头,并且凡是从那里穿行或是走过的,都要纳给他们一大笔税——我们就不应该快快乐乐地抓住时机,用我们的努力从那些一半是需要一半是奢侈,我们不能须臾离开的物品中取得一些利益吗?我敢担保,你只要运用你诗人的幻想力,你就能够将我们的女神当作一个不能征服的胜利者和你的女神勇敢地对抗。她自然宁愿用和平的橄榄枝,而不用剑,她根本就不知道什么匕首和铁链;但是金冠,她也分配给她的宠儿,这金冠(并不是看不起旁的)照耀着从泉源里采来的黄金,和她终日勤勉不息的仆人从海水深处为她捞取的珍珠。”

这番攻击使维廉有些懊恼。可是他隐藏着他的情感;因为他想起,威纳也常心平气和地听他的谴责。他也很通情理,他喜欢看着每个人都把自己的职务想得最好,只是人们也要让他极热心献身的事业不受侵犯。

威纳高声说:“你对于人间的事这样关心,当你亲眼看见人们在从事大胆的事业的同时也获得了幸福,你的心将会多么激动啊!有什么比看见一只又从一次顺利的航行带着丰富的获得按时归来的船更令人神往呢!不单是亲戚、朋友、同事们,就是每个生疏的旁观者也会被它吸引,如果他看见,船还没有完全挨到陆地,那局促在船上的船夫已无限快乐地跳下来,又感到自由,从此他又能离开他不信任的虚伪的水而踏在忠实的陆地上。我的朋友,获利不单是在数目字上。幸福是生气勃勃的人的女神,为了要实在感受她的恩惠,我们必须生活,还要观看那些真正生气勃勃地努力着和用真正的感官享乐着的人。”

第十一章

现在是时候了,我们也该认识认识我们这两位朋友的父亲了:两个气质很不相同的人,但是他们的意见却协调一致,二人都拿商业当作最高的事务,都极力注意每次投机为他们赚得的收益。这位老麦斯特在他父亲死后便将所有油画、素描、铜雕画、古玩等宝贵的收藏变卖出去,换成现钱,将房子按着最时新的风尚彻底改建,更换家具,运用一切可能的方法使其余的财产成为流动资金。一部分重要的财产他交给老威纳经营商业,他负有勤勉商人的盛名,他投机一向是顺利的。但这位老麦斯特不想别的,只想给他儿子一些他所缺乏的特性,并给他的孩子们留下一份财产,他认为据有财产十分重要。诚然,他对于华丽和耀人耳目的事物有一种特殊的爱好,但这事物同时也应该有一种内在的价值和延续性。他家里一切必须坚实,储蓄是丰富的,银制的器皿是沉重的,食器都很宝贵,然而客人并不多,因为每次宴会都要办成一次典礼,不管是因为费用太大,还是因为使人不适,都不能常常举行。他的家务迈着平淡而单调的步伐,凡是在这家里活动着和革新的事件正巧都是谁也不能从中得到些许享受的事。

那位老威纳在一所平淡而阴暗的屋子里过着完全相反的生活。若是他在狭窄的办公室里,古老的写字台前结束了他的事务,他就要吃得好,尽其所能地喝得更好,他也不能单独享受他的财产。除他的家族外,他必须永久在桌旁看见他的朋友,一切和他家庭多少有些关系的生客;他的椅子都古老不堪了,但是他天天请人来坐在上边。考究的饭菜引起客人们的注意,可是没有人注意到,一切都盛在极普通的器皿里。他的酒瓮里存酒不多,但是喝干了的一瓮便常被更好的酒给补充了。

这两个父亲就这样生活着,他们时常聚在一起,商量共同的事业,就在今天他们决定了遣送维廉去料理一些商业上的事务。

"他该在这世界上增长见闻,"老麦斯特说,"同时将我们的商业推广到远方。对一个青年人,除去按时引导他走入人生正当的职业,我们不能给予他更大的恩惠。你的儿子是这样顺利,他旅行回来以后,竟把他的营业办得这般兴旺,我真想知道,我的儿子品行如何。我怕他要比你的儿子花的学费更多。"

这位老麦斯特本来很信任他儿子和他儿子的才能,他说出这样的话来是希望他的朋友反驳他,并且举出这青年人特出的天资。可是这次他却很失望。这老威纳在实际事务中除去他亲自考验过的人谁也不信任,他平静地答道:"人必须尝试一切。我们正可以送他到这条路上去,我们给他一个作为标准的规条。现在要收取各样的债务,重温旧日的友情,结识新的相识。他也能够帮助我发展新近你所谈到的投机事业,因为在我们所规定的地方搜集不来详细的消息,一切是不容易进行的。"

"他可以准备了,"老麦斯特答道,"并且可以尽早启程。我们从什么地方给他找来一匹适合于这次旅行的马呢?"

"我们用不着到远处去找。在 H 城有一个杂货商,他欠我们一些钱,他平素是个正直的人,他想用一匹马来偿还债务;我的儿子见过那匹马,它该是一匹真正有用的牲口。"

"他可以自己去取,乘着邮车去,那么后天一早他就回来了,这时我们为他整理行囊,修下书信,下星期开始时他便能够启程了。"

维廉被唤去了,他们告知他这个决议。他看见他预订的旅行的川资已握在他手里,这机会没有费他一点力便成熟了,有谁会比他更快乐呢!他的热望这么大,他的信念这样纯洁,他觉得他的行为完全合理,现在正好脱离他一向的生活压迫,追逐一条新鲜、高贵的道路,甚至他的良心没有一些激动,心中也没有忧虑产生,他反倒把这欺骗行为看成是神圣的。他确信,他的父母和亲戚紧接着要赞美他,祝福他这一步,这时万事齐备,他看见引导人前进的命运在向他招手。

等到夜里,等到和他情人再见时,时间对于他有多么漫长!他坐在屋里,考虑他旅行的计划,像是一个灵巧的贼或魔师在狱中屡屡从紧紧锁住的镣铐里往外伸脚以加强他可能得救的信念,这得救的可能甚至比近视的牢卒所相信的还切近些。

归终,夜的时辰到了:他离开他的家,抖掉一切压迫,穿行寂静的小巷,在广场上,他把手伸向天空,觉得一切都已抛在后边,落在他脚下;他从一切束缚中解脱出来了。如今他想他是在他情人的怀中,随后又同她在照耀耳目的剧台上,他浮荡在无数的希望中,只时时有更夫的呼声提醒他,他还是在这地上游荡。

他情人在楼梯旁迎接他,她是多么美,多么可爱啊!她穿着一身新的白色家常衣服招待他,他觉得,他从来还未看过她这样销魂。她在眼前的情人怀中第一次穿用远方情人的赠品,她以真切的热情在她情人身上使尽了她极为丰富的娇媚,这娇媚是她的天性所禀,又加上一番人工的训练,还用得着去问,他是否觉得幸福和快乐吗!

他向她宣布事情的经过,让她大略知道他的计划、他的愿望。他希望找到职业糊口,随后便来接她,他希望她不拒绝他的求婚。但这可怜的女孩一言不语,掩饰住眼泪,将他紧抱在胸前,他虽然往极好的方面解释她的静默,可是很希望得到一个回答,尤其是因为他最后极谦逊、极客气地问她,他是否可以相信他要做父亲了。但是她也只回答他一声叹息,一次接吻。

第 十 二 章

第二天早晨马利亚娜怀着新的忧愁醒来。她觉得她很孤独,不愿意看到白昼,她躺在床上哭泣。老女仆在她身边坐下,找话劝她,安慰她;但这样快地医好她被伤害的心,她办不到。现在这可怜的女孩看着迎面而来的,像是她生命最后一刻的那一瞬间距离很近了。谁能有比这更加可怕的景况呢?她的情人要离开她,一个讨厌的情人又逼上来,这两个人很可能什么时候遇在一起,那么大祸就在眼前了。

“安静些,小亲亲,”老女仆大声说,“不要给我哭肿了你美丽的眼睛!同时把着两个情人,那不真是一个很大的不幸吗?即使你只能将你的柔情送给一个人,那么至少对于另一个也要感谢他的情意,他为你那么操心,他一定也值得被称作你的朋友。"

"我的情人已经预感到,"马利亚娜含着眼泪回答,"分离就在我们面前。一场梦把我们费尽心机向他隐瞒的事给暴露出来了。他这般安静地睡在我的身边。忽然我听见他说出可怕的、听不清楚的呓语。我恐怖了,我叫醒了他。啊!他是用怎样的爱、怎样的温柔、怎样的热情把我抱住!'啊,马利亚娜!'他嚷道,'你把我从怎样恐怖的境况里扯出来了!你把我从地狱里解救出来了,我应该怎样感谢你呢?我梦见,'他继续说,'我离开了你,我到了一个生疏的地方;但是你的相貌浮荡在我的前边,我看见你立在一座美丽的山岗上,太阳正照耀着这一片土地,你显得多么娇媚啊!可是没有继续多久,我看见你的像向下滑落,一直向下滑,我向你伸开我的膀臂,因为太远又够不着,你的像一直往下沉,渐渐接近一片大湖,这片湖在山岗的脚下十分宽泛,与其说是湖,不如说是沼泽。忽然一个人递给你手,他似乎是要向上拉你,但是他往旁边引导,仿佛是要将你带走。我因为够不着你,我便嚷,我想叫你留心。我要走时,地就好像把我吸住,我能够走时,水又阻碍我,甚至我的喊叫在紧迫的胸中也闭塞了。'这可怜的人这样述说,同时他紧挨着我的胸脯宽解他的恐惧,他夸说他是幸福的,眼看着一个可怕的梦被这最幸福的真实给挤走了。"

老女仆想尽她所能,用她的散文把她主人的诗诱到平凡生活的领域里,她运用那使捕鸟人成功的好方法,他们希望看见鸟儿又快又多地落入他们的网中,他们是专用一缕哨声模仿鸟儿的声音。她赞美维廉,称道他的身材、他的眼睛、他的爱情。这可怜的女孩很愿意听,她站起来,穿上衣裳,安静些了。"我的孩子,我的亲亲,"老女仆诌媚地继续说,"我并非要你忧伤,要欺骗你,我也不想夺走你的幸福。你能错会我的心意吗?你忘了吗?我时时为你比为我操的心还多?你要告诉我说,你要什么?我们要看一看,我们怎样着手办去。"

"我能够要什么呢?"马利亚娜回答,"我是悲苦的,我一生要悲苦下去。我爱他,他爱我,我眼看必须同他分离,我不知我怎样才能挨过这分离的痛苦。诺尔贝格要来了,我们整个的生活都欠他的情,我们不能慢待他。维廉的能力很有限,他不能为我们做什么事。"

"是呀,他不幸是那类的情人,他们除去一片心,什么也拿不出来,也正是这类人要求最多。"

"不要讥笑!这个不幸的人想离开他的家,献身舞台,把他的手呈给我。"

"空手我们已经有四个。"

"我没有选择,"马利亚娜接着说,"你决断吧!左右都由你摆布,你只要知道一件事:在我胸中好像是负担着爱情的抵押品,它把我们彼此系得十分牢固。请你考虑到这一层,为我决断吧!我应该放弃谁?我应该随从谁?"

沉吟片刻后,老女仆大声说:"青年总是在两个极端中间游移不定!我以为,凡是给我们快乐和利益的,我们都应该跟他紧紧连在一起,没有比这更自然的了。你爱这一个,却让那一个付钱,那就看我们有没有足够的聪敏机智把他们二人分开了。"

"就照你的意思去做吧,我什么也不能想了,但是我肯随从。"

"我们有我们的方便处,我们可以利用我们经理的固执为口实,他总是以他的戏班的风格淳良而自傲。两个情人都习惯于秘密地小心地到这里来,关于时刻与机会要由我来分配,只是此后你必须串演这套我替你规定的把戏。谁知道会有怎样巧的场合帮我们一把。现在诺尔贝格要来,正巧维廉走了!在这个爱人怀里想着另外的一个,有谁阻止你呢?我希望你有福生一个儿子:他应当有个阔父亲。"

经过这番排解,马利亚娜只在短时间内觉得舒坦了些。她不能使她的境遇和她的感觉、她的信念相协和。她想忘却这些痛苦的关系,可是有无数周围的琐事每瞬间都使她想起那些事来。

第 十 三 章

这时维廉完成了一次短途旅行,因为他所拜访的同行朋友没在家,他便把介绍信交给那个人的妻子了。但是她对于他的问题也没有确切的回答。她处在剧烈的感情兴奋中,全家也紊乱不堪。

可是没过多大工夫,她便告诉他(并且这也是不能隐瞒的),她丈夫前妻的女儿同一个戏子跑了,这人在不久以前和一个小戏团脱离了关系,在这里住下,以教法文为生。父亲因为痛苦和懊恼完全忘其所以,现在找官厅去了,他呈请追赶那两个逃亡的人。她责骂他的女儿,诽谤这个情人,甚至使这两个人名誉完全扫地,她用许多话来抱怨这玷污家声的耻辱。她使维廉非常窘,他觉得他自己和他秘密的计划已经同时被这老巫婆含着预言者的精神给责备,给惩罚了。但是他更强更深切地分担这位父亲的痛苦,他从官厅里回来了,他怀着平静的悲哀,用半吞半吐的言语向他的妻述说他办事的经过,同时他读完维廉持来的信,令人把马牵来,可是不能隐瞒他心绪的紊乱。

维廉想立刻就骑马离开这倒霉的家庭,在这样的情况下,他这里是不能够静适的;只是这位善良的房主觉得欠人家许多钱,不愿不款待人家的儿子,不忍心不让维廉在他家里住一夜便放他走。

我们这位朋友吃完一顿悲哀的晚饭,忍耐过一个不安的夜,一清早便跑了,他能多么快便多么快离开这家人,他们并不知道,他们的叙述和意见正击中了维廉的心病。

他正骑马慢慢沉思着走过大街,忽然看见一群全副武装的人穿过田野而来,从他们宽而长的上衣、肥大的襟袖、没有定型的帽子、迟钝的枪械、忠心的步伐和随便的身段上看来,一望便知是一队民团。他们停息在一棵老槲树下,放下他们的枪,很泰然地坐在草地上吸烟。维廉也在他们附近盘桓,有一个青年人骑马过来,他便和他攀谈起来。可惜他必须重新听一次这段他已很熟悉了的两个逃亡者的故事,那人还附带做些注解,这些注解无论是对于这对恋人,还是对于父亲,都不是特别有利的,同时他听说,这些人到这里来就是接收这两个人,他们在一座毗邻的小城里,被赶上,给截住了。等些时候,看见远远来了一辆车,车周围是一队城市民兵,这些人看上去与其说是可怕的,不如说是可笑的。一个怪形怪样的典吏骑马走在前边,他在边界上就朝对面的法庭书记行礼(就是同维廉谈话的那个青年人),极其拘谨,做出奇异的姿态,仿佛是一个鬼魂和一个魔法师，一个在魔圈内，一个在魔圈外，在夜半危险的拘魂场所做出的一样。

这时观众的注意力都贯注在那辆农车上，人们满怀同情地观察这两个可怜的罪人，二人并排坐在几捆草上，彼此温柔地望着，好像并不注意围绕的人群。当那辆用以载运这少女的旧车偶然中途损坏时，大家迫不得已，才用这种不成体统的方式把他们从邻村里载来。她那时利用这个机会要求同她的朋友待在一起，她的朋友，一向只是戴着脚镣在一旁走，因为他们确信他是重大的犯人。这些镣铐自然给予不少的帮助，使人观看这对温柔的恋人时感到更加有趣，尤其是当这青年不失风度地抚摩他的爱人，屡屡吻她手的时候。

"我们是很不幸的！"她向周围的人嚷道，"但不是像我们显出来的这般有罪。残忍的人们就是这样来酬答真正的爱，父母完全忽略他们的孩子们的幸福，竟忍心把他们从快乐的怀抱里夺去，这快乐是他们经过长久悲哀的岁月后才得到的。"

当周围的人各自表示出他们的同情时，法律上的仪式已经办完了；那辆车又开行了，维廉非常关怀这两个痴情人的命运，他在旁路上预先跑去，为的是在这队人还没有到达之前结识一下法官。他刚到审判厅，见那里一切骚然，正准备迎接这两个逃亡的人，同时那位法庭书记也赶上了他，他便琐碎地叙述这一切事是怎样发生的，更加之他不住地称赞他昨天才从那犹太人手中换来的马，再也不容那法庭书记说旁的话。

人们已经将这对不幸的情人卸在花园的外边，这座花园的小门紧连着审判厅，他们引导着他二人静静地走进去。鉴于这种宽容的处置，维廉对法庭书记大大称赞了一番，虽然他本来只想以此愚弄那些聚在法庭门前的观众,不让他们看到这场由一个失了体面的女市民扮演的活剧。

那位法官对于这样的非常事件并没有特殊的爱好,因为他多半在审判时总是弄得错误重重,平素他的好心好意也会从公爵府里得到严峻的谴责,他迈着沉着的步子走入公堂,后面有法庭书记、维廉和几位缙绅紧紧跟随。

那个漂亮的女孩子先带上来了,她心平气和,毫无僭妄,怀着自我的意识走了进来。从她的穿戴和举止上看,她是一个知道自尊的女子。人们还没有开口问,她便开始很恰当地述说她的景况。

法庭书记喝住她,他手里握着笔,下边是一张破旧的纸。法官聚精会神地望了望他,清了清嗓子,才问那可怜的女孩姓什么,多大年纪。

"我的先生,我求你算了吧,"她回答,"你问我的姓名年龄,我真觉得奇怪极了,因为你本来知道得很清楚,我姓什么,我同你的大儿子一般大。至于关于我,你要知道什么,什么是你必须知道的,我愿意直截了当地说给你听。"

"自从我父亲第二次结婚以来,我在家里便失去了最好的待遇。我本来能有好几次美好的结婚机会,只是我的继母因为怕置办嫁妆总是从中作梗。现在我认识了这位年轻的梅里纳,我爱上了他,因为我们预见到路上有挡着我们结合的阻碍,我们就决定,一同到外边世界上去找我们在家里不能得到的幸福。除却我随身的物件,我什么也没带走,我们不像是盗贼一般地逃跑了,我的爱人也不应该戴着镣铐被你们拖来拖去。公爵是公正的,他决不会允许使用重刑。如果我们应该受罚,也不能对我们采取这种方式。"

这位老法官已经一而再,再而三地陷入惊慌失措的境况中。公爵最慈祥的谴责已经嗡嗡地围着他的头转,这个女孩熟练的陈词把他问口供的程序完全搅乱了。此后她对于按着秩序反复的质问竟置之不理,总坚持她方才所说的话,这样一来,僵局变得更严重了。

"我不是犯罪的人,"她说,"他们侮辱我,把我放在草捆上载到这里来。这里有更高尚的正义,它应该恢复我们的名誉。"

这时那法庭书记一直在记录她的陈词。他低声向法官说,他应该往下问,往后好作出一篇合乎格式的口供记录。

那老人于是又鼓起勇气,开始用粗直的语言,按照传统的枯燥的格式,审问那段爱情的甜美的秘密。

维廉的脸上发红了,这个可爱的女犯的双颊也浮润上羞涩的娇色。她静默,口锋也绊住了,直到这困难本身最后又好像给了她胆量。

"请你确信吧,"她喊道,"纵使我必须说非议我自己的话,我也有充足的力量来招供实情;难道因为这实情是光荣的事,我现在反倒踌躇口吃吗?我自从确信他的爱情与忠诚那一刻起,我就把他看作我的丈夫,凡是爱情所要求的和一个有信念的心所不能拒绝的,我都心甘情愿赠给他。你随意处置我好了。如果我曾有刹那间的踌躇而不肯承认,那只是因为我怕我的口供对我的爱人有什么不利的后果。"

当维廉听她的供词时,他给这女孩的思想下了一个很高深的定义,而法庭里的人们却认为她是一个无耻的娼妇,那些出席的市民感谢上帝,庆幸在他们家里并没有这样的事件发生或被揭扬出来。

这一瞬间,维廉假设把他的马利亚娜放在公堂前,让她的口中说出更美丽的词句,让她的正直更为亲切、她的招供更为高尚。现在想设法救助这两个爱人的剧烈热情完全支配了他。他毫不隐藏他的观点,他私下请求这位踌躇不决的法官,他愿意了结这段公案,一切都这样明白显然,也用不着再往下审讯。

他的请求发生了效力,大家让这女孩子下去,同时又在门前把那青年的刑具取下,让他进来。他好像对于他的命运有更深的考虑。他的回答更有条理,如果说他在一方面表现出的英雄气概较少,那么另一方面却由于发言的井井有条,使人起敬。

这回的审判也终结了,同前边的完全一致,只是他因为爱惜他的爱人,执意反驳她自己已经承认的事,归终人们又让她上来,于是在这二人间演成一场剧,这剧使我们这位朋友的心完全受了他们的感化。

凡是仅只常在传奇和喜剧里发生的事,在这不愉快的法庭里竟活现在他眼前:双方宽厚气质上的争持,不幸中的爱情的坚贞。

他自问:那一缕在太阳和人的眼前隐藏着的含羞的柔情,只在离群的孤处、深幽的秘密里才敢享受,而一旦被一种怀有敌意的偶然变故给曳出来时,它便会比其余的狂放而夸大的热情更大胆,更坚强,更勇敢。——这难道是真的吗?

足以使他自慰的,是全案了结得还相当地快。他二人被比较优待地拘押起来了。如果是可能的话,他也许在今晚就把这位姑娘送到她的父母那边去。因为他决心要当一个说合人,促成这两个爱人间幸福而光彩的结合。

他请求法官允许他和梅里纳单独谈话,这没有什么困难也就准许了。

第 十 四 章

这两个新相识的谈话,很快就变得亲密生动起来。当维廉向这沮丧的青年说明他同这位小姐的父母的关系,情愿当说合人,甚至表示能有最好的希望时,这个犯人的悲哀而忧郁的心绪便爽然了,他觉得他已经恢复自由,和他的岳父岳母和解了,并且立刻谈到将来的职业和衣食问题。

"关于这些事你是不会遇到困难的,"维廉答道,"我觉得,你们两方面都天赋所禀,能在你曾经选择过的那种职业中找得你们的幸福。一个优美的身材,一种响亮的口音,一片热情的心!什么戏子能够有比你们更好的天资呢?如果我能为你们尽一些介绍的责任,我就很高兴了。"

"我衷心感谢你,"那青年回答,"但是我大半很难再从事这种职业,因为我想,但凡可能,就不回到戏园子里去。"

维廉听了片刻,从他的惊讶中缓了缓气,说:"这你就很不对了。"因为他想,这戏子只要和他的年轻的妻恢复了自由,一定是又回到戏园子里去。他觉得那就像青蛙找它的水一样的自然和必要。他不曾对此有一瞬间的怀疑,现在却不得不十分惊讶地倾听完全相反的论调。

"是的,"青年答道,"我决心不回到戏园子里去了,我愿意接受一种平民的职务,不管它是什么样的,只要我能得到一种就行。"

"这真是一个我所不能同意的奇怪的决定;因为若是没有特殊原因,我绝不劝你改变你向来所取的生活方式,况且我还不知道有哪一种职业像演戏的职业一样能给人带来这样多的快乐,给人呈现出这样多令人振奋的前程。"

"看来你并没当过戏子。"那人答道。

维廉紧接着说道:"我的先生,有几个人满足他的现状呢!他总想望别人的境遇,同时旁人也正想离开他自己的境遇。"

"可是在坏的和更坏的中间却有一个分别,"梅里纳答道,"我并不是不能忍耐,是经验让我这样做。在世界上还会有任何一块面包比这个更可怜、更靠不住、更劳苦的吗?那几乎和沿门求乞一样。对同伴的嫉妒、经理的偏私和观众天天变化的脾气,我们必须忍受多少气!说真的,我们必须有一张狗熊一样的皮,必须与猴犬为伍,系着链子被拉来拉去,受人鞭打,好随着风笛的节奏在儿童和下流人们的面前跳舞。"

维廉私下想着各种各样的事,却不愿当面说给这个善良的人听。他只是从远处用话来引逗他。那人也极为坦白,豪放了。

"一个剧院经理,"他说,"只为允许他在四个月之久的集市上多赚几个铜板,便拜倒在每个市议员的脚下,那恐怕不是必要的吧。我们的那位经理在别的时候虽然会给我添很多烦恼,但他实在是一个好人,我常常很同情他。一个好的演员要求他多加酬金,坏的他又不能解雇;如果他要出入相抵,那对于观众就太贵了,戏园子也空了,他只为的不要塌台,必须赔着钱,忍着苦唱下去。不,我的先生,你既然说你要照料我们,我就请求你最实际地向我爱人的父母说！请他们在这里帮我落脚谋生，只要能给我一个小录事或收税员的职务，我就觉得很幸福了。”

他们又交谈了几句话，维廉答应明天一清早就到他爱人的父母那里去，看看他能有什么法子，随即告辞了。刚刚留下他独自一个人，他松了口气，说出下边这些话来：“你这不幸的梅里纳，你不是在你的职业上，而是在你的自身里存在着这样不能自主的贫乏！世界上有什么人在没有内心的需求时空空地从事一种手艺、一种艺术或任何一种谋生的方式，会不像你一样感到自己的境况是不堪忍受的呢？谁生下来有什么才能，便在什么才能上用，在这里边便寻到他最美好的生活！大地上没有一件事不艰难！只有内在的行动、快乐和爱能帮助我们克服阻力，开辟道路，脱离别人可怜巴巴躲在里边的狭小范围。在你看来，舞台只不过是舞台，至于角色的串演，也正像小学生看待他的课程一般。你观看那些观众，就像他们在工作日彼此所看到的一个样。坐在账桌后，伏在画着横格的账簿上，将利钱填进去，把盈余提出来，对你说来这当然是没有区别的。你没有感觉到那熔为一炉的、集中的整体，只有智慧才能发现它，了解它，实现它。你没有感觉到在人们心中生存着一个更美好的火花，它若是得不到营养，若是得不到激励，便会被日常需要和麻木的灰烬淹没得更深，可是到头来它却永远也不会熄灭。你觉得在你灵魂里没有力量吹燃它，在你的心中也没有宝藏，纵使唤醒它，也没有养料供给它。饥饿在催迫你，种种的不快在与你为敌，你却不知道，在每一种职业里都埋伏着敌人，他们只要用快乐和平心静气便可以被征服的。你渴望走入一个普通职业的领域，那很好，究竟你能担任起什么样的职务呢！若是那职务要求精神和胆量，你把你的意见说给一个军人、一个政治家、一个牧师听，他们也会以同样多的理由抱怨自己职业的苦闷。是的，不是甚至于还有些人都已生气殆尽，将人的一生和本质都看成虚无，都看成一个苦恼的、灰尘一般的存在吗？若是那事业家的仪容在你的灵魂里活动，一团同情的火又温暖你的胸，你全身布满了从内心涌出的情调，若是你喉咙里的声音、你舌上的言语都听着悦耳，你觉得你自己是饱满的，那么你一定会找到地方和机会，处处能够感到自己的存在。"

我们的朋友这样说着，这样想着，已经脱去衣服，怀着最舒适的感觉上了床。他灵魂里一部整个的小说开展了，明天他将要代替这个不足称道的人去做事；愉快的幻想温存地引他入了睡乡，将他交给它们的姊妹，梦，这些梦敞开怀抱着我们的朋友，用那幸福的预感围绕着他静息的头。

一清早他就醒了，他考虑起他眼前的谈判。他又回到那被离弃了的父母的家中，他们很惊奇地迎接他。他很谦虚地叙述他的来意，很快便觉得，一切比起他先前所猜想的要困难得多。事情已经演出来了，纵使特别严肃，而坚强的人们对于过去的不能加以更改的事总还要施加威力，使事态更为恶化，但另一方面，凡事一成为事实，就在一大部分人的心情上也产生一种不可抵抗的力量，从先好像是不可能的事，只要发生了，也就立即可以在一般的事物之外取得它应有的地位。不久便商议妥了，梅里纳先生可以娶他们的女儿，但是因为她的品行不良，她一点陪嫁也不能带走，并且说定一份姑母的遗产还要在父亲的手里放几年，在此期间她只能得到微小的利息。第二点，关于社会的职业问题，遇到了更大的困难。他们不愿再在他们眼前看见这伤风败俗的孩子,他们是体面的家庭,甚至是一个教区监督的亲戚,现在她和一个浪人结合,他们绝不愿意让他住在这里永久败坏他们的家声,也很难希望公家的职员们能给他谋一个位置。父母对此都极力反对,维廉因为并不喜欢让他这不大看得起的人回到剧台上去,也确信他没有分享这幸福的资格,所以极力替他的职业说情,但是千方百计也不能成功。若是他早已看出那秘密的缘由,也绝不会费这么多的力气去游说她的父母。那父亲本来愿意把女儿留在身边,但是他怀恨那青年,因为他女人自己也曾向那青年表示过爱意,她把这女儿看成是一个成功的情敌,她不能容忍她活动在她的面前。于是梅里纳便不得不在几天后就违背自己的意志,带着他的少妇启程,那少妇却已经显出更大的快乐,她很愿意去游览世界并且让世界也有机会见到她,他们要在任何一个团体里寻求生计。

第 十 五 章

幸福的青春!初恋时幸福的岁月!人又像一个孩子似的,几小时之久的以回声取乐,费尽精神自言自语,对于这种消遣感到满足,纵使那看不见的对方从他所嚷出的话中只对最后的几个字发出回响。

维廉在他痴爱马利亚娜的初期是这样,后来更是这样,他把他情感中整个的宝藏都运到她这里来,同时他却把自己看成一个乞丐,仰仗着她的施舍生活。犹如太阳照耀的地方我们觉得格外怡心悦目一般,凡是围绕着她的和她所接触的一切,在他眼中也都变得美丽而光荣。

他多少次站在舞台的后台上,这是他从经理那里请求来的特权!那远景的魔术自然是消逝了,但是更有力的爱情魔力却才开始活动。他能几小时之久地站在醴醾的灯光装置旁边,吸着油蜡的浓烟,向外望他的情人,若是她走进来亲切地看一看他,他便快乐忘形,在梁柱和板架旁觉得置身于一种乐园的境界了。那乱草填起来的小羊,绢制的瀑布,硬纸的玫瑰树和只有一面墙的草屋在他心里激发起古代牧童世界中可爱的充满诗情的图画。甚至那些在近旁显得很丑的舞女,他也永不觉得讨厌,因为她们同他至爱的人是在一个舞台上,的确,那使玫瑰亭、番石榴树林和月光有了生气的爱情,甚至也能够给刨屑和纸片一种活泼的自然的外表。它是一种强烈的香料,就是淡薄而有恶味的肉汤也都从中得到厚味。

他时常看见她的小屋,随时也看到他本人就置身于那恶劣的环境里,所以这爱情的香料自然是必要的,好使那环境能够令人忍受,结果竟变得十分舒适。

在一个讲究的市民家庭里教养成人,秩序和清洁是他日常呼吸的元素,他从他父亲夸饰的性格中得到一部分遗传,他在童年时便懂得把他那称为他自己小国土的住房装饰得极为华丽。他的床帐挂成很大的褶纹,缀上流苏,像是人间常想象的宝座一样。他置办一张毡子铺在屋子中央,一条更精细的铺在桌子上,他是那样呆板地陈列他的书和用具,几乎能使一个荷兰画家为自己的静物画从中选择出几组良好的布局,他头上缠着一顶白巾,像是一个缠头,他让人把他睡衣的袖子按照东方的样式裁短。可是这里也有他的理由,因为宽大的袖子妨碍他写字。若是在晚间他独自一个人的时候，再也不怕被人搅扰，他便把一条丝质的大勋带围在身上，时常把从一所老兵器库里得来的一个匕首插在腰带上，背诵那分配给他的悲剧角色的戏词，练习身段，甚至就以剧中角色的身份跪在地毡上做完他的祈祷。

所以他在少年称赞戏子是如何幸福，因为他看见他们拥有这么多尊严的服装、盔甲和军械，总在练习一种高贵的举动，他们的精神仿佛捧出来的一座宝镜，照映着这世界在种种的景况、思想和热情上所呈现的庄严与华美。在维廉的想象中，一个戏子的家常生活也同样是一种高贵的行为和事业，里边登峰造极的那一点，就出现在舞台上，好像是银子被火炼了许久之后，终于色彩艳美，出现在工人的面前，同时向他显示，这种金属已经扬弃一切杂质，完全净化出来了。

最初，当他在他爱人那里，透过围绕着他的幸福的云雾，望见了桌椅和地板时，他是感到多么惊奇。那些暂时的、肤浅而虚伪的装饰的残余，都漫无秩序地凌乱地放着，就像一条鱼身上剥下来的放光的鳞衣。那些净洁人身的用具，像梳子、香皂、手巾和头油，都还带着它们被用过的痕迹同样地没有收藏起来。音乐，剧文，鞋，衬衣，假花，小盒，压发别针，粉匣，绦带，书籍，草帽，没有一件物品不屑彼此为邻，一切都被一种共同的元素，被扑粉和尘土给结合在一起了。可是因为维廉在她身边很少注意到旁的一切，凡是属于她的，凡是她所接触过的物件反而都变得很可爱，后来他就在这种紊乱的家务中发现了一种喜悦，这喜悦在他家里那整齐严肃的秩序中是永久感受不到的。如果他在一个地方拿开她的围腰，好去弹琴，又在另一个地方把她的裙子放在床上，好能够坐下，如果她自己以无拘无束的坦然态度,将许多平素为顾体面而时常对旁人隐瞒的自然事物也不向他隐瞒了,那么,他简直就会觉得,他每一瞬间都和她更接近一些,仿佛有一条看不见的带子把他二人紧密地联结在一起。

他最初几次拜访她时,每每在她那里遇见旁的戏子,然而他却不能也这样容易把他们的品格和他给他们下的定义联结在一起。他们只是在怠惰中忙碌,好像很少想到他们的职务和目的。关于一个剧本的艺术价值他从没有听他们谈过,他们既不说好,也不说坏,只提出这样的问题:这出戏会有什么影响?它是一出叫座的戏吗?它要演多久?它大约要演多少回?还有其余诸如此类的问题和谈论。随后又谈到经理,说他给的薪俸太吝啬了,特别是对某人某人不公平,随后又谈到观众,说他们很少给那值得喝彩的人喝彩,德国的剧院一天比一天改善了,戏子也按他们的成绩渐渐更被尊重了,但是尊重得还不够。随后又谈到咖啡馆和酒店里的事,某一个同伴有多少债,必须担受多少扣头,又谈到每星期薪俸的分配不均和敌派的阴谋:可是最后又把观众亲切的关注提出来讨论,也没有忘记提剧院对民族和全世界的教育的影响。

当他的马慢慢地载他回家,他仔细寻思他所遇到的各种各样的事时,那使维廉有许多时刻忐忑不安的一切,如今又重新活现在他的记忆里。他亲眼看见那个女孩的私奔在一个良好的家庭里甚至在整个的小城里所引起的骚动。大道上和法庭里的几幕活剧,梅里纳的意见和其余发生的事体,又都呈现出来,使他活泼而前进的精神陷入忧虑和不安,这不安他并未长时间担受,却纵马加鞭,驰向城里去。

可是在这条路上,他也只是向着新的愁烦里跑。他的朋友,也是他将来的妹丈,威纳在等候他,要同他开始进行一次严肃重要、预料不到的谈话。

威纳是受过磨炼,在生活里有一定规则的人们中的一个,这样的人我们普遍称作冷静的人,因为他们受了外界的刺激,喜愁不形于色。他和维廉的交往总伴随不断的争论,因此他们的感情反倒更为巩固了:他们的气质虽然不同,彼此却互相补充。威纳在维廉的杰出的虽有时过于奔放的精神上时时加些羁绊;威纳以此自傲,而维廉也屡屡感到一种光荣的胜利。他在热情激动中也会感动他小心谨慎的友人,他们就这样互相影响;他们天天见面,成为习惯。我们几乎应该这样说,那种想望彼此见面、互相讨论的心,由于彼此不能了解,反而增强了。根本讲起来,因为他二人都是善良的人,他们并肩走向一个目的,却永远不能了解,为什么谁也不能听从谁的意见。

近些时,威纳注意到,维廉的来访比较稀少了,就是谈到最喜欢讨论的题目,他也精神涣散,谈不下去,他不再耽于奇思幻想的栩栩如生的描述了,他在描述时最让人看得出一种自由的,在朋友面前得到平静和满足的心情。这位正确而谨慎的威纳最初还在他自己的行为里寻找错误,后来一些街谈巷议使他悟到那真实的痕迹,还有维廉一些不谨慎的地方更让他多明白了一些,他先从旁观察,随即发现维廉在一段时间以后曾公然拜访过一个女优,在剧院里和她谈话,也送她回过家。若是他们的夜会也被他知道,他一定会很失望;因为他听说马利亚娜是一个淫荡的少女,她多半是要骗他的朋友的钱,同时还交接一些下流的情人。

他刚刚具有相当的根据,把他的疑念化为确实,他便决心对维廉加以攻击,一切措辞都准备好了,这时维廉正懊恼而沮丧地从他的旅途上回来。

当天晚上,威纳便向他陈述他所知道的一切,先是心平气和,随后便带着一种善意的友情所具有的逼人的严峻,没有一句话不斩钉截铁,令他的朋友咀嚼一切的苦味,这苦味是冷静的人们时常怀着一种道义的幸灾乐祸的心情施舍给痴情的人们的。但是我们想象得到,他很难成功。维廉内心虽然激动,但是非常平静,他答道:"你不认识那个女孩子!表面的东西大半对她不利,但我确信她的忠诚与道德,就像我确信我的爱情一样。"

威纳坚持他的非难,他情愿举出证据,来当证人。维廉加以否认,便懊恼而气愤地离开他的朋友,像是一个牙痛的人,被一个笨拙的医生夹住他那根深蒂固的龋齿,白白地拔动了一下。

维廉觉得极不舒服,在他灵魂里先是由于一路的忧思,继而是由于威纳的不顾情面,他看着马利亚娜的情影失去了光彩,几乎变了形象。他采取最有效的方法,去恢复那完整的清明和美丽,于是他夜里踏着熟路跑到她那里去。她满怀欢喜接待他,因为他回来时曾经骑马由此走过,这夜里她正在等待他,那是不难想象的,一切狐疑不久都从他心中赶走了。是的,她的温柔又赢得他完全的信赖,他告诉她说,一般人和他的朋友是怎样苛酷地毁谤她。

各样快活的谈话引他们又谈到最初结识的时候,对这时的回忆永远是两个爱人最美的谈资。那引我们走入这爱情迷园的第一步是那么愉快。那最初的希望是这般销魂,使我们太喜欢回忆那时的情景。每人都想在对方面前保持一种优越:彼此都说是更早,更无偏私地爱上自己的爱人了;并且每一方面都希望这样的竞赛宁愿被征服，不愿征服了对方。

维廉向马利亚娜复述他时常听到的话，她不久便从戏台上把他的注意完全吸引到她一人身上，她的身段，她的演技，她的声音，牢牢地牵引着他。后来，他怎样只来观看她所演的戏，他怎样终于潜身到舞台上，时常已经挨近了她也没被她发现；随后他就兴奋地述说他得机向她献殷勤，同她攀谈起来的那个幸福的夜晚。

而马利亚娜却不愿意听他说她这样久没有注意到他。她说，在一次散步时曾经看见过他，她以描述他那天所穿的衣裳为证。她说那时他比什么人都中她的意，那时她就希望认识他。

维廉是多么喜欢相信这一切啊！她说，当他追求她的时候，她已经由一种不能抵制的行动给牵引到他身边了，她故意在舞台门的中间向他挨近，好仔细地看一看他，和他结识，最后他还不能摆脱矜持和羞臊，她才自己给他机会，迫切地请他去取一杯柠檬水，他是多么愿意相信她的话啊！

她述说她这短小传奇中的种种细枝末节，和她的爱人作爱情的竞赛，时间过得很快，维廉于是心满意足地离开他的爱人，意志坚决，毫不迟疑地实行他的计划。

第 十 六 章

凡是他旅途上所需要的，父亲和母亲都给他预备好了；只是由于行装上还有一些零碎东西没有备齐，他的行期又推迟了几天。维廉利用这个时候给马利亚娜写了一封信，他要在信里谈到她直到现在避而不谈的那件事。这封信措辞如下：

"我坐在亲爱的夜幕下，平素我都是在你的怀里被夜笼罩着，现在我思念你，写信给你，凡我所思量，所努力的，只是为了你。啊，马利亚娜！我这男人中最幸福的人，我觉得我像是一个新郎，也预感到有一个什么样的新世界将在他身内并且由于他而发展，他立在隆重的地毯上，当举行神圣的仪式时，他心绪万端，移身到神秘的帷幔前，从帷幔里迎面拂来爱情的抚爱。

"我极力克制自己，在几天以内不来看你；那是容易办到的，因为我希望将来永久同你在一起，我完全是你的人，以此作为补偿！我还得把我的愿望重述一番吗？也许这是必要的，因为好像你到现在还不理解我。

"我多少次在你心头探询一种永久结合的愿望，我用忠诚的微声探询，这忠诚，因为它希望把握住一切，反而不敢直说。你一定理解我，因为在你心里也必定有同样的愿望萌发；在每次接吻时，在那些幸福的夜晚二人密会的静息中，你一定了解我。那时我认识了你的谦虚，我的爱情是怎样更为增加！别的女子这时早就故弄媚姿，用强烈的阳光晒熟她爱人心中的决断，引诱出他爱情的告白，订下盟誓，但你却回避着，又把你爱人半开的心扉关住，做出漠不关心的样子，隐藏你的同意，可是我懂得你！如果我从这些暗示里认不出这纯洁的、没有私心的、只为朋友设想的爱情，那我该多么可怜啊！你放心信赖我吧！你是我的，我是你的，谁也不会离开谁，谁也不能失去谁，因为我活着是为了你，你活着是为了我。

"你接受我求婚的请求吧！郑重接受这多余的表示！我

们都感到了爱情中的一切快乐，但在始终不渝的信念里还有新的幸福。你不要问：怎样？不要操心！命运在为爱情操心，因为爱情是知足的，所以也更靠得住。

"我的心早就离开我父母的家庭了。它在你那里，就像我的精神萦绕着舞台一样。啊，我的爱人！有谁像我似的能享受到这种使自己的愿望桩桩兑现的权利？我也不能闭眼睡眠，你的爱和你的幸福犹如朝霞一般永远在我面前升降。

"我几乎按捺不住自己，恨不得立刻起身跑到你那里去，求得你的同意，明天清早便按我的目标奔向大世界。——不，我要克制我自己！我不愿冒昧地迈出这愚笨、大胆的步子。我的计划已经订好了，我愿静静地让它实现。

"我认识赛罗经理，我要去投奔他：一年前他时常向他的同人称赞我对剧院的热烈的爱好，这次他一定会欢迎我。我不愿参加你们的剧团，原因非只一端，赛罗演戏的地方离这里很远，开始我可以隐瞒我的行踪。我到了那里，马上就能谋到一个能够自立的生计。等我看看观众如何，和剧团熟识后，再来接你。

"马利亚娜，你看，为了将来我一定要使你成为我的人，我什么都能忍受；因为要这样久看不见你，只在远远的世界思念你，我本来有些担受不起。如果我以后仍然铭记着你始终不变的爱情，如果在我们分别前你不拒绝我的请求，在一个牧师面前把你的手递给我，我就会安心地走了。在我们中间那只是一个形式，但这是一种把天上的福搬到地上来的美好的形式。这仪式在贵族骑士所管领的邻邑很容易秘密举行。

"我的钱对我们开始的生活说来是很充足的，我们分配好，很够我们用，在没有用完之前，上天就会继续帮助我们。

"是的，最亲爱的人，我绝不畏缩。凡是这样快乐开始的，必然会达到一个幸福的结局，我从不怀疑，一个人如果不把事业当儿戏，肯定会找到求生之道，我觉我有足够的勇气，为两个人甚至更多的人赢得丰富的衣食。许多人说，人间是忘恩负义的；我却还没有觉到它是忘恩负义的，只要我们懂得用正当的方法为它做事就是了。想到这里时，我的整个灵魂都灼热了，有朝一日我在舞台上出现，我就将人们长久渴望听到的话说给他们听。我是这样醉心于剧院的高贵，若是我看见那些最可怜的戏子们妄自尊大，竟以为会有一种伟大的、恰当的词句正中我们的心怀，我的灵魂便会千百次地感到不安。他们总觉得，由假嗓音矫揉造作地唱出的声音更好，更纯洁。这些青年人由于粗俗笨拙所作的孽，真是闻所未闻。

　　"剧院时常和教会起争端。我觉得，它们不应该互相怨恨。我们多么盼望，神和自然只被高贵的人们在这两个地方赞颂！这都不是梦想，我最亲爱的人！像我在你心头能够感到你是在爱情里一般，我也把住那些光明的思想，并且说——我不愿说出，但是我愿意希望，我们有一天会像是一对神仙伴侣出现在人间，启发他们的心灵，触动他们的情绪，给他们天堂的享乐，就像是在你的胸前所赠给我的快乐一般确实，那快乐必须永久被称作天堂的，因为我们在那时觉得已经离开我们自己，超脱了我们的形骸。

　　"我不能住笔，我已经说得太多了，却不知有关你的话都说完了没有，因为有一个轮子在我心中旋转，它的运动不是语言所能表达的。

　　"你暂时接受这封信吧，我的亲爱的，我又读了它一遍，我觉得我应该从头开始。但它是包含着你需要知道的一切，请你准备好,等待着我不久怀着甜蜜的爱的欢悦回到你的怀抱。我觉得我像是一个囚犯正在监牢里偷偷地锯自己的刑具。我向我无忧无虑的双亲说声晚安!——珍重,我的爱人珍重!这次我住笔了。我的眼睛困得闭了两三次了,现在已是深夜了。"

第 十 七 章

当维廉把他的信折好放在袋中,一味思念马利亚娜时,这一天真是长极了;天还没有黑,他便一反往日的习惯走向她的寓所。他的计划是:先向她说一声,他夜里再来,随后离开她一些时,在未走之前,把这封信放在她手中,深夜里回来时便可得到她的回答,她的允许,或是用他爱抚的威力迫使她允许。他飞到她的怀中,在她胸前几乎再也不能自主了。最先是他情感的跳跃使他没有注意到,她这次不像往日那样热心回答;可是她不能长久隐藏不安的局面,她假托有病,不舒服,她抱怨她头痛,她不愿接受他今晚再来的提议。他没有感到什么不好,也不往下请求,但是觉得现在不是交给她信的时候。他把信留在衣袋里,因为她的种种动作和谈话都是在用一种客气的方法迫使他走开,他在他没有满足的爱情的迷醉中扯来一条她的围巾,揣在袋里,与初意相违地离开她的唇和她的门。他潜行到家里,但在家里也待不下去,更换了衣裳,又出去寻找自由的空气。

当他在几条街上走来走去时,他遇见一个不相识的人问某旅馆的地址；维廉走上来自荐，愿意指给他那座旅馆；凡是他们走过的地方，那外乡人都盘问街道的名称是什么，各个大建筑的主人是谁，随后又问到城中的一些警察设备，当他们走到旅馆门前时，他们已经谈得很投机了。那位外乡人硬拉着这位向导进去，要同他喝一杯朋士酒①。他同时说出他的姓名、籍贯，还有促使他到这里来的事务，他请求维廉也同样告诉他。维廉也同样没有隐瞒他的姓名和住址。

"你是那位曾经收藏许多艺术品的老麦斯特的令孙吗？"那外乡人问。

"对，我就是，祖父去世时，我才十岁，那时我痛苦万分，眼看着这些美丽的物品都变卖了。"

"你的父亲因此得了一大笔现款。"

"那么你知道那件事吗？"

"啊，是的，我还在你家里鉴赏过这个宝藏。你的祖父不只是一个收藏家，他也很懂得艺术，他在先前生活幸福的时代去过意大利，从那里带来了这些现在用什么价钱再也换不来的宝物。他藏有最好的画师的名画。若是翻阅他所收藏的素描，我们就几乎不相信我们的眼力了。在他的大理石雕刻中有几块无价的断石，铜器中也有一排很引人入胜的器具。他也从研究历史艺术的目的出发搜集了一些古钱。他有几个石雕博得一般人的好评。一切都陈列得也很合乎格式，虽然那老房子的房间和厅堂盖得很不对称。"

"你能够想象到，当那一切物件都搬下来，包裹起来时，我们这些孩子失掉了什么。那是我有生以来第一次悲哀的时

---

① 朋士酒是用酒、茶、糖、香料、果汁混合制成的饮料，又可译为五味酒。

刻。那些物件从儿时起就愉悦我们的心情，我们以为它们是和那所房子，这座城一样，不能变化，当我们看着它们渐渐消逝时，我也知道那些房间显得如何空旷。"

"我若是没有记错，你的父亲便是把那变卖来的资本交给一个邻人的商店，他和他合办了一个公司。"

"完全对！他们公司的投机事业都还成功。在这十二年中间，他们的财产增加了许多，他们二人只是更热心置身于他们的营业了。那位老威纳也有一个儿子，他很适于从事这种营业，他比我熟练得多。"

"我很惋惜，这个地方失去了一个像你祖父的收藏那样的宝藏。在它被变卖前不久，我还参观过它，我也可以说，我是这件买卖成功的主因。有一个很富的贵族是个艺术的爱好者，但是在做这样一桩重要的交易时他不敢相信自己一人的判断，他打发我到这里来，希望征得我的意见。我参观这个收藏用了六天之久，在第七天我劝告我的朋友不要犹疑，就交付这标示出来的全价好了。你那时是一个活泼的孩子，常在我身边转。你给我说明画中的对象，还能把这个收藏解释得很正确。"

"我还记得这样一个人，但是我几乎认不出那个人就是你。"

"这已经过去了很长时间了，我们多少都有了些改变。如果我记得对，其中有一幅你心爱的画，你简直不肯放我离开那幅画。"

"完全对！画的那段故事，是那病弱的王子怎样因爱慕他父亲的未婚妻而变憔悴。"

"那并不是最好的画，布局不好，色彩也不鲜明，笔法完全是矫揉造作的。"

"我那时不懂，现在也还不懂。画上触动我的是对象，而不是艺术。"

"你的祖父想的就和你不同，因为他收藏中的最大部分都是超乎寻常的物品，我们永远惊叹那些画师的成绩，他们处处得心应手，这幅画挂在最外边的前厅中，这就是不大看重它的表示。"

"正是那里，我们儿童可以永远在那儿玩耍，所以这幅画也给我一种永不磨灭的印象，纵使我现在立在那幅画前，就是我尊重你的批评，也不能消灭我的印象。不但是那时，就是现在，那画中的青年也使我不胜同情，他不得不把那甜美的冲动，那自然所赋予我们的最美的一部分，深深藏在自己的心里，把那使他和其他人感到温暖而富有生气的爱火埋在他胸中，致使他的内心在无限的痛苦中憔悴。我怎样惋惜那不幸的女子，她必须献身给一个人，虽然她的心已经找到了一种真实而纯洁的思想的尊荣的对象。"

"这种感情，自然距离一个艺术爱好者用以赏玩名画家作品的种种观察很远；但是，如果那收藏现在还归你家所有，你对于作品了解的能力也许自然会渐渐提高，致使你在艺术品中不只看见你自己和你的爱好。"

"那时变卖那个收藏确使我很惋惜，后来在较为成熟的年龄内我也更屡屡感到失掉它的苦痛；但是如果细细考量，那次变卖也可以说是必需的，为的是另有一种爱好、一种才能在我身上发展，那爱好与才能影响我的生活比那些没有生气的画图所做的要深刻得多，想到这，我宁可听天由命，还是尊崇那能够引导我和每个人向善的命运吧！"

"不幸我又听见'命运'二字从一个青年人的口中说出，他正处在这样一种年龄，他爱将他生动的爱好推诿那些具有较高的力量的意志。"

"那么你相信没有命运吗？不相信那支配我们，把一切都向着我们的至善引导的威力？"

"这里不是谈我的信仰，也不是解释我怎样把我们一切人所不能理解的事物弄得有几分可以琢磨的场合。这里只是这样一个问题：什么样的想象方法有益于我们的至善。这世界的组织是由必要与偶然组成的，人的理性居于二者之间，善于支配它们。它把必要看作生命的根基。它对偶然会加以顺导，率领，利用，并且只有理性在坚固不拔时，人才值得被称为地上的主宰。可怜那样的人，他从幼年起就习惯于在必要中见到一些专横的事物，又想把一种理性归诸偶然，他遵循这理性甚至就像信仰一种宗教。那不就是放弃他自己的理智，给他的爱好以绝对的地位吗？我们妄想虔诚，同时我们却不加考虑地道遥游荡，任凭舒适的偶然来摆布，归终把这样一个飘摇不定的生活结果称作一种神的引导。"

"往往是一个小小的机遇促使你选择这样一条路：在这条路上，不久就来了一个幸福的机会，于是一系列意想不到的事使你终于达到你自己都不曾看清的目的，难道你就从来也没有经历过这样的情形吗？难道这还不能唤起我们对命运的服从，对这样的引导的信赖吗？"

"按照这样的见解，就没有一个少女能保持她的德行，也没有人能保住他袋中的金钱了，因为到处都有丧德败财的动因。我只能喜欢这样的人：他知道什么于己于人是有利的，尽力限制他个人的任性，每个人都把他自己的幸福握在自己手中,就像艺术家运用颜料可以随意进行创作一样。但是料理这生活的艺术和从事一切的艺术一样,仅才能是我们天生的东西,而艺术则要求人们去学,去勤勤恳恳地练习。"

他二人说东道西又谈了些时候,他们终于分手了,好像谁也没有把谁说服,他们却约定第二天在一个地方会面。

维廉还在几条街上走来走去。他听见单簧管、号角和低音笛的声音,禁不住心潮起伏。是一些游方的歌者奏出一片悦耳的夜曲,他和他们说了说话,给了他们一块钱,他们就随着他来到马利亚娜房前。高高的树木点缀着那房前的广场,他让他的歌人停在树下,自己坐在一张距离不远的凳上休息,完全沉醉在这清爽的夜里围绕着他浮荡的歌声中。仰卧在美丽的星空下,他觉得他的生存就像一个黄金的梦。

——"她也在听这箫管的声音,"他心里说,"她感觉得到,是谁的思念,谁的爱,使夜充满这样悠扬悦耳的音乐。在分离中我们也被这些歌调连在一起,就像在每次分离中都被爱的细微的和声融合着一般。啊,两个相爱的心,它们像是两个磁性表:一个表里一动,其他的一个也必然跟着动;因为在两个表里发生作用的只是一个东西,只是一个穿行二者之间的力。我在她怀里怎么能想到会跟她分离呢?然而,我将离她而去,为我们的爱情寻找一块安身之地,将来好和她永久在一起。

"不知有多少次,我虽不在她身边,却尽在思念着她,我触动一本书、一件衣裳,或是任何一样东西,便觉得是触到了她的手,她总是这样萦绕在我的周围。我回想那些时刻:这些时刻逃避白日的光就像逃避冷酷无情的旁观人的目光一样,为了享受这些时刻,神仙们也可以决心放弃他们纯净幸福的无忧乐境！——我回想:仿佛我们能在回忆中重温那酒后的沉醉,这沉醉使我们被天绳所缠绕的官感冲开人间的拘束。——还有她的形体——"他沉在相思里,他的宁静化为热望,他抱住一棵树,在树皮上镇凉了他的热颊,夜风尽量地吸收从这纯洁的胸中激动地升腾出来的呼吸。他伸手去摸他从她那里拿来的那条围巾,发现他把它忘在家里了,还揣在先前的那件衣服里。在热望中,他口干唇燥,四肢战栗。

音乐停止了,奏乐时他的感觉升入一种仙境,如今他觉得仿佛又从这仙境里落下来了。他的不安渐渐增加,因为他再也感觉不到这些柔美的声音的滋养和抚慰了。他在她的门槛上坐下,心境已经平静了许多,他吻那用来敲她的门的黄铜门环,他吻她的脚迈来迈去的门槛,他用他心中的火温暖它。他又静静地坐了片刻,想她在她帷幔后,穿着白色的睡衣,头上缠着红带,正在安息,他想他自己离她是这样近,他竟觉得她现在必定在梦着他。他的思想是甜蜜的,就像暮色中的精灵;平静和想望在他的心中变换不息,爱用颤动着的手千番百样地抚动他的灵魂的弦;那天空的歌好像在他头顶上静静地停止了,好倾听他心中的温情的歌曲。

如果他身边有平素开马利亚娜家门的钥匙,他早就不能自持,闯入那爱的圣室了。可是他慢慢地走开,梦一般在树下摇晃着走去,他要回家,又一再回首顾盼;最后,当他克制了自己,起身走去,在拐角处又一回顾时,他仿佛看见马利亚娜的门开了,从里边走出来一个黑影。他离得太远,看不清楚,他刚要聚精会神仔细地看一看,这影像已经在夜中消逝了;只是他觉得又远远地看见她从一所白色的房子前边溜过去。他站住,眨一眨眼,他正要壮起胆去追,那幻象又不见了。他应该往哪里去追她呢？如果那是一个人，那么，是哪条街把这个人收入自己的怀抱了呢？

就好像一个人在闪电给他照亮了那个地方的一角以后，立刻用那双被照花了的眼睛在黑暗中寻找先前的形体和纵横的道路，却什么也寻找不到一样，而今维廉眼前的情形是这样，维廉心里的情形也是这样。又好像午夜里的一个鬼魂制造出许多非常的恐怖，在定了定神以后，便知道那只是内心恐怖的幻影，这可怕的现象却无尽无休地将疑虑留在他的灵魂里一样，维廉在他最大的不安中也是这样，他靠在拐角的指路石上，没有注意到黎明和鸡叫，一直等到早晨的集市开始活动，他才被赶回家去。

当他回来时，他几乎已经用适当的理由把这不期而遇的幻影从他灵魂里赶尽；然而，这夜的优美情调如今也过去了，他回想它时总觉得他那时是坠入了迷茫的雾中。为了宽慰自己的心，为了加强又恢复原状的信仰，他从先前穿的那件衣服的衣袋里取出那条围巾。一张纸条落地的声音使那围巾又离开他的唇；他捡起来，读道：

"小傻瓜，我太爱你了！你昨天有什么不快吗？今天晚上我到你这里来。我相信，从这里走开，使你痛苦；但是请你忍耐，到年会时我就赶来看你。你听我说，不要再给我穿那件青绿色的上衣了，你穿着它简直跟隐多珥的女巫一模一样。我不是因此把那件白色的便服送给你了吗？我希望在我的怀里有一只白色的小羊。寄信给我，要永远经过年老的希比利的手；魔鬼已经指定她做传信的神使了。"

第 二 部

第 一 章

凡是在我们眼前以全副精力孜孜不倦地达到一种志愿的人，不管我们对他的目的是赞美还是责备，他总能得到我们的关怀；但是只要这件事一成定局，我们的目光也就立刻离开了他。凡是告以结束、处理完毕的一切，绝不能再吸引我们的注意，特别是我们很早就预言一定会有坏结果的那种事。

所以，我们的读者就不必费神去知道我们这位失恋朋友的哀痛和当他眼看着他的希求与愿望都这样出乎意料地被破坏时他所沦入的苦难了。可是我们要越过几年，希望在见到他活跃于他的事业和享乐中时再提到他，前此只不过是为了全故事的关联而简略地叙述一番。

瘟疫或恶性的热病若是在一个健全、多血的身体内发作，它们会沸腾得更快，更厉害，那可怜的维廉就这样意想不到地被一个不幸的运命所压倒，在一瞬间他的全部生命都失去了常态。大概像是焰火正在装置的时候走了火，那些精心穿凿了、填实了的皮壳，若是按着某一种手续排列、燃点，便会在空中描画出光华变幻的火花，这时却紊乱而危险地四下里横飞乱炸，如今在他的胸中也是幸福和希望，欢情和快乐，事实和梦想，都忽然遭难，紊乱不堪。我们的朋友在这样混乱的时刻麻木了，他急求解救，他觉得失却感觉竟是一种恩惠。

随后便是接连不断的痛苦的时日,那是广大无边,轮环不息,又故意更新的痛苦,可是这些日子也可以被看成一种自然的恩泽。这时,维廉还没有完全失去他的爱人。他的痛苦是日新月异不断的尝试,在想象中把那从他灵魂里逃出的幸福,重新捉住,给他永别的欢情制造一些余韵。正如一个身体,只要它还在继续腐化,只要那些平素赋予各部机能以生命力,如今已不能按照它们旧日的功能而活动的力量,还在机能的破坏处劳作,我们绝不能说这个身体是完全死亡了。等到一切都精枯力竭,看着全体都化作淡漠的灰尘,那时在我们的心内才生成那可怜的、空虚的、死的感觉,只有用永存着的呼吸润泽了。

在这样一种新鲜、充实、亲切的心情中有许多东西要被撕裂、破坏、戕杀,而那可以迅速恢复的青春的活力又在促进和加深这巨大的痛苦。这番活剧触动了他全部的根源。威纳,他患难中的挚友,满腔热血握住火与剑,把一段他所憎恨的痴情,把这段荒唐事,攻击得体无完肤。机会是这样巧,证据是这样现成,有多少故事和传说他不会利用呢?他这样激愤残暴地步步进迫,也不让他的朋友去尝尝那暂时自己欺骗自己的迷魂汤,隔断了一切他能够从这种绝望里解救出的避难所,终归是上天不愿意让他的骄子从此沉沦,而让他身罹重病,好从另一方面赋予他一些生机。

一场沉重的热病,连带着医药,紧张,衰弱,家人的劳碌,还有因为缺乏和需要才真正感到的朋友们的友爱,这些都是分散痛苦的因素,足以排解他的心境。等到维廉略见痊愈,也就是他的力量都耗尽了的时候,他回头一看那干枯的痛苦深渊,就好像俯视一座烧干了的空洞的火山口一般,不禁大为失惊。

他痛切地责备他自己,在这样大的损失后,居然还能有一种不痛不痒、平静淡漠的时刻。他蔑视他自己的心,渴望那哀苦和眼泪的琼浆。

为了再唤起哀苦和眼泪,他便一幕幕回想过去的幸福。他极生动地描画出当时的景象,又努力身临其境。如果在想象中他达到快乐的极峰,如果昔日的阳光好像又温暖他的肢体,开阔他的心胸,他便再一次回顾那恐怖的深渊,带着新奇的目光向那毁灭一切的深处望去,并投身其中,从自然中迫使那深切的痛苦再现。他用这种轮环不息的残暴蹂躏自己,因为青年富有浑厚的生命力,当他在一种损失所引起的痛苦上再添加这么多自己制造的悲哀,好像他要提高这损失的价值,他并不知道他所浪费的精神。他坚信,这损失是他一生中唯一的损失,是第一个也是最后一个损失,任何一种终将使他想起这些悲哀的安慰他都憎恶。

第 二 章

他已经习惯于这样自苦,他现在也以恶意的批评从各方面抨击在恋爱之后和爱情之外给他以最大快乐和希望的一切,也就是抨击他作为诗人和戏剧家的才能。他在他的作品中看见的,无非是一些俗文旧套的空疏模仿,没有任何价值;他认为那只是用牵强的韵脚拼凑起来的单调的节律,其中夹杂着平凡的思想和情感。凡是能使他重新振作的各种希望,各种快乐,他都放弃了。

他演戏的才能也没有进步。他现在才明白,从前没有发现他的虚荣,而那些虚荣也正是这种自负的基础。他的身段,他的台步,他的科白,都有毛病,他断然否定种种优点和种种使他出类拔萃的成绩,他静然的绝望因此渐渐增加,到了极度。因为要是割断一个女人的爱是艰难的,那么摆脱和文艺女神们的来往,承认永久不配和她们交际,绝念于大众对于我们的扮演,我们的态度,我们的声音所给的最好、最亲切的喝彩,这种心情也不会不使人痛苦。

我们的朋友就这样完全绝念了,他同时专心一意地从事商业。他的朋友深为惊讶,他的父亲却十分满意,在账房和贸易所,在店铺和栈房,没有人比他更勤勉;通信,结账,凡是嘱托他经办的事,他都非常勤勉而热心地办成。自然,维廉的勤勉并不是我们生来就该有条不紊地工作时能使人得到报酬的快乐的勤勉,这是以最大的决心为基础、由信念所孕育并由内心的自觉所鼓舞、充满义务感的安详的勤勉;但是这勤勉纵使有最美的意识给它以无上的奖赏,他也时常不能遏止涌上心头的长叹。

维廉就这样勤劳地过了一些时间,他相信那段命运的严酷考验对他确有莫大的好处。他很欢喜。他发现他在生命途中虽然受过折磨,却早早地得到了教训,不致像旁人更晚而更艰难地悔改青年时代的混沌所引入的错误,因为人们一般都是能多久便多久不肯把藏在自己心中的人打发走,承认自己的主要错误,服从那使他人濒于绝望之境的真理。

他虽然如此决心放弃他最喜爱的计划,可是要使他完全确信他的不幸,也需要一些时间。然而他终于用适当的理由全盘毁却每个对于爱情、对于诗的创作和个人表演的希望,他甚至于鼓起勇气,把他一切愚蠢的痕迹和一切还能使他回忆的事体完全消灭。于是他在一个凉爽的晚上,燃起壁炉中的火,取出一个纪念匣,里面有百多种零碎物件,这都是在有意义的时刻从马利亚娜那里得来或是抢来的。每一朵枯花都令他想到它在蓓蕾初放时插在她发际的样子,每个小纸条都令他想到她约请他的良辰,每个襟前花结都令他想到他的头静静依过的地方,想到她美丽的胸脯。那些他相信早已被戕杀了的情感难道就不许开始蠢动了吗?那自从离开了他的爱人以后,已经听他指挥的痴情,就不许在这些小纪念品的面前又有势力了吗?因为在郁闷的天气里,只有一线透射的阳光向我们显示出快乐时刻里使人兴奋的光彩,我们才觉得这天气是怎样令人忧愁不快。

所以,他亲眼看着这些保藏如此长久的宝物一件件在烟火中化为灰烬,并不是无动于衷。有几次他踌躇着停住了,当他决心想用他少年时习作的诗稿重新燃旺渐熄的火时,还剩有一串珠链和一条纱围巾。

直到现在,凡是自他懂事以来从他笔头上流露出来的一切,他都小心翼翼地保藏着。他的文稿都还捆成一捆放在箱底,那是他想逃亡也随身带着的时候,包裹好了的。那时捆起,如今又打开,是怎样地如同隔世!

如果我们在某种情形下写了一封信,封好火漆,寄给一个朋友,但没有寄到,却给我们退回来了,经过一些时候,我们又打开它,拆开我们自己的漆印,由于和我们的故我闲谈就像是和另外一个人一样,我们一定会产生一种特殊的感觉。一种相似的心情剧烈地攫住我们的朋友,他打开一个包裹,把撕毁了的稿本投入火中。在它们正熊熊燃起的时候，威纳走进来了，他看见这欢腾的火焰很惊讶，他问这是怎么回事。

"这就是一个证明，"维廉说，"我要郑重其事地放弃一种不是我天赋所禀的事务。"他一边说一边把第二包投入火中。威纳要拦住他，可是纸包已经落在火里了。

"我看不透，你怎么这样走极端，"他说，"难道这些作品不是杰作，就应该完全被毁灭吗？"

"因为一首诗若不是杰作就不应该存在。凡是没有才能贡献出最好作品的人，都应该离开艺术，并要仔细留神一切艺术的诱惑。自然在每个人心中都引起一种迷离不定的想望，他总想模仿他所看见的事物，但是这种想望绝不能证明在我们身上有无能够完成我们的企图的力量。你看那些儿童，每逢走索人在城里出现，他们便在一切厚板上、梁木上走来走去，取平衡的姿势，直到另外一种刺激又把他们引到一种类似的游戏上为止。你在我们朋友圈中没有注意到吗？每逢一个音乐的名手举行过演奏会，就总有几个人立即开始学习这同样的乐器。有多少人迷惑在这条路上！谁能很快发现愿望和力量不相符合的错误，谁是幸福的。"

威纳反驳他，谈论越发兴奋了，维廉不无感动，对他的朋友复申他屡屡以此自苦的论证。威纳以为，我们若是对于一种才能只有几分爱好和技巧，而因为绝不能做到完美的境界便放弃它，是不合乎理性的。世上的确有些空时间我们可以利用，而且我们慢慢地也会弄出些东西来，以供自己和旁人的娱乐。

我们的朋友对于这个问题完全是另外的意见，他立刻截住他的话头，他非常生动地说：

"亲爱的朋友，一个作品的最初的想象就必须充满整个灵魂，若是你以为它能在零碎搏节起来的时间内产生，那你就错了。不，诗人必须完全在他所爱的对象里生活。他得天独厚，胸里蕴藏着一个永久滋生的宝物。他也必须不为外物所扰，和他的宝物在静静的幸福中生活，这幸福是一个富人用他周围丰饶的财产怎么也享乐不到的。你看那些人，他们怎么向着幸福和娱乐奔驰！他们的愿望，他们的劳苦，他们的金钱，都在孜孜以求，可是追求什么呢？追求诗人从自然里所得到的事物，追求旁人对自己的同情，追求一种和许多常不一致的事物的和谐的共存。

　　"除了人们不能把自己的观念和事实联系在一起，享乐从人们的手中逃脱，人们所想望的东西又来得太晚，凡是我们所达到的和所争取到的一切并不能在他们心上产生出使我们在远方也心怀渴望的影响，还有什么能使人们更感不安呢？恰像对待神一样，运命也使诗人超脱这一切。他看着那些情欲、家庭和政治的纷扰都在盲目地活动，他看着那些误会的不可解的谜团惹出不能形容的祸乱，其实这些误会只需一字便能点破。他同情每个人命运的悲哀和欢喜。若是俗人们遭了损失在一种心力交瘁的忧郁里度日如年，或是在无形的快乐中迎接他的运命，那么诗人的敏感而活泼的灵魂便像是从黑夜走向白昼的太阳。对于欢喜与悲哀，他用轻轻的变幻弹奏着他的竖琴。根须在他的心田上生长出美丽的智慧花朵，当旁人睁着眼睛做梦，被那些离奇想象吓得失魂落魄时，他却像是一个独醒的人，体验着人生的梦境，他觉得所有的奇迹是过去，同时也是将来，所以诗人同时是教育家、预言家、神和人的朋友，不是吗！你要他降格从事一种可怜的营生吗？他生来便像一只飞鸟,他要翱翔世界,营巢在高高的山巅,在树枝交映处取此嫩芽和果实做养料,难道他同时也应该牛一般地拖犁,狗一般地在猎场上追踪兽迹,或者竟至于戴上圈锁,用他的吠声看守一所农家的庄院吗?"

威纳倾听着,不胜惊讶,这是我们能够想象得到的。"但愿人们生成鸟儿一般,"他打断他的话头,"不纺不织,能够在固定的享乐中度他美好的时日!但愿他们在冬天到来的时候便轻飞远举,躲开贫乏,也不受寒冷的侵袭!"

"诗人在那高贵的事物还被人看重的时代就这样生活过,"维廉高声说,"他应该永远这样生活。在那时代他内心丰富,无须向外边讨求。让大家在甜美的、与每个对象相吻合的词句与曲调中享受他的才能、美的感觉和华丽的图像,从来就使世人神往,而且对聪明人来说永远是一份丰富的遗产。在王家宫廷,富豪席上,爱人门前,大家的耳和灵魂对于旁的事物都关闭了,只倾听诗人的歌声,那歌声犹如从我们穿入的树丛里非常感人地涌出来的夜莺的声音,我们便私自庆幸,被感动得停止了脚步!他们在那时遇到一个好客的世界,他们的外表卑下的地位只能更抬高他们。英雄倾听他们的歌曲,举世的雄才也崇拜诗人,因为他觉得,若没有诗人,他不可一世的生活将只像一阵暴风吹过。情人愿意如同诗人灵感的唇所能描述的一般,那样千变万化而又和谐地感到他的想望和他的享乐;如果能认识并提高一切价值的诗人精神的光辉不照在富豪的财富上面,就是在富豪的眼里,他的财产和他的偶像也从来不会这样珍贵。是的,随你怎么说,除了诗人以外,有谁还创造过群神,有谁把我们排入神列,又把诸神混入人群中。"

"我的朋友，"威纳沉思了一些时，答道，"你对诗人世界的感受既然如此生动，而又硬要把它从你的灵魂里排斥出去，我对此总感到很惋惜。我实在惶惑不解，你一点儿也不宽恕自己，反而由于这样一种痛苦的诉念的冲突自寻苦恼，并且随着这一桩天真的快乐而放弃其余一切享受。"

"我可以向你承认吗，我的朋友，"维廉回答，"我向你坦白地说，那些图像，不管我怎样躲避，它们还总在追逐我，而且我一检查我的内心，一切旧日的愿望也坚固地、比往日更坚固地在这里边缔结着，我这样，你不会觉得我可笑吗？可是我这不幸的人，在我面前还剩下什么呢？啊，我这精神的手臂，我曾经用它们把握无穷，又希望确实掌握住一种伟大，谁若预先告诉我说，这双臂将要这样快地摔得粉碎，那他也许早就把我引入绝望的境地了。现在，判决已经对我宣告了，我已经失却那能够代替神明引我奔向我的理想里去的人儿，此时此刻除去把我交给最深切的痛苦，还能怎样呢？啊，老兄，"他继续说，"我不否认，我觉得她在我秘密的计划里是一座绳梯之所系的吊钩。这冒险者正危险地怀着希望在半空里摇晃时，铁钩断了，他跌在希望的脚下。现在，我是没有安慰，也没有希望了！"他跳起来高声说，"这些倒霉的文稿我一点也不让它们存留。"他又拿起几本撕开，投在火里。威纳要制止他，但是无效。"让我烧吧！"维廉说，"这些可怜的稿子还有什么用，它们对于我既不是安慰，也不是鼓舞了。要它们苟延存在，苦恼我直到我生命的尽头吗？要它们将来激发不起人们的同情和兴奋，只为世人传为笑柄吗？可怜我啊，可怜我的命运！我现在才理解那些诗人的怨诉，那些由于经历过灾难变聪明了的忧愁者的怨诉。有多么久我以为我是不能破坏的，不能伤害的啊！我现在一看，一个早年的深深的疮疤再也不能封口，再也不能痊愈。我觉得我必须一直把它带到坟墓里去。不！这痛苦没有一天会躲开我，它归终还要断送我的生命，就是对于她的怀念也要永久伴着我，伴我生，伴我死，对于这么一个贱人的怀念——啊，我的朋友！若是我从心里说——她也不完全是下贱的人。一想到她的地位，她的命运，我对她便宽恕了，已经千百次地宽恕了。我过于残忍了，是你毫无怜悯，把你的冷酷、你的无情交给了我，是你抓住我这被搅乱了的心情，并且阻挡我为她为我去做我二人应该做的事，谁知道，我把她放在怎样的境况里，我渐渐才良心发作，我是把她丢弃在怎样失望、怎样举目无援的境界里了！那是可能的吗？她自己能够慰解自己，那是可能的吗？有多少误解能够淆乱世界，有多少机缘又能够给最大的错误求得原谅！我又怎样时时想到，她想必是一只手托着腮，在寂静里呆坐着。——她说，这就是她向我起誓时所说的忠诚，爱情，结合我们在一起的美好的人生因这粗暴的打击而结束了！"他泪流成河，抱头伏在桌上，剩下没有烧的纸稿都被泪水沾湿了。

威纳站在一旁，十分窘迫。他没有想到他的热情又这样快地燃烧起来。他几次想打断他朋友的话头，几次要把谈话引到旁的方面去，但全然无效！他不能抵抗这汹涌的潮流。这时那恒久的友情又执行它的职守了。他等候维廉的激烈痛苦的发作过去，只是从旁静听，他要使他看出一种正直的、纯洁的关怀，他二人便这样过了一晚。维廉沉入痛苦的寂静的余感中，威纳却被这热情的重新爆发吓住，这热情，他以为是久已被约束，并且被良好的劝告和热诚的说服给克制住了。

第 三 章

经过这番旧情的发作,维廉通常只是更热心地从事商务和事业。他要逃避那座又来诱惑他的迷宫,这是最好的道路了。他对待生人的和蔼可亲的态度,他几乎能用各种语言写信的能力,使他父亲和他父亲的商友对他所抱的希望日渐增加;对他那场病他们虽然不明原因,他们的计划中途也遭停顿,如今他们却得到了安慰。现在他们又第二次决定让维廉出门办事。我们看见他骑在马上,身后是行囊,走进山地,那自由的空气和活动正鼓舞着他,他是受了嘱托,要在那里料理一些事务。

他慢慢地穿过山谷,心中十分喜悦。他初次看见悬崖、流溪、翠壁、深渊,可是他昔日青春的梦却早就在这样的地方萦绕过了。他觉得自己在赏玩风景时整个精神又焕然一新了,凡是曾经忍受过的痛苦都从他的灵魂里洗去,他全身轻快,背诵各样的诗句,尤其是《忠实的牧童》一诗。这出戏在寂寞的所在是成片成套地涌到他的记忆里来的。他也想起他自己的诗歌里的许多字句,他特别满意地背诵着。他利用过去的一切形象抒发感情,使面前展开的世界变得更加生动,他一步步走进将来,他预感到必将做出许多重要的事业,体验许多奇妙的遭逢。

有许多人接连成队,由他后边走来,向他打一个招呼又走过去,离开大路匆匆忙忙踏上斜陡的小径,他们有几次打断他寂静的消遣，可是他并没有注意他们。最后有一个爱说话的行路人和他搭上伴，告诉他这些人上山巡礼的原因。

"在高庄那里，"他说，"今天晚上要演一出戏剧，所以邻村的人们都聚到这里来了。"

"怎么，"维廉大声说，"在这寂寞的山区，浓密的林间，戏剧的艺术竟也寻到了一条道路，建筑起一座庙堂吗？我也得去参拜他们的盛会吗？"

"如果你听说这出戏是由谁来演，"那人说道，"你会更为惊奇。在这地方有一个大工厂，它养着许多人，工厂主人说起来是和一切人间的社交都离得远远的，冬天，他除去发起让那些工人串演喜剧外，再也没有更好的供他们消遣的方法。他禁止他们斗牌，还希望他们不要沾染粗俗的恶习。

"他们于是便演戏消磨他们的长晚，今天是那老人的生日，为了庆祝，他们要举行一个特别的盛会。"

维廉到了他要在那里过夜的高庄。他在工厂附近下了马，这工厂的主人也列在他的欠债人的名单上。

当他道出他的姓名时，那老人惊奇地叫道："唉，我的先生，你就是那位正直的人的儿子吗？我非常感谢他，直到现在我还欠他的钱，令尊对我真是宽宏大度，如果我再不立刻高高兴兴地还钱，我必定是个坏蛋。你来的时候正好，你可以看出我对这件事是多么认真。"

他喊他的太太过来，她看见这位青年，也是同样欢喜，她说，维廉很像他的父亲，可是她很惋惜，因为客人太多，今晚不能留他住。

事务直截了当地办好了。维廉把一卷金钱揣在口袋里，他希望其余的事务也都这样顺利。

演戏的时刻到了,大家只是还在等候林务局长,最后他也来了,他同几个猎夫走进来,大家隆重地招待他。

全体客人随即被引入戏院,这戏院是一座紧靠花园的谷仓改造成的。戏院舞台都没有特别的趣味,却是摆设得爽眼可爱。工厂做工的画匠里有一个人曾经在省城戏院里当过助手,他现在布置的树林、大街和房屋自然不免有些粗糙。剧本是他们从一个游行剧团里借来的,按着他们自己的脾胃加了一番剪裁,就这样,也足以消遣。两个情人连用诡计,要把他们共同爱的一个女孩从她的保护人那里拐走,同时又互相争夺,这样便弄出来各样有趣的局面。这是我们的朋友在很长久的时间后所看到的第一出戏。他有很多感想。那戏尽是动作,但没有真正的性格描画。它使人满意,快乐,一切戏剧艺术的开始都是这样。粗人只要看见一些事在演变,便满足了;受过教育的人则要去感受,只有有修养的人才觉得沉思是愉快的。

他真愿意随处从旁帮助那些演员,因为只要稍加改善,他们就会演得更好。

越来越浓的烟气搅扰他静静的观察。这出戏开演不久,林务局长便燃起他的烟斗,随后一位一位都不客气起来。局长的几条大狗也讨厌地出现了。它们本来都关在门外,可是不久便从后门找到路线进来,跑上舞台,向着演员奔驰,最后一跳越过音乐台,到了它们主人的身边,它们主人坐的是池子里的头等座位。

余兴剧是举行祭礼。一幅画像画着年老的工厂主人穿一身新郎的衣裳,画像就放在祭坛上,周围挂满花圈。所有的演员都取极谦逊的姿势向他致敬。他最小的孩子穿着白衣走过来,用韵语演说一遍,因此全家族,甚至那林务局长,因为同时想到他自己的子女,都感动得流出眼泪来了。这段就这样终结了。维廉不能不登上舞台,靠近看一看那几个女戏子,他称赞她们的表演,他就她们的未来发展贡献了一些意见。

我们的朋友的其余在大大小小的山区里所料理的事务结束得并不都这样顺利,这样有趣。有些欠债人请求延期,有些不客气,有些拒绝偿还。根据他的任务,他应当对几个人起诉。他必须找律师,向他诉说详情,亲自上法庭,还有许多同样不快的事项。

即使有人对他表示敬意,他也感到十分不快。他只是很少遇见能够给他一些指导的人;只有少数人,他可以希望和他们发生一种有益的商业关系。因为现在雨季也不幸到了,在这些地方骑马旅行确有许多令人难耐的艰难,所以当他又走近平地时,他不禁感谢上天。他在阳光中看见一座和悦的村镇躺在山脚下一片美丽富饶的平原上,城后是一条温驯的河流。在那城里他并没有事务,但是也正是因为这个缘故,他决定在那里停留几天,让自己和在坏路上受了许多罪的马稍事休息。

第 四 章

维廉走进市场旁的一座旅馆,里边很快活,至少是很热闹的。一大群走索、跳高、变戏法的人,拥着一个强壮的汉子,率领女人和孩子已经搬进来了。在他们预备演出的时候,还接连不断地说笑打闹,一会儿和旅馆主人,一会儿又在自己人中间争吵起来,如果说他们的吵闹是讨厌的,那么他们快乐的表示就简直是令人不能忍受的了。维廉犹豫不决,心里盘算:是走开呢,还是住下去?他站在门口,看那些工人着手在广场上搭台架。

一个女孩提着玫瑰和其他的鲜花走来走去,把花篮捧在他的面前,他买了一束美丽的花,别出心裁地把花束编成另外一个样子,满意地赏玩着,这时广场旁另一座旅馆有扇窗子开了,露出一个身材娇娆的女子。虽然离得远,他也能看出她的脸上洋溢着令人爱慕的愉快表情。她浅黄的头发自然地散垂到脖颈;她好像在打量这个外乡人。过了一会儿,从那座旅馆的门里走出一个男孩,围着一条理发师用的围裙,穿一件白色的短上衣,朝维廉走来,向他行着礼说:"窗里的那个小姐叫我问问先生,你肯不肯把这些漂亮的花分给她一点?"——"全都可以奉送。"维廉回答,说着就把花束递给小僮,同时向那女子行一个礼,她也和蔼地答了一礼,从窗口退回去了。

他吟味着这段风流韵事,走上楼梯回自己的屋里去,这时从对面跳来一个小孩,引起他的注意。短短的小绸背心,西班牙式裂口的双袖,窄长而带有鼓肚的裤子,衬得这小孩十分娇爱。又长又黑的头发有的卷成鬈,有的编成辫子,缠在头上。他惊讶地观看这个小孩的体态,不能判定他是男孩,还是女孩。可是不久他就判定是一个女孩。她走过他身旁时,他截住她,向她道了一声好,问她是谁家的孩子;虽然他一下子就看出,她必定是杂技团里的一个成员。孩子用锐利的黑眼睛斜看他一眼,便脱身跑到厨房里去,没有回答。

他走上楼梯,看见宽敞的前厅里有两个男子在练习剑术,不过更像是在彼此较量技巧。一个显然是住在旅馆里的杂技团里的人，另一个具有比较不很粗俗的外表。维廉在一旁观看，很在行地惊赏二人的技术；过了不久，那个有黑胡须的、强健的人离开了比剑场，另一个却拿过剑来，十分客气地要向维廉领教。

维廉回答说："如果你愿意收一个学剑术的学生，那我就敢和你试几个回合。"他们一块儿比起剑来，虽然这个不认识的人比维廉高明得多，可是他十分客气，断言一切都在于练习；其实维廉也显示出他从前曾受过一个良好的精通此道的德国剑师的指导。

他们的谈话被一阵骚乱打断了，五光十色的杂技团正从旅馆里出来，去向全城宣传他们的表演，好使大家对他们的艺术产生好奇心理。一个鼓手在前开路，杂技团老板骑着马跟在后边，再后是一个舞女骑在一匹同样的瘦马上，身前还抱着一个全身装饰着绦带和金箔的小孩。其余的队伍都是步行，其中几个人做出惊险的姿势，肩头上还轻便而舒适地扛着小孩，那年轻、黑头发、忧郁的女孩又重新引起维廉的注意。

杂技团里的小丑在拥挤不堪的群众中跑来跑去逗趣，开些庸俗的玩笑，亲这个女孩一个嘴，打那个男孩一下，他散发传单，在群众中唤起不能遏制的好奇心，都想跑近去看他。

在印好的广告上写着杂技团里各种各样的节目，尤其是一个纳七斯先生的和一个兰利内特姑娘的节目，特别加以标识，这两个人是主要角色，他们聪明乖巧，不跟大队混在一起，因此保持一种较为高贵的外表，唤起更大的好奇心。

大队游行时，那个漂亮的邻家女子又在窗口出现了，维廉并没有错过机会，向和他比剑的人打听，这女子是什么人。

他——我们暂且把他叫作雷欧提斯——很愿意尽力,愿陪他到她那里去。他微笑说:"不久以前一个剧团在这里散了伙,我和这个姑娘都是这剧团里留下来的人。这地方的优美感动了我们,我们想在这里耽一些时,清闲地消费我们撙节下来的一些现钱,此外,我们还有一个朋友到外边去给他自己和我们找职业了。"

雷欧提斯立即陪着他新结识的人走到菲利娜的门前,他让他等一会儿,自己到隔壁的小铺去买一些糖果。"你一定会感谢我,"他回来时向他说,"我给你介绍一个这么有趣的朋友。"

那姑娘穿着一双轻便的高跟拖鞋,从屋里迎出来。她把一件黑色的短外套披在自己白色的便衣上,正因为便衣不十分洁净,赋予她一个家常而舒适的外表;她的短裙子让我们看到一双世上最秀美的脚。

"很欢迎!"她向维廉叫道,"请接受我对这些漂亮的花的感谢吧。"她一只手领着他走进屋里,同时用另一只手把花束插在胸前。他们坐下后,就随便闲谈起来,她却很会使谈话发生有趣的转折。雷欧提斯把些炒扁桃仁撒在她的怀里,她立即抓起来吃。"你看,这个年轻人真是个孩子!"她叫道,"他是要让你相信我是一个好吃零食的能手,其实他自己才正是一个不吃零食就不能活的人呢。"

"你让我们承认吧,"雷欧提斯说,"关于吃零食,正像许多事一样,我们都愿意互相搭伴。譬如,"他接着说,"今天的天气很好,我正想,我们可以出去散散步,在磨坊里吃午饭。"——"很愿意,"菲利娜说,"我们必须给我们新朋友一个小小的变化。"雷欧提斯跳着走开,因为他从来不一步一步地走;维廉要回去理一理他一路上弄得很紊乱的头发。"你可以在这儿梳理!"她说着,叫来她的小僮,很客气地强迫维廉脱去上衣,给他披上她梳妆时穿的外罩,让他在她面前理发。"我们不该耽误时间,"她说,"因为我们不知道我们能在一块儿待多久。"

那小僮与其说是笨拙,倒不如说是顽强抗拒,他态度不好,乱揪维廉的头发,他好像不肯尽快地把头发梳完。菲利娜为他的无礼,骂了他几次,最后还是不能忍耐地推开他,把他赶出门去。于是她就自己不辞劳苦,非常轻巧而细致地动手梳理我们的朋友的头发,虽然她也显得不慌不忙,时而弄弄这里,时而弄弄那里,同时她也不能避免,使她的膝盖接触他的膝盖,让那束花和她的胸挨近他的唇边,使他好几次都被诱惑得想吻一吻它们。

当维廉用一把刮粉的小刀刮净了他的额头时,她向他说,"你把它揣起来做纪念吧。"那是一把精致的小刀,钢质的刀柄上刻着几个多情的字:思念着我。维廉收了小刀,谢谢她,还请她允许,将来也送给她一些小小的回赠。

不久都穿戴整齐。雷欧提斯雇来马车,一次很有趣的郊游就开始了。路上凡是遇到向菲利娜求乞的穷人,她都从车窗内扔出一些钱,同时向他们大声说着爽快而亲热的话。

他们刚到磨坊,订下了饭菜,就听见门前有一片音乐声。那是矿工们弹着齐特琴①和三角琴用生动而尖锐的声音在唱各种有趣的歌曲。唱不多久,就拥来一群人,围着他们形成一个圈子,磨坊里的客人也从窗口向他们点头喝彩。他们看到

① 齐特琴,德国山地居民的一种乐器,相当于中国说琴书时敲打的扬琴。

大家都在注意,便扩大他们的圈子,好像在准备一出最重要的表演。停息了一会儿以后,走出一个矿工,拿着一把锄头,当旁人弹奏一个严肃的曲调时,他做出试探掘矿的姿势。

他掘了不久,人群里走出一个农夫,矿工用威胁的手势使他会意,他应该从这里走开。磨坊里的客人一看很惊讶,直等到他张开口,用朗诵的口气骂那矿工竟敢挖掘他的田地时,他们才认出这农夫是一个矿工装扮的。矿工并不惊慌失措,反而开始教育农夫,他说他有权在这里挖掘,同时告诉他采矿的重要意义。农夫不懂得生疏的专门名词,提出各样愚蠢的问题,那些自觉聪明的观众听着都哈哈大笑。矿工给他详加解释,证明若是地下的宝物都挖掘出来,最后他也会得到利益。农夫最初用拳头威吓他,后来渐渐被他说得心平气和,彼此分手时已成为很好的朋友;特别是矿工用最光荣的方式免却了这场争斗。

"在这段小小的对话上,"维廉在吃饭的时候说,"我们得到极生动的例子,若是我们把人的行为,职业和企业从它们好的、值得赞美的方面,并且根据国家必须尊敬和保护它们的观点,把它们表演在舞台上,戏剧对各阶层会有多么大的好处啊,而国家本身也势必从中得到许多利益。现在我们只会表演人间可笑的一方面,喜剧作家恰恰只是一个严苛的监督,他有警醒的眼光,到处发现他的同胞们的弱点,他若能诽谤他们一下,便好像很高兴。概览各阶级自然的、交互的影响,指导一个知嘲善讽的作家工作,这对于一个政治家不是一个愉快而有意义的工作吗?我确信,沿着这样的道路,能够编出一些很有趣,同时又有用而愉快的剧本。"

"凡是我流浪过的地方,"雷欧提斯说,"我所能看到的,他们只会禁止、阻碍、拒绝；至于管理、促进、酬劳，却很少见。他们对于世上的一切都任其自然，直到它们变成有害的东西；随后他们就愤怒起来，给以攻击。"

"让政府和那些官员给我滚开吧，"菲利娜说，"我觉得他们除去头戴假发盖外，就什么也没有了，一个假发盖，不管是谁戴着，总是惹得我们手指发痒；我想立即把它从高贵的老爷的头上摘下来，在屋里跳来跳去，嘲笑他的秃头。"

她悠扬地唱起几段生动的歌曲，打断谈话，催促赶快回去，不要耽误晚间观看走索人的技艺。她在归路上继续她对于穷人的施舍，逗趣到了忘乎所以的地步，最后她和她的游伴钱都花光了，她还从车窗里把她的草帽扔给一个女孩，把她的围巾扔给一个老太婆。

菲利娜请这两个游伴到她家里去，因为据她说，观看这公开的表演，从她的窗口要比在旁的旅馆里看好得多。

他们来到时，看见架子已搭起来了，后边悬挂几条毡子遮饰着。跳板已经放好了，松绳系在柱子上，紧绳绷在架子上。广场上满是人群，窗口也被某些较高阶层的观客给占下了。

小丑耍弄一些傻态，观众看着不住大笑，先引起全场的注意和愉快的心情。几个小孩用他们的身体表演最稀奇的软功夫，激起一阵惊奇，一阵悚惧，当维廉观看那个他在初次见面便已感兴趣的小女孩费力地做出奇异的姿势时，他再也不能遏制他的深切的同情了。可是不久那些快乐的跳手又激起一片生动的欢悦，他们先是单独地，随即一个跟着一个，最后是一块儿向前向后地在空中翻着跟斗。全场都大声鼓掌欢呼。

但是现在大家的注意力转到另一个对象上。小孩子一个跟着一个踩上绳索，最初是学徒们，用他们的练习延长表演的时间,并且把技术的艰难做给大家看。后来也走上几个男子和成年的妇女,都做得相当熟练;只是不见纳七斯先生,也不见兰利内特姑娘出场。

最后他二人也从一种用红色帷幕张起的帐篷里出现,他们秀美的身体和伶俐的打扮满足了观众们被宣传所培养起来的想望。他是一个活泼少年,中等身材,黑眼睛,梳着一条粗辫,她美好健壮也不弱于他;二人动作轻盈,跳跃自如,姿态奇异,顺序在绳上表演。她的轻巧,他的大胆,加上二人表演技术的精确,每一步一跳都使大家的兴致不断高涨。他们举止的端庄和旁人对他们表面上的照顾,都给他们一种好像他们就是全队首脑的外表,每个人都觉得他们不愧为头等角色。

观众的兴奋普及到窗口的观客,太太们目不转睛地望着纳七斯,先生们望着兰利内特。大家欢呼,文雅一点的观众也不禁鼓掌喝彩;几乎没人拿小丑取笑了。当队中走出几个人捧着锡盘子挤入人群里收钱时,只有少数人偷偷走开。

"我觉得他们的表演很成功,"维廉向靠着窗子躺在他身边的菲利娜说,"我很惊服他们的智巧,他们善于使小的节目也发生作用,渐渐引人入胜,他们是怎样把小孩子的幼稚和头等角色的妙技组成一个整体,先引起我们的注意,随后给我们无上的快乐。"

观众渐渐走开,广场也空了,这时菲利娜和雷欧提斯就纳七斯和兰利内特的身材和技巧发生了争辩,二人互相讥笑。维廉看见那个奇异的小孩在大街上站在玩耍的孩子们的旁边,他让菲利娜注意她,天性活泼的菲利娜立即向她喊叫,招手,她不肯上来,菲利娜于是唱着歌囊囊地走下楼梯,把她带上来了。

当她引孩子进门时，她说："这是一个哑谜。"孩子在门口停住，好像又要逃脱似的，右手放在胸前，左手放在额上，深深地鞠了一个躬。"你不要害怕，可爱的小孩。"维廉说，并且向她走去。她用怀疑的眼光望着他，走近了几步。

"你叫什么？"他问。——"他们叫我迷娘。"——"你儿岁了？"——"那可没人数过。"——"你的父亲是谁？"——"那个大魔鬼死了。"

"这可真奇怪啦！"菲利娜喊道。他们还问了她一些事；她说着不流利的德语，用一种特别严肃的态度回答；每次都把手放在胸前和额上，深深地弯着腰。

维廉看她看不够。他的眼和他的心不能抵抗地被这孩子神秘的情况吸住了。他估计她有十二三岁；她的身体长得很好，只是她的四肢在期待着更为强壮的发育，或者预示一种发育的停滞。她的外貌不很端正，但是惹人注意；她额上充满神秘，她的鼻子非常美，她的嘴虽然闭着，好像和她的年龄不相称，嘴唇也时常向一边努动，却依然是诚实的，妩媚的。从脂粉里几乎看不出她棕褐的面色。她的形体给维廉深刻的印象，他不住地观看她，默默无言，他一味端详，竟忘却他身边的人。菲利娜把些残余的糖果递给女孩，表示让她走开，这才把维廉从梦中唤醒。和方才一样，她鞠一个躬，闪电般地从门口走出去了。

这三个新结识的朋友晚间分手时，约定明天再作一次郊游。他们要在另一个地方，在一座邻近的猎人馆里吃午饭。这天晚上，维廉还说了些称赞菲利娜的话，雷欧提斯只是简单而敷衍地回答着。

第二天早晨，他们又练习了一小时的剑术，便到菲利娜的旅馆里去,事先他们已经看见雇妥的车来到旅馆的门前。但是车又不见了,维廉非常惊讶,更使他惊讶的是旅馆里也找不到菲利娜。人们说,今天早晨来了几位客人,她和他们坐上这辆车走了。我们的朋友本来打算在她身边得到愉快的消遣,如今却不能隐藏他的懊丧。雷欧提斯反而笑着说:"她这样正中我的意!这完全符合她的作风!让我们自己到猎人馆去吧;她爱在哪儿就在哪儿,我们不要为她耽误我们的游玩。"

维廉在半路上继续责备这种反复无常的行为,雷欧提斯说:"若有人忠实于他的性格,我并不觉得是反复无常。若是她预计做些什么,或对人有什么诺言,只有在这种默契的条件下才能实现:那就是预计的实行或诺言的实践对她说来是轻松的。她乐于赠送,但人们必须永久准备着,把她的赠送再还给她。"

"这是一种奇怪的性格。"维廉回答。

"并不奇怪,只不过她不是伪善者,因此我喜欢她,我是她的朋友,因为她这样坦率地表现了我有充足理由所憎恨的女性。我认为她是真正的夏娃,女性的原始祖母;所有的女人都是这样,只是她们不肯承认罢了。"

雷欧提斯很生动地表示他对于女性的憎恨,可是并没有说出憎恨的理由,谈来谈去,他们已经到了树林旁,维廉神情沮丧地走进树林,因为雷欧提斯的意见又促使他回想起他和马利亚娜的关系。离一个阴凉的泉源不远,在茂盛的老树下,他们看见菲利娜独自一人坐在一张石桌的旁边。她迎着他们唱一支快乐的小曲,雷欧提斯问她的客人都在哪里,她说:"我把他们戏弄得好苦;他们也正值得我这么戏弄。半路上我就考验他们是不是慷慨大方,随后我看出他们都是穷开心的,我立即决定要惩罚他们一下。我们到了目的地,他们问茶房,这里有什么;茶房像通常那样,口若悬河地述说了这里所有的一切,就是没有的他也说有。我看他们很窘,彼此张目瞠视,结结巴巴地问菜的价钱。'你们为什么要考虑这么久,'我喊道,'预备酒席是一个女人的事,你们让我来办吧。'我就订下一桌荒唐的午餐,一些东西还要派人到邻近去取。我向茶房努一努嘴,他领会我的用意,他帮助我,我们使他们想象这桌丰富的盛宴是这样可怕,致使他们索性决定要到树林里去散一散步,我们想他们是不会再回来的。我独自笑了一刻多钟,现在,一想起那几个面孔来,我还是要笑呢。"午饭时雷欧提斯又想起一些类似的事件;他们述说些可笑的故事、误解和欺骗,十分惬意。

一个青年带着一本书悄悄地穿入树林,他是他们在这城里的熟人,他在他们这里坐下,赞美这美丽的场所。他指给他们欣赏淙淙的泉水、树枝的摆动、树隙处投下来的阳光、鸟儿的歌唱。菲利娜唱着一首鹧鸪小曲,青年听着好像不大适意;不久他就起身告辞走了。

"我再也不要听关于自然和自然风景的话了,"他走后,菲利娜这样说,"让人在我们面前计算我们享受的快乐,这比什么都讨厌。天气好,就去散步,伴舞的音乐奏起来了,就去跳舞。谁喜欢空空地想着音乐,想着好天气呢,哪怕只是想一瞬间?我们是对跳舞的人感兴趣,而不是对提琴,一双蓝眼睛觉得看着一双美丽的黑眼睛是舒服的。泉和井,老朽的菩提树又有什么用呢?"她这样说时,目光看了一下对面坐着的维廉的眼睛,他不能抵御,这目光至少已经逼近他的心门。

"你说得对,"维廉回答,有几分窘,"人对于人是最有兴趣的,并且应该只是使人感兴趣。所有围绕我们的一切,或者只是我们生活的要素,或者是我们使用的工具。我们在那些事物上流连越久,注意越深,分心越多,对于我们自己的价值的感觉和对于社会的感觉也就会越发薄弱。凡是特别重视园艺、房屋、衣履、装饰或是任何一种所有物的人,都比较地不和蔼,缺乏社会性;他们忽略了人,而使人欢喜、使人团结,只有很少数的人才办得到。在舞台上我们不也看得到吗?一个好演员能使我们很快便忘却贫乏而粗笨的布景,反过来说,最漂亮的舞台才真正使人感到好演员的缺乏。"

饭后菲利娜坐在树荫下茂盛的草地上。她的两个朋友给她采来大量的花朵。她编织一个丰满的花环,戴在头上,她于是变得出人意料的妩媚。剩下的花还够再编一个,两个男子在她身旁坐下,她又编第二个花环。他们互相调笑戏谑,花环在这中间编好了,她以无限的温柔把它放在维廉的头上,她挪动它不止一次,直到它好像戴正了为止。"这样看来,我将空无所有了。"雷欧提斯说。

"绝不会,"菲利娜回答,"你不要抱怨。"她从头上取下她自己的花环,给雷欧提斯戴上。

"我们若是情敌,"雷欧提斯说,"我们就会很热烈地争执,二人中间你对谁恩爱更多。"

"那你们就成为真正的傻子了。"她回答,同时她向他弯过身来,把嘴儿递给他接吻,但是她立刻又转过去,用胳膊缠着维廉,在他唇上也给了一个生动的吻。"哪一个味道更好呢?"她逗弄着问。

"好极了!"雷欧提斯叫道,"好像这样一些东西绝不能有苦艾的味道的。"

"也不过和任何一种赠品差不多，"菲利娜说，"这赠品是用不着嫉妒和固执就可以享受的。现在，"她叫道，"我还有跳一小时舞的兴致，随后我们就该回去看高手们的表演了。"

　　他们到了猎人馆，看见那里正奏着音乐。菲利娜是一个跳舞的能手，她鼓舞起她的两个游侣的兴致。维廉不是手脚笨拙，只是缺乏技术上的训练。他的两个朋友决定将来教他。

　　他们来晚了。走索人已经开始表演他们的技艺。广场上聚集了许多观众，可是当我们的朋友们走下车时，他们看见一阵喧哗把一大群人招引到维廉住的旅馆门前。维廉跑过去，想看看是怎么回事，他挤过人群，惊诧地看到走索团的主人用力揪住那可爱的孩子的头发，从房里往外拉，用鞭子杆无情地向弱小的身上抽打。

　　维廉闪电一般向那男人扑去，抓住他的胸脯。"放开这个孩子！"他喊叫着，像是一个疯人，"不然，我们就拼个你死我活。"他同时用一种只有在盛怒时才能有的力量掐住那人的喉咙，几乎把他掐死，那人这才放开孩子，反过身来抵抗维廉。几个同情这个孩子而又不敢带头打抱不平的人，都立即阻止住走索人，解除他的武器，用许多咒骂来威胁他。他现在看见他的武器只限于一张嘴了，才恶狠狠地威吓着，咒骂着说：这个懒惰的废物不肯尽她的职责；她拒绝跳他已经预告给观众的鸡蛋舞；他要打死她，谁也不能阻挡。他设法脱身，去寻找那逃入人群里的孩子。维廉截住他叫道："在你没有在法庭上交代清楚，说明这孩子是从什么地方偷来的以前，就不准你看她，也不准你动她一动；我一定要弄个水落石出；你休想走开。"维廉在盛怒下说出这些话来,一点没加考虑,也没有目的,只由于一种朦胧的感觉,或者说是一时的感情,但是这些话却忽然把那气势汹汹的人给制服了。他说:"我跟这个废物有什么相干!只要你偿付我在她衣服上用的钱,你就可以把她带走;今天晚上我们还可以商量。"说完他就跑去继续照料中断了的表演,再献演几段精彩的节目来平息观众的不安。

一切都平静了,维廉便去寻找那个孩子,但是到处都找不到。有人说在顶楼里,又有人说在邻家房顶上看见了她。在各处寻找了一遍以后,大家只好安静下来,看她是否会自己回来。

这时纳七斯正回旅馆来,维廉问他那孩子的遭遇和身世。他一无所知,因为他到这杂技团来还不久;他反而轻狂浮薄地述说了些他个人的遭遇。当维廉为了他获得的热烈的喝彩向他祝福时,他却表示很淡漠。他说:"人们取笑我们,又赞赏我们的技艺,我们都习以为常了,但我们的一切并不由于这特殊的喝彩而有所改善。老板给我们工钱,他愿意看的是他怎样成功。"说完他就告辞,想迅速走开。

维廉问他,这样忙要到哪里去呢?这青年微笑着承认,他的身体和才能还招引了一种比大众的喝彩更为实惠的喝彩。他收到了几个姑娘的密信,她们都热望更进一步认识他,可是他担心他要做的拜访在夜半前还不能结束。他接着毫无顾忌地谈起他的风流韵事,若不是维廉谢绝了这样谈人阴私,客客气气地离开他,他会把姓名、街道和房屋都给说出来了。

这时雷欧提斯在和兰利内特闲谈,他夸赞她真不愧是一个女性，并且永久是一个女性。

关于那孩子的谈判开始了，那个老板只要三十个塔勒①就肯把她交给我们的朋友，这黑胡须、暴躁的意大利人就完全放弃他的权利。关于孩子的身世，他只说自从他的由于精明干练被称为大魔鬼的哥哥去世后，他就把她接养过来，此外什么也没有说。

第二天又寻找孩子，找了一早晨。大家搜遍了旅馆和邻家所有的角落，都没有找到；她是不见了，人们担心，她可能跳到水里去了，或是另外寻了什么短见。

菲利娜的娇媚不能排解我们朋友的不安。一整天他都是在忧虑中度过的。晚间跳高走索的人们卖尽力气，向观众讨好，也不能振奋和宽慰他的心情。

因为邻近的乡镇也来参加，人数更多了，喝彩的雪球越滚越大。卖艺人跳过刀剑，穿过纸底的大桶，耸动了全场观众。一个强壮的男子把头和脚一边顶在一把椅子上，在他悬空的身体上放着一块铁砧，有几个强健的铁匠在上边锤炼一块马蹄铁，这节目引起普遍的震骇、恐惧和惊奇。

所谓"海勾勒斯之勇"②——一排人站在下边一排人的肩上，上边又站着些女人和青年，最后形成一座活动的金字塔，顶上一个小孩头向下，脚向上，充作塔顶和风旗——在这一带地方还从来没有见过，它隆重地结束了全部的表演。纳七斯和兰利内特坐在抬椅上，让其余的人扛着，在群众欢呼中穿过城里最繁华的大街。大家把些带子、花束、丝手帕向他们抛

①　塔勒，银币的名称，从十六世纪到十九世纪在德国各邦使用。
②　海勾勒斯，又译赫拉克勒斯，是希腊神话里最勇敢有力的英雄，这里是一个节目的名称。

去,都抢着要仔细看看他们的面貌。若是看到他们,并且赢得他们的一顾,便都像感到幸福似的。

"哪个演员,哪个作家,甚至一般人,如果他由于任何一段高贵的言论或一件好的事业引起这样普遍的印象,能不觉得自己是在希望的顶点呢?如果人们能够把善良的、高贵的、对于人类有意义的情感也这样快地像过电一般地散布开,在群众中激起同样的兴奋,像这些人由于他们身体上的灵巧所做的一般,那该是怎样可贵的感觉啊!如果人们能够把一切人性的感情给予群众,如果人们能够用关于幸福和不幸、智慧和愚蠢,甚至荒唐和粗笨的表象来激动他们,震撼他们,并且使他们凝滞的内心又自由地,生动而纯洁地活动,那该有多么好啊!"我们的朋友这样说着,可是因为菲利娜和雷欧提斯都好像不乐意继续这样的讨论,他就独自享受他一向爱好的观察,直到深夜他还围着城散步,他那无羁无绊的想象力又一次极生动、极自由地追踪他那旧日的愿望:通过戏剧来体现人类的善良、高贵和伟大。

第 五 章

第二天,那些走索人吵吵闹闹地搬走了以后,迷娘立刻又出现了,这时维廉和雷欧提斯正在大厅里继续练习剑术。"你藏在哪里了?"维廉和蔼地问,"你让我们好担心。"孩子不回答,只是看着他。"你现在是我们的了,"雷欧提斯说,"我们把你买下了。"——"你花了多少钱?"孩子冷静地问。——

"一百个都卡特①，"雷欧提斯回答，"如果你付出那么多钱，你就能够自由。"——"这不太多吗?"孩子问。——"啊，是的，只要你品行端正。"——"我愿意侍奉你们。"她回答。

从这时起她就仔细留心茶房怎样侍奉这两个朋友，第二天她就再也不许他进屋里来了。一切她都要自己来做，她服务诚然有些缓慢，有时也不伶俐，可是很周到又十分小心。

她常常跑到一个水盆旁去洗脸，非常急躁用力，几乎把脸皮都擦破了，直到雷欧提斯通过追问和戏谑才知道，她是竭力想洗去她两颊上的脂粉，她洗时过于着急，竟把自己擦出来的红晕也当作难以除去的脂粉了。他们给她解释明白，她才放手，她恢复平静后，显露出她那棕褐的、被一些红晕衬托起来的面色。

对菲利娜放荡的娇媚、迷娘的神秘的情况，维廉虽不肯承认，事实上却极感兴趣，它使他在这奇异的团体里度过许多天，他自己可是辩解说，因为练习剑术和跳舞才留在这里，他觉得这机会是不容易再得的。

一天他忽然看见梅里纳夫妇来了②，他很惊讶，也有几分欢喜。那两个人在初会面的快乐的寒暄之后，便打听女经理和其他演员的下落，他们听到女经理久已不在这里，演员们除去少数几个人也都分散了的消息后，吃了一惊。

关于这对青年夫妇的结合，我们知道，维廉给了不少帮助，他们结婚后曾经到几个地方寻找职业，都没有找到，最后到这小城里来了，因为他们半路上遇见了几个人，都说在这里

---

① 都卡特，一种金币的名称，直到一八五七年止，在德国各邦使用。

② 梅里纳是一个演员，一个女子爱上了他，和他一起逃亡;后来由于维廉的帮助，他们结了婚。事见第一部第十三章。

看过好戏。

大家彼此介绍时，菲利娜不喜欢梅里纳太太，活泼的雷欧提斯也很不喜欢梅里纳先生。他们想立刻摆脱这两个新来的人，维廉不能改变他们二人的意见，虽然他一再向他们保证，这都是正直的人。

我们这三个风流男女维持到现在的快乐生活由于团体的扩大不止一端地被搅扰了；因为梅里纳在旅馆里（他正巧在菲利娜住的旅馆里找到地方）一开始就贪小便宜，找麻烦。他要花少量的钱得到更好的住房、更丰富的饭菜、更周到的侍奉。不久店主和茶房都摆出懊恼的面孔，旁人为了使生活快乐，对一切感到满意，为了不要总记着吃了些什么，付钱也很快，但是梅里纳通常在付账之前还要把饭菜再从头品评一番，致使菲利娜干脆把他叫作一个反刍动物。

这洒脱的女子觉得梅里纳太太更讨厌。这个年轻的女子不是没有教养，可是她缺乏精神和灵魂。她朗诵得不坏，她也总爱朗诵；可是我们不久便感觉到，那只是一种字句的朗诵，有些地方极不自然，整个的情感也表达不出来。虽然如此，她并不容易使一个人，特别不容易使男人们感到不快。和她来往的人们反倒说她有美好的理智：一言以蔽之，她是一个"毫无主见的女子"；她重视一个男朋友对她的尊敬，她会特别殷勤地讨好他，尽其可能地附和他的思想；一旦那些思想超越她的视线，她就狂热地接受这样一个新的幻象。她懂得什么地方该说，什么地方该静默；她虽然没有阴险的心术，但是极其小心地注意旁人的弱点在什么地方。

第 六 章

这时梅里纳已详细打听到从前剧团经理部丢下的物件的下落。布景以及戏装都抵押给几个商人了,一个公证人得到女经理的嘱托,在某种条件下,如果有爱好的人就可以直接出售。梅里纳要看看这些东西,拉着维廉一同去。人们给他们打开储藏室,维廉很喜爱这些东西,可是他自己并不承认。折损了的布景虽然败坏不堪,土耳其式和异教徒的衣裳,男丑和女丑的旧戏衣,魔术师、犹太人和牧师的法衣,虽然都一点也不耀目,可是他却抵御不住这种感觉:在这个类似古董店的近旁,他感到了他生命里最幸福的时刻。若是梅里纳能够看透他的心,他会更加热烈地怂恿他拿出一笔钱赎出这些散乱的物件,加以整理,重新又组成一整套完美的道具。“只要有二百个塔勒,就能够获得这些舞台上初步的必需品而开业了,”梅里纳说,“能做到这一点,我该多么幸福啊!我多么希望赶快成立一个小剧团,我们也就可以在这城里,在这地方生活了。”维廉没有言语,二人沉思着离开这又封闭起来的宝物。

从这时起,梅里纳不谈论旁的,只是设计和建议如何组织一个剧团,如何获得利益。他设法引起菲利娜和雷欧提斯的兴趣,他们也向维廉建议,劝他垫出钱来接收抵押品。但他在这时才真感到,他早就不应该在这里停留这么久:他婉言谢绝,并且要准备继续他的旅行。

这期间,他觉得迷娘的身材和性格变得更为动人了。这孩子的举止动作有一些特殊的风趣。她不好好地上楼下楼，却是跳跃，她跳过过道的栏杆，人们还没有觉察到，她已经坐在柜橱上，静静地在休息了。维廉也注意到，她对每个人都有一种特殊的行礼姿势。一段时间以来，她向他行礼是交叉着手放在胸前。她有些天一言不发，有时又插嘴回答各样的问题，总是很离奇的，当她说一口掺杂着法语和意大利语的不完整的德国话时，我们竟不能分辨，那是说俏皮话呢，还是语言的不纯熟。做起事来，这孩子永不疲倦，早晨同太阳一块儿起来；晚间却到时候就不见了，她睡在一间小屋里，躺在光地上，想要说服她，叫她设一张床或者铺一张草席，是怎么也不会成功的。他时常看见她洗濯。她的衣裳也是洁净的，虽然件件都几乎补缀了两三次。有人也告诉维廉说，她天天一清早就去望弥撒，他有一回尾随着她走到那里，看见她手握念珠在礼拜堂的一角跪着，很虔诚地祈祷。她没有注意到他；他回家来，对这孩子做出多样的推测，却总是捉摸不定。

梅里纳迫切需要一笔钱赎买舞台上的用具，这更使维廉想离此他去。他要趁着今天是寄信的日子，给他的家人写一封信，他们已许久不曾得到他的消息了；他也开始给威纳写信，述说他奇异的遭遇，但他在许多地方都不自觉地规避了事实，已经写得相当长了，等他把信纸翻过来，才懊丧地发现，上边已经写着几行从他的怀中日记里给梅里纳太太抄下来的诗。他烦恼地撕碎信纸，推延到下一次寄信的日子，再重新写他的自白。

第 七 章

我们的剧团又一次地聚集起来了,菲利娜对每匹走过去的马、每辆开过来的车都非常注意,一天,她极兴奋地喊:"我们的老学究!我们人人爱的老学究来了!还有谁在他身边呢?"她喊着,从窗口向外招手,车停住了。

一个可怜的穷鬼走下车来,从他那套只有在学院里才能腐旧成这样子的、磨坏了的灰褐上衣和破损的裤子看来,人们真会把他当作一个年老的学士看的。他向菲利娜脱帽致意,露出一头扑粉扑得很坏并且极不自然的假发,菲利娜向他行了无数的吻手礼。

正如她觉得爱一部分男人和享受他们的爱是她的幸福一样,她也确是常常得到不小的快乐,而对另外一些她在这瞬间所不爱的人,她却总用一种很轻浮的态度去嘲弄他们。

她迎接这个老朋友所引起的一片喧哗,使人们忘记注意跟在他后面的其他人。可是维廉好像认识那两个女子和一个同她们一起进来的上了年纪的人。他不久便想起来了,几年前他曾经有许多次在那到他家乡演过戏的剧团里看见过这三个人。两个女孩现在长大了;但是这老人很少改变。他一向是扮演好脾气、饶舌的老人,这样的人在德国舞台上总不缺乏,而且人们在一般生活里也可以常常遇到。正因为这是我们国人的性格,做好事不尚夸耀,所以他们很少想到有这样的情形,做正义的事也不妨华丽优美,他们反而被一种矛盾的精神所驱使,容易陷入一种错误,就是用一个引人烦厌的人物从反面来表演他们最可爱的道德。

这样的角色我们这位演员演得很好,他时常专心一意地表演,致使他因而在一般生活上也现出类似的态度。

维廉刚一认出他来,便大为感动,因为他回想,他怎样时常看见他和他爱过的马利亚娜一起在舞台上出现;他还听过他咒骂她的媚人的声音,在一些戏里她这种声音常遭到他的粗暴的对待。

这几个新来的客人一到,就提出一个热烈的问题,外边能不能得到或者有无希望得到一个职业,可惜回答的是个否字,人们听着他们述说,问到的几个剧团都有人满之患,其中几个甚至都担忧,目前的战事恐怕要使剧团解散了。饶舌老人和他的女儿们都由于心情恶劣,想转换空气,放弃了一个有利的契约,同这位半路上遇见的老学究合雇了一辆车,来到这里,可是在这里他们觉得也需要好好地筹划一下。

在大家很热闹地谈论他们的事务时,维廉只是沉思着。他想和老人单独谈话,他想听到,可是又怕听到关于马利亚娜的消息,他非常局促不安。

这新来的两个女子的旖旎并不能使他脱离他的梦境;这时忽然发生了一阵争吵,引起他的注意。弗里德里希,那常常侍奉菲利娜的浅黄头发的小僮,当他被命令铺桌子开饭的时候,这次却不肯服从。"我负的责任是侍奉你,"他叫喊着,"却不是侍候一切的人。"他们激烈地争辩起来。菲利娜坚持他必须尽他的职务,当他执拗不服从时,她直截了当地向他说:"你愿意到哪里去就到哪里去吧。"

"你难道以为我就不能离开你吗?"他喊着,顽梗地走开,捆起行李，立即跑出去了。"迷娘，你去，"菲利娜说，"给我们拿来我们需要的东西；告诉茶房，你帮他侍奉我们。"

迷娘走到维廉的面前，用简洁的语气问："我应该吗？我可以吗？"维廉回答："我的孩子，小姐吩咐你什么你就做什么。"

这孩子照料一切，小心翼翼地整晚侍候客人们。饭后维廉想要和老人单独散步；他的愿望达到了，在叙过别后情况之后，话题转到往日的剧团上，最后维廉才敢问到马利亚娜。

"你不要向我提起那讨厌的东西了！"老人叫道，"我已经起誓不再想她。"维廉听到这样的话大为吃惊，当老人继续咒骂她的轻狂和放荡时，他更为狼狈了。我们的朋友是多么愿意把话头打断；可是他现在不得不忍受这离奇的老人滔滔不绝的饶舌。

"我引为羞耻，"他继续说，"我曾经那样喜爱过她，可是你如果对这个女孩认识得更清楚一些，你一定会原谅我。她先是那样旖旎，自然，善良，那样讨人欢喜，样样都没有毛病。我从来没有想象到，无耻和忘恩竟是她性格中的要素。"

维廉已经准备着听取关于她的最坏的话，这时他忽然不胜惊奇地看到，老人的声音变得和缓了，他的话最后说不下去了，他从衣袋里取出一条手帕，擦干打断了他的话头的眼泪。

"你怎么了？"维廉叫道，"什么事使你的感情忽然这样转变呢？你不要向我隐瞒；我对于这女孩的命运的关怀超过你的想象；让我知道她的一切吧。"

"我没有什么可说，"老人回答，同时又转回到严肃的苦恼的声音,"我为她所忍受的,我永久不原谅她。她对我,"他继续说,"总有一定的信赖;我爱她像爱我的女儿,那时我的女人还在,我决心把她领到我这里,好从那老女仆①的手中解救她,因为在她的引导下我看不出什么好的前程。后来我的女人死了,计划也被打得粉碎。

"算起来还不到三年,当我们在你家乡的居住要结束时,我看她显露出一种悲哀;我问她,但是她支吾不答。后来我们动身了。她和我坐一辆车,我看出,她不久也承认,她是怀孕了,她彷徨在最大的恐惧中,怕被我们的经理赶走。然而过了不久,他也发现了,他立刻解除她那纵使没有这件事也只有六个星期期限的契约,把她要求的工资付给她,不顾一切地非难,把她丢在一座小城内,一个坏的旅舍里。

"魔鬼带走一切放荡的娼妇吧!"老人懊丧地叫道,"尤其是这个糟蹋了我生活中这么多时间的娼妇。我为什么要滔滔不绝地述说呢,我怎样照顾她,我为她做了些什么,为她牺牲了什么,怎样在不见面时也为她操心。我宁愿把我的钱抛到水池里,浪费我的时间去养几条满身疥癣的狗,也不愿再对这样一个东西加以些许的注意。那是什么东西呢?开始我还从她住的几个地方收到感谢信和消息,后来一个字也没有了,也没有谢谢我在她产期内寄给她的钱。啊,女人们的虚伪和轻浮是这样紧密结合着,只为自己过舒适的生活,而留给一个正直男子的却只是一些懊悔的时间!"

---

① 指马利亚娜的女仆。

第 八 章

　　当维廉听完这段话回家的时候,我们想一想他的情况吧。
他一切旧日的创伤又都裂开了,她并不是不配他爱的那种感
觉又活动起来了;因为在老人的关心里,在他并非情愿的对她
的称赞里,她全部的可爱又在我们朋友的面前出现了;甚至这
热情偏执的老人所说的激烈的怨言也不能在维廉眼前贬损她
的身价。因为他自己承认,他是她的罪过的同犯,他觉得最后
她的沉默没有什么可以责备;他反倒因此而产生些悲哀的思
想,他看见她成为产妇,成为母亲,举目无援,在世界上流浪,
也许就是带着他自己的孩子在流浪;这些想象在他心里激起
最痛苦的感觉。

　　迷娘等待着他,拿灯照着他走上楼梯。她放下了灯,求他
允许今晚表演一个节目给他看。他本想不答应她,尤其是因
为不知道她要表演什么。可是他对这个善良的孩子不能拒
绝。一会儿她又走进来了。她腋下夹着一卷地毡,把它铺在
地上。维廉任她自由摆布。她拿来四盏烛台,在地毡的四角
上各放了一盏。后来她又拿来一小筐鸡蛋,这筐鸡蛋使我们
略略明白一些她的心意了。她于是精巧地测量着,在地毯上
踱来踱去,把鸡蛋按照一定的尺度排开,随后唤进来一个在旅
馆里服务的拉提琴的人。他提着他的乐器走到屋角;她把她
自己的眼睛缠住,做一个手势,立刻像是拧开了的机轮一般,
随着音乐动作起来,同时她还手击牙板,伴着音乐的节奏和

音调。

她敏捷、轻盈、迅速、精确地舞蹈起来。她这样锐敏，安详地踏入鸡蛋的中间，又踩到鸡蛋的旁边，使人时时刻刻都以为她一定会踩破一个，或是在急速转身时，把另一个踢开。但是绝没有！虽然她运用各样窄小的和宽大的步法，甚至于跳跃，最后还半跪着很艰难地穿过这些鸡蛋的行列，可是一个也没有碰到。

像是嘀嘀嗒嗒的钟表一样，她不停息地走着她的舞径，奇异的音乐在每次重奏时，都给那总是又重新开始、又重新奔放的舞蹈一种新的活力。维廉完全被这奇异的表演迷住了；他忘记了他的忧虑，注视着这可爱的孩子的每一个动作，他惊讶她的性格是怎样在这舞蹈里卓越地发展着。

她的外表是严格、锐利、冷静、激烈的，而在和缓的姿势里与其说她是和蔼的，毋宁说是严肃的。这瞬间他忽然感到他对于迷娘发生了情感。他渴想把这无家可归的女孩当作自己的孩子放在他的心头，抱在他的怀里，用父亲的爱唤醒她生活的欢悦。

舞蹈完了；她用脚轻轻地把鸡蛋滚成一小堆，一个也没有丢下，一个也没有损坏，她站在一旁，同时把带子从眼上解开，深深一鞠躬，结束了她的表演。

维廉感谢她这样有趣而且出乎意料地给他表演了他早就想看的舞蹈。他抚摸着她，惋惜她使她自己这般辛苦。他答应给她置办一件新衣，她立即热烈地回答："你的颜色！"他也答应了她，虽然他并不明白她是什么意思。她把鸡蛋收在一起，把地毡夹在腋下，问他还有什么吩咐没有，然后摇摇摆摆地走出门去。

他从奏琴人的口里知道，她好些时以来费了许多功夫，给他哼唱这有名的西班牙的土风舞曲，直到他能够演奏为止。她也曾送给他一些钱，报答他的劳苦，但是他没有接受。

第 九 章

我们的朋友有时醒着，有时被些沉重的梦魇惊扰着度过一个不安宁的夜，在梦里他看见马利亚娜时而容光焕发，时而面容憔悴，忽然怀里抱着一个小孩，不久小孩又被夺去。天刚刚破晓，迷娘就领着一个裁缝走进来了。她拿来灰色的布和蓝色的软绸，她按照她的方式说明，她要一件新的小背心和水手式的裤子，像她在城里从男孩子身上看见的一般，衣服上还有蓝色的镶边和绦带。

维廉自从失却了马利亚娜以来，就屏除一切鲜明的颜色。他已经习惯于灰色，习惯于阴暗的衣服，只偶尔配一个天蓝色的衣裳里子，或是一个这类颜色的小衣领，使那沉静的衣服显出几分生气。迷娘渴望穿他这颜色的衣服，催促裁缝赶快做，裁缝答应在短期内做好送来。

今天我们的朋友和雷欧提斯练习舞蹈和比剑，不很顺利。不久他们就被梅里纳的来访给打断了，他絮絮叨叨地说，现在这么些人又聚成了一个小团体，以这样的力量足可上演一些剧了。他又重新提议，请维廉借一些钱作为开办费，但维廉又是犹豫不决。

紧跟着菲利娜和那两个女孩子也嬉嬉笑笑地走进来。她们又想作一次郊游:因为地点和对象的变换是她们永久渴望着的快乐。她们最高的愿望是天天在另外一个地方吃饭。这一次应该是水上泛舟。

他们要随着秀丽的河湾顺流而下,老学究已经把船雇好了。菲利娜催着走,大家也不踌躇,不久便上了船。

大家都坐在船凳上了,菲利娜说:"现在我们开始做什么呢?"

"最简便的是,"雷欧提斯答道,"我们临时即兴演一出戏。每人扮演一个最适合他的性格的角色,我们要看一看,我们演得怎样。"

"好极了!"维廉说,"因为在一个团体里,若是人们不装假,每件事只任其自然,就不能总是有优美和满意,可是在永久装假的地方,优美和满意又绝不会出现。这样做并不坏,我们一开始就承认是假装,随后在假面具下又变得直率起来,一任我们性情的流露。"

"是的,"雷欧提斯说,"所以和女人们来往总是愉快的,她们从来不让我们看见她们的本来面目。"

梅里纳太太回答道:"所以她们不像男人们那样浮夸自负,他们以为他们生来的面目就已经很值得被爱了。"

言谈间,他们经过了两岸秀丽的树丛和山岗、花园和葡萄园,年轻的女人们,尤其是梅里纳太太,表露出她们对这地方的喜爱。梅里纳太太甚至郑重地背诵起一首诗来,这首诗描写的自然景象和这里相似;可是菲利娜打断她的背诵,提出一条法则,谁也不准谈没有生命的事物;她热烈地坚持即兴演戏的建议。饶舌老人扮演一个告老退职的军官,雷欧提斯扮演一个失业的剑师,老学究扮演一个犹太人,她自己愿意当一个梯罗尔地方的女子,其余的人都随意选择他们自己的角色。大家要装作不认识,好像都是来自各方的人,刚刚聚在一只商船上。

她立即开始和犹太人表演她的角色,一片普遍的欢悦散布开了。

过不多久,船夫停住了船,请求这团体允许他还接受一位搭客,这客人正站在岸上招手。

"这正是我们需要的,"菲利娜叫道,"这旅行团还缺少一个不花钱的搭客。"

一个仪表堂堂的人走上船来,从他的衣服和庄严的容貌上看,人们会以为他是个牧师。他向全体行礼,他们都按照他们的姿态还敬,不久就使他知道他们在演戏玩儿。他随即充当一个乡村牧师的角色,大家都非常惊奇,他演得十分得体,他时而训诫,时而述说小故事,也让人看出一些弱点,可是也能够保持自己的尊严。

在演戏中间,谁若演得不合乎自己的身份,纵使只有一次,也必须交纳一件东西当作罚金。菲利娜极仔细地收集这些东西,特别威吓那个牧师,说将来赎回时要接许多吻,可是他始终没有被罚。梅里纳反而被掠夺一空,衬衫上的纽子、扣子,凡是他身上能够摘下来的,都被菲利娜拿去了。因为他要表演一个英国旅客,可是怎么也不能传达出这个角色的神情。

时间很愉快地过去了,每个人都尽其所能施展了他的幻想力和他的机智,都用愉快而有趣的笑话点缀了他扮演的角色。他们就这样来到他们要停留一整天的地方,维廉和那个我们按照他的外表和他的角色都称为牧师的人不久就在散步时谈起一段有趣的话。

"我觉得这种练习，"那不相识的人说，"在演员中间，在朋友和熟人的团体里，是很有益的。要把人从自身内引出来，绕一个弯儿又引回到自身内，这是最好的方法。这种游戏应该介绍给各个剧团，他们必须时常用这种方法练习，如果每月演一出没有脚本的戏，演员自然必须做许多的练习准备，观众一定也会有新的收获。"

"人们万不可以，"维廉回答，"把一出即兴戏想象为一种由于临时兴之所至而胡凑成的，而应该把它看作有计划、有剧情、有场次的戏，但是这戏怎样表演，就要靠演员自己了。"

"很对，"那不相识的人说，"问题正在于表演只要演员们一练习纯熟，这样的即兴戏一定演得非常成功。演员的表演不在于词句，因为只有优越的作家才会用词句修饰他的著作，演员却是用姿态和神情，用呼喊和这一类的动作来表演的，总之，是运用那种无声的示意技巧，这技巧好像在我们这里渐渐失传了。在德国也许有些演员，他们的身体能够表示出他们所想的和所感觉的，他们会通过静默、踌躇、暗示，通过身体上细腻优美的动作来准备一段讲话，通过一个优美的手势把谈话中间的停顿和整体连接起来；一次练习能够帮助一个资质高的演员，训练他和剧作家竞赛，可是事实上并没有像我们为了满足一切观众所愿望的那样进行这种练习。"

"难道一个天分高的资质，"维廉回答，"作为最先的和最后的条件，就不能像它使每个其他的艺术家，甚至使每个人所能达到的那样，使一个演员达到一个最高的目的吗？"

"它也许是，而且永久是会成为第一个和最后一个，或者是开创者和结束者的；但是如果没有教养先造就他成为他所要做的人，也就是如果没有早期的教养，那么艺术家在发展期间还会有许多缺陷；因为大家称为天才的人在教养上也许反不如只具有普通才能的人；因为他比中庸之才更容易学坏，能够更极端地被冲到错误的路上。"

"但是，"维廉说，"难道天才就不会自救，就不会治疗自己造下的创伤吗？"

"绝不会，"那人回答，"或者只是很有限：因为没有人相信人能够克服青年时最初的印象。如果他在值得称赞的自由里生长，被些美的、高贵的事物环绕，和善良的人们往来，如果他的师长教给他最初必须知道的事物，以便更容易理解其他的事理，如果他学习了永久不会忘记的业务，如果他早日的行为得到好的指导，使他将来能轻而易举地完成好的事业，而不必先戒除什么恶习——那么，这样的人将会比一个把他早年青春的精力耗费在反抗和迷途里的人更纯洁、更完整、更幸福地生活。关于教育，说的和写的已经很多了，可是我很少看见有人能够理解这单纯而又伟大的、包括一切的概念，而予以实行。"

"这也许是真的，"维廉说，"因为每个人都有足够的偏狭性，都要把别人教育成和他一个模样。命运教育每个人却按照每个人的情形，所以这些得到命运的照顾的人是幸福的！"

"命运是一个高贵的，但代价很大的教师，"那人微笑着回答道，"我宁愿永久依靠一个人的导师的理性。对于命运的智慧我怀有无限敬意，可是它起作用要通过偶然，而在偶然里有一个很不灵活的机构。因为命运所决定的，偶然好像很少能精确而纯粹地实行。"

"你好像说出了一个很奇怪的思想。"维廉回答。

"绝不是！世界上遇到的大部分的事，都能证明我的意见。不是有许多事件开端时显示出伟大的意义，而大半却得到一些愚蠢的结局吗？"

"你不要开玩笑。"

"有些个别人的遭遇不也是这样吗？"那人继续说，"假使命运本来规定一个人将来成为一个好演员，（它为什么不应该也供给我们一些好演员呢？）但不幸，一个偶然的机缘使这个年轻的人看到傀儡戏，使他不能早日舍弃对一些庸俗趣味发生爱好，觉得一些愚蠢的事是可以忍受的，甚至有趣的，于是从一个错误方面接受青年时的印象，这些印象永不泯逝，使我们对它们永久怀着一定的依依难舍之情。"①

"你怎么谈到傀儡戏上来了呢？"维廉有些惊慌失措，插口问道。

"不过随便举个例子罢了；如果你不喜欢这个例子，我们就另举一个。假使命运本来规定一个人将来成为一个大画家，偶然的机缘却把他的青春抛到污秽的草屋、马棚、谷仓里去——你相信这样一个人有一天会发展到纯洁、高贵、灵魂自由的境地吗？他在青年时越是以生动的官感接触过不洁净的事物，而又按照自己的想象把它理想化，那么它在他将来的生活里作祟的力量一定也更大，他想设法克服，可是它和他的联系已经根深蒂固了。谁若是早年在恶劣而没有意义的团体里生活过，将来纵使能有一个较好的环境，他也要永久思念那个团体，这团体的印象和他对青春时一去不复返的快乐的回忆

———

① 这段话是暗指维廉，因为维廉在儿童时非常喜爱傀儡戏。

在他同样是永久存在的。"①

我们可以想象,在他们二人谈话中间,其余的人都渐渐走远了。尤其是菲利娜在他们谈话一开始时就躲在一边。如今人们又从另一条路走了回来。菲利娜取出当作罚金的物品,原主用各样的方法把它们赎回,这不相识的人由于他最伶巧的创造和无拘无束的态度给全体,尤其是给女人们以良好的印象。这一天的光阴就在说笑、唱歌、接吻和各种各样的戏谑中很愉快地过去了。

第 十 章

他们要回家时,到处寻找他们的牧师;可是他不见了,什么地方也找不到。

"这个好像一向很有礼貌的男子不应该这样,"梅里纳太太说,"一个团体这样友好地接待他,他竟不辞而别。"

"这半天我一直就在思考,"雷欧提斯说,"这个奇异的人我好像从前在什么地方见过。我正决定要在分手时问问他。"

"我也觉得这样,"维廉回答,"在他把一些关于他的详情告诉我们之前,我本来不该放他走。若是我没有在任何一个地方和他面谈过,我一定是认错了人。"

---

① 这个看起来像牧师的人实际上是秘密结社里的一个成员,他借这机会和维廉接触,但维廉自己并没有感觉到。

"可是也许你们真会错认了。"菲利娜说,"这个人本来具有类似一个熟人的外表,因为他像是一个'人',不像是汉司或孔司①。"

"这话怎么讲?"雷欧提斯说,"我们不也都像是'人'吗?"

"我懂得我说的话,"菲利娜回答,"如果你们不了解我,就不了解吧。我不应该最后还要把我的话解释一番。"

两辆车驶来了。大家称赞雷欧提斯用心周到,他把车雇好了。菲利娜挨着梅里纳太太坐在维廉对面,其他的人也都各自坐好了。雷欧提斯骑着维廉带出来的马回到城里去。

菲利娜还没有在车里坐稳,就唱起好听的歌曲,并把谈话引到一些故事上去,她以为这些故事很宜于编成戏剧。她转出来的这聪明的念头很快地引起她的年轻朋友的快乐心情,他立刻运用他脑里储藏的丰富而生动的图像,编出一出场幕清楚、性格显明、纠葛错综的戏。他们觉得最好是穿插几支独唱和歌曲;他们才作出歌词,精通一切的菲利娜,立即给它们谱上有名的曲子,马上歌唱起来。今天是她美丽的,最美丽的日子,她用各种各样的玩笑让我们的朋友高兴;他很愉快,他好久没有这样愉快了。

自从马利亚娜那边的残酷的发现撕裂他的身心以来,他就永久忠实于他的誓约,小心不要陷入一个女子怀抱的毁灭性的陷阱中去,他躲避不忠实的女性,把他的痛苦、他的爱好、他的甜美的愿望紧紧地关闭在自己的胸怀里。他遵守誓约的忠诚给他的全生命一种秘密的营养,可是因为他的心不能永

———————

① "汉司"和"孔司"都是男性的名字,这里指一般庸俗的人。

久缺乏旁人的关怀,所以一种恳切的倾诉就成为内心的需要。他彷徨终日,好像又被往日青春的云雾萦绕,他的眼睛含着快乐摄取一切美丽的事物,他对于一个可爱的形象的判断没有比现在更为宽恕的了。在这种情况下,漫无顾忌的菲利娜对他是多么危险,可惜太容易一目了然了。

回到旅馆,他们看见维廉的房里一切都预备好了,为了举行一个诵读会,椅子排列整齐,桌子摆在中央,桌上空着摆朋士酒壶的位置。

那时德国的骑士戏剧刚刚兴旺,引起观众的注意和爱好。饶舌老人带来了一部这类的剧本,他们决定诵读一次。大家都坐下。维廉握着剧本,开始诵读。

全身甲胄的骑士,古老的堡垒,忠心、正义和诚实,尤其是剧中人物的无羁无绊,大家听着都高兴喝彩。诵读者用尽力气,全场也十分入神。在第二幕和第三幕中间端上一大壶朋士酒;因为这出戏里本来就要喝许多酒,碰许多杯,那么每逢这样的情节,全场的人便都像身临其境的英雄们一样碰杯,为剧中人物里的幸运者祝福,这样做是再自然也没有的了。

人人都燃起最高贵的民族精神的火焰。用自己家乡的材料,扮演合乎自己性格的角色,演剧取乐,使这群德国演员多么感到心满意足啊!尤其是剧中的穹隆和地窖,颓败的宫殿,沼泽和枯树,但最突出的是夜间吉卜赛人的景幕和秘密审判,都发生一种想象不到的效果。这时每个男演员都看见,他怎样不久便要身穿盔甲,每个女演员都觉到,她将要怎样戴着高大的白领在观众面前表演她德国人的气质。每个人都要立刻冠上剧本里或是德国历史上的一个人名,梅里纳太太确切地说,她要给她未来的儿子或女儿命名为阿德贝尔或梅希尔特①。

读到第五幕,喝彩的声音更为喧杂洪大了,最后,当剧里的英雄真正脱离他的压迫者,暴君被惩罚的时候,大家的欢喜是这样大,都异口同声地说,他们从来没有过这样幸福的时刻。梅里纳被酒力所兴奋,是嚷得最响的人。因为第二壶朋士酒已经空了,并且将近夜半,拉厄尔特斯坚决发誓,谁也不配再把嘴唇沾一沾酒杯,随着这句话他就转身把他的酒杯从窗口向巷中抛去。其他的人也都按照他的榜样做,他们不顾向这边跑来的旅馆主人的抗议,甚至把朋士酒壶也打得粉碎,他们认为这酒壶在这样一场盛会后不应再被不神圣的饮料所玷污。菲利娜醉意最轻,当那两个女孩放肆地倒在短榻上时,她却幸灾乐祸,引逗起旁人的吵闹。梅里纳太太诵读几首悲壮的诗,她的在醉中不很和蔼的丈夫起始叱骂朋士酒酿制不佳,他保证,他若布置一个盛会,绝不会弄成这样,最后当雷欧提斯命他住口时,他却越来越粗暴地叫喊,致使雷欧提斯不假思索,拿起酒壶的碎片向他的头上抛去,因此吵闹更厉害了。

在这中间,巡逻队过来了,他们要求放他们进来。维廉虽然喝得少,却被诵读所兴奋,如今他要做许多麻烦事了,他协同旅馆主人用金钱和好话把巡逻敷衍走,又把这团体的成员在他们狼狈的景况下送回家去。当他回来时,困得不能支持,满心不快,便和衣倒在床上,等到第二天早晨他睁开眼,用忧郁的目光去看昨日的混乱景象,去看那些残屑和一部聪颖、

① 阿德贝尔和梅希尔特是当时骑士剧中常常出现的男主角和女主角的名字。

活泼、用意良善的作品所产生的坏影响时，他感到极大的不快。

第十一章

他稍加考虑后，立刻把旅馆主人叫来，让他把昨夜的损失和酒费都写在他的账上。同时他不无恼恨地听说，他的马昨晚进城时被雷欧提斯用得过分疲敝，它大半像一般人所说的四蹄麻痹了，据深知马性的铁匠说，它没有多少恢复健康的希望。

菲利娜从她的窗口向他招手致意，又使他回到一种愉快的境地，他立刻走到最近的商店里，给她买点小小的礼物，来报答她赠给他的刮粉刀，可是我们必须承认，他并不斤斤较量，并不想使自己的礼物和她的赠品的价值相当。他不只给她买了一双精巧的耳环，还添上一顶帽子、一条围巾和几件旁的小物件，这些东西都是他在头一天看着她任意挥霍掉了的。

当他递送他的赠品时，正巧给梅里纳太太看见了，她于是在饭前就找到一个机会，很严肃地质问他对于这个女子的情感，他认为他绝不应该得到这些责难，所以很感到愕然。他坚决地起誓说，她的身世他都略知其详，他不会有向她接近的心意。他尽其可能地解释他对她所持的友好而温和的态度，但是怎么也不能使梅里纳太太满意；她反而更不高兴，因为她觉得，她用她的媚术已经获得了我们的朋友的倾心，却还不足以抵御一个活泼、更年轻、禀赋更为聪明的女子的袭击。

他们走来吃饭时,看见她的丈夫也是心情恶劣,他又开始为了一些琐屑的事乱发脾气,这时旅馆主人走进来,报告说,外边有一个弹竖琴的人。他说:"诸位听到这个人的音乐和歌唱,一定会感到快乐;人们听了他的音乐都不能不感到惊奇,都要给他一些赠品。"

"让他走吧,"梅里纳回答,"我没有兴致听一个乞丐弹琴,在我们中间有的是要赚一些钱的歌手。"他说这句话时,怀着恶意向菲利娜瞥了一眼。她懂得他的意思,她立即准备着让他不高兴,而维护这个被通报的歌人。她转过身来,向维廉说:"我们不应该听一听这个人的歌唱吗? 我们不应该设法排解这可怜的无聊吗?"

梅里纳正要回答她,若不是维廉已经招呼那在这瞬间走进来的人,这场争吵一定会变得很激烈。

这个奇异的客人的形体使全场惊讶,有人刚要问问他,或是说一些旁的话,他已经在一把椅子上坐下了。他的光头上围着薄薄一圈灰白头发,蓝色的大眼睛温和地在雪白的长眉下闪烁,白色的长胡须紧连着他美丽的鼻子,可并没有遮住俊美的嘴唇。一件深褐色的长衣从脖颈直到脚面蒙着他细长的身体;他把竖琴放在身前,开始调弦。

他从这乐器上弹出的愉快的声音很快地就使全场怡然。

"你也会唱歌吧,善良的老人。"菲利娜说。

"给我们弹唱一些歌曲吧,让心神和官感同样地快乐,"维廉说,"乐器只应该伴着歌声演奏;因为我觉得音调、缓弄和急奏,若没有字句和意义,就像是飞翔于我们面前的蝴蝶或是美丽斑斓的飞鸟,我们总要捕捉它们据为己有;歌曲却相反地有如一个神灵飞向天空,鼓舞着我们身内更好的自我伴着神灵上升。"

老人注视维廉一下，随即抬起头，在竖琴上弹了几下，开始歌唱。内容是对歌曲的赞美，称颂歌人的幸福，警诫世人要尊重他们。他唱的歌含有这么多的生活和真理，竟像是他在这瞬间为了这个机会而作成的。维廉几乎忍不住要去和他拥抱，只是怕惹起大声的嘲笑，他又回到自己的椅子上；因为其他人已经在低声做些愚蠢的解释，争论他是一个游僧呢，还是一个犹太人。

大家问这歌的作者是谁，他没有正面回答；只确切地说他会唱许多歌曲，但愿这些歌曲使人欢喜。全场绝大部分都欢喜快乐，就是梅里纳也心平气和了；当大家彼此漫谈取笑时，老人又极其聪明地唱起赞美友谊生活的歌来。他用引人入胜的声音称赞团结和友爱。当他怜悯可憎的闭门自守、偏狭的敌意、危险的分裂时，他的歌声忽然枯冷、粗糙、紊乱了；最后他乘着紧迫的曲调的双翼，称赞和平的建树者，歌颂两个灵魂又重新遇合的幸福，这时每个灵魂都愿意抛却那些不快的枷锁。

他刚唱完，维廉便向他叫道："不管你是谁，你这慈悲的护身神，你带着甘如雨露的声音，到我们这里来了，请承受我的尊敬和感谢吧！你看我们大家都为你惊讶，你若有所需要，请向我们说明吧！"

老人静默着，他先用他的手指抚弄琴弦，随即用力弹起唱道：

"我听见什么在外边，
在门前的桥上鸣响？
让歌声到我们耳边

在广厅内发生回响!”
国王发言,侍童驰奔;
童子回报,国王喊道:
"带他进来,那个老人!"

"祝贺你们,高贵的王公,
祝贺你们,美丽的淑女!
星星相映!灿烂的天空!
谁知道他们的姓氏?
广厅里灿烂光芒,
眼睛,闭上吧:这不是
瞠目叹赏的时光。"

歌人紧闭了双眼,
弹出饱满的声音;
骑士勇敢地观看,
美人却俯视沉吟。
国王闻歌,满心欢跃,
令人取来一串金链,
作为他弹唱的酬劳。

"不要赠我黄金链,
请赠给那些骑士,
在他们的勇敢面前
敌人的枪剑披靡。
还赠给你当朝的大臣。

他负担的任务繁重，

也该叫他佩带黄金。

"我歌唱，像是树枝头

营巢的鸟儿鸣唱。

我的歌曲涌自歌喉，

这就是丰富的奖赏；

若准我请求，我只求一件：

让人拿来一口美酒

盛在纯净的杯盏。"

他举起酒杯，一饮而尽：

"啊！这甜美的酒浆！

啊！吉星高照的名门，

这是个小小的赠赏！

若是你们平安无恙，

就想着我，热诚地感谢神，

正如我感谢你们的酒浆。"

歌人唱完了歌，举起他面前斟满了的酒杯，转向他的施主们，和颜悦色地把酒喝完，全场立即形成一片欢悦。大家鼓掌，向他说，这杯酒是祝他健康，祝他老迈的四肢强壮的。他还唱了几个故事谣曲，激发起大家更多的快乐。

"你能弹那个调子吗，老人？"菲利娜问，"那个'牧童装扮好了去跳舞'。"

"啊，能够，"他回答，"如果你肯唱歌表演，我是不会不奉陪的。"

菲利娜站起来,准备好了。老人开始弹奏,她唱歌,这首歌我们却不能告诉我们的读者,因为他们也许会觉得它粗俗,或者甚至有伤风化。

大家越来越高兴,中间还喝了几瓶酒,又渐渐哗乱起来。但是在我们朋友清醒的记忆里还浮荡着他们的快乐产生的恶果,他于是设法打断他们的兴会,把丰富的报酬放在老人手里,答谢他的辛苦,别人也多少给了一些,让他走开休息,约定晚间重新享受他的熟练的艺术。

他走后,维廉向菲利娜说:"在你心爱的歌曲里,我实在既不能看到文艺上的,也不能看到道德上的价值;可是如果你用这样的天真、特性和伶俐将来在舞台上表演一些正当的事物,你一定会得到普遍的热烈的欢迎。"

"是的,"菲利娜说,"在冰旁取暖,想必是一种真正愉快的感觉。"

"总之,"维廉说,"这老人多么使演员们惭愧。你注意了吗,在他的故事谣曲里戏剧的表情是多么正确?诚然,在他的歌里表现出的东西比舞台上我们的呆板的人物所表现出的还要多,我们应该把一些戏剧的上演更看作一种故事的讲述,并且使这些音乐的讲述具有一种官感的存在。"

"你说得不对,"雷欧提斯回答,"我既不自命是一个伟大的演员,也不自命是歌者。但是我知道,若是音乐支配着身体的动作,给动作以生命,同时也给它们定下规律,若是作曲家指示我怎样诵读和表情,我就完全是另外一个人了,反过来说,我在散文戏剧里却须自己创造一切,自己发明节奏和诵读方法,同时每个和我一起表演的人若是稍有疏忽,都会干扰我。"

"就我所知，"梅里纳说，"老人在这一点上实在使我们惭愧，而这实在是最重要的一点。在他获得的利益里正显出他的本领。我们也许不久就要感到生活困难，不知道在哪里讨一口饭吃，而他竟能感动我们，把我们的饭分给他吃。他会通过一支小曲把我们的钱从衣袋里引诱出来，这钱是我们本来能够用来做些事的。钱本来能够维持自己和旁人的生活，如今这样浪费它竟好像是一件愉快的事。"

　　由于梅里纳大发议论，谈话进行得并不惬意。他的责难是对维廉发的，维廉带着几分感情回驳了他，梅里纳不娴于含蓄，最后用相当生硬的话说出他的抱怨。"自从我们参观了这里被抵押的舞台道具和戏装以后，"他说，"已经十四天了，这两种东西用不了多少钱我们就能够赎出。那时你使我希望你可以给我垫出这笔钱，可是直到现在我还没有看见你继续考虑这事，或是接近决定。如果你那时下了决心，我们现在早已顺利地赎回来了。你要起程的打算也还没有实现，这些时候我看你也并没有节省钱；至少有些人永久在制造机会，让钱花得更快。"

　　我们的朋友遇到这并非完全不对的责难。他气愤地，甚至激烈地回答了几句；因为全场都站起来要散开，他也推开门走出去，这时他让人明明白白地看到，他再也不愿和这样不友好的忘恩负义的人们长久相处了。他沮丧地跑下楼，坐在旅馆门前的一条石凳上，也没有觉到自己一半是由于快乐，一半是由于烦恼，比往日喝了更多的酒。

第 十 二 章

他被各样的思想搅得心神不安,他呆呆地坐着,坐了一会儿,菲利娜唱着歌从门里晃出来,坐在他身旁,我们几乎可以说是坐在他的身上了,她靠他靠得这样近,倚着他的肩头,玩弄他的鬈发,抚摸他,把世上最好的话说给他听。她请求他待下去,不要把她一个人丢在这团体里,否则她真要无聊死了;她再也不能忍受和梅里纳住在一个房顶下,所以搬到这边来了。

他想把她支开,让她会意,他既不能也不可以在这里多住,但是这些话都没用。她不断恳求,后来竟出乎意料地用胳膊抱住他的脖颈,带着极热烈的想望的表情吻他。

"你疯了吗,菲利娜?"维廉喊叫着,同时设法摆脱,"让没遮拦的大街成为亲吻的证人,而这样的亲吻又绝不是我分所应得的!让我走开吧,我不能待下去,我就要走了。"

"我要抓牢你,"她说,"我要在这公开的大街旁吻你这么久,直到你答应我的要求为止。我笑得要死。"她接着说,"看这亲密的样子,人们一定都把我当作你的不到一个月的新娘,做丈夫的人们若是看见这么优美的一幕,便要向他们的女人们称赞我是一个天真烂漫的温柔的好榜样。"

这时正有几个人走过,她亲他吻他,非常妖媚,他怕贻笑大方,被迫扮演起有耐性的丈夫的角色。过后她就在那几个人的背后做鬼脸,大胆无忌地做出种种风骚样子,直到他最后不得不答应她,今天,明天,后天还都待在这里。

"你真正是个蠢货!"她放开他的时候说,"我是一个痴心女子,我在你身上白费了这么多的友情。"她烦恼地站起来,走了几步;随后又笑着走回来说,"我相信,正是为了这个缘故我才傻傻地爱你的;我走了,去拿我织着的袜子,我想做点活儿。你在这儿待着吧,让我回来时还看见你这个石头般的男人坐在石头凳子上。"

这次她却冤屈了他:因为他虽然极力设法躲避她,可是这瞬间如果他和她是在一个寂静的园亭里,他也许不会不酬答她的亲吻的。

她轻薄地向他瞟了一眼,走进旅馆里去。他本来用不着跟她进去,不过她的行动在他心里引起一种新的反感;可是他自己却不知为什么要离开石凳,跟在她后面走去。

他正要走进旅馆门,梅里纳走过来了,谦逊地向他说话,请求原谅他上次交谈时口气过于直率。"你不要怪我,"他继续说,"如果我在我所处的境遇里表现得过于急躁;但是为了一个女人的,也许也为了一个未来的孩子的操心一天又一天地阻碍我,使我不能安静地生活,也不能像你那样在愉快的享受中度我的岁月。你考虑考虑,若是可能的话,你就让那套现成放在这里的舞台用具归我所有吧。我欠你的债不会拖得很久,可是我要永远感谢你。"

维廉不愿意在门槛前被人拦住,这瞬间有一种不能抵御的心愿在引诱着他迈过门槛到菲利娜那里去,他出乎意料地精神涣散,赶快又和颜悦色地说:"我若是由此能够使你幸福满足,那就不须长久考虑了。你去吧,去办理一切。我准备今天晚上或是明天清早交钱。"他说完就跟梅里纳握手,一言为定,他看见他急忙越过大街走去,他很满意;但是可惜他又第二次在一种更不愉快的情形下被人截住,不能走进旅馆里去。

一个少年背着一捆行李慌忙地从街上走到维廉面前,他一看就认出是弗里德里希。

"我又到这儿来了!"他的大蓝眼睛欢悦地看着楼上所有的窗户,叫道,"小姐在哪儿? 若是看不见她,只有魔鬼才能在这世界上活下去!"

正巧旅馆主人来了,他回答:"她在上边。"他几步跳上楼梯,维廉呆立在门槛旁,像是生了根一般。最初他简直想揪住少年的头发把他拉下楼梯来,可是一种强烈的嫉妒的痉挛忽然阻止他的生命力和思想的运行,最后他渐渐从僵滞的状态里恢复过来,一种在他生活里从来不曾感觉到的不安和不快袭击他的身心。

他走回他的屋里,看见迷娘正在抄写什么。孩子这些时以来非常勤勉努力,抄写她熟习的词句,随后又把她抄写的东西给她的主人兼朋友改正。她永不疲倦,写得很好;但是字母总是不整齐,笔画弯曲。在这上边也显示了她身体和精神的不相符合。维廉若是心平气和,孩子的小心谨慎一向给他很大的欢悦,这次她给他看,他却不大注意;她感到了,正因为她自信她这次写得很好,所以格外悲伤。

不安之感驱使维廉在旅馆里的过道上走来走去,不久又走到门前。一个骑马的人跑过来,他的仪表非凡,虽然已到中年,也还流露着活泼的神情。旅馆主人迎接他,像一个熟朋友似的和他握手,他说:"唉,厩长先生,想不到我又看见你了?"

"我只在这里喂喂马,"这外乡人回答,"我立刻要到庄院上去,叫人尽快地把一切布置起来。伯爵和他的夫人明天就来,他们要在那里住一些时候,为的是隆重地招待××王子,王子大半要在这地方设置他的司令部。"

"真可惜,你不能在我们这里住下,"旅馆主人回答,"我们这里有一个好剧团。"马夫从后边赶来,给厩长卸了马,厩长立在门口和主人闲谈,还从旁打量着维廉。

维廉看出他们在谈论他,便走开了,他在几条街上走来走去。

第 十 三 章

他在烦恼不安的心绪里忽然想去找那个老人,他希望通过他的竖琴驱除那些作怪的幽灵。他打听老人住在什么地方,人们指引他到小城内一个僻远角落的一座下等旅店里去,他走进旅店,登上楼梯,走到顶上的一层,立即听到甜美的琴声从一间小屋里发出。那是感人心灵的、哀怨的声音,伴着悲哀、沉郁的歌曲。维廉蹑足走到门前,因为这善良的老人在唱一种幻想曲,有几节他是时而歌唱时而吟诵地重复着,听者注意听了片刻,就几乎全部领会了下边的词句:

> 谁不曾和泪吃他的面包,
> 谁不曾坐在他的床上哭泣,
> 度过些苦恼重重的深宵,
> 就不会认识你们苍天的威力。

> 你们引导我们走入人间,

你们让可怜的人罪孽深造，

随即把他交给痛苦熬煎；

因为一切罪孽都在现世轮报。

这忧郁的、出自内心的怨诉深深地侵入听者的灵魂。他觉得老人好像是屡次被眼泪遏阻，唱不下去；随后只有弦声作响，直到歌声又轻轻地若断若续地掺入。维廉倚着门柱，他的灵魂深深地被感动了，这不相识的老人的悲哀打开了他的郁闷的心；他抵御不住他的同情，最后老人的出自深心的怨诉也把他的眼泪引了出来，这眼泪他既不能，也不愿意抑止。凡是压迫着他的灵魂的痛苦都同时迸发，他听凭痛苦的支配，踢开屋门，站在老人面前；老人只能把这一贫如洗的屋里摆设的惟一家具，一张破烂的床，当作他的座位。

"你激发了我什么样的感情啊，善良的老人！"他叫道，"我心里凝滞着的一切都给你溶解了；不要让我打扰你，你继续弹唱吧，你减轻你的悲哀时，也使一个朋友幸福。"老人要站起来说一些话，维廉拦住了他；因为维廉今天中午注意到他是不喜欢谈话的；同时在老人身旁的草褥上坐下。

老人擦干了眼泪，含着和蔼的微笑问："你怎么走到这里来的？今天晚上我还要去侍候你呢。"

"我们在这里比较清静些，"维廉回答，"请你把你愿意唱的，合乎你的情况的唱给我听，只当我不在这里。我觉得你今天好像很能得心应手。我看你很幸福，你在寂寞里能够这样舒适地弹唱消遣，并且因为你到处是一个陌生人，你只能在你的心里找到最称心的相识。"

老人凝视他的琴弦，温和地调一调弦，边奏边唱起来：

谁若是投身寂寞，
啊！他就立即孤单；
人人爱，人人生活，
把他交给他的苦难。

把我交给我的苦恼！
只要我能有一朝
真正地寂寞无边，
我就不是孤单。

一个情人蹑足窥侦，
他的爱人是否孤单？
侵袭我这寂寞的人
日日夜夜地是苦难，
日日夜夜地是苦恼。
啊，若是我有一朝
寂寞地躺在坟里边，
它才让我孤单！

不管我们多么描述入微，也不能表达我们的朋友和这个来路不明的陌生老人奇异的谈话里的优美情绪。老人回答维廉向他所说的一切，两情契合，这种共鸣激起一切声气相投的感觉，给想象力展开一片宽广的原野。

有些善良的人脱离教会，另组织团体，他们相信能更纯洁、更诚挚、更智慧地教养自己，我们若是参加过这种团体的聚会，就能够理解目前这一幕的景象；我们会想到，聚会的主持人怎样善于使歌曲中的诗句适合他的说辞，他用诗歌的力量使全场灵魂的翅膀飞翔,把人引导到他所向往的地方,不久这团体里有另一个人用另一个曲调唱起另外一首歌的诗句,随后又有第三人接连着唱起第三首歌,他们从这些歌里假借其中的思想,这些思想诚然是互相接近,但是每处都通过新的结合成为新鲜的、有个性的,好像是在这瞬间创造出来的一般;于是一套熟悉的思想,熟悉的歌曲和名句使这特殊的团体和这一瞬间形成一个独特的整体,通过它全体得到新的生命,新的力量和爽快的心情①。老人也是这样启发他的客人,他唱些熟识的和不熟识的诗歌和词句,使亲切的和陌生的情感、醒着的和睡着的、愉快的和痛苦的感觉循环不息,我们希望这能在我们的朋友的目前的情况里发生最好的影响。

第 十 四 章

在归途上,他当真开始比过去任何一次都郑重地考虑他的处境,并且决定脱离这个环境,他到了旅馆,旅馆主人立即私下告诉他说,菲利娜小姐把伯爵的厩长征服了,他在庄院里完成了任务,就迅速回来了,现在正在楼上她的屋里和她一起吃一顿丰美的晚饭。

正在这瞬间,梅里纳带着公证人走了进来;他们一块儿走到维廉屋里,维廉虽然有些踌躇,却履行了诺言,交给梅里纳

---

① 指德国十八世纪基督教里的一个教派,这个教派善于用朗诵诗歌的方法讲道。

三百塔勒的支票，梅里纳立即把款交给公证人，同时也马上收到关于购买全套舞台用具交易成功的契约，明天早晨人们就能把货物交来。

他们刚要分散，维廉听到旅馆里有一声可怕的叫喊。他听见一个年轻人的声音，这声音愤怒而带威胁，掺杂着狂暴的哭泣和咆哮。他听着这个人哀号着从上边下来，走过他的屋前，向广场跑去。

好奇心引诱我们的朋友走下来，他看见弗里德里希陷在疯狂的境况里。这个男孩哭泣、咬牙、顿脚、擦拳摩掌，因为愤怒和懊丧，完全忘其所以，迷娘站在对面，惊奇地看着他，旅馆主人把这件事略微解说了一下。

这男孩回来后，因为又被菲利娜收下了，始终很满意，快乐，活泼，歌唱跳跃，一直到厩长结识了菲利娜为止。从此这介乎儿童和青年之间的小伙子就开始表示他的不高兴，用力关门，跑上跑下。菲利娜吩咐他今天晚上侍候开饭，因此他更为抱怨抗拒；他最后不把一盘子炖肉放在桌上，而是抛在坐得很接近的小姐和客人中间，于是厩长给了他几个痛快的耳光，把他踢出门去。这两个人的衣裳都弄脏了，旅馆主人刚刚帮助他们刷洗了一番。

这男孩听到他的报复发生好的效果，大笑起来，可同时还有眼泪从他的脸上不断地流下来。他心里高兴了一会儿，等到他再想起那个强者对他的辱骂，便又重新咆哮着捶胸顿足。

维廉沉思地站着，看着这一幕自觉羞愧。他看见他自己的内心深处用夸张的粗线条给描画出来了：他也正燃起一股不能克服的妒火；若不是他的身份阻止了他，他也许会愿意发泄一下他的粗暴脾气的，怀着恶意的幸灾乐祸去伤害他喜爱的对象并且和他的情敌挑战；他也许要灭绝那些好像是他的眼中钉的人。

雷欧提斯也走过来，听了这段故事，恶作剧地煽动愤怒的男孩，这时这孩子起誓发愿，厩长必须通过决斗来恢复他的名誉，他从不曾蒙受过这样的侮辱；如果厩长拒绝，他就要设法报复。

这正是雷欧提斯的本行。他郑重地走上去，用这男孩的名义去叫厩长出来决斗。

"这真有趣，"厩长说，"今天晚上我想象不到会有这样的玩笑。"他们走下来，菲利娜跟着他们。"我的孩子，"厩长向弗里德里希说，"你是一个好小伙子，我不拒绝和你决斗；只因我们的年龄和体力不同，无论如何这事有些冒险，所以我建议不用别的武器，只用一对假剑；我们在剑头涂上白粉，谁先在对手的衣服上戳上粉痕或是戳的粉痕最多，谁就被认为胜利者，就罚另一个人请喝这城里能够买得到的最好的酒。"

雷欧提斯决定，可以接受这个建议；弗里德里希听从他像是听从自己师傅一般。假剑拿来了，菲利娜坐在一旁织袜子，心境非常平和，一边观看这两个战士。

厩长剑法纯熟，却十分慷慨，让着他的对手，使自己的上衣也戳到几块粉痕，最后两人拥抱，酒也端过来了。厩长要知道弗里德里希的来历和身世，他却说了一段童话，这童话他已经说过许多次，我们想将来再告诉我们的读者。

这次决斗也表达了维廉的灵魂深处的情感；因为他不能否认，纵使他看出厩长的剑术比他高明很多，他也愿意亲自提起假剑，最好是一把真剑，和厩长一决雌雄。可是，为了防止每个能泄露他情感的表示，他看也没看菲利娜，他举杯祝贺了几次决斗者的健康后,便跑回自己屋里,无数不快的思想涌上了心头。

他回想那个时代,那时他的精神被一种无条件的、充满希望的努力所提高,那时他在各样生气勃勃的享乐里真是如鱼得水。如今他才清楚,他现在是陷入怎样飘浮不定的游荡状态中了,往日大口吸饮的,现在只是轻轻地啜尝;但他不能看清楚的是,自然把什么样的不能克服的需要变成生活的法则,这需要是怎样被四围的环境所刺激,给予一半的满足,又引入迷途。

如果他在观察他的情况并且正在设法脱离这个情况的时候,感到极大的混乱,那也是不足为奇的。说他是由于对雷欧提斯的友情,对菲利娜的喜爱,对迷娘的关怀,他就过于长久地在一个地方和一个团体里滞留,他在这团体里怀着旧日的爱好,好似暗地里在满足他的愿望,并且漫无目标地追踪他的旧梦,是不够的。他相信他有足够的力量,立即脱离这个环境。但是方才不久他和梅里纳发生了金钱关系,他又认识了那哑谜般的老人,他感到一种不能描述的要猜破这个哑谜的欲望。反复地想了许久,他决定了,或者至少他相信是决定了,虽然有上边的理由,他也不让人把他留住。"我必须走,"他叫道,"我要走!"他倒在一把椅子上,十分激动。

迷娘走进来问,可以不可以给他梳理头发。她静静地走来;他今天直截了当地拒绝了她,她感到很深的痛苦。

在寂静中营养起来的爱情,在隐伏中巩固起来的忠诚,一向我们都无分享受,它们最后在适当的时刻向我们走近,向我们表露,再没有比这更能动人的了。长久紧闭的花苞成熟了,维廉的心没有能比这时更富有感受的力量了。

她站在他的面前，看着他的不安。——"主人！"她叫道，"若是你不幸，迷娘可怎么办呢？"——"亲爱的孩子，"他握着她的手说，"你也是使我感到痛苦的一个原因。我必须走。"——她看见他的眼里闪烁着盈盈欲坠的泪珠，热烈地在他面前跪下。他握住她的双手，她把她的头放在他的膝上，完全寂静了。他抚弄着她的头发，很和蔼。她静静地待了许久。最后他在她身上感到一种悚动，先是很轻微，后来渐渐加重，传遍了她的全身。——"你怎么了，迷娘，"他喊着，"你怎么了？"——她抬起头望着他，忽然手按在心口，显出一种忍受痛苦的姿态。他抱起她来，她倒在他的怀里；他紧抱着她，吻她。她既不握他的手，身体也没有动一动。她紧按着心口，忽然喊叫一声，全身起了痉挛。她骤然惊起；立即像是关节折断一般又倒在他的面前。这是一个凄惨的景象！——"我的孩子！"他抱起她，紧紧搂住她叫道，"我的孩子，你怎样了？"——悚动还继续着，从心里散布到震动的四肢；她只是扭缠在他的怀里。他把她贴在他的胸前，他的泪珠流在她的身上。忽然她又紧张起来，好像是忍受着剧烈的、身体上的痛苦；不久她四肢又重新急骤地活动，有如开动了机器的发条一般，她抱住他的脖颈，同时在她内心里好像迸开了一条巨大的裂缝，在这瞬间，一条泪河从她紧闭的眼里流到他的胸间。他紧抱着她。她哭着，没有人形容得出这些泪的威力。她的长发散开了，从这泪人的身上垂下来，她全部生命好像不住地溶解在一条泪河里。她僵硬的四肢柔软了，她的内心都倾泻出来，在这瞬间的混乱中，维廉担心她会在他的怀里溶解，溶解得没有一点残余。他只把她越抱越紧。——"我的孩子！"他叫着，"我的孩子！你实在是我的！若是这句话能安慰你。

你是我的,我要据有你,绝不离开你!"——她的泪还不住地流。——最后她站起来了。她的脸上闪现着一种温柔而开朗的神色。——"我的爸爸,"她说,"你不要离开我!你是我的爸爸!我是你的孩子。"

竖琴在门外温和地响起,老人带来最亲切的歌曲给我们的朋友做晚间的演奏,他把他的孩子抱得更紧,享受着最纯洁、最无法形容的幸福。

第 三 部

第一章

你认识吗,那柠檬盛开的地方,
金橙在阴沉的叶里辉煌,
一缕薰风吹自蔚蓝的天空,
番石榴寂静,桂树亭亭——
你可认识那地方?
　　　　到那里! 到那里
啊,我的爱人,我要和你同去!

你认识吗,那白石为柱的楼阁,
广厦辉耀,洞房里灯光闪烁,
大理石向着我凝视:
可怜的孩子,人们怎样欺侮了你?——
你可认识那楼阁?
　　　　到那里! 到那里
啊,我的恩人,我要和你同去!

你认识吗,那座山和它的云栈?
骡儿在雾中寻它的路线,
洞穴中伏藏着蛟龙的苗裔,

岩石欲坠,潮水打着岩石——

你可认识那座山?

到那里! 到那里

是我们的途程,啊父亲,让我们同去!

当维廉清早在旅馆里四下寻找迷娘时,他找不到她,但是听说,她一早就跟着梅里纳出去了,梅里纳很早就出发,去接受戏装和其他舞台用具。

过了几小时,维廉听见门前有乐声。他最初以为是那弹竖琴的老人又来了,可是不久他便分辨出,那是弹齐特琴的声音,而起始伴唱的是迷娘的腔调。维廉开开门,迷娘走进来,唱着我们方才在上边所写的那首歌。

歌词和歌调,我们的朋友都特别欢喜,虽然里边的字词他不能够全懂。他让她反复歌唱,给他说明,他于是把这首歌写下来,译成德语。但是语法的特色他只能从远处琢磨。当那不完整的德语,化为一致,而且不连贯处也被联结起来时,歌词里童性的天真却消逝了。歌词的感人也是无能与之媲美的。

每句诗她开始歌唱时,都郑重庄严,仿佛她要使人注意一些特殊的事物,仿佛她要传述一些重要的事体。歌到第三行便变得沉郁忧闷了。她神秘而深沉地唱出那句"你可认识吗?"在"到那里! 到那里!"的句中,含着一种不能抵制的热望,她每一次重复"让我们同去!"都显露出感情的变幻,一会儿请求恳切,一会儿催促急迫,而含着无限的期望。

她第二次唱完这首歌时,静息片刻,锐利地望着维廉问:"你认识那地方吗?"——"那必定指的是意大利,"维廉回答,"这首小歌你是从什么地方学来的呢?"——"意大利,"迷娘郑重地说，"你若到意大利去，就带着我，我在这里觉得冷。"——"你在那里住过吗？亲爱的孩子？"维廉问。——那孩子静息了，再也说不出一句话来。

梅里纳走进来，看见那副琴已经修得这样好，心里很欢喜。这乐器也是旧剧装里的存件。今天早晨迷娘把它要过来，竖琴老人立即定弦，那孩子就借着这个机会，施展她一种大家直到现在还不知晓的才能。

梅里纳已经把戏装和一切零星物件都接受过来了。市议厅上的几个议员答应他立刻就准许他在当地演一段时间戏。他现在又心怡面爽，回到旅馆里来。他好像是变成另外一个人了，因为他对谁都温存客气，亲切而讨人喜欢。他希望幸福，他从此便能使他一向困窘而游闲的朋友们有所事事，请他们演剧，同时他感到很抱歉，因为开业时他自然不能按着技能来付给那些幸运地被他招来的头等角色，因为他当头第一件事必须还清维廉这样一个慷慨的朋友的债务。

"我无法向你表达，"梅里纳对他说，"你给了我怎样的隆情厚谊，是你帮助我成立起了一个剧班子。因为当我遇见你时，我是在一个很困难的景况里。你还记得，我们第一次认识时，我是怎样热烈地表示我们对于演戏的反感，可是我刚结了婚，就不得不为了我对我那可人的太太的爱情去寻找职业。我没有找到，至少我没有找到固定的职业，但幸而有几个商人在某种特殊情形下要用一个提得起笔、懂得法文、能够算账的人。所以有一些时候我过得还好，报酬也过得去，还置办了些物件，我的境遇也不使我丢人。可是我的主人的特殊的任务结束了，一个永久性的职业是不能得到的，我的太太只是更渴望到剧院里去，可惜她身体的情况又不宜于在观众面前表演并从而获得盛名。现在我希望在你的帮助下创办的这个剧团，对我和我的妻子是一个好的开端，我将来的幸福若如愿以偿，这都是你的恩惠。"

维廉听着这段话很满足，全体演员对这新经理的宣言也同样相当满意，都暗自欢喜，工作来得这样快，都甘心愿意开始时拿微少的薪金，因为这事是出乎意料的，大部分人都把这薪金看成一点补助费，在不久以前他们并不能把这笔钱算在预算里。梅里纳决定利用这种普遍的心情，对每个人都说出一套巧妙的话来，对这人用这个方法，对那人用那个方法，不久便说服了大家，他们都愿意赶快订立契约，没有怎么考虑这新的关系，并且相信已经有了保障，解职必须在六个星期以前通知。

那些条件都写成正当的形式，梅里纳已经在思索能够最先吸引观众的剧本，这时一个使者报告给那位厩长说，主人们来到了，厩长吩咐牵来要更换的马匹。

片刻，便有一辆装载很重的车驶到旅馆门前，从车沿上跳下两个仆人，菲利娜照例地打头迎上来，立在门口。

"这是谁？"伯爵夫人走进门时问。

"一个女戏子，侍奉太太的。"这是回答。这时那狡狯的女孩满面和善，态度谦虚，弯下腰，亲那贵妇人的衣角。

伯爵看见还有几个人在四围站着，他们也都说是戏子，他便盘问这剧团的大小，最近在什么地方演过戏，经理是谁。"他们若是法国人，"他对他的太太说，"我们便能给亲王找到一个意想不到的快乐，给他在我们这里安排他最心爱的消遣。"

伯爵夫人答道："等到亲王住在我们这里的时候，如果这些人不幸只是德国人,那就要看我们让不让他们在我们府里演了。他们总该有些本领。一个大聚会最好是演戏取乐,而且男爵先生也能纠正他们。"

这样说时,他们走上楼梯,梅里纳在上边介绍自己,说是经理。"召集齐你们同人,"伯爵说,"引见给我,我好看看他们都怎么样。我同时也要看看你拿手的戏单。"

梅里纳深深一鞠躬,跑出屋去,不久就带着戏子们回来了。他们彼此推前挤后,有一些人极力想讨人欢喜,见面时很不自然,另外一些人也并不甚高明,因为他们显出随便的样子。菲利娜向这非常慈祥和蔼的伯爵夫人表示无限的敬意,同时伯爵在打量着其余的人。他问每个人的专门技能。他对梅里纳说,人们必须严格固守他们的本行,梅里纳极端恭顺地听取他的意见。

伯爵随即指点每个人,在什么地方要特别学习,什么地方在体态上要加以修正,他透彻地告诉他们,德国人永久缺乏的是什么,他显得知识非常丰富,大家都极其谦卑地立在这位地道的内行、高贵的保护人面前,几乎大气都不敢出。

"在墙犄角里的那人是谁?"伯爵看见有一个人还没有给他引见,他这样问。一个枯瘦的身体穿一件用旧了的、袖上打着补丁的上衣,他慢慢走近。一套破败的假发盖着这谦卑的生客的头。

这人我们在前篇里已经知道是菲利娜所喜欢的,通常串演老古板、硕士和诗人,多半充当挨打忍辱的角色。他习惯于一种匍匐式的、滑稽的、恐惧的鞠躬,他那与他角色相称的口讷总引观众发笑,甚至于他总是被看成剧团里一个有用的团员,尤其因为他很尽职而又和蔼。他依照他的作风走近伯爵,向他鞠躬,回答每个问题时的姿态就像他在舞台上演戏时所取的姿态一般。伯爵很赏识他!沉思地看了他许久,随后转向伯爵夫人说:"我的孩子,给我看清楚这个人。我担保他是一个好戏子,或者他能成为好戏子。"这个人以至诚做出一个可笑的鞠躬,连伯爵也不禁大声笑了出来,伯爵大声说:"他做他的本行妙极了!我敢说这个人能够随他的心愿表演,可惜人们对他一向用得不得当。"

这样一种非同寻常的优待很使旁人感到难堪,只有梅里纳毫无感触,他反而说伯爵说得完全对,他以极恭敬的面貌答道:"啊,是的,他和我们这里边的许多人一样,只是缺乏一位像大人这样的明眼人,缺乏我们刚从尊前得到的这样的鼓励。"

"这是全体吗?"伯爵说。

"有几个团员不在,"那聪明的梅里纳回答,"总之,我们只要得到资助,不久便能从邻地凑齐。"

这时菲利娜对伯爵夫人说:"上边还有一个真正的美少年,他的确有充当头等票友的资格。"

"他为什么不露面呢?"伯爵夫人问。

"我去叫他。"菲利娜说着,跑出门外去了。

她看见维廉还和迷娘在一起,便请求他一块儿下去。他跟着她去,有些不愿意,可是好奇心在催促着他:因为他听说有贵人驾到,很想认识认识他们。他一走进屋里,立即看到伯爵夫人正在朝着他们看。菲利娜引他到夫人面前,这时伯爵正同其余的人谈话。维廉弯下腰,那娇美的夫人向他提出各样的问题,他回答时,不无错乱。她的美丽、青春、优雅、细腻和温文的态度都给他留下极愉快的印象;因为她的谈话和体态都含着一种羞意，也可以说是一种窘态，所以给他的印象更深了。在伯爵面前他也被引见了，但是他不很注意他，只是向着他的夫人走到窗前，好像要问她一些事。我们可以看出，她的意见和他的意见是极其融洽的，她仿佛很热心地请求他，并且加强她的意见。

伯爵随后又回到戏子们的面前，他说："我现在不能够停留，但是我要打发一个朋友到你们这里来，如果你们肯订出便宜的条件，真正卖力气，我就不反对请你们到我的府里去演戏。"

大家对此却表示极大的喜悦，特别是菲利娜极活泼地吻着伯爵夫人的手。

"你看，小人儿，"夫人摸着这轻率的女孩的下巴说，"你看，我的孩子，你要再来看我；我不失信，你只是必须穿得更好一些。"菲利娜解释说，她没有多少钱买衣服，伯爵夫人立刻就吩咐她的侍女们，拿上顺手从箱子里取出来的一顶英国式的帽子和一条丝围巾。伯爵夫人亲手给菲利娜戴上，菲利娜继续怀着一种虚假的天真神情做出娇爱的姿态。

伯爵用手扶着他的夫人，引她走下楼去。她走过时向着全体演员和蔼致意，还向维廉回一回头，以极慈悲的神情对他说："我们不久再见。"

这样幸福的机会使全体有了生气，从此人人都任凭他们的希望、愿望和幻想奔驰，谈论他们要串演的角色和他们要得到的喝彩。

梅里纳考虑怎样才能快快地表演几次，从这小城居民那里赚得一些钱，让这剧团缓一缓气，这时旁人都到厨房里去，订一份比平素吃得更好一点的午饭。

第 二 章

几天后，男爵来了，梅里纳迎接他，心里有点恐惧。伯爵提到他时曾说他是内行，这点很值得担心，怕他不久便发现这小团体的缺点，看透这戏班子并没有组织，几乎不能正式串演一出戏；可是不管是经理还是全体演员，不久便都放心了，因为他们看出男爵是一个怀着无限的热狂来看待本国剧院的人，每个演员，每个剧团，他都欢迎，喜爱，他郑重地欢迎他们，庆幸自己这样出乎意料地遇到一个德国的戏班子，并同它建立联系，以便把祖国的文艺女神引入他的亲戚的府里去。他随即从衣袋里取出一本册子，梅里纳希望在这册子里看到契约的要点，可是完全是另外一回事。男爵请求他们注意听他读一个剧本，这是他自己写的，他希望看着他们来演。他们围成一个圈子，都盼望不费什么气力就能得到这位重要人物的重用，虽然人人都看见那册子很厚，怕费时过长。事实也真是这样。这本戏写成五幕，简直没有结局。

剧中的英雄是一个高贵、有德而慷慨的人，可是被人误认，被人放逐，但最后他却战胜他的敌人，若不是他当场饶恕了他们，作者一定要向他们施展极严格的文艺上的正义。

当朗读这出戏时，每个听者都有充足的时间去想他自己，在不久以前人人还感到自卑，现在都渐渐脱开自卑的情绪，升为一种幸福的自得了，从此瞭望将来便抱着许多美好的希望。那些在这本戏里找不到适合于自己的角色的人，都暗自判定这戏很坏,把男爵看作一个不成功的作家。反过来说,另一些希望在剧里一个地方能够被人喝彩的人,便极力称赞,使作者满意。

关于经济方面的事,很快就规定好了。梅里纳和男爵订好对他自己有利的契约,对于其他的戏子却保守秘密。

梅里纳顺便和男爵谈到维廉,他担保他很有资格成为戏剧家,就是当个戏子,他的禀赋也不坏。男爵立刻就和他结识了,把他看成同志,维廉诵读几出短剧,那是在焚烧他的大部分作品的那天偶然留下来的。男爵对剧文和诵读都很赞美,认为他当然也应该一同到伯爵府里来,分手时他答应大家会有好的招待,舒适的住房,好饮食,而且能得到喝彩和赠品,梅里纳还担保有一定的零用钱。

我们可以想到,经过这番访问,那剧团中的情调是怎样为之一变,它离开了畏缩卑下的境界,忽然看见眼前是尊荣和舒适。事先他们对这种打算就很满意,每个人都觉得再不慷慨解囊就实在不妥了。

维廉这时自己暗地思量,他是否应该伴着剧团到伯爵府里去,可是他觉得应该去的理由并不止一端。梅里纳希望这最有利益的堂会至少能够使他还清一部分债务。我们的朋友的目的是为练达人情,也不愿意错过更近一层认识那一天的世面的机会,他希望得到许多关于生活、关于自身和艺术的启示。同时他也愿意再同那美丽的伯爵夫人接近,可是他不肯承认。相反,他只就一般情形设法说服自己,如果更进一步认识那高贵而富丽的世界,他将会得到多么大的好处。他观察伯爵、伯爵夫人、男爵,他发现他们举止端详,舒适而优美,当他独自一人时,他兴奋地大声说:

"这些人真值得再三庆幸,他们一降生就越过人类的下层。有些善良的人一生都在艰难的景况里苦闷。这些贵人却用不着从这里走过,也用不着在这里作客停留一回。在较高的立点上,他们的目光必定普遍而正确,他们生命中每个步骤必定轻而易举!我们人人都必得渡过这条河,他们从降生以来就恰似坐在一只船里,渡河时利用顺风,挨过逆风,至于其他的人却只是为他们自己而游泳,费尽力气,享不到一些顺风的利益,在风浪中力量不久便会用尽,只有沉沦。若有一种与生俱来的财产,对我们来说,一切都会多么舒适,多么轻易啊!一个资本雄厚的商业是多么便于发展,任何失败的尝试都不能立刻使它瘫痪!他们从青年时代起便有机会享受尘世的一切,至于这一切有没有价值,有谁比他们了解得更清楚呢?他们还在有充沛的精力开辟新生活的年龄,便亲眼认识了这么多迷误,有谁能比他们更早地把精力运用到那必要的,有益的,真实的事体上呢!"

对于那些地位较高的人,对于那些能够和这样一个环境接近,从这泉源里有所获得的人,我们的朋友就这样称扬他们的幸福。他赞美他的生命之神,也造出机会,把他引入这个阶级。

梅里纳这时费了许多脑力,考虑该怎样按照伯爵的要求和他自己的信念把剧团分成几组,给每个演员分配好固定的工作!一切都很成功。他看到,在一个这么微小的戏班子里演员们都愿意尽其所能地去串演不同的角色,心里感到很满意。一般,雷欧提斯扮演情人,菲利娜扮演侍女,那两个年轻的女子,一个当天真的情女,一个当风流的情女,饶舌老人最爱被人戏弄。梅里纳自己觉得可以扮装骑士登场,梅里纳太太很不高兴,她必须流入少妇乃至于温柔的母亲一类的角色;因为在近来的剧本里纵使有个古板学者或诗人出现,但已经不被作弄得那样可笑了,所以那个特别受到伯爵赏识的人如今只好扮演总理大臣和各部部长了,因为这类人物通常都被想象为坏蛋,在第五幕里要受一番虐待。梅里纳很愿意充当侍卫或侍从,却也不得不举止粗暴,因为这粗暴是善良的德国人在许多心爱的剧本里一向所要求的。他毕竟可以借此机会炫耀一番,他觉得他完全具有宫廷官员的仪表,他有资格扮演这个角色。

不多久,便从各处来了许多戏子,这些人没有经过特殊的鉴定便都被收容下来,也没有订下特殊的条件。

梅里纳几次劝说维廉玩一次票,都没有成功,可是维廉也是好心好意维护这个事业,我们的新经理却一点也不承认他的努力。他反而骄傲地自信他理解什么必要、什么不必要;尤其删削剧本是他一种最愉快的工作,所以他会把每个剧本都弄得合乎适当的时间标准,并没有其他顾虑。他有很多人捧场,观众都很满意,这小城里最内行的居民也以为省城里的剧场也不会像这里的这样好。

第 三 章

大家登程的时间终于到了,大家等待着那些已经定妥的,载我们全班到伯爵府里去的车辆。起先为了谁和谁在一起、应该怎样坐,争论了一阵。最后费了不少力才好容易规定了次序,进行了分配,可惜却没有效果。到时候,来的车辆竟比人们所期望的少,大家不得不将就让步。不久男爵骑着马随后来了,他说出的理由是现在府里一切都很紊乱,因为不但王亲比他们所预计的要早到几天,并且现在也有想不到的客人已经来到了。地方很不够用,所以他们住的也不会像他从前所说定的那样好,他非常抱歉。

大家都尽其所能地分坐在车里,因为天气还过得去,并且离伯爵府只有几小时的路程,那些好玩的人宁愿徒步登程。他们不愿意等车再回来接他们。大队人马欢呼出发,这是第一次用不着操心怎样付旅馆主人的账。伯爵府矗立在他们灵魂前就像一座仙宫,他们是世上最幸福最快乐的人,途中每人都按自己的心意设想,把许多的幸福、名誉和安宁都寄托在这一天上。

想不到落起大雨来,这雨也不能洗去他们的愉快的感觉;但是因为雨越下越大,毫无间断,有些人才感到有些不快。夜来临了,迎面山丘上照耀着伯爵的宫府,层层都透露出灯光,甚至窗子都历历可数,现在没有什么比这伯爵府更使他们渴望的了。

当他们走近时,他们看见两厢的房里灯火辉煌,每个人都暗自思忖,哪间应该是他的屋子呢?大部分人都很知足,觉得能住在楼顶下或是两厢里的一间小屋里就够了。

他们穿过村庄,从旅馆门前走过。维廉让车子停住,要在那里下来;可是旅馆主人告诉他,这里连最小的空床位也匀不出来了。伯爵先生因为有不速之客来到,立刻把全旅馆都包下来了,从昨天起,每间屋已经都用粉笔写明谁在里边住。于是我们的朋友不得不违背自己的心意,随同全体到府邸里去。

在一座厢房里,他们看见匆忙的厨役围着炉火走来走去,他们一看这情景就已经得到安慰,仆人们举着烛台迅速地跳上正房的楼梯,这些善良的游浪人都心花怒放。可是当这番招待化为一片怒骂时,他们是怎样惊讶呀!仆人们咒骂车夫把车赶到这里。人们嚷道,他们应该转回头,再出去到旧府里去,这里没有地方招待这些客人!他们在这样一种意料不到的很不客气的回答之外,还添上各样的嘲讽,他们私下耻笑他们走错了路,又被赶到雨里去。雨还在落,天上没有星光,现在这剧团就在两墙中间一道凹凸不平的路上被拉到后边的旧府里。这旧府自从伯爵的父亲建筑了前边的新府后,就没有人住过。车一部分停在院里,一部分停到深长的门洞里,车夫都是村里的马夫,他们解下马来,骑着马走了。

没有人出来迎接这个团体,他们下了车,喊叫也好,咒骂也好——都是徒然!一切阴暗而寂静。风吹过高高的门洞,古老的楼阁和院落令人恐怖,黑暗中几乎分辨不出形体。他们冻得直打战,女人们心里害怕,孩子们也哭泣起来。他们的焦躁每瞬间都有增无减,这样快的没有人预先想到的幸福感的陡变,使他们完全失去了自制。

他们每时每刻都等待着有人来给他们开房门,时而一阵雨,时而一阵狂风在惑乱他们的听闻,他们不止一次地觉得好像听见所盼望的府里管家的脚步声,他们无所事事,恼丧地待了许久;竟没有人想起该到新府里去,叫几位慈悲的人来帮助他们。他们简直弄不清楚,他们的朋友,男爵,到哪里去了,他们一直处在一种非常窘迫的境况中。

归终真正有人来了,从他们说话的声音上分辨得出,那是几个没有坐车的徒步走来的人,他们在路上落在车后边了。

他们说男爵从马上跌下来，脚部受了重伤。他们在新府里问起他的伙伴时，人们便很粗暴地打发他们到这里来了。

全体都惊慌失措，大家商量现在应该做什么，可是不能做出任何决定。最后看见一个烛光从远处移近，大家才松一口气，可是当这烛火渐近，渐渐分明时，那立即解脱的希望又消逝了。一个马夫给伯爵的厩长照着路。当厩长走近时，便很热心地打听菲利娜小姐；她还没有完全从人群里走出来，他便迫切地要带她到新府里去，他在伯爵夫人的侍女们那里已经给她准备好一个小房间。她沉吟不久，便拜领他的厚意，握住他的手腕，把她的箱子委托给旁人，要同他一起离去；可是大家挡住他们的路，盘问，请求，恳求厩长，归终他只为要快快和他的情人脱出包围，便答应了一切，担保府门不久就打开，他们一定有很好的住房。烛台的光随即不见了，他们空空地希望许久新的光，在许久等待、咒骂、诽谤之后，终于有新的光出现了，它带来了安慰和希望，他们又有了生气。

一个老仆人打开这座老屋的门，他们蜂拥而入。每人照料自己的物件，把它卸下来搬到房里。大半的行李和人一样湿透了。只有一盏烛光，一切进行得很缓慢，在房里磕头碰脚，有的还跌了跤。他们请求多拿一些烛台来，请求生火。枯偃的老仆很勉强地辛苦地把烛台放在桌上走了，再也没有回来。

现在他们开始巡视这座房子。每间屋的门都开着，大的炉子，编织的壁毯，镶好的地板，都保持着往日的光华，可是别的家具什么也没有，没有桌子，没有椅子，没有镜子，也没有几张大的空床，一切陈设和必需品都没有了。湿的箱子和衣包被选为座位，一部分疲倦的行人只好在地板上休息，维廉坐在几层梯阶上,迷娘躺在他的膝上。这孩子很不安静,问她有什么不舒服没有,她答道:"我饿!"他在身边什么也找不到,无法满足这孩子的要求。旁人也都把所有的口粮吃完了,他不得不让这可怜的孩子继续饿着。这事从始到终他都无能为力,只静静地反省:因为他很懊恼,悔恨,他没有坚持他的心意,在旅馆那里下车,纵使在楼顶的小屋里睡,也比这样好些。

其余的人都举止各自不同。有几个人收集了一堆柴,放在厅中一个大壁炉里,大声欢呼,燃起柴堆。他们希望把身上烤干取暖,不幸这希望也极险恶地失败了,因为这壁炉只是一个装饰,上边是砌死了的,烟气很快地冒回来,霎时间充满全屋;干柴熊熊地燃起,火焰也赶出来了;风吹过破碎的窗扇,使火焰没有一定的方向,他们怕府里着起火来,不得不把柴火分开,踩灭,烟越冒越多,这情景更不堪忍受,他们都快绝望了。

维廉为躲避烟气,走到一间较远的屋里,不一会儿迷娘也跟进来,还有一个衣冠整齐的仆人手举一座高高燃着两支蜡烛的烛台。他走向维廉,递给他一个美丽的瓷盘,上边是点心和水果,他说:"这是那边那位年轻小姐送给你的,她请你到她那里去,她让我告诉你。"仆人带着轻浮的神情添上一句:"她很舒适,愿意和她的朋友们分享她的满足。"

维廉绝不期待这个邀请,因为他自从石凳上的那段风流事后,是绝对看不起菲利娜了,他决心不再和她待在一起,甚至打定主意,要退回这甜美的赠品。这时迷娘请求的目光感动了他,他只好收下赠品,并用那孩子的名义表示感谢;至于邀请,他完全拒绝了。他请求仆人照料这个可怜的团体,他还问及男爵的情况,据仆人说,男爵正躺在床上,他已经转托另外一个人照料这些可怜的来客。

仆人走了,给维廉留下一支蜡烛,因为缺乏烛台,他只好把它粘在窗台上,现在据他观察,至少房中四壁是明亮了。又过了很长时间,安排我们客人的设备才开始送来。蜡烛渐渐来了,可是没有烛台,又搬来几把椅子,一小时后,被褥、枕头也都来了,却都是湿透了的,最后草垫和蒲团也搬来时,但已过了夜半,这草垫和蒲团若是最初就能得到,他们肯定会非常欢迎的。

这中间有一些饮食也送到了,他们毫不挑拣地吃了,虽然那些饮食很像一些剩下的杂烩菜,丝毫显不出对客人应有的敬意。

第 四 章

因为几个轻浮的伙伴吵闹放纵,这夜里的不安和恶劣情况有增无减,他们互相大闹恶作剧,轮流着开各样的玩笑,搅扰旁人的睡眠。第二天刚一天亮,大家就齐声抱怨他们的那位男爵朋友,他这样骗他们,他们所预想的秩序和舒适完全是另外一个样子。可是出乎意料,一清早伯爵自己和几个仆人出现了,他来探视他们的状况,大家因此也都感到一种安慰。当他听说他们昨晚狼狈的情形时,他很气愤,男爵也拐着脚被人引来了,他抱怨府里的管家,这回事办得是这样违背命令,他觉得这使他实在很难堪。

伯爵立即吩咐用人,一切在他面前都要布置得尽量使客人舒适。随后来了几个军官,立刻就和女戏子们结识,伯爵接见全体的演员，和每个人接谈都称道姓名；谈话中也掺杂着一些笑话，对于这样一个慈祥的主人大家都很欢迎。归终也见了维廉，迷娘紧紧依随着他。维廉极力请求主人原谅他来得唐突。伯爵反而好像认为他来是早已晓得的一般。

伯爵身旁站着一位先生，虽然没有穿军装，我们还是把他看作一个军官，他专门和我们的朋友谈话，显得与众不同。高额下闪烁着两只浅蓝色的大眼睛，黄金色的头发披散着，不加梳理，中等的身材显示出一种勇敢坚定的天性，他问的问题很多，所问的事好像他样样都在行。

维廉向男爵打听这人是谁，但是男爵对此人好话说得不多。这人具有上校的身份，本来是亲王的宠臣，他知道亲王的一些秘密事务，可以说是亲王的左膀右臂，人们甚至还有理由相信他是亲王的私生子。他随外交使节到过法国、英国、意大，到处享受尊荣，所以他很狂妄。他以为他精通德国文学，竟敢任意对它加以各样浅薄的嘲讽。他，男爵，躲避和他交谈，维廉也要离他远点才好，临了，他会把人人都得罪遍的。人们称他雅诺，但并不知道为什么这样叫他。

维廉听了，没有什么可说，因为他对这个陌生人产生了一种爱慕的心理，虽然这人有些冷峻和讨厌的地方。

这团体在府里已被分别安置停当，梅里纳严格地吩咐他们从此应该保持秩序，女人们应该分住，人人的目标和爱好要专注在自己所演的角色和艺术上。他在每个门旁贴上列有许多要点的规定和法则。罚金的数目也定好了，凡是不守规则的人都要把钱投到一个公用的钱罐里。

这些规定很少被人注意。年轻的军官们出来进去，调笑女戏子，简直没有分寸，他们还嘲弄男演员，这小小的治安法还没有能够扎根之前,就都给破坏了。人们都穿房入室,乔装隐藏。梅里纳开始还想表现得认真一些,但被各样的恶作剧弄得气愤到了极点,随后不久,伯爵令人来找他去看建造戏台的场所,这恶劣情形只是越发讨厌了。年轻的先生们想出各样浅薄的戏谑,因为几个戏子从旁帮助,他们变得更下流,好像这座旧府都被一群狂妄的人所占据。这无聊的骚扰在没去吃饭之前始终没有停止。

伯爵带领梅里纳来到一座大厅里,这个大厅还属于旧府,可是经过一道廊子也连着新府,里边恰好能够安置一个小舞台。在那里,这明达的主人指给他看,告诉他怎样布置一切。

工作于是极迅速地开始了,扎起戏台架,加上装潢,他们随行李带来的布景凡是能用的都给用上了,伯爵的几个精巧的用人从旁帮助把其余的一切也都给装置好了。维廉也亲自动手,帮助他们规定远景,估量轮廓,为了不做出蠢事来,他忙得不可开交。伯爵时常走来,很是满意,指点他们实际做的事本来应该怎样做,同时让人看出他对各种艺术都有很丰富的知识。

试演当真开始了,若不是他们总被许多居留此地的外人所搅扰,他们会有很多空闲时间的。因为天天有新的客人来到,每个人都要看一看这个剧团。

第 五 章

几天以来,男爵就告诉维廉,他有单独被引见到伯爵夫人那里去的希望。——他说："我向那位聪颖过人的夫人谈过许多关于你的多才多感的戏剧，她甚至于再也不能等待下去了，她要立刻同你谈话，让你随便读几段你的作品。你可要准备好，一听到招呼就过去，因为在最近一天清静无事的早晨，她一定会打发人来叫你的。"随后他又指示他，应该先读哪一出余兴戏，他正好用这出戏介绍自己。夫人说，维廉在这样一个诸事骚扰的时候来到，不得不和剧团里其余的人一起住在旧府里，主人招待得很不周到，她深感抱歉。

维廉随即小心翼翼地整理那出戏，他要借此迈入高贵的世界。他自言自语地说："你一向是暗地里为你自己工作，只受到几个朋友的称赞；你曾经有很长时间对你的才能完全绝望，你也必须时时考虑你到底是不是走在正确的路上，是不是有这么多的才能适应你对戏剧的爱好。在这样熟练的内行的耳边，在这样一个无法造成幻境的小房间里，这试验比在旁的地方要危险得多，可是我也不愿意退缩，我要把这种享受和我从前的快乐联系在一起，同时也增强对将来的希望。"

他立即斟酌了几出戏，用心细读，随处加以修正，又大声朗诵，为的是把语言和表情也练得真正纯熟。当他在一天早晨被邀请去见伯爵夫人时，他把他练习最熟的戏本揣在衣袋里，他以为由此可以得到他最大的尊荣。

男爵告诉他说，只是伯爵夫人自己和一个要好的女友在那里。当他走进室内时，男爵小姐以无限的殷勤迎面走来，她说她很高兴有缘认识他；她把他引到伯爵夫人面前，伯爵夫人正在理发，她和颜悦色地接待他，可惜他看见菲利娜在她椅旁跪着，做出种种的痴态。——"这美丽的孩子，"男爵小姐说，"已经给我们各色各样唱了许多。你快唱完那已经开端的小曲吧，别让我们听不完。"

维廉耐着性子听那曲小歌，同时他希望理发匠在他开始诵读前就能够走开。有人给他端来一杯巧克力茶，男爵小姐亲自递过来烤焦的面包。尽管如此，他并不觉得这早餐可口，因为他极力想着给这美丽的伯爵夫人诵读一些能够引起她的兴趣、中她心意的作品。菲利娜也是他的障碍，她过去听他诵读时曾经常常使他不痛快。他心怀痛苦看着那理发匠的手，他每时每刻都希望他赶快把发理完。

这时伯爵进来了，他述说了今天所要接待的客人，一天事务的分配，另外还说了些家常琐事。他走出去，又有几个军官，因为饭前必须离开这里，请求伯爵夫人允许，进来谒见她。那理发的仆人这时理完了发，她请这几位先生进来见她。

在这段时间里，男爵小姐极力照顾我们的朋友，向他表示许多敬意，他虽然有些神情涣散，却恭敬地承受了。他几次摸索那袋中的稿件，时刻都在盼望朗读它；随后又放进来一个卖化妆品的商人，他毫无顾忌地把他的纸夹、箱匣，一个接着一个地打开，他捧示每一类货物，不免带着一种这类人所专有的强求的态度，这时维廉几乎再也忍耐不下去了。

人越来越多。男爵小姐看着维廉，轻轻地和伯爵夫人谈话。维廉注意到，可是不懂得她们的用意，直到他耐着性子空空地等了一小时后，走回家里，才终于了然了。他在衣袋里发现一个美丽的英国信夹。那是男爵小姐偷偷地给他揣在袋里的，随后紧跟着伯爵夫人的小家奴给他送来一件织得精巧的背心，没有说清楚它是从哪里来的。

第 六 章

懊丧和感谢的心情相混合,这天整个剩余的时间都荒废了,直到傍晚,梅里纳告诉他,伯爵谈到一出开场戏,这出戏表示欢庆亲王,要在他来到的那天上演,这时维廉才又找到事做。伯爵要在这出戏里把这伟大的英雄——这位仁人君子的种种特性拟成人物。这些拟成人物的道德都联合登场,传播对亲王的赞美,最后把亲王的半身像围上花圈和桂环,同时在亲王的冠冕上透明地照耀出用花体字写成的亲王姓名。伯爵委托他把这出戏写成韵文,妥善布局,这事对维廉是轻而易举的,他希望维廉肯帮助他。

"怎么?"维廉烦厌地大声说,"按照我的意见,一位公侯完全可以用另外一种方式赞美的,我们要祝贺他,除去图像、花字组成的姓名,寓意的人形外,就没有旁的方法了吗? 看见自己被画成影像,看见自己的姓名在油纸上闪烁,一个有理性的男子怎么能表示高兴呢? 我只怕这些寓意的角色,特别是我们的装束,反倒会引人误解,惹出笑话。若是你自己要编这出戏,或是请旁人编,我不会表示反对的,我只是请求饶了我。"

梅里纳解释说,那只是伯爵先生大致的意见,至于此外他们要怎样排演,那完全是他们的自由。维廉答道:"我从心里愿意给这位贵客助助兴,我的文艺女神还不曾有过这样愉快的工作,如今竟能对一位已经赢得相当尊敬的亲王加以赞颂,纵使我的诗句难免诘屈聱牙。我要思量思量这件事,也许我能使我们的小剧团至少也能得到一些好评。"

从这时起,维廉就热心考虑怎样写这出戏了。在入睡前,他的构思已经大致就绪,第二天一清早布局和场幕都分配好了,甚至于把几处最重要的地方和歌词都编成诗句,写在纸上了。

早晨,维廉立即跑到男爵那里,和他讨论几点细目,给他看他的布局,他对这布局很满意,可是他表示有些惊讶;因为他昨天晚上听伯爵谈的是一出完全不同的戏,按照他的意见这戏是应该写成诗体的。

"我觉得,"维廉答道,"让我们写出一出像他对梅里纳所谈起的那样一出戏,不会是伯爵先生的本意。若是我没有说错,他不过只是要指给我一条正路而已。爱护者和赏鉴家把他们的愿望告诉艺术家,随后怎样用心完成这件工作,就要靠艺术家自己了。"

"绝不,"男爵回答,"伯爵先生确信,这出戏只能这样上演,不能与他所说的不同。你的剧本和他的心意自然有一种大概的类似,若是我们要贯彻你的主张,使他放弃他最初的思想,那么我们必须请太太们从旁协助。特别是那位男爵小姐精于策划这类的事,现在的问题是,她是否喜欢你的布局,甚至肯于从中出力,她若肯,一定很顺利。"

"不管怎样,我们都需要太太们的帮助,"维廉说,"因为我们的角色和我们的戏装都不够上演,我把几个美丽的孩子已经计算在内了,就是那些在府中跑来跑去,仆人和管家的孩子。"

他随即请求男爵,把他们的布局说给太太们听。男爵不久就回来了,他说她们要同他个人谈话。今天晚上,若是先生们坐在一起赌博,这游戏由于某将军的来临,总要比往常热闹些,她们就要借口说不舒服,回到她们房里去,那时维廉就可以经过秘密的楼梯,被导引进来,然后就能最如意地诵读他的作品。这种秘密给这事件一种双重的魔力,特别是那位男爵小姐像孩子一样喜欢这个幽会,尤其因为这是秘密而巧妙地违背伯爵的意志进行的,她更为欢喜。

晚间在规定好的时刻,维廉被人请去。他小心谨慎地上了楼,在一间小阁里,男爵小姐迎面走来的那个样子,使他刹那间想起往日幸福的时刻。她把他带到伯爵夫人的房里,接着便是提出问题,斟酌可否。他尽力显出温柔活泼的态度,把他的计划呈给她们看,太太们都完全同意了,相信我们的读者也会允许我们向他们简短地谈谈这戏的内容。

开幕时,有些小孩在一座田园的景幕中舞蹈,表演的游戏是,一个小孩必须围着圈儿走,去抢另一个小孩的位置。随后他们轮流着开各样的玩笑,最后跳着一种回环不息的行列舞,齐唱一段快乐的歌,接着竖琴老人领着迷娘走来,惹起大家的好奇心,招引来许多农夫;这老人唱各样赞美和平、安宁和快乐的歌,随后迷娘跳鸡蛋舞。

在这天真烂漫的快乐里,他们被一片战争的音乐搅乱了,这团体被一队兵士所袭击。男人们极力反抗,可是被征服了,女孩子们想逃跑,又被人赶上。一切好像都要在骚乱中沦亡,这时走来一个人,关于他的身份,作者还不能确定,他报告将军快来到了,于是又恢复了安定。这时他用最美的说辞描述那英雄的性格,预言可以在武装保护下维持安宁,傲慢和暴力都要加以制裁。于是人们举行了一个盛大的会议,庆祝这宽宏大量的将军。

太太们对这个计划很满意,她们只主张在这出戏里必须有一些寓意的成分,好使伯爵先生愉快,男爵提议兵士的指挥官可以代表仇视和暴力的神,但是最后米内瓦必须走来约束他,报告英雄来到,颂扬对这英雄的赞美。男爵小姐承担起这个任务:使伯爵确信他所授予的计划,已经完成了,只是稍微更动了一点;同时他断然要求在幕尾必须有半身像、花字组成的姓名、亲王的冠冕出现,不然,一切交涉怕都要无效。

维廉心里已经想好应该怎样细腻地通过米内瓦的口称赞他的英雄,关于男爵小姐提出的这一点,经过长久的反对,他才听从,但是他觉得他被征服得很愉快。伯爵夫人美丽的眼神和慈蔼的态度极容易感动他,使他放弃那最美好的设想、那结构的一致和一切巧妙的段落,而违背他诗人所应有的良心去做。在进一步分配角色时,太太们断然坚持维廉也必须登场,他同样感到,面对他市民的良知他确也有一种激烈的内心冲突。

雷欧提斯责无旁贷,只好扮演那暴力的战神,大家让维廉演农民的领袖,他必须唱几节很有趣的情意深远的诗句。他反对了许久,可是终归不得不服从,尤其是男爵小姐劝解他,说这府里的舞台本来只能看成私人的堂会,只要大家能有一种精巧的预备,她也愿意一同登台呢。这时维廉找不到辩解的理由了。太太们随即极殷勤地放我们的朋友走开。男爵小姐说他是一个非凡的人,一直把他送到小楼梯旁,和他握手,道了晚安。

第 七 章

维廉的计划经过这一番叙述后,他更觉得活现在目前,太太们对于这件事的真切关怀促使这计划变得更为生动。多半夜和第二天早晨,他都极小心地用韵文写对话,作诗歌。

当他被唤到新府里去的时候,戏文大致都完成了。他听说主人正在用早餐,而且要和他谈话。他走进大厅,男爵小姐又首先迎面走来,她做出好像要向他说声早安的样子,她偷偷地低声说:"除去问你的以外,关于你的剧本什么也不要说。"

"我听说,"伯爵对他高声说道,"你很勤勉,你正在给我写那出我用来欢迎亲王的开场戏,我允许你在里边添上一个米内瓦,现在我正考虑,那女神应该穿什么衣裳才不至于违背史实。因此我命人从我的图书馆中把一切里边有这女神像的书籍都搬运过来。"

正在这时,几个仆人抬着一大筐各样大小的书籍走进大厅。

蒙府匡①的著作,印有古希腊的石像、宝石雕刻和货币的画集,各样神话学的书籍都被打开,以便比较图像。但就是这些书也还不够,伯爵非凡的记忆力还想出一切在封面上、在书头上,或是在旁的地方能够见到的米内瓦。因此必须一本书接着一本书从他的图书馆里拿过来,随后伯爵完全被一堆书

---

① 蒙府匡(1655—1741),又译蒙福孔,法国学者,古文字学家。

籍围起来了。末了，因为他再也想不起哪一个米内瓦来了，才笑着叫道："我敢打赌，在整个图书馆里现在一个米内瓦也没有了，一个图书馆必须这样完全离开它们护身女神的像，这大半是破天荒的事。"

全场都为伯爵的奇想而高兴，尤其是雅诺，是他撺掇伯爵把书搬得越来越多，他笑得不能节制。

"现在，"伯爵转身对维廉说，"重要的问题是，你想的是哪个女神。是米内瓦，还是巴拉斯？是战争的女神，还是艺术的女神？"

"那不是最巧妙的办法吗？伯爵，"维廉回答，"如果我们并不特别规定是谁，而正因为她在神话里是一个双关的人物，我们何妨也让她在双关的本质中出现呢？她通报一个战士的来临，但只为的是安慰百姓。她赞颂一个英雄，特别提出他的博爱精神。她征服暴力，在百姓中又恢复了快乐和安宁。"

男爵小姐怕维廉泄露了秘密，赶快把伯爵夫人的裁缝叫进去，让他说这样一件古希腊的衣裳怎样才能剪裁得最好，这裁缝对于化装跳舞的衣裳素有经验，他很会做这类工作；因为梅里纳太太虽然怀孕的月份已深，却还要串演那天女的角色，所以教他去量量她的尺寸。伯爵夫人也不顾及她的侍女们的反对，从衣柜里指定出几件可以给这角色剪裁的衣裳。

男爵小姐又用一种巧妙的方法使维廉走开，随即让他知道，其余的事情都由她料理了。她立刻命指挥伯爵府里音乐队的乐师到他那里来，一半为的是让他把重要的部分谱成歌谱，一半是寻找现成的歌调。既然一切都能如愿，伯爵也就不再往下问那出戏了，他转而专门研究那在幕尾要使观众惊奇的透明的布景。他的发明和他的糕点匠的巧手加在一起，也当真制作出一种叫人看了十分愉快的灯彩。因为在多次的旅行中他曾经看见过许多这类的盛举，带回来许多铜版画和漫画，凡是关于这类的事他都饶有兴味地加以说明。

这时维廉写完了他的剧本，每人分给一个角色，他也接受他自己的角色，那乐师同时很懂得舞蹈，他也谱好了芭蕾舞的舞曲，一切都进行得很顺利。

只是中途发生一件预想不到的阻碍，这阻碍眼看就要给他拆台。他预想迷娘的鸡蛋舞一定会得到最大的喝彩，但是那孩子以她平素倔强的态度，拒绝跳舞，她斩钉截铁地说，她从此归他所有，将来再也不登台表演了。听到这话，他是如何地惊讶！他想用各样的劝告来感动她，直到她凄楚地哭起来，倒在他的脚下，他才不往下说了。她嚷道："亲爱的爸爸！你也躲开这舞台生活吧！"他没注意这个暗示，他只考虑怎样用另外一个方法，使这幕戏有趣。

菲利娜扮演农家女孩中的一个，她应该在跳舞时单独唱几声，好引起大家的合唱，她真有些欢喜得忘形了。其余的事也完全称她的心愿。她有她自己的屋子，永远留在伯爵夫人身旁，给夫人打趣说笑，因此天天都得些赠品。一件演这出戏的衣裳也给她做成了，因为她天性善于模仿，所以她很快便从太太们的动作中学会适合自己身份的风度，在短时间内，她就态度雍容，举止文雅了。厩长的殷勤有增无减，军官们也都围上了她，她置身于这样一个复杂的环境里，也起了一个装扮冷静寡情女子的念头，用巧妙的方法来练习表演高贵的外表。她非常冷静，精细，八天内便看透了全家的弱点，如果她确实能够诚心从事，她会很容易地创造自己的幸福。可是在这里，运用她的优越地位，只为的是自己取乐，日日嬉游，僭越妄为；

而怎样恣意妄为才不致闹出事来,她是了如指掌的。

所有的角色都练习好了,现在吩咐要正式试演,伯爵也要来看,他的夫人才开始担心怕他不满意这出戏。男爵小姐偷偷地把维廉叫来,大家觉得试演的时间越挨近,窘迫感也就越强烈:因为在戏里凡属伯爵的心意都被他们抹杀无余了。雅诺正巧走进来,大家把这个秘密也告诉给他了。这事使他满心欢喜,因为他很高兴给太太们献些殷勤。"仁慈的小姐,"他说,"如果你个人从这件事里不能脱得干净,那就很糟了。我无论如何要在暗中埋伏,替你解围。"男爵小姐随即述说,她直到现在是怎样把全戏都讲给伯爵听了,但只是这里讲一段,那里讲一段,没有秩序,使他对于每一部分都略知眉目。他自然会只是这样想,全部凑合起来也合乎他的心意。"今天晚上,"她说,"试演时我要坐在他身旁,想方设法让他精神不能集中。我已经和那个糕点匠计划好了,他把幕尾的布景制得美丽极了,不过也难免有些微小的缺欠。"

"我知道有一个府邸,"雅诺答道,"在那里我们很需要有一个像你这样聪明能干的朋友。今天晚上,当你的计谋不能往下进行的时候,就请招呼我一下,我会把伯爵请出去,在米内瓦没有登台、不能从灯彩布景里希望得到救助之前,我绝不放他进来。几天前,我就有些关于他亲戚的事要通知他,总是因为别的缘故延宕没有说。这也可以转移他的注意力,固然这并不是最合适的办法。"

几件事阻碍伯爵不能在试演开始时来看,随后男爵小姐又和他闲谈。雅诺的帮助简直不必要了。因为当伯爵应该纠正、修改和整顿的时候他竟没有看到,最后梅里纳太太说的台词都是按照他的心意编的,灯彩布景也安排得很好,于是他就表示完全满意了。当一切都过去了，大家也都去玩牌的时候，他好像才觉得有点不对味，他才开始思量，这出戏到底是不是和他的命意布局真正相符。这时男爵小姐给了一个暗示，雅诺立刻按计划出现了。一晚过去了，亲王真正来到的消息也确凿地被证实。人们骑马出去几回，看见前卫队在邻近扎下营寨。全府都骚动不安，那些执拗的仆人漫不经心地照料我们的戏子们，也没有人特别想到他们，他们只好在旧府里，在期待与练习中度他们的时光。

第 八 章

　　亲王终于来到了，全部将校，参谋长官，同时来到的其他扈从，有的是来拜访，有的是来商量事务的许多人，把伯爵府挤得好似一座刚要出巢的蜜蜂窝。人人都挤过来看这高贵的亲王，人人都赞叹他的慈祥和蔼，人人感到惊奇的是，在这位英雄、这位元帅的身上，同时又看出他还是一个最和善的朝臣。

　　按照伯爵的命令，在亲王来到时，一切府里的职员都不得擅离职守，戏子们不准让人看见，因为这预备好了的盛礼要使亲王预料不到。所以当他晚间被人引入那光华灿烂、装潢着上世纪编织的壁毯的大厅里时，他好像完全没有想到会演戏，更不用说想到一出专为赞颂他的开场戏了。一切都演得很好，演完后全班都走过来拜见亲王，亲王对每人都和蔼地问一些事，对每人都极殷勤地谈一些话。维廉是作者，必须特别走出来，同样得到许多赞美。

可是没有人特别问到这出开场戏，几天后就好像这样的戏没有演过一般，除去雅诺遇机会时和维廉谈一谈，很在行地赞美一番；只是他又添上一句："真遗憾，你是用些空核桃来玩空核桃。"——这句话在维廉心里横了许多天。他不知道他应该怎样解释其中的意义。

这时剧团每晚都力所能及地演得十分出色，尽量吸引看客的注意。一种过分的喝彩鼓舞着他们，如今他们在他们的旧府里，当真以为只是为了他们的缘故才召集这盛大的聚会，外乡的群众都来看他们的表演，他们成了一切人围着团团转的中心。

唯独维廉很苦恼，他看到的恰恰是和这种情形相反的一面。亲王最初几次看表演时都是从头看到尾，他在椅子上端坐着，极诚恳地专待演完，可是他好像渐渐善意地疏淡下去了。正是那几个在谈话时维廉觉得最为内行的人，尤其是雅诺，在演戏的大厅里只随意地闪一闪；其余的时间，他们就坐在厅里消遣或是好像在谈论别的事务。

维廉很不高兴，他不断地努力，却得不到他所希望的赞美。选择剧本，抄写剧文，种种试演，还有此外不断发生的事，他都很热心地帮助梅里纳，梅里纳暗地感到他自己的能力不足，最后也就听凭维廉去做了。维廉用心记住剧文，怀着热烈和兴奋的心情朗诵，尽自己的修养之所能，使技术也更纯熟。

这时男爵不断的关怀消释了这剧团的疑虑，同时也担保他们的演出会产生最大的效果，特别是当他们演一出男爵自己写的剧本时；只是那亲王绝对爱好法国戏剧，他周围的人中有一部分（其中雅诺特别明显）则热情称颂英国舞台中的伟大人物,他感到很遗憾。

我们的戏子们的艺术现在固然不十分被人重视,不大使人感到惊奇,可是男女看客们对于他们本人却不完全是淡漠的。我们在前边已经提到,女戏子们一开始就引起了青年军官的注意;只有她们后来比较幸福,征服了不少重要的人物。可是我们不谈这些事,我们只看出,伯爵夫人对维廉一天比一天更感兴趣,同样维廉在心里也开始萌发出对她的一种爱慕。只要他在舞台上,她的眼睛就不能离开他,他也好像只是向着她演唱,彼此对看,他们觉得是一种不可言喻的快乐。他们天真的灵魂都寄托在这快乐上,他们并没有更热烈的愿望,或是顾虑到任何一种结局。

就像两个敌对的前哨,越过一条分界的河流,安宁而快乐地共同谈论,并没有感到两方面所进行的战争一样,伯爵夫人和维廉越过出身和阶级不同的深沟,交换深情浓意的眼色,每人都从自身出发确信可以放任自己的情感。

这时男爵小姐选上了雷欧提斯,她特别喜欢他是一个勇敢活泼的青年。他虽然是厌恶女性的人,但一段临时的风流韵事他也并不鄙弃;若不是那男爵偶然对他做了一件好事,我们也可以说是做了一件坏事,就是他使雷欧提斯认清这位小姐的为人,这次他真要违背意志,被男爵小姐的和蔼媚人的性格给迷住了。

因为当雷欧提斯有一回大声赞美她,说她超过一般女性时,男爵戏谑地答道:"我已经看出这是怎么一回事了。我们亲爱的女友又给她的畜棚套上了一个。"——这并不巧妙的比喻只是太明显地影射着一个奇异而危险的爱抚,使雷欧提斯懊恼万分,他不得不烦厌不乐地听男爵毫不容情地往下说:

"每个不深知她的人都以为他是头一个有资格博得她这样妩媚态度的人,但是他大错了,因为我们一切人都在这条路上转过一次,成年,青年,男孩子,不管他是谁,都必须有一个时间降服给她,追随她,怀着憧憬追求她。"

一个幸福的人正走入一个魔女的花园,被那魔术制成的春天里一切的欢悦所迎接,他的耳只在听取夜莺的歌唱,而猜想不到对面任何一个已经变成猪样的前辈呶呶走来,真没有比这更使人不愉快的了。

发现这一切以后,雷欧提斯想到他的轻浮又一次错引他,使他以为女人至少还有些好的地方,他痛感羞愧。从此他就完全不理她了,只同厩长来往,同他用心比剑,打猎,至于试演和演戏,他反倒马马虎虎,仿佛这只是他的副业一般。

伯爵和伯爵夫人时常在早晨从剧团里召唤几个人进来,因为每个人都有理由嫉妒菲利娜不劳而获的幸福。伯爵常常让他所宠爱的老古板在他梳妆台旁待好几个钟头。这老人渐渐穿上了好衣裳,还佩带上了怀表和鼻烟壶。

剧团全体也时常在饭后被叫到高贵的主人面前。他们把这看作最大的荣誉,可是没有注意到,正是这时候,人们也领猎夫和仆人带来一群狗,在院子里牵来几匹马。

有人告诉维廉说,他应该遇机会时称赞亲王喜爱的诗人拉辛,这样,他自己也就会博得亲王的好感。一天下午他找到了机会,因为他也同时被召见,亲王问他是否也勤勉地读过法国伟大戏剧家的作品?维廉很生动地回答一声:"是。"他没有注意到亲王并不等待他的回答,已经要走开转向旁人谈话,他却不放松亲王,几乎让他脱不开身,维廉继续说:他很看重法国的戏剧,极高兴读那些大戏剧家的作品,尤其是他听说亲王对于拉辛的大才能说了些公平话,他真是欢喜。"我能够想象出来,"他接着说,"高尚尊崇的人物怎样看重一个把他们高贵的生活描写得如此杰出而真切的诗人。如果我可以大胆地说,康奈尔所表现的是伟大的人,拉辛所表现的是高贵的人物,我读他的剧本,我总会设想这诗人是生活在灿烂的宫廷里,明睿的国王在他眼前,他和最好的人们来往,能看透人类的秘密,这些秘密一向是藏在宫中贵重的壁毡后边。如果我研究他的'布里塔尼库斯',他的'伯伦尼斯',我就好像真正是处在宫廷里,被引进这些尘世神仙的大大小小住室中,我凭借一个感觉精细的法国人的眼睛,看见一些全民族所仰望的国王和被千百人所羡慕的朝臣,看见这些人实际上也具有他们的缺陷和痛苦。我觉得,拉辛那段因为路易十四后来再也不眷顾他,让他感到国王对他不满,一直愤懑到死的掌故,正是他一切作品的钥匙。如果一个这样有才能的诗人的生死都系之于一个国王的顾盼,而竟写不出值得国王和公侯称赞的戏剧,那简直是不可能的事。"

雅诺走过来,他惊奇地倾听着我们的朋友的议论。亲王没有回答,只用一种和蔼的眼光表示赞同,维廉还不知道,在这种情形下继续讨论,并且一泻无余,是不合乎礼节的,他还想多说,要向亲王表示,他不是没有感觉,毫无所获地读过他心爱的诗人,尽管如此,亲王还是转向一边去了。

雅诺拉开他,说道:"你就从来没有见过一部莎士比亚的戏剧吗?"

"没有,"维廉答道,"自从他的戏剧在德国为人熟知以来,我就和戏园子疏远了,现在我又重新弄起旧日青年时代的爱好和事务,我不知道我还应该不应该喜欢。这中间,我所听到的关于莎士比亚的剧本的一切并没有引起我的好奇心,没有想去仔细认识这些好像超越一切可能性、超越一切礼法的,奇异的作品。"

"可是我要劝你,"雅诺说,"不妨尝试一次,如果我们能亲眼看看那奇异的作品,那也不会有什么妨害。我愿意借给你几部,若是你立刻丢开一切,回到你的旧居的寂寞中去看这生疏的世界里的魔灯,没有比这事能更适于利用你的时间的了。你在这里浪费你宝贵的时间,把这些猴子们装饰得有点人形,教这些狗跳舞,真是罪恶。只有一件事除外,你不要管那戏剧的形式,其余的事,我会听凭你正确的情感来判断的。"

马已经站在门前,雅诺和一个侍从上了马,去狩猎取乐。维廉悲哀地向他走去。他本来很愿意和这人还多谈些话,这人虽然态度傲慢,可是能教给他一些他所需要的新的概念。

如果一个人的力量、才能和理解力快要有新的发展时,他时常陷入一种窘境,一个好朋友能够轻而易举地从这里救他出来。他好比一个行人,在离旅舍不远的地方,落在水中。若有人立即抓住他,拉他上岸,救护的人不过只是沾湿一些而已,欲使落水人不至于漂到彼岸,纵使他在彼岸也能自救,可是必须绕一个艰难辽远的迂路来达到他本来的目的。

维廉开始嗅到世界上的事和他从前所想象的不一样。他在近旁看见那些贵人、伟人的重要而有意义的生活,惊叹他们会给他们的生活添上一种怎样轻快的尊荣。一队军马行进,一个亲王的英雄居于首位,这么多同伍并肩的士兵,这么多拥挤的崇拜者,这一切都在增强他的想象力。就是在这样的思绪中他收到雅诺答应给他的书籍,我们可以想象得到,那伟大天才的河流很快就会深深地感动他,引他进入一望无边的大海,他不久就会完全忘却自己,沉溺在大海里了。

第 九 章

自从戏子们在府里住下以来,男爵和他们的关系起了许多变化。开始两方面都还满意;男爵的剧本只在私人的剧团里演过,如今他在他一生中第一次看见其中的一部正握在真正的戏子手里,预备正式排演。他高兴极了,他表现得很慷慨,在每个化妆品商人那里买些小物品赠给女戏子,给男戏子特别置办几瓶香槟酒;反过来说,戏子们演他的戏也卖尽力气,维廉也不辞辛苦,把他所扮演的那个豪杰角色所说的堂皇的言辞背得烂熟。

可是这中间渐渐潜入了一些争执。男爵对几个戏子的偏爱一天比一天明显,这情形当然引起了其余人的气愤。他特别抬举他宠爱的人,因此使全团充满了嫉妒和纠纷。梅里纳在争执事件发生时反正都是束手无策,处在一种非常不痛快的景里。那些被称许的人虽然承受赞美,并不特别感谢,而被轻视的人却用各种办法表示他们的不快,使他们当初最尊崇的恩人在他们这里待着的时候感到种种的不悦。当一首不知是谁作的诗在府里惹出许多骚动时,他们幸灾乐祸的心情更得到不少的资料。人们一向非难男爵和优伶们来往,可是他们现在是用一种相当文雅的方法,把各样的故事都栽在他的身上,添枝加叶,给这些事描上一些可笑而有趣的轮廓,后来人们又开始说,在他和几个妄想成为作家的戏子中间构成一种同行的怨恨,我们所说的那首诗,就是依据这种传说编出来的,它的词句如下:

我可怜的魔鬼,男爵先生,
我嫉妒你,为了你的官爵,
为了你的地位这样接近朝廷,
为了许多美好的田产地业,
为了你父亲坚固的邸宅,
为了他的猎场和枪械。

我可怜的魔鬼,男爵先生,
你嫉妒我,正好像
因为从我的童年,自然已经
慈母一般地将我培养。
我有聪明的头脑,轻松的心胸,
我诚然穷,却不是一个穷混虫。

现在我想,亲爱的男爵先生,
我们两方面都要安分守己:
你永久是你父亲的娇儿,
我永久是我母亲的爱子。
我们生活着,无恨无怨,
不贪图别人的头衔,
我没有地位在贵族的史传,
你没有地位在维纳斯仙山。

这首诗抄成几份几乎不能读的副稿,传布在各样人的手中,对于他的批评也意见分歧,作者是谁,没有人能推测出来,可是当人们怀着一种幸灾乐祸的心理拿这首诗开心时,维廉却表示反对。

他大声说:"我们的文艺女神被人轻蔑,已经憔悴了这么久,她也要永远这样,这是我们德国人造成的,因为我们不懂得看重身居高位而愿意用任何一种方法与文学结缘的人们。别的民族在他们最好的作家中都有一大批贵族在内,那些民族告诉我们,出身、地位、财产和天才与风雅绝对没有什么冲突。直到如今,在德国一个出身高贵的人献身学术便算是一件怪事。直到如今,只有少数有名的人才会由于他们对艺术和学术的爱好变得更为有名,然而,与此同时却有些人从贫贱中崭露头角,如同不知名的星辰一般升在天边:原来的情形绝不会永远不变的。若是我想得不错,那么民族里最高阶级已经做出努力,准备利用他们的优越地位去挣得文艺女神最美丽的花环。若是我看见,不单是百姓们嘲笑那懂得尊重文艺女神的贵族,就是地位高的人物,甚至也不加深思,怀着绝对不正当的幸灾乐祸的心理,警告他同等的贵人不要走上这条路,我觉得没有比这更令人不快的了,其实在这条路上本来是每个人都能得到荣誉和满足的。"

最后这句话好像是针对伯爵,因为维廉听说,伯爵真觉得这首诗好。这位先生常常总是以他的风格和男爵开玩笑,他自然很欢迎有机会尽情作弄他的亲戚。这首诗的作者到底是谁呢?每人有他自己的推测,伯爵不愿意看见别人的鉴别力超过他,他想出一种推测,并且立刻决心证明这推测是对的。这首诗只有他的老古板能够写得出来,他把老古板看成一个很文雅的人。他早已注意到他有些诗人的天才。他要真正快乐一番，所以他派人把这个戏子召来，让他在伯爵夫人、男爵小姐和雅诺的面前用他自己的神韵来读这首诗，他因此而获得了称赞、夸奖和赠品，伯爵问他是否还保存些旧日所作的诗，他很聪明，他否认了。从此，那老古板便得到一个诗人、一个滑稽家的荣誉，但在和男爵要好的人们的眼中他却成为一个专门撰写毁谤文字的坏人。

从这时起，伯爵总是越来越赞美他，无论他怎样演他的角色，甚至于这可怜的人，最后神魂飘荡，几乎都要疯了，他竟然也妄想和菲利娜一样搬到新府中的一间屋子里去住。

若是这个计划立刻就实现了，他也许能够避免一场大灾难。一天晚间，当他很晚才走向旧府，在黑暗狭窄的路上摸索时，他忽然被几个人抓住，同时又有几个人勇敢地向他打来，在阴暗中把他蹂躏得几乎不能转动，随后他费尽气力才爬到他的伙伴那里，他们看见他被人打得狼狈不堪，他褐色的上衣完全涂抹成白色，好像和磨坊老板们交过买卖一般，他们虽佯作愤怒，可是对这场灾难却心中窃喜，几乎都遏制不住他们的笑声了。

伯爵立即得到这件事的消息，他不胜震怒。他把这事当作最大的犯罪行为来办理，他说这样的事有害于府里的治安，命他的审判官从严审问。那涂抹白粉的上衣是一件重要的证物。凡是在府里只要能够同白粉和白面有些关系的处所，都检查到了，可是没有结果。

男爵以他的名誉郑重担保：作嘲讽诗来开玩笑自然使他很不高兴，然而伯爵先生的态度也不大够朋友，但是他对于这些事并不在意；至于大家称为诗人或诽谤者的那个老古板所遇到的灾难,他是一点也没有插手。

客人们其他的活动和府里的不安使这件事很快就被忘掉了,那不幸的宠儿在短短的时间内享受了用孔雀羽毛来修饰自己的快乐,而这快乐的代价却极为昂贵。

我们的戏班子每晚按着程序继续表演,大致都博得好评,他们境遇越好,也就开始提出更多的要求。不久他们就觉得饮食、侍奉、住房太简陋,他们恳求他们的保护人,男爵,要他设法改善他们的待遇,无论如何,他也要从旁协助,使男爵从前所答应给他们的享乐与舒适的条件兑现。他们的抱怨越来越多,他们的朋友费尽心力想使他们满足,可是越来越没有效果。

这时维廉除了试演和表演外,很少抛头露面。他把自己关在最后进的一间屋子里,只有迷娘和竖琴老人可以走进,他在莎士比亚的世界里生活着,幻想着,甚至于除了自己以外,什么也不知道,什么也感觉不到。

有人说有些魔师会用魔术的符咒把一大群异样的灵魂拘到他屋里来。那些咒语非常灵验,屋里的空间很快就被填满了,灵魂们一直挤到魔师所画的那个小小的界圈旁,围绕着界圈,并在魔师的头上回旋,在永久旋转的变幻中越聚越多。每个角落都被塞满了,每个罅隙都被占据了。微小的卵球会渐渐扩大,巨大的形体又会化为乌有。这时那魔师却不幸把那可能使这灵魂的潮涌退回的咒语忘记了。——维廉就这样坐在他的屋子里,在他的脑中空前地激起千百种感觉和智力,关于这些,他从不曾有过一些概念和预感。没有一件事能使他离开这个境界,如果有人趁机走来,向他述说外边发生的事件,他就会很不满意。

有人来报告他，在府院里要奉命鞭打一个男孩，他有夜间偷盗的嫌疑，并且因为他穿着一个假发匠的外衣，他也许曾经和那些暗地行凶的人混在一起，他简直就没有心去听。那男孩可是极顽梗地否认，所以人们不能合法地惩罚他，只想拿他当作一个流氓惩戒他一番，然后驱逐出去，因为他这几天曾在这一带地方绕来绕去，晚间在磨坊里停留，最后还把一架梯子搭在一道围墙上，往上攀登。

若不是迷娘急忙跑来，明确地告诉他说，那犯人是弗里德里希，维廉会觉得这整个事件并没有特别出奇之处。弗里德里希自从和廊长争吵后，就离开剧团，从我们的眼中消失了。

那男孩引起维廉的兴趣，维廉急忙起身来到府里，他发现一切都准备好了。因为伯爵就是对这样的事件也爱郑重其事地处理。那男孩带上来了。维廉认出是弗里德里希，他就要求为他预先申诉，他走到中间，请求大家停手。他费力辩解，终于达到目的，他被允许和这犯人单独谈一次话。这犯人肯定地说，关于一个戏子夜间受了无妄之灾的那件事，他一无所知。他只是围着这府墙徘徊过，夜里潜身进来，想找菲利娜，她的寝室，他已经打听到了，若不是他中途被人捉住了，他一定会找得到她。

维廉为了剧团的名誉，不愿暴露出这种关系，他跑到廊长那里，请求他凭着他对于全府上上下下人事精通的本领出来说和这件事，解救这个男孩。

这个喜怒不定的人便在维廉的帮助下捏造出一小段故事，说这男孩本来是戏班子里的小僮，他逃跑了，可是又愿意回来，请他们收容。所以他立意要在夜间去找他的几个恩人，向他们请安。大家此外还证明，他表演得很好，太太们也掺在里边说情，于是他被释放了。

维廉收容了他，从此他就是这奇异家庭里的第三个人。维廉把这家庭看作他自己的家庭，已非一天两天了。竖琴老人和迷娘殷勤地收容下这个转回来的人，三人结合在一起，小心地侍奉他们的朋友，他们的保护人，尽量使他高兴。

第 十 章

菲利娜一天比一天更会甜言蜜语地博得太太们的欢心。若只是太太们在一起，她多半把话题引到那些来来往往的男人的身上，在她们所谈论的人中，维廉并不落后。维廉在伯爵夫人的心里留下了很深的印象，这事瞒不住那聪明的女孩。所以关于维廉的事，不管是知道的和不知道的，她什么都说，但是她小心避免说出任何一点能被人看成他的缺点的事，她赞美他的大量，他的慷慨，特别是对于女性的举止谦逊。有什么其他问题问到她，她都巧妙回答；并且当男爵小姐看出她美丽的女友对维廉的倾心日渐增加时，这个发现她也很欢迎。因为她对于许多男人，特别是最近这些天对于雅诺的关系，都不能瞒过伯爵夫人，伯爵夫人纯洁的灵魂对这样的轻薄行为不能不有所鄙视，稍加谴责。

因为这缘故，男爵小姐和菲利娜每人都各怀心意，让我们的朋友和伯爵夫人接近，菲利娜此外还希望遇机会再为自己谋取私利，尽可能重新获得她已失却的维廉的爱情。

有一天伯爵和其他的客人外出骑马打猎，第二天早晨才能回来,男爵小姐想出一种开玩笑的方法,这完全是她的习性;因为她喜欢化装,为的是使全体客人惊讶,有时装扮使女,有时装扮侍僮,有时装扮猎夫出现。她很像一个小仙女,到处有她的踪迹,尤其是爱在人们不大容易猜想到是她的地方露面。若是没有被人认出来,她侍奉半天客人,或是在他们中间盘桓许久,最后却笑嘻嘻地露出本来面目,她觉得这是无与伦比的欢悦。

傍晚她命人请维廉到她屋里来,因为她还有一些事要料理,她就让菲利娜先接待他。

他走进来,在屋里没有看见仁慈的太太们,却看见这轻浮的女孩,不免有些惊讶。她用一种近来学到的落落大方的态度来招待他,因此他也不得不同样地客气。

她先是泛泛地取笑他的运气好,幸运到处追赶着他,并且据她看,也就是幸运才把他带到这屋里来;随后她和颜悦色地责备他一向使她苦恼的态度,同时她也归罪自己,她承认,维廉这样对待她,本来也是她分所应得,她很直率地叙说她的处境,她说,这种处境是已经过去了,她还附带说,如果她不能改过自新,好有资格承受维廉的友情,她就真要看不起她自己了。

维廉听了这段话,有些心神无主。他太不明世故,他不知道正是那些轻薄而不能弃旧图新的人才常常最激动地抱怨自己,极大方地忏悔他们的错误,虽然他们一点迷途知返的力量也没有,因为在这迷途上有一种占有威势的天性在牵掣着他们。所以维廉不能永远对这娇柔的罪人表示冷淡。他和她谈起话来,听她叙说让维廉装扮成伯爵的提议,因为她们想使美丽的伯爵夫人吃一惊。

他有一些犹疑,这犹疑他也不能在菲利娜面前隐瞒;可是男爵小姐这时走了进来,她不容他有犹疑的时间,她拉着他和她一齐走,同时她确切地说,这正是好时候。

天黑了,她引他到伯爵的更衣室里,让他脱下上衣,披上伯爵的绸质睡衣,又给他戴上系着红带子的小帽,领他到小阁子里,命他坐在大椅子上,手里拿着一本书,她把那盏在他面前放着的阿尔甘式的灯点起来,教他怎样做,应该演什么样的把戏。

她说:有人会报告给伯爵夫人,说伯爵忽然回来了,心情很恶劣,伯爵夫人会走来,她在屋里来回来去走几次,随后坐在椅子背上,把她的胳臂搭在他的肩头,向他说几句话。他要尽量表演做丈夫的把戏,能坚持多久便坚持多久,能演得多好便演得多好。如果他最后不得不露出本来面目时,他应该做得极其温柔蕴藉。

维廉在这奇异的假面具下满怀不安地坐着:这个提议是他意想不到的,迅速地实行也不容他考量。男爵小姐又走到外屋去了,这时他才觉察到他坐在这个位置上是如何危险。他不能否认那伯爵夫人的美丽,青春和优雅给了他一些好印象:只是他的天性太不接近一切逢场作戏的卖弄风情,他做人的原则更不允许他产生稍为僭妄的念头,所以在这一瞬间他的困难真是不小。他怕得罪伯爵夫人,又怕她过分欢喜。两种可能都同样地使他不安。

每个对他有过影响的、女性的优美,都在他的幻想中重新出现。他看见马利亚娜身穿雪白的晨装,祈祷他不要忘记她。菲利娜的娇柔,她美丽的头发和她甜言蜜语的态度,都因为这次见面又重新有了活力;可是他一想到那高贵的,正在芳年的伯爵夫人,他要有几分钟在他的脖颈旁接触到她的玉腕,并且他必须答报她天真的爱抚,一切的幻想也就都退到远方的薄纱后边去了。

他自然预先没有想到会有一件使他脱开这个窘况的离奇事件发生。当他身后的屋门开开,他偷偷在镜子里很清楚地看见伯爵手举一盏灯走进来时,他的惊讶,他的恐怖真是难以言状。他怎么办呢?他应该坐着,还是站起来呢?逃跑呢?直说呢,还是否认呢?或是请求原谅,他的犹疑只延宕了一刹那。伯爵站在门口不动了,又退回去,轻轻地把门关上。这时,男爵小姐从旁门跳进来,吹熄了灯,把维廉从椅子上拉起来,领着他跟她走进更衣室里。他急忙脱下睡衣,立刻把它放在原地方。男爵小姐拿过维廉的上衣放在臂腕上,带着他穿过几间小屋、过道、影壁,转到她的屋里,她定了定神,维廉才听她说:她到伯爵夫人那里去了,告诉她伯爵回来的假消息。"我已经知道了,"伯爵夫人说,"可是有什么意外的事吗?我刚看见他骑着马从旁门进来。"男爵小姐立即担惊害怕地跑到伯爵屋里来找他。

"不幸你来得太晚了!"维廉叫道,"伯爵方才走到屋里,看见了我在那里坐着。"

"他认出你来了吗?"

"我不知道。他在镜子里看见我,就像我在镜子里看见他一样,可是在我还没分辨出那是鬼呢,还是他自己的时候,他已经又退回去,随手把门关上了。"

当一个仆人来请男爵小姐,说伯爵在他夫人那里的时候,她的窘态更增加了,她忐忑不安地走到那里,看见伯爵的神情诚然是寂静而深思,可是他的谈话却比往常更为温柔和蔼。

她想不出这是怎么一回事。他们谈的是猎场上的新闻和他提早回来的理由。话不久谈完了。伯爵又静默了,当他问到维廉,表示要令人召他来朗读的意思时,男爵小姐不禁吓了一跳。

维廉在男爵小姐的屋里又穿好衣服,神情安定了一些,他满怀忧惧,应命走来。伯爵给他一本书,他从这书里诵读一章冒险的小说,他很局促不安。他的声音有些滞涩,颤动,幸而这也正合乎这段故事的内容。伯爵有好几次很和蔼地表示称许,赞美这诵读的特殊的表情,最后让我们的朋友走开了。

第十一章

莎士比亚的剧本,维廉还没有读完几部,它们对他已经发生很大的影响,甚至他都不能再往下读了。他的整个灵魂都在震荡着。他找机会同雅诺谈话,对他所给他的快乐感谢不尽。

"我早就看出来了,"雅诺说,"你对这在一切作家中最特出的奇才的杰作是不会毫不感动的。"

"是的,"维廉大声说,"由于你的善意我认识了这些名贵的剧本,我回想不出,有哪一本书,有哪一个人,或是生活中任何一件事,对我发生过这么大的影响。它们好像是一位天神的创作,这天神走近人间,用最轻巧的方法使人们认识他和他的作品。那都不是诗!我们觉得是站立在几本命运的奇书的前面,这些书已经打开了,有最热烈的生命的雄风在书中怒号,用暴力把书页翻来翻去。面对其中的强与柔、力与静。我是这样惊奇,这样不能自主,以致我只好企望着等我又心情稳定时,再继续读下去。"

"妙呀,"雅诺向我们的朋友伸过手来,握住他的手说,"这正是我的心愿!我所希望的结果一定也不会落空。"

"我希望,"维廉回答,"我能够把我的一切真实感受都向你尽情地吐露。我曾经对人类和他们的命运有过许多预感,这些预感从我少年起就和我形影不离,我却毫不自觉,现在在莎士比亚的剧本中我看见这一切预感都实现了,发展了。仿佛他把所有的谜都给我们解开了,可是我们说不出这解谜的言辞到底在什么地方。他的人物仿佛都是自然的活人,可是并不是。自然中最神秘最复杂的创造物都在他的剧本里活动在我们的面前,好像他们是一座时盘和钟身都用水晶制成的时钟。钟按照自己的规律指示出时辰的移动,同时我们也能够认出那督促着它们的齿轮和发条。我在莎士比亚的世界里所看到的这几点,比任何一些旁的事物都能更深刻地激发我的情思,使我在实际的世界里较快地向前进步,使我混入那降临于这世界之上的运命的潮流,一旦我真能成功,我就要从那真实的自然的海中舀取几杯汁浆,然后从舞台上把这些汁浆施舍给焦渴的祖国的观众。"

"看见你处在这种心情中,我很欢喜,"雅诺回答,把手放在这深受感动的青年的肩上,"你不要让你的意志消沉,化为一种平凡的生活,你要赶快勇敢地利用你有为的青春时代。若是我能对你有所帮助,那是出自至诚。我还没有问过,你是怎么样到这团体里来的,你既不是在这环境里生长的,也不是在这里被教养成人的。我很希望,同时我也看得出,你在渴望着脱离这个团体。关于你的出身、你家庭的情况,我一无所知,你想一想,你有没有什么要向我倾谈。我只能对你说这么多,我们是生活在战乱的年代。战时能促使许多命运的急速地转变,你若是肯把你的力量和才能贡献给我们的事业,不辞劳苦,临危不惧,正巧现在我就有一个机会,可以给你安插一个位置,你在一些时候占有这个位置,将来也绝不会后悔。"维廉不能尽情表示他的谢意,满心愿意把他一生的历史都告诉给他的朋友和关照他的人。

他们边走边谈,隐没在园林里,来到一条穿过这园林的公路上。雅诺停了片刻,说:"你考虑一下我的建议,你要做出决定,在几天内给我一个回答,把你的衷怀述说给我。说实话,直到现在我都不明白,你怎么能同这些人混在一起。眼见你这样只为了能够敷敷衍衍地生活,而把你的心跟一个打落子的流浪老人和一个人事不通、半男半女的杂种连在一起,我常常感到厌恶和烦恼。"

他还没有说完,匆匆地走来一个骑马的军官,一个马童牵着一匹鞴好的马在后边跟随。雅诺大声地招呼他。那军官跳下马来,两人拥抱一下,就彼此谈论起来,维廉听了他这位勇敢的朋友所说的最后一句话,极为狼狈,这时他正若有所思地站在一边。来人递给雅诺几页纸,雅诺翻看着。这人又走到维廉面前,跟他握手,加重语气说:"我遇见你不胜荣幸,请你听从你的朋友的劝告吧,同时你也就满足了一个不相识的人的愿望,他对你的关怀是诚心诚意的。"他说着这些话,拥抱起维廉,热情激动地紧靠他的胸脯。同时雅诺也走过来,向那生疏的人说:"最好是我立刻骑马同你进去,这样,你就能够得到你所需要的命令,天黑以前你还要走呢。"二人随即上了马,把他们那心怀惊奇的朋友丢在原处,一任他自己去观察。

雅诺最后对他说的几句话还萦绕在他的耳边。那一老一少完全是天真自然地获得了他的喜爱,现在看见他们被一个他非常尊敬的人贬责得如此下贱,他觉得实在不能容忍。和他素不相识的那个军官莫名其妙的拥抱并没有给他留下多少印象,这拥抱只在刹那间引起他的好奇和幻想,但雅诺的谈话却搅扰了他的心。他的心受到很深的伤害,他在归途上忽然责难起他自己来,他埋怨自己怎么竟会在这一瞬间没认出而且忘记了雅诺的冷酷,这冷酷他本来早就从雅诺的眼神中和一切态度上看出来了。——"不对,"他大声说,"你是死冷的俗人,你要成为我的朋友,那只能是妄想!你所能赠给我的一切,都比不上我关怀这两个不幸者的一片心情。我能及时发现我从你那里只能期待些什么,真是万幸!"

迷娘迎面走来,他把她抱在怀里,叫道:"不,什么也不能把我们分开,你善良,娇小的人儿!人世间表面的聪明不能使我抛开你,也不能使我忘记我对于你的责任。"

这孩子热烈的爱抚往日时常遭他拒绝,今天她却享受到这意想不到的温柔的表示,她紧紧地偎依在他身上,最后他费了好大的劲儿才脱开了身。

从此以后,他更注意雅诺的行为,在他看来,这些行为并不都是值得赞美的;甚至还有些事,他完全不满意。譬如,他看雅诺就有很大的嫌疑,使可怜的老古板吃了那么大亏的那首嘲讽男爵的诗大半就是他的杰作。因为他在维廉面前嘲笑过这件事,我们的朋友就觉得从中看得出一种恶劣的心理的标记;只是嘲笑一个无故遭殃的没有罪的人,既不想恢复他的名誉,也不想补偿他的损失,有什么能比这行为更卑劣呢?维廉真想自己发起赔偿老古板的损失了,因为他由于一次很特殊的偶然机遇,发现了那夜恶作剧的当事人的踪迹。

有几个少年军官在旧府楼下的大厅里和一部分男女戏子通宵取乐,这件事人们一向瞒着他。一天早晨,他和平常一样起得很早,偶然来到这间屋里,看见那些少年先生正要穿着一种非常特别的晨装。他们用水把石灰浸在一个小杯子里,又用一把刷子把石灰水涂在背心和裤子上,衣服不必脱下来,又很快地被刷洗干净了。我们的朋友见到这种熟练的手法,感到很惊奇,忽然想起那老古板的被人涂抹成白色的上衣。当他听说男爵的几位亲戚也混在这群人里边的时候,他们围打老古板的嫌疑也就更大了。

他要进一步探索这个嫌疑,于是他就请那几位少年先生一起去用早点。他们很活泼,讲了许多有趣的故事。尤其是其中有一个人,曾经有一些时候被募在军旅中,他不住赞美他的长官的狡狯和能干,那长官善于吸引各类的人,对每个人他都会巧加利用。他冗繁地叙说,有些良善人家用心教养出来的子弟是怎样被这长官欺骗,他用各样的甜言蜜语告诉他们可以有优厚的待遇。他从心底里笑那些蠢鸟儿开始时竟那样快活,都觉得自己被一个有体面的、勇敢聪明、慷慨大方的军官所器重,给提拔起来了呢。

维廉在不知不觉地临近一个深渊的边缘时,神竟出其不意地把深渊指给了他,他是多么感谢他的命运之神啊!他于是认为雅诺和那个募兵人没有什么两样。那陌生军官的拥抱也就容易解释了。他嫌恶这些人的意见,从这时起,他避免同任何一个穿军服的人待在一起。若不是他怕也许会永远离开他美丽的女友,听到军队向前方移动的消息,他会觉得很愉快的。

第 十 二 章

这当儿,男爵小姐在忧虑和一种不能满足的好奇心折磨下,度过了许多天。因为自从那次冒险后,她一直把伯爵的举止看成一个谜团。他完全失去了他往日的风度,人们再也听不到他平时所喜爱的笑语。他对剧团和仆人的要求都很懈怠了。人们也不大看得见他的拘谨和他妄自尊大的性格,他很沉静,只向内心里反省,然而他又好像心情很爽朗,完全成了另一个人了。他选些严肃的,多半是宗教性的书,时常请人诵读,男爵小姐却处在无法排解的忧虑中,她怕在伯爵表面的宁静后隐伏着一种秘密的怨恨,暗暗地企图报复那被他偶然发现的亵渎行为。于是她决定把雅诺当作自己的心腹,当他和她处在一种本来不大能彼此隐瞒的关系中时,她就更信任他了。最近以来,雅诺成了她最好的朋友;可是他们也够聪明的了,他们很善于在周围喧嚣的世界前,隐藏起他们的爱慕和欢悦。这段新的传奇只是没有瞒过伯爵夫人的慧眼,男爵小姐当然是要设法使她的女友也同样地有所爱恋,好避免她时常不能忍受的那高贵灵魂的无声谴责。

男爵小姐还没有把那段事说完,她的朋友就笑着说道:"那老人一定是觉得看见了他自己!他怕这个幻想是他的不幸,也许甚至于是死亡的征兆,于是他驯顺了,就像一切的野蛮人在想到那无人逃得过、将来也无法避免的灭亡时一样。只是不要声张!因为我希望他能多活些年,我们可以借此机会使他就范,使他往后不再成为他的夫人和他府里的同人的障碍。"

只要遇到适当的机会,他们就在伯爵面前谈论预感和幻象之类的事。雅诺装作不信鬼神的人,他的女朋友也同他取一样的态度,他们终于成功了:临了,伯爵把雅诺拉到一边,责备他不信鬼神的思想,列举他自己经历过的事例来证明这样的故事的可能和实在。雅诺先装作惊愕,怀疑,最后装作被他说服了,但是随即在寂静的夜里和他的女友越发取笑这懦弱的庸人,说他那古怪的脾气竟被几句玩笑话所感化,但他却能那样坦然地等待着当前的不幸,甚至于死亡,仅就这一点看,他还是值得称赞的。

"这个现象本来能够产生必然的结果,那样一来,他可就不能这样坦然平静了。"男爵小姐大声说。她心里的忧虑刚一除去,她便又恢复了她平素的活泼。雅诺得到了丰厚的酬谢,他们又想出新的诡计,打算进一步制服伯爵,并且挑动伯爵夫人对维廉的爱慕,巩固她的爱心。

他们就怀着这种心意把这整段的故事说给伯爵夫人听,起初她对这件事诚然很不高兴,但是从此以后,她变得好沉思了,而且在平静的时刻也好像在考虑,在追寻,在想象人们为她铺设的那一幕。

如今从各方面的动静来看,毫无疑问,军队不久就要向前推进,亲王立刻就要移动他的大本营;那就是说,伯爵也要立即离开庄院,又回到城里去。我们的戏子们自然不难推算出他们的照命的星辰,可是其中只有梅里纳一个人对这一点要临机处理,其余的人却在这当儿还要尽量地寻欢作乐。

这时维廉自有他个人的工作。伯爵夫人曾经要求他把他的剧本抄一份给她,他把这位亲爱的夫人的愿望看作最美好的酬报。

一个还没有看见过自己的作品付印的青年作家,在这种情况下必然把他最大的注意力放在整洁而精细的誊录上。这简直可以说是著作者的黄金时代;他觉得自己好像置身于还不曾印出如此之多无用的书在世间泛滥的中古时代;那时只有贵重的精神产品才被抄写下来,由最高贵的人们收藏;可是一个人又是多么容易做出错误推断,以为一部精心考虑过的抄本也是一种贵重的精神产品,值得被一个知音者和保护人所据有而藏之高阁。

亲王很快就要走了,人们为了欢送他,又举办了一次盛大的宴会。邻家的许多太太都得到了邀请,伯爵夫人很早就穿戴齐整了。这天她穿着的衣服,比她平素所常穿的更为富丽。梳妆和首饰也更考究,她把她所有的宝石都戴上了。男爵小姐也尽量打扮得光华雅致。

菲利娜看出伯爵夫人和男爵小姐在等候客人时都感到很无聊,便提议让维廉来,维廉也正希望能来呈递他抄写完毕的稿子,还要诵读几小段。他来了,他走进屋时,便惊讶地望见伯爵夫人的苗条的身材和典雅的风貌,她的修饰衬托得她更显美丽。他遵奉太太的吩咐诵读。可是他读得涣散而恶劣,若不是那位听者如此宽容,恐怕她们早就打发他走开了。

只要他的目光一瞥见伯爵夫人,他便觉得,好像有一种闪电的火花在他眼前出现。他最后再也不知道,他诵读时应该在什么地方顿一口气。他一向喜欢这位美丽的夫人,但是现在他觉得,好像他从来没有看见过比她更完美的人物,在他的灵魂里交错着千头万绪的思想,总括起来,内容大概如下:

"有许多诗人和所谓感情丰富的人都是怎样愚蠢地反对修饰和富丽,他们主张各阶级的妇女只穿着简单而合乎自然的衣装。他们嘲笑修饰,却不想一想,真正的修饰并不是要打扮成那个可怜的样子,就像我们看见一个丑陋或者相貌平常的女子穿戴得阔绰妖冶,便望而生厌,但是在伯爵夫人的面前,我要把世界上一切的鉴赏家都聚集来问一问,是否他们觉得应当从这些衣褶,从这些飘带和花边,从这些膨胀的衣袖、鬈发和放光的宝石更减少一些?他们就不怕把他们在这里妥帖而自然地所遇到的愉快的印象给破坏吗?我大概可以说:'当然怕!'如果米内瓦真是全身甲胄从丘比特的头里跳出来的,那么眼前的这位女神,就好像是穿着她的盛装从一朵鲜花里姗姗地走出来的了。"

他在诵读的时候,频频地注视她,好像他要把这个形象刻在心中,使它永不磨灭,他有几次读错了,却并没有因此而感到慌乱,虽然他平素对于一字一音的错误便感到沮丧,他觉得这点错误就像是全段诵读中的一个叫人讨厌的污点。

一片喧哗,好像是客人们来到了,诵读于是中止。男爵小姐走开了,伯爵夫人正要关上那张开着的写字台,却拿起一个小戒指匣,又在手指上戴上几个戒指。"我们不久就要分开了,"她眼睛盯着那个小匣说,"请你接受一个好的女友的纪念品,她最热烈的愿望就是祝你一切平安。"她随即从小匣中取出一个戒指,那戒指在一片水晶石下有一个用头发编得很美的花纹,还镶着宝石,她把戒指递给维廉,当他接受时,他竟不知说什么好,也不知做什么好,他木然站在那里,就像被固定在大地上了一样。伯爵夫人关上写字台,坐在她的沙发上。

"我就应该空着手出去吗?"菲利娜在伯爵夫人的右手旁跪下说,"您瞧瞧这个人,在不需要他说话的时候,他口里却有那么多话,现在就连一个谢谢都不能结结巴巴地说出来了。赶快,我的先生,你至少也应该用表情来表示你应尽的责任,如果你今天自己想不出来,你至少也该模仿模仿我。"

菲利娜握住伯爵夫人的手,热烈地吻着。维廉跪下,托起夫人的右手,把它放在他的唇边。伯爵夫人有些窘,但是并不嫌厌。

"啊,"菲利娜喊道,"我看见过那么多装饰,但还不曾看见过一位夫人这样合乎身份地把自己打扮起来。这是多么好的镯子!但是也要配上这样的手。这是多么好的项链!但是也要衬上这样的胸!"

"住嘴吧,你这好诌媚的女孩子!"伯爵夫人说。

"这上边的像可是伯爵吗?"菲利娜问,她同时指着一个华丽的瓷像,这小瓷像正佩挂在伯爵夫人左胸前贵重的链子上。

"那是他当未婚夫的时候画的。"伯爵夫人回答。

"那时他真是这样年轻吗?"菲利娜问,"我听说,你们刚结婚没有几年。"

"年轻不年轻完全在乎画家怎样画。"伯爵夫人回答。

"这是一个美丽的男子,"菲利娜说,"可是就不能有一次,"她把手放在伯爵夫人的心上继续说,"另外一个小像潜身走进这隐秘的小盒里来吗?"

"你太大胆,菲利娜!"她喊道,"我把你惯坏了。这样的话休要我第二次听到。"

"若是你生气,我就太不幸了!"菲利娜叫着跳起来,跑出门去。

维廉的手里还握着那最美丽的手。他目不转睛地望着她的手镯,看见那上边竟用优秀的字体写着他姓名开头的字母,他不胜惊讶。

"在这贵重的戒指上,"他谦逊地问,"我真保有你的头发吗?"

"是的。"她半吞半吐地回答;随后她又握住他的手,聚精会神地说:"你起来吧,我祝你平安。"

"这里是我的名字,"他大声说,"真是太偶然了。"他指着那只手镯。

"怎么?"伯爵夫人说,"那是一个女友的名字。"

"那是我的名字的开头字母。你不要忘记我。你的像永不消谢,存在我的心里。我祝你平安。你让我跑开吧!"

他吻她的手,要站起身来;但是像在梦里似的,从最稀奇的事物里还会出乎意料地又生出最稀奇的事物,他不知是怎么一回事,他把伯爵夫人抱在他的怀里,她的唇放在他的唇上,他们轮流热烈的接吻使他们感到无上的幸福,这幸福我们只是从新斟满的爱情酒杯最初沸腾出来的泡沫里所吸取的。

她的头枕在他的肩上,也顾不了鬓发和绦带的凌乱了。她用她的手臂缠抱住他,他也热烈地拥抱她,一再地让她贴近他的胸脯。啊,这样的时刻不能绵延于永久,可怜那嫉妒的命运,把这短暂的幸福光辉也给我们的朋友们打断了。

当伯爵夫人忽然惊呼一声,脱开他的怀抱,用手按住她的心时,维廉是怎样恐惧、怎样迷惑地从一场幸福的梦中惊起。

他昏迷地站在她的面前。她用另一只手遮住眼睛,停了片刻叫道:"你走吧,赶快走!"

他一直站着不动。

"你快离开我,"她说,当她的手从眼睑上放下来,用一种难以描述的目光凝视他时,她以极温柔的声音加上一句,"你给我走开吧,如果你爱我!"

维廉从这个房间里走出,在他还未觉察到他在什么地方以前,他已经来到自己的屋里了。

这两个不幸的人啊! 是怎样一种偶然的或命运的奇妙的警诫把他们分开了!

第　四　部

第 一 章

雷欧提斯站在窗边,挂着胳膊,望着田野出神。菲利娜从大厅里蹑足走来,靠在这位朋友的身上,嘲笑他严肃的外表。

"你不要笑了,"他回答,"这是多么可怕,时间就这样过去了,一切都起了变化,宣告结束了!你看,这里不久以前还树立着一座美丽的军营:那些帐篷显得多么有趣!里边有多么热闹!人们是多么小心谨慎地保护着这个区域!现在忽然一切都消逝了。将来只有踏碎的干草和掘成的炉灶在短时间内还留一些痕迹,以后就要一切都锄平了,曾有好几千那么健壮的人在这个地方出现过,将来只能在几个老人的脑中幽灵般地出没了。"

菲利娜一边唱着歌,一边拉着她的朋友到大厅里去跳舞。她说:"因为时间过去以后,我们无法追随它,那么当它正在我们身边走过时,就让我们至少把它看成是一个美丽的女神,快乐而优雅地来尊敬它吧。"

他们还没有跳上几圈,梅里纳太太便从大厅走过。菲利娜真坏,也请她加入跳舞的行列,使她由此想起因为怀孕而变得体型何等丑陋。

"可别让我,"菲利娜在她背后说,"再看见有喜的妇人吧!"

"可是她自己喜欢。"雷欧提斯说。

"但她穿得这么丑。你看见了那撑短了的裙子前面翘起来的衣褶吗?她只要一动,那衣褶就总是跑到前头来。她简直不会修饰,也不聪明,不懂得稍为打扮打扮,把自己的奇形怪状隐藏起来。"

"不要管,"雷欧提斯说,"时间会来帮她的忙。"

"如果我从树上摇下小孩来,"菲利娜大声说,"那总会更好一些。"

男爵走进来,以伯爵和伯爵夫人的名义,对他们说了些亲切的话,伯爵夫人·清早就起程走了,她给他们留下了几件赠品。他随即走到维廉那里去,维廉正在隔壁屋里同迷娘闲谈。这孩子显得非常和蔼亲切,她问起维廉的父母、弟妹、亲戚,因此,他想起了他的责任,觉得应该向自己家里的人报告一些有关自己的消息。

男爵替主人向他转述临别的致意,同时还明确地说伯爵对于他个人、他的表演、他的著作,以及他舞台上的努力是如何满意。他随后取出一个荷包作为这番心意的证明,新金线夺目的颜色闪透这美丽的编织物。维廉向后退,拒绝接受这赠品。

"这赠品,"男爵接着说,"你要看成是对你的时间的补偿,对你的辛劳的感谢,可不要看成是对你的才能的报酬。如果才能能使我们得到良好的名誉和人们的爱慕,那么我们同时用勤勉和努力获得金钱,满足我们的需要,也是应该的,因为我们究竟不能只靠精神活着。我们若是住在能买到一切的城里,我们早就把这一小笔现款变为一块表、一个戒指,或是另外的一些物品了,但是现在我把这魔杖直接交在你的手里,你自己去置办一块你最喜欢、最适用的宝石，把它留作对我们的纪念吧。同时你也要领受这个荷包，这是太太们亲手织的，她们的意思是，用它装起来，里边的赠物就有一个最优美的外表了。"

维廉答道："请你谅解，我很为难，心中也很犯疑，我实在不能接受这个赠品。因为它恰恰会把我所做的那一点事毁灭掉，还会阻碍我自由地发挥我这段幸福的回忆。在一些事情了结时，钱财是一种好的东西，但对你们府中一切的纪念，我们却不愿意就这样完全了结。"

"这不是那么回事，"男爵回答，"若是你设身处地细想一想，你也就不会要求伯爵自己成为完全甘心欠你情的人。他这个人，总是把谨慎和正直看作自己最大的荣誉。你尽了什么样的力，你怎样为了满足他的心意而牺牲你许多时间，这一切他都没有忘记，甚至于他还知道，你为了促进某些事业，也曾不吝惜你自己的钱财。若是我不能向他担保他的感谢曾经使你欢喜，我怎么好去见他呢？"

"如果我可以只考虑我自己这一方面，只凭我自己的感情去行事，"维廉回答，"我就要不顾一切的理由，执拗地拒绝接受这件如此美丽而光荣的礼物；可是我不否认，这礼物在陷我于困难中的这一瞬间，也使我脱离另一个困难，这就是我一向觉得在我家里人的面前所处的困境，这困境正是我许多的隐痛的原因。关于时间和金钱我必须做个说明，这两样我都调度得很不得当。现在由于伯爵先生的慷慨大度，我才能安心地把这次奇异的歧途给我带来的幸福报告给我家里的人。在这种场合，廉洁感总像纯正的良心一样向我发出警告，我现在只好为了一个较高的义务牺牲这种廉洁感了；为了能大胆地走到我父亲的眼前，在你们贵府的面前我可就要惭愧了。"

"这真奇怪，"男爵说，"人们都怀着感谢和喜悦的心情从朋友和主人那里接受其他的赠品，但是接受钱财时，总要出现一种奇异的思虑。人们的天性有许多类似的特点，一般都喜欢造出这样的犹疑，还要小心地培养它。"

"一切和名誉相关的事不都是这样的吗?"维廉问。

"啊，是的，"男爵回答，"还有其他的成见。我们不愿意铲除它们，大半就为的是免得同时把珍贵的植物连带拔掉。但是，如果见到一些意识到他们能够而且应该自作主张，我也是很愉快的。有一个诗人给一个宫廷戏院编了几部剧本，博得了君主的欢心，我很愿意回想起这位诗人的故事。'我必须重重地酬报他，'那慷慨大度的君王说:'去问问他，他喜欢不喜欢宝石，他是否以领受钱财为耻?'诗人以他洒脱的风度回答那远来的宫臣:'我热烈地感谢这仁慈的盛意，既然帝王天天从我们人民这里拿钱，我就不明白，为什么我领受他的钱反而感觉可耻呢?'"

男爵刚一离开这屋子，维廉就急忙数这笔现金，他得到这笔钱是这样地意想不到，他觉得这是超乎分外的所得。当那美丽闪烁的金钱从精巧的荷包里滚出来时，他好像预感着第一次亲眼看到我们步入晚年时才渐渐感到的黄金的价值与尊荣。他算了算他的账，特别是因为梅里纳已经说好立刻偿还他的借款，他觉得他的钱正好跟菲利娜使人向他请求第一束鲜花那天的那样多，甚至比那天的还要多。他暗自满意地想着他的才能，略带骄傲地看着这引导着他、陪伴着他的幸福。他于是心满意足地提起笔来写了一封信，这封信将骤然间使他的家族解除一切疑虑，并认为他这一向的行为都是光明正大的。他避开直接的叙述，只用暗示和神秘的语调让人猜想他所遇到的那些事。他经济充裕的情形，他仗着自己的才能所获的收入，大人物的恩惠，女人的爱慕，在一个广大世界里的结识，他身体方面以及精神方面的禀赋的深造，对于将来的希望，这一切组成一幅这样奇异的幻画，就是蜃楼也不能穿插得更为珍奇了。

他封好了这封信后，在这幸福的狂欢里，继续自言自语，把信的内容又重述一遍，描画出一个有为而尊荣的将来。这么多高贵的战士的榜样使他兴奋，莎士比亚的创作给他展开一个新的世界，从那美丽的伯爵夫人唇中他吸来一种不能言喻的情火。这一切不能，也不应该永远不发生影响。

厩长走来，问他行装整理好了没有。可惜除去梅里纳还没有人想到这件事。现在大家应该赶快起程了。伯爵答应派人护送整个剧团走几日的行程。马正准备好送他们，可是空闲的时间不太多。维廉问到他的箱子，梅里纳太太给用了；他要他的钱，梅里纳先生却已经小心谨慎地把钱完全装在箱子底下了。菲利娜说："在我的箱子里还有地方。"她拿起维廉的衣服，吩咐迷娘把其余的物件也取过来。维廉有些不愿意，也只好让她这样办。

当大家装箱捆包整理一切时，梅里纳说："我觉得讨厌的是，我们走在路上就好像一群走索的和市场上叫卖的人一样；我希望迷娘穿上女人的服装，竖琴老人也赶快把胡须剪短。"迷娘紧抱着维廉，很激奋地说："我是男孩，我不愿意做女孩！"老人一声不吭，菲利娜趁机就她的保护人伯爵的特性发表了一通可笑的言论。"若是琴师剪去他的胡须，"她说，"他可以把这胡须小心翼翼地缝缀在一起保存起来，只要他在世界上任何地方遇见伯爵先生,他就立刻可以取出它来戴上,因为正是胡须替他赢得了这位先生的恩惠。"

当大家追问她,要求她说明这奇异的议论时,她便让大家听她这样说:"那伯爵以为,若是演员在日常生活里也继续演他的角色,保持他的性格,那就很可以助长幻想,所以他这样宠爱老古板。他觉得,这琴师不但晚间在戏院里,就是白天也永远戴着他的假胡须,实在很聪明,他很喜欢这乔装的自然的外表。"

当别人嘲笑伯爵的谬误和他离奇的见解时,竖琴师却把维廉请到一边,向他告别,他含着泪请求维廉立刻让他走开。维廉劝说他,保证一定保护他,不准任何人扯断他一根胡须,更不用说不经他同意就给刮掉了。

那老人很感动,眼中燃烧着奇异的火。"不是这种原因促使我离去的,"他大声说,"我老早就暗下责备自己,不该留在你的身边。我什么地方也不该停留,因为不幸到处追赶着我,并伤害与我结伴的人们。你若不放我走开,你就会担心一切,但是你不要问我;我不是属于我的,我不能留下来。"

"你属于谁呢? 谁能对你施展这样的威力呢?"

"我的主人,请你不要管我那充满辛酸的秘密了,让我走开吧! 仇怨追逐着我,它不是人世上的审判官差遣来的。我属于一种毫不容情的运命。我不能留下来!"

"我既然了解了你是处在这样的境况里,我怎么能让你走呢?"

"我的恩人,我若踌躇不去,那对你是大逆不道的。我在你这里是安定的,但你却处在危险中。你不知道,你的近旁有个什么样的人。我是有罪的,但是比有罪的还不幸。我的出现吓走幸福,若是我一加入,好事也无能为力了。我应飘零不定,好使我不幸的命运赶不上我,它只是慢慢地追赶着我,但是我一要低下头来休息,它就让我看见它。只要我离开你,我就对你感激不尽了。"

"你这个怪人! 你既不能夺去我对你的信任,也不能减少我对你必将得到幸福的希望。我不想探听你那些迷信的秘密;但如果你是生活在离奇的联想和对某些征兆的预感里,那么我就要安慰你,鼓舞你说:同我的幸福搭伴吧,我们来看一看谁的命神最强,是你的黑的,还是我的白的。"

维廉抓住这个机会,对他说了各种各样的安慰话;因为许久以来他就觉得他这位奇异的旅伴是这样一个人:由于偶然或是命运,他把一件大罪恶担在自己身上,并且永远拖带着这罪恶的回忆。就在几天以前,维廉偷听过他的歌唱,下边的几行他听得最清楚不过:

晨曦用灿烂的火焰
给他渲染洁净的天边,
全宇宙华丽的图像
崩溃在他罪恶的头上。

那老人只要说出他的愿望,维廉总有一段更强的辩词,他把一切都转移到最好的方面,他这样正直、这样诚恳、这样慰藉地说过之后,那老人好像是又有了生气,似乎放弃了他的恐怖。

第 二 章

梅里纳希望把他的剧团安置在一座小而富的城市里。他们已经到了伯爵的马匹该把他们送到的地方,他们寻找新的车马,希望继续前进。梅里纳担任运送,可是他仍像往常一样地吝啬。相反,维廉因为在衣袋里有伯爵夫人赠给的一笔钱,倒觉得有极大的主权来慷慨使用,然而他竟轻易地忘记了他在寄给家里人的冠冕堂皇的清单里曾经夸耀地提到这些金钱。

他以极大的欢喜承认他的朋友莎士比亚是他的教父,所以更爱听人叫他维廉,莎士比亚使他认识了一个王子,这王子曾在微贱的,甚至于坏的社会里生活过一些时候,他不顾他高贵的天性,一味拿那些俗人的粗暴、笨拙和愚蠢取乐。这种理想最合乎维廉的心意,他可以拿它跟他的现况对比。他感觉到他有一种几乎不能克制的自欺心理,他觉得这种自欺的心理是很可聊以自慰的。

他现在开始考虑他应该怎样穿戴。他觉得穿着一件小背心,遇必要时再披上一件短外套,对旅行人来说是一种很适宜的装束。毛线织成的短裤腿,一双系襻带的靴子,很像一个徒步行路的人真正的服装。他又置办了一条美丽的丝带,最初的借口是说用来保护体温;另一方面他想从一条领带的压迫下解放出他的脖颈来,便把几条粗麻布缝在衬衣上,可是麻布又宽了一些,外观仿佛是一种古希腊的衣领。那美丽的丝围巾是从火焰中抢出来的马利亚娜留下的纪念品，他只把它松松地系在麻布的衣领下边。一顶带一条彩色的带子的、插着一支大羽翎的圆帽，完成了这乔装打扮。

女人们认为这个服装对他实在是好极了。菲利娜做出完全着了迷的样子，她向他要他的美丽的头发，这头发是他为的是更近乎自然的理想忍心剪下来的。她这样做，显得很讨人欢喜，我们的朋友由于他的慷慨，也得到特权，仿照哈瑞王子的风度跟其余的人来往，没过多久自己也兴致勃勃地发起并促成了几件放肆的玩笑。大家比剑，跳舞，发明各样的游戏，在心情快乐时，他们遇到能够喝得下去的酒，便过分地享受一番，菲利娜在这无秩序的生活中窥伺着这脆弱的英雄，他的良好的护身神多替他担心！

这剧团最喜欢用一种好玩的消遣取乐，他们在即兴的表演里模仿和嘲笑他们往日的主人和恩人。他们里边有几个人记住了几位高贵人物外表的特点，他们便模拟这几位贵人，其余的人看着都极力喝彩，当菲利娜从她详密的经验档案里说出几段别人向她求爱的情话时，大家都几乎遏制不住幸灾乐祸的表情和哄笑了。

维廉骂他们忘恩负义；可是大家反驳他，他们说，他们在那里所得到的都是卖力气挣来的，他们自夸是很有功劳的人，而且那里对待他们的态度也并不是最好的态度。现在他们都抱怨那些人对他们是怎样不注意，怎样慢待他们。嘲讽，嬉笑，模拟又开始了，他们做得更刻薄，更偏狭了。

"我希望，"维廉随后说，"你们不要从言谈话语里透露出嫉妒和自私，你们要从公平的观点上观察那些人物和他们的情形。一出生就在人类的社会里占有高尚的地位，那是人家自己的事。谁若是享有丰富的遗产而一生无忧无虑,谁若从青年起,如果我们可以这样说的话,周围就有无数和蔼可亲的陪伴,他多半就爱把这些福利看成是人生第一位的重要的事物,而对一种禀赋优异的人类的意义,他却从来不去探索。贵人们对下等人的态度以及他们彼此相处,都是按着外表的特长来估量的。他们承认每个人的头衔、阶级、衣服、车马是有意义的,就是不承认人的功劳。”

这段话全体听了都非常满意。他们觉得这是不合理的,有功劳的人必须永远靠后,并且在这大人物的世界里找不到自然而诚意的交际的痕迹。尤其是关于最后这一点,他们漫无头绪地越说越多。

“不要为这一点骂他们,”维廉说,“你们要为他们感到惋惜!因为我们认为天赋所禀的内在的聪颖的流露,是最高的幸福,他们却很少有这种强烈的感觉。只有我们稍有财产或是一无所有的穷人才有份尽量享受友情的幸福。我们对我们所爱的人们既不能用恩惠提拔,也不能用宠爱奖励,也不能用赠品讨他们欢喜。我们除却我们自己以外一无所有。我们必须呈献我们整个的自我,如果这自我还有些价值,我们就把这宝物永远赠送给我们的朋友。对于赠予的人和接受的人来说,这是怎样一种享受,怎样一种幸福啊!忠诚使我们踏入怎样幸福的境地!忠诚给了我们过客般的人生一种天堂般的现实。它创造出我们宝藏中最重要的财产。”

说这些话时,迷娘挨近了他,她用柔腕抱住他,把头靠在他的胸前站着。他把手放在这孩子的头上,继续说:“一个大人物是多么容易赢得群情!多么容易获得人心啊!一种亲切的、舒适的、只要几分近乎人情的态度就能产生奇迹,他有多少方法能维系住他已经得到的人心,至于我们,一切都较为稀少,较为艰难,所以,我们认为我们所获得的和所贡献的都有更大的价值,才是多么地自然!有些忠实的仆人为自己的主人而牺牲一切,做出过多么感人的事迹!莎士比亚给我们描写得多么好!在这种情况下,忠诚是一个高贵的灵魂想使自己变成为伟大的人物的努力。由于不间断的忠义和爱,仆人就变得和他的主人一样了;不然那主人只能把他看成是一个雇来的奴隶。是的,这些道德都只是为了卑微阶级的,这阶级不能缺少这些道德,而道德也适宜于他们。谁能轻而易举地报答人情,他就能同样容易地自以为是还完心愿,一身轻快了。是的,就这个意义而言,我自信可以这样说,一个大人物也许有些朋友,但他不能做别人的朋友。"

迷娘靠着他,越靠越紧。

"这固然是对的,"全体中有一人回答,"我们用不着他们的友情,而且从来没有要求过。如果他们要保护艺术,他们就应该了解艺术。我们演得极好的时候也没有人听我们。一切完全都出于偏私。他们喜欢谁,就对谁好,值得他们喜欢的,他们却不对他好。愚蠢和乏味竟这样屡屡地引起他们的注意和赞美,那是不应该的。"

"如果要我来推测,"维廉回答,"幸灾乐祸和冷嘲热讽到底是些什么,那么我想这在艺术里和爱情里是完全一样的。世俗的人在他散漫的生活中是不怎么追求内心生活的,而一个艺术家要想创造一些完美的作品,他就必须永远在内心里生活,艺术家也希望并渴求那些关怀他的人也稍微懂得点内心生活。"

"请你们相信我,我的朋友们,我们对于才能和对于道德一样：我们必须为它们的本身而爱它们，不然就完全放弃它们。但是，只有我们能够像从事一种危险的秘密活动一样在暗地里练习它们，才是对它们的认识和酬报。"

"在这中间要等到一个知音找到我们，我们早已饿死了。"一个人从屋角里嚷着说。

"也不见得是这样，"维廉回答，"我已经看透了，只要一个人活着，并且有所事事，他就总会找到一碗饭吃，纵使这碗饭不是最甘美的。你们到底有什么可抱怨的呢？正当我们前途最暗淡的时候，我们被人收容了，这我们不是完全没有想到吗？现在我们是丰衣足食了，可是我们中有谁又想去再练习练习，稍求一些进步呢？我们净从事些分外的活动，就好像那些小学生一样，凡是该想到的课业的事，都被放在脑后了。"

"真的，"菲利娜说，"这是不能原谅的！让我们选择一出戏来当场表演。每个人必须像立在大庭广众前一样尽量演好。"

大家考虑不久，戏就选好了。那是当时在德国到处受欢迎，现在已经消迹了的戏中的一出。几个人吹奏一段交响乐，每人都赶快考虑自己的角色，大家开始了，小心翼翼地演完这出戏，实在没有想到演得这么好。大家轮流着拍手喝彩。他们很难得玩得这样圆满。

他们演完了，都感到有一种分外的喜悦，一来是因为他们的时间过得很快乐，再则是因为每个人都对自己的表演非常满意。维廉得意忘形地大加赞美，他们的消遣真是爽快而欢乐。

"你们看一看，"我们的朋友说，"如果我们这样继续我们的练习，不只是为了义务和职业而机械拘泥于背诵、排练和表演上,我们会有多大的发展。如果那些音乐家也一起练习,他们是多么更值得称赞,他们自己会多么快乐,他们会演奏得多么精确!他们怎样用心协调他们的乐器,怎样精确地保持节奏,他们多么善于细腻地表现出音的强弱!没有一个人想在别人独唱时用一种强调的伴奏来出风头。每个人都努力按照作曲家的精神与意识来演奏,每个人都把他所担任的那一部分,不管是多是少,都好好地表现出来。我们就不应当也这样精确、这样聪明地工作吗?因为我们是从事于一种比每种音乐都细腻得多的艺术,因为我们的任务是优雅而有趣地表演人类最平常和最珍奇的情绪。有什么比试演时敷衍了事,演戏时完全任凭脾气的好坏和一时的侥幸,比这更令人反感呢?我们应该把我们最大的幸福和愉乐寄托在融洽一致和彼此满意上,只在我们自己认为值得喝彩的地方,观众喝彩,我们才觉得可贵。为什么乐队队长对他乐队的演奏比剧团经理对他剧团的演出更有把握呢?因为在乐队里若是有一个人弹奏错了,使听众感到很不悦耳,他就觉得很羞惭;但是一个演员由于可原谅的与不可原谅的错误非常荒谬地不能使观众满意,我却很少看见他肯承认错误并引为羞惭!我只希望,舞台像是一个走索人的绳索一般地狭窄,好使笨拙的人不敢上来尝试,不要像现在似的每个人都感到能力充足,敢在上边夸耀。”

全体倾听着这段责难的话,可是每个人都确信这里所说的并不是他,因为他不久前和其余的人一齐表演得很好。准确地说,他们是更趋于一致了,现在是在这旅途上,将来只要大家还在一起,就要像今天一样共同切磋工作。大家都觉得演戏是一时的兴会和自由意志的表现,经理本来就无须掺在里边。他们断定,在好人中间共和政体是最好的形式。他们主张,经理的职务必须轮流担任;经理必须由大家选举产生,同时设立一个小评议会一类的常设组织。他们完全被这个思想占据了,甚至于希望一切都立刻实行起来。

"我没有什么反对的,"梅里纳说,"如果你们在旅途上要做一个这样的试验,我愿意停止我经理的职务,一直到我们到达目的地为止。"他希望同时要节省开支,许多开销要由这小共和国或临时推选的经理负担。于是大家便热烈地商议起这新国家的形式怎样方能设置得最好。

"这是一个游行流动的国家,"雷欧提斯说,"我们至少不会有边界的争端。"

他们立即着手筹备这件事,选举维廉为第一任经理。评议会组织好了,女人们得到出席权和选举权。大家提出规章,并对此展开辩论,最后通过了规章。时间在这场戏中不知不觉地过去,因为这段时间他们是很愉快地度过的,他们也就真相信干了一些有益的事,认为这新的形式给祖国的舞台打开了一个新的局面。

第 三 章

维廉因为看见这剧团组织得这样良好,他也就很希望能和他们谈论谈论剧本中诗人的价值。当他们另一天又聚在一起时,他对他们说:"演员只是肤浅地看一部剧本,只是根据第一次的印象评判它,不加考虑就表明他的好恶,这是不够的。对于那些只图感奋和消遣,而根本不想作评判的观众说来,这自然是允许的。相反,演员应该能够解释剧本和对它赞美与攻击的理由。如果他不懂得深究作者的意义、作者的目的,他怎么能做到这一点呢?这些天我很真切地发觉我有这样的错误,就是从一个角色出发来判断一个剧本,只观察一个角色的本身,而忽略他和全剧本的关联,如果你们愿意听,我就给你们讲讲这个实例。

"那次在伯爵府里朗诵莎士比亚给你们带来了很大的快乐,你们认识了无可比拟的《哈姆雷特》。我们决定演这出戏,我接受了演丹麦王子这个角色,当时我并不知道要如何进行。我开始背诵最感人的段落、王子的独白和剧中能够充分发挥灵魂的力量、精神的昂扬和生动的情感的几场,在热情洋溢的表情里能显示出动荡的心情,我以为这就是学习这个角色了。

"我把那深沉的忧郁重担承受在自己身上,在这重担的压抑下我设法通过由喜怒无常和离奇错综所形成的迷宫去体会哈姆雷特,我以为是真正领悟了这个角色的精神。我这样背诵,这样练习,我以为逐渐和我的主人公融合成为一个人了。

"可是我越这样做下去,我越觉得难以理解全剧,最后好像几乎不可能得到一个全貌。我于是毫不间断地把剧本通读一遍,但是可惜有些地方和我格格不入。有时在人物性格上,有时在表情上好像互相矛盾,我近于绝望了,我找不到一个基调能以把我的角色运转自如而又深浅得宜地表达出来。我在迷途中做了很多努力,都失败了,直到最后在另一条道路上有了接近我的目标的希望。

"我寻索哈姆雷特在他父亲死去以前早年的性格里留下来的每个痕迹；我抛开这悲惨的事件,抛开事后继续发生的恐怖的变故,体味这个有趣的青年曾经是什么样子,他若是没有遇到这些事,会成为什么样的人。

"这个皇族的花朵,本来是娇嫩而高贵的,在国土直接的庇荫下成长起来,正义与皇室尊严的概念、善良与纯正的情感,和他贵族出身的意识在他身内同时发展着。他是一个王子,一个天生的王子,他希望统治,只是要使善良的人不受任何阻碍,永远善良。他仪表非凡,天性纯厚,心地诚恳,他本应成为青年的模范,给人世以快乐。

"他没有任何显著的激情,他对莪菲莉霞的爱情只限于静静地预感到一些甜美的需要；他对于骑士训练的热心不完全是出自本意,必须有人称赞第三者,才能激发而提高他的兴趣；他感觉纯洁,他结识正直的人物,他懂得尊重一个诚实的人在一个朋友坦白的胸怀前所享受的安宁。他在一定程度上善于认识和评价艺术与科学里的善和美；他反对庸俗,若是在他柔弱的心灵里有憎恨萌芽,那么也不会十分过火,他只限于蔑视那些狡猾而虚伪的廷臣,怀着嘲讽的心情和他们开玩笑。他这个人本性是平静的,品行是单纯的,既不在闲散中感到舒适,也不过于贪求事业。他好像在宫廷里也要继续一种学院式的生活习惯。他的快乐多半是一时兴会,很少是发自深心,他是一个良好的社交家,退让、谦虚、小心,有人得罪他,他能够原谅,不记在心上；但是他从来不能和违背正义、违背善良与纯正的人结交。

"若是我们将来再共同读这部剧本,你们就能评判我是否正确,至少我希望能够用几个段落完全证明我的意见。"

他们大声称赞这段叙述。他们以为他们已经预见到,此后哈姆雷特的行为态度便能圆满解释了。他们很喜欢这种体会着作家精神的方法。每个人都有心运用这个方法来研究每个剧本,阐明作家的命题的本义。

第 四 章

剧团在这个地方只有几天的停留,可是立刻就演出了些对几个团员并非完全不愉快的风流韵事。特别是有一个在邻近拥有一所庄园的太太看中了雷欧提斯,但他对她非常冷淡,简直是毫无礼貌,因而他不得不忍受菲利娜的许多嘲讽。她趁此机会,向我们的朋友述说了雷欧提斯所经历的一段不幸的爱情故事,这故事使这可怜的青年变成一个仇视整个女性的人。"他憎恨女性,谁能说他不对呢?"她大声说,"女性这样恶作剧地玩弄了他一番,凡是平素男人怕在女人那里遇到的倒霉事,她都合在一杯集其大成的酒浆里让他吞咽下去。请你想想看:在二十四小时内他竟当了情人、未婚夫、丈夫、乌龟、病人、鳏夫! 我真想不到,怎样还能使一个人比这更为苦恼!"

雷欧提斯半笑半烦地跑出屋去,菲利娜开始用最娇爱的态度叙说这段故事:当雷欧提斯加入一个剧团时,正是一个十八岁的少年,他见到了一个十四岁的美丽的女孩,她正要随同她的父亲起程,因为她父亲和经理决裂了。他一看见她,立刻就死命地爱上了她,想尽办法阻止她父亲离去,归终说妥了要娶那女孩为妻。经过几小时未婚的愉快的时间便结婚了,做了一夜幸福的丈夫,第二天早晨当他去练功时,他的妻就以太太的资格让他戴上一顶绿帽子。他却因为过分温存太早地赶回家来,不幸他看到一个旧情人占据了他的地位,他满腔愤怒地打进屋来,把情人和父亲都叫出去决斗,最后他负了伤,勉强支持着跑开了。父亲和女儿当天夜里就起程了,他却受了双重的伤留在那里。他的不幸使他走进世上最坏的下级军医屋里去治伤,可惜这个可怜的人带着满嘴黑牙和两只风泪眼了结了这段风流债。他很值得惋惜,因为他本来是上帝的地上所负载的最诚实的少年。"特别使我感到惋惜的是,"她说,"从此这可怜的傻子就憎恨女人,人若憎恨女人,他又怎么能够生活呢?"

梅里纳打断了她的话,走来报告,关于运输一切都准备齐整了,他们明天早晨就能够起程。他递给他们一张如何分配座位的名单。

"只要有一个好朋友把我抱在怀里,"菲利娜说,"我就满足了,纵使我们坐得很挤很可怜,其余的一切对我都无所谓。"

"这不关什么重要。"雷欧提斯也走过来说。

"真讨嫌!"维廉说着跑开了。他自己出钱另找一辆舒适的车,这车是梅里纳曾经谢绝了的。旁人都分配好了,大家都很快乐,因为能够舒舒服服地起程了。这时传来一个危险的消息,在他们要走的这条路上有一批杂牌军队出没,人们很难从他们的地段平安通过。

当地人都很注意这段消息,纵使这消息是迷离恍惚的。这是一批敌军流窜过来的呢,还是一队友军这样远地遗留在这里的呢？而按照军队的位置来看都好像不可能似的。人人都热心地向我们的剧团描述他们将遭遇的危险，是真正的危险，劝他们取另一条路。

大多数人都因此感到不安和恐惧，等到按照这新共和国的组织召集国家的全体人员商议这非常事件时，他们几乎都意见一致，大家必须避免危险，留在这里，或是躲开它，选另一条路走。

只有维廉不受恐怖的支配，他觉得一个大家周密考虑过的，彼此同意的计划，因为一段空空的谣言，就被取消，是可耻的。他试图壮起他们的胆子。他的理由是大胆的，充足的。

"还有，"他说，"那只是一种谣言，在战时这样的谣言不知发生过多少！明达的人们说，这事是非常不可信的，甚而几乎是不可能的。这样一件重要的事，我们就要让一段这样捕风捉影的空谈给决定吗？伯爵所指示我们的，在我们护照上也注好了的这条路线，是最短的，这一带都是最好走的道路。它直达我们要去的那座城，在那城里你们能够见到熟人和朋友，可以希望得到一种好的招待。迂路虽然也通到那里，但是我们要走怎样坏的路，我们又要绕多么远啊！我们能够有希望在晚秋时节又找到出路吗？而且我们在这中间要浪费多少时间和金钱！"他还说了很多，他从各个有利的方面讲解应走这条路的理由，说得他们的恐怖渐渐减少，他们的胆量也增加了。他向他们说了许多关于正式军队的纪律，绘声绘色地告诉他们那些散兵和暴徒多么卑鄙下流，就是把危险也叙述得有趣可笑，致使大家心情都爽快了。

雷欧提斯从开头就站在他这边，他确切地说，他既不踌躇，也不回避。饶舌老人用他的姿态至少找出一些同意的言辞,菲利娜笑讽他们大家。梅里纳太太毫不顾忌她怀孕的月份已深,并没有失掉她自然的果敢,她觉得这个提议很有英雄气,梅里纳自然希望在他曾经同意的最近的路上省许多钱,所以他也不能反对,于是大家很心甘情愿地赞成这个提议了。

现在大家开始准备遇事时实行防御的一切。他们买下大猎刀,用织得很坚固的皮绳系在肩上。此外,维廉在腰带里还揣上一对小手枪,雷欧提斯自己本来就有一支好猎枪,大家欢天喜地踏上了征途。

第二天,熟悉该地情形的车夫们提议,他们午间应该在一块林中的山场上稍事休息,因为村落离此还很远,天气好时人们都愿意走这条路。

天气晴和,人人都赞成这个提议。维廉先徒步跑过山岗,凡是遇见他的人看见他那奇异的装束都很惊奇,他迈着迅速而矫健的步子,跑进树林,雷欧提斯口里打着哨子,跟在后边,只有女人们坐在车里慢慢地前进。迷娘也从旁边跑来,很骄傲地背着一把猎刀,这把猎刀是在起身前全体武装时,她无论如何要请求带在身上的,在她的帽子上缠着一串珍珠,这是维廉从马利亚娜的遗物里保存下来的。黄发的弗里德里希背着雷欧提斯的猎枪,只有竖琴老人的外表最平和。他长衣的衣襟系在衣带里,他走路更自由了。他挂着一支有节疤的杖,他的乐器放在车里了。

他们辛辛苦苦地登上了山顶,他们立即看见车夫指给他们的山场,那山场被四围美丽的山毛榉遮阴着。斜坡上一片广大柔美的林中草原邀请他们停留。一泓整齐清冽的泉水供他们解渴。在另一方面,越过峡谷和林顶显示出一片辽阔、美丽、充满希望的远景。谷中有村庄磨坊,平原上有小城市,远方起伏着的青山,只像是一道轻微的边界,使远景显得更希望无穷了。

这几个最先来到的人占据下这地方,在树荫中休息,他们燃起火来,工作着,歌唱着等候后边的团体,其余的人也渐渐走来,都异口同音地称赞这广场,这美丽的天气,这不可言喻的美丽地方。

第 五 章

若是人们常常在四堵墙内共同享受过良好愉快的时间,那么在这里有天空的自由和地方的美景在洗涤着胸襟,人们自然会更兴奋了。大家都觉得彼此更亲近了些,都愿意在这样舒畅的停歇中消受他们的一生。他们羡慕猎人、炭工和樵夫,这些人的职业使他们离不开这些幸福的地方,可是他们特别赞美一群吉卜赛人的使人神往的生活。他们羡慕这些奇异的伙伴,这些人生下来就有份幸福地游手好闲地享受自然界一切离奇变幻的美景:他们很欢喜,因为他们现在和吉卜赛人有几分相似。

这时女人们已经开始煮马铃薯,她们打开随身带来的蔬菜,预备做午饭。几个罐子坐在火上,全体都三五成群地坐在树下和灌木丛中。他们奇异的服装和各式武器赋予他们一种奇特的外表。马都拉到一边去喂,若是他们把车也隐藏起来,那么这一小伙人的景象就会浪漫得入于幻境了。

维廉享受着一种从来没有感到过的快乐。他想象这里是一团游动的移民，他自己却正是这团移民的首领。他也真像做首领似的，和每一个人都谈谈话，他尽量含有诗情地结构这瞬间的幻想。全体都情绪激昂。他们吃、喝、欢呼，再三说，从来没有经历过比这更幸福的时刻。

这种快乐没有持续多久，年轻人就想出事情来做了。维廉和雷欧提斯拿起比武的剑，为了演戏的目的开始他们的练习。他们是在表演哈姆雷特和他的敌人遭到悲剧结局的那次决斗。这两个朋友都深信，人们在这重要的一幕，不应该像在戏台上时常发生的那样，只是笨拙地来回乱撞。他们希望做出一个模范的表演，在上演时就是精通剑术的人看了也要说这是一场值得称赞的比武。大家围着他们形成一个圆圈。他们两个人比剑，认真而精练，观众的趣味在随着每一回合持续增长。

可是忽然在临近的树丛里放了一枪，紧接着又放一枪，全体吓了一跳都散开了。不久他们就瞧见持有武器的人们拥到马正在吃草的地方，载行李的大车就停在那附近。

一片喊声从妇女们那里发出，我们的英雄抛开比武的剑，拿起手枪，迎着这些强盗跑来，激烈地威吓着要求他们说明来意。

当匪群简洁了当地用几声小火枪回答他们时，维廉也对准一个鬈发的强盗开了枪，那强盗已经登上车，在割开行李的绳子。他被击中了，立刻倒了下来。雷欧提斯也枪不虚发；当这强盗帮中的一部分人咒骂咆哮着拥上前来，向他们放了几枪，拿着明晃晃的刀来和他们一决雌雄时，这两个朋友也勇敢地扯出他们的佩刀。我们这两个青年英雄勇敢迎战。他们喊叫其他的伙伴，鼓舞他们共同抵抗。但是，不一会儿，维廉就眼前一黑,昏过去了。一枪正中在他的上胸和左臂的中间,一刀劈开他的帽子,几乎砍到他的脑盖骨,他昏倒下来,关于这次遇盗的不幸的结局,他只好到后来听旁人讲述了。

又睁开眼时,他发现他是处在一种最奇妙的境况里。在他眼前的一片朦胧中,他首先看到的,是菲利娜的面貌,她的脸正俯视着他。他觉得软弱无力,因为他要站起身来,才一动转,就觉得是在菲利娜的怀中,于是他又倒了下去。她坐在草地上,把这躺在她面前的青年的头轻轻地挨近她的身体,她在她的怀里尽其所能地给他布置一个温柔的床。迷娘散乱的头发里尽是血渍,她跪在他的脚旁,她含着眼泪抱着这两只脚。

维廉看见他自己血污的衣裳,他用断断续续的声音问,他现在是在什么地方,他们大家见过一些什么事。菲利娜劝他静静地等着。她说,其余的人都安全,除去他和雷欧提斯,谁也没有受伤。她不肯再往下说,她恳切地请求他保持镇定,因为他的伤只是潦潦草草地在百忙中包扎上的。他把手递给迷娘,问这孩子发里也有血迹的缘由,他以为她也受伤了。

菲利娜安慰他说:这个好心的孩子看见自己的朋友受了伤,她在百忙中想不出方法来止住流血。她握住一把自己的披在头上的散发去堵伤口,可是很快她就不得不放弃这毫无效果的举动。后来人们用干菌和苔藓给他包好,菲利娜为这件事还牺牲了她的围巾。

维廉注意到,菲利娜背靠着箱子坐着,那箱子还封锁得很好,没有损伤。他问,旁人是否也这样幸运,救出了他们自己的东西。她耸了耸肩,眼望着草原回答,那里杂乱无章地放着破碎了的匣子、打碎了的箱子、撕碎了的背囊,和一堆零星物件。山场上看不见一个人,孤寂中只有他们三个人组成的这

223

个奇妙的集团。

维廉现在所听到的比他所要知道的多得多：别的男人本来无论如何还能够抵抗，可是他们立刻就怕起来了。他们被强盗吓破了胆，一部分逃跑，一部分只是惊慌失措地看着这场灾殃。车夫为了他们的马还倔强地争斗了一番，终归是被打倒，被人捆起来，在短时间内一切都被抢掠净尽给拖走了。这些吓坏了的旅人一觉得他们生命的危险已经过去，才开始哀悯他们的损失，尽速地跑到邻村里去，还领着那身受微伤的雷欧提斯，带着他们所有物中的一些残余。竖琴老人把他那损坏了的乐器靠在树旁，也一同跑到村里去寻找外科医生，尽一切可能救护他以为是死了的、遗留在这里的恩人。

第 六 章

我们这三个遭了不幸的冒险家在这奇异的境况里又待了一些时候，并没有一个人跑来帮助他们。天色已晚，夜眼看就要来了，菲利娜的泰然态度开始变为不安。迷娘跑来跑去，这孩子的焦躁情绪时时在增长。最后，他们的希望实现了，有些人渐渐走近，可是他们心中又产生了一种新的恐怖。他们听得很清楚，有一队马从他们也走过的那条路上走过来，他们怕是那伙不速之客又来拜访这个战场，来拾拣剩余。

可是当一个女子骑在一匹白马上，旁边伴着一位年长的先生和几个侍从，穿过树丛迎面出现时，他们是多么惊奇而愉快！马童，仆人，一队轻骑兵跟随在后边。

菲利娜看见这队人马出现，睁开她惊奇的眼，正要开口向这美丽的女英雄祈求救助，那位女英雄已经惊愕地把她的眼光转到这三个离奇的人的身上，她立刻拢住她的马，向前走来，停在他们的面前。她热心地盘问这个受伤的人，她见他躺在一个轻薄的慈悲女子的怀中，觉得好像非常离奇。

　　"是你的丈夫吗?"她问菲利娜。"他只是一个好朋友。"她用维廉很不爱听的一种腔调回答。他的目光注视在那新来的女子的温柔、高贵、沉静、同情的面貌上。他觉得他从来没有看见过比她更尊贵、更可爱的人物。一件宽大的男外衣遮盖住她的身体。这件外衣好像是她从她的随从那里借来的，为的是抵御晚间凉风的侵袭。

　　骑士们在这时也走近了。几个人下了马，这女子也跳下马来。她以仁爱的关怀询问这些旅行人遭难的情况，特别慰问这横倒在地上的青年的伤势。她随即赶快转过身去，同一位年老的先生一起向旁边，迎着车辆走去，这几辆车正慢慢地走上山来，在这战场上停住了。

　　这年轻的女子站在一辆车的窗边停了片刻，和来人谈了几句话，一个身体又矮又胖的男子走下车来，她把他领到我们的负伤英雄那里。从他手中提的小匣子和装着用具的皮袋看，人们一眼就认出他是一个外科医生。他的神情不甚柔和，有些粗暴，可是他的手术很轻捷，他的救护是令人感到舒适的。

　　他诊察精细，他说，伤处都不危险，他要当场把伤口包好，随后人们就能把这病人抬到邻村里去。

　　这年轻女子的忧虑仿佛增加了。"请你看一看，"她来回来去走了几趟，把那位年老的先生拉过来，说，"你看，他们把他虐待成这样！他受罪，不是为了我们的缘故吗？"维廉听了这句话，不明白是什么意思。她不安地走来走去，好像她舍不得离开这受伤的人，但这时人们正费力地给维廉脱衣服。她若还在旁边站着，又怕有伤体面。当外科医生正在剪开左袖口时，年老的先生走过来，严肃地提醒她继续赶路的必要。维廉的眼睛直看着她，他也被她的目光摄住了，以致几乎没有觉到，人们为他做了些什么事。

菲利娜这时站起来，去吻那仁慈女子的手。当她们并立着的时候，我们的朋友觉得从来还没有看见过这样大的悬殊。菲利娜从来没有在对她如此不适宜的对照中在他面前出现过。他觉得，她不应该亲近那高贵的女子，更不应该挨一挨她。

那女子问菲利娜各样的事，但是声音很低。最后，她转过身向那依然冷静地站在一旁的老人说："亲爱的外叔祖，我可以用你的物件慷慨助人吗？"她立刻脱下她身上的外衣，这是很显然的，她要把这外衣送给那没有衣服穿的受了伤的人。

维廉一开始就被她慈悲的眼光吸引住了，现在当那外衣脱下来时，他对她那美丽的身材更感到惊奇不已了。她走近了些，温柔地把外衣披在他的身上。在他正要开口勉强说几句感谢的话时，她在他面前生动的印象是这样奇异地影响他已经受了感动的官能，他竟忽然觉得，好像她的头被光芒围绕，一种闪烁的光在她全身渐渐地展开。外科医生准备取出藏在伤口中的子弹时，下手却并不温柔。这圣女从晕倒了的受伤者的面前消逝了：他完全失去了意识，当他又醒来时，骑士和车辆，美人和她的伴侣都不见了。

第 七 章

　　给我们的朋友包好了药布,穿好了衣服,外科医生就跑开
了,正在这时候,竖琴老人带着一群农夫走上来。他们用砍下
来的小树干和编起来的细树枝做了一张抬床,让受伤的人躺
在上边,由一个方才主人留下来的骑马的猎兵做领导,他们抬
着他轻轻地走下山去。竖琴老人静静地沉思着,提着他的损
坏了的乐器,几个人拖着菲利娜的箱子,她抱着一个包袱在后
边跟随,迷娘有时跳到前边,有时在旁边穿过树丛,树林,满怀
热望地瞧着她病弱的恩人。

　　维廉裹在他的温暖的外衣里,在抬床上安静地躺着。从
那细致的毛绒内好像有一种电力的温暖传到他的身上。总
之,他觉得他置身于极舒适的境地。这件衣服的美丽的女主
人很有力地在支配着他。他还看见那外衣披在她的肩上,那
光芒围绕的最高贵的形体立在他面前,他的灵魂越过山岩树
林追踪着那消逝了的倩影。

　　在沉沉的夜里,这队人走到村中的旅舍前,剧团中其余的
人也都住在这里,大家都怀着绝望的心情抱怨这场不能补偿
的损失。这旅舍里惟一的一小间屋被人们填满了。几个人躺
在草垫子上,另外几个人搬进来几条板凳,还有几个人靠在炉
子后边,梅里纳太太在一间隔壁的小屋里提心吊胆地等候分
娩。这番恐怖促成她的早产,旅舍女主人是一个没有经验的
年轻妇人,人们不敢希望在她的帮助之下能有什么好结果。

当这批新来到的人要求让他们进来时,立即爆发出一片怨声。现在他们以为他们只因听了维廉的建议,在他特殊的领导下取了这条危险的道路,才置身于这次灾难中的。他们把这不幸结局的罪过都栽在他的身上,他们把住门,不让他进来,都主张:他必须到别的地方另寻住处。他们对待菲利娜的态度则更加侮慢。竖琴老人和迷娘也不得不忍受他们所蒙受的侮辱。

那猎兵是受他美丽的主人郑重地嘱托照料这病人的,他耐着性子旁听这场争执,没过多久,他就咒骂着,威吓着,向这团体走来,命令他们靠紧挤一挤,给新来的人匀出点地方。他们不得已才甘心听命。他在一张桌子上为维廉清出一块地方,他把桌子推到屋角。菲利娜让人把她的箱子放在桌旁,她坐在箱上。人人都尽量跟大家往一块挤。猎兵走开了,他是去看一看能不能给这对夫妇弄到一个比较舒适的住处。

他刚走出去,愤恨就又发作了,责骂声接连不断。每个人都在抱怨自己的损失,而且个个都言过其实。他们诟骂维廉的狂妄,因为他的狂妄他们才牺牲了这么多,他们甚至隐藏不住看着我们的朋友受伤所感到的幸灾乐祸的心情。他们讥讽菲利娜,说她用来救出她的箱子的方法是一种犯罪行为。从各种各样的冷嘲热骂中,我们真以为在大家奔逃、强人抢掠的时候,她曾经赢得盗首的恩爱呢,谁知道她是用的什么策略和柔媚竟能使他放过了她的箱子。整整一天,他们都以为已经把她失落了。她闭口不答,只敲得她箱上的挂锁嗒嗒作响。这样做无非是要使嫉妒她的人们确信她的箱子安全无恙,是用她自己的幸福增加这一群人的绝望。

第 八 章

维廉虽然因为流血过多,身体很衰弱,虽然自从那慷慨好义的天使出现以后,心境很柔和,最后仍然遏止不住他对那些冷酷而不合理的话的恼怒,这些话在他静默时总是被这懊丧的团体说来说去。他终于有力气坐起来反驳他们的无礼了。这种无礼,使他们的朋友、他们的首领非常不安。他抬起他的缠裹着的头,勉强支持着靠在墙上,他开始说出下面这样的话:

"每个人都因为受了损失心里很难过,你们在应该怜悯我的时候侮辱了我,我原谅你们;在我第一次希望从你们那里得到帮助时,你们反对我,驱逐我离开你们,我也原谅。至于我为你们尽的力,我向你们表示的好意,我觉得到现在为止已经由你们的感谢,由你们的和蔼态度酬答过了。不要诱引我的思想,不要逼迫我情真意切地去回溯,去考虑,我曾经为你们做了些什么事,这种考虑只会使我痛苦。是偶然的机缘把我带到你们这里来的,我所处的环境和一种内心的爱好促使我在你们这里待了下来。我参加你们的工作,跟你们共享欢乐。我也把我有限的知识供你们使用。如果你们现在冷酷无情地说我们遭遇这场灾殃是我的罪过,你们怎么就不回想一下,选择这条道路的最初的建议是别人提出来的,你们大家都仔细考虑过,并且都几乎同我一样没有异议。如果我们的旅行一路顺利,每人就都要表扬自己,说是他想起来劝大家走这条路,他特别看中这条路。他会欢欢喜喜地回想我们当时的商讨和他同意的表决。现在你们让我一人担当,你们强迫我承认这罪过;如果那最纯洁的意识不宣告我无罪,甚至如果我在你们面前不能问心无愧,那么,这过错我也甘心承受。如果你们有些反对我的话要说,就请直截了当地说出来,我会为自己申辩的。如果你们举不出什么充足的理由,就请住口吧,不要苦恼我,现在我非常需要休息。"

大家都没有回答,女人们又开始哭泣,絮絮叨叨地述说她们的损失。梅里纳完全失去常态,因为自然是他牺牲得最多,比我们所想象的还多,他像是一个疯狂的人在这狭窄的屋子里把脚跺来跺去,在墙上撞头,诅咒,诟骂,非常放肆;因为正在这时,旅店的女主人从隔壁房里走来,报告他的女人生下一个死胎,他就任凭他暴怒的发作,这时全体骚然,同时咆哮,叫喊,怨怒,吵闹。

维廉既然同情他们的境况,同时又憎恨他们卑劣的根性,于是他深被感动,尽管他的身体还很衰弱,但他仍觉得他灵魂的全部力量是生机勃勃的。他喊道:"我简直不能不轻视你们,你们竟也这样叫人可怜。灾祸不能给我们任意谴责一个清白无罪的人的权利;走这条错路若是我有一部分责任,我也受到了损失。我躺在这里受了伤,若是剧团有损失,我就损失得最多。凡是抢去的戏装、毁坏的布景,那都是我的;因为你,梅里纳先生,还没有偿还我的垫款,现在我完全不要求你偿还了。"

"你这人情真好,"梅里纳喊道,"你所送的没有人会再看见。你的钱在我女人的箱子里,你的钱丢掉了,那是你的责任。但是,啊!但愿只限于此!"他又重新跺脚,诟骂,喊叫。

人人都想起了从伯爵衣柜里得到的那些美丽的衣裳,想起了扣子、表、盒子、帽子,那都是梅里纳从侍从仆人处很便宜地买来的。同时人人也想到了他们自己的很渺小的宝物。他们懊丧地瞧着菲利娜的箱子,让维廉懂得他们的意思,维廉可真没有做错,他和这位美人联合把自己的物件放在她的箱子里,现在由于她的幸运,他的所有物也都得了救。

"在你们很贫困的时候,"维廉最后大声说,"你们以为我还会把一些东西抱在自己的手里吗?我真心实意地和你们共患难,难道这是第一次吗?请打开箱子,凡是我所有的,我都要摆在这里供大家使用。"

"那是我的箱子,"菲利娜说,"我要是不愿意,我绝不打开它。我为你保存的那几件衣服值不了多少钱,即使把它们卖给最正直的犹太人。你为你自己想一想,你医药费要用多少,在外乡你要知道又能遇见些什么事呢?"

"菲利娜,"维廉回答,"凡是我所有的,你不要替我扣留,这少数的物件也许会帮助我们脱离当前的困难。一个人只要还有一些能力,就能救助他的朋友们,并不一定是要用金钱。在我身上的一切都应该献给这些不幸的人,等他们恢复了常态,回想他们现在的行为,他们一定会后悔的。是的,"他接着说,"我觉得,你们很穷困,我要尽我所能,为你们工作。请你们重新信任我,稍微镇定镇定,接受我对你们的许诺!谁愿意代表大家接受我的诺言呢?"

这时他伸出他的手,叫道:"我保证,在每个人没有两倍和三倍地弥补了他的损失之前,在你们没有完全忘记你们现在所处的这个困难的境遇——不管这是谁的责任——并到达一个比较幸福的田地之前,我不愿意躲开你们,离开你们。"

他的手还一直伸着，可是没有人肯握它。"我再保证一次。"他叫着同时倒在他的枕上。大家都不作声。他们惭愧，并没有感到安慰。菲利娜坐在她的箱子上，咬开从衣袋里找到的几枚榛子。

第 九 章

猎兵带着几个人回来，准备抬走这个受伤的人。他跟木地牧师说妥了，牧师可以收留这对夫妇。菲利娜的箱子被抬走了，她跟在后面走，态度十分自然。迷娘在前边跑，当病人到了牧师家里时，那里已经给他预备好了一张宽大的双人床，这床很久以来就是招待贵客用的。这时人们才注意到，维廉的伤口开了，流出很多鲜血，伤口必须用新绷带包扎起来。病人发起烧来，菲利娜一心一意地看护他，当她被疲倦征服时，竖琴老人就来替代。迷娘本来打定主意要醒着，但在墙角睡着了。

第二天早晨，维廉元气恢复了一些，他听猎兵说，昨天救助他们的那位主人是不久前离开他的田庄，出来躲避战祸的，他打算在一个较安静的地方一直住到和平到来的时候。他说出那年长的先生和他外孙女的名姓，指出他们最先要去的地方，对维廉说，那小姐是怎样地叮咛嘱咐，让他照料这个没人管的人。

维廉向猎兵表示无限的谢意，这时外科医生走进来打断他们的谈话，医生繁琐地描写了一番伤情，他担保，如果病人保持镇定,耐心等待,伤就容易治好。

猎兵骑马走了以后,菲利娜说,他给她留下一袋二十块路易币,给牧师一些住房的酬金,给外科医生也放下医治费。人们把她当作维廉的太太,她在他身旁就直截了当地以太太的身份自居,她不允许他找别人看护。

"菲利娜,"维廉说,"这次我们遇难,我已经欠你许多情,可是我不愿意再增加我对你致谢的义务。只要你待在我身边,我就感到不安,因为我不知道,我能用什么来报答你的劳苦。请你把我放在你箱子里的那些幸存的物件取出来给我,请你和团体里其余的人搭伴,去另找一个住处,请你接受我的感谢和这只金表,这是我的一点小小的情意;只请你离开我:你在我面前使我不安,这是你难以想象得到的。"

当他说完时,她冲着他的脸笑。"你是一个傻子,"她说,"你不会变聪明的,怎么对你更好,我比你知道得多。我要待下去,我一步也不离开这个地方。我从来不在乎男人们的感谢,我也不在乎你的感谢。若是我欢喜你,与你有什么关系呢?"

她待下去了,不久就甜言蜜语地取得了牧师和他家里人的欢心。她总是快乐的,每人她都赠送一些物件,对每个人都说对方爱听的话,可是同时她也为所欲为。维廉的病状并不坏。外科医生是个无学识的人,但也不笨拙,他让自然来治疗,病人不久就走在渐渐痊愈的路上了。他满怀热望地想看到自己恢复健康,好能够去热心地实现他的计划,他的愿望。

他不住地回想那段奇遇,这件事在他心里留下了不可磨灭的印象。他看见那美丽的女英雄骑马在树丛中出现,她走近他,下了马,来回来去地走着,为他劳神。他看见那围裹着的外衣从她肩上脱落,他看见她的面貌、她的形体又灿烂地消逝。他一切青春的梦都和这形象联结起来。他以为现在亲眼看见了那高贵英武的克罗林达。他又想起那病中的王子,那美丽多情的公主幽娴贞静地走到他的床边来。

他有时默默地对自己说:"这些将来的命运的图像在少年时不就像在睡梦里一样萦绕着我们吗?我们无拘无束的眼睛不是已经在预感中看见了它们吗?运命的手不是已经预先撒下了我们日后所要遭逢的事体的种子,而我们不能预先尝到我们所希望摘取的果实的滋味吗?"

他的卧病使他获得充裕的时间去千番百遍地寻味那一幕场景,那甜美的声音,他回想过千百次,他多么羡慕菲利娜,因为她吻过那慈善的手。他屡屡觉得那故事像是一个梦,若不是留下了一件衣裳证明这件事的存在,他就会把它当作一段童话了。

他非常爱惜这件衣裳,又热烈地想望把它穿在身上。他刚一能够起床,就披上它,可是终日小心,怕沾上污垢,或是在任何的情形下把它损坏了。

第 十 章

雷欧提斯来拜访他的朋友。在旅店里吵闹的那一幕他并没有亲眼见到,因为他那时躺在楼上的一间屋子里。关于他的损失,他很释然,他自我慰解,用的是他平素说惯的那句话:"这有什么关系呢?"他述说这个团体中各样的笑柄,他特别归咎梅里纳太太。她哭她女孩的死亡只因为她不能有古代德国人的快乐,在行洗礼时给她的女儿命名梅希尔特。关于她的丈夫的事,现在也发现了,她本来身边就有许多钱,就是那时也并不需要从维廉那里甜言蜜语地去借垫款。梅里纳如今要乘最近的邮车起身,他想请维廉给维廉的朋友赛罗经理写一封信,他因为自己的营业受了打击,现在希望在别人的剧团里谋到一个栖身之所。

几天以来,迷娘一直很沉静,人们追问她,最后她才承认,她的右腕脱臼了,"这是你胆子大的成绩。"菲利娜说,她又向大家叙述,在争斗时,这孩子是怎样拔出她的猎刀,当她看见她的朋友遇到危险时,她就勇敢地向强盗的身上砍去。最后强盗抓住了她的腕子,把她摔倒在一旁。大家责备她没有早一些说出她所受的伤,可是大家也觉察到,她是怕那位外科医生,这医生总把她看作一个男孩。大家设法医治她的伤,她必须用绷带把腕子吊起来。因此她又感到很痛苦了,她不得不把看护和侍候她朋友最好的一部分工作让给菲利娜,这讨人喜欢的女罪人表示的只是更勤勉,更小心了。

一天早晨,当维廉睡醒时,他看见她躺的位置和他特别接近。他在他宽大的床上因为睡眠不安,完全挪到里边去了。菲利娜横伸着身子躺在外边。她好像是在床上坐着读书时睡着了。一本书从她手里落下来,她也倒下去,垂着头紧紧挨近他的胸脯,在胸上她的金黄色散开的头发铺成波浪。这睡眠的随便姿态比修饰和故意都更增加她的娇丽。在她脸上浮漾着一种孩童般微笑的宁静。他凝视她一会儿,又好像自己责备自己注视她时所感到的快乐很不得当似的。他的处境使他恪守平静,严加克制,我们不知道,他对这种处境是赞美呢,还是责备？他聚精会神地看了她一会儿，后来她开始动了动。他轻轻闭上眼，可是他不能不眨眼偷着向她看，这时她又整了整妆容，走出门，看早点去了。

现在全体演员都渐渐地到维廉这里来，多少有些无礼，有些粗暴，向他要求介绍信和旅费，虽然有菲利娜的反对，一切他们还是都得到了。她劝阻她的朋友，也是无效，她说，那个猎兵就是给这些人也留下一笔很可观的款子，他们只不过是在欺骗他。关于这件事，维廉和菲利娜反而起了纷争，维廉现在坚决主张，她应该同样和这团体结合在一起，到赛罗那里去寻求她的幸福。

她只有几秒钟失去了她的平静，随后又迅速地缓和下来，大声说："只要我再找到那个黄头发的孩子，我就再也不管你们了。"她指的是弗里德里希，那人自从在山场上失落后，就没有再出现。

第二天早晨，迷娘走到床边报告：菲利娜在夜里起程走了。凡是属于维廉的一切物件，她都堆在一起，放在隔壁屋子里。他感到她不在时他就很惆怅。她一走，他就失去了一个忠实的护士，一个活泼的伴侣，他再也不习惯于独自一个人生活了。但是迷娘很快就补充了这个空缺。

自从那轻浮的美女在他身边殷勤侍奉以来，这孩子就渐渐退后了，只是静静地自己待着；但是现在她又得到自由的园地，她又谨慎而恩爱地走出来，热心地伺候他，活泼地解他的愁闷。

第十一章

他非常迅速地日渐痊愈。现在,他希望几天内就能走上他的旅途。他不肯无计划地继续过游荡的生活,将来他在生活道路上应该按部就班地前进。最先他要去找那位仁慈的主人,表示他的谢意,随后再奔向他的朋友赛罗经理那里,尽力照料这个遭遇不幸的剧团,同时拜访几个同业的朋友,他身边带有给他们的书信,他需要在他们那里办理他应该料理的事务。他希望,幸运将来能和从前一样地帮助他,给他创造机会,由一种顺利的投机事业补偿他的损失,再充实他金钱的亏空。

他要再见他的女恩人的愿望与日俱增。为了预先规定他的行程,他到牧师那里去商量,这牧师具有地理和统计的知识,还收藏许多书籍和地图。他们寻找那高贵的家族在战时选为暂居的地方,寻找关于那家族的线索;可是那地方在什么地理书上,在什么地图上,他也找不到,就是谱牒一类的书籍里也没有提到这个家族。

维廉不安起来,当他说出他的忧虑时,竖琴老人向他点明:说他有充足的理由相信,猎兵隐瞒了这家的真姓名,我们且不管究竟是为了什么缘故。

维廉相信那美人的住家离他不远,他派竖琴老人出去打听,希望得到一些关于她的消息,但是这个希望也落空了。纵使老人热心盘问,他也不能寻到踪迹。那些天在这一带地方发生过各样的骚动，又有不曾料到的军队从这里开过去，没有人特别注意这个旅行的团体，甚至打发出去的使者也因为怕被人误认为是犹太的侦探又走回来了，他不得不空着手，连一片橄榄叶也没有探来，就又在他的主人、他的朋友面前出现。他恳切地报告，他曾努力去完成他的使命，同时他也极力避免使人觉得他有疏忽的嫌疑。他想方设法去减轻维廉的忧郁，他反复思索他从猎兵那里听到的一切，想出各样的推测，最后发现了一件事，这样一来，维廉就能够解释那无影无踪的美人所说的几句谜语了。

这帮强盗本来并不是窥伺这漫游的剧团，而是等候那家主人，他们自然猜想那家有许多金钱宝物，关于那家的行程，他们早就有了确实的消息。人们不知道，这件事是一批杂牌军队干的呢，还是一些落伍兵或是强盗干的。总之，这队富贵的行人真万幸，这些小人物和穷人先走上了山场，承受了给那些人所准备的命运。那青年女子所说的话就是因此而发，维廉还想得起来。一个有先见之明的命神为了救一个完美的女子指定他做牺牲品，如果他因此能够快乐而幸福的话，那么现在他反倒近乎绝望了，因为所有的再寻到她、再见她一面的希望至少此时此刻是完全消逝了。

使他的心情特别激动的，就是他以为发现了伯爵夫人跟那美丽的陌生女子非常相似。她们很相似，就像两姊妹一样，谁也不能被称为姊姊，谁也不能被称为妹妹，她们好像是孪生姊妹。

他觉得回忆这可爱的伯爵夫人是无穷的甜美。他太喜欢在他的记忆里回忆她的形象了。但是现在那高贵的女英雄的身影也掺在中间，一个形象变幻成另外一个形象，他没有一次能够把住哪一个。

他又觉得她们笔迹的相似更是奇怪！因为他在他的信夹里保留着一首伯爵夫人手写的美丽的歌儿，而在那外衣里他发现了一张纸条，在纸条上有人小心翼翼地问候外叔祖的起居。

维廉确信这纸条是他的女恩人写的，这是在旅途上的旅馆中从这屋送到那屋里去，而被外叔祖揣在衣袋里的。他拿着这两种笔迹作比较，如果说他一向喜欢伯爵夫人的隽秀的字体，那么他在这不相识女子的类似的但是较为自由的笔画中看到的却是一种不可言喻的流动的和谐。这纸条并不含有什么意义，可是一笔一画就像当时那美女子的出现一般，使他兴奋。

他沉入一种梦幻的相思里，正在这时，迷娘和竖琴师带着深切的情绪，唱起一曲不合规律的二部合唱的歌，这歌曲正和他的情感一致：

> 谁解相思渴，
> 谁知我心伤！
> 远离众欢乐，
> 孤单何苍凉。
> 举首天寥廓，
> 极目向彼方。
> 爱我识我者，
> 噫嘻在远乡。
> 我神多眩惑，
> 焦灼我心肠。
> 谁解相思渴，

谁知我心伤！

第十二章

他的亲爱的护身神有许多温柔的引诱,这种种引诱并不引导我们的朋友走上任何一条道路,它们只是培育并增加他所预感到的不安。在他血管里潜伏着一种秘密的激情,固定的和不固定的对象在他灵魂里轮替,激起他无穷的想望。他有时梦想得到一匹马,有时梦想身生双翅,当他觉得不能再在这里住下去时,他才环视周围,考虑自己到底是渴望着到什么地方去。

他的运命的线对他的纠缠是这样的离奇。他希望看见那些奇异的纽扣解开了,或是剪断了。常常地,他若是听见马匹橐橐,或车声隆隆,他就急忙朝窗外看,他希望,也许会有人来找他,也许只是偶然给他带来消息,带来准信和欢喜。他自己叨念些故事,他的朋友威纳会到这地方来,使他吃惊,马利亚娜也许会出现在眼前。每一个邮车号角的声音都会激起他的思潮。梅里纳应该送来关于他运命的消息,特别是那猎兵应该回来,请他到他所崇拜的美女那里去。

这些事可惜没有一件实现,他最后只好仍然单独待下去,当他又思量往事时,有一件事他越观察,越吟味,他就越觉得不快,越觉得不能忍受。正是在他的领导下剧团遭遇了不幸,他一想起这事就恼恨。在倒霉的那天晚上,他虽然在全体面前详细地解说了一番,可是他自己并不能否认他的责任。相反在神思忧虑的时刻,他总把这全部事件看成是他一人的罪过。

自爱使我们觉得我们的道德,我们的错误,比它们本身含有更深的意义。他当时充满了信任自己、左右他人的意志,是被轻率和勇敢支配着,勇往直前。等到一种危险临到他们头上,他们就不能应付了。有声和无声的抱怨都在遣责他,可是当他一想起,在大家遭受切身的损失后,他答应了那个被他带错路的团体,在他没有加倍地补偿他们的损失之前绝不离开他们,他就抱怨自己又做了一件荒唐事,他竟妄想把一种共同分担的灾殃放在他一人的肩上。他有时责难自己竟因一时的紧张和冲突就做出这样的许诺。有时又觉得,他那次善意地伸出手来,并没有人接受,可是那次伸手对于他心中起下的誓,只不过是一种微不足道的形式而已。他要想法帮助他们,让他们得到好处,他觉得他有充分的理由,赶快到赛罗那里去。他于是把他的物件包在一起,也不等彻底痊愈,也不听牧师和外科医生的劝告,就与迷娘和竖琴老人结伴,逃脱这无所事事的生活,他的命运又一度把他拘留在这种生活中,实在是拘留得太久了。

第十三章

赛罗张开双臂迎接他,对他大声说:"我见着你了吗?我还认识你吗?你变得很少,也许就没有变。你对于最高贵的艺术的爱还是那样强、那样热烈吗?你来了,我非常高兴,我甚至再也感觉不到你最近的来信在我心里引起的怀疑了。"

维廉很惊愕,请求详细地说明。

"你对我的态度,"赛罗回答,"不像是一个老朋友。你对待我像是对待一个伟大的人物,对这样的人是可以善意地介绍些没有用的人的。我们的命运同观众的舆论息息相关,我怕你的梅里纳先生和他的演员们在我们这里很难得到观众的欢迎。"

维廉要替他们说些好话,但是赛罗开始把他们形容得淋漓尽致,就连我们的朋友也感到很满意;这时一个女子走进屋来,打断他们的谈话,赛罗立刻给维廉介绍,这是他的妹妹奥莱丽亚。她极殷勤地招待他,她的谈话是这样令人愉快,他竟丝毫没有看出那给她聪颖的面貌上增添了一种特殊意味的明显的悲哀神情。

维廉又处在他适意的境遇里了,这是经过了很长时间以后的第一次。他往日谈话时,总是很少看到情投意合的听者,现在他却有幸和艺术、家鉴赏家谈话了,他们不仅完全了解他,就连他们的答话也含有教导启发的意义。他们怎样迅速地探讨那些最新的剧本!他们怎样确切地判断它们!他们怎样善于考验和重视观众的评论!他们怎样快地使互相得到启发!

维廉特别喜爱莎士比亚,现在的话题当然就谈到这位作家身上。他说他有一种强烈的愿望,他希望这些出类拔萃的剧本能在德国起一个划时代的作用,他立刻提出他热心研究过的《哈姆雷特》。

赛罗明确地说,若是可能的话,他早就演这出戏了,他愿意担任普隆涅斯这个角色。他又含着微笑添上一句:"只要我们一有那位王子,莪菲莉霞大半也就出现了。"

维廉没有注意到,哥哥的这句玩笑话好像得罪了妹妹奥莱丽亚。他以他一向的态度详细而透彻地解说,他按什么意义表演哈姆雷特。他不厌其详地向他们陈述我们在前边已经知道的他所研究的结论,费尽口舌使他的意见被人接受,虽然赛罗对他的臆说还有很多的怀疑。"那么好了,"最后赛罗说,"我们承认你所说的一切,往下你要怎样说明呢?""我要说的很多,我要说明一切,"维廉回答,"你想一想我所形容的那个王子,他的父亲忽然出乎意料地死了。虚荣心和统治欲并不是使他兴奋的热望;他满足于做一个国王的儿子;但是如今他不得不比较注意到国王和臣属之间的距离。继承王冠的权利并不是世袭的,但如果他父亲享寿长久一些,也许会加强他惟一的爱子的要求,而实现他继承王冠的希望。可是现在他的叔父篡夺了王位,虽然有些虚伪的诺言,他却觉得自己也许永远不能继位了;他如今得不到恩宠,得不到财富,对于从青年起一向视为己有的事物,都感到生疏了。这时他的心情才开始有悲哀的倾向。他觉得,他并不比每一个贵族强,甚至还不如他们;他说他是每个人的仆人,他不是客气,不是谦虚,不是的,他只是颓丧、困乏。

"他回顾他从前的情况,一切犹如一个消逝了的梦境。他的叔父要鼓励他,要从另一个观点叫他认识他的处境,都归无效。他的虚无之感再也离不开他了。

"他受的第二个打击把他伤害得更深,折磨得更重。那是他母亲的结婚。父亲既然死了,对于这个忠实而多感的儿子,还剩有一个母亲;他希望和他未亡的高贵的母亲相伴,来崇敬那伟大的死去的英雄;但是他的母亲他也失去了,这比死人把他的母亲夺去还坏。一个幸福的孩子常从他的父母那里得来的可靠的图像,如今是消逝了;在死人那里得不到帮助,在活人身上得不到依靠。她也是一个女人,她也被理解在一般的女性名称'脆弱'的含义里。

"现在他才真感到意气消沉,现在才真感到孤独,世界上没有一种幸福能够补偿他的损失。他的天性不是悲哀的,不是沉思的,所以悲哀和沉思成为他沉重的负担。我们看着他这样登场。我不想在这出戏里添上一些枝叶,或是有一点夸张。"

赛罗瞅着他的妹妹说:"我从先向你谈我们的朋友,是不是歪曲了他的形象呢?他一开始就很好,接着又讲了不少事,想开导我们。"维廉赌咒发誓说,他并不想开导谁,而是要说服,他只请求再忍耐一些时候。

"你们不妨想象一下这个青年,这个王子的形象,"他说,"你们设想一下他的处境,当他听说他父亲的形体出现时,你们仔细观察观察他;在恐怖的夜里当那尊贵的鬼魂在他面前登场时,你们要站在他的身边。他感到一种非常的恐惧;他向这奇异的形体谈话,看见它招手,他跟随着它,他听——他耳中听到那最可怕的对他叔父的控诉、报仇的要求和迫切的一再重复的请求:'你要记着我!'

"鬼魂消逝了,我们看见一个什么样的人在我们面前呢?是一个迫切要报仇雪恨的青年英雄呢,还是一个天生的王子,他为了要和篡取他的王冠的叔父决斗而感到幸福呢?都不是!惊愕和忧郁袭击这个寂寞的人;他痛恨那些微笑的坏蛋,立誓不忘记死者,最后说出这样意味深长的慨叹的话:'时代整个儿脱节了;啊,真糟,我生来就是要把它重新整好的。'

"我以为这句话是哈姆雷特全部行动的关键，我觉得很明显，莎士比亚要描写的正是一件伟大的事业担负在一个不能胜任的人的身上。这出戏完全是按照这个意义写成的。这是一棵橡树栽种在一个宝贵的花盆里，而这花盆只能种植可爱的花卉；树根伸长，花盆就破碎了。

"一个美丽、纯洁、高贵而道德高尚的人，他没有坚强的意志使自己成为英雄，却在一个重担下毁灭了，这重担他既不能掮起，也不能放下；每个责任对他都是神圣的，这个责任却是太沉重了。人们要求去做不可能的事，这事本身不是不可能的，对于他却是不可能的。他是怎样地徘徊、辗转、恐惧、进退维谷，总是触景生情，总是回忆过去，最后几乎失却他面前的目标，可是再也不能变得快乐了。"

第 十 四 章

各样的人物走进来，打断他们的谈话。这些人都是乐师，他们平常每星期在赛罗这里聚一次，开一个小小的音乐会。他很爱音乐，他以为演员若是没有这种爱好，对他个人的艺术就不可能有明确的认识和感觉，这就像我们的姿态若是被一种曲调陪伴着，引导着，我们的动作就较为轻易，较为大方一样，那么演员就是演散文的角色也要默默地好像在谱写乐曲，他不是单调地按着他的个性任意敷衍，而是要在适当的变化中按着节奏和旋律来表演。

奥莱丽亚好像对一切眼前的事都不大关心，最后她却把我们的朋友引到一间耳房里,当她走到窗前,眺望星空时,她对他说:"关于《哈姆雷特》你还没有给我们说完。我本来不愿意过于急躁,我希望我哥哥也能一起听听你对我们说的话,不过还是请你先让我听一听你对我菲莉霞的看法。"

"关于她没有多少可说的,"维廉答道,"因为只用少许名家之笔,她的性格就完成了。她的整个生命充满着少女成熟期甜美的官感。她对王子的爱慕,流露得那样自然,她希望和他订婚,她的善良的心是那样完全随从一己的愿望,致使她的父兄二人都很担心,都率直而不客气地劝诫她。仪德犹如她胸前的轻纱,它非但不能隐蔽她心情的激动,反倒把这微弱的激动泄露出来。她的幻想力是被熏染上的,她静淑的谦虚吐露出一种恳切的爱欲。只要那悠闲的姻缘女神一摇动这棵小树,果实立刻就会落下来。"

"那么,"奥莱丽亚说,"当她看见她自己被遗弃了,被排斥了,被侮辱了,当她那发了疯的爱人的灵魂里,最高贵的东西变成了最低下的,而他递给她的不是甜蜜爱情的酒杯,而是悲哀的苦盏——"

"她的心碎了,"维廉大声说,"她生命的整个架子都支离星散了,她父亲的死亡又暴风般地吹进来,这美丽的建筑完全坍塌了。"

维廉没有注意到奥莱丽亚说出最后那句话时的神情。他的思想只集中在作品和作品的结构与完美上,他没有预感到,他的女友得到的完全是另外一种影响,他不知道这里有一种切身的深痛。她的心被这些戏剧的影像强烈地激动起来了。

奥莱丽亚一直用她的胳膊支着她的头,她那满含泪珠的眼睛仰望着天空。最后她再也遏制不住她的隐痛了。她握住她朋友的双手,他惊愕地立在她面前,她叫道:"请你原谅,请你原谅一颗苦闷的心吧!社会束缚我,压迫我。在我残酷的哥哥面前我必须设法隐瞒。现在你的出现把一切枷锁都打碎了。我的朋友,"她继续说,"我们一见如故,你已经成了我的知己。"她几乎说不出话来了,她倒在他的肩上。"不要误解我的心,"她啜泣着说,"我这样快就向你吐露胸怀,让你看见我竟是这般软弱。请你做我的朋友吧,请你永远做我的朋友,我是配做你的朋友的。"他极恳切地劝解她,可是徒然!她的泪流着,窒塞住她的语句。

就在这时,赛罗很讨厌地走进来,更想不到他的手拉着菲利娜。"你的朋友在这里,"他对她说,"他会很高兴在这里跟你见面的。"

"怎么!"维廉惊讶地说,"我在这里又看见你了。"她谦逊而冷静地向他走来,表示欢迎,称赞赛罗的美意。他并没有考查她的成绩,只希望她将来可以深造,便把她收容在他优良的戏班子里了。同时,她对维廉很和蔼,可是出于恭敬保持一定的距离。

这种故意装出来的姿态只在赛罗兄妹二人的面前保持了一些时候。因为在奥莱丽亚藏起她的痛苦走去了,赛罗也被人唤出去了以后,菲利娜先仔细地向门外探望,看这二人是否真的走开了,随后她就疯疯癫癫地在屋里跳来跳去,坐在地上,嬉笑得喘不过气来。她又跳起来,谄媚我们的朋友,欢喜得不知所以,因为她很聪明,竟抢先走来,探听风势,得到宠爱。

"这里真热闹,"她说,"这对我正合适。奥莱丽亚同一位贵族发生过一桩不幸的爱情纠葛,那必定是一个体面的人,就是我也愿意见他一面。他给她留下一个纪念物,不然就是我弄错了。这里有个男孩跑来跑去,大约有三岁,美丽得像是太阳,他的爸爸想必是个最可爱的人。我素来不喜欢孩子,但是这男孩却很讨我的喜欢。我给他算出来了。她丈夫的死亡,那新的结识,孩子的年龄,都凑得上。

"现在那朋友离开她走了。一年以来,他再也没有来看她。因此她心神无主,毫无慰藉。这傻女人! ——那位哥哥在他的戏班子里有一个和他要好的舞女,有一个和他亲密的小女戏子,在城里还有几个他奉承的女人,现在我也在那名单上。这傻子! ——关于其余的人,你明天再听我说吧。现在还有一句关于你所认识的菲利娜的私话:这最大的傻女子是爱上他了。"她起誓说,这是真的,她断言,这是一种真正的把戏。她恳求维廉去爱奥莱丽亚,然后这猎场上的追逐才会真正开始。"她追她的负心人,你追她,我追你,她的哥哥追我。如果这场追逐演不出半年的快乐来,我宁愿在这四种纠缠的传奇里,在第一个插曲内死去。"她请求他不要破坏她的把戏,并且要向她表示她在社会上应得的尊敬。

第 十 五 章

第二天早晨,维廉想去拜访梅里纳太太。他看她没有在家,便打听游行剧团的其他团员都到哪里去了,后来才知道,是菲利娜请他们吃早点去了。他怀着好奇心跑到那里,看见他们都很愉快平静。这聪明的人儿把他们召集在一起,用巧克力茶款待他们,让他们清醒地看到,现在一切的希望并不是都堵塞了。她希望利用她的影响使经理确信,把这些熟练的人收容在他的剧团里,对他是如何有益。他们都用心倾听,一杯又一杯地啜饮下去,觉得这个女孩子很不错,都诚心诚意地说她的好话。

"你当真相信吗?"维廉在只剩下他和菲利娜二人的时候说,"赛罗还会决定留住我们的伙伴吗?"——"绝不会,"菲利娜回答,"这对我也丝毫不关痛痒。我愿意他们走得越早越好!我惟一的愿望是留住雷欧提斯。其他人,我们要把他们渐渐地都请开。"

前后她让她的朋友领悟到,她相信他从此不会再埋没他的才能了,他将在赛罗的管理下登上舞台。她不断称赞这里的秩序,高尚的趣味,在这里占支配地位的精神。她对我们的朋友这样花言巧语,这样中听地谈他的才能,致使他的心和他的幻想都非常想接受她的提议,可是他的理智和他的理性却恰恰与此相反。他在他自己的面前和菲利娜面前,都不表示他的心意,就这样度过了一天极安宁的日子。这天,他不能决定要不要到他的同业朋友那里去取为他存放的信件。因为他虽然能够想象得出这一向他家里人的不安,可是他不敢详知他们的忧虑和责备,况且他这天晚上还希望从一出新剧的导演上得到一种极大的艺术享受。

赛罗不同意他参观试演。他说:"在我们允许你窥探我们的内情之前,你必须先从好的方面了解我们。"

但是我们的朋友随后在晚间参加了表演,得到了最大的满足。他看见一个舞台这样完美,这还是第一次。大家相信全体演员确有卓越的才能,天生的资质,和对他们艺术的高尚而透彻的理解,可是他们各有长短;但他们互相切磋,彼此鼓舞,他们全部的表演都很精确,明了。人们很快就感觉到,赛罗是全体的灵魂,他的仪表对他很有利。他有一种爽快的脾气,一种适度的活泼,他是一个善于模仿的天才,而对合情合理的东西具有特定的感觉,他一登台,一开口,人们便必然绝口称赞。他内在的愉悦好像波及所有听众,他的精神上的天分轻易而可爱地表现出剧本中最微小的变化,同时唤起更多的欢悦,因为他会让人看不出来,他有一种由于不住的练习而化为己有的技巧。

他的妹妹奥莱丽亚也并不稍逊于他,她总得到更大的赞赏,赛罗能使大家心情喜悦,她却触动大家的情感。

这样愉快地度过了几天以后,奥莱丽亚约请我们的朋友去。他急忙跑到她那里,看见她躺在躺椅上。她好像正患头痛,她一点儿也隐瞒不住她的焦躁不安,当她瞧见他走进来时,她的目光豁然亮了起来。"请你原谅!"她对他大声说,"是我对你的信任使我变脆弱了。一向我还能够和我的痛苦暗暗地周旋,它们甚至于给我力量和安慰。现在我不知怎么回事,你把那沉默的带子解开了,你将违背你的意志,来参加我对我自己所发起的战争。"

维廉亲切而关怀地回答她。他担保她的形象和她的痛苦永远在他灵魂的前边浮漾,他请求她向他倾吐,他必将对她尽朋友的义务。

他这样说时,他的目光却被一个男孩所吸引,这男孩在她面前,坐在地上,乱抛乱甩他的玩具。正如菲利娜所说,他大约三岁,现在维廉才了解,那个在自己的言辞中很少有崇高话语的、轻浮的女子为什么把这男孩比作太阳。因为围着那双褐色的大眼睛和丰满的面庞披散着美丽的金黄色的鬓发,明亮、雪白的前额下显出两道温柔、黑暗、轻轻弯曲的眉毛,生气勃勃的健康颜色在他两颊上发光。"请你到我这边坐,"奥莱丽亚说,"你惊奇地注视这个幸福的孩子。真的,我是怀着无限的喜悦把他接养过来的,我小心地保护着他;只有在他的身上我才能认出我的痛苦的程度,因为有了这痛苦我很少感到这样一个赠品的价值。"

"请你允许我,"她继续说,"现在也来谈一谈我和我的命运,因为我觉得请你不要错认我,是很重要的。我以为现在我能有一些平静的时刻了,所以我才请你来。现在你到了这里,我却把我要说的话的线索失去了。

"世界上不过多了一个被遗弃的人!你会这样说。你是一个男子,你会说:好个呆女子!一个男子的薄幸是一种必然的灾难,它浮在女人身上比死还难受,她在这不幸中是怎样的失态啊!——啊,我的朋友,但愿我的运命是平凡的,我情愿忍受一般的灾难;但它是这样的不同寻常;我为什么不能在镜子里把运命指给你看,为什么不能托一个人告诉你呢?我若是被诱惑了,忽然感到失望,终归被人遗弃,那么我在绝望中也还有些慰藉;但是我的情形要恶劣得多,要知道,我欺骗了我自己,我违背我的智能蒙混了我自己,这就是我永远不能原谅我自己的事。"

"有你这样高尚的心境,"她的朋友说,"你不能完全是不幸的。"

"你知道吗,我有这样的心情是多亏谁呢?"奥莱丽亚问,"多亏那几乎使一个女孩身败名裂的最坏的教育,多亏那腐化人官感和爱好的最恶劣的榜样。

"自从我母亲早死以来，我那最美好的发育年龄是在一位姑母家里度过的，那姑母把轻蔑德育的法则看作她恪守的法则。她盲目地沉湎于每种爱好中，她只能在放纵的享受里忘却她自己，无论支配她的对象，还是当对象的奴隶。

"按我们儿童纯洁而天真明亮的眼光看，必须给男性什么样的定义呢？每个她所招引来的人是怎样的沉郁、倔强、大胆、笨拙，只要他的欲望得到了满足，他又是怎样的饱满、傲慢、空虚、粗俗。我就这样看到这个女人几年之久在那些最坏的人的号令下受尽了摧残，怎样的遇合她得去忍耐，并且用怎样的面皮善于适应她的运命，甚至用怎样的方法承受那些卑劣的束缚。

"我就是这样看你们男性的，我的朋友，我是多么干脆地憎恨你们男性啊，因为我觉得，就是很规矩的男人对我们的关系也好像很难引起好感，虽然自然能赋予他们引起好感的能力。

"可惜我在这样的机遇里也必然得到许多关于我们女性的悲哀的经验，我那时是一个十六岁的女孩子，比现在聪明，现在我几乎不明白我怎么会这样蠢。为什么我们年轻时就都这样聪明，而这样聪明，就为的是渐渐变蠢！"

那男孩闹起来了，奥莱丽亚不能忍耐，便按了按铃。一个年老的女人走进来，准备把他带出去。"你还总是牙痛吗？"奥莱丽亚对老女人说。她脸上缠着绷带。"几乎忍受不了。"她用沉郁的声音回答，抱起那男孩，他好像也愿意跟她去，她便把他带走了。

孩子刚刚走开，奥莱丽亚就痛哭起来。"我除了哀泣悲悼外，一无所能，"她说，"我很惭愧，我像一个可怜虫一样躺在你的面前。我已经失去了镇静，我再也说不下去了。"她说不出话来，沉默了。她的朋友不愿意说一般的话，可是又说不出特别的话，只按住她的手，向她凝视了一些时候。在窘迫中，他终于从放在他面前的桌子上拿起一本书；那是莎士比亚文集，打开的地方正是《哈姆雷特》。

这时，赛罗正走进门，他来问候他的妹妹的身体，他看见我们的朋友手里拿着的那本书，大声说："又遇见你在弄你的哈姆雷特了。正好！我心里产生了一些怀疑，这些怀疑好像把你所喜欢给予这剧本的庄严的地位减轻了不少。英国人自己不是看出来了吗，主要的情节已经随着第三幕结束，最后两幕不过是支持残局；而且这也是实情，这出戏到结局时便停滞不前了。"

"一个民族具有这么多名剧，"维廉说，"由于成见和偏狭，其中有几个人竟被引入错误的判断，也是很可能的；但是这不能阻止我们用自己的眼睛去观察，不能阻止我们保持公正。我绝不非难这出戏的布局，我相信，没有比它构思得更杰出的了；其实它不是构思出来的，它本来就是这样。"

"你想怎样解释它呢？"赛罗问。

"我不想做什么解释，"维廉回答，"我只想向你说明，我想的是什么。"

奥莱丽亚从她的靠垫上坐起，用手支着身体，注视我们的朋友，他自信有道理，于是继续着说："如果我们看见一个英雄，他的行事全由自己做主，他爱憎都听从他良知的命令，他经营而实现他的事业，躲开一切阻碍，达到一个伟大的目的，那诚然合我们的心意，我们也会很高兴。历史家和诗人都愿意使我们相信这样一种骄傲的运命能够落在人的身上。这里教给我们的却是另一回事。这英雄没有计划，但是剧本却是计划周到。这里并不是按照一种僵枯偏执的复仇观念，使一个坏蛋受到惩罚，不是的，这里发生了一件不同凡响的事，它一直沿着它的进程发展下去，连累了清白的人。罪人好像要躲开给他规定的深渊，可是正在他想顺利地走完他的路程时，他跌了下去。因为这是暴行的特性，它使恶性也轮到清白人的身上，正如善行的特性把许多利益赐给不配得到的人一样，但是这两方面的主动者，常常既不受惩罚，也得不到报酬。在我们的剧本里是怎样的不同！炼狱派遣它的鬼魂，要求复仇，但是徒然。一切的局势凑在一起，催促复仇，徒然！凡是只诉诸运命的，既不是人世的力，也不是阴间的力所能办到。审判的时刻到了，坏人随着好人倒下。一个族系被芟除了，另外一个在萌芽。"

话音一落，他们彼此对望了一会儿，随后赛罗说道："在你抬高这诗人的时候，你对天命就没有特殊的敬意，可是我觉得你尊敬你的诗人正如别人尊敬天命一样，把他所没有想到的最后目的和计划都推在他的名下了。"

第 十 六 章

"现在，"奥莱丽亚说，"请你也让我提一个问题。莪菲莉霞的科白我又看了一遍，我还满意，我自信在某种情形下可以串演她。但请你告诉我，那诗人是不是应该让他那疯狂的女子唱些别的小曲呢？就不能从忧郁的弹词里选出几段来吗？

在这高贵的女孩的口中,竟吐露出暧昧和荒淫不羁的词句,这成什么体统呢?"

"最好的女友,"维廉答道,"这里我也不能丝毫让步。在这些离奇荒诞里,在这表面的笨拙中,也含有重大的意义。在这出戏的开端,我们就知道,那个善良的孩子心里想些什么。她静静地生活着,但是几乎也隐藏不住她的憧憬,她的愿望。在她灵魂里暗暗地鸣响着爱欲的声音;她有多少次试验过:像一个粗心的保姆似的唱着小曲平抚她的官感冲突,其实那些小曲只能使她的青春的官感更为清醒。最后每个克制她自己的威力都失去了,她的心事在舌头上浮动着,于是舌头便成了泄露她秘密的人,疯狂时天真烂漫,她在国王和王后面前用她所爱唱的放纵的歌曲的回响取乐:唱那被人弄到手的女孩,唱那潜逃到男孩那里去的女孩的歌曲。"

他还没有说完,忽然在他面前发生了一幕奇异的活剧,这一幕他无论如何也不能明白。

赛罗在屋里来回走了几次,谁也没有注意到他有什么用意。他出其不意地走到奥莱丽亚的化妆台前,迅速地捆住一些台上放着的物件,就想往门外跑去。奥莱丽亚一看到这情形,就急忙起身,向他扑来,怀着令人难以想象的激愤心情抓住他;她非常灵敏,一把揪住了那被抢去的物件的一端。他们很倔强地格斗起来,彼此不停地来回旋转。他笑,她激动起来,当维廉跑去分开他们,劝解他们时,他忽然看见奥莱丽亚手里拿着一把匕首跑到旁边去,这时赛罗手里只剩下刀鞘,便懊恼地把它扔在地上。维廉惊愕地退回来,他无声的惊讶好像是在问:为什么为了这么一件奇异的器具就会在他们中间发生这样奇怪的争执呢?

赛罗说:"你应该在我们中间当审判官。她要这尖锐的利刃有什么用呢?请你让她给你看看。这样的匕首留在女戏子手里是不合适的,它针一般尖,刀一般快!这恶作剧是为什么呢?像她这样容易激动的人,大概她又要加害自己了。我一向痛恨这样的怪癖——这类严重的思想是疯癫的,这样危险的玩具是粗俗的。"

"我又有它了!"奥莱丽亚举起那明亮的利刃说,"现在我要更好地保护我忠实的朋友。请原谅我,"她吻着利刃叫道,"我这样慢待了你。"

赛罗好像真的不高兴了。——"哥哥,你爱怎么想就怎么想好了,"她继续说,"你怎么知道我会不会得到这样的一件宝贵的饰物护身?你怎么知道我会不会在情绪最坏的时刻从它那里求得帮助和计策?一切外表危险的事物难道就都是有害的吗?"

"这类没意义的话简直能使我发疯!"赛罗说,他隐忍着愤怒离开那间屋子。奥莱丽亚小心谨慎地把匕首装在刀鞘里,揣在自己身上。当维廉针对这离奇的争执提了几个问题时,她阻止他说道:"让我们继续被我那可怜的哥哥搅扰了的谈话吧。"

"我必须承认你所描写的莪菲莉霞,"她继续说,"我不愿意曲解诗人的用意,对她我只能感到惋惜,而不表同情。在这样短的时间里你常常给我机会去观察,现在就请你允许我谈谈我的一次观察吧。我惊奇地看到你能这样深刻而正确地评论文艺,特别是戏剧文艺。构想的深奥秘密你一目了然,作品中最细微的线索你也都看得到。你虽然从来没有在自然里看见过实体,你却在图像里认识了真理。这好像一个全宇宙的预感都在你身内隐伏,这预感是由诗的和谐的接触给激发起来的。真的,"她继续说,"没有任何外界的事物进入你的心里,我还很少看见有谁像你这样不认识,甚至根本就错认了那些和你共同生活的人。请你允许我说,如果有人听见你讲解莎士比亚,他会以为你大半刚刚来自群神的议会,倾听了群神在那里怎样商量制造人类;相反,如果你和人们来往,我就会把你看成是造物的第一个大孩子,这孩子无比惊讶无限和蔼地凝视着狮猴羊象,诚心诚意地跟它们讲话,把它们看作同类,因为它们也有生命,也能活动。"

"尊贵的女友,我已经感觉到我像小学生一样幼稚,"他回答,"这使我很痛苦;如果你肯帮助我更好地认识人世,我会很感谢你的。从青年时代起,我精神的眼睛就是向内看的时候比向外看的时候多,我只在一定的限度内学着认识了人,但对人间我是一点儿也不知道,一点儿也不了解。"

"说实在的,"奥莱丽亚说,"我最初很怀疑你,觉得你好像是和我们开玩笑,因为你把这些人介绍给我的哥哥,关于他们又说了这么多好话,当我把你的信和这些人的成绩对比时,我觉得很不相符。"

奥莱丽亚的这段评语,不管怎样真实,不管她的朋友怎样愿意承认自己的这个缺点,它总还是含有一些压迫,甚至侮辱,他变得沉静了,聚集精神了,一半是怕叫人看出他的感触,一半是在他心中探索这段谴责的真理。

"你不要因此苦恼,"奥莱丽亚继续说,"理智的启迪我们总会达到,但是心的充实却无人能够给予。你如果命中注定要做艺术家,那么你把这朦胧与天真保留得越久越好,它是嫩蕾上的美丽皮壳,若是我们过早地脱开皮壳,就太不幸了。真的，我们永远不认识那些我们为他们工作的人，也很好。

"啊！当我对我们自己的民族怀着最高的概念走上舞台时，我也有一次置身于这样幸福的境况里。在我的想象中，德国人是什么样的观众，什么样的观众他们不可以变成呢！我向这个民族讲话，一座小戏台使我比他们高出一层，一列灯火把我和他们分开，灯火的光和烟阻碍我仔细分辨我面前的对象。从群众中传来喝彩的声音，我听着是多么高兴啊！从全场那么多手里捧上来赠品，我接受时内心是多么感激！我长此引以自慰，我影响群众，群众也反过来影响我。我和我的观众最能互相理解，我以为感到一种完整的谐和，时时都看见民族中最高贵最善良的人在我面前。

"不幸的是，这些观客不是只对女子的本性和技术发生兴趣，他们还对活泼的少女有所要求。他们并暧昧地让我懂得，我的义务是，也要亲身和他们分担我在他们心内激发起来的感情。可是这并不是我的事。我愿意激发他们的情绪，但是对他们称作心的那个东西我却没有一点要求。于是一切的阶级、老少、性格，一个一个都成了我们的累赘，然而我不能像一个清白的女孩子一样，把我关在我的房里，免除许多烦恼，说到底，真是没有比这更使我烦恼的了。

"这些男人的举止行为多半和我在我姑妈那里常见到的一样，他们的特性和粗笨不能给我带来消遣，他们只会引起我的嫌厌。因为我不免时而在戏院里，时而在公共场所，时而在家里看见他们，于是我就打定主意，仔细研究他们，我的哥哥热心地帮助我。你只要想一想巧黠的商店伙计、狂妄的商家子，直到世故精明的缙绅、勇敢的士兵，你就会原谅我，因为我妄自以为相当地认识了我的民族。

"那些打扮得稀奇古怪的大学生,谦卑而骄傲的局促的学者,脚步不稳而扬扬自得的教堂司铎,拘谨小心的官吏,枯燥无味的土男爵,和蔼油滑的廷臣,年轻的不守规矩的牧师,平静而敏捷的善于投机的商人,这一切人的活动我都看见过。可是天啊!从中我很少遇见稍能引起我一种普通趣味的人;相反,我觉得都非常讨厌,我不得不忍受烦累和无聊,零零碎碎地去接受这些傻子的赞美,然而从总体上看,我听了这赞美也很舒服,这赞美的总和,我又非常愿意据为己有。

　　"每当我期待我的表演能得到一种理性的尊重,如果我希望他们能赞美我所尊敬的作家,他们就做种种无聊的批评,并且提出一部希望由我串演的无聊的剧本。每当我在这群人里到处打听是否还有一些高贵、聪颖、机智的品质的余响,而这品质在相当的时候又能重新出现,我很难寻觅到一点踪迹:如果一个戏子说错了戏词,或是让人听见了一句土音,这类的错误一发生,他们就认为这是再重要不过的事,死死抓住不放。最后弄得我都不知道应该何去何从了。他们太爱自作聪明,任意开心取乐,他们以为在我身边尽情调笑是使我非常开心的事。我从心里蔑视他们,我觉得这真像整个民族派遣来的使者要故意在我这里丢尽体面。在我面前出现的这民族全体,竟是这样笨拙,这样没有教养,这样欠少教育,这样缺乏忠厚的本性,这样粗俗!我时常喊出声来:'如果不从别的民族那里学会,就没有一个德国人能扣上一只鞋。'

　　"你看,我那时是怎样眩惑,怎样病态的不公正,这情形持续得越久,我的病也越增加,我几乎要自杀了;可是我又跳到了另一个极端:我结婚了,或者不如说,我让人把我嫁出去了。我哥哥接办这个剧院,他很想找一个助手。他选中一个年轻人,我也不讨厌他,凡是我哥哥所有的,他都缺乏:天才,生活精神,敏捷的天性;但是我哥哥没有的也都能在他那里找到:爱秩序,勤勉,还有一种难得的才干,这便是主持家务,会用钱。

"他成了我的丈夫,但我并不知道是怎么成的;我们共同生活了,但我并不真正知道是为什么。够了,我们过得很好。我们收入不少,那是由于我哥哥的努力。我们生活富足,那是我丈夫的功劳。我再也不去想什么人世和民族了。我和这人世无所分担,民族的概念我也忘却了。一旦我登台,我就做戏,为的是生活;我张口说话,只因为我不该沉默,因为我本来是为了说话才走出来的。

"可是我不想形容得太坏,本来我完全是顺从我哥哥的心意。他只在乎荣誉和金钱,因为,我们私下说,他喜欢听人赞美,用钱很多。从此我演戏再也不按照我的情感、我的信念,而是只看他怎样指点,只要我能使他如意,我也就满足了。他迎合群众一切的弱点。钱流进来,他可以任意生活,我们和他过着好日子。

"这时我沦入一种职业性的陈腐旧套。没有欢悦,没有挂虑,我只是在混日子,我们夫妇没孩子,这生活只延续了很短一段时间。我的丈夫病了,他的力气明显地衰减,我为他担忧,我的无忧无虑的生活被打断了。在这些天里我结下一段新的情缘,我因此开始了一段新的生活,一个新的、更迅速的生活,因为它不久便结束了。"

她沉默了片刻,随后继续说:"忽然我这饶舌的脾气滞住了,我没有勇气再说了。请你让我休息一会儿,你没有详详细细地知道我一切的不幸,你就不应该走开。现在请你唤迷娘进来,听一听她想要做什么。"

在奥莱丽亚述说她的身世时,那孩子已经到屋里来过几次。因为她一进来时,他们说话的声音就变低了,她又悄悄地走出去,静坐在外厅里等候。现在又把她唤进来,她带着一本书,只要一看书的形式和封面便能认出那是一小本地图。半路上她在牧师家里怀着无限惊讶的心情第一次看见地理挂图,她向那牧师问了许多,也尽量学习了不少。她的求知欲好像由于获得了这个新的知识变得更加强烈了。她恳求维廉给他买这样一本书。她已经把她的大银扣子交给卖地图的人当作抵押,她想明天早晨再去赎,因为今晚已经太迟了。维廉答应了她,她于是开始一面把她所知道的事讲出来,一面按照她的风度提出一些最奇怪的问题。我们在这里看到,她用了很大的努力,才获得了个一知半解。她写的字也是这样,看得出她为此费了许多心力。她说着很不正确的德语,但只要她一张开口唱歌,手一触动琴弦,她就好像在运用那惟一能坦露和表述她心怀的官能一样。

因为我们正在谈她,我们也必须想到这些时她常常使我们的朋友所陷入的窘境。当她早晨来问早安、晚间临去问晚安的时候,她就紧紧把他抱在她的怀里,热情地吻他,她这萌芽着的天性的热情简直有点使他恐惧不安。发狂般的活泼好像在她的举止动作里天天都在增加,她的整个生命在一种毫无休息的寂静中活动着。她好像不在手里缠绕一条线,捏弄一块布,嚼纸团或小木棍,她就不能活。她所有的游戏都好像在发泄一种内心的激越不安。惟一的足以给她一些愉快的事便是待在小菲利克斯的身旁,她善于很驯顺地跟他来往。

奥莱丽亚略加休息,最后她不得不向她的朋友说明一件她心头上念念不忘的事,她说她对这孩子的执拗再也不能忍耐下去了,她示意让她走开,可是一切都是枉然,归终她不能不明白表示,尽管她不愿意,也得把她送走。

"今天不说便永远不会说了,"奥莱丽亚说,"我必须向你讲讲我的故事的结局。我那温柔可爱的、不公正的朋友若不是离这里有几里远,我就要说:'请你骑上马,随便采取什么方式和他结识一下;当你回来时,你就一定会谅解我,还会从心里为我感到惋惜。'现在我只能用言语向你说,他是怎样可爱,我是怎样爱他。

"正在我必须为我丈夫的疾病而操心的艰难时刻,我认识了他。他刚从美洲回来,他曾和几个法国人一起在合众国的旗帜下服务,获得了许多荣誉。

"他遇到我,态度是那样平静、坦白而和蔼,他谈论我的为人,我的景况,我的演戏,像旧日的熟人一样关怀,一样坦率,我第一次感到我在他人身上如此明显地认识了我的生存。他的判断正确而无妄评,中肯而不苛刻。他不严峻,他的放纵同时也是可爱的。他好像惯于在女人身边享受幸福,这引起我的注意,然而他决不谄媚,决不强人所难,这又使我很放心。

"在城里他很少和人来往,多半是骑马出去拜访住在这一带的许多熟人,照料他家里的事务。他回来,就在我这里下马停留,以温暖的关怀对待我那病势日重的丈夫,他请来一位名医为病人减轻痛苦,他分担我的一切,他也让我分担他的运命。他向我述说他从军的故事,他那不能克制的对于军人生活的爱好,他的家庭情况,他也告知我他目前的营生。是的,他在我面前没有丝毫的秘密,他向我表露他的深心,他让我看透他灵魂中最隐秘的角落,在我对我自己有所观察之先,我就被他吸引住,被他夺去了。

"这中间我失却我的丈夫,就像我当初嫁给他一样的偶然。剧院中事务的担子现在完全落在我的身上。我哥哥在舞台上可以说是完美无缺,他的才能用来管理家务却毫不济事。我料理一切,同时我比任何时候都更勤勉地研习我的角色。我演戏又像从前那样怀着特殊的力量和生气,其实都是由于他,为了他的缘故,可是如果我知道我的高贵的朋友坐在观众席上,我并不能总是演得最出色;但是有几次他偷偷地听我演戏,他的出人意料的喝彩使我多么愉快多么惊奇,你是能想象得到的。

"的确,我是一个奇怪的东西。我扮演任何一个角色,我心情上总觉得我是在赞美他,尊崇他;因为这是我心中的情调,至于言辞如何,尽可不顾。我若知道他在听众中,我就不敢用全力说话,正好像我不想把我的爱、我的赞美直接倾吐在他面前一样。他若不在,我就又能自由地以一种平静,以一种不能描述的满足表现我最好的演技。喝彩又使我欢喜,若是听众得到快乐,我几乎立刻总要向着台下呼叫:'这你们要感谢他!'

"是的,我觉得出现了一个奇迹,我对观众的态度,我对整个民族的态度,全发生了变化。我觉得,民族忽然又在最适宜的光照下出现,我对我以前的眩惑实在感到惊讶。

"我常对自己说,你从前诅咒一个民族,只因那是一个民族,这是多么糊涂!难道那些单独的个人也必定能这样使人感兴趣吗?决不会!我们要问,是不是在广大群众中蕴含着无数的天赋、能力和才干,这一切都可能在良好的环境里得到发展,都可能由杰出的人物引向共同的终极目标。现在看到我们国人中也存在着为数不多的这样的奇才,我很高兴;我高兴的是,他们不鄙视接受外界的指导;我高兴我为自己找到了一个导师。

"罗塔尔——请你让我用这可爱的名字称呼我的朋友——向我谈起德国人,总是强调勇敢无畏的一面;如果领导得法,世界上就不存在哪个民族更勇的事了。我惭愧,我从来没有想到一个民族的第一特性。他熟悉历史,他和他同时代的许多有贡献的人物交往。他虽然年轻,他已经看到祖国的正在成长中的充满希望的青年一代,已经看到众多行业中发愤图强的人们在埋头工作。他使我获得了有关德国的概括知识,他向我指出德国现在是什么样、可能变成什么样。我很惭愧,我从前只按照一群拥挤在剧团衣帽间的紊乱的群众来判断一个民族。他使我认识到我的责任:就是在我这一行里也要做到真实,有远见,能鼓舞人。从此,只要我一上台,我就觉得自己有了灵感。平庸的段落出自我口也会变成黄金,这时假如有一个诗人适当地给我以帮助,我就获得空前未有的成功。

"这年轻的寡妇就这样生活了几个月之久。他不能离开我;若是他逗留在外,我也非常难过。他把他亲戚的和他优秀的妹妹的书信拿给我看。我环境中最细小的情况他都关怀。二人同心一致,没有比这更亲密更完满的了。'爱'这个字却没有说出来。他去了又来,来了又去——现在,我的朋友,是你也该走的时候了。"

第十七章

　　维廉现在不能更长久地拖延去拜访他同业朋友的时间。他去那里不免有些窘迫，因为他知道他家里人的信件是寄到那里的。那些信里一定对他有许多谴责。也许他们把他给他们造成的窘况告诉这商店里的人了。经历了许多骑士般的冒险生活以后，他怕又装出学生的外表，但他打定主意，拿出一副倔强的样子，以隐藏他的窘况。

　　可是他非常惊讶而满足，一切都很顺利，还敷衍得过去。在那拥挤而繁忙的大事务室里，人们几乎没有时间去给他找信；他好久没来了，人们只是得便时才想到他。当他拆开他父亲和他的朋友威纳的信时，他觉得信中内容全部都还过得去。老父亲在分别时一再嘱咐儿子写旅行日记，还给了他一种表格，希望他详细填写，他好像对维廉初期没有家信相当放心，只抱怨第一次从伯爵府里发出的信写得暧昧不明。威纳只是本着他的嬉笑态度述说城里有趣的故事，想知道维廉在这大的商业城里所认识的朋友和熟人的消息。这么轻易地得到赦免，我们的朋友非常高兴，他立刻写了几封很畅达的信作答，并且答应他父亲写一部详细的旅行记，附带他所要求的一切地理上、统计上和商业上的注解。他在旅途上看见了许多事物，希望能够凑成一部看得下去的小册子。他没有注意到，他的情形犹如他已点起蜡烛，唤来听众给他们演一出戏，而这戏却既没写出来，也记不清楚了。所以当他真要开始构思时，可惜他感到只能谈论情感和思想,内心的和精神的一些经验,就是不能谈论外界的对象,现在他才觉得他对这些事简直是从来不曾留意过。

在这种窘境中,他的朋友雷欧提斯的知识正好供他使用。这两个年轻人是这样的不同。习惯却把他们联系在一起,雷欧提斯虽然有他一切的缺点,但以他那些奇异的品行,他的确是一个有趣的人。天生一种活泼幸福的感觉,他可能到老也不思虑他的境况。如今他的不幸和痛苦把他年轻纯洁的情感都给夺去了,然而却启发他的眼光望着无常,望着我们生存的破裂。由此形成一种用以思考事物,或甚至发表一切直接印象的有脾气而涣散的态度。他不喜欢孤独,他总是徘徊于所有的咖啡店里、酒馆桌旁,如果他留在家里,旅行记便是他最喜爱,甚至惟一的读物。因为他找到一所大的借书处,这些读物他便能随时得到,没过多久在他的良好的记忆里便萦绕着半个世界了。

当维廉向他说明缺乏材料撰写这份已经郑重答应下来的报告时,他鼓励他的朋友增加勇气也就不难做到了。"现在我们要做一件艺术品,"他说,"这件艺术品应该举世无双。全德国不是从这一端到那一端都被人旅行过、横穿过、走过、爬过、飞过吗?每一个德国的旅行家不是都有美好的机会来让群众补偿他为旅行所用去的款项吗?请你只给我讲讲你到我们这里来以前的旅行路线,其余的我都知道。至于你这部著作的来源和参考材料,我会为你寻找;方里虽然没有测量过,人口虽然没有统计过,这方面的材料我们也不会令其短少。各地方的收入,我们取自袖珍旅行指南和报告表,人人都知道,这都是最可靠的文件。我们的政治评论就以此为根据,对各地政府的附带评论也少不了它。我们把几位王公描写得像真正的祖国的父亲一样,为的是让人们更相信我们对于另外几个的责难。如果我们旅行时恰恰并不经过几位名人的住处,我们就找一家旅馆和他们相会,让他们倾吐胸怀和我们说些最愚蠢的话。我们尤其不要忘记极其优雅地穿插一个同某个天真女孩子的爱情故事,这样就成功了一部著作,这著作不但会使父母高兴满足,而且每个书店主人也会喜欢购买出版。”

于是,他们就开始写作了。在工作中这两个朋友确有无穷的乐趣。同时,维廉晚间在剧场里,在同赛罗和奥莱丽亚的交往中得到最大的满足。他的思想一向只在一种狭窄的范围内转得太久了,现在才日渐扩大。

第 十 八 章

他以最大的兴趣细心地倾听赛罗的生平:因为这个奇人平素就不惯于倾吐胸怀,有头有尾地谈论任何一些事。我们可以说他是在舞台上生下来的,在舞台上养大的。当他还是一个不会说话的孩子时,他就不得不出头露面,感动观众,因为那时的作家已经能够认识这些自然而天真的助力,所以在他还不知拍手的意义之前,他第一声的“父亲”和“母亲”就在被人喜爱的剧本里给他送来最大的喝彩。他不止一次地扮作爱神,带着翅膀颤动着飞落下来,又装成小丑从卵里蜕化出来,并且很早就充当一个打扫烟囱的小工给人留下种种有趣的笑柄。

可惜他在这光华灿烂的晚间所得的喝彩必须来自他练习时所受的很多的罪。他的父亲深信只有鞭打才能激发和保持住儿童的注意,在演习每个角色时,他都在适当的时候捶打他;并不是因为这孩子笨拙,而是为的使他变得更稳健、更持久地显示他的聪明才智。从前人们立下了一块界石,在那里曾对围绕着的孩子们痛打过一顿耳光,最年老的人还清清楚楚地记得那些地方。他渐渐长大,显示出精神上的非凡能干和身体上的极度敏捷,他的表演方法和行为动作也都运用自如。他模仿才能的精纯出人意外。他儿时已经模仿一个人,我们就觉得好像见到了本人一样,纵使这些人物和他在形体、年龄、性格上都完全不相似,而又彼此不同。他也不缺乏适应人世的才能,他刚一有几分自信他的能力时,他就觉得没有比从他父亲那里脱逃更为自然的了,因为这孩子的理性渐渐增长,他的聪明也增加,而他的父亲还以为严厉管教对他是必不可少的帮助。

这逃亡的孩子于是在自由的世界里感到非常幸福,他的奥伊伦施皮格尔的滑稽戏使他到处受人欢迎。他的幸运之星最先是在狂欢节时,引他来到一座修道院里,因为正巧那个要主持游行,用僧侣的化装会吸引基督教徒参加娱乐活动的神父死去了,于是他就装扮成一个慈善的守护天使登场。到了"天使传报"的那一幕,他立刻表演加百利的角色,并不使充当马利亚的那个漂亮的女孩子讨厌,她含着表面的谦卑和内心的骄傲很细腻地接受他毕恭毕敬的致意。随后他继续在宗教戏里演最重要的角色,他也以此自负,因为他最后甚至充当救世主被人嘲骂,鞭笞,又钉在十字架上。

几个演兵士的角色大半在鞭笞救世主时,打他打得太不留情了,所以他想用最巧妙的方法向他们报复。他利用最后裁判的机会给他们披上皇帝和国王的最光彩的衣裳,他们也很满意他们的角色,当他们在天上也趾高气扬地走在一切人们的前边的那一瞬间,他出人意料地化装成魔鬼的形体跟他们相遇,他决计要使全体观众和乞丐感到非常痛快,就用炉叉子把他们痛打了一番,毫不容情地把他们推在坑里,他们眼看着有一团熊熊的烈火最残酷地出现在他们面前。

他也很聪明,看透这些穿戴着帝王衣冠的人对他大胆的举动并不作好的解释,甚至于对他的告发人和巡查者的特权也不尊重;所以在千载太平盛世还没有开始之前,他就偷偷地走开了。他在邻近的一个城市里被那时人们称为"快乐的孩子们"的团体张开欢迎的手臂给收容了。

那都是条理清晰、聪明活泼的人,他们看得很清楚:用理性来除我们生存的总数,没有一次除尽,总剩下一个奇异的除不尽的小数。他们想在一个规定好的时刻故意脱离开这个从中作梗,然而若是散布于全体却很危险的除不尽的小数。他们每星期里有一天真正彻底地当傻子,在这天轮替着用些寓意的表演来惩罚他们在其余的日子内从自己或是从旁人身上所看到的傻事。品行端正的人持身处世天天总是自己留心,警诫,责罚,这个团体所用的方式虽然比这种修养的结果较为粗俗,可是也较为有趣,较为可靠:因为人们谁也不能否认有某一种经常犯的毛病,可是我们也必须承认它是毛病,不应该让它在另方面由于自欺的缘故而喧宾夺主,把理性压制成为秘密的奴隶;虽然理性自以为早已把这毛病除掉了。傻角的面具在这团体里循环使用,每个人都可以在他当傻角的那一天用自己的或旁人的标记刻画入微地装饰那个面具。在禁食节化装跳舞时，他们得到了最大的自由，他们可以和神父们举办的事相竞争，以愉悦群众，招引群众。那表示德行和罪恶、艺术和学术、大洲和四季的隆重而有寓意的行列在群众面前活现出许多抽象的概念，给他们一些遥远事物的观念，所以这些笑剧不是没有功效，因为从另方面看，那些神父的化装表演只能加强一种粗俗的迷信。

年轻的赛罗在这里也完全是如鱼得水。他并没有天生的创造力，但是却能发挥最大的智慧，对他眼前的事物运用自如，安置妥当，使之一目了然。他的奇思妙想，他的模仿才能，甚至他每星期里至少有一天可以完全自由发挥的，即使对他的恩人也无所顾忌的刻骨的讥讽，使他在全团体中变得举足轻重，甚至成了不可缺少的人物。

可是他的不安定的性格不久就迫使他离开这优越的境遇，他不得不到祖国的其他地方去接受一种新的训练。这些地方是德国的有教育但很不成样子的省份，那里诚然并不缺乏对善和美的真理的崇敬，但常常缺乏对善和美的精神的尊崇。他的假面具再也无济于事了。他必须设法影响人们的心情。他只是短时间停留在大大小小的剧团里，这时他总利用这样的机会研究所有的剧本，摸清演员们的特性。当时支配德国舞台的平淡无聊，亚历山大的诗律的蠢笨的转折和声调，生涩而浅薄的对话，率直的道德说教者的乏味与庸俗，这一切他不久便都领略了，同时也注意到了什么可以感动人，讨人欢喜。

在那些流行的剧本里，不仅一个角色，而且全部内容都很容易留在他的记忆里，同时他也留心记住演员表演时博得喝彩的特殊的声音。所以他在流浪中,若是钱完全花光了,便忽然想出妙计,独自一个人表演全剧,特别是在贵族的宅邸和乡村里,因此他到处都可以立刻得到生活的费用和住处。在每个酒店、每间房屋、每个花园里,他都能立刻打开场面。他会用一种流氓气的严肃和装腔作势的热情激发观众的幻想力,迷惑他们的观感,在他们眼前把一个老柜化成一座堡垒,拿一把扇子当成匕首。他的青春的温暖可以弥补一种深刻情感的缺乏,他的热烈好似坚强,他的谄媚好似温柔。他使那些看过戏的人想起他们从前所看到所听到的一切,在没有看过戏的人们心中也唤起一种对奇迹的预感和进一步认识剧院的愿望。凡是在一个地方发生影响的,他忘不了在另一个地方也重复表演,如果他能用同样的方法临时就能把一切人嘲笑一番,他就会充满最快活的幸灾乐祸的心情。

在他一再演习那些角色和剧本时,他总是用他的活泼、自由、无羁无碍的精神迅速地改进自己的演技。不久,他的诵读和表演,就比他最初模仿时更合情合理了。在这条途径上他渐渐趋于表演逼真,可是他永远不露出本来面目。他好像兴奋忘形,却暗地期待好的效果,他最大的骄傲是一层一层地使人们感动。甚至他所从事的狂放的职业不久也使他不得不以某一种的节制加以处理,他一方面为时势所迫,一方面出自本能,学习了演员们好像不能理解的事,那就是节省地运用语声和姿态。

所以甚至粗暴,不和蔼的人,他也能加以控制,使他们对他发生兴趣。因为他到处都不计较饮食和住处,人们送给他的赠品他都领谢,有几次他以为他的钱够用,就拒收赠金,所以人们互相写信介绍他,于是他有一大段时间从一个贵族的府邸走到另一个贵族的府邸,在这些地方他唤起一些快乐,自己也有些享受,同时也有些最愉快最合法的风流韵事。

他的心是冷的,他本来谁也不爱。他的目光是亮的,他能够睥睨所有的人:因为他永远只把人们表面的特性作为他模仿时的参考资料。但如果他不能使人人满意,如果他不是到处引起赞美,他就感到有伤他的自尊心。怎样才能赢得赞美呢?他在这上面渐渐地精密注意,磨炼他的心智,甚至他不单在表演时,就是在日常生活里,也是一味地谄媚。他的气质,他的才能,他的生活方式,就这样互相轮替着努力,他不知不觉地修养成一个完美的演员。是的,他的诵读、吟咏和动作,都由于一种好像是珍奇的但完全是自然的影响和反响,由于他的睿智和练习,升到真实、自由、坦白的极度,而在人生交际中他却仿佛变得越来越隐秘,造作,甚至于胆小,失却了本来面目。

关于他的运命和风流故事,我们也许在另外一个地方谈到,这里我们就讲这么多吧!后来因为他已经是一个成功的人,负有盛名,处在一种虽然不牢固,却也很好的环境中,所以他自己也就习惯于在谈话时用一种文雅的方式,时而冷嘲,时而讥讽,装作诡辩家,因此每次郑重的谈论,都几乎被他破坏了。他特别运用这种格调来对待维廉,只要他一遇到维廉在谈话时牵连到普通的理论,他就这样。虽然如此,他们在一起却很相得,同时由于他们双方思路不同,谈话也就很有生趣。维廉愿意从他把握的概念里引申一切,他要在一种关联中研究艺术。他要确立些明显的条例,规定什么是正确、美、善,什么值得赞美,一言以蔽之,他看待一切都极其严肃。赛罗却把事物看得很轻易,他从来没有直接回答过一个问题,他善于从一段故事,或是一个笑话,引出最合适最快乐的说明,当他使全场欢笑时,也就给他们做了解答。

第十九章

在维廉这样度过很愉快的时光时,梅里纳和其他人却处在一种更烦恼的境地。我们的朋友有时认为他们很像凶恶的精灵,他们在他面前出现便使他感到懊恼,何况又时时做出哭丧的面孔,说些很刻薄的话。就是客串,赛罗也没有允许过他们一回,更不用说使他们有被约请的希望了。虽然如此,赛罗却渐渐了解了他们全部的能力。每逢演员们在他那里集会,他总按惯例让他们诵读,有时自己也随着读。他提出好久没有演过,现在要演的剧本,可是多半只是部分的练习。初次上演后,他也让人重新练习他认为不甚妥当的段落,他就这样加深演员们的理解,使他们能有把握地恰到好处地进行表演。就像一个渺小然而正确的理智比一个紊乱、没有训练过的天才更能使旁人满意一样,他不知不觉地使他们获得透彻的理解,将中等资质培植成值得赞叹的才能。他也让人读诗,在这些演员中培养出一种能在我们灵魂里激发优美情感的抑扬顿挫的韵律,这对才能的养成也有不少帮助。他让他的演员不像开始在他的剧团里那样只读那只要有嘴就说得出的散文。

利用这样的机会,他也了解了全体新来的演员,他判断出他们是什么人,将来会有什么成就,暗地里打定主意,准备在一个胁迫着他的剧团的革命来到时,立即利用他们的才能占些便宜。他暂时压住这件事不谈，只耸一耸肩说没有办法，拒绝维廉替他们的说情，直到他看出是时候了，他才出其不意向他年轻的朋友提议：维廉本人必须在他这里登台演戏，只有答应这个条件，他才能约聘其他人。

"说起来这些人并不像你一向对我所形容的那样无用，"维廉回答他，"如果他们现在忽然能够一起被你留住，我想，就是没有我，他们的才能也是绝不会变的。"

赛罗随即在固守秘密的条件下向他说明他的境况：他的头等的男主角在交换契约时现出希望加价的神色，他并不想依从他，特别是因为观众对他的喜爱已经不那样浓厚了。若是他让他走，那他全部的配角都要跟着走，因此这剧团就要失去几个好的，也要失去几个平凡的演员。他立即告诉维廉，在他身上，在雷欧提斯、饶舌老人，乃至梅里纳太太身上，他能得到些什么成果。诚然，他说那可怜的老古板若是扮演犹太人、部长，总之是扮演坏蛋，一定能得到全体的喝彩。

维廉很吃惊，听到这段谈话不无不安，他深深地吸了一口气。只为多少说一些话，维廉才答道："你很客气地只说些你在我们身上所发现、所期望于我们的优点；但是到底我们的弱点又是什么呢？它一定逃不脱你锐敏的感觉。"

"那些弱点，要不了多久，我们就可以通过勤勉、练习、思考，使它们变成优点，"赛罗回答，"你们本来都是没有经过训练，不是行里出身的人，可是在你们中间没有一个人不多多少少有一些希望；因为就我所能判断的，在你们中间还没有一个混虫，只有混虫是无法改变的，他们由于自负、愚蠢或是忧郁狐疑而变得僵化，不灵活。"

赛罗随后又用简短的词句说出他做得到的也愿意接受的

条件,请维廉迅速决定,随即怀着并不算小的不安离开了他。

维廉在和雷欧提斯共同从事奇异而几乎只是开玩笑的捏造旅行记的工作时,对现实世界的情况和日常生活比往日要注意得多了。他现在才理解他父亲这样热心劝他写商业日记的用意。他第一次感到,自己成为这么多营业和必需品的媒介人,帮助人把生活和事业分布在大陆上的深山与松林里,是多么愉快,对人多么有益。不安定的雷欧提斯带着他到处乱跑了一阵以后,他所居住的这座商业城使他对它有了形象的认识,一切都是从这里流出去,又回到这里来,他的精神观览这类的事业而感到真正的快乐,还是第一次。赛罗这时向他提出的要求,又激发了他的愿望,他的爱好,他对他天生的才能的信任,以及他对这举目无援的剧团应尽的责任。

“我现在是又一次,”他对自己说,“彷徨在我青年时代曾经出现过的那两个女人中间的歧路上了。这一个再也不像往日那样可怜,那一个也不像往日那样华美。依从这一个或是依从那一个,你都感到是一种内心的责任,哪一方面理由都很充足,决定取舍在你好像是不可能的。你希望能有一种外来的优势决定你的选择,可是只要仔细想一想,你就会知道,使你对营业、获利和占有产生爱好,这只是外在环境的影响,但是你内心的需要却唤起和孕育着不停地发展和培养你身内向善向美天禀的愿望,不管这天禀是身体的还是精神的。我没费一点事,命运就把我引到我的一切愿望的目的地这里来了,我怎么能不尊重命运呢?凡是我往日所设想的、所计划的一切,我并没有费一点力,不是都偶然变成现实了吗?真奇怪!人好像是同什么的关系也没有同长久在心里所孕育所保有的希望和愿望这样亲切,可是,如果希望和愿望一旦实现了,并且还一拥而至,他反而不认识它们,在它们面前退避了。凡是在我离开马利亚娜的那个不幸的夜晚以前,我只能梦想的一切,如今都出现在我面前,主动呈献给我了。我本来要逃向这里,我却被小心翼翼地引到这里来了。我本来要在赛罗这里寻求栖身之所,现在却是他在求我,向我提出我这刚开步走的人所不敢期望的条件。那仅只是对马利亚娜的爱吗?它使我离不开戏院。而对艺术的爱,又把我紧系在那个女孩身上。那投向舞台的希望,投向舞台的出路,仅仅是一个没有秩序、不安定的人所欢迎的吗?因为这种人想继续市民阶级所不允许的生活,或者说这些人是与众不同的,他们更纯洁,更尊贵。有什么能感动你更改你那时的心意呢?直到现在你还不是不自觉地追逐着你的计划吗?现在这最后决定的一步难道不是更合理的吗?因为这中间并不掺杂其他的意图,同时你能实践你郑重发出的誓言,并且用一种高贵的态度把你从一个沉重的罪愆里解救出来。"

凡是在他内心和他想象中活动着的一切,现在都极生动地起伏不定。他能够留住迷娘,他用不着放走竖琴老人,这在秤盘上占的分量并不小,可是当他按着习惯去拜访他的女友奥莱丽亚时,秤盘还在晃来晃去。

第 二 十 章

他看见她卧在躺床上,好像很安静。"你觉得明天还能演戏吗?"他问。"啊,是的,"她活泼地回答,"你要知道,在这一方面什么也不能阻碍我。——但愿我能知道一种谢绝全体喝彩的方法：他们以为对我好，可是这会要了我的命。前天我想，我的心简直要裂了！从前满意自己的时候，觉得喝彩还不错；在我经过长时间的研习，做了充足准备之后，只有从各个角落听到证实自己内心所期望的角色成功的反应，我才从心底感到喜悦。现在我不说我想望什么，我也不说我希望怎样得到这一切。演戏时我心向神往，精神迷离，我的表演给人留下更深的印象。喝彩的声音更大了，我想：'你们哪里知道是什么使你们如此欢喜！是那么深幽、热烈、不定的同情感动你们，使你们赞赏。你们把你们的好感送给一个不幸女子，你们却不曾觉察到，这都是她痛苦的声音。'

"今天早晨我学习了，现在又温习了，试演了。我疲乏，憔悴，明天又要重新开始。明天晚上就要上演。我就这样拖来拖去，我起来觉得无聊，到床上去觉得烦恼。一切都在我身上永远循环不已。随后那些不入耳的慰藉又在我面前出现，我又抛开它们，诅咒它们。我不肯投降，我不向'必要'投降——为什么使我沉沦的应该是'必要'促成的呢？就不能改个样子吗？因为我是一个德国人，我就得受罪。德国人的性格就是这样：一切加重他们的负担，他们使一切的负担加重。"

"啊，我的女友，"维廉截住她的话头说，"我希望你能够住手，不去磨这把不停地伤害你自己的短刀！你难道什么也没有了吗？难道你的青春、你的身材、你的健康、你的才能，都是虚无吗？既然你并没有因自己的罪过而失落一笔财产，你有什么必要把其余的一切也都抛弃呢？难道这也是必要的吗？"

她沉默了一时，随后她又兴奋地说："我知道，这是很浪费时间，爱情无非是浪费时间！我什么也不能够做，什么也不应该做！如今一切都化为虚无了。我是一个可怜的痴情的人，无非是痴情！你同情我，上帝呀，我是一个可怜的人！"

她沉思起来。过了一小会儿，她热烈地高声说："一切都落在你们怀中，你们习以为常了。但是你们却感觉不到，没有一个男子能感觉到一个懂得自尊的女子的价值！一切神圣的天使为证，一个纯洁正直的心所创造的一切最美好的图像为证，没有什么比一个献身给自己所爱男子的女人的天性更为坚贞纯洁！如果我们值得称作女人，那是因为我们都是冷静、骄傲、高贵、纯洁、聪明的；只要我们爱上一个人，只要我们获得对方的爱，我们就把这一切优点放在你们脚下。啊，我就是这样心甘情愿地献出了我的整个生命！但是现在我也要绝望了，故意地绝望了。在我体内没有一滴血不受惩罚，没有一缕神经我不加以苛责。你尽管面带微笑，嘲笑我这痴情的女戏子在浪费生命吧！"

我们的朋友无论如何也无从笑起。尽管他的女友的半自然半被迫的恐怖的情况使他太痛苦，他也能感到这不幸的紧张情绪的揶揄。他的脑筋碎裂，他的血在火辣辣地震荡。

她站起身来，在屋里走来走去。"这一切我都看得很清楚，"她叫道，"我为什么不应该爱他？我也知道，他不值得爱。我向各方面排解我的心绪，只要能行，我就去做。有时我就选定一个角色，虽然我并不是必须演它。我练习那些我深晓透悟的、旧日的角色，越来越勤勉，直到最细微的地方，我练习了又练习——我的朋友，我的知己，强使自己离开自己，是多么可怕的工作！我的理智在隐忍，我的脑筋是这样的紧张。

为了我免于疯狂,我又把我交付给我爱他的那种情感。——是的,我爱他,我爱他!"她热泪纵横地喊,"我爱他,我要这样死去。"

他握住她的手,他极恳切地请求她不要自寻烦恼。"啊,"他说,"我真感到奇怪,世界不只有这样一些不可能的东西,而且也有这些可能的东西使人怎么也得不到,你并没有命中注定要得到一颗创造你整个幸福的忠诚的心。我却命中注定要把我生命全部的幸福紧紧系在一个不幸者的身上,她像是一枝芦苇,被我忠实的重量压倒在地上,甚至都要被压断了。"

他曾经把他和马利亚娜的故事告诉给奥莱丽亚,他现在所说的就是指的那件事。她盯着他的眼睛问:"你能说,你还从未欺骗过一个女人,你从来没有用过轻浮的调笑、用过罪恶的盟约、用过诱惑人心的宣誓,骗得一个女子的爱情吗?"

"我能说,"维廉回答,"并且毫无夸大:因为我从前的生活很单纯,我很少鬼迷心窍地去诱惑别人。我的美丽的高贵的女友,我看你所陷入的这悲哀的境况对我是怎样的一个警诫!请你从我这里接受一个完全适合我的心境的誓约,这誓约因你在我心中唤起的感动而决定了它的形式和誓词,并且就在此时此刻神圣化了。我要抵御每次暂时的爱慕,就是那些最严肃的爱慕也要把它蕴藏在我的心中。如果我不能把我整个生命都献给她,就不会有一个女性能从我的唇间听到爱情的剖白!"

她带着一种阴沉沉的淡漠神情望着他,当他向她伸出手去时,她离开了几步。"这并不重要!"她说,"这样多的女人中的眼泪多一些还是少一些算得了什么,反正海水不能因此而增多。可是，"她继续说，"在千万女子中间有一人被救，这也无意义，在千万男子中间找到一个正直的人，也是可能的！你知道你许诺了些什么吗？"

"我知道。"维廉微笑着回答，伸出他的手。

"我相信。"她回答，她的右手动了一下，他以为她要握他的手，但是那手很快探入衣袋，闪电般扯出匕首，用刀尖和刀刃迅速地滑过他的手。他很快把手撤回，但是血已经流下来了。

"我们必须给你们男人们画下深刻的记号，才能让你们记住！"她含着一种粗野的快活心情喊道，这快活心情很快就为一件匆忙的急救活动所代替。她拿来她的手帕，包扎好他的手，止住刚刚涌出来的血。"请你原谅一个半疯的人，"她叫道，"请你不要后悔滴这几滴血。我同你和解了，我的心情又镇定下来了。我要跪着谢罪：请你让我治疗吧，这样我就得到安慰了。"

她跑向柜橱，取来麻布和一些器具，止住了血，随后又用心观看伤处。刀口正切在大拇指下的手掌上，分开命纹，一直伸向小拇指。她静静地给他包扎好，这时，一种沉思的意味回到自己的内心上来。他问了几次："最好的人，你怎么能够割伤你的朋友呢？"

"别作声，"她把手指放在嘴上说，"别作声！"

第 五 部

第 一 章

维廉在他那两个几乎还没有治好的伤上又添了第三个新的创伤,这创伤使他很不舒适。奥莱丽亚认为,他用不着请外科医生;她亲自给他包扎,同时伴着各样奇异的说辞、仪式与格言,因此他显得很窘。不过因她的不安与怪癖而感到痛苦的,并不是他一个人,而是她近旁的所有人;但没有一个人比小菲利克斯更为痛苦。这个活泼的孩子处在这样一种压迫下变得十分躁急,她越责备他,纠正他,他便越不驯顺。

这男孩有几种习性,就是人们通常所说的恶习,她对他绝对不肯宽容。譬如他喝水总喜欢用冷瓶对着嘴喝而不用杯子,大碗里的菜也显然比盘子里的菜对他适口得多。这样一点不礼貌的举止都得不到宽容,如果他竟大敞着门或者用力关门,如果吩咐他去做事,而他不是坐着不动就是暴躁地跑开,他就必须听受一大段叱责,然而事后人们并看不到他有丝毫变化。相反,他对于奥莱丽亚的爱却日见消减;他叫她母亲时,在他的声调里没有一点温柔,他反而热情地依附那年老的保姆,她自然一切都顺着他的心意。

但是这个保姆最近以来也病得不轻,人们不得不把她从家里送到一个幽静的处所去将养,若不是迷娘作为一个体贴入微的守护神在他身边出现,菲利克斯就会觉得十分孤单了。

两个儿童很和爱地一起游戏;她教他唱短歌,他记忆力非常好,诵读歌词常常使听者惊讶。她也愿意给他讲解她一直在不断热心披览的地图,可是她并没有最好的方法。因为她对于这些国土好像除却要知道它们是冷或是热以外,根本没有其他的兴趣。关于两极,关于那里可怕的冰雪,关于人们离开那里越远便越温暖,她都会说得清清楚楚。要是有人外出旅行,她只问他是往北方去,还是往南方去,并且努力在她的小地图上寻找路线。特别是维廉谈到旅行,她就听得格外出神,只要谈话一转到旁的话题上去,她就好像有些难过。很难说服她担任一个角色,哪怕是在演戏时上上舞台,可是她背诵颂诗和民歌却又非常喜欢而勤勉,她朗诵这样的诗通常是用郑重而严肃的态度,常常出人意料地好像脱口而出,这时就会激起人人的惊叹。

赛罗习惯于注意一种正在萌芽的才能的每个迹象,他设法鼓励她;但她多半是唱一支很可爱的、复杂的、往往相当快乐的歌给他听,而且就在这样的道路上,那竖琴老人也获得了他的爱宠。

赛罗,自己既没有音乐的天才,也不会演奏任何一种乐器,可是懂得看重音乐的崇高价值;他常常尽一切可能使自己得到这种无与伦比的享乐。他每星期举办一次演奏会,于是迷娘、竖琴老人,还有提琴拉得并非不纯熟的雷欧提斯这三个便为他组成一个奇异的小规模的家庭音乐队。

他常常说:"人总爱做些最庸俗的事,精神与感官很容易对于美与全的印象感觉日渐迟钝,人们都千方百计地要在自己身上保持住感觉这些事物的能力。因为对这样的享受没有人能够完全割舍,荒诞与粗俗,只要它们是新的,许多人就能从这里得到快乐,原因只是不惯于享受美好的事物。"他说,"人们应该天天至少听一支短歌,读一首好诗,看一幅优美的画,要是办得到,就再说几句贤明的话。"

这些见解,对于赛罗几乎是自然的,所以围绕着他的人们不能缺少愉快的消遣。在这种快乐的状况中,一天,有人给维廉送来一封印着黑漆的信。威纳的封印预示一个悲哀的消息,当他读到只用几句话通知他父亲的逝世时,他非常惊诧。父亲在一次意想不到的短期卧病后与世长辞,他身后的家务情况很好,秩序井然。

这个万料不到的消息刺痛维廉的内心。他深深地感到,我们和朋友们、亲戚们共同生活在尘世时,我们是怎样不知不觉地常常忽略他们,一旦这良好的关系至少对于此生告一段落,我们这才懊悔对他们的疏慢。对这个老实人早丧的痛苦心情,也只能由于感觉到他在人世上很少有过爱,由于确信他生前很少有所享受而大大减轻。

维廉的思想立即转到他自己的景况上边,他自己觉得很不安。要是一个人的感觉与思想毫无准备,而外界的环境使他的状况忽然发生一个大的变动,那么这个人就很难适应他所陷入的危险境遇。随后就有一段不成阶段的阶段,人越不觉察他不能应付这新的情况,因之产生的矛盾也就越大。

维廉一时觉得胸中无主,犹疑不决。他的思想高贵,他的志向纯洁,他的计划似乎是无可疵议的。对这一切他可说都有一定的信心;但是他曾有足够的机会注意到他缺乏经验,所以他过分重视旁人的经验和旁人坚信不疑地从经验里引申出的结论,可是这样一来,他却越来越走入迷途。他最初认为,若是他把他在书籍和谈话里了解到的一切值得记忆的事物保持和搜集起来,他就可以获得他所缺乏的东西。所以他记录起旁人和自己的意见和观念,甚至他觉得有趣味的全部谈话,可惜用这个方法他把假的和真的一样地记录了下来,他过久地固守在一个观念上边,甚至可以说是固守在一句警句上边,由于他时常把别人的灯光当作指路明星来跟随,于是他便离开了他天然的思想与行为的方式。奥莱丽亚的尖刻,他的朋友雷欧提斯对人的冷酷观察都常常超乎常情地影响他的判断;但是没有人比雅诺对于他更为危险了,雅诺这个人,他有明智的理解力,对于眼前的事物能做出正确的、严格的判断,但同时也能犯错误,就是把这些个别的判断用一种普通的真理的方式表达出来,可是因为所表达的认识本来只是一次的事,而且只能在最个别的情况下有效,要是人们把它们运用在下一次,那就不正确了。

维廉努力争取接近一致的意见,但他却离有益的一致越来越远,在这种思想混乱的状态中他的热情便更容易利用一切往昔的计谋,使他对于他必须做的事感到更加一筹莫展。

赛罗却善于利用这个死讯,其实他有日益增多的理由,去为他的剧院考虑另外一种安排。他必须重订他旧日的契约,但对这事他并没有多大兴趣,因为许多演员自己觉得剧院离不开他们,都一天比一天更为傲慢;要么,他就必须使这个团体换一副新的面貌,这正是他的愿望。

他自己并不强迫维廉,他只鼓动奥莱丽亚和菲利娜;其他的伙伴却渴望着被约请,这使我们的朋友简直不得安宁,使他陷入窘境,在歧路上彷徨。谁会想得到呢,威纳的一封信会促使他最后做出决断,而写这信的意思却是完全相反的。我们现在略去信的开头,把信文抄在下边,只是稍有改动。

第 二 章

"——就是这样,说起来想必大半也是对的,每个人不论何时都从事自己的本行,进行自己的活动。这位善良的老人刚刚故去,几乎连一刻钟都没过去,他家里的事就再也没有一件是随他的心意去做了。朋友、熟人、亲戚,蜂拥而来,特别是各色各样以为趁此机会有利可图的人们。他们迎送,他们搬运,他们付钱,抄写,结算;一部分人取来酒和点心,一部分人又喝又吃;但是我只看见女人们严肃郑重地工作着,她们找出来丧服。

"你会原谅的,我亲爱的维廉,若是我此时此刻也想到我的利益,我对于你的妹妹尽一切可能表示出帮助与热心,并且只要有机会就使她理解,迅速完成我们的老人们由于过分仔细一向迟延的责任,如今已经成为我们的事情。

"可是你千万不要以为我们有心把那所大的空房子据为己有。我们都比较谦逊,比较理智;你应该听听我们的计划。你的妹妹结婚后立刻就到我们家里来,甚至连你的母亲也一同过来。

"'那怎么可能呢?'你会说,'你们住的小巢穴本来就几乎没空地方了。'巧就巧在这里,我的朋友!巧妙的安排可以使一切都变成可能,你就不相信,若是人们少用空间,人们会得到多么多的地方!我们出卖那所大房子,目下就有一个好机会;这笔出卖房产得来的钱会生百倍的利息。

"我希望你同意这件事;但愿你不把你父亲和你祖父的不事生产的爱好承袭下来。你的祖父把他最大的幸福寄托在一堆不显眼的艺术品上,我可以说这种幸福真是没有人能够与他同享;你的父亲生活在一种阔绰的陈设里,他不让人与他同享快乐。我们要改弦更张,我希望得到你的同意。

"这是真的,我自己在我们的全家里仅仅据有我的写字台旁那一小块地方。我还看不出,我们将来该把摇篮放在什么地方;但是家居以外的地方反倒广大得多。对于丈夫有咖啡店和俱乐部,对于太太有散步和车游,对于二人则共同享有那些美丽的乡间游乐地。同时,我们的圆桌虽然完全坐满,而父亲却不可能看见他越费神招待朋友们,朋友们反倒越轻率地责难他,这岂不是最大的好处。

"在家里千万不要有多余的东西! 千万不要有太多的家具,用具,千万不要有马车和马匹! 只是要有钱,随后用一种合乎理性的方式每天去做你所预定做的事。千万不要有成套的储存的衣服,永久把最新的和最好的都穿在身上;丈夫可以把他的上衣穿旧,太太可以把她的衣服卖掉,只要这衣服有几分不时髦了。我觉得最不能忍受的是占有一大堆古老的旧东西。如果人们要送给我最可贵的宝石,可是附带着条件,要我天天把它戴在手指上,我就不会接受这件赠品;因为一份死的资本怎么能够让人想到什么欢悦呢? 所以这就是我快乐的信仰的公开表白:做好他的生意,赚来钱,与他的家人同乐,对于其他的事,除了你能够利用的事以外,一切不必关心。

"你现在也许会说:在你们纯洁的计划里对我究竟是怎样安排的。若是你们把我祖传的房屋卖掉,而在你们家里又没有他人立锥之地,那么我住在哪里呢?

"这自然是要点,亲爱的兄弟,关于这一点,假如我早就恰如其分地称赞过你如何善于利用时间,我就会立刻回答你。

"你就说说吧,在这样少的时日里你就成了一切有用而又有趣的事物的行家,你是怎样起步的?看得出你很有才能,我本来并不相信你能这样用心,这样勤恳。你的日记使我们确信,这次旅行对你有多么大的好处;对炼铁场与炼铜场的叙述很精美,这说明你对此很有见识。我先前也参观过那些地方,但是如果把我的报告拿来对照比较,我的报告就显得很拙劣了。叙述亚麻布制造的全信很有教益,对于商业竞争的说明也很中肯。有几个地方你计算时加错了,不过这是可以原谅的。

"但使我和我的父亲最为欢喜的,是你对于管理田产,特别是改善田产的精辟见解。我们正希望在一个很富饶的地带买到一大片被法庭收没的田产。我们把变卖你父亲祖传的房产得来的钱用在这上边;一部分借出去,一部分留着不动;我们打算请你到那里去管理改善田产的事宜。现在不要说得太多,这田产在几年内就能增长三分之一的价值;我们再卖掉它,找一片更大的田产,再加以改善整理,对此你正是适宜的人。在此期间我们也不能坐在家里无所事事,我们的景况不久就会使人羡慕不已。

"祝你平安!愿你在旅行中享受人生的欢乐,请你到那你以为快乐而有益的地方去。在最近半年我们不需要你;所以你能够随心所愿遍览世界,因为一个聪明人总是在旅途上得到最好的修养。再见,和你建立了这么亲密的关系,而且从现在起又在从业的观点上同你取得了一致,我很高兴。"

这封信虽然写得这样好,含有这么多经济学真理,它却使维廉不止一端地感到不快。关于他虚构的统计上、技术上和风土方面的知识他所得到的赞美,他觉得是一个无声的责备;他的妹丈给他描画的市民生活幸福的理想丝毫不能引起他的兴趣;相反,他却被一种对抗的秘密精神激烈地驱赶到相反的方面。他自信,只有在舞台上他才能最终获得他想具备的修养,他的决断好像变得更加坚定,威纳越发生动地不知不觉地成为他的敌人了。他随即聚集起他所有的论点,他越以为自己有理由以良好的方式向聪慧的威纳说明他的意见,他便越相信他的意见是正确的,于是,他就这样写了一封回信,我们立即把这封信抄在下边。

第 三 章

"你的信写得这样好,想得这样巧妙而聪明,使人再也不能对它有什么异议。若是我说,有的人所以为的、所主张的、所做的,与它正好相反,可是他也可能是对的,那就请你原谅我吧。你的态度和想法,全是为了毫无节制地占有,为了轻松愉快的生活享受,我几乎用不着向你说,我在这里看不到一丝一毫使我发生兴趣的东西。

"很抱歉,首先我必须向你坦白,我的日记是为了使我父亲欢喜,出于无奈,在一个朋友的帮助下,参阅了好几本书写出来的,其中的内容以及某些见解,我只知道个大概,但是根本不懂,更不可能去做这类的事。若是我自己的内心充满了矿渣,即使炼出好铁,对我又有何益?如果我的内心都矛盾重重,就是把田产管理得井井有条,又有什么用?

"我可以用一句话向你讲明:完全像现在这样培养我自己,从少年时起就朦朦胧胧地成了我的愿望和我的志向。如今我还怀有这些心意,只是我觉得那些使我修养成功的方法有些更为清晰了。我对世界的观察比你估计的要多,我对世界的利用比你所想象的要好。因此,还是请你多少注意注意我所说的这些话吧,虽然这些话并不完全合你的心意。

"我若是一个贵族,我们的争论也许立刻化为乌有了;但是因为我只是一个平民,我必须采取一条独特的途径,希望你能够理解我。我不知道,外国的情况如何,但在德国只有贵族才有可能享受到某种——如果允许我说的话——个性的教育。一个平民只能去做事,以最大的辛苦培育他的精神;他尽可如心所愿地去做,但他却失去了个性。至于贵族子弟,因为他与最高贵的人们往来,使自己具有一种高贵的仪表就成了他的义务,并且因为没有门户对于他是关闭的,所以这仪表就成为最自由的仪表,又因为无论在宫廷还是在军队里他都必须保持他的风采,他的人格,所以他就有理由尊重风采与人格,并且让人看见他确实尊重风采与人格。在普通事物上表现出的庄严的优雅,对严肃与重要事物所持的轻率娇媚的态度,完全符合他的身份,因为他要让人看见,他无时无刻不保持着内心的和谐和平静。他是一个社会上的人物,他的举动越有教养,他的声音越低沉洪亮,他整个的本质越有节操越有节制,他也就更完美无缺。如果他对上对下、对朋友和亲属永久是一样的,那么对他也就无所责难,人们不该对他另有所望。看起来他是冷淡的,但是理智的;也许是做作的,但是聪明的。若是他外表上在他的生活的每个瞬间都善于自制,那么就没有人向他提出更多的要求，他所拥有的其余一切，如能力、才华、产业，似乎都不过是附加品而已。

"现在你想象一下，任何一个平民，如果他对以上那些优越之处稍有要求，他必然完全失败，他的资质越多地赋予他那一类的能力与冲动，他必然变得越为不幸。

"若是一个贵族子弟在普通的生活里根本不知道什么界限，若是人们能够把他培养成一个国王或类似国王的人物，那么，他就随时随地都可以心情平静地出现在他的同类人的面前；他可以到处勇往直前；相反，市民却只能怀着纯洁而平静的自知之明在给他划定的界限内活动。他不可以问：你是做什么的？只能问：你有什么？有什么样的见解、什么样的知识、什么样的能力？有多少财产？若是贵族由于他个人生下来就拥有一切而应该给予，那么平民由于他个人一无所有也就不应该有所给予。前者可以并且应该有所表现；后者只应该被人看出有他存在，他要表现一番，那就既可笑，又无聊了。前者应该有所作为，施加影响，后者应该努力工作，做出成绩；他应该培养专门的能力，以便成为有用之才，因为这里有一个前提，那就是认为在他的本质里就不存在也不可能有各种才能的和谐，所以他为了按照一个方式把自己培养成有用之材，就必得放弃其余的一切。

"这个区分并不能归之于贵族的僭妄与平民的服从，而应归之于社会组织本身；是否将来会有一些变更，并且将会变成什么样子，我不大在意；总之，既然现状是这样，我必须想我自己，还有我怎样才能自救，我怎样才能达到我必须达到的目的。

"我的出身使我不能得到天性的和谐，我现在正是对这种天性的培养有一种不能抵制的爱好。我自从离开了你，我从身体锻炼中得了许多好处；我摆脱了许多通常的狼狈不安，我表现得也更加得体了。同样我训练了我的语言和声音，我可以毫不浮夸地说，我在社交场中并不使人讨厌。现在我不瞒你说，我的本能要求一天比一天不能克制，我要成为一个社会上的人物，在一个较广大的范围里博取欢心并发挥作用。同时我也产生了对文艺的爱好，对一切与文艺相关联的事物的爱好，产生了培养我的精神和趣味的需要，目的无非是在享受自己不可缺少的东西时逐渐把善真的当作善、把美真的当作美。你也许看到了，这一切对我说来，只有在舞台上才能得到，只在这惟一的环境里我才能随意活动随意训练。在戏台上有教养的人表现出他的个人风采，简直就像在上流社会里一样；精神与身体必须在做任何努力时都经过同样的步骤，我将在这里很好地生存，表现得像在任何其他的地方一样。倘使我此外再寻找一些工作来做，那里有的是体力活动，我可以天天磨炼我的忍耐性。

"关于这事你不要和我争论；因为在你给我写信之前，这一步已经发生了。因为成见支配着我，我要更改我的姓氏，我本来就对以麦斯特的姓氏登台感到惭愧。祝你安好。我们的财产已经得到很好的经营管理，我绝不为它操心；我有什么需要，我就随时写信向你要；我不会有很多要求的，因为我希望，我的艺术能使我自给。"

这信刚刚发出，维廉就立即实践诺言，忽然声明他愿意献身演艺事业，并且订下条件不高的契约，这事使赛罗和其他人都非常惊讶。大家对于这事不久就意见一致了；因为赛罗先前就说过，维廉和其他人对于这契约会表示完全满意的。整个倒霉的团体,很久以来总是我们谈论的话题,现在忽然被收容了,可是除去雷欧提斯外并没有一人向维廉表示谢意。正如他们请求参加时没有信心,他们接受时也没有感谢。多半的人宁愿说他们的被聘是菲利娜的影响,向她说些感谢的话。这时写好了的契约都签了字,在维廉签他的假姓名的那一瞬间,由于某种无法解释的联想在他的想象中现出山场的景象:他受了伤,倒在菲利娜的怀里。那可爱的女英雄骑着白马从灌木丛中走来,走近他,下了马。她仁慈的关切使她走来走去,最后她立在他的面前。衣服从她的肩上落下,她的面貌,她的形体开始放光,随后就消逝了。尽管他只是机械地写着他的姓名,可并不知道他在做什么,他签完了字,才觉到迷娘立在他的身旁,握住他的手腕,曾经设法把他的手轻轻地拉开。

第 四 章

维廉献身舞台的条件里有一条是赛罗有保留地承认的。维廉要求上演《哈姆雷特》全剧,反对删节,赛罗则认为,如有可能,才可满足这奇异的热望。关于这一点他们一向争持不下,因为什么是可能的,什么是不可能的,人们从剧本里可以删去什么而又不算是割裂,这些地方他们二人的意见有很大的分歧。

维廉还处在风华正茂的年岁,他不能理解,在一个招人喜爱的女孩形象身上,在一个受人尊敬的著作家的身上会有什么缺欠。我们觉得他们是完整的,与自己一致的,因此我们必定能从他们身上想象到这样一种完全的和谐。与此相反,赛罗却把喜欢和差不多区分得过分鲜明;他的锐敏的理智总要把一件艺术品只看作是一个或多或少地不完全的整体。他以为,正如人们得到一些剧本,却很少绝对谨慎地一字不改地表演它们,所以对莎士比亚也必须这样对待,特别是对《哈姆雷特》这个剧必须做许多改动。

当赛罗谈到从麦粉里也可以分出糠来时,维廉简直不想听下去了。"那不是麦粉和糠混在一起,"维廉大声说,"那是一个主干,大枝,小枝,树叶,花蕾,花朵和果实。它们不是一个连着另一个,一个穿插着另一个吗?"赛罗主张,人们不要把全部树干都摆在桌上,艺术家必须把金苹果盛在银盘里献给客人。他们用尽比喻,他们的意见分歧好像越来越远。

赛罗有一次在长久的争持之后向他推荐最简单的方法,迅速决定提起笔来把这部悲剧里不合宜和行不通的地方都删去,把几个人物并成一个人物;并且说如果他对于这类事还不充分熟悉,或是还没有充分的心思,就把这工作交给他去做,他很快就可以完成;听了这席话,我们的朋友几乎完全绝望了。

"这不符合我们的协定,"维廉回答,"你的鉴赏力这么高,怎么竟然这样轻率呢?"

"我的朋友,"赛罗大声说,"你将来也会变成这个样子的。我正是太知道这种做法的可憎了,也许世界上还没有一个剧院里有过这种做法。但是什么地方有一个剧院像我们的剧院这样无人重视呢?那些剧作家逼迫我们去做这可厌的破坏工作,而且观众也允许。我们到底有多少剧本不超过我们全部演员的规模,不超过我们的布景和舞台技术,不超出时间、对话和演员体力的限度呢?可是我们要演,要永久演,永久重新演。我们就不应该同时利用我们的长处吗?我们用割裂的剧本和用完整的剧本能同样地成功。这是观众自己使我们尽其所长!只有很少的德国人,也许所有较新的民族里都只有很少的人能感觉到美的完整;他们只是局部地赞美和责备,他们只是局部地迷恋高兴;这除却对于演员,又对于谁是较大的幸福呢?因为舞台永远只能是支离破碎的。"

"是这样!"维廉回答,"但是这必须永久也是这样吗?现在是这样的,一切都必须永久是这样吗?你休想让我相信你是对的,因为世界上就没有任何力量能说动我,让我遵守我在最昏聩时所订的契约。"

赛罗使事情发生了一个可喜的转变,他请求维廉再考虑一次他们常常进行的关于《哈姆雷特》的谈话,并且自己想出一个可行的改编方法。

维廉在寂寞中过了几天之后,他含着快乐的眼光回来了。"要是我找不到怎样救助全体的办法,"他说,"我可就大错特错了;我确信,要是莎士比亚的天才不是过于强调主题,不被他的故事诱惑,他自己也会这样做的。"

"让我听一听,"赛罗说,同时他威严地坐在长沙发上,"我要静静地倾听,但也要更严格地裁判。"

维廉回答:"我并不怕,你就听吧。经过认真的研究、周密的思考,我认为这个剧本的构思可以从两方面来谈:第一是人物与事件的广大的内在的关系,主要人物的性格和行为所产生的巨大影响,这些人物个个都很卓越,他们各自的地位是不能更改的。你用什么方法也不能损坏他们,当然也不能使他们变得丑陋不堪。这是每个人都要求看到的,没有人敢侵犯他们,他们已经深入人心,据我耳闻,人们几乎把他们都搬上了德国的舞台。第二方面就是在剧本里能够见到的关系,我指的是人物的外在的关系;有了外在的关系,才能把这些人物从一个地方移到另一个地方,才能用各样的方法通过某种偶然的事件把他们联系在一起;若是人们把这第二方面看得太不重要,认为只要顺便谈谈就可以了,或是简直可以把他们删掉,我认为那就错了。自然这些线索是薄弱而松散的,但它们贯穿全剧,而且紧密相连,不然一切早就要解体了,如果人们把它们删去,认为可以另造一条线索而又保留结尾,那么,一切就真的会立即解体。

"我所说的外界的关系,就是挪威的骚乱,与年轻的福丁布拉斯的战争,派给老伯父的专使,被调解的争端,年轻的福丁布拉斯的军队开往波兰和最终撤退;另外还有霍拉旭从维腾堡返回,哈姆雷特前往那里的兴致,雷欧提斯去法国的旅行和他的归来,哈姆雷特被遣送英国,他在途中被海盗所俘,两个廷臣因传递黑信而被处死:这一切环境和情节够得上一部长篇小说,但是它们对这剧本的统一性极其有害,特别是这剧本里的主人公是没有主见的。"

"这样的话我真愿意听!"赛罗说。

"你不要打断我的话头,"维廉回答,"你是很少称赞我的。这些缺点像是一个建筑的脚手架,在没有筑起一座坚固的墙之前,就不能把它们撤去。所以,我的建议是,那第一方面的伟大的场合绝对不要更动,不管是全体的还是个别的都要尽量保留,但是这些外在的、单个的、游离的,或不集中的内容可以全部删去,然后用一个惟一的中心内容代替它们。"

"这有可能吗?"赛罗问,同时姿态平静地站起身来。

"这在剧本里早就有了,"维廉回答,"我不过只是恰当地利用一下而已,那就是挪威的骚乱。你审查一下我的这个方案吧。"

"老哈姆雷特死后,刚被征服的挪威人骚动了。那里的执政遣派他的儿子霍拉旭到丹麦去监督海军舰队的装备建设,因为那项建设在终日耽于享乐的新国王的统管下进展得相当缓慢;霍拉旭是哈姆雷特的老同学,但他无论在勇敢和世故上还是在其他方面都胜人一筹。霍拉旭认识老王,他参加过他指挥的最后几次战役,得过他的恩宠,所以鬼魂第一次出现的那一场不可删去。随后新王召见霍拉旭,遣派雷欧提斯到挪威传报海军不久就要登陆的消息,同时霍拉旭得到加速装配海军的任务;而母亲却不同意哈姆雷特自愿随同霍拉旭出航。"

"感谢上帝!"赛罗说,"这样我们也就摆脱了维腾堡和那所一直使我痛苦烦恼的大学。我觉得你的想法是非常好的:因为除了挪威和舰队这两个惟一的远方图景,观众无须想象任何场面;其余的他们都看得见,其余的都在眼前出现,用不着他们让自己的想象力在全世界驰骋。"

"你不难看出,"维廉回答,"我现在就能把其余的一切联结起来。如果哈姆雷特向霍拉旭宣布他继父的罪行,霍拉旭就会劝他一起奔赴挪威,取得军队的保护,然后带着武力返回,因为哈姆雷特在国王王后看来已经成了一个危险的人物,他们又没有什么好办法把他除掉,所以只好把他派到舰队上去,而且派了罗森格兰兹和吉尔登斯吞从旁监视他;又因为在这当儿雷欧提斯回来了,这个被挑唆图谋暗杀的青年就随后也被派了出去。海船因遭逆风不能前进;哈姆雷特又返回来;他走过墓场的散步可有充足的理由;他在莪菲莉霞的墓旁与雷欧提斯相遇是一个重大的、不可缺少的情节。于是国王便考虑到最好是把哈姆雷特立即除掉;于是隆重地举行了与雷欧提斯和解的饯别宴会,人们在会上举行比赛,哈姆雷特与雷欧提斯也比剑。没有这四具死尸,我不能结束这幕剧;一个人也不能活下来。因为这时又恢复了人民的选举权,哈姆雷特临死时投了霍拉旭一票。"

"就是要快,"赛罗回答,"请你坐下来把这剧本改好;你的意见我完全赞成;千万别让灵感烟消云散。"

第 五 章

维廉早就从事《哈姆雷特》的翻译了;他同时参阅了魏兰的精练的译本,他本来最初是通过这译本认识的莎士比亚。凡是这个译本里被删去的,他都给添上了,所以在他同赛罗商议改编的时候能够达到相当一致的意见,因为他已经有了一个完整的译本。于是,他便动手按照他的方案删除,添入,分割,联合,更改,常常又恢复原状;因为纵使他对自己的想法很满意,可是在改编时他总觉得这剧本的本来面目还是被破坏了。

他刚一编完,他就读给赛罗和其他人听。他们都表示很满意,特别是赛罗说了不少称赞的话。

"你的感觉,"他在谈话中间说,"是很对的,这个剧当然需要外部环境的陪衬,但必须比这个伟大的诗人所写的更简洁。凡是舞台以外进行的,凡是观众看不到的,凡是他必须想象的,都应作为演戏中人物活动的背景。关于海军和挪威那伟大、单纯的远景将使这出戏大为增色;若是把它完全删去了,这出戏就只是一个家庭的戏剧,在这里,因为内部的罪恶和愚蠢行为,一个国王的全家毁灭了,这样的一个大概念表述出来时是不能仅仅局限在它自己的范围之内的。但是如果那个背景依旧是复杂的,多变的,混乱的,那就有害于人物的印象。"

现在维廉义偏袒起莎士比亚来了,他指出,莎士比亚的剧是为岛国居民,为英国人写的,他们自己习惯于在背景里只看到船舶与航海,法国的海岸与海盗,然而凡是在他们看来是完全习以为常的东西,都会使我们心荡神怡。

赛罗只好让步,二人意见一致了,因为这出戏事实上要搬上德国的舞台,所以这个更严肃更单纯的背景对于我们的想象方式最为适宜。

角色已经事先分配好了:赛罗演普隆涅斯,奥莱丽亚演莪菲莉霞,雷欧提斯由于他的姓名已经表明他的角色了;一个年轻的、矮小的、新来的青年得到霍拉旭的角色;只是对于国王与鬼魂的角色人们有些为难。这两个角色只能由饶舌老人来担任了。赛罗提议老古板充当国王;对此维廉却极力反对。人们不能决定。

此外维廉在他的改本里仍然保留了罗森格兰兹与古尔登斯吞这两个角色。"你为什么不把这两个人并成一个人呢?"赛罗问,"这样省略本来是很容易办到的。"

"是神保佑我不做这样的省略,这样节略同时也就减少了意义与作用!"维廉回答,"这两个人所起的作用和所做的事不能由一个人表现出来。正是在这样的琐事中显示出莎士比亚的伟大。这样轻妙的举动,这样的驯良与柔顺,这样惟命是听,抚慰与谄媚,这样的机警,这样的摇尾乞怜,这样的全有与空虚,这样正当的无赖,这样的无能,这一切怎么能由一个人来表现呢?至少要有一打人,看是否能够有这么多的人;他们在社会上只是一部分,他们就是一个社会,莎士比亚很谦逊聪明,他只让两个这样的代表者登场。此外我在我的改编稿里用他们当作与那一个善良卓越的霍拉旭相对照的一对。"

"我明白你的意思,"赛罗说,"我们能够想办法。一个角色我们给爱尔弥拉(人们这样称呼饶舌老人的长女);即使他们外貌英俊,这也无损,我要打扮训练这些傀儡,这应该是一个快乐。"

菲利娜非常高兴,因为她将扮演那幕短喜剧里的公爵夫人。"我能很自然地扮演她,"她说,"她在极热烈地爱过第一个丈夫以后,竟那样快地又嫁给了第二个丈夫。我希望获得最大的喝彩,而且要使每个男子都希望成为我的第三个丈夫。"

在她说这些话的时候,奥莱丽亚讨厌地皱了皱眉头;她对菲利娜的反感一天天在增加。

"这真可惜,"赛罗说,"我们没有芭蕾舞;不然你可以同你的第一个丈夫,随后同第二个丈夫给我跳一个 Pas de deux (二人舞),第一个老丈夫跳完舞就睡着了,你的小脚和小脚踝将在那后边的小舞台上极其可爱地显露出来。"

"关于我的小脚踝你大半知道得不多,"她傲慢地回答,"可是关于我的小脚,"她一边说,一边迅速地往桌子底下够,把她的小拖鞋拿上来,并排摆在赛罗面前——"这里是一双小高跟鞋,我给你出个题,请你去找一双更小巧玲珑的来。"

"这本是严肃的课题!"他说,同时观察着这双纤巧的拖鞋,"的确,比这更可爱的,实在不容易看到。"

那是巴黎的手工,是菲利娜从伯爵夫人那里得到的赠品,伯爵夫人是一位以美足而闻名的太太。

"一件迷人的物品!"赛罗说,"我看着它,我的心就猛烈地跳动。"

"多么令人心醉!"菲利娜说。

"这样一双精工细做的漂亮的拖鞋并无关紧要,"赛罗说,"可是听它们的声音比观看它们还迷人。"他把它们拿起来,又让它们有几次接连不断地轮流着落在桌上。

"这是什么道理?请你说明!"菲利娜说。

"我可以说,"他面带假装的谦虚和狡猾的严肃回答,"我们这些独身人在夜里多半是单独的,可是和旁人一样害怕,在阴暗中渴望着社交,特别是在那些不大自在的酒馆里和他乡,若是有一个心地善良的女孩子肯陪伴我们,帮助我们,我们就会感到极大的安慰。在夜里,躺在床上听到窸窣作响的声音,不免感到悚惧,门开开了,认出是一个可爱的、轻细的声息,有人蹑足走过来,慢慢在响,的橐,的橐,拖鞋落下,一转瞬,再也不单独了。啊,鞋后跟打在地上了,这可爱的、惟一的声响!拖鞋越纤巧,响得越好听。人们和我谈到夜莺,谈到潺潺的溪水,谈到风的鸣声,谈到一切弹出来吹出来的声音,我却总爱听这个的橐!的橐!——的橐!的橐!是一支回旋曲的最美的主旋律,人们总是一再地希望从头听到它。"

菲利娜从他的手里把拖鞋拿过去,她说:"我把它们都给踩弯了！这双鞋我穿太大了。"随后她就玩弄这双拖鞋，把鞋底对着摩擦。"怎么都变热了!"她大声说，同时把一个鞋底平平地挨在脸上，随后又摩擦，接着把它递给赛罗。他十分温顺地去感觉那鞋底的温暖。她大声说着："的囊！的囊!"同时她用鞋跟狠狠地打了他一下，作为回答，他叫喊着把手撤回来。"我要用我的拖鞋教训教训你，没别的想法。"菲利娜笑着说。

"我也要教训教训你，你竟敢像愚弄小孩子一样愚弄老人!"赛罗针锋相对地说，他跳起来，猛地一把抓住她，强行和她接了好几个吻，她虽然严肃地反抗，但每一个吻都极巧妙地得到了成功。她的长头发在相斗时散乱地垂了下来，把他们俩缠住，椅子倒在地上，奥莱丽亚看着这轻薄的举动，内心深处觉得受了侮辱，很嫌厌地站起来。

第 六 章

虽然在新改编的《哈姆雷特》里有些人物删去了，可是人物的数目还是够庞大的，剧团几乎分配不开。

"若是这样分配下去，"赛罗说，"我们的幕后提词员也必须从他的洞口走出来，混在我们中间，变成剧中人物。"

"我早就不止一次地赞赏过他的技艺。"维廉回答。

"我不相信还会有比他更完美的提词员，"赛罗说，"没有一个观众在任何一次演出中听到过他的声音；我们在舞台上却听得懂他的每个字音。他几乎是给自己制造了一个个人的官能,他像是一个护身神,在急需时清晰地向我们耳语。他能感觉到演员把哪部分台词完全记住了,演员什么地方忘记了,他从远处也能预感得出来,几回我的台词几乎背不出来时,他就一个字一个字地帮助我说,我演得很成功;只是他有些特性,这些特性会使别人全变成无用的:他非常热心地接受剧情,他在激动的地方简直就不是一般地朗读,而是热烈地吟诵了。他这个坏习惯不止一次地把我引入迷途。"

"有一次,"奥莱丽亚说,"他用另一种特性竟把我留在一个很危险的地方不管了。"

"他做事那么小心谨慎,怎么能够这样呢?"维廉问。

"在某些地方,"奥莱丽亚回答,"他非常受感动,他热泪滚滚,往往在一瞬间完全不能自制;其实并不是所谓感动人的地方使他陷入这个状况;如果要我说得明白些,就是他为之感动的都是美的地方,在这里诗人纯洁的灵魂简直是明亮而圆睁的眼睛看出来的,看到这些地方,我们这些人不过是十分欢悦而已,而成千上万的人却视若无睹。"

"他既然有这样细致的灵魂,为什么不在舞台上出现呢?"

"嗓子嘎哑和呆板的举动使他离开了舞台,他忧郁的天性使他离开了社会,"赛罗回答,"想让他成为我的朋友,我是费了多少气力啊!但是无效。他读得非常好,我从来也没有听过这样好的朗读;在朗读与热情的吟诵之间没有人像他似的保持住微妙的界限。"

"找到了!"维廉大声说,"找到了! 这是一个什么样的成功的发现啊! 现在我们有了这个为我们吟诵关于野蛮的皮勒斯的那段台词的演员了。"

"一个人就是必须有你这样的热情，"赛罗回答，"好把一切都用在他最终的目的上。"

"的确这本是我最大的忧虑，"维廉说，"也许要把这地方割爱，可是全剧将会因此而失却力量。"

"这我却看不透。"奥莱丽亚回答。

"我希望，很快你就和我意见一致，"维廉说，"莎士比亚是为了一种双重的最终目的把那些刚来到的戏子引到戏里来的。先是那个人满怀个人的激情诵读有关普利阿斯之死的独白，他给王子本人留下了很深的印象；他增强了这个动摇不定的年轻人的良知：所以这一幕就成了给国王以巨大影响那幕短剧的前奏。这戏子对旁人的虚构的苦难且有这么大的同情；用同样的方式试验一下他继父的良心的思想立刻由此在他脑海里产生。在第二幕结尾处是一个多么出色的独白啊！我是多么希望吟诵这个独白：

"啊！我是怎样一个劣者，怎样一个卑贱的奴隶！——难道这还不令人大为惊异吗？在这里戏子仅仅通过虚构，通过一个热情的梦，就能这样按照他的意思支配他的灵魂，由于灵魂的作用他的整个面貌都变了颜色，眼里是泪！举止紊乱！破碎的声音！他的全部生命被一个情感所支配！并且这一切是为了虚无——为了赫古芭！——赫古芭是他的什么人？他是赫古芭的什么人？他只知道为她哭泣！"

"但愿我们能够让这个人登上舞台！"奥莱丽亚说。

"我们必须，"赛罗回答，"渐渐地把他引进来。在试演时就让他读这一段，我们说，我们正在等候一个应该演这段戏的演员，我们看看，我们怎样进一步了解他。"

他们对此取得了一致意见之后，谈话又转到鬼魂上来。——维廉不能决定,把活着的国王角色交给老古板,从而使饶舌老人扮演鬼魂,他反而主张,人们应该再等些时候,因为说不定还会有几个演员来报到,可以在他们中间找到合适的人选。

所以,当维廉晚间在他的桌子上见到一封封好的短简时,人们可以想象得出维廉是多惊奇。收信人写的是他剧院的假名,信上用一种奇异的字体这样写着:

"啊,奇特的青年,我们知道,你有很大的困难。你几乎找不到人来演你的哈姆雷特,更不用说鬼魂了。你的热心理应获得一个奇迹;奇迹我们是创造不出来的,但是一些奇异的事是会发生的。你只要有信心,在合适的时刻鬼魂就出现!你要有勇气,处之泰然! 用不着回答,你的决定我们会知道。"

他拿着这稀奇的短简跑回赛罗那里,他读了又读,最后若有所思地声言:这事甚关重要,人们必须考虑周到,看可以不可以,能不能这样冒险。他们翻来覆去地商量;奥莱丽亚却默不作声,时时报以微笑,等到几天后又谈到这问题时,她毫不模糊地使人理解,她以为这是赛罗在开玩笑。她请求维廉完全不要忧虑,要耐心地等待鬼魂。

赛罗一般说来心情很好,因为要告辞的演员都很卖力气,决心把戏演好,为的是人们将来好追念他们。他对新剧团抱有一种好奇心,他也可能期望从这里获得最好的收入。

甚至与维廉的交往对他也产生了一些影响。他开始更多地谈论艺术了,因为他究竟是一个德国人,这个民族喜欢对他们所做的事做出解释。维廉把这样的一些谈话记了起来;因为这里的叙述不能经常间断,我们将找另外的机会把这些剧评的尝试提供给我们那些对此感兴趣的读者。

特别是有一天晚上,赛罗很快乐,他谈到他是怎样理解普隆涅斯这个角色的。"我期望,"他说,"这次把一个真正尊严的人演得最好;我将要把适宜的平静与自信,空虚与意味深长,愉快与没有风趣的本质,自由与留意,天真的狡黠与虚伪的真理在它们恰当的地方真正优雅地表现出来。我要极其有礼貌地扮演和表现这个苍老、正直、坚忍、适应时代的半恶汉,对此我们作家的带些粗野的描画会给我很好的帮助。若是我准备好了,我就会诵读如流,毫无阻滞,若是我心情好,我说话就会像一个天真的傻子。我将会毫无风趣地迎合每个人,而且总显得非常优美,而不觉察人们在嘲笑我。我很少这样快乐、这样有风趣地接受一个角色。"

"但愿我能希望我把自己的角色也扮演得这么好,"奥莱丽亚说,"我既没有妙龄的青春,也没有充足的温柔来顺应这个性格。可惜我只知道一件事,就是使我菲莉霞头脑昏乱的情感将永远伴随着我。"

"我们不要这样认真,"维廉说,"因为就是我演哈姆雷特的愿望在我做剧本的全面仔细研究时使我深深地陷入了迷途。我越研习这个角色,我越看到,在我整个的形体上没有一点儿面貌的特征和莎士比亚所写的哈姆雷特相似。如果我真的去考虑,在这个角色里一切是怎样精确地联系在一起的,那么,我几乎就没有勇气把演出的一个平平常常的效果献之舞台了。"

"你以极大的责任心开始从事你的职业,"赛罗回答,"演员要尽可能适合角色,角色也要在必要的限度内顺应演员。但是莎士比亚是怎样描绘他的哈姆雷特的?他同你就这样完全不相似吗?"

"第一,哈姆雷特是金黄头发。"维廉回答。

"我把这叫作求之过远,"奥莱丽亚说,"你怎么知道他的头发是金黄的?"

"他是丹麦人,北方人,他必然有金黄的头发,而且是蓝色的眼睛。"

"难道莎士比亚也想到了这一点吗?"

"当然我没有看见他直接说出,但与别的地方联系起来看,我觉得这是不能反驳的。他比剑比累了,汗流满面,女王说:'他胖,让他喘喘气。'难道人们能想象出他的头发不是金黄的、他的体形并不丰满吗?因为棕色头发的人在他们青春的时候很少是这样情形。他的动摇不定的忧郁,他的优柔的悲哀,他的主动的犹豫不决,不是比你所想象的瘦长身材、棕色鬈发的青年更适合这样的体形吗?因为人们从一个棕发青年身上多半是期待着决断与敏捷。"

"你破坏了我的想象,"奥莱丽亚说,"不用提你的胖哈姆雷特吧,你不要把你的身体肥胖的王子介绍给我!你还是拿出任何一个似是而非的形象来刺激我们,感动我们吧!作者的意向并不像我们的娱乐这样跟我们接近,我们要求一种与我们和谐一致的魅力。"

第 七 章

一天晚上,这个团体在争论,是小说还是戏剧占有优越的地位？赛罗确切地说,这是一个徒然的、误解的争持;二者在它们的本门类中都可能是杰出的,只是必须保持住各自种类的界限。

"关于这一点我自己还不完全明了。"维廉回答。

"谁又明了呢?"赛罗说,"可是也值得费些力进一步研究研究这件事。"

他们来回来去地谈论了许多,他们谈论的最后结果大概如下:

在小说里和在戏剧里一样我们看见的是人的天性和行为。这两个种类的分别不只在外表的形式上,不在于人物在戏剧里自己谈话,而在小说里他们通常是被述说。可惜许多戏剧只是对话体的小说,可是用信札体写一部戏剧,也不是不可能的。

在小说里应该首先表达出思想与事件;在戏剧里是性格与行动。小说的情节慢慢地发展,主要人物的思想不管用什么样的方法写,必须防止全部急剧的发展。而戏剧则要迅速,并且主要人物的性格必须向结局突进,可是也要有所节制。小说里的主人公必须是被动的,至少不是高度主动的;对戏剧的主人公们则要求主动与行动。格兰地孙,克拉利丝,巴梅拉,威克菲牧师,甚至堂琼司,这些人纵使不是被动的,也是碍事的人物,一切的事件几乎都是按照他们的思想写成的。在戏剧里,英雄从不按照他自己塑造,一切都与他相左,他对待那些障碍物不是从路上搬开清除掉,就是向它们屈服。

所以人们对于这一点也意见一致,就是:在小说里允许偶然发生作用;但是它必须永远为人物的思想所主宰,所引导;相反,那种通过毫不相关的外界环境把无能为力的人推向不曾预料的灾难的命运,只能在戏剧里出现。偶然也许可以产生出激情,但绝不可能产生出悲剧;相反,当运命无可挽救地把一些彼此不相关的有罪无罪的行为联结在一起时,运命总是令人恐惧的,并按照最高意义变成悲剧的。

这些观感又把话题引到奇异的哈姆雷特和剧本的特点上来。人们说,这位英雄本来也是只有思想,只是有一些事件向他纷纷逼来,因此这个剧本才有一些小说的延伸;但是因为运命规定了计划,因为这个剧本是从一件可怕的行动出发的,而这位英雄总是一直被迫前去从事一个可怕的行为,所以它按最高的意义说是悲剧的,只能承受一个悲剧的结局。

现在要试读剧本了,维廉本来把这看成一个盛会。他预先把这些角色核对了一遍,所以在这方面不会发生任何矛盾。全部演员都熟习了这个剧本,在他们开始之前,他只努力使他们确信试读剧本的重要。正如人们要求每个乐师在一定程度上能够看着乐谱演奏,所以每个演员,甚至每个有教养的人也应该练习看着原文诵读,立刻掌握一出戏、一首诗、一篇小说的特征,并且熟练地朗读它们。演员若不是事先深入领会好作者的精神与意义,一切的记忆都无济于事,只有字母不能起什么作用。

赛罗确切地说,试读剧本一经公平分配,他就要检视每次试演,乃至最后的试演。"因为通常,"他说,"没有任何东西比演员们谈论研习更为有趣;我觉得那好像自由圬人会①的会员们在谈论工作。"

试读剧本如愿地过去了,人们可以说,这剧团的荣誉与良

① 即共济会。

好的收入都建筑在运用得很好的这几小时上。

"你干得很好,我的朋友,"赛罗在只剩下他们二人时说,"你这样严肃地鼓励了我们的同人,虽然我担心他们难以满足你的愿望。"

"怎么?"维廉回答。

"我觉得,"赛罗说,"一个人能这样容易地使人们的幻想活动起来,他们这样喜欢听人讲童话,但是却很不容易在他们身上见到一种创造的幻想。在演员们身上这情形是很明显的。每个人都对接受一个美好的、值得称赞的、炫耀的角色很满意,但是很少有人毫不考虑人们怎样看待他,而比他自鸣得意地置身于那位主人公的地位做得更多一些。但是生动地抓住作者写剧本时所想的东西,人们为演好一个角色必须从个性里放弃的东西,一个人相信自己完全成了另一个人,他怎样才能使观众也同样深信不疑,人们怎样通过表现力的内在的真实性把舞台变成庙宇,把布景变成树林——这一切是很少有人办得到的。对这种能使观众完全受到迷惑的内在精神力量,对这种能单独起作用、能使幻想变成观念的虚幻的真实性,有谁懂得呢?

"所以请你不要让我们过于追求精神与感觉!最靠得住的方法是我们冷静地给我们的朋友们先说明字义,启发他们的理解。谁若有禀赋,他就自己迎向那精神丰富与感觉充实的表现;谁若没有禀赋,至少绝不会完全演错,读错。但是我在演员们身上常常发现这样的情形,就是有人连字句还没有明了、熟悉,他便向精神提出要求,我看没有比这更僭妄的了。"

第 八 章

第一次登台试演时维廉来得很早,舞台上只有他一个人。这房间里的景象使他惊奇,引起他一些最奇异的回忆。树林和村庄的布景和他家乡舞台上的完全一样,那时也是一次试演,那天早晨马利亚娜快活地向他承认了她的爱并许给了他第一个幸福的良宵。舞台上的那些农舍,跟田野里的一模一样;真的早晨的阳光通过一个半开的窗子射进来,照着长凳的一部分,这长凳在门旁边固定得并不牢固;只可惜阳光不和从前一样照着马利亚娜的怀和胸。他坐下来,思考这奇异的一致,他以为可以预感到,也许在这个地方不久就会和她再见上一面。啊,这并没有什么了不起,这布景只是属于一幕余兴剧,这在当时德国的舞台上是司空见惯的。

他正在这样观察回想时,其他刚到的演员搅扰了他的思绪,同时和他们一起进来两个舞台师与化妆师,他们热情地向维廉致意。其中一个几乎是迷上了梅里纳夫人;但另一个却是一个纯粹的演剧艺术之友,二人都是每个好的剧团希望得到的好朋友。谁也说不清,他们对于舞台是理解得多还是爱得更多。他们太爱舞台了,爱得都不能正确地认识它了;可是他们的认识总还可以做到尊重好的,总还可以做到排除坏的。就他们的爱好而言,在他们看来,平庸的东西并不是不可容忍的,然而,他们在预感和体味到一场好的演出时所表现的极大喜悦,又是难以描写的。技术方面的工作使他们感到快乐,精神的事物使他们兴奋,他们的兴味极高,就是一个片断的试演也使他们走入一种幻境。缺点错误他们随时都觉得即将变成遥远的事,好的成绩总像就近的事物触动他们的心扉。总之,他们是艺术家希望在自己的专业内看到的爱好者。他们最喜爱的漫步是从后台走到正座,从正座走到后台,他们最愉快的停留是待在化妆室里,他们最热心的事是在演员的姿势、衣着、吟诵与诵读上做些纠正,他们最活泼的谈话是谈论演员所引起的效果,他们不断努力帮助演员聚精会神,积极主动,准确无误,总努力为演员做些好事,献些殷勤,并在不破费剧团的钱和物的限度内使演员得一些享受。他们二人享有在试演和上演时可以在舞台上出现的特权。关于上演《哈姆雷特》,他们和维廉不是处处都意见一致;有些地方他让步,但是多一半他坚持己见,从整体上看,这种谈话很有助于培养他的鉴赏力。他让这两个朋友看到,他对他们的评价很高;他们对此预言说,他们一致努力的结果不下于给德国的剧院画出一个新的时代。

试演时这两个人的在场是很有用的。特别是他们让我们的演员懂得,一个角色的姿势和动作必须永远与台词联系在一起,一切都必须像习以为常一般机械地取得一致,这在试演时和公演时没有什么两样。特别是在试演一出悲剧时,决不应该用手去做一般活动;一个在试演时闻鼻烟的悲剧演员总使他们担心:因为很可能上演时他也会在同样的地方犯闻鼻烟的瘾。甚至他们以为,如果一个角色应该穿着鞋上演,他在试演时就不应该穿着靴子。他们肯定地说,女人们在试演时把她们的手藏在裙褶里,是再令人痛苦不过的。

除此之外,由于这两个人的劝告还得到一些别的好效果,这就是所有的男演员都应该学习操练。"因为总有这么多军官的角色出现，"他们说，"看着人们在舞台上穿着上尉和少校的军服晃来晃去，他们竟连最起码的训练也没有，真是没有什么比这显得更可悲的了。"

维廉和雷欧提斯是最早受过下级军官教育的人，同时他们仍以极大的努力继续他们的比剑练习。

这两个人为训练这个非常幸运地聚在一起的剧团，费了很大的力气。观众有时非难他们坚毅的业余爱好，他们所关怀的却是使听众以后表示满意。人们不知道，有多少理由应该感谢他们，特别是因为他们从不忘记时常提醒演员最重要的一点：他们说，大声而清晰地说话，是演员的责任。每逢这样做时，他们遭到的反对和厌恶，比他们起初所想到的要多得多。大多数演员只愿意让人家听他们怎样说，很少有人努力说得使人听得清他们的话。有几个人把这缺点推到建筑上，另一些人则说，当一个角色必须自然地，秘密地，或是温柔地说话时，他毕竟不能大喊啊。

我们剧院的这两个朋友有一种不可言说的忍耐，他们想用各种不同的方法解决这个矛盾，克服这个偏见。他们既不吝惜据理直说，也不吝惜甘言相诱，最后终于达到了他们的最后目的，这是维廉的好榜样给了他们以特殊的帮助。他请求他们在试演时坐在最远的角落里，只要他们没有完全听懂就请他们用钥匙敲一敲板凳。他发音正确，谈吐适宜，声音一层一层地升高，在最热烈的地方也不把喉咙叫哑。人们听见，钥匙的敲击每次试演时都在逐渐减少；其他的人也渐渐满意这个方法了，人们可以希望，这出戏最终会在剧院的一切角落里都被人听懂。

从这个例子里人们可以看到：一个人是多么喜欢只按自己的方式去达到自己的目的；要使一个人理解本来自然而然可以理解的事物，有多么艰难；要那些想要有所作为的人认识那些完成他们的计划的不可缺少的基本条件，是何等不易。

第 九 章

大家现在继续给布景和服装以及其他一切不可缺少的东西做必要的准备。关于几场和几个地方维廉有特殊的奇想，赛罗都依从了他，一半是顾虑到契约，一半由于确信，因为他希望用这个好意获得维廉的欢心，以后好更能按照他的意志支配维廉。

例如国王和王后在第一次登朝时应该在宝座上坐着出现，朝臣立在两旁，哈姆雷特无足轻重地站在他们中间。"哈姆雷特，"他说，"必须态度安定，他的黑色的衣服已经够使他与众不同了。他必须先隐蔽着，不出头露面。只是等到朝见结束了，国王把他当作儿子和他谈话，他才可以走过来，这幕戏才开始进行。"

那两幅画像形成一个大困难，哈姆雷特在和他母亲相见的那幕里非常热烈地谈到过那两幅画。"我觉得，"维廉说，"这两个画像应该有真人那么大，在房屋的底层正门附近就可以看得见，老国王必须和鬼魂一样全副武装，画像要正挂在鬼魂走出来的这一边。我希望，这画上的伸出右手取下命令的姿势，有些向旁边侧着身子，露出睥睨一切的目光，为的是在鬼魂从门那里走出去的一瞬间它与鬼魂完全相像。这将要发生很大的作用,如果在这一瞬间内哈姆雷特朝鬼魂看,王后朝图像看,那将会发生很大的作用。随后继父可以穿着国王的盛服出现,可是不如老王有生气。"

还有许多点,以后我们也许还有机会谈。

"哈姆雷特最后必须死去,这你也不让步吗?"赛罗问。

"我怎么能让他活在人间呢?"维廉说,"因为全剧都逼迫着他死。关于这一点我们已经很详细地谈过了。"

"但是观众愿意他活着。"

"我愿意向他们表示任何其他的好意,只是这一次是不可能的。即使一个善良有用的人死于一种痼疾,我们也希望,他能够活得更长久些。家人哭泣,苦苦哀求那不能把患者留在人间的医生:正如医生不能违抗自然规律,我们也不能支配公认的艺术规律。对待群众,如果你是激起他们想要有的情感,而不激发他们应该有的情感,那就是一个错误的让步。"

"谁拿着钱,谁就能按照他的心意要求货物。"

"有几分道理;但是广大群众有权要求人尊重他们,不能像骗钱的小贩对待孩子一样对待他们。人们渐渐通过善把善的情感和趣味传给群众,群众就会以双倍的快乐掏出他们的钱,因为理智,甚至于理性,在这笔花销上对他们也无可指摘。人们可以像对待被宠爱的孩子一样谄媚他们,这谄媚,为的是改善他们,为的是开导他们,却不是像对待贵人与富人,为的是使那为人所利用的错误永久不变。"

他们还商议了一些别的事,特别是讨论了在这剧本里人们大概还可以更改什么,以及什么必须毫无改动的问题。关于这一点我们就不往下详细叙述了,也许将来把《哈姆雷特》

的新改编本介绍给有可能对此感兴趣的一部分读者。

第　十　章

　　总试演是过去了;这试演延续的时间实在太长。赛罗和维廉还有不少事要照料,因为他们虽然为了准备演出用去了大量的时间,可是有很必要的布置被推到最后的瞬间了。

　　例如两个国王的图像还没有制好,在哈姆雷特与他的母亲的那一幕人们希望有一个非常强大的效果,可是这一幕还显得很单薄,因为鬼魂既无人充当,画好的肖像也就不存在。赛罗这时取笑着说:"如果鬼魂不出现,守卫必须实际上与空气搏斗,而我们的幕后提词员也必须从布景的旁边补充鬼魂的陈述,那我们的处境可就糟糕透了。"

　　"我们不要因为自己不相信而把这位神秘的朋友吓跑了,"维廉回答,"他一定会准时的,他将使我们和观众一样感到惊奇。"

　　"一定,"赛罗大声说道,"只要明天能公演,我也就高兴了;它使我们费了很多事,完全超出了我当初的想象。"

　　"如果这出戏明天上演,这世界上没有谁会比我更高兴,"菲利娜回答,"虽然我的角色并不使我苦恼。因为总是听人谈论一件事,除了谈表演还是谈表演,就没听人说别的,可是这表演和无数其他事一样,将来就要被忘记,老是这样,我真无法忍受。看在上帝的分上,你们就别老这么卖弄才智了! 客人们从桌旁站起来,随后对每道菜都非难一顿;真的,若是人们听他们在家里这么谈论，人们简直无法理解他们怎么能够忍受这样的灾难。"

"请你让我顺便利用一下你的比喻，美丽的孩子，"维廉说，"你想想看，自然与艺术，商业、工业与手工业必须很好地共同合作，才能摆设出一个宴席来。林中的鹿，河里海里的鱼，得经过多少岁月才能配置在我们的宴席上，主妇，女厨工有多少事要在厨房里做！在正餐的末尾，人们是怎样不在意地把远方的葡萄采撷者的、船夫的、酿酒师的劳苦饮啜下去，好像必须就是这样！难道因为这个享受归终总要过去，所有这一切人就不应该工作、置办和准备吗？主人就不应该煞费心思地把这一切采购来配置在一起吗？但是没有一种享受会成为过去：因为它留下的印象是永存的，凡是人们辛勤努力做过的事，都会赋予观者一种潜藏的力，谁也不知道这潜藏的力的作用会有多么深远。"

"我觉得一切都一样，"菲利娜回答，"只是这一次我也体验到，男人们永远是自相矛盾的。你们虽然用尽心机不想损伤伟大的作家，可是你们把那最美的思想从这剧本里删去了。"

"最美的？"维廉大声说。

"的确是最美的，哈姆雷特自己所引为自傲的。"

"你说的是什么思想？"赛罗大声说着。

"若是你戴着假发，"菲利娜回答，"我就要给你把它干干净净地摘下来；因为要使你头脑清醒，看来非这么做不可。"

别人陷入了沉思，谈话停住了。大家站起来，天已经晚了，人们好像要分散。当大家这样犹豫不定地立在那里时，菲利娜用一种很纤细而好听的歌调唱起一支小曲：

不要用忧郁的音调
歌唱夜的寂寞：
啊美女们窈窕，
夜里正好会合。

正如女人对于男人
是那最美的一半，
夜占去一半光阴，
也是最美的一半。

你们可能喜欢白昼，
它只是把欢乐打断？
它没有旁的用处，
只善于让人们分散。

但如果在夜的时辰
流逝朦胧的灯影
嘴唇挨近嘴唇
倾吐调笑和爱情；

如果癫狂的少年
一向急躁而热衷
常得到一点爱怜
停留于轻佻的戏弄；

如果夜莺给情人们

唱出深情的歌曲，
可是对于不自由的愁人
只像是哀怨如缕：

谁的心不轻微跳动
倾听午夜的钟声，
它缓缓地敲击十二次
预告休息和安宁！

所以在这漫长的白昼
要记住，亲爱的胸怀：
每个白昼有它的痛苦，
可是夜有它的愉快。

当她唱完时，她微微弯了弯腰，赛罗向她大声地喝彩。她向门口跳跃，大声笑着跑去。人们听见她唱着歌走下楼梯，鞋后跟嗒嗒作响。

赛罗走进偏房，维廉向奥莱丽亚祝了晚安，她却站在他面前停了片刻才说：

"她是多么叫我讨厌！真是叫我从心底里感到讨厌！直到那些最微小的偶然事件。她的头发是金黄的，右眼的眼睫却是褐色的。我的哥哥觉得非常动人，我简直不要看，而且那额角上的伤痕，我觉得是那么讨嫌，那么卑下，见了它我总要在她面前倒退十步。她近来当作笑话说，她的父亲在她儿时把一个盘子抛在她的头上，所以她还带着这个记号。她诚然在眼睛和额角上有这记号，使人要对她留心。"

维廉没有回答，奥莱丽亚好像有更多的嫌憎继续说：

"和她说上一句和蔼的、客气的话,我几乎办不到,我恨透了她,可是对她的谄媚却不见减少。我希望我们能摆脱她。我的朋友,你对这个东西也相当友善,你对她的态度,你对她的一种近乎尊敬的关切,使我感到无比痛苦,神呀,这并不是她应得的!"

"不管她怎样,我要感谢她,"维廉回答,"她的举止是可以责备的,但她的性格我必须公平地对待。"

"性格!"奥莱丽亚大声说,"你相信,这样一个东西有性格吗?啊,你们这些男子,在这方面我算认识你们了!你们就看得上这样的女人。"

"你难道猜疑我吗,我的女友?"维廉回答,"对于我和她度过的时间,每分钟我都能有个说明或解释。"

"怎么,怎么,"奥莱丽亚说,"现在晚了,我们不要争论了。大家都像一个人,一个人像大家,共同提携,一致团结!晚安!我的朋友!晚安,我的文雅的极乐鸟!"

维廉问,他是怎么得到这个尊称的。

"下一次再说,"奥莱丽亚回答,"下一次再说。人们说,它们没有脚,它们只在空中翱翔,用清气营养自己。但那是一个童话,"她继续说,"一个诗的构想。晚安,你要是有福,就做个美丽的梦吧。"

她走进她的房间,剩下他一个人;他跑到他的房间去。

他半愤怒地走来走去。奥莱丽亚那取笑的,但又很坚决的声调侮辱了他:他深深地感到,她对他怎样不公平。他不能以反对的敌意的态度对待菲利娜;她没有对他犯过罪,他觉得他对于她没有任何爱慕,所以他能够真正骄傲而不屈不挠地自持。

他正在准备脱衣服上床,刚把帷幔打开,竟看见床前有一双女拖鞋:一只立着,一只倒着,他十分惊讶。——那是菲利娜的拖鞋,他不会看错的,他也似乎看见了帷幔上有些紊乱,甚至觉得好像帷幔在动;他站住,目不转睛地向那边看。

他认为一种新的烦恼情绪使他呼吸阻塞;过了一阵子,他才缓过气来,随后镇定地说:

"你下来,菲利娜!这是干什么?你的聪明,你的彬彬有礼的态度都到哪儿去了?难道要我们明天成为这座房子里的童话吗?"

里边一动也不动。

"我不是开玩笑,"他继续说,"这种恶作剧在我这里是用错了。"

没有声音!没有动作!

他最后坚决而愤怒地走到床前,把帷幔拉开。"你下来,"他说,"要不然,我这一夜就把这间房间让给你。"

他十分惊愕,他看见他的床是空的,枕和被都秩序井然。他向四下里看,寻找,寻遍一切地方也找不到这个恶作剧者的踪迹。在床后、炉后、柜橱后,什么也看不见。他搜寻得越来越心急,甚至一个恶意的旁观者会以为,他所以要寻找,就是为的找到她。

他没有睡眠;他把那双拖鞋放在他的桌上,走来走去,有几次停立在桌旁,一个偷偷窥伺着他的狡狯的神灵会确有把握地说:这夜的一大半时间他都是在吟味这双最可爱的拖鞋;他怀着某种兴趣观看它,把玩它,直到快黎明时他才穿着衣服倒在床上,在奇异的幻象中蒙眬入睡。

他还在睡着,赛罗走进来叫道:"你在哪里?还在床上吗？不像话！我在戏院里寻找你，在那里我们还有很多事要做呢。"

第 十 一 章

上午和下午迅速地过去。戏院里已经人满了，维廉急忙去上装。他第一次试穿这套戏装时感到很舒适，如今他竟不能以舒适的心情把它穿在身上；他只是赶快胡乱地着了装了事。当他走进集会室来到女人们跟前时，她们异口同声地说他穿得不对：帽上美丽的羽毛挪地方了，扣子也不合适；人们又开始拆开再缝，插在一起。交响乐奏起来了，菲利娜对襟饰有些异议，奥莱丽亚对外套有许多非难。"放开我吧，你们这些孩子，"他叫道，"这种忽略正好把我变成哈姆雷特。"女人们不放他，又继续修饰起来。交响乐停止了，这出戏开演了。他在镜中照一照，把帽子往下压一压，又重新敷些脂粉。

这时有人跳进来叫道："鬼魂！鬼魂！"

维廉一整天没有时间去想重要的忧虑，鬼魂到底来不来。如今这个忧虑完全消除了，人们原本不得不等待这最神奇的客串到来。舞台指导来了，他问这问那，维廉没有时间回头去看那个鬼魂，只是赶快去立在宝座的旁边，在那里国王与王后已经被他们的侍从围绕着，庄严威武地放出光彩；他只是又听到霍拉旭最后的几句，他关于鬼魂的出现说得很零乱，好像忘却了他的台词。

中间的剧幕高高升起，他看着坐满人的整个剧院就在他的面前。霍拉旭说完了他的话，被国王拒绝了，他挤到哈姆雷特身旁，好像在向这个王子自荐，他说："这魔鬼全身甲胄！他把我们可都吓坏了！"

在这中间人们只看见两个高大的人，穿着白色的外套，戴着白色的头巾立在布景的侧面，维廉觉得第一个独白涣散，不安与窘迫，没有成功，虽然在下场时有一片欢动的喝彩声，维廉在悚惧的戏剧的冬夜里走上台来实在很不舒适。可是他聚精会神，以应有的冷静叙说北方人宴饮的非常符合于目的的文句，因此他和观众一样忘记了鬼魂，当霍拉旭喊叫"看这里，鬼来了！"的时候，他真的惊惶万状。他激愤地奔走，那高贵、伟大的形体，轻轻的，听不出的步履，穿着全副似乎沉重的武装，但轻松地活动着，他产生了这样一个强烈的印象，他像变成石头一般立在那里，只能轻声说："你们天使和天上的神灵，保佑我们！"他向他凝视，吸了几口气，他向鬼魂的说辞说得这样零乱，破碎，勉强，就是最伟大的艺术也不能把它表现得这样卓越。

他这一段的译文对他很适宜。他极力接近原文；字句的位置好像惟一给他表现出一个出乎意料的、惊吓的、被恐怖所激荡的心情的状态。

"不管你是一个善良的精神，还是一个被诅咒的妖怪，你随身带来天上的芬芳或是地狱的蒸汽，你的本原是善的或是恶的，你以这样一个尊贵的形象走来，甚至于我可以和你谈话，我称呼你哈姆雷特，国王，父亲，啊你回答我！"

在观众中人们感觉到最大的影响。鬼魂在招手，王子跟随着他，一时掌声四起。

舞台在换幕，当他们向舞台正中较远的地方走去时，鬼魂意想不到地停住了,转过身来;这样,哈姆雷特就站得与他太近了。维廉怀着希求与好奇心立即在那垂下来的脸颊间偷看,但是只能看得到一对深凹的眼睛和一个好看的鼻子。他惴惴地探索着立在他的前边;只是当最初的语音从盔兜里涌出时,当一种好听的,只是有一些粗的声音在这样的语句里让人听见时:"我是你父亲的灵魂。"维廉悚然地后退了几步,全场的观众在战栗。这声音好像每个人都熟识,维廉觉得与他父亲的声音有一种类似。这些奇怪的感觉与回忆,发现这个奇异朋友的好奇心,与怕得罪他的忧虑,甚至以优伶的身份在这境况里走得与他太近了的不适合,这一切使维廉走到与他相反的一边。在鬼魂长篇述说的时间内他常常改动他站的位置,显得非常不安而窘迫,小心而散漫,致使他的表演激起普遍的惊奇,正如鬼魂激起普遍的惊惧。鬼魂述说的不是哀诉,而是一种深刻的内心烦恼,但是一种精神的绵延不断的、纠缠不清的烦恼。这是一个伟大灵魂的不快,这灵魂与一切的尘世隔离了,又降服于无穷尽的苦难。最后鬼魂沉没了,但是用一种特别的方式:因为有一块轻的、灰色的、透明的纱好像是一缕烟从沉没中升起,蒙住他,又随着他下去了。

哈姆雷特的朋友们回来了,他们用剑起誓。这时老鼹鼠一直在地下忙碌,不管他们站在哪里,他永久在脚下向他们叫:"起誓!"并且他们觉得地在他们的脚下燃烧,他们迅速地从一个地方跑到另一个地方。在他们站立的地方,也每次都从地里出现一缕小小的火焰,增加效果,并且在所有的观众那里都留下最深的印象。

于是这出戏不停止地前进,没有一处失败,一切都成功;观众都很满意;演员的快乐与胆量好像在随着一幕幕的进展而增长。

第 十 二 章

幕落了,最热烈的喝彩来自场内的四面八方。四个王侯的死尸迅速地跳了起来,因欢悦而拥抱在一起。普隆涅斯与莪菲莉霞也从他们的坟墓里走出来,并怀着明显的快乐听着霍拉旭走出来报告时怎样被人们极热烈地鼓掌欢迎。人们不希望他预告一出别的戏,都焦躁地热望重演今天的这出戏。

"如今我们胜利了,"赛罗说,"但是今天晚上再也没有话是理性的了! 一切都在于第一次印象。一个演员初次登台时显得胆怯而拘谨,人们实在不应该怪他。"

管账的来了,递给他一笔沉重的款子。"我们初次表演成功了,"他大声说,"这先入之见会对我们有好处的。可是现在我们约定的晚餐在哪里呢? 现在可以让我们尝一尝了!"

他们曾经规定好,他们要共同穿着戏装,自己开会庆祝。维廉的任务是布置会场,梅里纳夫人负责预备食品。

一间人们平素在里边画图的房间,打扫得非常洁净,周围布满各样的小装饰,一切都修饰得极好,一半好似一座花园,一半好似一道柱廊。这团体走进来时被许多灯烛的光所炫照,这些灯烛透过人们毫不吝惜的最甜美的熏香的烟气把一片庄严的光散布在一座装饰和陈列得很整齐的食桌上。人们惊叹着赞美这些摆设,大家按照礼仪就座,这好像在神灵的国度里有一个王侯的家族聚在一起了。维廉坐在奥莱丽亚与梅里纳夫人中间;赛罗在菲利娜与爱尔弥尔中间;没有一个人对他自己和他的座位感到不满。

那两个戏剧爱好者也同样出席了,更增加这团体的幸福。在表演时他们就有几次走到舞台上来,他们简直说不完他们自己的与观众的满足;但是现在他们谈的却是详情细节,每个细节都应该得到丰厚的报酬。

一个又一个成绩,一个又一个处所被人用一种难以置信的热诚提了出来。那个谦逊地坐在末座的幕后提词员扮演野蛮的皮勒斯也得到了人们的赞扬;哈姆雷特与雷欧提斯的比剑人们也不胜夸奖;莪菲莉霞的悲哀美丽而崇高是难以表达的;普隆涅斯的表演人们决不能稍有微词;每个出席的人都在旁人那里和通过旁人听到赞美。

但是那个未出席的鬼魂也拿去他所应得的赞美与惊讶。他把他的说辞用一个很适宜的声调,很符合原意地说出,而且人们最为惊奇的,是所有这剧团里经过的事他好像都知道。他完全像那个画像,好像他给画家当了模特儿一般,当他在这幅画附近走出来时,那两个戏剧爱好者赞叹不已,在他的肖像前走过时,那叫人多么悚惧。真理与谬误完全奇异地混合了,人们真的相信王后没有看见这个形体。在这个场合梅里纳夫人备受称赞,她在这地方只向高处凝视图像,同时哈姆雷特低视鬼魂。

人们打听,鬼魂是怎么偷偷走进来的,他们从舞台指导那里知道,有一个后门平素总是用布景的用具堵住,但是这天晚上因为人们使用哥特式的大厅,后门敞开了,两个高大的形体穿戴着白色的外套与僧帽走进来了,谁也不能把他们区分开,他们在第三幕演完后也许又走出去了。

赛罗特别称赞他,他没有这样衰弱可怜地哀诉,甚至最后还添上了一段,这段话对于一个非常伟大的主人公更适宜。他在鼓舞他的儿子。维廉把这段话记住了,他说要把它补添在稿本上。

人们在宴会的欢悦中不曾注意到小孩子们和竖琴老人没有出席,但是不久他们便很愉快地出现了。因为他们共同走进来,但是装扮得很奇特,菲利克斯弹着三角铮,迷娘打着小铃鼓,老人把沉重的竖琴挎在肩上,当他把它转到面前时,他弹奏起来。他们围着桌子走,唱着各样的歌。大家给他们吃,孩子们要喝多少甜酒,他们就给他们多少,客人们都以为这对孩子们是一种恩惠呢,因为这个团体自己并不吝惜这些贵重的美酒,这是在这天晚上,作为戏剧爱好者的赠品,装在我们篮子里送来的。孩子们继续跳跃,歌唱,迷娘特别欢悦忘形,从来没有看见她这样过。她打着小铃鼓用尽一切的伶巧与活泼,她时而用按着的手指在鼓面上迅速地滑来滑去,时而用手背,时而用指关节在上边敲,甚至用轮换的韵律打着鼓皮,时而对着膝盖,时而对着头,时而摇动着只让那些小铃作响,于是从这最简单的乐器里唤出不同的音调。在他们长久地喧器后,他们坐在一个靠椅上,这椅子在桌旁正对着维廉空着。

"别坐在这椅子上!"赛罗说,"这椅子大半是为鬼魂摆在这里的;若是他来了,他会见怪的。"

"我不怕他,"迷娘说,"他来了,我们就站起来。他是我的伯伯,他不会加害于我。"这句话没有人懂得,好像有谁知道,她曾经把被她错当作父亲的人叫作"大魔鬼"。

这个团体彼此凝视,他们之间的猜疑更加强了,都以为赛罗知道这个鬼魂的出现。大家乱谈,饮酒,女孩子们随时都悚惧地向门那儿看。

这两个孩子,在大椅子上坐着,就像是从箱子里冒出、跳到桌子上的两个滑稽的玩偶,他们要用这种方式演一出戏。迷娘很有教养地模仿嘎嘎声,最后他们把头在桌子角上碰到一起,好像根本是木偶所能经受得住的一样。迷娘快乐得要发狂,这个团体开始时对这种玩笑放声大笑,可是最后不得不克制住自己。但是劝说不大有用,因为迷娘这时跳了起来,手持快鼓,很快地围着桌子转起来。当她扭转头颅,手脚四肢似乎都甩向空中时,她的头发飞挥着,好像她和狂女,酒神的侍女相似,她的狂野的几乎是难以相信的姿态在古代的纪念碑上现在还常常使我们吃惊。

被孩子们的才能和他们的喧嚣所刺激,这个团体的每个人都设法有所贡献。妇女们唱了几首轮唱曲,雷欧提斯让人听到夜莺叫,老古板用旧时口琴柔弱地吹奏出一个曲调。同时邻座的男男女女都玩着各种游戏,手拍手,手握手地玩,没有几对不充满彼此鼓舞的柔情。梅里纳夫人似乎并不隐瞒自己对维廉有特殊热烈的爱慕。夜已经很深了,奥莱丽亚几乎是唯一还能自制的人,她站了起来,警告其余的人,要大家散开。

赛罗在告别时还表演了放焰火,他会用嘴以一种几乎是无法理解的方式方法来模仿烟火、爆竹和轮状焰火的声音。人们要是把眼睛闭上,就完全陷入错觉。这时每个人都站起来,把手臂递给了妇女们,臂挽臂送她们回家。维廉是最后和奥莱丽亚一起走的。在楼梯上他们遇到了舞台指挥,他说:"这就是隐身面纱,鬼魂就消逝在这里。它在下沉时还挂在这里,我们恰恰找到了它。"——"一件奇异的纪念物!"维廉说道,同时把它拿了下来。

这时,他感到有人抓住了他的左胳臂,同时感到一阵剧疼。是迷娘埋藏在这儿,抓住了他,而且咬了他手臂一下。她从他旁边走下楼梯,转眼间就跑得无影无踪了。

当这团体来到户外露天时,几乎每个人都觉察到,人们在这个良好的晚会上得到了太多的享受。没有告别,人们就各奔住所了。

维廉几乎还没有走到他的房间里,他就脱下他的衣服,在灭了灯以后就赶快爬到床上去了。睡眠立刻就要征服他;可是有些响动,好像来自他房间里炉子后边似的,他警觉起来。恰好在他激动的幻想前浮现出满身甲胄的国王的图像;他坐起来,要和鬼魂说话,这时他被柔细的两臂围抱住,他的嘴被热烈的亲吻给堵住,并且感觉到一个胸脯贴在他的胸膛上,他没有勇气推开这个胸脯。

第 十 三 章

维廉在第二天早晨怀着一种不舒适的感觉突然起来,看见他的床是空的。在没有完全睡足的沉醉中他的头脑是昏沉的,回想起那不相识的夜间的来访他忐忑不安。他最初猜疑到菲利娜,可是他曾经抱在怀里的可爱的身体好像不是她的。我们的朋友是在热烈的温存中在这奇异的无言的来访者的身旁入睡的,如今再也不能发现一些有关的痕迹。他跳起来,在他穿衣时,他看见他一向都要闩好的门只是半开着,他也不能记起，他昨天晚上是否把它关闭好了。

对于他显现得最离奇的却是他在他床上看到的鬼魂隐身的面纱。他把它带上来了，也许亲身把它抛在那里。那是一幅灰色的纱，在它的边上他看见一段用黑色字母绣的文字。他把它展开，读这句话："第一次也是最末一次！逃吧！青年，逃吧！"他很感动，不知道应该说什么。

正在这时迷娘走进来，给他送来早点。维廉一看这孩子，就很惊讶，人们甚至可以说，他惊恐。她好像这一夜变大了些；她以一种高贵的仪表走到他面前，很严肃地对着他的眼睛看，他甚至开始躲避这目光了。她不像往常那样接触他，她把他的物件整理好以后，又默默地离去了，平素她总是习惯于握他的手，吻他的面颊、他的嘴、他的手腕或是他的肩。

到了规定好研读剧本的时刻，大家聚集在一起，都由于昨天的宴会而精神涣散。维廉尽可能地聚精会神，为的是不要刚一开始就与他非常热心提倡的原则相抵触。努力的练习帮助他渡过难关，因为练习与习惯必须在每一种艺术中填实天才与任性常常放任的漏洞。

可是，在这样的场合，人们本来就能够认识到这种见解真对：任何一种将延续较久甚至可能成终身职业和生活方式的事业，都不适于以庆祝开始。人们只能庆祝已经幸运地完成了的事；所有开始时的仪式都是先消耗了快乐与精力，而这快乐与精力却正是应该产生努力，在继续不停的疲乏时帮助我们。一切的庆祝中大规模的婚宴是最不适当的；婚礼是最应该在寂静、谦虚与希望中举行的了。

白昼一天就这样过去了，对维廉说来，从来还没有一天显得这样平凡过。成为晚间习惯的闲谈不做了，人们都开始打呵欠;对哈姆雷特的兴趣丝毫不存了,在第二天还要上演这出戏,人们觉得很不舒服。维廉拿出鬼魂的面纱,人们推断,他不会再来。赛罗特别是这个意见,他好像很熟悉这个奇异形体的劝告;但是这句话:"逃吧!青年,逃吧!"又无法解释。这个人好像有心要把剧团里最优秀的演员拉走,赛罗怎么能同意呢!

如今必要的事是把鬼魂的角色转给饶舌老人,把国王的角色交给老古板。这二人声明,他们已经深入学习了这角色,这不足为奇,因为有过多次的试演和对这剧本广泛的研讨,大家都熟悉了,甚至他们全体都能很容易地交换角色。可是有几点要迅速地练习练习,后来大家散开了,在分手时菲利娜轻轻地向维廉耳语:"我必须取我的拖鞋,你可不要插上门闩!"当他走向他的房间时,这句话使他相当的窘;因为前夜的来客就是菲利娜的猜测由此加强了,并且我们也被迫趋向于这个意见,特别因为我们不能发现那些在这点上使他疑惑而必须引起他另一种特殊猜疑的理由。他在他的屋里不安地来回来去走了几次,并且当真没有插上门闩。

忽然迷娘跑到屋里来,抓住他喊道:"麦斯特! 救这屋子! 起火了!"维廉跳到门前,一团浓烟沿着上边的楼梯向他扑来。巷子里人们已经听见喊救火的声音,竖琴老人手里握着他的乐器,上气不接下气地从浓烟中跑下楼梯。奥莱丽亚从她的屋中跳出,把小菲利克斯推在维廉的怀里。

"请你救这孩子!"她叫道,"我们要去拿旁的东西。"

维廉以为危险不是这样大,他最初想跑到起火的地方,也许还能在开始时就把火熄灭。他把孩子交给老人,吩咐他沿着螺形的石梯跑下去,这石梯穿过一个小的圆洞通到花园,他带着孩子停留在空旷的地方。迷娘拿来一支蜡烛给他照路。维廉随后请求奥莱丽亚由这条路抢救出她的物件。他自己穿过浓烟跑上去，但是他冒这个危险是徒然的。火焰好像是从邻家的房子里过来的，已经燃着了地板和一座简便楼梯，其他来救火的人和他一样忍受着浓烟的窒闷和火焰的烘烤。可是他鼓励他们的勇气，喊要水，他恳求他们一步一步地躲避火焰，并且答应和他们在一起。这时，迷娘跳上来喊着："麦斯特！救救你的菲利克斯！老人疯了！老人要杀害他！"维廉不加思考，跳下楼梯，迷娘紧紧地跟在后边。

来到导入圆洞的最后的梯阶上他惊吓地停住了脚步。人们在那里堆积的大捆的干草和干柴都燃烧起来，放出明亮的火焰，菲利克斯躺在地上喊叫；老人垂着头斜靠着墙站着。"你要做什么，不幸的人？"维廉说。老人静默无言，迷娘把菲利克斯抱起来，吃力地把这男孩拖到园中，同时维廉努力把火分开窒熄，但火焰的威力与生气反而更增加了。最后他必须带着燃烧着的睫毛和头发也跑到园里去，同时他拉着老人穿过火焰，他带着烧焦了的胡须不乐意地跟随着他。

维廉立刻跑到园里去找孩子。在一个远远的小亭舍的门槛上他找到他们，迷娘尽其所能地安抚菲利克斯。维廉把他抱在怀里，问他，抚摸他，可是从这两个孩子的口中根本发现不了什么情况。

这中间火已经凶猛地烧着了许多房屋，照明这一片地方。在火焰的红光照耀下维廉检视菲利克斯，他不能看到有伤，有血，甚至有肿的地方。他抚摸他全身，他身上也没有痛苦的标记，他反而渐渐平静了，开始惊奇地看着火焰，甚而为了那些美丽的像是一个焰火似的按着秩序燃烧的栋梁而暗自欢喜。

维廉没想到他的衣服以及其他可能遗失的物件;他强烈地感到,这两个小孩子对他是多么有意义,他看着他们逃离了这样大的危险。他以一种完全新鲜的感觉把这小男孩抱到胸前,他也想以快乐的温柔拥抱迷娘,但是她温存地拒绝了,她拉过他的手,握得很紧。

"麦斯特,"她说(她从来没有像这天晚上似的这样称呼过他,因为开始她惯于把他称作主人,随后称作父亲),"麦斯特!我们逃脱开一个大危险,你的菲利克斯差一点没有死。"

通过许多盘问,维廉最后才知道,当他们走入圆洞时,竖琴老人从她的手里夺过蜡烛,立即把干草点着了。随后他把菲利克斯放下,用奇怪的姿势把手放在孩子的头上,拔出刀来,好像他要杀他祭神。她跳过来,从他手里夺过刀;她大声叫喊,房里一个把一些物件救到园里去的人走来帮助她;但是他在紊乱中又走开了,把老人和孩子单独地放在那里。

两三所房子完全陷在火焰中。没有人能够跑到园里去,因为通到园中的圆洞燃烧起来了。维廉心急如焚,这是为了他的朋友,而不是为了他的什物。他不敢把孩子们丢下,眼见这不幸越来越扩大。

他在窘迫的状况里度过了几小时。菲利克斯在他怀里睡着了,迷娘挨着他躺着,紧握他的手。最后紧急的处置把火势遏止住了。烧完了的建筑倾倒下来,黎明也到了,小孩子们开始感觉冷,他自己穿着单薄的衣服几乎也不能抵御落下来的露水。他把他们领到倾倒的建筑物的废墟里,他们在一堆枯炭与灰烬的旁边得到一种很舒适的温暖。

如今破晓的白昼把一切的朋友和熟人都渐渐聚拢在一起。每个人都得了救，没有人失却许多东西。

维廉的箱子也又得到了，快到十点钟的时候，赛罗催促去试演哈姆雷特，至少要试演有新的演员担任的那几场。随后他还和警察做了一些商讨。教会方面要求：在这样一个上帝的惩罚后剧院应该封闭；可是赛罗主张：一部分为了补充他这一夜的损失，一部分为了鼓励这些受惊的人，一出有趣味的戏的上演比任何时候都更为重要。这第二个意见贯彻了，剧院充满了人。演员们以稀有的欢悦和比第一次还高的热情自由表演。观众的情感由于那可怕的夜间的一幕给提高了，由于散漫、毁败的一日的无聊而更急切渴望有一个有趣的消遣，观众对于非常的事物有更强的感受力。大部分观众是新的，由于这出戏有名而招来的观众，与第一晚迥乎不同。饶舌老人完全按照不相识的鬼魂的神态动作起来，老古板同样把他的前任当作榜样；此外他的可怜样子对他也很有用处，哈姆雷特对他的态度实在没有错，他虽然穿着绯红的紫袍，戴着白鼬皮领子，而哈姆雷特骂他是一个补缀在一起的褴褛国王。

也许没有人比他还奇特地登上了宝座；虽然其余的人，特别是菲利娜，极力取笑他的新的尊荣，可是他让人觉察到，从前伯爵，那一个伟大的知人者，在初次会面时对他就预言了这些，并且比这还多，但是菲利娜却警告他要谦虚些，并且保证：她要找机会给他的衣袖上扑上粉，为的是他不要忘记府邸中那倒霉的一夜，从而谦虚地戴着那顶王冠。

第十四章

大家忙慌慌地寻找住所,结果剧团住得很分散。维廉爱上了他在那里度过一夜的园中的亭舍;他毫不费力地得到了钥匙,在里边住下来;但是因为奥莱丽亚的新住所很狭窄,他必须让菲利克斯在他这里住,迷娘也不愿意离开这个男孩。

孩子们在二层楼上得到一个精致的房间,维廉住在下边的厅堂里。孩子们睡了,但是他仍然不得安宁。

刚刚升上来的满月美好地照耀着优雅的花园,紧挨着这花园是不幸的废墟,从这里到处还有烟气上升;空气令人舒畅,夜非常美丽。菲利娜在走出剧院时用肘碰了他一下,向他嘟哝了几句话,但是他没有听懂。他烦乱,沮丧,他不知道,他应该期待什么,或是做什么。这几天菲利娜净躲避他,只是这天晚上又给他一个示意。可惜本来不让他锁闭的房门如今已经烧了,那双小拖鞋也化为灰烬。如果这个女孩子成心要来,他实在不知道她将怎样走进花园。他不希望看见她,可是他很愿意和她说个明白。

他心上更为忧虑的是竖琴老人的命运,人们没有再看见他。维廉怕人在清理废墟时会在瓦砾中发现他已经死了。他疑心这场火是老人放的,可是他对任何人都隐瞒着这个怀疑。因为他第一个从燃烧着冒着烟的地板那里向他走来,在花园洞中的绝望举动好像是这个不幸事变的征象。但是据警察立即举行的调查认为可能是,火不是在他们住的房子里而是在

336

走过去第三幢的房子里发生的,火势是从房顶下边立即袭向这边来的。

维廉考虑这一切,他坐在一个亭子里,他听见在附近一条甬路上有人潜行。悲哀的歌曲随即响起,他听出是竖琴老人。这首歌他很能了解,它含有一种不幸者的安慰,这不幸者自觉临近疯狂了。可惜维廉只记住了最后的一段。

> 我要潜步走到家家门旁,
> 我站立着,规矩而静寂,
> 慈悲的手将要递给食粮,
> 并且我将要往下走去。
> 每个人都将要显得幸福,
> 若是我在他的面前站立;
> 他将要落下来一滴泪珠,
> 我不知道他为什么哭泣。

他唱着这几句到了园门旁,这园门通到一条僻静的街道,因为他看见园门是锁着的,他想从栅栏上跳过去,可是维廉堵住他,和蔼地和他谈话。老人请求他打开门锁,因为他要逃跑,必须逃跑。维廉劝他说,他也许能逃出花园,却不能逃出城去,并且指出,由于这样做他会使自己沾惹嫌疑,可是徒然!老人坚持他的本意。维廉不让步,最后半用暴力把他推入园舍里,把自己和他都锁在里边,和他做了一段奇妙的谈话,这谈话我们宁愿不宣布,也不愿详尽地写出来,因为我们不想用些不相关联的思想与令人悚惧的感觉来苦恼我们的读者。

第 十 五 章

维廉非常困窘,又要开始应付这个不幸的老人,这老人看上去显然是发疯了。可是当天早晨雷欧提斯却使他得到了解脱。按照老习惯雷欧提斯常常是到处走,他在咖啡店里看见了一个人,而这人前些时候还因忧郁病的剧烈发作而受尽折磨。人们把他托付给一个乡村牧师,这牧师把医治这一类人看作自己的一项特殊任务。这一次他也成功了;他还在城里时,这位痊愈者的家族就向他表示了极大的敬意。

维廉立即忙着寻找这个人,把这情形告诉他,并和他取得了一致的意见。他以某种借口把这老人交托给他。分离使维廉深感痛苦,只是由于对老人的康复寄予希望他才勉强忍受住了这分离的痛苦,因他已习惯于老人留在身边,听取他精神丰富而感人的歌声。竖琴烧掉了;人们另外找到一个给他,送他起程。

火把迷娘的一些衣服也焚毁了,当人们要给她置办一些新的时,奥莱丽亚建议她穿女孩子的衣裳。

"绝对不行!"迷娘喊道,非常激动地坚持穿她旧日的服装,人们不得不依从她。

剧团没有许多时间考虑一切;表演照常进行。

维廉常常倾听听众的意见,只是很少有一个意见合他的心意,然而却常常听到使他苦恼或沮丧的话。例如在《哈姆雷特》第一次上演后就有一个青年人非常热烈地谈论他那天晚上在剧院里是多么自鸣得意。维廉侧耳倾听，觉得这人很可耻，原来这青年人戴着帽子看戏，他身后的人很不高兴，而他演完全剧都执拗地不摘帽子，而当他回想他这英雄行为时又感到非常开心。

另一个明确地说：维廉把雷欧提斯的角色演得很好，人们对扮演哈姆雷特的戏子反而不能满意。这个颠倒不完全是不自然的，因为维廉与雷欧提斯有些相像，纵使只在一点很微小的地方。

第三个人极其热烈地称赞他的表演，特别是在与母亲对话的那一场，只是惋惜：正在这紧张的一瞬间有一个白带条在背心下边露出来，严重地破坏了幻境。

剧团内部在这中间也有各样的变动。从起火后的那天晚上起，菲利娜再也没有给过维廉一次要接近他的最小表示。好像是预先约好了似的，她租了一个距离较远的住所，和爱尔弥尔同住，很少到赛罗这里来，对此奥莱丽亚倒很满意。赛罗总是对她倾心，有些时来访她，特别因为他希望在她这里见到爱尔弥尔。有一天晚上赛罗约维廉同去。二人一进门便感到很惊讶，他们看见菲利娜在套间房里正坐在一个青年军官的怀里，这军官穿着一件红色的军服、白色的军裤，但看不见他转过去的面貌。菲利娜走到堂屋来迎接来访的友人，把另外那间房子锁起。她说道："你们竟在我的一次奇妙的风流韵事中捉到了我！"

"不见得怎么奇妙，"赛罗说，"请你让我们看一看这位俊俏的、年轻的、值得羡慕的朋友；本来你已经把我们调理得很好了，我们不会嫉妒的。"

"我必须让你们再猜一猜，"菲利娜取笑着说，"可是我可以向你们保证,那只是我的一个很要好的女友,她要隐姓埋名地在我这里住几天。你们将来会知道她的遭遇的,甚至也许会结识这个有趣的女孩,然后我还得练一练我的谦虚与宽容;因为我怕先生们将会为了他们的新识忘却他们旧日的女友。"

维廉鹄立在那里;因为那红色的军服一开头就使他想到可爱的马利亚娜的上衣,那是她的形体,那是她的金黄的头发,只是他觉得现在这个军官比较高一些。

"为了苍天!"他大声说,"请你让我们多知道知道你的女友,请你让我们看看这乔装的女子! 我们如今都是这秘密的分担者,我们答应保守秘密,我们起誓;但是请你让我们看看这女子!"

"啊,他是怎样热情似火!"菲利娜说,"要沉静,要忍耐!今天是办不到的。"

"请你让我们只知道她的姓名!"维廉说。

"这也许就是一个美好的秘密。"菲利娜回答。

"至少只知道她的名字。"

"我看,你可以猜猜。你可以猜三回。但不要更多;不然你就要让我翻遍日历上的人名了。"

"好,"维廉说,"那么叫赛西莉?"

"不是赛西莉。"

"舍丽特?"

"绝不是! 你要留心! 你的好奇心将成为一场梦。"

维廉踌躇战栗,他想要张开嘴,但是说不出话来。"马利亚娜!"他最后结结巴巴地说,"马利亚娜!"

"好啊!"菲利娜叫道,"猜对了!"同时她习惯地踩着鞋后跟旋转。

维廉一句话也说不出,赛罗没有看出他情绪的激动,继续恳求菲利娜,请她把房门开开。

当他们二人眼见维廉忽然热烈地打断他们的玩笑,倒在菲利娜的脚下,用最激动的热情请求她,哀求她时,他们是多么惊奇!"请你让我看看那女孩,"他大声说,"她是我的,那是我的马利亚娜!她,我生活里的每一天都在渴望见到她,她,她对于我永远是世界上一切其他妇女的魁首!请你至少走到她那里去,告诉她,我在这里,这个人在这里,这人把他的初恋和他青春的全部幸福系在她的身上。他要辩解他不友爱地抛却了她,他要请求她的宽恕,他要原谅她一切对他可能做错了的事,他甚至再也不向她有所要求,只要他能够再看见她一次,只要他能够看见,她活在人世,而且很幸福!"

菲利娜摇着头说:"我的朋友,你小声说!我们不要弄错;这位小姐若真是你的女友,我们就必须替她想,因为她绝对猜不到会在这里看见你。完全是旁的事务引她到这里来的,你可知道,人们在眼前宁愿看见一个鬼不愿在不适宜的时刻看见一个旧日的情人。我要问问她,给她一个准备,我们也要考虑考虑可以做些什么。明天我给你一个便条,告诉你什么时候来,或是你可不可以来;你要完全听从我,我发誓:谁也休想违背我和我女友的意志亲眼看见这可爱的人儿。我要把我的门关得更严些,你不会拿着斧头来拜访我的。"

维廉恳求她,赛罗劝她——都无效!这两个朋友最后不得不从命,离开这间屋子和这所房子。

维廉这一夜是怎样不安定地度过的,每个人都会想象得到。他期待着菲利娜的便条,这一天的时刻过得有多么缓慢,这自然可以了解。不幸的是这天晚上他必须演戏；他从来没有忍受过比这更大的痛苦。演完了戏，也没问一问人家是否邀请他，他就跑到菲利娜那里去了。他看见她的门紧锁着，看房的人说：小姐今天早晨和一个年轻的军官坐车走了，她虽然说她在几天内回来，但是谁也不相信，因为她把账付清了，把她的物件都拿走了。

维廉听到这个消息，惶惑无主。他跑到雷欧提斯那里，他请求他去追问她的陪伴人，不管花费多大气力，他都要知其究竟。雷欧提斯却谴责我们朋友的热情与轻信。"我敢打赌，"他说，"那就是弗里德里希，不会是别人。这个少年出自良家，我知道得很清楚，他是发狂地爱上了这女孩，也许从他亲属那里骗来这么多的钱，他能够又有一些时候和她同住。"

维廉并没有被这些反驳说服，他仍心怀疑惑。雷欧提斯向他说明，菲利娜向他们捏造的玄虚童话是怎样靠不住，身材和头发都非常像是弗里德里希，而且他们已经先走了十二小时，是很不容易被追到的，最重要的是赛罗在演戏时怎能缺少他们两个人中间的任何一个人呢？

考虑了这一切论据，维廉最后放弃了亲自去追的念头。雷欧提斯当天夜里就找到了一个可以受托去办这件事的很能干的人。这是一个沉着的人，他侍奉过许多主人，曾在旅途上充当过使者和向导，现在正没有工作闲居。他们给他钱，把全部事件告诉了他；嘱托他去寻找和追到这两个逃亡者，随后就不要丢开他们，不管他是怎样，是在什么地方找到他们的，都要立即通报我们的朋友。他一小时内就上了马，追踪这暧昧不明的一对，这样处置过后，维廉至少有几分心安了。

第 十 六 章

菲利娜的离去,在剧院里和观众中都没有引起很大的轰动。这在她只是开个玩笑;妇女们一般地都恨她,男人们则宁愿单独地和她在一起,他们觉得这比在舞台上看到她更令人高兴,所以她那使舞台感到荣幸的优异的才能就这样丧失了。剧团的其余成员因之也就更加努力;特别是梅里纳太太由于勤勉和细心就大露头角了。她像平常一样,观察、学习维廉的原则,力求使自己适应他的理论和范例,而且从那时起她便不知道自己从本性说来究竟对什么更感兴趣。她不久就能正确地表演,完美地说白了,而且能掌握谈话的自然声调,直到某种程度的情感声音。她懂得适应赛罗的脾气,而且热心于唱他爱听的歌,她不久就达到了这一步:即在人们社交叙谈时总感到需要听她悦耳的歌唱来助兴。

收纳了几个新演员以后,剧团更加完善了。维廉和赛罗每人都努力发展他们的艺术风格,维廉研究每一局部都深入钻研到整体的意义和声音,赛罗认真地熟思各个部分,同时这种值得称赞的努力也鼓舞着演员们,而观众则对他们深表同情。

有一次,赛罗说:"我们现在工作顺利,我们若是这样进行下去,观众不久也会走上正确的道路。混乱而不适宜的表演很容易使人步入歧途;如果以一种有趣的方式把合理的和适宜的东西摆在他们面前,他们当然就会从中吸取有益的东西了。

"我们剧院主要缺乏什么,为什么演员们和观众都无所觉醒,那就是因为:在全体上显得太五彩缤纷,而且人们的判断没有什么依据。我觉得,要把我们剧院扩展到一个无穷无尽的大自然舞台模样,是无益的。可是现在不论是经理还是演员都不能缩小它的界限,也许从此以后民族的鉴赏力也要划定一个应遵循的范围了。每一个好的团体只能在某种条件下生存,一个好的剧院也是这样。某种表情和语句,某种主题和行为方式都必须铲除了。如果一个人紧缩他的家政,他就不会变得更加贫乏。"

关于这一点他们或多或少具有一致的和不一致的意见。维廉和大多数人是站在英国戏剧一边,而赛罗和几个人则站在法国的一边。

人们一致同意,利用空闲时间,可惜演员只有这么多的空闲时间,集体审阅英法两种剧院的最有名的剧本,把这些剧本中最好的和有学习价值的都记录下来。人们也的确从几段法语剧本入手开始了工作。奥莱丽亚每次都是在朗读一开始就起身离去。起初,人们以为她病了;但有一次维廉问到她这件事,因为这行动使维廉很惊异。

她说:"我不能坐听这样的朗读,因为如果我的心都碎了的话,我怎么能够静听和判断呢?我心里真恨法国话。"

"一个人怎么能够敌视一种语言呢?"维廉大声说,"人们正是要学习这种语言的一大部分,在我们的文化还没有发展到完备的地步之前,这种语言我们是非常需要的。"

"这不是偏见!"奥莱丽亚回答,"一个不幸的印象,一个对我不忠实的朋友的可恨的回忆夺去了我对这个美丽而有教养的语言的兴趣。我现在是怎样从心里憎恨这个语言啊！在我们友爱的交往时间里他用德语写信，那是多么热忱的、真实的、有力的德语啊！现在，因为他要摆脱我，他开始用法语写信，过去他有时写法语信，那只是开玩笑时才这样做的。我感觉到，我注意到，这将意味着什么。他用祖国语言说就要红脸的词句，他现在能心安理得地写出来。对于保留，不彻底和谎言说来这是一个最好的语言；它是一个不忠实的语言！我觉得，感谢上帝，没有一个德国字能把 perfid 这个字的全部含义表达出来。我们的可怜的不忠实（treulos）相形之下只是一个无罪的儿童。perfid 是含有享乐意味的不忠实，是带有傲慢和幸灾乐祸意义的不忠实。啊，可嫉羡的一个民族的教育，它会用一个字表达出这么美好的细微差别！法语的确是世界语言，有成为通用语言的价值，以便大家彼此之间真正地欺骗和说谎！他的法文信件总让人百读不厌。如果人们愿意幻想的话，这些信听起来很亲切，甚至热情洋溢；可是仔细一观察，则只是滥调而已，可恶的滥调！他挫伤了我对这整个的语言，对法国的文学，甚至对说这国语言的高尚人士的美好而珍贵的名言的喜爱；我一听到法国字，就发抖！"

就这样，她能继续几小时之久地表示她的不快情绪，打断任何其他的谈话，或者使情调变得不愉快。赛罗有时用一些讽刺的话使她的情绪恶劣的叙述告一段落；但是一般都破坏了这一晚上的谈话。

可惜，一般都是这种情形，凡是由几个聚会到一起的人和环境所形成的一切事物都不能长时间地保持完好。在一个剧团里，几乎等于在一个国家里，在一个社团朋友们那里几乎等于在一个军队里，一般都有处在他们的完善和谐、满意和最高阶段的时候；但是常常很快就有人员的变动，加入新的成员，有些人不再适合这个环境，而这种环境也不再适合这些人员；一切都变了样儿，从前团结在一起的，不久以后又分散开来。所以人们可以说，赛罗的剧团有一段时间是非常完善的，这不是任何一个德国的剧团所能自吹的。大多数演员都坚守岗位；大家都有足够的工作，而且大家都喜欢去做他们必须做的事。他们个人的状况也都还好，每一个成员好像在他的艺术上都有很大的希望，因为每一个人都热情洋溢地采取了最初的措施。但是不久就暴露出来，一部分人只是自动机器，这些机器只能达到人们没有感情就能达到的东西，而且不久在这中间又混入了激昂的热情，这些热情通常都是阻碍良好的组织的，它们把有理性的和好心的人们所希望团结的东西都轻易地给拆散开了。

菲利娜的离去并不是像人们最初所想的那样无关紧要。她会以优异的机巧支持赛罗，而且会或多或少地刺激其余的人。她以很大的宽容忍受奥莱丽亚的激烈性，她最在行的事是诌谀维廉。所以她对于全体是一种联络方法，她出走的损失不久就让大家感觉到了。

没有一点点的谈情说爱，赛罗就不能生活。爱尔弥尔在很短的时间内成长起来，而且可以说是出落得很美丽，她早就引起了他的注意，而菲利娜很会促成她所注意到的这种热情。她常说："人们必须及时地玉成其事；如果我们老了，我们就别无办法了。"因此赛罗和爱尔弥尔接近起来，他们在菲利娜别后不久就和谐一致了，这个小小的传奇使他们俩很感兴趣，因为那个老人对这样不规矩的事是十分认真的，所以他们必须对他保守秘密。爱尔弥尔的妹妹也是了解这件事的，所以赛罗对两个女孩子不得不有诸多的原谅。她们最大的不道德之一是没节制地爱吃,如果你愿意,甚至可以说是令人难忍的饕餮。在这点上她们和菲利娜绝对不能相提并论,菲利娜因之显得更加可爱,她好像只吸空气活着,吃得非常少,而且只是以最大的纤巧从一个香槟酒杯里啜饮酒的泡沫。

现在赛罗,如果他想使他的美女满意,就必须把早点和午饭合起来吃,而且还要通过午后茶把晚饭和这顿饭连接起来。同时赛罗有一个计划,而执行这个计划却使他不安。他认为,他发现在维廉和奥莱丽亚之间有某一种相互倾慕的迹象,他非常希望这种倾慕会变成严肃的关系。他希望维廉能负担剧院经济的全部意外开支,而且在他身上,像在他第一个妹夫身上一样,他得到一个忠实的和勤劳的工具。他已经渐渐地把管理的绝大部分都不知不觉地转移到维廉身上,奥莱丽亚管账,赛罗又像前些时候随心所欲地生活。可是有一些东西暗暗地既损害着他,也损害着他的妹妹。

观众对待卓有功绩的公众熟悉的人物总有自己的独特风格;渐渐地开始对他们变得漠不关心,而去支持那些比较渺小的,但是新出现的人才;对那些老手提出了苛求,对这些新人则一切都满意。

赛罗和奥莱丽亚有足够的时间对此详加考虑。这些新来的演员,特别是这些年轻的和受过良好教育的新人把一切的注意、一切的赞赏都吸到自己的身上来了。两兄妹在他们最热心努力表演之后,往往不得不在没有欢迎鼓掌声的情况下自动退场。自然这中间也有特别的原因。奥莱丽亚的骄傲是锋芒毕露的,而且关于她看不起群众的心理是很有所闻的。赛罗诚然讨好每一个单个的人,但是他关于全体的尖刻讲话也常被到处宣传和一再重复。与此相反的是这些新成员，其中一部分人是陌生而不知名的，一部分人是年轻、可爱而需要帮助的，他们全都找到了自己的赞助人。

既然如此，不久便出现了内部的不安和一些不愉快；因为人们几乎还没注意到维廉已担任导演的工作，所以当他希望按照他的方式使这个整体更多地有些秩序和准确些，特别是他坚决主张所有的机械性事物都要预先准时而有秩序地进行时，大多数演员就开始更不守规矩了。

在很短的时间内整个的人与人之间的关系变得很坏，就像人们在任何一个游乡剧团里所能遇到的那样，而他们的关系本来的确有一段时间几乎是很理想的。可惜，当维廉通过辛苦、勤劳的奋斗完全掌握演戏这一行的一切要求，要使他本人和他的活动都完善地向这方面修养的时候，他觉得他终于有些灰心丧气了，因为这种技艺比其他任何一种职业都不值得耗费这么多时间和精力。业务是麻烦的，报酬是微少的。他真不如当时从事其他的行业，完事之后，还能享受精神的安宁，干什么都比干这个好，干这个人们要在经受体力的辛劳之后，还要通过精神和感觉的最大努力才能达到他活动的目的。他不得不听取奥莱丽亚对她哥哥挥霍浪费的抱怨。当赛罗想遥控维廉跟他妹妹结婚时，他又不得不装作不懂赛罗的暗示。这时，他必须把深入肺腑的忧虑隐藏起来；他想，他派出去追寻那暧昧不明的军官的使者还没有回来，也没有听到一点信息，我们的朋友很怕第二次再失去他的马利亚娜。

正在这时，突然插入了一段全民的丧期，因此剧院被迫关闭几个星期。他抓住这段休息时间去拜访了那个牧师，竖琴老人就寄食在他家里。他觉得他住在一个很适意的地方，而他在牧师院子里第一个看到的,就是这位老人,他正在教一个男孩学弹他的乐器。他明显地表现出再见到维廉非常高兴,他站起来,和他握手,说:"您看,我在这世界上还是有些用处的,请您允许我继续下去,因为钟点是分配好了的。"

牧师最热烈地欢迎维廉,告诉他说,这位老人看上去已经很好了,他有完全康复的希望。

他们的谈话自然就谈到治疗精神失常者的方法上。

牧师说:"除去身体治疗外,还要有精神治疗。常常有不可克服的困难来阻碍我们进行身体治疗,关于这一点我邀请一位善于运用思想的医生来参加商讨,我发现医治精神失常者的方法是很简单的。这也正是用来防止健康人精神失常的同一个方法。我们鼓励他们的自动性,养成他们有秩序的习惯,让他们懂得:他们的生存和命运是和许多这样的人所共有的,特有的才能、最大的幸福和最极端的不幸都只是普通事物的小小偏差而已,这样就不会有精神错乱乘虚而入,而且,即使有了,也会渐渐地再消失。我把这位老人的时间给分配好,他教几个小孩弹竖琴,他在园子里帮助劳动,他已经很开朗愉快了。他愿意吃到他亲手栽的白菜,他愿意十分用心地教我的儿子弹琴,他说他若死了就把竖琴赠送给这个男孩,以便他也真能使用它。作为牧师,我对他的那些奇怪的思虑不大能说什么,但是劳动的生活一定会带来很多结果,他不久一定会感觉到,每一种疑惑都必须通过实际工作才能消除。我小心翼翼地工作;但如果我能还把他的胡子和他的道袍拿走,那么我就会有许多收获了;因为只有我们在别人面前超群出众,我们才更像精神错乱,和许多人在一起过一般的生活,我们才能始终具有一般的理智。正如有许多事物可惜在我们的教育和我们市民的习俗中是没有的,而我们通过我们的教育和习俗却准备使我们和我们的孩子变成病狂。"

维廉在这个明智的人那儿待了几天,听到一些最有趣味的故事,不仅有关于狂人的,而且也有关于那些被认为是聪明的,甚至常常被认为是贤明的人的,而他们的特性简直都接近于疯狂。

但是在这谈话变得三倍活跃时,医生走了进来,这个人常常来拜访他的这个牧师朋友,并且帮助他从事慈善事业。这是一个上了几岁年纪的人,他在不太健康的情况下把许多年月都用在了执行最神圣的义务上。他是乡间生活的一个好朋友,几乎只能在郊外的空气里生存;因此,他非常爱交际,好活动,许多年以来他的一个特殊爱好就是爱和所有的乡间牧师建立友谊。他懂得对每个人有益处的劳动,他寻求用一切方法去帮助每一个人;对其他还没有一定爱好的人,他设法劝说他们培养一种爱好。因为他同时和贵族、官吏和法院执事们有联系,所以在二十年的时间里他暗中对于农业的某些领域做出了非常多的贡献,而且使一切对田地、牲畜和人有益的事业都活跃了起来,从而促进了最真实的启蒙。他说:"如果一个人获得一个观念,而这个观念对现实的生活却没有一点影响,或者也许会使他完全脱离现实生活,那便是他的不幸。"他说:"我对高贵而富有的夫妇进行劝解,直到现在我的一切办法都没有成功;亲爱的牧师,这几乎是您分内的事,这个年轻的丈夫不会继续讲这事件了。

"在一个高尚的丈夫不在家的时候,人们让一个年轻人穿上这家男主人的衣服,开了个不大不小的玩笑。他们是要用这种乔装来戏弄他的夫人;虽然人们只把这件事当作滑稽戏讲给我听,可是我却很怕,人们是故意把这位高贵的、可爱的女士引离正轨。没想到这位丈夫回来了,走进他的房间,认为他看见了他自己,从这时起他就得了一种忧郁病,在病中他培养着他不久就要死去的信念。

"他屈从那些用宗教观念来谄媚他的人物,我不知道,人们是怎样劝他不要和他夫人一起到兄弟会教徒那里去,劝他不要把财产的大部分从他的亲属手里收回,因为他没有孩子。"

维廉急躁地大声说:"他的夫人呢?"这个故事使维廉吃惊不小。

医生以为只是在维廉的喊叫声中听到了一种博爱的同情,他回答说:"可惜这位女士被一种更深的痛苦所纠缠,这痛苦使她毫不反对地离开了这个世界。只有这个年轻人来和她告别;她没有注意隐藏自己对他萌生的倾慕之情;他变得勇敢起来,把她抱在怀里,而且把那个大的镶着钻石的,她丈夫的半身画像用力地压在她胸前。她觉得一阵剧烈的疼痛,疼痛渐渐地消失了,先是留下一点点红印,随后就没有一点痕迹了。作为一个人我相信,她对她自己不必有任何谴责;作为一个医生我确信,这种压挤将不会有不良的后果,但是你无法使她相信那儿没有硬化点。如果人们想通过感觉来消除她的多疑,那么她就说,这一瞬间恰好毫无感觉;她坚信这个毛病将以癌变而告终,她的青春,她的美色,就这样为自己和他人完全消失了。"

维廉叫道:"我这个倒霉鬼啊!"同时他敲打着前额,离开大家,跑向田野。他还从来不曾陷入这样的境况。

医生和牧师对于这个奇异的发现极度地吃惊,他晚上回来时,他对这个事件作了较详细的自述,同时他对自己也作了最生动的控诉,于是医生和牧师就跟他纠缠了老半天。这两个人表示对他非常同情,特别是因为他把他其余的情况也用目前的阴郁情调向他们描绘了一番。

第二天,医生不用人深请就和他一起进城了,为的是陪着他去看奥莱丽亚,她的朋友在艰难的环境中丢下她走了,现在要尽可能地设法使她得到些帮助。

他们发现她也的确比他们所猜想的更坏一些。她正在发着一种间歇性的寒热,这种寒热很难对付,病一发作,病人只能硬挺或任其肆虐。

人们介绍这个外乡人时没说他是医生,他也显得很温和很明智。人们谈论她身体和精神的状况,这位新朋友说了几个故事,他说有些人不注意这样的小毛病而能够享有高龄;但是在这种情况下没有什么比故意辗转在痛苦的心情之中更有害的了。特别是他并不隐瞒,他非常幸运地发现了一些人尽管得了不能完全康复的疾病却在自己心里切实地培养宗教的信念。他讲这件事时态度非常谦逊,仿佛是在讲历史故事,同时答应给他的新朋友们搞一个非常有趣的读物的稿本来,这个稿本他是从一个已故的杰出的女朋友手中得到的。他说:"它对我是无限的宝贵,我请你们看原稿本身吧。只是题目是出自我手:一个美的心灵的自述。"

关于不幸的紧张的奥莱丽亚的摄生饮食和药物治疗方法,医生还把他最好的建议告诉给维廉了,说好他会写信来,而且尽可能亲自再来。

就在维廉不在的时候发生了一个他猜想不到的变动。维廉在他做导演的时候相当自由和宽大地处理整个的营业,尤其着眼于物品,特别是充足而令人满意地置办了服装、布景和舞台用具,为了使这些人保持旺盛的意志也为他们谋了点私利,因为他不能以高贵的动机鼓舞他们;这样一来,他就更有自主权了,赛罗再也不要求做俭朴的主人了,他喜欢听到人家夸奖他剧院办得好,并且满足于掌管整个财政的奥莱丽亚在扣除一切开销之后确切地说不仅没有亏欠,而且还有这么多的富裕,足够清偿欠债,这些债务大半是赛罗在这段时间里由于对他的美人们特别慷慨和此外一些别的事所欠下的。

梅里纳在这中间管理行头,像昔日一样冷酷、狡诈。他在暗中注视着各种情况,在维廉离开、奥莱丽亚病情加剧的时候,他耍了个花招,使赛罗感觉到,剧团本来就是收入多,开支少,多余的钱不是被人存起来了,就是有人打算末了随心所欲地过个更快活的生活。赛罗喜欢听这些,梅里纳就带着他的计划冒着险走了出来。

他说:"我不想断言,有一个演员目前的薪俸太多了;这都是一些有功的人,他们在任何一个地方都会受欢迎的;仅就他们给我们赚来的收入而言,相比之下他们的收入也太多了。我的建议是,建立一个歌剧团,至于话剧我必须对您说:您个人就能演出整本戏。难道您现在就看不见人们对您的功绩评价太低了吗?并不是因为您的合演者太优秀了,而是因为他们都好,人们就不能再公平地对待您的特出才能了。

"就像平常有过的情形一样,只要您自己宣称,您要寻找中等的,甚至可以说是工资微薄艺术不高的演员,像您所非常懂得的那样,机械地凑合群众,把其余的人使用在歌剧上,您就会看到,您用同样的劳力和同样的经费能取得更满意的成绩,同时赚到比以前多得多的钱。"

赛罗没有提出他应持有的强烈的反对，因为他太爱听人谄媚了。他愿意采纳梅里纳的意见，由于爱好音乐他老早就想这么办了，可是他自然也看得到，观众的偏爱将因此而更被引上歧途，而且这样一个混杂的剧院，演的既不是真正的歌剧，也不是真正的话剧，必然会使人们对一定的完美的艺术作品的鉴赏力丧失殆尽。

梅里纳很不文雅地嘲笑维廉的这种拘泥的典范，嘲笑他只教育观众而不让观众来教育自己的傲慢，这两个人怀着很大的确信联合起来，人们只要赚钱，发财或者会寻欢作乐，几乎并不隐瞒他们只希望把那些阻碍他们实行计划的人除掉。奥莱丽亚健康不佳，她很可能不会长命，梅里纳表示惋惜，但他心里想的却恰恰与此相反。赛罗抱怨维廉不是歌唱家；人们听了都懂得，他言下之意是维廉不久以后也就成为不必需的人了。梅里纳以一张可能节约项目的大表册而崭露头角，赛罗在他身上看到了他第一个妹夫的三倍替身。他们二人都觉得很快活，他们说好对这次谈话保守秘密，只是彼此更要加强联系，抓住时机秘密地商谈一切可能出现的事情，凡是奥莱丽亚和维廉所做的事都要予以谴责，而且有加无已地作出新的筹划。

虽然这两个人对他们的计划缄默不言，从而很少通过言辞有所泄露，可是他们在行为态度上对他们思想的隐藏还是做得不够策略。梅里纳总在他所管辖的范围内的某种事情上违抗维廉，而赛罗绝没有一次温和地和他妹妹来往，越是在她病情加剧时，越是在她失衡的激烈脾气发作需要体谅时他越变得冷酷。

就在这时，人们着手排演《爱密丽亚·迦洛蒂》。这出戏的角色分配得非常合适,所有的人都能在这出悲剧有限的范围内表示出他们的全部表演技巧。赛罗扮演马里奈利正合适,欧多阿多朗读得很好,梅里纳夫人以深入的理解扮演母亲,爱尔弥尔扮演爱密丽亚的角色正可发挥她的优点,表演超群,雷欧提斯上台扮演阿庇阿尼,彬彬有礼,而维廉则使用了好几个月时间来研究王子这个角色。利用这个机会他既和他自己,也和赛罗与奥莱丽亚常常商议下面的问题:在一个高贵的或优雅的举动之间有什么区别,在什么范围里高贵要包括在优雅之中,但优雅却不需要包括高贵?

赛罗本人扮演宫廷大臣马里奈利演得恰如其分,绝不同于讽刺画,他对维廉提出的这问题发表了一些好的意见。他说:高尚的举止是很难模仿的,因为它本来是消极的,这需要一个长时间的练习。因为演员在他的行为中不应该有表现尊严的表演,否则就很容易使人看到一种故意引人注目的骄傲态度;更应当避免一切不尊严的、卑鄙的事;绝不应当忘记,总要注意自己和其他的人,绝不失去体面,对别人既不做得太多也不做得太少,绝不因为任何事而显得有所触动,绝不被任何事所感动,一次也不过度急躁,在每一瞬间都知道自制,就这样保持一个外表的均衡,内心则可以愿意怎么激动就怎么激动。高贵的人能够在某一瞬间有所疏忽,而高尚的人则绝对没有。高尚的人就像一个穿戴很好的男子:他绝不向任何地方倚靠,每个人都会加倍小心,避免碰到他;他和别人有所不同,可是他也不可以独自停留在一个地方;因为就像在每一种艺术里一样,在这种艺术里最困难的东西最后也会最轻易地表现出来;所以高尚者,尽管他有一切特点,也要和别人联系在一起,在什么地方绝不死板,到处显现出机敏,他总是第一个出现,可绝不以第一个人的身份有所强求。

所以人们看出,为了要表现高尚就必须真正是高尚;人们看出,为什么妇女们能够比男子们较早地做出这个假象,为什么宫廷大臣和士兵能够最快地达到这种举止。

维廉这时几乎对他的角色感到绝望了;只是赛罗又把他扶了起来,因为赛罗就各个细节向他做了最详细的说明,而且把他打扮得齐齐整整,使他在演出时,至少在观众的眼中,像个真正的好王子。

赛罗答应他,在演出之后再把自己的意见和评语告诉他;令人不愉快的是,兄妹之间的争吵妨碍了每次重要的交谈。奥莱丽亚演奥尔西娜这个角色时所采用的表演方式人们恐怕再也看不到了。她本来对这个角色很熟悉,在试演时她只漫不经心地演了演这个角色;但是在正式演出时,人们可以说,她打开了她个人痛苦的一切闸门,因此这次表演,就成了诗人第一次激情爆发时所想象的表演。观众一阵过分的喝彩报答了她痛苦的努力,但是当人们在演出之后找到她时,她已半昏厥地躺在沙发靠椅上。

赛罗已经让人看出他对她所做的他所说过的过分表演十分不满,让人看出他对她在这些或多或少知道那段可厌历史的观众面前暴露她最内在的心情也很不满,而且正如他在盛怒中常常表现的那样切齿顿足。当他看到她躺在沙发椅上,其余的人都围在她四周时,他说:"不用管她!她还想头一个完全裸体地上台呢,那么喝彩才是真正绝对的。"

她喊道:"不知感谢的人!没有人性的人!不久人们就要把我赤裸地抬到我们耳里再也听不到喝彩声的地方了!"

她一边说着这话,一边跳了起来,很快地向着门跑去。女仆没来得及给她把大衣拿来,轿子也不在手边;外面下着雨,大街上正刮过一阵寒冷彻骨的风。人们劝说她无效,因为她怒火冲天;她故意慢慢地走,夸奖真凉快,她好像真正在热衷于呼吸这凉爽的空气。刚到家,她就由于喑哑几乎不能再说出一个字了。但是她不承认,她感觉到由颈项和脊背向下有一段已经完全僵直。不久,她忽然得了一种舌头麻痹,甚至会把一个字说成另外一个字;人们让她躺在床上;用了一个常见的方法医治后,病痛稍减;然而其他的病又表现了出来。烧得厉害,她的情况是危险的。

第二天早晨,她安安静静地度过一个小时。她让人把维廉叫来,把一封信交给了他。她说:"这一页绝命书等待这一瞬间已经很久了。我感觉到,我生命的末日不久就要到了;请您答应我,您亲自把信交给他,而且您要用简短的语言来为我由于这个不忠实的人而得到的痛苦报仇。他不是没有感情的,至少要让他对我的死有一瞬间感到痛苦。"

维廉接过这封信,可是他同时安慰她,想使死的思想离开她。

她回答说:"别这样,请您不要叫我对近在眼前的希望绝望。我等它等了好久了,我愿意很高兴地把它抱在怀中。"

此后不久接到了医生答应送来的底稿。她恳求维廉给她朗读;他把下面的这本书朗读以后,由此所得的效果读者将会作出最好的判断。我们可怜的女朋友的激烈而倔强的本性忽然变得温柔一点了。她把交给维廉的信拿回去,又重写了另外一封,那情调非常温和;她也请求维廉,如果她的朋友由于听到她死去的消息而感到悲哀的话,就安慰安慰他,并向他明确地说,她已经原谅了他,而且祝他一切幸福。

从这时起,她变得非常宁静,好像她只在埋头思考不多的几个观念,这些观念是她由底稿中抽出来想化为己有的,而维廉则不得不偶尔拿起底稿给她朗读这几处。她体力的消减并不显著,维廉没想到有一天早晨想要去拜访她时,发现她死去了。

由于他尊敬她,由于他和她在一起生活惯了,她的死使他非常痛苦。她是惟一真正对他怀有善意的人,赛罗的冷酷维廉最近真是体会得太深刻了。因此,他赶快完成死者的嘱托,并且希望离开一些时候。从另一方面说,梅里纳也非常希望他出去旅行:因为梅里纳通过他保持的广泛通信正请来一个男歌唱家和一个女歌唱家,他们需要暂时演一些穿插节目,为将来向观众献演歌剧做准备。奥莱丽亚去世和维廉离去的最初一段时间就这样被填补了,而我们的朋友则对于能使他几星期的休假过得轻松愉快的一切都很满意。

他认为他的任务具有极为重要的意义。他的女友的死深深地触动了他。因为他看到她竟这样早地离开了舞台,所以他便不禁对那个缩短她的生命、并使她短促的生命充满苦痛的人抱有敌意。

尽管死者最后的话十分温柔,可是他还是决意在递交这封信时严厉地谴责这个不忠实的朋友。他不愿意任凭临时兴之所至地说一段话,他想发表一段不仅公道而且更有激情的演说。在他完全自信已给他文章做了很好的提纲以后,他就一边背诵它,一边做旅行的准备。整理行装时迷娘也在场,她问他是到南方去还是上北方去?当她知道他最后的目的地时,她说:"那么我就在这里等待你。"她求他把马利亚娜的珍珠项链给她,他不能拒绝这可爱的小家伙的请求;那个围巾已经在她手里了,但她同时却把鬼魂的纱巾插在他的大衣口袋里了,尽管他马上就对她说,这个薄纱对他没有什么用项。

梅里纳接任了导演,他的夫人答应要慈母般地照料这两个孩子,维廉是很舍不得离开他们的。分别时,菲利克斯非常快乐,当人们问他想带些什么回来时,他说:"听我说!我要你给我带个爸爸来。"迷娘拉着要走的人的手,同时她踮起脚跟在他嘴唇上亲了个吻,可是没有温情,她说:"麦斯特!别忘了我们,赶快回来。"

就这样我们让我们的朋友千种思想、万般情绪地走上了他的旅途。最后我们在这里录下迷娘曾几次富有表情地朗诵过的一首诗。只因某些特殊事件的阻碍我们才没有早一点把这首诗报告出来。

> 不让我说话,只让我缄默,
> 因为我守秘密是我的义务;
> 我要把我整个的内心向你敞开,
> 只是那命运不愿意这样做。

> 太阳在始终不停地运行,
> 时间一到,黑夜也必须放出光明;
> 坚硬的岩石张开它的胸怀,
> 不嫉妒地球把它深藏的源泉喷涌出来。

> 每一个人都在他朋友的怀中寻求安谧,
> 在那里心事能够流泣成为诉怨;
> 只是誓言使我双唇紧闭,
> 只有上帝才能使它倾心而谈。

第　六　部

一个美的心灵的自述*

八岁前，我是一个完全健康的孩子，但对这段时间就像对我诞生的那天一样，我不能有所回忆了。我刚刚八岁就得了咯血症，就在那一瞬间我的灵魂完全充满了感觉和记忆。这次患病的最细微情景还都历历在目，仿佛是昨天发生的事。

我以极大的忍耐度过了九个月的病榻生活，我似乎觉得就在这时奠定了我整个思想方法的基础，我的心灵似乎获得了按照自己的方式去发展的初步方法。

我既病痛在身又要去爱，这就是我心中特有的状态。在最剧烈的咳嗽和令人倦弱的高烧时，我就安安静静的像是一只蜷伏在窝壳里的蜗牛；只要我喘息稍定，我就要享受些适意的娱乐，因为一切其余的享受对我都是办不到的事，所以我只能通过眼睛和耳朵寻求无害的消遣。人们给我拿来一些布娃娃玩和小儿书看，而且不管是谁坐在我的床边，他都必须给我讲故事。

母亲给我讲《圣经》的故事，我很喜欢听；父亲拿自然界的物体来慰藉我。他有一个美好的珍藏柜。一有机会他就一

～～～～～～
 * "美的心灵"这个词在十八世纪流行，主要表示灵魂上有修养的人，一个本质与善美协调一致的灵魂。这个概念来源于柏拉图。

个一个地把柜上的抽屉拿下来,让我看抽屉里的东西,把这些东西的真实特性讲给我听。拿到孩子病榻上来的有晾干了的植物和昆虫,还有几种解剖学标本,人皮,骨骼,木乃伊和其他这一类的东西;他打猎时所杀获的鸟兽,在没送到厨房去以前,都先拿给我看看;可是在这个集会里我姑母也让魔鬼发言,她给我讲述爱情故事和神怪童话。这一切我全都接受,这一切全都在我心中生了根。有些时候我生动地和目不能见的对象交谈;现在我还能背诵一些诗句,这都是那时我口述,母亲写下来的。

我常常把我从父亲那儿学来的东西再讲给父亲听。我每次都不轻易吃药,总要先追问以下的问题:制成这药的原料都生在什么地方? 它们都是什么样儿? 都叫什么名字? 但是我姑母所讲的故事也不是讲给石头听了。我想象我穿着美丽的衣服,遇见最可爱的王子王孙们,直到他们知道了这个不相识的美女是谁之前,他们总是情绪不安,思潮起伏。还有一次,是个类似的奇事,我仿佛看到一个令人喜爱的小天使,他穿着洁白的衣裳,长着一双黄金色的翅膀,很热情地向我献殷勤,我长久地继续冥想,直到我在想象中几乎看到他的图像显现在我面前。

一年以后,我的健康几乎完全恢复了;但是儿时幼稚的乱杂行为在我是丝毫无存了。我不能再拿着布娃娃玩,我要求得到能报答我的爱情的东西。我父亲所养的各式各样的狗、猫和鸟之类的东西都使我感到欢愉;但是我感到缺少的只有一个动物,它在我姑母所讲的一个童话里扮演着非常重要的角色。那就是一只小绵羊,它被一个农家女孩子从树林子里捉来,她饲养着它,但是这个驯顺的动物却是一个中了魔法的王子,最后他又现出美少年的原形,而且以订婚报答他的女恩人。像这样的小绵羊我真想也有一个!

可是现在并没有这样的小羊;因为在我环境中的事情都非常自然地进行着,所以占有这样一个珍贵宝贝的希望也就渐渐在我心中几乎完全消失了。于是我便去读那些讲奇妙故事的书,从中我得到了不少安慰。在这些书中我最喜欢的是《虔信基督教的德国的赫拉克勒斯》①的故事;我非常喜欢这个虔敬的恋爱故事。每当他的瓦勒斯卡遇到什么恐怖事件,而他在去救她以前,总是祈祷,这些祈祷都逐字逐句详细地写在书上。这件事多么使我满意呀!我对总在朦胧中感到的、目不能见的神的爱慕,也就更增强了;因为上帝本来就应该也永远是我的知己。

当我逐渐长大时,我尽读书,天知道我都读了些什么,我是杂乱无章地随意乱读;但《罗马的奥克塔维亚》②却是我最爱读的书。那是用小说的体裁描写迫害最早的基督徒的故事,我对它产生了最大的兴趣。

这时,母亲开始责备我总是看书;父亲为了讨好她,今天从我手里把书本抢走,可是改天又把它给了我。她十分聪明,深知这个办法无效,于是她只好强迫我也同样勤奋地去读《圣经》。对此我也不用人督促,我便很用心地读新旧约《圣经》。我母亲总是小心谨慎地不让带引诱性的书籍落到我手里;而我自己也总是把一切下流的作品都从我手里扔出去;因为我的王子们和公主们都是极有道德的人。此外我又知道了

① 《虔信基督教的德国的赫拉克勒斯》,十八世纪巴洛克式的小说。
② 《罗马的奥克塔维亚》,十八世纪巴洛克式的小说。

一些关于人类自然的历史,这比我能注意到的要多得多。这些东西大部分都是从《圣经》里学来的。在我表示怀疑的地方,我总把文字和我眼前出现的事联系在一起,而且由于我有强烈的求知欲和综合才能我能幸福地寻找出真理来。倘使我听人说到女巫,那么我必然也要知道巫术。

我必须感谢我的母亲,感谢这种求知欲,我一方面酷爱读书,另一方面还学习烹饪;在学习烹饪时也看到了一些东西。杀一只鸡,劈解一个小猪对我都仿佛是一个盛典。我把内脏拿去给父亲看,他就给我详细讲解,像给一个青年大学生讲课一样,他常常以发自内心的快乐管我叫作投错了胎的儿子。

现在我已经满十二岁了。我学习法语、跳舞和画画,也上普通的宗教课。在上宗教课时有些感情和思想都变得很生动,但都和我的情况没有关系。我喜欢听人讲上帝,我非常骄傲,因为我能比我的同辈们更好地谈论上帝;我那时曾经热情地读过一些使我有资格能冗谈宗教的书籍,但是我绝没想到,这跟我有什么关系,是否我的灵魂也是这样形成的,是否它像一面镜子能反映出永恒的太阳;我老早就预测到这一切了。

我热情洋溢地学习法语。我的法语教师是一个正直干练的男子。他不是一个浅薄的经验论者,不是一个枯燥乏味的语法家国;他有学识,他见过世面。同时他以种种方法用语言教学满足我的求知欲。我非常爱他,一到他该来的时候,我总是心怦怦地跳着在等待他。画画我并不觉得困难,倘使我的绘画教师有头脑又有学识,那我将会有长足的进步;可是他只有不受智慧思想支配的双手和单纯的练习。

起初跳舞给我的快乐只有一点点;我的身体太敏感,我只能和我的姐妹们一起学习跳舞。由于我们的舞蹈教师忽然想到,让他所有的男女学生在一起开一个跳舞会,我对练习跳舞才感到有了完全不同的乐趣。

在许多男女少年之中,最出众的是宫内大臣的两个儿子:小的像我这么大,另外那个比他大两岁,他们都是美少年,大家公认,在人们所看见的美少年中他们是最超群的。可我连他们几乎也没看过一眼,那么在这群人中我当然也就谁也没看了。这时,我全神贯注地跳舞,我希望跳得好。这两个男孩子在众人之中特别注意到了我,这是怎么回事呢?——总之,不到一个钟头我们就成了最好的朋友,而这段小小的娱乐并没有尽兴,所以我们预先约好了下次见面的地点。这对我是多大的快乐呀!第二天早晨,他们俩每人写来一封华笺,同时送来一束鲜花,问候我的起居,这时我是如何地狂喜呀!我当时的感受,以后再也感受不到了!我们彼此恭维,书信往来。教堂和公共散步的场所从现在起都变成我们会晤的地点了;我们年轻的朋友们常常一起邀请我们,可我们却十分聪明,把这件事情隐瞒住,一点不让父母看出来,除非我们认为是无妨碍的事,才让他们知道。

现在我忽然得到了两个情人。我还没决定选两人中的哪一个;他们俩我都喜欢,而且我们三人在一起又最合得来。忽然哥哥得了重病;我自己以前生过很重的病,我懂得怎样殷勤盛意地安慰卧病的人,我懂得怎样用对身体有营养的美食让病人欢喜,于是他的双亲很感谢我的关怀。他们接受自己爱子的请求,在他才一离开病榻就把我和我的姊妹们请到他家去。他迎接我时所有的温情举止并不带孩子气,从这天起我决定了爱他。他立刻警告我要在他弟弟面前保守秘密;可是爱情的火焰再也隐藏不住了，弟弟的嫉妒促成了这段故事。他千百次地愚弄我们，他兴高采烈地破坏我们的快乐，可是他的破坏反而更增进了我们的爱。

我现在的确得到了我所想望的小绵羊，就像平常得一场病似的热情对我发生了影响，它使我宁静，把我从热狂的快乐里拉回来。我寂寞，深受感动，又想起了上帝。他仍然是我的知己，我深深知道，为了这个连续生病的男孩我在祈祷时，流了多少热泪啊。

不管这事件中有多少稚气的举动，它对我内心的修养却有不少贡献。从前我们法语教师只要我们作篇普通的翻译，而现在代替翻译，我们必须天天给他写一封由我们个人编造的信。我用了菲利斯和达蒙的名字把我的恋爱史描写出来。这位老人家不久就看穿了这件事，为了培养我的忠诚坦率的品格，他极力夸奖我的作业。我变得越来越勇敢，把一切都坦率地说出来，连真正事实的最微细的情节我都诚实地描写了。我记不清他有一次在我文章中的什么地方得到个机会，说："这多么优美呀，这多么自然呀！但是善良的菲利斯要留点心，这不久就有可能变成一件严肃的事。"

他并不认为这事情是严肃的，这使我感到很讨厌，我气鼓鼓地问他，他对"严肃"这两个字怎样讲解。没容我再问第二次，他就非常清楚地说明了他的看法，听了他的话，我几乎无法隐藏我的恐怖。另一方面，我的懊恼又立刻随之而生，他居然会有这样的思想，我很怪他，所以我决定要为我的美女辩护，我两颊绯红地说道："但是，我的先生，菲利斯是一个品德端正的女孩子！"

他现在恶意地拿我的品德端正的女主人公来嘲弄我，因为这时我们说的是法语,所以他把法语的"端正"说来说去地开心,为的是通过所有的定义完成菲利斯的端正品德。我觉得这是很荒诞的事,而且我是极端地迷惑不解。他不愿意威吓我,所以他中断了这次交谈,但是一有机会他就又重新提起这个谈话。我在他那儿读的和翻译的戏剧和小故事都常常使他抓住机会说明,所谓的道德是如何脆弱呀,它无法防卫情欲的要求。我不再和他抗辩,可我总是暗自生气,他所说的警世名言都变成我灵魂上的负担。

我和我那善良的达蒙的一切关系渐渐地断绝了。他弟弟的阴谋诡计破坏了我们的往来。不久以后,这两个生气勃勃的青年都死了。我非常难过,但不久我也就把他们忘了。

菲利斯现在迅速地成长着,她身体还算健康,而且开始懂得世事了。王储结了婚,不久在他父亲死后就即了王位。朝野上下一片欢腾。我的好奇心得到了种种的营养。那时有喜剧演出,有跳舞会,还有一切随之而来的附加活动;虽然父母是尽其所能地制止我们,可是我还是被人带到王宫里去。外乡人都涌入这个城市,所有的宅第都有贵客临门,连我们自己家里也有举荐来的几个贵客和其他被介绍来的人,我叔父家里则可以遇到各国的贵宾。

我正直的家庭教师用谦逊而适当的言辞继续劝告我,可我总是暗自怪他。他所讲述的真理我绝对不相信,那时也许我是对的,他是不对的,他以为女子在一切情况下都很软弱;但他同时说得非常咄咄逼人,甚至我都产生了恐惧心理。他要证明他对,因此我神气十足地对他说:"因为危险是这样大,人类的心又是这样软弱,所以我愿意祈求上帝,请他保护我。"

这个天真烂漫的答话好像使他很高兴,他夸奖我的决心;但是在我这方面并不是诚实的,这次仅是一句空话,因为我对看不见的上帝的感觉几乎完全消失了。围绕着我的这一大群人使我心烦意乱,他们犹如一个汹涌的潮流把我卷入漩涡。这是我一生中最空虚的年月。终日我也不说什么正经话,也没有健全的思想,只有游游荡荡,无所用心,这就是我的生活。没有一次想到过读读那些我爱读的书。围绕着我的这群人丝毫不懂"学术"二字,这就是德国宫廷中的人士,这一阶级在那时连最低微的文化也没有。

人们会想到,这样的环境必定会把我引到堕落的边缘。我只是这样生活在官感的快乐中,我不振作,我不祈祷,我既想不到我自己,也想不到上帝;但我只把这看作是一个命运的领导:在这许多貌美、富有而且穿戴华丽的人中没有一个中我的意。他们都放荡轻浮,他们对此也毫不隐蔽,这使我望而生畏;他们用双关的意义来修饰他们的谈话,这使我感到备受侮辱,我以冷酷的态度对待他们;他们的越礼行为令人难以置信,所以我就冒昧地报之以粗暴。

再者,我的老师有一次秘密地对我说,常和这些讨厌的青年来往不仅在一个女孩子的道德上,而且在健康上都是危险的。于是我开始有点怕他们了,如果他们有一个人以任何一种态度走近我,我就有些担心了。他们用过的玻璃杯和茶杯我都不敢再用,他们坐过的椅子我也不敢再坐。我就这样从道德上和生理上和他们隔绝,他们对我说的赞颂仰慕的言辞,我都骄傲地以为是分所应得的恭维话承受下来。

那时在我们这儿住的外乡人中有一个年轻的男子显得特

别出众,我们都诙谐地管他叫作纳尔齐斯①。他的外交经历很有声誉,在我们新王朝中有些调动,他希望得到一个优越的职位。不久他就认识了我父亲,他的学识和态度给他打开一条走入由最体面的男子所组成的小范围团体之中的道路。我父亲常说夸奖他的话,他体态俊美,如果不是他的言谈笑貌都表现出一种骄傲自满的神气,那么他给人的印象就更好了。我曾经看见过他,以为他很好,但是我们彼此没有说过话。

在一个他也参加的舞会中我们在一起跳了一回慢步宫廷交际舞;跳完舞,我们也并没有更进一步的结识。我父亲怕激烈的跳动对我的健康有害,我常常听从父亲的话而避开舞场,于是当激烈的跳舞一开始,我就到旁边的一间屋子里去,和许多年纪较大的、坐在那儿玩牌的女朋友谈天。

纳尔齐斯随同众人大跳其舞,后来也来到我所在的这间屋里。因为他在跳舞时忽然流了鼻血,他复元之后,开始和我闲谈种种样样的事情。这半小时的谈话非常有趣,虽然其中并没有掺入半点温情,可是现在我们俩都不能再跳舞了。不久别人就在嘲笑我们,而我们并未因此受到迷惘扰乱。第二天晚上,我们又得到机会一起谈话,就很珍惜我们的健康了。

这样我们就结识了。纳尔齐斯拜访我和我的妹妹们,现在我才又开始觉得,我知道些什么,我想些什么,而且我了解我在谈话时都说了些什么。我的新朋友一向生活在上流社会里,他除去精通历史和政治这两门学科之外,还有很广泛的文学知识,而且没有什么新出的刊物他不知道,尤其是法国的出版物。他给我亲身带来或者让人送给我一些悦目娱心而又有

〰〰〰〰〰〰〰〰

① 纳尔齐斯,指自我欣赏的人。

用的书,可是对这件事必须比对一个被禁止的爱情的默契更要保守秘密。人们嘲笑那些有学问的女子,而且也不能容忍博闻广识的女人,大半因为她们要使好些不学无识的男子们羞愧,人们认为这是不礼貌的。就连我父亲,虽然他非常希望得到这个新机会能修养我的精神,也明确地要求对这种文字交要保守秘密。

我们的来往就这样继续了几乎几年,我不能说纳尔齐斯对我表示过任何的爱或是温情。他始终殷勤友爱,但他没有表示过热情;大概是因为当时我最小的妹妹特别艳丽使他不能漠不动情吧。他开玩笑地给她起种种样样的外语的好名字,他会说许多种外语,而且他爱把外国有特性的成语掺在德国话里说。她对他的温情没有特别的报答,她正另有所恋,因为她很敏捷,而他又敏感,所以他们在小事上常常意见不一致。他很会和母亲与姑母们友好相处,所以他渐渐就变成我们家庭中的一分子了。

若不是忽然由于一件特别的偶然事变改变了我们的关系,谁知道这样的生活我们还要过多久。我和我的妹妹们被某一家请去做客,我本不愿意去。这个聚会人太杂了,常常有虽不太粗暴可是淡薄无味的人士参加。这次纳尔齐斯也被邀请,就是因为他的关系我才同意到那儿去;因为我相信,在那儿能够遇见一个和我谈得来的人。在筵席上我们就不得不有所忍受了,因为有几个男客酒喝得太多了,吃完饭又要做赌罚游戏。玩时是又吵又闹,又说又笑。纳尔齐斯必须履行输后的处罚;人们罚他对在座的每个人耳边说句使人愉快的话。他大概在坐在我身旁的一个大尉的太太旁边逗留的时间太长了。忽然这个大尉给了他一个耳光,正巧我刚刚坐在她旁边,于是面粉都飞到了我的眼里。当我把眼睛擦净,惊恐稍定,我看见这两个人白刃相交。纳尔齐斯流了血,那个人被愤怒和嫉妒支配得张牙舞爪,几乎所有的人一起动手都不能制止住他。我拉着纳尔齐斯的胳膊,把他领出门去,上了一层楼梯,进入另一间屋子,因为我担心我朋友在他狂暴的敌人面前难保安全,所以我立刻把门闩闩上。

我们俩认为受伤并不严重,因为我们只看见在手上有一条轻轻的切伤;但不久我们就发现有一条血河在背上从上往下流,看见在头上有一大块伤口。现在我恐怖了。我跑到过厅去找人帮忙,但我没看见一个人,因为所有的人都在楼下制服那个发狂的人呢。最后还是这家的一个女儿连蹦带跳地跑上楼来,她的兴高采烈使我非常吃惊,因为她对这出狂暴的骚动和可诅咒的喜剧几乎乐得要死。我很迫切地请求她给我想法请一位外科医生来,她还是像她那个野样子,立刻跳着下楼,亲自去给请医生。

我又回到我受了伤的朋友身边,用我的手帕把他的手捆上,用一条挂在门上的毛巾把头缠好。他还是血流不止,外科医生没来,受伤的人脸色苍白,而且好像要晕倒的样子。没有一个人在旁边帮助我;我非常自然地把他抱在怀里,想法子使他由于受到爱抚和听到顺耳的言语提起点精神来。这显然是起了精神治疗的效果;他还有知觉,但是面色死人般的苍白,待在这儿。

归终勤劳的主妇来了,当她看见我的朋友这个样子在我怀中躺着,而且我们两人都浸在血泊中,她怎能不害怕呢?因为没有人想象到纳尔齐斯受了伤,所有的人都以为我把他安全地带出来了。

现在,酒、香水和一切能够使人爽快和清醒的东西在这儿都有很多,外科医生也来了,我本来是可以退席的,可是纳尔齐斯紧紧地用手拉着我,而我呢,并不是被他牵住,而是站在那儿不动。在给他缠裹伤口的时候,我继续用酒给他擦拭,我丝毫没有注意到,现在全体宾客都环立在这儿。外科医生包扎完毕,受伤人和我沉默而亲切地分别了,他被人抬回家去。

现在主妇把我带到她的寝室;她一定让我把衣服全都脱下来,而我也不能不默许,因为人们要从我身上擦去他的血,我第一次偶然在镜子里发现,我不穿衣服也称得起是美丽的。我的衣裳没有一件能够再穿了,因为这家的人不是比我矮小,就是比我强壮,所以我穿着一身奇装异服回到家里,这使我父母大吃一惊。他们对于我的惊吓,对于朋友的受伤,对于大尉的无聊,对于这整个事件都极端恼怒。差一点我父亲立刻亲身要替他朋友复仇,和那个大尉去决斗。他骂那些当时在座的男子,为什么他们不立刻就惩罚这样的凶杀行为;很明显,大尉在打人之后立刻就拔出刀来,从后边砍伤了纳尔齐斯;而手上则是当纳尔齐斯自己也拔出刀来才受的伤。我无法描写我的悲愤和激动,我不知道我应当怎样表达我的感情;蕴蓄在心灵最深处的热情犹如火焰得到了空气,忽然迸发出来。若是快乐和欢喜最初很聪明地创造出爱情,而且静静地抚育着它,那么这得之于天的爱通过惊吓就最容易激励到断然决定和公开宣布的地步。人们给这个受了惊扰的小女儿药吃,让她躺在床上。我父亲第二天大清早就急忙去看受了伤的朋友,他因为受伤,发高烧,卧倒在床,病得很厉害。

我父亲只告诉了我一小点他和病人所说的话,而且设法用这件事可能有的结果来安慰我。他说大家讨论,是否满意于谢罪的和平解决，是否要为这事起诉，还说了些这类的话。我非常了解我父亲的为人，我绝不相信，他希望看见这件事不经过决斗而得到解决；可是我始终默无一言，因为我父亲从前教导过我，女人们不要参与这些事。此外，并不像是在这两个朋友之间谈到了关于我的事；可是不久我父亲就把他其余的谈话告诉我母亲了。他说，纳尔齐斯由于我对他的帮助深受感动，他拥抱着我父亲，说他永远欠我的情，他表示，任何他不能和我分享的幸福他都不要；他请求允许他把我父亲当作父亲。母亲一字不遗地把这些话都告诉了我，但是她好意地提出要警惕，对在初步感情冲动所说的话不能太注意。"这是当然的。"我以冷静的态度回答着，但天知道，我此时是什么感觉，而且到了什么程度。

纳尔齐斯卧病两个月，他因为右手受伤，绝对不能写字，但这时他用最感人的殷勤崇敬表示他对我的怀念。我把所有这些超过普通殷勤的举动和从我母亲那儿听来的话都联系在一起，我头脑中一直充满着胡思乱想。全城的人都谈论这件事。人们用特别加重的腔调和我讲这件事，从此推断出我所极力避免，但总是和我有密切关系的结论来。从前只是游戏和普通的事情，现在却变成了严肃和彼此倾慕的事。我生活在不安之中，这种不安我越是想在所有的人面前小心翼翼地隐藏着，它越是变得更激烈。丢掉他的思想使我惊恐，可是关系再接近一点的可能性又使我战栗。夫妇关系的思想对于一个朦胧的少女的确是有些恐怖性的。

由于发生了这些激烈的震动，我又重新想到我自己。那些幅从前日夜在我眼前浮现的散漫生活的灿烂图画现在忽然都消失了。我的灵魂又开始在活动；只是恢复同那目不能见的朋友中断许久的友谊并不容易，我们总还有相当的距离；渐渐又好了一些，但和往日相比却有很大的不同。

一场决斗过去了，大尉受了重伤，关于这件事我事先毫无所闻，公共舆论都站在我心爱的人这方面说话，最后我心爱的人又出现在社交场中了。他首先让人把他抬到我们家来，他缠着头，裹着手。在这个客人来到时，我的心跳动得多么厉害呀！全家人都来了；两方面只是说些普通的感谢和客气的话，可是他一得机会就做出他对我温情的秘密暗示，这种举动只是增加了我的不安。完全复元之后，整个冬天他都以从前那样的身份来拜访我们，虽然在一切不显眼的暗示中表明他对我的情感和爱情，而终身大事却依然没有商讨。

就这样我接连不断地经受着考验。对任何人我都不能倾诉我的心事，而我距离上帝又太远了。在尘寰纷扰的四年中我完全把他忘了，现在我又有时想到他，但是交情是很冷淡的；我对他只做些礼仪拜谒而已，此外当我出现在他面前时，因为我总穿着美丽的衣服，很满意地对他表示着我的道德、名誉和优点，这些我相信都胜过别人，而他好像完全没有看我，或者在盛装艳服中的我他并不认识。

一个朝臣，若是他的君主对他持反对态度，他会感到极大的不安；而他却正想得到他君主的宠信；但是对于这种事我倒不感觉情绪恶劣。所需要的健康和舒适我都有了；倘使上帝嘉纳我对他的纪念，那就好了；不然，我也认为我已尽了我的本分。

那时，我自然没想到我是怎么回事；但那却是我灵魂的真实情形。可是，我已经准备改变和清洗我的思想了。

春天来了，纳尔齐斯在一段时间内来拜访我不用预先通报，因为只有我独自一人在家。现在他是以爱人身份出现，他问我是否愿意把我的心给他，若是他有一个极有荣誉、报酬丰富的职位时，我是否将来也愿意和他结婚。

人们果然聘请他在我们国家任职；可是起初人们有意对他的职位略加抑制，不让他升迁太快，而且因为他有私产，所以给他的薪金也少。

在我全心全意爱慕他的时候，我看出，他不是一个可以完全坦率地与之交往的人。所以我留心指引他和我父亲去谈，对于得到父亲的同意他并不觉得有所怀疑，他愿意立即就先征得我的同意。最后我答应了他的要求，同时提出必要的条件是要得到我双亲的允许。随后他就正式和二老去谈，他们表示满意，人们都说不久就会实现原有的希望，就是他将继续升官。这件事都告诉了姊妹们和姑姑伯母婶母们，可是嘱托她们绝对保守秘密。

现在，他由心爱的人变成未婚夫了。这两种身份的不同是非常大的。倘若有人能使所有名誉好的女孩子们心爱的人都变成未婚夫，这对于我们女性是多么大的恩惠呀，即使他们将来并不结婚。两个人中间的爱并不因为订婚而减少，却变得更有理性了。无数的小愚蠢动作，一切的卖弄风情和喜怒情绪都立刻消失了。如果未婚夫告诉我们说，我们戴着闺中晨帽的样子比我们云鬟高绾戴着最美丽的头饰更使他满意，那么一个考虑周到的女孩子一定就对头发的梳妆漠不关心了，而且这也是再自然不过的事，他所想的是品德端庄，他宁愿培养出一个家庭主妇，而不喜欢得到一个供人观赏的盛装玩具。这样就能事事顺利进行了。

若是这样一个女孩子同时还享有这种幸福：她的未婚夫

既有智慧,又有学问,那么,她能学到的东西,就会比高等学校和外国所能给她的还要多。她不仅仅是喜欢承受一切他所给她的教育,而且她自己也力求在这条道路上永远向前发展。爱情使许多不可能的东西成为可能,最后对女性的必要的适度的服从也就立刻开始了;未婚夫不像丈夫一样支配人;他只是请求,而且他的爱人又是探求逢迎他的意思,凡是他所希望的事,还在他请求以前,就都实现了。

经验是这样教诲我,我很不愿意失掉它。我是幸福的,真正是很幸福的,正如女人们在世界上所能享有的幸福一样,这就是说这幸福是短暂的。

一整个夏天就在这样安静的愉快中过去了。纳尔齐斯绝没有给我最小的机会使我苦恼;他对我总是越来越亲爱,我整个的灵魂系之于他的身上,这他知道得很清楚,也很知道珍重它。当时表面上看来本是小事的发生了一桩,这事渐渐变得有损于我们之间的关系了。

纳尔齐斯以未婚夫的身份和我往来,他绝没有冒昧地向我要求过在我们中间还是禁止的事情。唯独关于道德和端庄的界限我们的意见是非常不同的。我愿意行为循规守礼,绝不允许自己有超越世人所知的自由。他习惯于吃零食,认为医生规定的饮食太严格;在这一点上我们发生了持久的矛盾;他夸奖我的态度,可是寻求着削弱我的决心。

我又想起我的法语老师所说的严肃这个词,同时想起那时为此所采取的手段。

我和上帝又比较熟识了。他给了我一个这样可爱的未婚夫,为此我很知道感谢他。人世间的爱情本身使我的灵魂聚精会神,而且使我的灵魂有所行动,可是我对上帝的虔信和爱情也并不矛盾。我很自然地把我所恐怖的事向上帝申诉，可是我没觉察到，使我恐怖的事物正是我自己所希望和需求的。我觉得我很坚强，我不做这样的祈祷："上帝保护我别受诱惑！"就我的思想而言，我是远远地超过诱惑了。我以这种自己缥缈炫饰的道德很勇敢地出现在上帝面前；他并不摈弃我，即使对他最小的热情冲动他也在我的灵魂里留下一个美好的印象，这个印象激励我一再地寻求上帝。

我觉得整个世界除去纳尔齐斯都是死的，除他以外没有任何东西对我有些许的刺激性。甚至我爱好装饰也只有一个目的，就是为了使他满意；若是我知道，他不看我，那么我就毫不留心梳妆。我喜欢跳舞；但他若不在旁边，我看上去便仿佛并不喜欢这种活动。在一个华丽的宴会中，因为他没有参加，我就既不能标新立异地梳妆打扮，也不能按着时髦墨守成规地去修饰。对于这个人和那个人我都一视同仁地喜欢，可是我宁愿说：对于这个人和那个人我都不分轩轾地烦厌。如果我能够和几位年纪稍大的人玩一场牌，我就认为这一晚上过得很好，本来对于玩牌我是毫无兴趣的，若是有一个旧日好友诙谐地嘲笑我玩牌，大概我就会发出这一整晚上的第一次微笑。散步和所有的社交活动的享乐都是如此度过，这一切只是让人想到：

> 我惟一选择出来的人就是他；
>
> 仿佛只是为他我才来到这世界，
>
> 无所希求啊，除去他的宠爱。

所以我在社交场中常常感到寂寞，而且我一般最喜欢这种绝对的寂寞。但是我忙碌不息的灵魂既不能安睡，又难成好梦;我感觉着,思想着,祈求渐渐得到一个向上帝倾诉我的情感和思想的妙诀。这时在我的灵魂里发展了另外一种感觉,这些感觉和那些旧感觉并不矛盾。因为我对纳尔齐斯的爱是完全按照造物本意的,这个爱并没有什么地方和我的本分相抵触。它们彼此并不矛盾,可是它们又是无止境地不同。纳尔齐斯是在我眼前浮现着的惟一的图像,我整个的爱都系之于这幅图像;但是另外的感觉则没有图像,可是有说不出来的愉快。这种感觉我不再有了,而且我不能再使我有这种感觉。

我心爱的人本来是知道我的一切秘密的,但是关于这一点他却一无所知。我不久就注意到,他所想的是另外的东西;他常常给我文章读,这些文章都是用轻刀重棒各种武器来驳斥人们称为同目不能见的上帝的关系的。我读这些书,因为这些书是来自他的手中,但这些书中都说些什么我却一无所知。

关于科学和知识的问题在我们之间也不是没有矛盾的;他也和一切的男子一样,他嘲笑有学问的妇女,而且不停止地想象到我。他常常和我谈法律学以外的一切问题,同时他不断地给我拿来各种书籍,他常常反复地述说可疑的训诫:一个女人家必须比较秘密地深藏她的学识,就像卡尔文教徒在信奉旧教的地方要秘密保持他的信仰一样;这时我果然常常完全出于自然地在人前不像从前总爱表现我比别人聪明和比别人有学识了,而他却有时扛不住虚荣心的侵袭首先谈到我的优点。

一个有名望的,由于本人的影响、本领和才艺而备受敬重的闻人,那时在我们宫廷里深得人心。他特别赏识纳尔齐斯,而且经常和他在一起。他们也辩论过妇女的道德问题。纳尔齐斯把他们的谈论都详细地告诉了我；我并不退让地表示我的见解，我的朋友要求我把它写成一篇文章。我写的法文可以说是很通顺，这是我年老的法语教师给我打下的好基础。我和我朋友的通信都是用法文写的，而且在那时候人们只能从法文书籍中得到良好的教育。伯爵很欣赏我的文章；我必须把我不久前所作的几段小诗拿出来给人看。总之，纳尔齐斯好像毫无顾虑地夸奖他的爱人。这段故事他非常满意地以一篇用法文写的才华横溢的诗简而告一结束；这封诗简是伯爵临行时送给他的，信中回忆到他们友谊的争辩，最后我的朋友幸运地被赞美，他在许多怀疑和错误之后在一个优秀而贤淑的夫人怀中将会深切地体验到什么是德行。

这首诗首先是给我看的，然后也几乎是给每个人都看过了，每个人读时都是按照自己的心意去理解。在很多情况下都是这样作的，所以他所看重的所有外乡人就都成为我们家里的熟人了。

因为我们这里有医术精湛的医生，所以有一个伯爵的家庭暂时停留在此地。在这个家庭里纳尔齐斯也被当作儿子一样对待；他把我带到那儿去，我们觉得在这些德高望重的人中间由于精神和心灵都能愉快地神交而获益匪浅，甚至社交场中普通的消遣在这个家庭里也似乎不像在别处那样空虚。每个人都知道我们两人的关系，人们按照环境的许可对待我们，从不触及我们这个主要的关系。我所以要谈我与这家人的相识，因为在我未来的生活中这对我有很大的影响。

我们就在这样的关系中几乎过了一年，同时我们的春天也随之消逝了。夏天来到，一切都变得更严肃，更热烈。

由于几个意想不到的死亡事件,有几个职位出了空缺,纳尔齐斯可能有希望补上一个。决定我整个命运的时刻临近了,这时纳尔齐斯和所有的朋友都在宫廷里竭尽全力去消灭某些对他无益的印象,而且为他谋取所希望得到的位置,而我却怀着迫切的请求转向我目不能见的神友。我被非常友爱地接待,于是我很愿意再来。我毫无顾忌地表达了我的愿望:纳尔齐斯热望得到这个位置;可是我的祈求并非迫不及待,我不要求由于我的祈求而事情就如愿以偿。

　　这位置被一个才学能力远不如他的竞争者占去了。报纸的消息使我惊慌失措,我赶快跑回我的屋里,随手紧紧地关上了屋门。最初的痛苦融解于眼泪之中,紧接着就想到:"事到如今也并非完全出自偶然。"我立刻得出这样的结论:这使我很满意,因为表面的不幸也许结果会变成我真正的幸福。于是把一切愁云苦雾驱散净尽的最温柔的感觉涌上了心头;我感觉到,这样的救助法能使人忍受一切。我愉快地去吃饭,这使我全家人都觉得非常惊奇。

　　纳尔齐斯没有我这么大的克制能力,我必须安慰他。在他的家庭里他也遇到许多使他感到压抑的讨厌事,在我们真正开诚布公倾谈时,他把这一切都告诉了我。他到外国去服务的努力也没有成功;我从他的角度,也从自己的角度深深地感受到了这一切,最后我把一切心事都吐露在允许我倾诉衷肠的上帝面前了。

　　这些经验越是温和,我就越想重复这些经验,而且我总是时常在我得到安慰的地方又去寻找安慰;可我并不是总能得到它,因为这对于我就像对于一个人想到阳光下去取暖,而太阳却被一些东西的阴影遮住了一样。"这是什么?"我问我自己。我激情满怀地暗自研究这件事,我清楚地觉察到,这一切都是我灵魂的特性;如果事情不是直截了当地面向上帝的话,那么我就态度冷淡,我感觉不到上帝的反应,也听不到上帝的答话。那么现在就是第二个问题了:"什么东西阻拦着事情向这个方向发展?"当时我置身于一片广远的田野,陷入迷惘探索的境地,这种情形始于我爱情史的第二年,它几乎延续了整整一年。我本来可以早点结束这段姻缘,因为我老早就发现了这种痕迹;但我不愿意承认它,而且找出成千的口实来解释。

我很快就发现,我灵魂正直的方向由于日常愚蠢的琐事分散了精力,而被整天忙于无价值的俗务破坏了;但我不久就十分清楚地知道要怎样走和走向何方。但是现在又怎能自拔于对一切不是漠不关心,就是热狂发疯的世界呢?我本来想就让事物随遇而安,我也像其他人一样任其浮沉地活着,这些人我看着过得很舒适;只是我不能这样做,我的内心和我的生活常常太矛盾。要想从这个环境中自拔出来,而且改变我的社会关系,这我办不到。我现在禁锢在一个圈子里,我不能摆脱某种关系,而且这些在加之于我的事物中宿命的不幸争先恐后地拥挤而来,重叠堆积。我常常含泪上床就寝,经过一夜无眠之后,又是含泪起床;当我傻头傻脑、冥顽不灵地乱跑时,我需要一个强大的力的支持,可是上帝并不向我伸出救援之手。

于是我开始进行考虑一切和每个行为了;最先探讨的是跳舞和玩纸牌。凡是我不曾追求、谈论、阅读、思考、增添、排斥和费过一番苦心的事物,对它们我都绝对没有谈过、想过或写过赞成或反对的意见。若是我中断这些事情,那么一定会得罪纳尔齐斯,因为他非常怕令人生畏的认真的外表在世人前呈现出来的笑柄。因为现在我所做的我本来都认为是蠢事,是有害的蠢事,这些绝不是出于爱好,那仅仅是为了他,所以一切事对我说来是非常困难的。

若没有不愉快的繁琐和重复,我就不能表示出我所做的努力。为了从事于使我精神涣散和扰乱我内心和平的行为,我的心一直深深承受目不能见的上帝的感召,我不禁感到十分痛苦,因为这种矛盾就这样子老也不能排除。因为当我一穿起愚笨的服装,我不仅戴着假面具,而且愚蠢立刻浸透全身。

我可以超越单纯历史陈述的法则在这里谈一点有关我内心的观感吗?究竟是什么东西改变了我的嗜好和意志,使我在二十二岁,甚至更早的时候,不曾发现一般在这个年龄上都极感兴趣的事物呢?我为什么不觉得它们是无罪的呢?我大概可以回答:我之所以不觉得它们是无罪的,正是因为我不像我的其他同辈那样不认识自己的灵魂。不是,从我自然而然得到的经验中我知道,有些较高的感觉真会给我们一种人们在一般娱乐里所找不到的享受,而且在这较高的快乐里,在不断加强着的不幸中,蕴藏着一个秘密的宝贵的东西。

但是青年的社交娱乐和消遣总难免给我以强烈的刺激,因为我绝不可能不去做这些事情。正如现在只要我心甘情愿,我就能极冷淡地去做某些事情,而这些事从前却使我迷惑,简直曾经威胁着我,要做我的主宰呀。这儿不能保持一条中间道路:我必须决断,不是离开刺激的娱乐,就得放弃舒畅的内心感受。

但是,在我灵魂里的这个争执竟在我一无所知的情况下解决了。虽然我对官感快乐也有一些留恋,可是我不能再有所享受了。一个还非常喜欢饮酒的人,若是他置身于一个空气腐龋、使他窒息的装满酒桶的地窖里,他喝酒的一切快乐,也要丝毫俱无了。清洁新鲜的空气比酒更有意义,这一点我感觉得太清楚了,对此本来就不用多加思索,我宁愿选择善良,放弃刺激性的享乐。而我怕丢掉纳尔齐斯的恩爱却在阻挠着我。但是因为最后在经过千百次的内心争斗,在一再反复观察之后,同时用锐利的目光仔细观看连接我们的纽带,我发现,它是细弱的,能被折断的。我忽然认识到,那不过是一个玻璃钟罩,它把我罩在没有空气的空间里;只要有力量把它打碎,你就得救了!

敢想,敢做。我揭下假面具,我每次做事,都是怎么想就怎么做。我总是温柔地爱纳尔齐斯,但是从前立在热水里的寒暑表现在挂在自然的空气里了;它再也不能比四周空气的热度升得更高了。

寒暑表不幸下降得很低。纳尔齐斯开始退缩,举止疏远;这倒随他自便;但我的寒暑表正如他所退缩的程度,向下降落。我家里的人察觉出来,都来问我,都感到惊奇。我勇敢地与他们抗衡,我讲述原委:到现在为止,我已经做了很多牺牲;我做好了准备,还要继续这样做,直至我生命的终了我要分担一切逆境的压力;但对于我的行动我却要求完全的自由;我的取舍必须完全取决于我的信念;诚然我从不想固执地坚持己见,而且我很喜欢倾听人家的一切道理,可是因为这是关系到我个人幸福的大事,所以必须由我自己做出决断,我不会容忍任何的强迫。譬如对一种食品,只要我的经验一证明这种平素本是有益于健康的而且许多人都非常爱吃的食品对于我却随时是有害的,我立刻就不会再吃它了,即使有最大名医的科学判断也很难改变我的看法,我可以拿喝咖啡来作例子,我不会让任何一个使我迷惘的行为对我发挥作用,改变我的主张,更不会认为这样做在道德上对我是有益的。

因为我很久以来就心中暗自做好准备,所以关于这件事的讨论对我与其说是烦厌,毋宁说是愉快。剖心置腹而言,我感觉到这个决断有极大的价值。我丝毫不肯退让,谁若不值得我怀有天真的敬仰,我就要率直地拒绝他。在我家庭范围内不久我就赢得了胜利。我母亲从年轻时起就有相似的思想,只是这些思想在她身上没有发育成熟罢了;没有困难逼迫她,提高她的勇气去贯彻她的信念。她很喜欢通过我看到她的夙愿得到满足。大妹妹明显地站在我这一边;二妹妹曲意逢迎,一言不发。姑母最反对。她举出的理由好像是不能反对似的,因为这些理由也都是些普通的道理。最后我被迫向她表示,对这事本用不到她参加意见,而她只微微地让人觉得,她还坚持己见。她也是在近处观看这件意外事变的惟一的一个人,竟毫无感觉地处之泰然。如果我说,她没有情感而只有最狭隘的概念,我对她就不算说得太过火。

父亲的行动和他的思想完全一致。他很少说话,但时常和我谈论这件事,他的理由都是理智的,仿佛他的理由都是不能反驳的;只因我深信自己正确我才有胆量跟他争辩。但是这种情形不久就改变了;我必须赢得他的心。受他理智的压迫,我突然爆发出感情盈溢、涕泪交流的申诉。我一任唇舌自由述说,眼泪纵横奔流。我向他表示,我是多么爱纳尔齐斯,两年以来我是怎样竭力控制着自己,我又多么确信我做得对,我随时准备以失掉我亲爱的未婚夫和牺牲显而易见的幸福,甚至如果有必要以我的全部家产来保住我的这种确信；我宁愿离开我的祖国、双亲和朋友们，到外乡去赚我的面包，也不愿意我的行为违反我的理智。他隐藏起他所受的感动，静默了一会儿，最后他对我公开地说，他赞成我的意见。

从那时起，纳尔齐斯回避着我们家，现在我父亲也放弃了每星期的社交聚会，因为纳尔齐斯总是参加这个聚会的。这件事在朝野上下都引起了极大的注意。每逢遇到这种情形，群众就喜欢极热心地去参加议论，因为公众谈论具有一种潜在的力量，在意志薄弱者的决断上能施加一些影响。我充分地认识这个世界，而且深知，被这些人所谴责的事常常正是这些人事先劝他做的事情，可是，即使没有这一套始劝终责的信口雌黄，这些行云流水的意见，从我内心状态说来对我简直是丝毫不起作用。

与此相反，我并不放弃我对纳尔齐斯倾慕的沉湎。我觉得他变成无形的了，可是我的心对他毫无改变。我温情脉脉地爱他，仿佛是重新开始的爱比原先的爱更成熟了。若是他不扰乱我的信念，那么我就是他的，没有这个条件就是和他生活在一个王国里我也会拒绝的。多少月以来这些感觉和思想总是萦绕着我，因为最后我感到我的思想十分安静和坚强，我能心平气和、郑重严肃地去办理这件事，于是我给他写了一张不带一点温情口气的客气的便笺，问他为什么不再到我这儿来。

因为我知道他的脾气，对小事他从不喜欢自己解释，而是默默地去做他认为应当做的事，现今我是故意迫使他做出答复。我收到一封长信，我认为这是淡薄无味的回答，用的是繁琐的文体、无意义的词句。他说，他没有比较优越的职位，他不能组织家庭，不能和我结婚；我是最能了解他的，直到现在他的遭遇是如何地坎坷不平；他以为我们这样持久而无结果的来往会有损于我的名声，我会允许他和我保持现今的距离；一旦他的处境能使我幸福，他立刻就实践他对我的诺言。

我立即答复了他，我说，因为我们的关系举世皆知，现在才顾到我的名誉，那未免太晚了，但是不管怎样，我的良心和我的清白对我的名誉就是我最可靠的保证；但我此时此刻可以不假思索地退回他所给我的婚约，而且希望他这样做能走好运。在同一小时之内我接到一个简短的答复，在实质方面完全和第一次的回信所写的一样。他坚持他的意见，在他得到职位之后他才会向我探问，是否我愿意和他共享他的幸福。

这封信当时对于我来说就等于一纸空文。我告诉我的亲戚和朋友说这件事结束了，实际上也的确是结束了。九个月之后他果然得到了最合希望的职位，他再次要求跟我结婚，同时却附带着条件，他说我要做一个成家立业的男人的妻子，必须改变我的见解。我谦逊地向他表示感谢。同时正如舞台幕落之后，看戏人热望赶快走出戏院一样，我的内心和情感都要急忙离开这一段订婚要结婚的历史。因为随后不久他就非常容易地得到了一个富裕和显贵的配偶，我知道他如愿以偿，生活得欢乐幸福，所以我也就完全心安理得了。

我不能对往事绝对缄口不谈，那就是还在他得到职位的前后他有几次向我庄严地请求结婚，但我都不加思考地拒绝了，父亲和母亲本来非常希望我能多做些让步。

现在仿佛是在一个狂风暴雨的三、四月之后又给了我一个最美丽的五月天气。我身体十分健康，享受着一种难以描写的心情平静；我可以随意地环顾左右，我是因为有所失才有所得的。我这样年轻而又热情洋溢,我觉得这宇宙现在比从前更是千倍的美丽,我必须有社交有游戏,以便我不觉得在美丽的花园中待的时间太长。因为我绝不做愧对我虔诚的事,所以我不用把我爱艺术和科学的心隐藏起来。我画铅笔画、水彩画,读书,是有足够的人支持我的;失掉了我已经离开的,或者简直是早就离开了我的大世界,围绕着我又形成了一个小世界,它非常丰富,使人快慰。我有一种对社交生活的爱好,而且我也不否认,当我放弃了我旧日的朋友时,我真有点怕寂寞。现在我觉得我得到充分的补偿,甚至可以说赢得的报酬是太多了。我所结识的人才真正变得广泛了,我不仅和一些意见与我一致的本乡人来往,而且也和一些外乡人往来。我的那段历史变得尽人皆知了,有许多人很好奇,要看看这个对上帝比对自己的未婚夫更为重视的女孩子。那是当时在德国一种普遍使人注意的宗教情调。在许多公侯世家里都十分关心灵魂的幸福。怀着同样注意的高贵人家也并不缺少此感,而且在一些较低微的社会中这种见解也是绝对普遍地传布着。

我在前边谈到过伯爵家庭现在吸引着我更亲近地和他们来往。由于他们几个亲戚迁进城来,这个家庭的势力加强了。这些可敬重的人企图和我交往,而我也正希望和他们结识。他们有很多的亲族,我在这家里认识了好些侯爵、伯爵和国君。我的见解不对任何人保密,任人称赞或者仅仅加以怜惜,可是我达到了目的而且处在毫无非议的地位。

我又在另外一种方式下重新被引入人世之间。正巧那时我父亲的一个异母兄弟有较长的时间居留在我们家里,他往日只是由此路过时顺便来看看我们。他在宫廷任职,地位尊荣,颇有影响,只因一切事都不符合他的意愿,他才毅然离去。他世事练达,性格严肃,而且在性格上很像我父亲;只是我父亲的性格带有几分软弱,所以他做事就比较容易让步,虽然他不做违反他信念的事,但他却任其发生,而使对之不满的情绪,不是事后在心中暗自缓和下来,就是在和他的家人的亲切交谈中烟消云散。我的叔叔很年轻,他的独立性多半是由他的外界环境确定的。他曾经有一个非常富有的母亲,而且还有从她的近支和远门亲族中得到一大笔财产的希望,他不需要外来的补助,与此相反,我父亲仅有微薄的财产,他只能靠薪俸过活。

我叔叔由于家庭的不幸变得更倔强了。他早年丧失了可爱的夫人和希望无限的儿子,从那时起看上去他就好像想使一切不合他心意的事都远远地离开他。

家庭中一有机会人们就带着几分自得的心情私相窃谈,他大半不会再结婚了,我们这些孩子已经能够看作是他大宗财产的继承人了。我对于这事并没有多加注意;可是其余人的态度有不少地方却受这种希望所左右。他性格刚毅,习惯于谈话时从不反对任何人,对每个人的意见他都友善地倾听,他自己还论证和举例鼓励每个人对于一件事的思考。不熟悉他为人的人常常以为与他意见相同,因为他有超人的智力,而且能够设身处地使用一切的思想方式。对于我他却并没有十分成功,因为我们所谈的是情操,对此他完全是门外汉,他总是非常宽容,同情而且会意地和我谈论我的信念,可是我却明显地觉得,对于我一切行为的理由他显然毫无概念。

虽然他严守秘密,可是过了一些时候就暴露出了他所以在我们家非比寻常地长期居留的最终目的了。正如人们最后所发现的那样,他在我们中间选定最小的妹妹按照他的意见去结婚,去过幸福的生活;可以肯定,以她天赋的体格健壮,资质聪颖,特别是再加上带有一笔丰富妆奁的优势条件,她自然能够要求选择第一等的配偶。他对我的安排同样也不言而喻地使人看到,原来他是在一个寺院里给我求得一个有薪俸的贵族修女的职位,很快我就从这座寺院里领到了薪金。

我小妹妹对于他的照顾并不十分满意,而且也不像我似的很感谢他。她向我吐露了她一直非常聪明地隐秘着的心事;因为她真有点怕,实际果真发生了这样的事,她怕我会尽一切可能劝她不要和一个她并不很满意的男子结合。我尽了最大的努力,我成功了。叔父的目的太严肃,太清楚,美好的前景对我妹妹的世俗欲太有刺激性了,致使她没有力量去放弃与她理智相违的爱好。

因为她现在不再像从前一样躲避叔父的温和引导,所以不久就奠定了他计划的基础。她在一个邻近的宫廷中做宫廷女官,他求那里的一个做女官长的、位高望重的女友监督和培育她。我陪她到了她新居住的地方。我们两个人都对我们得到的收容感到很满意,有时我要暗自笑我如今以女修士,以年轻而虔诚的女修士的身份在人世间所扮演的这个人物。

在前几年,这样的境遇会使我很狼狈,甚至会使我精神失常;但现在我在这种周围环境中却处之泰然了。我极度闲静地几小时之久让人给我理发,让人装饰我,除了在我的地位穿上宫廷服装感到有些不好意思之外,我什么也不去想。在拥挤熙攘的大厅里我和每个人都交谈,可是并没有任何一个形体或是一个举动曾经给我留下一点强烈的印象。当我又回到家里时,这两条疲乏的腿就是我所带回来的一切感觉了。我所看到的许多人都很有益于我的智慧;我作为一切人类道德的典型,作为一种善良而高贵的行为的典型,结识了几位妇女,特别是结识了女官长,我妹妹在她的教导之下是幸福的。

可是回来后我觉得这次旅行对我的身体是无益的。在严格节制方面和精确规定饮食方面我就不像从前那样能做我时间和体力的主人了。食物、动作、起床和就寝、穿衣和出游,都不像在家里那样都由我的意志和我的感觉决定了。在社交场中人们不可以呆滞,不能不客气,凡是必要的一切事我都喜欢做,因为我认为这是义务,因为我知道这些事不久就会过去的,而且因为我比任何时候都更强健。虽然如此,这次异乡的、不安定的生活比我所感觉到的对我的影响更为强烈。因为我几乎还没有到家,还没来得及用慰藉的陈述使我的双亲感到高兴,我就害了一场大咯血病,纵使这病在当时并不危险,而且很快就过去了,可是它给我留下了长时间的明显的虚弱。

此时此地我又必须进行一段新的课业。我很愉快地做这事。没有什么东西把我牢系在这个世界,我确信,在人世我绝不会找到合理的事物,所以我虽然已经对生活断念,可是我还是在最快活和最安静的情况中保持着我的生命。

我必须经受新的考验,因为我母亲得了一场痛苦不堪的重病,在她偿清对上天的欠债以前,有五年时间卧病不起。在这段岁月里我得到不少锻炼。时常,当她极度惨痛时,她就在夜里把我们大家都叫到她床前,为的是至少由于眼看着我们而分散她对病痛的注意力,虽然病并未真正减轻。更严重的、简直几乎是不可忍受的压迫是我父亲也开始痛苦地病倒了。从青年时代起他就常犯剧烈的头疼病,但那时他头疼最长也就是延续三十六小时。可是现在呢,这头疼变得长期存在。每当他疼到极点,惨痛的呻吟就撕碎了我的心。在这些狂风暴雨的冲击下我最感到我身体的虚弱,因为这虚弱妨碍我尽量履行那我最爱尽的最神圣的义务,或者说它使我尽这些义务极度困难。

因此,我能体验到,在我所选择的道路上我是否能找到真理,还是找到的只是幻想而已,我所想的是不是跟别人所想的一样,我所信仰的上帝是否有真实性,不过我总觉得我能相信上帝便是我最大的安慰。我寻找过我心向上帝的捷径,同一些"被主爱的人"的交往,我找到了,这给了我很大的帮助。当一切事物从外面来压迫我时,我就仿佛一个在烈日下旅行的人急忙走进阴凉处一样,我内心的灵魂也就赶快走向这个保护区,而且绝没有一次是空手归来的。

近代有一些宗教的维护者似乎对宗教的热衷比对灵魂的情感还多,他们要求他们的教友们把上帝听取了真正的祈祷的例子宣布出来,大概是因为他们希望得到文证与印鉴,为的是给他们的反对者以真正外交的和法律的攻击。他们想必是很不熟悉真实的感觉啊,而他们自己所取得的真正经验是多么少啊!

当我在承受压迫和困苦时去寻求上帝,我可以说,绝没有一次空空归来。这话我无休止地说过多少次,可是我不能,也不可以再说了。每个在危急存亡之时的经验对我本来都是非常重要的,可是当我想要引证个别的情况时,所做的讲述却反而会变得很乏味,很不重要,很难以置信。我是如何地幸福啊,如有呼吸就是我生命存在的证据一样,有千百件小事凑在一起,千真万确地向我证明,没有上帝我就不会活在世界上。

上帝在我近旁,而我就在他面前。这就是我用最高的真理所能说的话,我极力避免一切神学的说教的术语。

我是如何强烈地希望,到那时我就不属于任何教派;但谁能早一点得到这种幸福,在与神纯洁的交往中就意识到他的自我,而不用外来的形式呢?对我的极乐观点我是严肃的。我谦逊地信赖别人的品评;我完全献身于哈雷教派①;可是我整个的本质却绝对无从和它适合。

按照这种教程,内心的转变必须从对罪愆的极端恐怖开始;这颗心必须在这种危急中时而较多时而较少地认识罪有应得的惩罚,而且体味到地狱的预感,这预感无时无刻不使罪恶的嗜欲感到痛苦。最终人们必须感觉到一种很明显的宽恕的保证,但这种宽恕的保证在进行中却总是隐藏着,人们必须一再严肃地去寻求。

不论远近,这一切我都能感觉到。当我诚恳地去寻求上帝时,上帝就让我找到他,而且关于过去的事对我无所谴责。随后我确实理会到,什么地方我曾是有失体面的,我也知道,什么地方我还是这样;但我对缺点的认识却毫无恐惧。我从来不惧怕来到地狱前的瞬间,真的,在我的观念范围里,关于恶魔和死后遭罚受惩之地的念头绝无一席之地。我发现有些不信上帝而活着的人的心是关锁起来了,不接受对于目所不见的神的信赖和爱,我觉得他们已经是非常不幸,甚至一个地狱和外来的惩罚与其说对他们是惩罚增加的威吓,毋宁说是一种慰藉的约言。我只可以在这世界上观看这些人,在他们的胸中有一些邪恶的感情,他们不知悔改地反对任何种类的

---

① 哈雷教派,即虔诚派,主要领袖有弗兰克(1663—1727)等人。

善,而且要对自己和对别人强制作恶,他们宁愿在白天闭上眼睛,只为的是能够主张,太阳并不发光——我觉得这些人是多么难以形容的悲惨呀!但愿谁能创造一个地狱,使他们受到惩罚!

我的这种心理状态日复一日地延续了十年之久,它经过许多考验还是保持着!就是在我亲爱的母亲苦痛的临死的床边也是这样。我非常坦白,在这种时刻对那些虔诚的但完全正统教派的人并不隐藏我欢畅的情绪,可是因此我必须忍受一些友善的责难。这些人抓住这个恰当的时机规劝我,要我严肃对待,以便在平安的岁月里为未来奠定一个坚实的基础。

我也不愿意缺少严肃态度。短时间内我被人说服了,为了我的生活我竭力装出悲哀和恐惧的样子。但我感到奇怪的是,我竟无论如何也做不到。当我一想到上帝,我就感到快乐而且满足了;即使在我亲爱的母亲极端苦痛的临终时,我对于死亡也没有恐怖。可是我学习到许多东西,而且在这严肃的时刻,我学到了许多跟我那些未经授权的教师的信念完全不同的事物。

渐渐地,我对于很多非常著名的人的见解觉得可怀疑了,而且暗自坚持着我的意见。有一个女友,我先前对她太让步了,她总要干涉我的事情;我被迫也要从这个人那里获得自由,有一次我果断地对她说,请她不要费心,我不需要她的劝告;我已认识我的上帝,我愿意只让他做我的领导者。她感到很受侮辱,我相信,关于这件事,她绝对不会原谅我。

我决定在宗教的事体上离开我朋友们的劝告和影响,结果是,我也得到勇气在外界环境中走我自己的道路了。若没有我忠实的目不能见的领导者的帮助,我就会招致厄运了,我还必须为这个贤明而幸福的领导行动惊异。根本没人知道，这对我是怎么一回事，而且连我自己也不知道。

事物，还没明了的坏事物，它使我们与本质分开，我们仰仗着神才有生活，而被叫作生活的一切都必须从神那里得到营养。那被人们称作罪孽的事物，我也完全不认识。

在和目不能见的神友的交往中我感到最甜蜜地享受着我所有的生命力。想永远享受这种幸福的要求非常强烈，甚至我想抑制那些扰乱这种交往的事物，在这方面经验就是我最好的老师。但这对于我正如对于一些病人一样，他们没有药饵，只设法用饮食摄生来辅助治病。这当然有一些用，但这绝对是不够的。

我不能永久在寂寞中生活，纵使我觉得在寂寞中找到了抵制我所特有的思想涣散的最好的方法。如果以后我陷入嘈杂混乱中，那我就因此得到更深刻的印象。我最特有的长处就是支配着我热爱寂静，而且最后我总是又回转到寂寞那里。像是在朦胧中我认识到我的痛苦和我的弱点，我想法通过爱惜我自己，通过不暴露我自己，来帮助我。

七年之久我都专心注意节制我的饮食。我认为这并不坏，而且觉得我的情况是很理想的。若没有特殊的环境和情况，我真会永久停留在这个阶段，而在这条特殊的道路上一直走下去。不听我所有朋友的劝告，我又缔结一段新的关系。她们的抗议起初使我惊奇。立刻我转向我目不能见的领导者，因为他允许我做这事，所以我毫不疑虑地向前走我自己的道路。

一个有精神、有情感和有才干的男子在我们邻近买了一所房子住下来。在我所结识的外乡人中也有他和他的家人。

我们在礼俗、家庭经济和习惯上都非常相同,所以我们能够很快地彼此结交。

斐罗,我要这样称呼他,他已是中年人,他对我的精力开始衰减的父亲在某些事务上有很大的帮助。不久他就成为我们家庭亲信的朋友,因为正如他所说的,他在我身上发现了一种性格,这性格既没有大城市的放荡和空洞,也没有乡村中宁静的枯燥与胆怯,所以不久我们就成了亲密的朋友了。我觉得他很好,而且非常有用。

虽然我既无最微小的才能,也无意混入世俗事务和寻求任何影响,但是我还是很喜欢听这些事的,而且也喜欢知道在近处和远方发生的事件。关于人世的事物我爱求得一个无动于衷的清晰性;感觉、真情、癖好我要保留给我的上帝,我的家人和我的朋友们。

这些朋友,如果我可以这样说的话,对于我和斐罗的新关系有些嫉妒,如果他们对此事警告我,他们就有非只一面而是多方面的道理。我内心十分苦恼,因为甚至连我自己也不能认为他们的异议完全是空洞的和利己的。我一向习惯于服从我的见解,可是这次我不愿意服从我的信念了。我向我的上帝祈求,希望他也警诫我,阻止我,引导我,可是因为我的心并没有劝阻我,所以我鼓起勇气向前走我自己的小道。

斐罗在全面看来有些类似纳尔齐斯,只是他受过虔诚的教育,他的感觉更集中和更活泼。他少虚荣,富有个性,如果纳尔齐斯的处世为人是文雅、精细、持久和不倦怠,那么斐罗就是明智、锐利、敏捷,而且工作起来是不可想象的轻而易举。通过他我知道了我在社交场中有一面识得几乎所有高贵人们内心的状况,而且我很高兴从我远远的瞭望台里注视着人间的熙熙攘攘。斐罗对我不能再有所隐藏；他渐渐向我谈了他外界的交往和内心的状况。我为他担忧，因为我预先看出某种环境错综复杂，而且灾害比我所推测的来到得更快些，因为他总是完全隐瞒了某些事情，最终他也是只对我讲了我所能猜测到的最坏的情况。

这对我的心有多么深远的影响呀！我得到了这些对我完全新颖的经验。我怀着难以描述的忧愁看着一个阿嘎敦①，他在德尔菲的树林中受过教育，还欠着学费，现在用一大笔拖欠的利息慢慢地偿还这笔钱，这个阿嘎敦是我的"至交好友"。我的同情是强烈而绝对的；我和他共痛苦，我们两人都处于最奇异的境地。

我对他的心情研究了好久之后，我又转而观察我自己的心情了。"你并不比他好多少"的思想犹如一小块云在我的面前升起，渐渐地扩展开，于是一片阴霾笼罩了我整个的灵魂。

现在我不再只是想"你并不比他好多少"了；我也觉得是这样，而且我强烈地觉得真是这样，甚至我都不愿意再重复感觉一次；可是并没有很快的转变呀。一年多来我一直感觉到，如果没有一只目不能见的手限制着我，我就会变成一个纪拉德、一个卡尔图色、一个达民斯②，或者人们随意称呼我的任何一个怪物；这些素质我清楚地感到在我心中是存在的。上帝啊，这是一种什么样的发现呀！

如果说我至今因为经历的关系还没有觉察到我自己有一

---

① 阿嘎敦，德国著名小说家维兰的一部同名教育小说中的主人公。

② 纪拉德，卡尔图色，达民斯，当时人们常提到的法国的罪犯。

点点罪孽的事实的话,那么如今我就是最可怕地清楚地预感到这种事的可能性了。可是我还不认识罪恶,我只是怕它;我觉得我是能犯罪的,不过,我没有必要,控告我有罪。

虽然我深信,我必须承认我自己的精神禀赋跟死后与上帝联合的希望不相适应,可我也不大害怕陷入这样的分裂。在我身上虽有一切的邪念,可我爱上帝,而且恨我所有的声色之感,真的我希望更加严肃地去恨,我整个的希望是从这个病症里,从患这个病的素质里解脱出来;我确信,伟大的医生①不会束手无策。

惟一的问题是:什么药物能治疗这个损伤? 德行的修养? 这件事我绝不再想了;因为十年之久我所修养的已经不只是德行了,可是现在所揭示的恐怖行为却同时深深地隐藏在我的灵魂深处。它们不是也会像大卫一样能够突如其来地发生吗? 当他看到拔示巴时,难道大卫不也是上帝的朋友吗? 而我不是在内心最深处确信上帝是我的朋友吗?

大半这是人类不能避免的一个弱点吧? 我们曾经有一次感觉到受我们个人爱好的支配,而我们没有办法,只有以最好的善意憎恶我们所干过的事情,可是在以后遇到类似的机会时又重犯这种行为,难道这样我们就满意了吗?

从道德学里我不能求得安慰。既不能通过它的严格抑制我们的嗜好,也不能用它的循循善诱使我们的嗜好化作德行,这都不能使我满足。和目不能见的神友交往时他所灌输给我的基本概念对我已经有决定性的价值了。

当我从前研究大卫在那个丑恶的结局后所作的诗歌时,

使我感到非常惊心动魄的是,他已经在造成他这个人体的材料里看到他天生的恶行;但他愿意赎罪,于是他最迫切地祈求得到一颗纯洁的心。

但如今又怎样达到这一步呢?从信条书里我得到回答:基督耶稣的血把我们的一切罪恶洗净;我早就知道这是《圣经》的真理。现在我才察觉到,对这个时时复习的格言我还一点也没理解。这些问题:这叫作什么?这应该是怎样发生、发展呢?这些问题我日日夜夜都在心中孜孜不息地钻研着。最终我认为在一道微光中我看见,我所寻找的这东西能在永恒的创造者造人的过程中寻找到,上帝创造了万物,也创造了我们。最初的人在我们从前所居留的混沌中洞见着和掌握着它,通过我们男女的结合,一段一段地,从受孕、降生,直到坟墓都穿过这条特殊的迂途升到光明的天堂,我们也将有可能住在天堂安享清福:这对我是个启示,仿佛在朦胧的远方有个天堂。

啊,为什么我们必须为了谈论这样的事物而使用只能说明外界情况的形象呢?在上帝面前哪里有什么高低,哪里有什么黑暗与光明?我们只有一个"上"和一个"下"、一个"白天"和一个"黑夜"。而且恰恰因此上帝才和我们相似,否则我们就不会有接近他的可能了。

但是我们怎样才能分享这种无价的幸福呢?《圣经》回答我们:"通过信仰"。那么信仰又是什么呢?认为讲述的一个故事是真的,这对我又有什么帮助呢?我必须能够把它的影响、它的结果占为己有。这个占为己有的信仰必须是自己独有的心情,而对于没受过宗教陶冶的人就是异常的心情了。

"既然如此,万能的上帝呀!赠给我信仰吧!"从前在受到内心极大的压迫时我这样祈求着。我伏在我面前的一张小桌子上,用两只手蒙住我热泪纵横的脸。于是我便处在上帝听我们祈祷时应该具有的精神状态里了,不过这样的精神状态毕竟是很少的。

唉,有谁能描述我在这时所感觉的事物呢!一种偶发的力把我的灵魂引向从前耶稣被钉死的十字架;一种偶发的力我叫不出它的名字来,它完全像是把我们的灵魂引向一个不在面前的爱人那里去的那种力,它大概比我们猜想的更重要些,更真实些。我的灵魂就这样向化身为人的和死在十字架上的主逐渐接近,就在这一瞬间我懂得了什么是信仰。

我说,这就是信仰!同时像半惊狂似的跳了起来。我设法掌握我的感觉、我的默察静观,在短时内我相信,我的精神得到一种对它十分新鲜、向上的能力。

有这种感觉时语言对我们就不起作用了。我能够十分清楚地把感觉从一切的幻想里分辨出来;它们完全没有幻想,没有图像,可是恰恰给出感觉所提及的物体的确实性,作为幻想力,这时感觉在我面前描画出一个缺席的爱人的面貌。

最初的狂喜过去以后,我察觉到,前此我已经熟悉灵魂的这种情况;只是我从没有这样强烈地感觉到它而已。我绝没有一次曾经能够牢牢地把握住它;绝没有把它据为己有。我相信,每个人类灵魂都时常感受过一些这种情况。无疑他就是教导每一个平常人的人,这就是上帝。

对于这种从前时时袭击我的力量我至今都是非常满意的,倘使不是由于特别的命运几年以来我遭受着这种不期而至的灾难,倘使不是我的才智和能力超出我自己的一切声誉之外,那么我大概就永远安之若素地满意那个情况了。

可自从那个伟大的瞬间起我就得到了翅膀。我能够超过前此威胁着我的事物而向上飞翔，像一只鸟在急流的江河上毫不倦怠地飞鸣着，而在江河前的小狗却恐怖地狂叫着站住了。

我的快乐是难以描写的，纵使我一点儿也没有向任何人泄露，可是我家里的人却观察到了我的心情非常愉快，但他们不能理解我快乐的原因是什么。但愿我永远沉默，设法在我灵魂里保留这纯洁的情调！但愿我不被环境引入迷途，从而泄露我的秘密！这样，我就能再一次避免重陷一条大的迂途了。

因为在我先前走过十年的基督教生活道路的过程中我的灵魂里没有这个必不可少的力量，所以我也曾经处在其他笃实人们的境地；我是通过总用和上帝有关联的图像来充实幻想而得到帮助，这也真正是有益的；因为有害的图像和它们的坏结果都因此而被摈除。随后我们的灵魂常常从这些精神的图像中抓住这幅或那幅，而且因此有一些向上升高，仿佛一只幼鸟从这条树枝上跳跃到另外的一条树枝上。只要人们还没有更好的方法，这种练习也就不能完全放弃。

我们从教堂的设施，钟、风琴和唱赞美诗，特别是从我们牧师们的讲演那里获得了人们所传扬的上帝的形象和影响。我热望这一切，这是完全不能用语言表达的；风雨的天气、身体的软弱都不能阻止我到教堂去做礼拜，而且就是星期日的钟声也能引起我在病床上的一些不安。我们的宫廷牧师是一个优秀的男子，我非常热衷地听他讲道，我也尊重他的同事们，而且我会把《圣经》中的金苹果从盛在陶器里的一般水果里挑选出来。人们随心所欲称作一切可能的私人感化都被附加在那些公共的练习上,而且也只能从这里孕育出幻想和更细腻的观感。我非常习惯于这个路径,我非常尊敬它,甚至直到如今我都没想出一条更高尚的途径。因为我的灵魂只有触角,没有眼睛;它只能摸索,什么也看不见;啊,但愿它得到眼睛并且可以观看!

现在我也是强烈地要求去听讲道;但是可怜呀,对我发生了些什么事!我从前已经找到的,现在我都再也找不到了。这些牧师在外壳上磨钝了他们的牙齿,这时我却在享受着核心教旨。于是不久我就对他们感到厌倦;但我一向都受着极度的娇宠,因为我知道只有一个人不显形地活在我的心里。图像我愿意有,我需要外在的印象,可是我认为我感到一个纯洁的精神。

斐罗的父母曾经和贺恩胡特兄弟会①有关系;在他的图书室里还有许多秦陈道夫伯爵②的著述。他曾经几次非常清楚而公正地和我谈过,他请求我翻阅几本这种著述,即使这只是见识一下心理现象也好。我认为这位伯爵完全是一个太过分的异教徒,我也把《埃勃尔道夫赞美诗》放在身边,这本书也是我的朋友似乎以相似的目的强迫我读的。

完全缺乏一切外来鼓励,我像是偶然抓住了我想象中的赞美诗;使我惊奇的是,我在这本书里真正发现了歌曲,这些歌曲自然是形式非常奇异,好像预示着我所感觉的东西;措辞的独创性和质朴吸引着我。几个独创的感觉似乎用自己的方式表现出来;没有学院的术语使人想到一些呆板或庸俗的事。

---

① 贺恩胡特兄弟会,成立于 1722 年以前,其宗旨为脱离天主教的控制。
② 秦陈道夫伯爵是贺恩胡特兄弟会的改革者。下文所述《埃勃尔道夫赞美诗》,是他编辑的歌集。

我确信,人们感觉到了我所感觉到的事物,我觉得我非常幸福,在脑中记住这样的小诗,而且有好几天时时不忘。

自从真实向我显现的那一瞬间起,就这样大概经过了三个月。最后我决心向我的朋友斐罗吐露一切,并且请求他把那些著述介绍给我,对这些著述我现在充满了好奇心理。我也真正这样做了,纵使在我心中有一些事物诚挚地在劝谏我不要这样做。

我把整个的故事都详细地向斐罗诉说了,因为他自己是其中的一个主要人物,因为我的叙述对他也含有最严格的忏悔说教的意思,所以他就特别惊愕,被感动了。他痛哭流涕。我非常欣喜,而且相信在他身上也起了一个完全的内心转变的作用。

他所供给我的一切我所要求的著述,现在对我的幻想力有些养料过剩了。我按照秦陈道夫的方式思想和说话都大有进步。谁也不会相信,伯爵的学识我不知怎样敬重才好;我愿意公平地对待他:他不是一个空洞的幻想家;他经常用勇敢飞翔的幻想力谈论伟大的真理,某些诽谤过他的人都是根本不懂如何尊重和辨别他的特性。

我对他的敬仰是难以形容的。如果我是我自己的主人,我就一定要离开祖国和朋友们,到他那里去信他的教;我们肯定会彼此理解,可是我们又会很久难于完全协调一致。

感谢我的护身神,他那时把我完全限制在纷忙的家务中!如果我能在家中的花园里走一走,那已是一个大的旅行了。看护我年老而衰弱的父亲,事情就够多的了,在余闲娱乐的时间里高尚的幻想则是我最好的消遣。我所看到的惟一的人就是斐罗,我父亲非常爱他;由于我们最近畅谈过一次,他对我的诚挚的依恋竟有些消减了。结缘终生的事对他触动不深，因为我用语言对他做过几次探试都没有成功，于是他就回避谈这个内容，由于他广学博识他能非常容易地把正在谈论的事引向新的话题。

于是我自觉自愿地做了一名贺恩胡特兄弟会的修女，我必须特别在宫廷牧师的面前隐藏我的心情和嗜好的这个新转变，我有充足的理由尊重这个人，他是我的忏悔牧师，就是现在我也没有由于他极端反对贺恩胡特兄弟会而贬低他的巨大功绩。可惜这位值得尊敬的人要在我身上和别人身上经历到许多苦恼！

他许多年前在国外曾经结识了一个绅士，他认为那是一个正直虔诚的男子，他们彼此就像和一个诚挚地寻求上帝的人一样一直不间断地通信。可是这个绅士后来加入了贺恩胡特兄弟会，而且长时间地逗留在兄弟会教友中间，这对于他的宗教领导者是如何地痛苦呀！反之，在他的这个朋友和兄弟会教友反目之后，决定住在他的近旁，看来重新完全委身于他的引导时，他又是怎样地高兴呀！

于是这个新来的人简直就像凯旋的人一样，被介绍给牧师的所有特别可爱的小羊羔了。只是他没有被引荐到我们家中，因为我父亲不能再见生人。这位绅士得到了大家的认可；他有宫廷的文雅风度和教会的迷人魔力，同时还有许多美丽、自然的特性，不久他便成为所有认识他的人的大圣徒，对此他灵魂的恩人真是无比喜悦。可惜这位绅士只是从外在环境上和这个教会决裂了，在他的内心里他还完全是贺恩胡特兄弟会的教友。他真正喜爱事物的真实；但是伯爵所关怀的琐事对他也是极端适合的。他既习惯于那种想象和谈论的方法，而且当他现在必须在他老朋友面前小心翼翼地隐瞒自己的观点时,他觉得下边的情况更属必要了:只要他在自己的周围能看到一小堆可信任的人,带着小诗,连同祷词和小图像出现时,他就像人们所能想的一样得到了很大的同情。

关于这全部事情我一无所知,我只是我行我素。很长时间我们彼此并不相识。

有一次我在闲暇时间去拜访一个卧病的女友。在那里我遇到了好几个熟人,很快我就觉察到,我搅扰了她们的谈话。我不露声色地观察,我非常惊讶地看到在墙上挂着几幅贺恩胡特兄弟会的图画镶在精巧的镜框里。我很快发觉,在我没在家的那段时间内曾经发生了些什么事,我于是用自己的相应的诗句来欢迎这个新的现象。

人们会想得到我女朋友们的惊奇。我们彼此畅述衷怀,而且立刻彼此意见一致,相互信任了。

我于是时常找机会出去。可惜我只能每三四个星期见到她们一次,我认识了这高贵的使徒,而且渐渐地认识了整个的秘密团体。只要我有可能,我就去参加他们的聚会,这正适合我好社交的性格,这使我感到无穷的愉快,我喜欢听旁人讲述他的内心话,我也喜欢向旁人讲述我一直藏在心中、自己推敲琢磨的心情。

我并非太偏颇,致使我没觉察到只有少数人才能感觉到的这些委婉的语言和词句的意义,而且他们由此得到的鼓励也不比从前在教堂里聆听信条的语言时所得的更多。虽然如此我还是和他们共同前进,毫不动摇。我想,我根本没有检查和反省的能力。不过,我也准备着通过一些天真纯洁的修养达到更高的境界。轮到我谈话时我却严守字句的意义与精神,因为对于细腻的事物语言容易隐藏精神,却难于表达出意义,此外我则以沉静的和善一任每个人按照自己的意思去理解。

享受这种秘密社交的安静时日过了不久,跟着就来了公开斗争和可恶事件的风暴,在宫廷中和在城市里出现了大的运动,简直可以说,发生了某些骚动。摊牌时刻到了,我们的宫廷牧师本是贺恩胡特兄弟会特大的敌对者,他只有忍气吞声,他发现他最好的、经常是最信仰他的信徒们都倾向于兄弟会方面去了。他极端苦恼,在这时刻他也沉不住气了,后来他竟不能后退了,纵使他自己是愿意退让的。发生了一些激烈的讨论;幸而人们没有提到我,因为我只是这个他十分憎恶的聚会的一个偶然参加的会员,而且我们热心的讲道人在市民社会事务中又不能不和我父亲和我的朋友周旋。我保持我的中立,心中暗自满意,因为谈论这样的感觉和题目,甚至是和友好的人们谈论,若他们不能理解最深邃的意义,而只是逗留于肤浅的见解,我觉得很烦厌。现在要拿连朋友之间都不能彼此了解的观点去同敌对者们去争辩,我觉得是无益的,甚至是有害的。因为不久我就觉察到,这些亲切而高尚的人在这种情形下心里也不能摆脱嫌厌和憎恨,甚而很快达到不公平的地步,为了保护一个外形,几乎毁坏了他们最善良的内心。

纵使这位值得尊敬的男人在这种情形下可能有不对的地方,纵使人们设法煽动我去反对他,可是我对他始终怀着衷心的尊敬。我非常了解他;我能够以公平的态度为他设身处地去观察这件事。我从来没有看见过一个人没有弱点,只是这弱点在优秀的人们身上更为显著罢了。我们惟一的希望是使这个与众不同的人不降低人格,不表示让步。我尊崇他是一个卓越的人,而且希望我静默的中立发生影响,虽不能用它缔造和平,可也能达到暂时停战。我不知道,我产生了什么影响,上帝直截了当地解决了这件事,他把这个宫廷牧师召唤到自己身边去了。在他的灵前所有的人,包括不久以前还和他言来语去地争辩过的人都哭了。他的正直,他的虔敬任何人都丝毫不能怀疑。

我也必须在这个时候放下兄弟会这个把戏,我通过这次事件对它也在某种程度上有了另外的看法。我们的叔父不声不响地实现了对我妹妹的计划。他给她介绍了一个年轻、有地位、有财产的男子做她的未婚夫,而且表示他将陪送她一笔能如众愿的丰富嫁妆。我父亲兴高采烈地同意了这门亲事;我妹妹心甘情愿,她做好了准备,愿意改变她的地位。结婚典礼在叔父的府邸举行,本家和朋友们都被邀请参加,我们大家都精神愉快地去赴宴。

有生以来,我第一次走进一座引起我惊奇的住宅。我固然常听人谈到叔父高雅的风格,他的意大利派的建筑,他的收藏和他的图书室;但是我把这一切和我所看见的事物一比较在脑海中就浮起一幅光辉灿烂的图画。我是怎样地惊奇于这些肃穆而协和的印象呀,我一走进这所宅第就得到这个印象,其后在每一间大厅和每一个房间里这印象逐渐变得更加深刻了!若是豪华和装饰往时只是使我精神分散,而在这里我却感到集中,而且引我回到自我。就是一切举行的仪式和礼宴的豪华和尊荣也使人们得到一种不言而喻的满意,我真不理解,只一个人就能发明和安排这一切,像是许多人联合起来,聚集智慧所做出的成就。对一切事物主人和他的家人显得非常自然;既不让人觉察到拘谨的迹象,也不使人感到有空洞仪式的痕迹。

婚礼的举行是突然以一种情意深厚的方式开始的,一阵优异的声乐使我们惊奇,牧师周详筹措,使这个典礼极其隆重严肃。我站在斐罗身边,他没向我祝贺,却低声叹了口气对我说:"当我看见你妹妹把手伸给新郎,我觉得仿佛是把滚热的开水浇在我的身上。"我问他:"为什么?"他答道:"每逢我看见一对男女结婚典礼时,我总有这样的感觉。"我笑他,可是以后我却时常想到他的这两句话。

这个社交集体有许多青年人参加,所以欢乐的情调更增添了一层灿烂的光彩,而围绕我们的四周景象却都是尊贵而严肃的。所有的家具、成套的台布餐巾、全套的餐具和一切台饰,整个的一切全部都协调一致;我在其他情况下会觉得建筑师和糕饼技师是一个学校出身的,那么在这里糕饼技师和布置餐桌者就都是入过建筑师学校的了。

因为人们有好几天要在一起生活,所以这位富于情趣并有判断力的主人对于这些宾客的娱乐用种种样样的设施照料得很周到。这里我没有再重复往常在我的生活中所经历的沮丧经验,一个各种人杂处的大团体在一起会是怎样的无聊呀,人们必须放弃自己,而从事于最通俗和最浅薄的时间消磨,以便先不照顾高雅宾客们所感到的乏味,而使一些世俗客人也能得到消遣。

叔父处理这事却完全与众不同。他预先定下两三个总招待,如果我可以这样称呼他们的话;其中的一个是照顾青年世界的快活司令:跳舞,游览,在他的指挥下玩他所发明的小游戏,而且因为这些青年人喜欢过露天生活,不怕风吹雨打,所以把花园和大花厅都拨给他们使用,而且在园中花厅旁还为了游乐的目的添建了几处游廊和园亭,虽然只是用木板和麻布做成的,但造得这样尺寸适度、壮观、高雅,甚至令人想到是用石头和大理石做成的。

主人把宾客邀请到一起,他感到他有义务在各种方式下照料客人们的需要和舒适,这样的喜宴是多么稀少啊!

主人为年纪较大的客人筹备好游猎和玩牌、短距离的散步、亲密而安静的谈话机会,而且对很早就要就寝的人也一定给他在远离喧嚣声的地方布置好安睡处所。

由于安排良好,我们所在的这个场所就好像自成一个小小的世界,可是只要我们仔细观察,这座府邸并不大,若不是精确熟悉这座房子,若没有主人的精神智慧,那么大半就很难在这房子里宴请这么多的客人,而且各得其所地得到食宿招待了。

正如我们看见一个体态优美的人而感到舒适一样,我们看见一个整个设置也感到一样的舒适,我们一看就觉得这是一个明智而有理性的人布置的。走进一所清洁的房子已经就是一种快乐,纵使这房子在另一方面建筑得毫无趣味而且装饰得也粗俗不堪;因为我们眼前至少看到了住在房子里的人受过教育的一方面。所以当我们在一个人的住宅里亲眼看见一个较高尚的、纵使只是感官上的文化精神时,我们也就感到双重的舒适了。

在我叔父府邸中的这一切我都直观地观察到很生动的图像。我听到过而且读到过许多关于艺术的谈话和文章,斐罗自己就是一个大的绘画爱好者,他收集的画很丰富;我自己也画过好些画;但是一部分是由于我太注重我的感觉情绪,努力把这件必要的事做到正确完美的地步,而另一部分则是我把一切所看到过的东西视如其他的世俗事物一样使我精神涣散。现在我第一次通过一些外界的事物反省到我自己,我学习分辨出夜莺的自然优美的歌唱不同于一个从富于感情的人的喉咙里唱出的四部音赞美诗的歌声,使我最为惊奇的是:这种不同我现在才能辨认出来。

对我叔父我并不隐瞒我关于这个新看法的快乐。每当他把其余所有的事都料理就绪,都特别要和我谈谈话。他态度很谦逊地谈论他所据有的和他所提供出来的东西,他语意确定地阐明事物的意义,为什么把这些东西收集在一起和陈列出来的意义,我的确可以觉察到,他以爱护的态度对我说话,同时按照他的老方式他本以为他是善的主人和大师,把善放在我所确信是正当的和最好的事物的下面。

他有一次说:"如果我们相信,世界的创造者本身取得他的创造物的形体,而且以创造物的方式有一段时间生活在这个世界上,那么我们就会觉得创造物必须是尽善尽美的,因为创造者能够和它内在地合而为一。所以概念中的人和概念中的神必须毫无矛盾;纵使我们常常感觉到与神有某种不同和距离,也不要总像性本恶的辩护士,只看到我们天性的阴私和弱点,而有义务寻求一切天性的完善与美德,通过这些优点能够证明我们拥有与神相似的权利。"

我微笑,说道:"请您不要太使我难为情了,亲爱的叔父,您别投我所好,说着我要说的话!您要和我说的话对我是非常重要的,我希望听到您用您最本色的语言说自己的话,而且我愿意把我不能完全明白的话,设法用我的话翻译出来。"

随后他说:"我将要用我自己最本色的语言继续说下去,连声音也丝毫不变。人类最大的功绩大半永久是在于,人要能够尽其可能地支配外界的环境,同时尽其可能地不让自己受外界环境所支配。整个的人世在我们的面前,正如一个大的采石场在建筑师的面前,若是他从这堆偶然的石头堆里用最经济的方法,最适合于目的性和最牢固的方法,集中精力制造出一个发自他灵魂深处的典型创作,他才不愧赢得建筑师这个称号。一切在我们身外的事物都是原素,的确我可以说,一切与我们身上有关系的事物也是原素;但这种创造力却深深地藏在我们身体内,它能够造出一些应当有的东西,而且直到我们把想做的东西在我们身外或身旁,用这种方法或那种方法造出来为止,这种力都不会让我们安静和休息。你,亲爱的侄女,大半选到了最好的一部分,你努力于使你的道德的本质、深沉可爱的天性和你自己与最高的神谐和一致,可是我们其余的人也无可厚非,如果我们力图去认识有官感人们的各方面,而且努力使他们的各种能力发挥谐和一致的作用。"

通过这次谈话我们的关系渐渐更为亲密了,我恳求他和我谈话丝毫不要迁就我,就仿佛和他自己谈话一样。叔父对我说:"你切不要以为,我夸奖你的思维方法和行动指南是我恭维你。我尊重这样的人,他清楚地知道他要做什么,毫不间断地前进着,认识达到目的方法,而且会牢记这方法,运用这方法;至于他的目的是多大或者是多小,应当得到什么奖或是受到什么罚,这一切在我都要以后才去考虑。请你相信我,我的亲爱的侄女,人世间最大部分的不幸,最大部分世人所谓的恶,都只是产生于人类太疏懒,不求真正认识他们的目的,一旦他们认识了他们的目的,又懒得严肃地努力达到这个目的。我觉得他们好像是这样的人,他们打定主意一定要建筑一座高塔,可是他们在打地基时所使用的石头和人工不肯比建筑一间茅舍所使用的更多一些。你，我的朋友，如果你最高的需要是使你内在的道德性达到纯洁的境地而不做出一种巨大而勇敢的牺牲，你在你的家庭之间，对于一个未婚夫，或者就说是一个丈夫吧，只是这样应付局面，你把要过的生活与你自己的感情永远对立起来，那你绝不能享受到一分钟的安宁。”

我这时答道：“您用‘牺牲’这个词，我有时也想过，就像是我们为了一个较高的目的，为了神，把一个较小的东西，虽然这是我们很心爱的东西却作为牺牲，就像是人们甘心愿意把一只心爱的羊羔为了敬爱的父亲的健康送到神坛前去祭神一样。”

他说道：“不管是什么，是理智或感情，使我们牺牲这样或不牺牲那样，不选择那件而选择这件，按照我的意见，这就是决断和应诺，也就是人类最值得尊敬的能力了。人们不能同时兼有商品和金钱！买东西就要花钱。有一种人总贪得商品，可是并没有付钱的心，还有一种人把商品买到手，总后悔是买上当了，这两种人是同样的恶劣。但是我很不愿意因此而去责备他们，因为他们本来无罪，这是他们所处的复杂境遇的罪过，他们置身其中不会指导他们自己的行为。所以你将看到，例如就一般而论，乡村里恶劣的店房主人比城市里的少，而且小城市的又比大城市的少；这是为什么呢？人生在一个有限制的境遇里，简单的、附近的、确定的目的他是能够理解的，他习惯于利用手头现成的方法；但只要他一来到生疏的地方，他立刻就既不知道他愿意做什么，也不知道他应当做什么了，无论是由于大量的事物使他精神涣散，或是由于这些事物的高大和威严他被弄得魂不附体，这对他都是一样的。他被引诱，努力去追求一件事，而他又不能通过循规蹈矩的主动性而达到目的,这永远是他的不幸。"

"这是真的,"他继续说,"不严肃认真,在人世是一事无成的,而在我们称作受过教育的人们中间本来不大找得到严肃认真;我想可以这样说,他们做工作和办事,从事艺术,甚至在享乐时,都只是用一种自卫的方法去进行;人们生活就如同读一束报纸,只是为了要把它读完了事,同时我想起一个年轻的英国人去游罗马,一天晚上他在一个社交场中非常满意地述说:他今天游览了六个教堂和两座画院。人们愿意知道和认识许多事物,可是这恰恰是和人们最没关系的事物;他们不理解,如果只吸些空气,那是不能充饥的。当我要结识一个人时,我马上先问:他做了些什么事?他是怎样做的?有什么结果?这些问题所得的回答就决定了我终生对于他的取舍程度。"

我随即说道:"亲爱的叔叔,您大概是太严格了,对于某些善良的人您撤回了您那对他们有益的、多助的手。"

他答道:"有个人长久地在他们身上和为了他们付出过劳动,但是徒劳无益,这能非难他吗?人们在青年时是不喜欢这种人的,当他们答应把我们带到一个丹纳德或是西西弗斯①的社交场中去时,他们还以为是请我们去参加一个舒适的娱乐会呢。谢天谢地,我算是脱离他们了,如果有一个人不幸走入我的范围以内来,我就设法以最客气的态度把他辞谢出去;因为恰恰是从这样的人那里我们听到最苦涩的抱怨,他们谈到世界大事的纷乱、学术界的浅薄、艺术家的轻率、诗人

---

① 丹纳德是丹冈斯的女儿们,她们按父意杀死了自己的丈夫,结果被罚在阴间不断地用漏筒打水。西西弗斯阴险地欺骗了普鲁托,所以他必须在阴间把石头推到山顶,随后这石头又掉下来,接着再推上山去。

的空虚,还有很多这类的事。他们绝没有思量到:正是他们自己和与他们相同的人群不要读符合于他们所需要的书;真正的诗对他们是生疏的,甚至一件好的艺术品只是由于有定评才能得到他们的赞赏。可是请你让我们中断话题吧;在这里既没有时间去谩骂,也没有时间去怨诉。"

他把我的注意力引导到墙上挂着的几幅画上;我的眼睛滞留在那些外观美丽的或内容有意义的画上。他让我这样看了一会儿,然后他说道:"请你现在注意一下创作这些作品的天才吧。有善良性情的人非常喜欢看见自然界中上帝的手指,为什么我们不也应当观察观察上帝的模仿者的手呢?"他于是立刻使我注意几幅朴实的图画,并且设法使我理解:本来只有艺术史才能使我们了解一件艺术品的价值与尊严;我们必须先认识机械的和手工艺的困难阶段,在这阶段有才能的人努力奋斗了几个世纪,为了去理解,在我们只要一仰视就会发晕的顶峰上,天才怎么会自由而快乐地活动。

他以这种见解罗列了一大堆事实,当他给我解说这些时,我禁不住在眼前看到这里与道德教育相仿佛的事物。当我把我的思想告诉他时,他答道:"你是完全对的,我们看得出来:人们不能寂寞地、闭关自守地委身于道德教育;人们反倒将要发现,他的灵魂在努力追求道德文化,他同时也就有充足的理由修养更锐敏的官感,使自己不因受到杂七杂八幻想的引诱而面临从道德的高处滑落下来的危险,他不会去做无味的嬉戏,沉湎于一些更低劣的事物,降低他高贵的天性。"

我并不猜疑他在攻击我,可是我感觉到他的话正射中了我,这时我回想到那些曾启发、鼓舞我的德行或信仰的歌曲有多少是浅薄无味的呀,我还回想到那些与我灵魂观念神交的图像大半很难在叔父的眼中有多大的价值。

这期间,斐罗常常逗留在藏书室里,现在我也被引导到那里去了。我们惊叹藏书的精萃的选择,同时也惊叹藏书的数量。这些书是各方面的,收集的范围广泛;以及能使我们有明确的认识,或是指示我们正确的体系的书,以及不是给我们以正确的资料,就是使我们确信我们精神的统一的书,几乎都能在这里找到。

在我的一生里我曾经读过数说不清的书,在某些专业中几乎没有一本书我不知道;在此地使我更高兴的是,可以得到各种资料的概观,可以发现缺少什么,而在一般的图书室里我从前只能看到知识面很小的杂陈的书籍,或是无限广博的知识堆积。

同时我们结识了一个非常有趣而沉静的人。他是个医生和博物学家,他好像不是住在这家里的成员,而更像是一位好家神。他领我们看博物标本室,这房间跟藏书室一样,东西都锁在玻璃柜橱里,用来装饰着房间的墙壁,使这房间显得更高雅,而并不使它显得狭窄。在这里我愉快地回忆起我的幼年,那时我曾给父亲拿出许多的物件看,这些都是他从前拿到他几乎还没有看见过世界的孩子的病榻上来的东西。我们一边看陈列品,一边谈话,医生在谈话时毫不隐瞒地说他在宗教目的方面的意见和我很相近,同时他称赞我叔父,特别是因为他的宽容异派和重视一切预示与促进人类天性的价值与统一的事物;诚然,他也要求一切其他的人也同样这样做,他常常无以复加地诅咒并避免个性的狂妄和绝对的偏狭。

自从我妹妹结婚以来,叔父的眉眼中一直显得很快乐,他和我谈过许多次,他想给她和她的孩子们一些帮助。他有好多美丽的田园,他自己在管理着,他希望把这些田地经营到最好的情形,再把这些田园交给他的侄儿们。为了我们所在的这座小庄园他好像很费了一番思索,他说:"我将要把它只交给一个懂得认识它、器重它和享受其中收藏的人,而且这个人要理解,一个富有而高贵的人尤其是在德国是多么有理由陈列一些堪称模范的东西。"

绝大部分的客人已经渐渐离去;我们也预备好告辞回家,以为已经历了这次大典的最后一幕,这时,由于他的殷勤照顾,我们重新又感到惊奇了,他使我们得到一个富有庄严气氛的享乐。我们在我妹妹行结婚典礼时听到一阵没有任何一种乐器伴奏的合唱歌声,我们感到狂喜,我们不能对他隐瞒这种狂喜。我们向他非常露骨地暗示,愿意再得到一次这样的享乐;他好像没有注意到这个意思。有一天晚上他对我们说:"舞蹈音乐已经不在了;年轻的、临时的朋友已经离开了我们;甚至新婚夫妇也已经比前几天显得更为严肃了,在这样的时候彼此要分别,因为我们也许不会再见面,至少是在另外的情形下再会了,所以要激起我们一种庆祝的心情。我不能更好地来使大家心情愉快,只能通过一种音乐,而这音乐的再度表演你们从前好像已经希望过。"听到这话,我们是多么惊奇呀!

他让在这中间增强了又暗中练习了许多次的合唱团给我们演唱些四部音和八部音合唱诗歌,这些诗歌我可以说,的确给我们一种至乐的预感。直到这时,我只知道一些虔敬的唱诗,善男信女们常常用嘶哑的喉咙在歌唱,好像小林鸟似的,以为这是赞美上帝,因为他们自己是感觉很舒畅的。此外我只知道演奏会中空虚无益的音乐,在这些音乐会里人们至多也不过是惊赞一个天才，但很少产生狂喜的心情，哪管只是一次暂时的享乐也感觉不到。现在我倾听着一种来自最优秀的人类的天性的心灵最深处的音乐，这音乐通过一定的和熟练的声音协和一致地又唤醒人的最深最好的感受力，让人真正在这一瞬间生动地感觉到他的似神性。这些都是拉丁文的、宗教上的诗歌，这些诗歌像是镶在金戒指上的宝石，它们在一个文明世俗的社交中是出类拔萃的，使我不要求所谓感化便升华到心灵的至高境界并深感幸福。

我们启程的时候他对我们大家都赠送了最宝贵的礼物。他赠送给我的是我的修道院的十字徽章，这个十字徽章的制作和珐琅镶嵌在工艺上比常见的要更精细更美丽。它挂在一颗大金刚石上，同时被牢系在链子上。他请求把这颗金刚石作为一个收藏家的最贵重的宝石来看待。

我妹妹和她丈夫现在迁居到他的庄园去了；我们其余的人都回到我们的住宅，我们觉得我们所接触到的外界境况又都回到完全普通的生活中了。我们仿佛是从一个魔宫里被放在平地上了，我们又必须按照我们的方式去处事和应酬。

在那个新的范围里所得到的特别经验给我留下了良好的印象；可是这印象并没有长期显得那么新鲜生动，虽然叔父设法维持它，更新它，在这段时间内他时时把他最好的和最满意的艺术品送到我这里来观赏，在我长时赏玩以后，他就又用别的来调换。

我太习惯于和我自己打交道，整理我的心思和我的情绪，而且喜欢和与我意见相似的人们谈论这些，我并不习惯于只注意观看一件艺术品而立刻能够反躬自省。我习惯于观看一幅绘画和一件铜雕，就像是看一本书的字母。好的印刷当然很使人满意,但是谁又能只因为印刷就把这本书拿在手中去读呢?所以一幅画也应当告诉我一些事物,它应当教导我,感动我,改善我;叔父用书信来讲解他的艺术品,他喜欢在他的信里说出他的愿望,可是一切对我却总是依然故我。

可是比我自己的天性还厉害的是外界事件,它在我家庭中改变了我的沉思境况,的确有一段时间使我离开了我自己;我必须忍耐和工作,好像是要做远远超过我薄弱的力量所能担当的事。

我还没结婚的妹妹一直是我的左右手;她健康、强壮,脾气好得难以描写,她独自担当着家政的管理,而我只忙着亲自看护年老的父亲。她忽然得了感冒,后来又转为肺病,只三个星期她就躺在棺架上了;她的死使我受了创伤,这些伤痕我现在仍然不愿意去看。

还在她未埋葬以前,我就病倒在床上了;我胸口的旧病好像复发了,我咳嗽得很厉害,声音完全喑哑了,根本不能高声说话。

结了婚的妹妹因为惊恐和忧郁流产了。我的老父亲担心突然失掉他的孩子们和失掉他对留有后裔的希望;他丧女的热泪增加了我的苦痛;我祈求上帝使我的健康恢复先前的程度,我祈求他使我的生命只延长到我父亲的死后。我的病好了,其实就算是好了,我又能够尽我所应尽的义务了,虽然我还忍受着疲惫不堪的痛苦。

我妹妹又怀孕了。她把某些在这种情况下只能告诉母亲的忧虑告诉给我;她和她丈夫在一起生活并不完全幸福,这件事必须永远隐瞒着父亲;他们争吵时我必须做仲裁者,因为我妹夫很信任我,我能够比较好地判断,本来这两个人都是真正的好人，只是他俩彼此都不谅解，彼此都自以为是，而且从妄想出发要求完全彼此一致的生活，结果他们彼此的意见反而绝对不能一致了。现在我也学着用严肃的态度去参与人世的事件，而且实行了我从前只是歌颂过的事情。

我妹妹生了一个儿子；我父亲身体的不适并没有阻碍他到她那里去。一看到婴儿，他高兴和快乐得令人难以想象。当为孩子举行洗礼时，我觉得他与平时不同，兴高采烈，我真要说，他就像一位两面的天神。用一副面孔愉快地望着那个他希望不久就走进去的地方，用另外的一副面孔去看他亲外孙的新的、充满希望的人世生活。在归途上他毫不疲倦地和我谈论这个小孩，谈小孩的形体面貌、健康和愿望，他希望可以顺利地好好培育这个新的世界公民的天赋才能。我们回到了家，他一直都继续谈论着他对孩子的种种观察，过了几天以后我们才觉察到他有点饭后发烧，没有寒战，表现为有一种使人瘦弱的热度。可是他并没躺在床上，早晨坐车出去，忠诚地去执行他的职务，一直等到最后出现些继续不断的、严重的症候，他才离开他的职守。

我永远不会忘记他精神的镇静、清楚和明晰，他神志多么清明，多么有条不紊地处理他的家务，料理他的埋葬事宜，仿佛是处理别人的事务一样。

他以一种他从来没有过的欢畅，简直是一种跃跃欲试的愉快，对我说："我从前所感到的死的恐怖到什么地方去了呢？我要怕死吗？我有一个仁慈的上帝，坟墓并不唤起我的恐怖，我有永恒的生命。"

随后不久我父亲就死了，我追忆他死亡时的情况，这在我的寂寞中是我的一个最舒适的消遣，我那时感到的一种较高的力量的影响没有人能够排斥掉。

我亲爱的父亲的死改变了我直到现在的生活方式。我从最严格的服从中、从最大的限制中来到最大的自由里,我享受这种自由,仿佛是享受我许久没吃到过的饭菜一般。从前我很少有两个钟头不在家里,现在我几乎没有一个整天时间在我的房间过活。我的朋友们,我从前只能在他们那儿做些偶尔的过访、短暂的停留,现在他们希望我们彼此持续不断地交往,从而使双方都感到愉快。常常有人请我吃饭,乘船闲游和做小的游览旅行,无论到什么地方我都去。但当漫游一圈之后,我看出,自由的无价幸福并不在于人们想做什么就一切都可以随意去做,同时环境也允许我们去做,这幸福是在于我们能够不受阻碍、没有保留地在正直的路上去做我们认为是对的和正当的事;而在这种情形下不必付出苦痛的代价就能得到美好的信念,我是最成熟的一个人。

我不能约束自己的事,就是只要一有可能我就继续和贺恩胡特兄弟会的教友们来往,而且我和他们的关系也更加牢固了。我急忙地去参观了他们设在近处的一所教会;但这里的一切也绝非是我所想象的。我非常直率地让人察觉到我的意见,他们设法向我一再地说明:这还只是一个没有充分组织好的教会。我只好承认这是真情;可是,照我的信念,机构不论大小都应当表现出真正的精神来。

有一位主教正在场,他是伯爵的直传弟子,他很用心地和我谈论教义。他说一口很好的英语,因为我懂一些英语,他以为这是一个说明我们同属一类的暗示;但我却完全不以为然,和他周旋一点也不能使我满意。他过去是一个刀匠,生在摩拉维亚,他的思想方法不能否认带有工人气质。我和封·L

先生倒是彼此了解得更深一些,他曾经在法国的军队里当过少校,但是他那对他的上司所表示的恭顺态度,我觉得我是绝对办不到的。当我看见少校夫人和其他的多少有些名望的妇女去吻主教的手时,简直仿佛是有人给我一记耳光。这时商定了一个到荷兰去的旅行,这当然对我很好,但总没有实现。

我妹妹这时生了一个女儿,现在轮到我们女人高兴了,我们必须考虑,将来应该怎样像人们教育我们一样的教育她。当过了一年又生了一个女儿时,我的妹丈却非常不满意,他有许多大产业,他希望看到男孩子们围绕着他,将来他们好能够帮助他管理他的财产。

我身体虚弱,生活安静,所以我可以一般地维持相当的健康。我并不怕死,甚至我希望死,但是我暗中感觉到,上帝给我时间去检查我的灵魂,使我越来越向他走近。在许多失眠的夜里我特别感觉到一些恰恰是我不能清楚地描写出来的事物。

这就是,仿佛我的灵魂离开躯体在思想;灵魂甚至把躯体看作它的身外物,如同人们看待一件衣服一样。灵魂非凡活跃地想象过去的时间和事件,而且由此感觉到将要因之产生的一些后果。所有这些时间都过去了,随后来到的也将要过去;躯体将像一件衣服似的零落破碎了,但是"我",这个熟知的"我",是存在的。

尽其所能地少沉湎于这些伟大、崇高和可慰藉的感觉,这是一个善良的朋友教导我的,他和我结交越来越接近,这就是在我叔父家里所结识的那位医生。他非常清楚地了解我身体和精神的情况;他指点我说,如果我们不顾外界的物体,只在我们身内培养这些感觉,那么这些感觉就要很厉害地几乎把我们生存的基础给埋葬起来。他说："行动是人的第一天职，人应该利用所有必须休息的时间去获得对外界事物的清晰知识，这些知识将来更能有助于他的行动。"

因为这位朋友了解我习惯于把我自己的身体看作外界的物体，因为他知道我对于我的体质、我的疾病和医药的用法有相当的认识，而我确也由于连续不断的、自己的和别人的病痛变成了半个医生，所以他把我的注意力从人的身体和食品的知识上引导到创造的其他类似的物体上，引导我到处走，好像在极乐世界里到处走一样，只是最后，如果我可以继续比喻的话，他就让我远远地预感到晚凉时候在乐园里散步的创造者。

这时我是多么喜欢看见大自然中的上帝呀，因为我在心里非常确定地怀念着他，他的双手所做出来的作品对我是怎样有趣啊，我是怎样地感谢他，他曾用他嘴里的呼吸使我有了生命！

我们重新希望我妹妹再生一个男孩，这是我妹丈非常热望期待的，可惜他没有赶上这个男孩子的降生。这个强壮的男人不幸坠马死了，我妹妹在她又给这世界添了一个美好的男孩以后，也继他死去了。他们遗留下来的四个儿女，只能由我悲哀万状地看管着。这么多强健的人都在我这个病人之前就去世了，我不是大概也应该从这些充满希望的花朵上看到某些凋零吗？我对世界认识得太清楚了，我知道，一个小孩，特别是家庭地位较高的小孩，是在多么多的危险下长大成人的呀，我觉得，好像在现今的世界上，这些危险比我的青年时代又增添了许多似的。我感觉到，以我的虚弱身体对这些小孩只能做很少的一些事，甚或简直就一无所能；我叔父的决定更受我欢迎，这自然是出自他的深思熟虑，他把整个的注意力都应用在这几个可爱的小家伙的教育上。自然,他们赢得各种意义的培养,他们受到良好的教育,而且期望着在他们各自不同的情形下全都成为善良而理智的人。

自从我的好医生提醒我注意以来,我就喜欢在孩子们身上和亲族中间观察宗族相似点了。我父亲小心翼翼地保藏了他祖先们的画像,请有相当水平的画师给他自己和他的孩子们画像,连我母亲和她的亲族也都画了。我们清楚地了解整个家庭成员的性格,因为我们常常在他们彼此之间比较性格,所以现在在这些小孩身上我们又找到了外表的和内心的相似点。我妹妹最大的儿子像他的祖父,在我们叔父的收藏中陈列着他祖父的一幅画得非常好的、年轻时的画像;这个孩子也跟他祖父一样,自己总表现得像个勇敢的军官,他除了最爱枪外别无所好,每逢他来拜访我,他总是摆弄枪。因为我父亲遗留下来一个非常美好的枪械柜橱,这个小男孩简直是不能安静下来;直到我送给他一对手枪和一支猎枪,而且直等到他学会了怎样扳开一个德国枪机,他才安静下来。此外,他的行为和他整个的人都丝毫没有一点粗野,而是充满了温柔和理智。

我妹妹的大女儿把我整个的爱都维系住了,这很可能是因为她长得像我,而且因为她在这四个孩子中和我最气味相投。但是我可以说,因为她正在成长,我越精确地观察她,她也越使我感到惭愧。看到这个小孩我不能不惊奇,甚至可以说:我不能不尊敬。你难得看到谁有比她更高尚的举止,谁有比她更娴静的性情,谁能像她一样从事有节奏的、不局限在单一对象上的活动能力。在她的生活里,她从来不无所事事,每件事经她手一做就变成有价值的行为。无论在什么时候和什么地方只要她能去做一件事,她觉得都是一样的,如果找不到一点事情做,她也同样地能够安静,毫不焦急地待着。在我这一生中从未再看见过,有哪个人没有职业的需要而像她这样地工作。从青年时代起她对待有困难的人和需要救助的人的态度就是罕见的。我愿意承认,我绝对没有出于乐善好施而做事的才能,我并不是对待穷人吝啬,甚至我常常超出我的能力施舍得过多,但这几乎只是我的赎罪钱,如果任何人要获得我的照顾,那这个人必须跟我有亲戚关系。我赞美我外甥女的言行与我这种思想恰恰相反。我从来没看见过她给一个穷人钱,她若从我这儿得到我认为能赠送穷人的东西,她总是先把它变成解决最迫切需要的物品。据我看来,她最可爱的行为就是她"洗劫"我外衣和衬衣的柜子时的情景;她总是找到一些我不再穿也不再用了的东西,把这些东西缝补好,把它们送给任何一个衣衫褴褛的小孩穿,这就是她最大的幸福。

她妹妹的见解与此完全不同,有很多地方得之于她母亲的遗传,老早就已经希望将来优雅、美丽,而且好像她的希望一定能实现。她非常注意修饰她的外表,从很小的时候起她就会用一种令人瞩目的方法来修饰打扮自己。我还总记得一件事,在她还是一个小孩子的时候,她偶然在我这里发现我母亲给我遗留下来的美丽的珍珠,我不得不给她戴上,当她对着镜子一照,她是如何地狂喜呀!

当我观察这种种不同的天性嗜好时,我很适意地想到,我死后怎样把我的财产分散给这些人,使这些财产在他们手中变得更有生气。我看见我外甥背着我父亲的猎枪在田野里到处走着,而且已经又从他的猎囊里落出几只鸡来;我看见小女孩们穿戴着我全部的衣装在复活节的坚信仪式中从教堂里走出来,我看见一个娴静的市民少女在她的结婚日用我最好的衣料装饰着她;因为装饰这样的小孩们和陪嫁可敬爱的穷女孩们是娜塔丽亚的一个特别的爱好。在这里必须提及,虽然她像我在任何一种情形下都没让人觉察到自己表露出一点点的爱,如果我可以这样说,她没有需要附属于一个目所能见或是目不能见的人或神,像我在少年时非常强烈地表现出来的情形一样。

如果我现在想到,那个最年幼的姑娘恰恰就在同一天将戴着我的珍珠和宝石到宫廷里去,那么我就心安理得地看着我所有的珍宝和我的身体一样又都各得其所了。

这些小孩渐渐长大,使我满意的是他们都是健康、美丽和强壮的青年男女。我饱尝着忍耐的痛苦,我叔父不让他们接近我,虽然他们都住在附近或者就在这座城里,可我看到他们的时候却很稀少。

一个奇异的男人,人们都认为他是一个法国的教士,并不真正知道他的来历,他对所有这四个孩子负监护的责任,这些小孩在不同的地方教养着,而且时而住在这里,时而又住在那里。

起初我看不出这种教育有什么计划。最后我的医生给我揭示:是阿贝①说服我叔父后才这样做的,阿贝的观点是,如果人们要在某个人的教育上有所成功,那就必须首先看到这个人的爱好和愿望是什么;了解清楚了,人们必须把这个被教育的人放在一个合适的环境里,他的爱好才能尽其所能地得到满足;或者在这个环境里尽其所能地遂其所愿,如果他发现误入迷途了,他好能够及早地认识他的错误,如果他一旦遇到

———————

① 阿贝(Abbé)是法语,指教士而言。

了对他适合的东西,他也就能比较热心地钻研它,而且比较勤勉地去修养身心。我希望,这个特殊的尝试能够成功;对于这些天性善良的人大概这是可能的。

但是,在一个观点上我不能同意这些教育家的办法,那就是他们设法不让这些孩子接近一切能够引导孩子们与自己和与目不能见的、惟一忠诚的神友相交往的事物。的确,我叔父常常使我不快,因为他认为我对这些孩子是危险的。在实行方面却没有一个人采取宽容的态度!因为即使有人确实保证,他愿意让每个人按照他自己的方式发展,但他却设法不使那些和他想法不一样的人有所作为。

我越能确信我信仰的真实,这种使孩子们与我隔离的方法就越使我苦恼。既然信仰在实行时显得如此有效,为什么信仰没有一个神的根源,没有一个实际的对象呢?我们若是通过实践才真正确认我们自己的存在,为什么我们不应当就在这条路上确信有助我们的上帝呢?

我总是前进,绝不后退;我的行为越来越变得与我从至美所形成的思想相似;虽然我身体虚弱,有些事我都力不从心,但去做我认为是对的事时,我却一天比一天觉得轻松:这一切能用人的天性来说明吗?人性的败坏我了解得太深刻了。照我看,这是决不可能的。

我几乎记不起一条戒律,据我看,根本没有什么法则,只有一种内心冲动,它引导着我,把我引上正路;我自由地按着我的意向行事,我既不知道约束,也不知道忏悔。感谢上帝,我认清了我这种幸福应该感谢谁,我只能以谦虚的态度想到这些天惠。我从来不敢炫耀自己的知识和能力,因为我已经清楚地认识到:如果没有一种更高的力量保护着我们,每一个人的胸怀里会产生和养育什么样的怪物。

第　七　部

第 一 章

春意盎然,明媚灿烂;一种为时过早的雷雨天气一大早就迫近了,后来急风暴雨落在群山脚下,雨势驰向田野,太阳又灿烂地照耀着,灰黯的背景上露出华丽的彩虹。维廉骑在马上,迎着彩虹,忧郁地望着它。"啊!"他自言自语,"难道说生命最美丽的色彩对我们只出现在阴暗的背景上吗?如果要使我们欢欣鼓舞还必须有雨点落下来吗?只要我们冷静地观察,我们就会发现,晴朗的日子和灰暗的日子是相似的;如果不静静地希望着我们心内天赋的爱慕不要永远没有对象,还有什么能感动我们呢?感动我们的是讲述每件善良的行为,感动我们的是看到每件和谐的事物;同时我们觉得我们并非是身在异乡,我们想象着走近了一个故乡,这是我们的至善,我们的深心所刻不容缓地努力向往的故乡。"

这时有个步行人赶上了他,和他搭在一起,迈开大步一直走在他马旁,谈了几句闲话以后,他便向马上的人说:"如果我没有记错,我一定在什么地方看见过你。"

"我也记得你,"维廉回答,"我们不是共同做过一次快乐的航行吗?"——"对,对!"那人答道。

维廉更仔细地打量他,沉默一些时候,才说:"我不知道在你身上发生了什么变化;那时我以为你是一个路德派的乡村牧师,现在我竟觉得你更像一个天主教的神父了。"

"今天你至少没有弄错。"那人说着摘下帽子,让人看见他剃过的头顶,"你的剧团到哪里去了? 你和他们又在一起混了很久吗?"

"过分地长久了,因为每逢我回想和他们一起度过的岁月,便觉得是望见一片无限的空虚;从中我毫无所得。"

"你错了;我们所遇到的一切都会留下痕迹,一切都不知不觉地有助于我们的修养;可是要把它解释清楚,是有害无益的。那样一来,我们会变得不是骄傲而怠慢,就是颓丧而意气消沉,对于将来,二者都是同样地阻碍我们。最稳妥的永远是只做我们面前最切身的事,"他含着微笑继续说,"现在我们就是要赶快投奔住地。"

维廉问,到罗塔里欧庄院的路还有多远。那人答道,就在山后边。"也许我在那里会遇见你,"他接着说,"因为我在邻近还要料理一些事。祝你平安到达!"这样说时,他走上一条好像能够更迅速越过那座山的斜陡的小径。

"他说得很对!"维廉自言自语地说,一边骑马往前走,"人们应该想着最切身的事;现在对我来说大半没有比这件我所应该传递的悲哀的嘱言更为切身的了。看吧,那段要使那残酷的朋友听着惭愧的话是否还完全在我的记忆里!"

随后他就开始默诵起他那篇杰作;他一个字音也不曾缺少,他的记忆越灵活,他的热情与胆量也就越增长。奥莱丽亚的苦难和死亡生动地活现在他的灵魂前。

"我女友的幽灵!"他喊道,"你萦绕着我! 如果可能的话,你就给我一个暗示,说你已经得到安慰和宽宥了!"

这样说这样想时,他走上了山顶,于是在山坡上,在山的另一面,看见一所奇特的建筑,他立刻认为这就是罗塔里欧的住宅。一个古老不合规律的府邸,突出几座阁楼,尖顶,好像是这府邸最初的建筑;可是那些新添盖的房屋更不规则,一部分很接近,一部分距离稍远,用走廊和有顶的过道与正房连接。一切外表的匀称,种种建筑学上的观瞻仿佛都因为内部舒适的需要给牺牲了。府墙、沟槽的遗痕已经不见,人工的花园和宽广的林径也同样不留踪迹。一座菜蔬果木园逼近房屋,一些狭小的实用的园畦甚至布置在中间的空地上。离这里不远有一座清爽的小村落,花园和田野都好像最使人赏心悦目。

维廉耽溺于他自己热情的观察,骑马前进,对于他所看见的景物并不多加思考,在一座客店里安置下他的马,不无激动地跑向那座府邸。

一个年老的仆人在门前迎接他,好心好意地告诉他说,他今天大半难以见到主人;主人要写许多封信,并且已经把他的一些事务人员都打发走了。维廉却迫切地要求,那老人最后不得不随从他,替他通报。他走回来,把维廉引到一座舒适的大厅里。他让他在那里耐心地等候,因为主人大半还要过一些时候才能出来。维廉心神不安,踱来踱去,四周墙上悬挂着旧时代的画像,他的目光向那些画上的骑士妇女望了几眼,重复他所要说的话的开端,他觉得在这些盔铠和高领的面前他的话正是适得其所。他每逢听见一些声响,他就故作姿态,为的是郑重其事地来迎接他的对手,先递给他信,然后用谴责的武器来攻击他。

许多回他都是受了骗,他实在有些懊恼生气了,最后从一扇旁门里走出一个仪表非凡的人,他穿着靴子和一件简单的上衣。"您给我带来了什么好消息?"他用和蔼的声音对维廉说,"请您原谅我让您等了许久。"

当他说这句话时,他在折一封手里的信。维廉不无窘迫,把奥莱丽亚的信递给他说:"我带来一个女友的最后的遗言,你读它不会无动于衷。"

罗塔里欧接过信,立刻就回到里屋里,维廉能够从敞开的门看得清楚,他在屋里还封了几封信,写好信封,才展开奥莱丽亚的信来读。他好像读过好几次,按照维廉的感觉,那热情的谈话虽然不很适合这种自然平淡的接待,可是他打起精神,向门槛走去,正要开始说他准备好的话,房里的壁门开开,有个牧师走进来了。

"我收到世界上最奇异的急件,"罗塔里欧对他说,"请你原谅,"他回身对着维廉继续说,"我现在不能和你详谈。请今晚住在我们这里!阿贝,你照料我们的客人,要让他感到什么也不缺乏。"

这样说时,他向维廉鞠了一躬,那牧师用手拉过我们的朋友,他跟随他,心里不无反感。

他们静默无言,穿过奇异的过道,来到一个很舒适的房间。那牧师引他进来,没有说其他的客气话就将他一人丢在房里。随后出现一个活泼的小僮,他禀告,维廉由他侍奉,他现在送来了晚餐,并在旁伺候,还说了好些关于这家里的生活秩序的话:人们通常怎样用早点,吃饭,工作,娱乐,尤其就罗塔里欧的荣誉说了许多赞美的话。

小僮虽是这样和顺,维廉却想快快让他走开。他想单独待着,因为他觉得他的处境使他感到很受压抑,很不自在。他埋怨他自己,他的计划实行得这样坏,他的任务只完成了一半。他时而决定,明天早晨再去补充一些遗漏的话,时而又感到在罗塔里欧面前他总有另样的感觉。现在他所居住的房屋也显得这样离奇,不能妥帖自如。他要脱去衣服,打开他的行囊;他取他的睡衣,同时也取出迷娘为他包好的那幽灵的薄纱。这一看更增加他忧郁的情绪。"逃吧!青年,逃吧!"他叫道,"这神秘的话应该是什么意思呢?为什么逃呢?向哪里逃呢?若是幽灵向我呼唤:'转向你自己!'那就好得多了。"他观看那些悬在壁上镶在框里的英国的铜版画;淡漠地看过一多半,终于在一幅画上看见画着一只遇难的船,一个父亲同他美丽的女儿们在滚滚逼来的大浪中等待着死亡。其中一个女子仿佛和那位女英雄相似;一种不能言说的同情激动着我们的朋友,他感到一种无法抵抗的、让他的心轻松一下的需要,泪从他的眼里涌出,直到睡眠征服了他,他都没能缓一缓气。

快到早晨时,他脑中出现了一些离奇的梦影。他置身于一座儿时常常游逛的园中,很高兴又看到那些熟识的林径,篱垣,花畦;他遇见马利亚娜,和她亲切地谈话,并没有想到任何一件过去的纠纷。随后他父亲穿着家常衣服走到他们这里来;面上显着他很少见到的信任的表情,他一面让他儿子从园庭里去搬两把椅子,一面用手拉着马利亚娜,引她到一座亭中。

维廉跑到园庭大厅,但是空旷无人,他只看见奥莱丽亚紧挨对面的窗口站着;他走去跟她说话,她却不转过身来,他虽然挨近她,可是不能看见她的面貌。他向窗外望,看见在一座生疏的园中聚集许多人,其中有几人他立刻就认识了。梅里纳太太坐在一棵树下,把玩她手内的一朵玫瑰;雷欧提斯立在她身边，数着金钱，把钱从这手里转到那手里。迷娘和菲利克斯躺在草地上，迷娘仰面朝天伸开四肢，菲利克斯伏在地上。菲利娜走出来，向那两个孩子拍手，迷娘一动不动，菲利克斯却跳起来从菲利娜面前逃跑了。菲利娜追赶他，他先是笑，随后那竖琴老人大步缓缓在他后边走来时，他恐怖地叫起来了。那孩子直向一座水池跑去；维廉在后面追他，但是太晚了，孩子已经掉在水里！维廉立在那里像生了根一般。这时他看见那美丽的女英雄立在水池的对岸，她向着孩子伸出她的右手，顺岸走去，那孩子沿笔直的方向迎着她的手指掠过水面，他跟着她走，她终于将手递给他，引他走出水池。这时维廉渐渐走近了，孩子全身燃烧起来，火星从他身上落下。维廉更为担忧了，可是那女英雄迅速从头上取下一件白色的蒙纱，用它将孩子蒙住。火立刻就熄灭了。当他揭开蒙纱时，跳出来两个男孩，他们共同任性来去玩耍，这时维廉和那女英雄手拉手穿过花园，远远望见他父亲和马利亚娜在林径中散步，这林径好似绕着这整个的花园，两旁是高大的树木。他冲着那两人走去，和他美丽的女伴由花园的中间穿过，那金黄头发的弗里德里希忽然挡住他们的道，大声嬉笑，做出各样的调侃，阻拦他们。他们不理会他，要继续走他们的路；他也赶快躲开，又跑向远方的那对游侣；父亲和马利亚娜好像要逃避他，他只是跑得更快了，维廉看见他们几乎是飞翔一般飘过林径。天性和爱慕要求他去帮助他们，但是女英雄的手握住他，使他不能前进。他是多么愿意被她留住！他在这样混杂的感觉中醒来，他的房屋已经被明亮的阳光照耀着了。

第　二　章

　　小僮请维廉去用早点,维廉看见阿贝已在大厅里;据说罗塔里欧骑马出去了;阿贝不爱说话,好像更耽于沉思,他问奥莱丽亚的死,怀着同情倾听维廉的叙述。"啊!"他大声说,"谁若是能像现在这样生动地亲眼看到,自然和艺术必须做出多少无穷尽的工作,才能造就一个人,谁若是亲身尽量参与过朋辈们的造就过程,如果这个人一旦看到,人是怎样经常罪恶地毁灭自己,并且常有罪或无罪地陷入被毁灭的境地,他就要绝望了。我一考虑到这一点,生命自身对于我就像是一个偶然的赠品,我要赞美每个把这赠品估量得不过分高的人。"

　　他话没说完,门突然开开了,闯进来一个年轻的女子,她踢开那挡住她道路的老仆。她一直冲着阿贝跑去,握住他的手腕,涕泗滂沱,最简单的话几乎都说不出来了:"他在哪里?你们把他放在哪里? 那是一种恶劣的阴谋! 只要你们承认!我知道那是什么事! 我要追随着他! 我要知道,他在哪里。"

　　"安静些,我的孩子,"阿贝说着,佯作安详,"请你到你屋里去,你应该知道一切;如果我向你说,你必须好好地听。"他伸过手来,意思是要领她走。"我不要到我屋里去,"她叫道,"我恨那些墙壁,在那中间你们已经圈过我这么久! 可是我现在一切都知道了,那个上校约他决斗,他骑马出去,找他的对手去了,也许现在,就在此刻——有好几回我觉得好像听见枪声。请你让人套上车,和我一同去,不然我就让全家,让全村都听到我的叫喊。"

她满眼热泪跑向窗前,阿贝将她拦住,设法安慰她,然而完全无效。

听见有车驶来,她打开窗子,喊道:"他死了,他们送他来了。"——"他下车了!"阿贝说,"你看,他还活着。"——"他受伤了,"她急躁地回答,"不然他会骑马回来的!他们牵引着他!他伤势很危险!"她跑出门去,走下楼梯,阿贝在她后边跑,维廉跟随他们;他看见,那美女是怎样遇见她正在往上走来的爱人。

罗塔里欧依靠着他的同伴,维廉一看就认出是他旧日的恩人雅诺,罗塔里欧温存而和蔼地跟那绝望中的女子说话,他同时也靠在她的身上,慢慢走上楼梯,一边向维廉点头致意,一边被扶到他的耳房里去。

随后不久雅诺又出来,走到维廉这里;他说:"你好像是预先命定,到处碰到戏子和戏剧;我们正在演一出不很快活的戏。"

"我很高兴,"维廉回答,"能在这离奇的瞬间又遇见你;我惊讶、恐惧,可是在你面前我的心神又平静了。请你告诉我,有危险吗?男爵受伤很重吗?"——"我想不重。"雅诺回答。

过了一会儿,年轻的外科医生从屋里走出来。"你说怎样?"雅诺迎面问他。——"现状很危险。"这人回答,同时把几件诊治器具一同放在他的皮袋里。

维廉看见那皮袋上垂下来的带子,觉得面熟。生动而不协调的颜色,一种奇异的图案,金色和银色组成的奇异的形体,使这条带子与世上一般的带子截然不同。维廉确信,从前在树林里给他绑伤的、年老的外科医生的药具袋在他面前出现了，于是那种经过这样长久岁月再去寻求那女英雄踪迹的希望像火焰一般燃烧着他的全身。

"这个袋子你是从什么地方得来的？"他问道，"在你以前它属于谁？我请求你告诉我。"——"我从一个拍卖场里买来的，"那人回答，"它从前属于谁，与我有何相干？"他说着这句话走开了。可是雅诺说道："很难有一句真话从这年轻人的口里说出来。"——"那么这个袋子他并不是买来的了？"维廉反过来问。——"不会是，正像罗塔里欧不会很危险一样。"雅诺答道。

维廉立着，沉潜于一种复杂的深思，雅诺问他这一向的生活怎样。维廉把他的故事大略说了一番，当他最后谈到奥莱丽亚的死和他的使命时，雅诺叫道："那可奇怪了，很奇怪！"

阿贝从房里走出来，招呼雅诺代替他到房里去，他对维廉说："男爵让我请你住在这里多聚会几天，在这种情况下帮助他消遣消遣。你若必须向你家人报什么信，你的信立刻就可以送出去；你亲眼见到的这奇异的事件，我为你明了起见，必须告诉你说，这本来不是秘密。男爵和一位太太有一小段风流事，本不算什么，却惹动听闻，因为她对把他从一个情敌那里夺过来的胜利太感到自豪了。可惜过了一些时候他从她那里并不能得到同样的开心，他躲避她；只是因为她那种热烈的性格她不能用平静的心情承担她的运命。在一个跳舞会上他们公然决裂了，她觉得受到了奇耻大辱，一心想报仇；当时没有一个骑士来替她出力，直到最后她的和她分居了许久的男人听到这件事，才替她出力，约男爵决斗，今天打伤了他；可是我听说那上校受伤更重。"

从这时起,我们的朋友就在这里住下,人们像对待家里人一样招待他。

第 三 章

大家有几回读书给病人听,维廉很喜欢担任这个小职务。吕迪亚终日守着病床,她专心一意地为这受伤的人操心,其余的一切她都不再放在眼里;可是今天罗塔里欧也好像精神涣散,他请求不要读下去。

"我今天才清楚,"他说,"人是多么愚蠢地让他的时间消逝着!有多少事我决定要做,有多少事要加以深思熟虑,有了最好的计划决不要踌躇!我读完了要改良我的农庄的建议,我可以说,我非常欢喜,因为子弹并不曾打在我更危险的地方。"

吕迪亚温柔地望着他,眼里却含着泪,她好像要问,她和他的朋友们是否也能要求分担生活的欢乐。雅诺反而答道:"你预定的改良计划,在我们决定实施之前,一定要先从各方面详细斟酌。"

"长久的斟酌,"罗塔里欧回答,"通常是表示还不曾看出话题的要点,过早的行事简直就是没有认识要点。我看得很清楚,我经营我的田地在许多处不能缺少我的农夫们的劳绩,为了保持某些权利我必须精明严正;但是我也看到,此外其他的职权诚然也对我有利,但并不是完全不可缺少的,甚而我也能够从中给我的人一些恩惠。我们少取一些,我们并不总是在受损失。我对我的田庄的利用不是比我父亲好得多吗？我不是把我的收入提高了吗？我应该独自享受这日见生长的利益吗？我就不应该也让那协助我和为我工作的人在他分内享些利益吗？这些利益是广泛的知识和进步的时代所给予我们的。"

"人就是这样！"雅诺说道，"若是我偶然发现我也有这种特性，我绝不责备我；人渴望把一切都拉到自己身上来，为的是能够只是随心所欲地支配管理；凡不是他自己所花出去的钱，他都以为用得不很得当。"

"啊是的！"罗塔里欧回答，"如果我们在利息上边少一些任意的打算，我们就可以少用一些资本。"

"只有一件事我必须提醒你，"雅诺说，"我为什么不劝你现在就动手改良，那是因为你自己还有债务，债务的偿还束缚你不得自由，为了这些改良你至少眼下要受些损失。我劝你延迟你的计划，直到你完全把债务清偿了的时候。"

"难道我应该在这中间任凭一粒子弹，或是一块檐瓦把我生命和事业的结果给永久毁灭吗？啊，我的朋友！"罗塔里欧继续说，"这是受过教育的人的最大缺点，他们愿意使一切都面向一个空洞的概念，很少，或是简直就不面向一个实体的对象。我为什么欠下了债？我为什么和我的叔祖父决裂了，让我的妹妹弟弟们那样长久地独自生活，不就是为了一个概念吗？那时我相信在美洲能够有所作为，我相信我在海上才会有用而且是必要的；若是一件事不被成千的危险所围绕，我就觉得它没有意义，也没有尊荣。现在我看事却完全不同了，眼下要做的事对我是非常有价值，非常贵重的！"

"我还记得我从海外收到的那封信，"雅诺回答，"你在写给我的信上说：'我就要回来了，在我家里，在我的果木园里，我可以对我家里的人说：这里是美洲或者没有一个地方是美洲！'"

"是的！我的朋友，我还总是重复这句话；可是我同时就责备自己，我在这里不像在那里那样努力。对于某种同样的，继续着的现况我们只需运用理智，并且我们也只会变成理智型的人，我们再也看不见每一个平淡无奇的日子向我们要求的非比寻常的事物，即使我们认识了它，也会找出千百的借口不去理会。一个明智的人总是为自己打算得多，为全体打算得少。"

"我们不愿意和理智太接近，"雅诺说，"我们承认，凡是已经发生的不同寻常的事多半是愚蠢的事。"

"是的，也正是为了这个缘故，人们才在常轨之外去做那不同寻常的事。我的妹丈就这样把他凡是能够变卖的财产都捐给兄弟会了，他相信，这足可帮助他的灵魂得救；反过来说，若是他只牺牲他入款中微小的一部分，他就会使许多人幸福，创造出地上的天堂。我们的牺牲很少发生作用，我们立刻就对于我们所施赠的物品做出断念。我们不是有决心，而是在绝望中放弃我们的所有。我承认，这些天伯爵总萦回在我的眼前，所以我断然决定，我要按照我的信念来做那恐怖的幻想驱使他去做的事；我不愿意等候我的痊愈。这里是些稿件，只要誊清了就好。你去请领主裁判吧，我们的客人也会帮助你的，你和我一样明了，要点在什么地方，我要停留在这里，等着一天天地痊愈或是走向死亡，我要大声地说：这里就是贺恩

442

胡特①！或者什么地方也没有贺恩胡特！"

当吕迪亚听到她的朋友谈到死时，她扑倒在他的床前，把住他的双腕，凄苦地涕泣。外科医生走进来，雅诺将稿件交给维廉，强使吕迪亚走开。

"为了上天！"当他们单独在厅里时，维廉说，"那位伯爵是怎么了？这是那个加入了兄弟会的伯爵吗？"

"你想必很了解他，"雅诺答道，"你就是那个把他赶入虔信怀里的鬼魂，你就是那个坏人，是你把他娇爱的妻子引入一种她觉得可以忍耐，应该追随她丈夫的境地。"

"她是罗塔里欧的妹妹吗？"维廉说。

"不是别人。"

"罗塔里欧也知道吗？"

"一切都知道。"

"啊，你让我逃跑吧！"维廉大声说，"我怎能留在他面前呢？他能说什么呢？"

"谁也不应该对另外一个人举起石头，谁也不应该编出一套话来让旁人感到羞愧，这些话他只能自己对着镜子说去。"

"你也知道吗？"

"和一些旁的事一样，"雅诺微笑着回答，"可是这一回，"他继续说，"我不会像上次那样轻易放松你，可是你也不要怕我招募你去当兵。我不是兵了，纵使还是兵，我也不会引起你这种猜疑。自从我和你分别以来，有许多事都改变了。我的亲王是我惟一的朋友和恩人，从他死后，我就超脱尘寰和一切

① 贺恩胡特，德国萨克森州一城市，为贺恩胡特兄弟会所在地。

尘世上的纠葛。从前凡是理性的事物,我都愿意促进,我若见到一些粗俗的事体,我也不静默,人们总谈论我不安定的头脑和我刻薄的口舌。一般庸人,除去理智,什么也不怕;如果他们理解什么是可怕的,他们就应该怕愚蠢。但理智是不舒服的,人们必定要排除它;愚蠢却只是危险的,人们可以耐心地等待。然而这都不必管,我还要生活,你应该往下听我的计划。如果你愿意,你应该关心我的计划。但是请你告诉我,你一向怎样?我看得出,我感到,你也变了。你那种想在吉卜赛人的团体里发现一些美和善的妄想如今怎样了?"

"我受够了惩罚!"维廉大声说,"请你不要提醒我,我从哪里来,我往哪里去。关于剧院,人们谈得很多,但是谁若没有亲身在那里面混过,谁就想象不到那里的情形。这些人是怎样地自家不相认识,他们经营他们的事务是怎样毫无考虑,他们的要求是怎样没有限制,这些事人们就不会知道。每个人不单是要当第一位,而且也要当独一位,每个人都想把其余的人排挤开,然而他并不是看到了他和他们在一起几乎没有任何成绩;每个人都觉得自己与众不同,可是又没有能力在陈腐旧套之外有所作为;然而每个人都有一种向往新事物的不安心情。他们怎样激烈地明争暗斗!只是那最渺小的自私,那最狭隘的私利,使他们互相联合。关于互相对待的态度简直就不必提:一种永久的猜疑被秘密的诡计和耻辱的谈话所维持;谁不是轻浮地生活,就得愚蠢地生活。每人都要求绝对的尊敬,每人对于最微小的责备都感觉锐敏。这一切他自己知道得再清楚不过!可是他为什么总做相反的事呢?总是有所需求,总是没有信赖,好像他们最惧怕理性和良好的趣味,他们设法维持的最重要的东西莫过于他们个人为所欲为的无上主权。"

维廉缓一口气,还要继续发他的牢骚,这时雅诺的一声哄笑打断了他的话。"这些可怜的戏子!"他大声说,他倒在一张椅子上继续笑。"这些可怜的好戏子! 我的朋友,你可知道,"他平静了一些,又继续说,"你并不是把剧院,而是把整个的人世描述了一番,针对你这冷酷的描画,我从各阶级中都可以充分地给你找出相应的人物和行为。你以为这些美的品质只在舞台上才能栩栩如生地再现,我就是笑你这一点,请你原谅我。"

维廉尽量克制着自己,因为雅诺的放肆而不合时的哄笑真使他不高兴。"如果你以为这些缺点是普遍的,"他说,"你也不能完全隐瞒你对人世的厌憎。"

"你把这些现象过分归罪于剧院,就说明你不通世故。真的,我原谅那些戏子的每个缺点,这些缺点都是由于自欺和想讨人欢喜才出现的,因为如果他对于自己或是对于旁人不像煞有介事似的,他也就任什么也不是了。他的职业就是要光辉四射,他必须很看重暂时的喝彩,因为他另外得不到旁的报酬;他必须讲求漂亮,因为他留在这里正是为了这个缘故。"

"请你允许,"维廉回答,"从我这方面至少也要报之以一笑。我从来不相信你会这样公正,这样宽容。"

"不然,上帝在上! 这是我熟加考虑的十足的严肃。戏子有普通人的缺点,我都原谅,但我不原谅普通人有戏子的缺点。关于这些事请你不要让我去弹唱我的悲歌,它的声音要比你的更为激烈。"

外科医生从平房里走出来,大家问病人的状况怎样,他和蔼地说："实在很好,我希望不久就看见他完全复原。"他立刻就跑到大厅里去,也不等待维廉的问话,可是维廉的口已经张开了,还要更迫切盘问一番那只皮袋。他很想知道一些那位女英雄的消息,这使他很信赖地向雅诺说出了他的心事,请求雅诺从旁帮助。"你知道的情况很多,"他说,"你恐怕也知道这件事吧?"

雅诺沉吟片刻,随后就向他年轻的朋友说:"请你放心,你不要让人看出你的心事,我们已经想要追寻那美女的踪迹了。现在只有罗塔里欧的病况使我不安:伤情还危险,这从那外科医生的和蔼与安慰话上看得出来。我早想把吕迪亚打发开,因为她在这里没有一点好处,可是我不知道我该怎么办。今天晚上,我希望我们的老医师能来,然后我们好继续商量商量。"

第 四 章

医师来了,这是我们早就认识的那位把那有趣的稿件交给我们的仁爱、年老、矮小的医生。他当前第一要务就是去看受伤的人,他好像对他的病况很担心。随后他和雅诺商谈了很久,可是当他们晚间来吃饭时,他们却让人看不出来。

维廉极和蔼地向他行礼,他打听他的竖琴老人。"我们还有希望去帮助这不幸的人,"医生回答,"这个人在你有限制而奇异的生活里是一个悲哀的附加赠品。"雅诺说:"他以后怎样了,请你告诉我。"

人们满足了雅诺的好奇心以后，医生继续说："我从来没有看见过一个有这样性情的人陷在这样离奇的境况中。许多年以来，凡是他身外的事物，他毫不关心，他简直是什么也不注意；只是回到自己的内心，观察他空洞的自我，他才觉得这像是一个不能测量的深渊。当他谈到这悲哀的处境时，那是多么感动人啊！'我在我面前，在我身后什么也看不见，'他说，'只有一个无止境的夜，在这夜里我置身于极其恐怖的寂寞中；除去我罪恶的感觉外已经没有感觉，那罪恶却只像一个离远了的，迷离恍惚的鬼魂还让人望见它的背影。可是这里没有高，没有深，没有前也没有后，没有字可表现出这永久一样的境界。有些回我在这永无差别的苦难中热烈地叫道：永恒！永恒！这奇异不可解的字相对于我境界的黑暗是明亮而清晰的。在这夜里没有一道神的光为我出现，我流着热泪，哭我自己，为了我自己。没有比友情和爱情对我更为残忍的了；因为只有友情和爱情促使我产生使我周围的幻象都变成事实的愿望。但也是这两个鬼魂从深渊升上来威吓我，要最后夺走我这作恶多端的生存的宝贵的意识。'"

"如果他在跟你亲密无间的时刻亲切地向你倾吐他的心怀，"医生接着说，"你要听他说下去；我曾经有几次听他叙说，非常感动。如果有一种思想涌上他的心头，迫使他要在这一瞬间承认，一个时代业已过去，那么，他就会显得很惊讶，接着他就又否认万物的改变，说那是幻象中的一个幻象。一天晚上，他唱一曲白发歌，我们大家围绕他坐着啜泣。"

"啊！请你告诉我那首歌曲！"维廉大声说。

"关于他所说的他的罪恶，"雅诺问，"你什么也没发现吗？还有他奇异服装的理由，他在火灾时的态度，他对于那个小孩的愤怒？"

"只是由于猜度我们才对他的命运有了一些了解；直接问他，那是违背我们的原则的。因为我们知道，他受过天主教的教养，所以我们曾经相信，一段忏悔或许可以减轻他的痛苦；但是我们每次设法使牧师接近他，他便采取一种离奇的方式躲开。你要知道一些他的身世，我也不肯完全辜负你的愿望，我至少要把我们的猜度向你说明。他在牧师生活里度过他的青春，所以他要保持他的长袍和他的胡须。在他生活里很长时间没有尝过爱情的欢乐。后来大半才和一个至近有血族关系的女子结下一段孽缘，大半是她的死亡换来了一个可怜虫的生命，他的脑子后来大概完全错乱了。

"他最大的妄想，就是他到处带来不幸，认为由于一个天真的男孩的媒介，死便会降临在他面前。在他不知道迷娘是一个女孩之先，他怕迷娘；随后菲利克斯又使他恐怖，正因为他在他一切苦难中还无限爱惜他的生命，所以他对孩子的憎恶大半就是这样产生的。"

"您对他的精神的改善还有什么希望吗？"维廉问。

"已经慢慢地有所改善，"医生答道，"并没有退步。他在继续做他有了一定之规之事，我们曾经使他养成读报的习惯，他现在总是非常热心地等待着报纸。"

"我很想知道他的歌曲。"雅诺说。

"我能够给你各样不同的歌曲，"医生说，"牧师的长子惯于给他父亲记录说教，他在那老人不知不觉间，曾经抄写下一些章节段落，渐渐凑成许多歌曲。"

第二天早晨，雅诺到维廉这里来，对他说："你一定要为我们做件好事；吕迪亚必须有一段时间离开这里，她那激烈的,我也可以说是邪魔的爱和热情妨碍男爵的痊愈。他的伤需要休息和平静,虽然她对于他良好的性情并不危险。你看见了,吕迪亚暴风雨似的操心,不能克制的恐怖和永不干枯的眼泪是怎样苦恼他,还有——够了,"他停了片刻含着微笑说道,"医师迫切地要求,她应该离开这里一些时候。我们骗她说,一个很好的女朋友在附近停留,想和她见面,那女友随时都在等候她。她让我们说动了,决定到离这里只有两小时远的领主裁判官那里去。这人我们已嘱咐好了,让他说苔蕾丝小姐刚刚离去,他感到很抱歉;他也许要表示,人们还能够赶上她,如果运气好,就能追上她,吕迪亚要追的话,就将会被从这一站支到那一站。最后如果她一定要转回来,我们也不要反对她;我们必须利用夜晚,车夫是一个机灵的人,还要和他取得一致。你和她坐在车里,排解安慰她,并且支配这套把戏。"

"你给我一件离奇的,要加以考虑的任务,"维廉回答,"一种病态的痴情的现状是多么可怕! 我自己就应该是这件事的工具吗? 用这样的方法欺骗一个人,在我生活中这还是第一次。因为我总是相信,虽然我们开始是为了好意和利益而欺骗,但我们终归会走得太远。"

"可是我们教养儿童,除去这方法也不能有旁的方法。"雅诺回答。

"对待儿童那还说得过去,"维廉说,"我们非常温柔地爱他们,对他们了解得也非常透彻;对待我们这位同类的人,我们的心并不总是彰明较著地让我们宽容,常常会变得很危险。可是你别以为,"他考虑片刻,继续说,"我为此就拒绝这任务。为了你的理智在我心中引起的敬畏,为了我对于你高尚的朋友所怀的爱慕，为了这种不管什么方法，只要能促进他的痊愈的热烈愿望，我愿意忘却我自己。我们为了一个朋友冒险，是不够的，遇必要时也必须为他抛却自己的信念。我们为他牺牲我们最大的爱好和最好的愿望，是理所当然的。我接受这个任务，虽然我已经预先看出我在吕迪亚流泪和极端绝望时不得不忍受的痛苦。"

"可是当你认识苔蕾丝小姐时，"雅诺回答，"你所得到的并不是一份微小的报酬。她这样的女子是罕见的；她使很多男人感到惭愧，我愿意称她为一个真正的女英雄，其余的不过是些半男半女的人穿着暧昧不明的衣装晃来晃去而已。"

维廉受感动了：他希望，在苔蕾丝身上重新看见他的那个女英雄，当他向雅诺要求了解一些情况，而雅诺忽然话头中断走开时，他的这个希望变得更为迫切了。

将要同他所尊崇、所爱戴的女子重逢的新鲜而近在目前的希望，使他的心潮奇妙地起伏波动。如今他把付托给他的这个任务当作一种鲜明的命运的工作，至于他立即用诡计使一个可怜的女孩跟她最真诚最热烈的爱情的对象分开的思想，他只觉得是一个一闪即逝的念头，犹如一个鸟影在照耀着大地的阳光里一现即去。

车停在门前，吕迪亚迟疑片刻，上了车。"再祝候一次你的主人，"她向老仆说，"傍晚我就回来了。"当车已走动她又一次回过身来时，她满眼含泪。随后她转向维廉，定一定神说："你将要在苔蕾丝身上发现一个很有趣味的人物。我很奇怪，她是怎样来到这个地方；因为你将来大半会知道，她和男爵曾经热烈地相爱过。虽然距离这样远，罗塔里欧常常待在她那里；我那时也在她身边；他们好像要共同生活一般。但是忽然中途决裂了，并没有一个人能够明白这是为什么。他认识了我，当他好像忽然选上我代替苔蕾丝的时候，我不否认我从心里嫉妒苔蕾丝，我几乎不能隐藏我对他的爱慕，我没有拒绝他。她对我的态度，我不能希望比这再好了，虽然几乎好像是我夺去了她一个这样宝贵的情人。可是这段爱情也赚去了我无数的眼泪和苦痛！起初我们只是有时在另外一个地方偷偷地会面，但是我不能长久忍受这样的生活，只有在他面前我是幸福的，无比幸福的！远离他我就没有干涸的眼睛，没有平静的脉搏。有一次他走开许多天；我绝望了，我于是起程，出其不意地到这里来找他。他极亲爱地接待我，若不是这不幸的事件发生了，我会过一段天堂般的生活；我不说，自从他在危险中，自从他病苦以来，我忍受了些什么，就是此刻我也还在痛切地责备我，我竟能有一天的时间离开他。"

维廉正要更详细地打听苔蕾丝，他们已经到了领主裁判官门前，那裁判官走到车旁，满心惋惜，说苔蕾丝小姐已经走了。他请行人吃了一顿早餐，但是立刻就说，那车在邻村里还能赶得上。我们决定随着赶上去，车夫也不迟疑；穿过了几座村落，也没有遇见人。吕迪亚极力主张回去；车夫只是前进，极像是他没听懂她的话似的。最后她非常激烈地要求回去，维廉叫住他，给他一个约定好了的暗示。车夫回答："我们不必走原路回去；我知道一条较近的路，同时也舒适得多。"他于是从旁穿过一座树林，越过漫长的牧野。最后因为没有熟识的东西出现，车夫才承认，他不幸走迷了路，但是他刚刚要寻找正路，他看见那里有一座村落。夜来了，车夫把他的事做得这般灵巧，他到处打听，可是没有在一个地方等待回答。这样走了一整夜，吕迪亚就不曾闭眼；月光下她觉得处处相似，总是又终归消逝。清早她觉得眼前的东西熟识了,但是更出乎意料。车在一座小的,建筑精巧的别墅前停住,一个女子从门里走出来,打开车门。吕迪亚注目向她凝视,看看周围,又凝视她,随后颓然无力,倒在维廉怀里。

第 五 章

维廉被带领到楼顶下的小屋里;这所房子是新的,狭小到了不能再小的地步,特别清洁整齐。他一看在车旁迎接他和吕迪亚的苔蕾丝,并不是他的女英雄:那是一个另一样,和她有霄壤之别的人物。健全的身材,并不高大,举止生动,凡是面前的事都隐瞒不过她那明亮、青蓝、睁开的眼睛。

她走进维廉的屋里,问他需要不需要什么。"请你原谅,"她说,"这屋里油漆气味还不好闻,我便请你住;我的小房子刚刚筑成,你第一次住这间我为我的客人准备的小屋。你若是为了一件更愉快的事务到这里来该有多么好呢! 这可怜的吕迪亚不会让我过舒坦日子的,总之你必须多多包涵:我的女厨子在不应该离开的时候离开了职守,一个仆人把手也捣破了。不得已我自己料理一切,如果人们真要去做那方面的事,终归,也还能过得去。我受这些仆人的罪比受什么人的罪都多;他们不愿意侍候任何人,也不愿意侍候自己。"

对于各种各样的事她还说了一些,总之她好像喜欢说话。维廉提起吕迪亚,问他是否能够见这个善良的女子,好当面向她道歉。

"现在道歉不会对她有用，"苔蕾丝答道，"时间会道歉，正如它会安慰人一样。语言在这两方面都没有多少力量。吕迪亚不愿意看见你。——当我离开她时，她说：'你不要让他到我面前来，我对人类绝望了！这样一个正直的面貌，这样一个坦白的态度，却有这样的阴险！'罗塔里欧对她完全谅解了，他在一封信里也向这善良的女子说：'我的朋友们劝诱我，我的朋友们逼迫我！'吕迪亚把你也算入这一流，她咒骂你和其他人。"

"在她骂我时，就是向我表示过分的敬意，"维廉回答，"我还不配要求这个高尚的人的友情，我这次只是一个清白无疵的工具。我不想称赞我的行为，我能够做，这也就够了！那是有关一个人的健康，有关一个人的生命，我认为那人比我先前认识的任何人都高尚。啊，他是怎样一个人，小姐，都是些什么人在他周围！在这个团体里，我可以这样说我第一次有一段正式的谈话，我是第一次更丰富，更圆满，范围更广大地从旁人口中听到我说的话的真义；我所预感的，现在明了了，我所想到的，现在我学着观看。可惜这个享受先是由于各种忧虑和愁苦，随后由于这不愉快的任务给打断了。我甘心接受这个任务：因为我虽然牺牲了我的情感，我却以为，给这些人的高尚团体效些初次见面之劳，是我的义务。"

说这些话时，苔蕾丝很和蔼地看着她的客人。"啊，那有多么甜美，"她说，"从一个生人的口中听到他自己的信念！如果有一个人说我们是完全对的，我们才会显出我们的本色。关于罗塔里欧我想的完全和你一样；并不是每个人都给他以公正的批评，可是一切比较了解他的人都热狂地崇拜他，在我心里总有痛苦的情绪和对于他的纪念混合起来，这也不能制止我天天思念他。"当她说这话时，一声叹息使她的心胸舒畅一些，在她右眼里闪耀着一颗美丽的泪珠。"你不要以为，"她继续说，"我是这样心肠软，这样容易受感动！那只是眼睛在哭。从前在我的右眼下眼皮上有一个小瘤子，有人把它给我圆满地勒下去了，但是这眼睛从那时起就永久软弱，最小的原因就会流出一颗泪珠。那个小瘤子原来就在这里，你看没有一点痕迹。"

他确实没有看见痕迹，但是他仍然定定地看着她的眼睛：透明得像是结晶体，他觉得看到了她灵魂的深处。

她说："我们现在已经说出我们联系的口号；让我们能多么快就多么快地彼此完全认识吧。人的历史便是他的性格。我要向你述说我过去的情况；请你赠给我同样的信托，让我们就是在远方也心连着心。若是我们只想到世界上的山、河和城市，这世界就太空虚了，但如果知道随处有人和我们一致，我们和他彼此静默地生活下去，那才会使我们的世界成为一座有人居住的花园。"

她跑开了，并且说定过一会儿就来约他去散步。在她面前，他感到非常愉快，他想知道她和罗塔里欧的关系。又呼叫他了，她从她屋里迎着他走来。

当他们必须单人从这狭窄而陡峭的楼梯走下来时，她说："如果我当时接受你那宽宏大度的朋友的赠予，这一切本来可以更宽些；可是我为的是要他永久尊重我，我就必须在我身上保持住使我值得他这样尊重的地方。管理人在哪里？"她在完全走下楼梯的时候问。"你不要以为，"她继续说，"我很富，还得用一个管理人，我那一点小小的封田自己就能耕种。管理人是我的新邻居的，这人买了一座我非常熟悉的美好的田庄;这位善良的老人患着足痛风,他的农夫们都是新来这地方的,我喜欢帮助他们安排。"

他们散步,穿过田地、牧野和几处果木园。苔蕾丝件件都讲解给那管理人听,关于每件小事她都能给他结算出来,维廉有充足的理由来惊赏她的知识,她的精明和干练,她在每样情况中都自有办法。她什么地方也不停留,总是直接跑向所指示的地点,于是,事情很快就办完。"问你主人好,"她在和这人分别时说,"我会尽早来拜访他的,我希望他痊愈。现在我也许能够,"当他走开时,她含笑说道,"不久就变得很富有;因为我的好邻人也许会不见弃,和我订婚。"

"就是那个有足痛风的老人?"维廉说,"我真不知道,在你这年龄你怎么会做出这样一种绝望的决定。"——"我绝不是被诱惑!"苔蕾丝回答,"如果善于料理自己的所有,每个人都会很阔绰;如果他不懂得这个,那么富有便是一个赘瘤。"

维廉对她的经济才能极为惊讶。——"断然的爱好,早来的机会,外来的鼓励,在一种有用的事物中的不断的经营,在这世界上能收到更多的效果,"苔蕾丝回答,"如果你知道是什么使我这样奋发,你就不会把这看成一种奇异的才能而感到惊讶了。"

当她回到家时,她让维廉从她的小园里走,在园中他几乎不能转身;路是那样狭窄,一切又种得那样浓密。他走过院落时,不得不微笑了,因为那里放着的木柴锯得、劈得、捆得都如此整齐,好像是这房屋的一部分,而且要总是这样放着。一切的缸罐都洁净地放在合适的处所,这小房子是用红白两色油漆的,看着叫人高兴。凡是手工艺所能呈献出来的,即使那手工艺并不认识美的关系,只是为了需要、牢固和爽快而工作,在这里也好像都调和一致了。有人把饭菜送到他屋里,他有充足的时间仔细观察。他特别觉得奇怪的,是他现在又认识一个和罗塔里欧有密切关系的有趣的人。"那是应该的,"他对他自己说,"这样一个高尚的男子也吸引些高尚的女性到他身边!男性和尊荣的影响所及有多么广远;但愿旁人与之相比不要过于逊色!是的,你还是老实承认你胆小吧。如果你一旦再遇见你的女英雄,这个最典范的形象,虽然有你一切的希望和梦幻,可是当你看见她是他的未婚妻,最后你会感到羞愧满面、无地自容的。"

第 六 章

维廉怀着无聊的情绪度过一个不安定的下午,傍晚时,他的房门开了,一个仪表堂堂的年轻的猎夫行了一个礼走进来。"现在我们要去散散步吗?"那年轻人说,这时,维廉从那美丽的眼睛上认出是苔蕾丝。

"请你原谅我这样乔装,"她一开始就说,"遗憾的是现在只有乔装了。那是因为我要向你叙说我十分喜欢看我披着这件背心的时代,所以我也要用一切方法重新实现当时的岁月。你来吧!就是我们当时在打猎和散步后时常休息的广场也可以从旁有所帮助。"

他们走着,在路上苔蕾丝向她的伴侣说:"你只让我一个人说,这是不公平的。我的事你已经知道了不少;请你也顺便向我说一些你的事,使我好有勇气也把我的身世和我的关系都倾吐给你听。"——"可惜我没有什么可说,"维廉回答,"除去错误又错误,迷惑又迷惑,而且我不知道,我过去和现在处境的错综混乱,除去向你,我还更愿意向谁隐瞒。你的目光和你四围的一切,你的全身和你的态度都告诉我,你能够喜欢你过去的生活,你怀着成功的把握走过一条美丽纯洁的路,你并没有荒废过时间,你是问心无愧的。"

苔蕾丝微笑着回答:"我们必须等待,看你听了我的身世,是不是还会这样想。"他们往前走,在一般谈话中间苔蕾丝问他:"你有没有爱的牵挂?"——"我认为没有,"他回答,"但我并不希望这样。"——"好!"她说,"这说明发生过一段复杂的故事,并且我觉得,你也准是有的可讲的。"

这样说时,他们走上一个土岗,在一棵大橛树旁坐下,四围布满了树荫。"这里,"苔蕾丝说,"在这德国的大树下我要给你讲一个德国女孩的故事;你要耐着性子听我说。

"我的父亲是这省里一个有钱的贵族,一个爽快、明晰、干练、勇敢的男子,一个温柔的父亲,一个正直的朋友,一个出人头地的善于理财的家主,在他身上我只知道有一个缺点,就是他对于自己的太太过于宽容了,而她并不懂得尊重他。可惜我不得不谈论我自己的母亲!她的天性和他的天性完全是相反的。她急躁,好动,既不爱管理家政,也不照料我,她这个惟一的孩子;她浪费,但是美丽、聪颖,十分有才能,她能在她周围聚集一个团体,她是这团体中欢乐的中心。自然她的社交范围从来并不广大,有时也不长久。这团体多半是男子,因为没有女子会在她身边觉得舒服,她更不能忍受任何一个女人的功劳。在身体和观点方面我和我的父亲相似。像是刚生下来的鸭子便找水一般,从我最早的青年时代起,厨房、储藏

457

室、仓廪和土地便是我的要素。甚至我还在游戏的时候,家里的秩序和洁净便好像是我惟一的本能、我惟一的目标。因此我父亲很欢喜,他按着步骤使我这孩子气的勤勉化为有目的的工作;相反,我的母亲不爱我,并且无时无刻不流露出不爱我的情绪。

"我成长起来,我的工作和我父亲对我的爱都随着岁月在增加。若是我们单独在一起,走向田野,若是我帮助他检查账目,我就能真正感觉到他是如何幸福。若是我望着他的眼睛,就好像是我看我自己一样,因为正是这对眼睛才使我和他完全相像。但是在我母亲面前他就保持不住这个气度、这种表情;如果她严厉而不正当地责备我,他便温和地原谅我,他照顾我,并不像是保护我,却好像他只能原谅我良好的个性。对于她的种种嗜好他也不加阻止;她起初以极大的热情置身于戏剧,戏院也建筑起来了;可以和她登台表演的,各样年龄和典型的男子并不短少,可是女人却常常缺乏。一个和我一同教养起来,在她青春初期已经看出来将来会变得美丽的、柔顺的女孩,吕迪亚,必须担任配角,一位年老的侍女表演母亲姑婶,同时我的母亲却保留各样如同情人、女英雄、牧羊女等等的正角。我简直不能对你说,当我很熟识的人化了装,站在上边,愿意被人看成与他们本人不同的另外一种人物,我觉得那是多么可笑。我总是看我的母亲和吕迪亚,这位男爵和那位秘书,如今他们要扮演成公爵、伯爵,或是农夫出现,我不明白他们是想让我怎么样,究竟让我相信他们是舒服还是痛苦,他们是钟情还是淡漠,吝啬还是慷慨,因为我从相反的方面知道得很清楚。因此我也很少掺杂在观众中间,我总是替他们擦烛台,只为的是有些事情做,还照料晚餐,并且第二天早晨,当他们还在睡觉时，我就将他们在晚间杂乱抛下的衣装整理好了。

"我的母亲觉得这种工作很对，但是我不能赢得她的爱怜，她嫌厌我，我还记得清楚，她不止一次满腹怨恨地重复着说：'若是认为母亲不像父亲那样可靠，那么我就很难相信这丫头是我的女儿。'我不否认，她的举止行动使我渐渐和她疏远了；我观察她的行为就像观察一个外人的行为一样，因为我习惯于苍鹰一般地监视那些仆人——随便说，这本就是一切家务管理的基础——所以自然我母亲和她团体的关系也很使我感到奇怪。很容易被人看出来，她并不以同样的眼光看待所有的男子，我更锐敏地留心，不久便看出，吕迪亚是她知心的好友，这样，对她从少年时期就表现出来的痴情也就不难理解了。我知道她们一切的会合，但是我静默着，不告诉我父亲，我怕增加他的忧郁，但最后我却不能不说了。她若是不贿赂仆人们，有些事就不能做。这些仆人也开始反抗我，忽略我父亲的命令，也不完成我的吩咐；我再也不能忍受那因此而形成的紊乱情形，我挑明了，我把这一切申诉给父亲听。

"他心平气和地听着。'好孩子！'他最后面带微笑说，'一切我都知道；你要安静，你就耐着性子忍着吧，因为只是为了你的缘故我才忍受。'

"我可是不能安静，我没有耐性。我暗自谴责我的父亲，因为我不相信，他为了任何一种缘故用得着这样忍耐；我主张要有秩序，我决定让这事体走到极端的境地。

"我的母亲本来很富，可是她耗费得太过分了，我看得很清楚，在我的双亲间有许多纷争。这事长久地僵持下去，直到我母亲自己的种种纵情惹出一种恶性发展。

"她的第一名情人忽然变得骇人听闻的不忠实；这房屋，这一带地方，她各方的关系，她都嫌厌了。她要到另外一座庄院去，那里又太寂寞；她要到城里去，城里又没有多大趣味。我不知道在她和我父亲中间发生了些什么事情；总之，终归他决定在一些我不知其内容的条件下允许她去法国南部旅行。

　　"我们如今自由了，好像生活在天堂里一样；我相信，我父亲并没有失掉什么，虽然把她摆脱开他也用去一笔可观的金钱。一切没用的仆人都解雇了，幸福似乎可以促使我们的秩序变得更好；我们过了几年很好的岁月，事事如意。可惜这愉快的情况并没有延续多久；想不到我的父亲得了中风病，他的右半身麻木了，语言也运转不灵。人们总得猜测他是想望什么，因为他所要说的话，总不能正确说出。所以在一些他特别要和我单独在一起的时刻，我觉得很可怕；他严令大家都走开，只剩下我们二人了，他还是不能说出正确的字句。他的焦躁达到了极点，他的情形使我在深心里忧虑。的确我也屡次觉得，他要告诉我一些和我特别有关的事。我是多么想知道这件事啊！我本来可以从他的眼里看出一切；但现在却不可能，他的眼睛也不说话了。我所明了的只有这么多：他无所愿，无所求，他只想说明一些我所不知道的事。他的病反反复复，他很快就完全衰竭了；没有多久，他就逝世了。

　　"我不知道，我怎样确立了这样的思想：他曾在什么地方存放了一些宝物，他要在他死后宁愿给我也不给我的母亲；他活着的时候我已经寻索过，可是我找不到；他死后，一切都封闭起来了。我寄信给我母亲，我请求她允许我住在家里当管理人；她拒绝我的请求，我不得不将庄院腾空。这时有一张双方签署的遗嘱出现了，按照遗嘱一切将归她所有，归她享受，我呢,至少在她有生之年,要隶属于她。现在我觉得才了解了我父亲的暗示;我惋惜他这样懦弱,就是在他死后也待我不公平。因为我朋友中有几个人甚至以为,这几乎和取消我的继承权差不多,他们要求我攻击这张遗嘱,但是我下不了决心。我太尊重对我父亲的纪念了,我信任运命,我信任我自己。

"在一个具有广大田产的邻家里我和一位太太结有良好的关系;她高高兴兴地收留了我,我并且很轻便地不久就管理着她的家务。她生活很有规律,事事都要求有秩序,在她与管理人和仆役们的争斗中我忠实地帮助她。我既不悭吝也不嫉恨,但是我们女人坚持不要浪费的信念比一个男人要严肃得多。各种欺骗我们是不能忍耐的,我们愿意每人只在他分所应得的范围内享受。

"现在我又生活在我得心应手的环境中,静静地哀悼我父亲的死亡。我的保护人也满意我,只是一件小小的事搅扰了我的安宁。吕迪亚回来了;我的母亲真够残忍的,在她完全堕落之后,就把这可怜的女孩子驱逐开了。她在我母亲那里学会把情欲看作理所当然的事;她已经养成了放荡不羁的习惯。在她出乎意料地又出现的时候,我的恩人也把她收留了;她要从旁帮助我,可是一点用处都没有。

"这时,我寄居这家太太的亲属和她将来的继承人都常常到家里来,大家狩猎取乐。罗塔里欧也有些回和他们在一起;不久我便注意到,他怎样出人头地,可是和我自己却没有一点儿关系。他对谁都很客气,好像不久他便注意到吕迪亚了。我总有事做,很少参加他们的团体;在他面前我比平常说话还少:我不愿意否认,一般生动的闲谈对我本来就是生活上的点缀。我喜欢和我父亲谈我所遭遇的一切。凡是人们没商量过的事,考虑也不会正确。当罗塔里欧讲述他的旅行、他的从军时,我真喜欢倾听,我从来没有这样喜欢倾听过任何一个别人的讲述。世界在他面前是这样明朗,这样公开,正如我对我曾经经历过的地方一样清楚明白。我听不到那些冒险家奇异的命运,一个见闻狭窄的旅行家夸张的半真半假的玄虚之谈,这些人每当要给我们一幅关于某乡某土的图像时,总是只拿他们自己代替那块乡土;他不是讲述,他是引导我们亲自到那些地方去看;但我却很难感受到这种纯真的愉快。

"但是,当我一天晚上听到他谈论女人的时候,我的满意心情真是不可言喻。那段话是自自然然谈起来的;邻家有几位太太来拜访我们,大家的话头谈到妇女教育。大家说,人们对于我们女性太不公平了,男人都要保持一切较高的文化,决不准许我们研究学术,人们要求我们只应该是男人的玩具和管家婆。关于这一切罗塔里欧说得不多;可是当这团体人数渐渐减少的时候,他也就坦白地说出他对这个问题的意见。'那很奇怪。'他说道,'如果男人要把一个女人放在她足以担当的最高地位上,就要有人责怪他;请问什么地位比管理家庭更高尚呢? 若是一个男人苦恼于和外界的种种关系,若是他必须置办和保护财产,若是他甚而参加政务,却到处受环境的牵制,当他觉得他在管理的时候,我却宁愿说他是无所管理,在他认为是理性的地方,他只是永久要些政治手腕,在他愿意公开的地方,却是隐藏着,在他希望正直的地方,却是虚伪的;他由于不能达到他的与自己相谐和的最美好的目标,不得不随时把这个目标放弃,而在家庭内部,一个明达的主妇却真在管理,使整个家庭的每一项工作都如期完成,人人都感到满意。除去我们完成我们所认为正确和良好的事,除去我们为了我们的目的真能使用我们的手段,什么是人最高的幸福呢?除去在家内,我们最切身的目的还应该在什么地方呢?还能够在什么地方呢?除去我们日常起居的地方,除去厨房和地窖以及各种储存都为我们和我们家人永久预备好了的地方,我们到哪里去期待,去希求一切永久循环不断、不能缺乏的需要呢?在一种丝毫不乱的生活次序中完成这种永久循环不断的秩序,要求怎样按部就班地工作啊!像星辰一般周而复始的日夜经营管理,制造他们日用的工具,耕种而收获,保管而施舍,一切都在平静、友爱和有目的性的气氛中循环不已,这对男子们是怎样难能可贵!只有一个女人掌握这种家庭内部的管理,她才能使她所爱的男子成为主人;她专心致志地工作使她获得一切的知识,她很善于安排各种活动。她不受任何人的牵制,她给她的丈夫创造了真正的自主;家庭的、内部的自主,他看到他占有的一切都得到了保护,他所获得的一切都得到了充分的利用,于是他才能把他的心思转向伟大的事物,如果幸运,那么他在国家也会像他妻子在家里那样应付自如。'

"随后他形容一番,他愿意得到什么样的女人。我脸红了,因为他在形容我,和我完全相似。我暗自享受我的胜利,我更快乐的是因为我从各方面看,他并不是指着我说,他本来并不认识我。在我一生中我回想不出比这更愉快的感觉了,这样一个受我尊重的男子并不是夸奖我本人,而是夸奖我内在的天性。我感到我得到了什么样的报酬!这对我是什么样的鼓励啊!

"他们走后,我可尊敬的女友含笑对我说:'可惜,男人们常常考虑和谈论他们并不令其实现的事,不然正好为我亲爱的苔蕾丝找到一个非常好的配偶。'我取笑她的意见,并且添加说,男人们的理智诚然是寻求内助,但是他们的心和他们的幻想正在渴望另样的特性,我们管理家政的女子本来就不能抵挡那些温柔娇媚的女孩的竞争。这句话我说着给吕迪亚听;因为她并不隐瞒,罗塔里欧给她很好的印象,他也好像在来访时一回比一回对她更为注意。她贫穷,她没有地位,和他结婚她连想都不能想;可是她不能抵制迷惑人和被人迷惑的欢悦。我从来没有爱过,我这时也不想爱;虽然我看着我的天性被这样一个高尚的男子如此对待如此评价,从心里感到无穷的愉快,可是我也不否认,我对此并不完全满足。我也希望他了解我,希望他个人也关心我、同情我。我只是产生了这样的愿望,并没有想好,认识后会有什么下文。

"我给我恩人所尽的最大的义务就是设法把她田产中美丽的园林加以整理。时间和环境在不断地增加这些宝贵产业的价值,可惜一切都是按照旧例,没有一处有计划,有秩序,偷盗和欺骗也从未中止过。有些山还是荒山,只是最早开辟的那些区域的植物长得比较整齐。我带着一个灵巧的林夫亲自治理,我让人测量树林,让人开辟、种植,过了不长时间一切就都动手做了。为了便于骑马和步行无阻起见,我做了一身男子的服装,我到过很多地方,人们处处都怕我。

"我听到那些少年朋友的团体又和罗塔里欧约好去打猎;这是在我一生中第一次忽然想到去'表现',或者说,我要让那高尚的男子看一看我是怎样的一个人,也并不算错。我穿上我的男装,将鸟枪背在背上,带着我们的猎夫出去,好在边界上等待这个团体。那团体来到了,罗塔里欧没有立刻认出我来,我恩人的一个侄子把我介绍给他,说我是一个熟练的林夫,打趣地说我如何的年轻如何的英俊,一直在开玩笑来赞美我,直到最后罗塔里欧认出我来。那侄子迎合我的心意说,好像是我们约定好了一般。他说得迂回婉转,并且对我为他姑母的田产和他本人所做的事表示谢意。

"罗塔里欧注意倾听,和我闲谈,问田产和地方上的一切情况,能在他面前陈述我的知识,我很高兴;我考试的结果很好,我还提出一些关于某种改良的提议,请他审查,他都首肯,还说给我同样的例子,用他所举的因果关系加强我的理由。我的满足每时每刻在生长。但是幸而我只要被认识,并不要被爱,因为我们回家时,我比平素更看到他向吕迪亚所表示的注意好像泄露出一种秘密的倾心。我达到了我最后的目的,可是我并不安宁;从那天起,他对我表示出一种真正的敬意,一种亲切的信任,在聚会场中他时常和我谈话,征求我的意见,在家政方面好像特别信任我,好像我什么都知道。他的同情特别使我兴奋;甚至若是谈到普通的国家经济和财政,他都请我来讨论,我也就当他不在的时候尽力求得关于地方的,甚而至于全国的知识。我觉得很容易,因为那只是把我确实所知所能的小范围加以扩充。

"从这时起他更是老到我们家里来。我可以说,一切都谈到了,但是我们的谈话几乎最后总是经济方面的,纵使只是比喻的意义。一个人可以始终如一地运用他的力量、他的时间、他的金钱,甚至使用看来很渺小的方法达到非常巨大的效果,但这方面的问题我们讨论得很多。

"我不抵制我对他的爱慕,可惜,我的爱是怎样深、怎样诚恳、怎样纯洁、怎样正直,我觉察得太晚了,因为我相信我越来越注意到,他这频繁的来访为的是吕迪亚,并不是为我。至少她也是怀着极热烈的感情相信这一点;她把我当作她的知心人,我也就可以引为自慰了。凡是她认为对她非常有利的事,我都觉得绝对没有意义;我看不出有一丝一毫严肃而恒久结合的心意,可是我更清楚地看见这痴情的女孩的旨趣,却是无论如何都要成为他的人。

"事情是这样,这家的主妇给我送来一个意想不到的请求。'罗塔里欧,'她说,'他向你求婚,他希望在他一生中你永久在他身边。'她大谈我的个性,对我说我爱听的话:罗塔里欧确实相信,他在我的身上发现了他长久想望的人。

"现在最高的幸福我是得到了:一个我非常尊敬的男子在要求我做他的终身伴侣,我看见我天生的爱好和我练习得来的才能可以发生一种完全、自由、广泛而有用的影响;我全生命的精力好像增加到无穷的地步。我表示同意,他自己来了,他和我单独谈话,他把他的手递给我,他看着我的双眸,他拥抱我,在我的唇上亲吻。那是第一次,也是最后一次。他把他整个的情况告诉给我,他说他在美洲的从军耗费了他多少金钱,在他田产上负担了多少债务,他怎样因此和他的外叔祖发生某种程度的意见分歧,这尊贵的老人怎样想照顾他,但自然是用他个人的做法:他要给他讨一个有钱的妻子,因为一个善良的男子只能由一个有财产的会节俭持家的女子侍奉;他希望通过妹妹说动那老人。他更向我陈述他产业的情况、他的计划、他的前途,他请求我的帮助。只是在他外叔祖允许之前这件事还要保守秘密。

"他刚刚走开,吕迪亚就问我,他是否谈到了她。我说没有,接着讲了些经济方面的事,她感到很无聊。她不安,暴躁,等到他再来时,他的举动也没有改善她的情况。

"可是我看见太阳就要下山了！我的朋友，这是你的幸运，不然你就得从头到尾把我这段故事听完，这我是很愿意讲的，这里还有一些曲折的情节呢。请你让我快快地说！我们就要接近一个时期了，在这里是不便多作流连的。

"罗塔里欧让我和他杰出的妹妹结识，他妹妹会用一种巧妙的方法把我引到外叔祖那里去；我博得了老人的欢心，他同意满足我们的愿望，我带着一个幸福的消息回到我恩人的家里来。现在这件事在家里再也不是秘密了，吕迪亚也知道了，她觉得像是听见一件不可能的事。当她最后再也不能怀疑的时候，她忽然不见了，我们不知道她跑到哪里去了。

"我们结合的日子渐渐接近，我曾屡次请他给我一幅肖像，当他要骑马离去时，我还嘱咐他不要忘记他的诺言。'你忘了给我你想用来装我肖像的镜框。'他说。那是这么一回事：我有个我很看得宝贵的，一个女朋友的赠品。在外面玻璃下贴有用她头发编成的名字，里边有一片空白的象牙，上边本来正要画上她的肖像，不幸就在这时她舍我长逝了。在她的死还使我痛苦的时刻，罗塔里欧的爱意却加福于我，我想用我朋友的肖像来补充我的女友在她的赠品上为我遗留下来的空白。

"我跑到屋里去，取来我的首饰盒子，在他面前打开；他刚往里一看，就见到一个女人的镶在圆镜框里的小像，他拿到手里，仔细观察，急速地问道：'这肖像画的是谁？'——'我的母亲。'我回答。——'我敢起誓，'他大声说，'这是圣阿尔斑夫人的像，几年前我在瑞士见到过她。'——'那是同一个人，'我微笑着回答，'那么预先不知道就早已认识你的岳母了。圣阿尔斑是我母亲旅行时所用的浪漫的假名，她现在在

法国还用这个名字。'

"'我是世界上最不幸的人!'他叫着把那肖像抛置在盒子里,他用手蒙住眼睛,立即离开我的屋子。他翻身上马,我跑到凉台上呼唤他,他回头向我招一招手,很快地走远了——从此我没有再见到过他。"

太阳沉落了,苔蕾丝凝目注视晚霞,她两只美丽的眼睛充满泪珠。

苔蕾丝静默着,她的手放在她的新朋友的手上;他怀着同情吻它,她擦干她的眼泪立起来。"我们回去吧,"她说,"回去照料我们家里的人!"

在路上的谈话并不很生动;他们走进园门,看见吕迪亚在一条凳子上坐着,她站立起来躲避他们,转身回到房里去了;她手里拿着一张纸,身边有两个小女孩。"我看见,"苔蕾丝说,"她还永久带着她那惟一的安慰,罗塔里欧的信。她的朋友答应她,只要他见好一些,她就可以回到他的身边;他请求她在这期间内静静地住在我这里。她神驰于这些字句间,用这封信自慰,但她对他的朋友们都很不尊重。"

这时那两个孩子走来了,向苔蕾丝行礼,把她不在家时所发生的事综合起来报告给她。"这里你还可以看到我经营的一部分,"苔蕾丝说,"我曾经和罗塔里欧的俊秀的妹妹立下盟约;我们共同教养一批儿童,我教育那些活泼勤勉的管家女子,她接受那些显露出一种较为安静和较为精细才能的孩子;因为我们无论如何都要照料男人们和家庭的幸福,这也是理所当然的。如果你认识了我的高贵的女友,你就会开始一段新的生活:她的美丽,她的慈祥使她值得全世界的崇拜。"维廉没有勇气说出,可惜他已经认识那美丽的伯爵夫人,而且他和她的那一段暂时的关系使他永久痛苦；他很满足，苔蕾丝不再继续讲了，她的事催促她回到家里去。现在剩下他一个人，他听了那年轻貌美的伯爵夫人也是不得不用慈善事业来补充她个人幸福的缺乏，心中不免感到非常悲哀；他觉得，在她这儿只是一种不得已的情怀，所以她自我消遣，用对他人幸福的希望来代替愉快的生活享受。他赞美苔蕾丝是幸福的，即使发生了意料不到的可怜的生活变动，她的内心也丝毫不变。他说："为了自己和命运谐和，并用不着把他从前整个的生活抛却，这样的人真是无比的幸福！"

苔蕾丝走到他屋里来，她请求原谅，她又来搅扰他了。"这里壁橱中的，"她说，"都是我的图书：这些书与其说是我所保存的，倒不如说是我还没有抛却的。吕迪亚想要一本宗教上的书，里边一定也会有一两本。那些整年在红尘里生活的人总想象他们在苦难的时刻必定要皈依宗教；他们把一切善和道德都看作一种药品，若是人们觉得不好的时候，就要逆着心意服用；他们认为一位牧师、一位说教者只是一个医生，人们恨不得赶快让他离开他们的家；我却愿意承认，我把道德理解成一种摄生术，我是让它成为生活的规律，我是整年不让它离开眼界，正因如此它才是摄生术。"

他们在这些书中寻找，得到几本所谓教化书籍。"向这些书里逃遁，"苔蕾丝说，"吕迪亚是跟我母亲学会的：在情人还忠实的时候，戏剧和小说是她的生活；他的远离立刻就使这些书又有了价值。我简直不明白，"她继续说，"人们怎么能够相信，上帝对我们说话要通过书籍和故事。宇宙若不是直接向谁展示出，它和他有什么关系，谁的心若不能告诉自己，他对他自己和旁人有什么责任，那么谁就不容易从书里得到什么东西,这些书本来只会给我们的错误命名。"

她把维廉一个人留在屋里,他检阅这小小的书库消磨了一晚;那诚然只是偶然集拢起来的一堆书。

维廉在她这里停留了几天,苔蕾丝总是一个样子,她按照不同的段落详详细细地向他述说她这段姻缘的下文。日子和时刻,场所和名字都历历如在眼前,这里我们只将我们读者必须知道的事扼要地说一说。

罗塔里欧迅速离去的理由可惜很容易说明:他曾经遇见苔蕾丝的母亲,那时她正在旅途中,她的娇媚吸引了他,她对他也不冷淡,于是这段不幸的、昙花一现的风流事便使他不能和一个天性好像与他相合的女子结合。苔蕾丝仍在做她的事,尽她的义务。听说,那时吕迪亚正秘密地居住在邻家。这段姻缘莫名其妙地没有结成她很愉快;她设法和罗塔里欧接近,他迎合她的愿望与其说是由于倾慕,不如说是由于绝望;与其说是出于深思熟虑,不如说是出于意外遭遇;与其说是出于有心,不如说是由于无聊。

苔蕾丝对此却很心安,她对他也没有更多的要求,即使他成了她的丈夫,说不定她也会有足够的勇气容忍这样一种关系存在,只要她的家庭秩序不遭到破坏;至少她常常表示,一个真正操持家政的妻子要能够考查她丈夫的每个小小的幻想,并且确信他随时可以回心转意。

苔蕾丝的母亲不久便把她的财产管理弄得乱七八糟,她的女儿不得不受牵连,因为她从她那里得到的很少;那位年老的太太,苔蕾丝的保护人,死了,那小小的封田和一些资本作为遗赠留给了她。苔蕾丝也能立即适应这狭小的范围,罗塔里欧要赠给她一块较好的田庄,雅诺当中间人:她谢绝了。她说："我要在小处表示,我值得和他分担大事;但是我要保留这种权利:如果因为我或是旁人的缘故,我偶然陷入窘境,我能不加考虑,直接逃到我的可敬的朋友那里去。"

没有什么比有目的的工作更无所隐蔽而又用得其所的了。她把她小小的田产刚刚略加安排,邻人们已经设法和她接近,向她问计,并且邻界田地的新主人毫不模糊地让她明白,只看她愿不愿意接受他的求婚,成为他大部分财产的继承人。她已经向维廉提到这种关系,现在只是借此机会拿一般婚姻和不相般配的婚姻跟他开开玩笑而已。

"世上供人谈论最多的,"她说,"就是忽然发生的一种人们能按其身份称作不门当户对的婚姻,可是这种婚姻比一般婚姻普通得多;因为多数的结合可惜经过短时间便显出很不愉快。只有不同的阶级通过婚姻结合在一起,才被称为门户不当的婚姻,就是一方面不能分担另一方面天生的,习以为常,几乎是成为必要的生活方式。不同的阶级有不同的生活方式,他们彼此既不能分享也不能混淆,这就是这类婚姻还是以不结为佳的原因;但例外和真正幸福的例外也是可能的。所以一个年轻的女孩和一个上年纪的人的婚姻永远是不愉快的,可是我也看见过得到好结果的。如果非要热热闹闹地为我办喜事的话,我只能认为这对我说是一种不般配的婚姻;我宁愿嫁给邻家任何一个正直佃户的儿子。"

维廉现在想要回去,他请求他新认识的女友,让他找机会和吕迪亚话别。那痴情的女孩让人说动了,他向她说了几句友好的话,她答道:"最初的痛苦我已经克制了,罗塔里欧对我将永远是可敬的;但是我对他的朋友们了解得很清楚,我所惋惜的,是他被包围了。阿贝能够为了一种妄想而把人们放在苦难中,甚至能把人推到深渊里去,医师喜欢将一切划一,雅诺没有感情,你呢——至少没有个性!你快走吧,你别做这三个人的工具让人利用了,他们还会交给你一些任务的。我早就知道,许久以来我在他们面前就是讨厌的了,我没有发现他们的秘密,但是我看得出他们是在隐瞒一种秘密。这些封起来的房间有什么用?还有这些奇怪的过道?为什么谁也不能到那大塔楼上去?为什么只要他们能办到,他们便常常把我驱逐到我的屋里?我承认,最早是嫉妒使我有了这个发现,我怕有一个幸福的情敌藏在什么地方。如今我再也不相信有情敌了,我确信罗塔里欧爱我,他待我诚恳,但是我也同样确信,他是被他那些机智而虚伪的朋友欺骗了。若是你愿意为他做些好事,若是你在我身上犯的罪可以得到宽恕,那么你就把他从这些人的手中解放出来吧,这就是我的希望!请你把这封信交给他,请你复述一下信中的内容:我将永远爱他,我相信他的话。""啊!"她立起来,抱着苔蕾丝的脖颈哭着叫道,"他被我的敌人们包围了,他们要设法说服他,说我没有为他做出丝毫牺牲,——啊!好人总愿意听人说,他做出任何牺牲都是值得的,用不着为此得到感谢。"

维廉和苔蕾丝的离别是比较愉快的,她希望不久再和他相见。"你了解了我的一切!"她说,"你总是让我一个人讲,下次该你讲了,礼尚往来呀。"

他在归途上有充足的时间,生动地在回忆中观察这个鲜明、爽朗的人物。她给了他一种什么样的信任啊!他想到迷娘和菲利克斯,孩子们在她看管下会变得如何幸福;接着他想到他自己,他觉得,能在一个很明朗、爽快的女子身旁生活,将会多么快乐。当他走近府邸时,塔楼和许多过道与两旁的厢房比往常更为触目:他打算,最近就找个机会和雅诺或阿贝谈谈这些事。

第 七 章

当维廉回到府邸时,他看见高贵的罗塔里欧正在逐渐痊愈,医生和阿贝都不在,只留下雅诺一人。短时之后,这痊愈的病人就又能骑马外出了,时而一个人,时而和他的朋友们一起。他的谈话严肃而恳切,他的闲谈含有教育意义而又使人愉快;虽然他设法隐藏,人们还是常常见到他有一种温柔的容易动感情的迹象,如果它违背他的意志显露出来,他好像也要加以否认。

一天晚上他在饭桌旁沉静无言,他虽然外表很活泼。

"你今天一定有一段风流的事,"最后雅诺说,"并且是一段愉快的事。"

"你怎么这样来看你的朋友!"罗塔里欧接口说,"是的,我碰到一段很愉快的风流的事。若是在另外一个时间,我也许会觉得不像这一回这样兴奋,因为我遇到这种场合是非常容易动感情的。向晚时,在河水的彼岸,我骑马穿过村落,那是我早年常走的熟路。我身体上的灾难使我变得比我所想象的还脆弱:我觉得软弱,可是觉得精力重新焕发了,就像又获得了新生。我看见一切东西都处在同样的光景中,正像我早年见到的一样;一切是这样可爱,这样优美,这样娇媚,我好久没有这样的感觉了。我觉得,这是身体的衰弱;但我觉得这种衰弱也很好,我可以轻盈地骑马外出,我完全了解了人们为什么能够爱好一种启发我们甜美感觉的病。你也许知道,当年是什么事常常引我走这条路?"

"如果我没有记错,"雅诺回答,"那是一段和一个佃户的女儿所结下的小小的情缘。"

"我们也可以说那是一件大事,"罗塔里欧答道,"因为我们二人那时很相爱,爱得很认真,也相当长久。今天大家偶然遇在一起,我们爱情的年代又生动地展现在我面前了。男孩子们又正从树上摇下金甲虫,桦树的叶子比起我初次见她的那天也并没有长出多少。可是我已经很久没有看见马格蕾特了,因为她嫁到很远的地方去了;我只是偶然听说,几星期前她带着她的孩子们回来看望她的父亲。"

"那么说起来这次出游也不完全是偶然的了?"

"我不否认,"罗塔里欧说,"我是希望在那里遇到她。当我离那住宅不远的时候,我看见她的父亲在门前坐着,一个约有一岁大的孩子立在他身边。我走近时,上边窗子里有一个妇人迅速地往外望,我向着门走来时,我听见有人跳着走下楼梯。我很有把握地想,那就是她了,我要承认,我当时还有些自我陶醉,我以为她认出来是我,才匆忙地迎着我走来。但是当她跳出门来,看着马向孩子走近,一把拉起孩子,就往家里走的时候,我是多么羞惭啊!那对我是一种不愉快的感觉,只是当我相信她走开时我在她颈间和露出的耳部看见一片红晕的时候,我的轻喜才得到了一点安慰。

"我站定了,和她的父亲谈话,同时向窗间斜视,看是否有时可以瞥见她:可是我看不到她的踪影。我也不愿意问,于是骑马过去了。我的烦恼有几分被惊讶给减轻了:因为我虽然几乎没有看见她的面庞,可是我觉得她可以说是毫无改变,然而十年究竟是一个长时间!说起来我觉得她更年轻了,仍然是窈窕,仍然是脚步轻盈,脖颈比从前显得更为细腻,她的双颊仍然是容易感受那可爱的红晕,可是她已经是六个孩子的母亲,也许比六个还多。这现象是这样适合于我周围的神魂飘荡的世界,于是我更怀着一种恢复青春的情绪骑马走去,在邻近的一座林旁转回来,这时太阳正在沉落。落下来的露水使我想起医生的规条,这时转回家去是最为得宜了,于是我又回到我的路上来,朝着佃户那边走去。我影影绰绰地看到一个女人在园中走来走去,这园子的四周是一道稀疏的篱笆。我骑马从小径走向篱边,我距离我所想望的那个人已经不远了。

"虽然落日在我的眼前,可是我看见她正在篱旁工作,那篱笆根本就遮不住她。我以为我认出了我旧日的爱人。我向着她走来,我站住了,心里不无感动。几条野玫瑰的高枝被轻风吹来吹去,她的形体我看不大清楚。我跟她攀谈,我问她生活怎样。她半吞半吐地回答我:蛮好。这时我看到一个孩子在篱后采摘花草,我就利用这机会问她,她其余的孩子们都在什么地方。'这不是我的孩子,'她说,'这还太早呢!'这时我正好能够透过树枝仔细观看她的面庞,我不知道,我对于这个现象应该说些什么。那是我的爱人,可是又不是。比我在十年前所认识的她,几乎更年轻,更美丽了。'难道说你不是佃家的女儿吗?'我半迷半惑地问她。'不是,'她说,'我是她的姨妈。'

"'但是你们彼此非常相似。'我回答。

"'每个十年前认识她的人都这样说。'

"我继续问她各样的事体,我的错误我虽然已经发现了,可是我觉得愉快。在我面前立着旧日幸福的生动的图像,我舍不得离开。这时那孩子离开她,跑到水池边寻找花朵去了。她立刻跟我告别,朝孩子背影跑了过去。

"但我在这中间听说,我旧日的爱人真是在她父亲家中,我骑着马在路上不住地猜度,在马前保护那孩子的女子是她本人呢,还是她的姨妈。我心里把这整个的故事重复了许多遍,我觉得很难有什么事能比这更使我愉快。但是我觉得,我还在病着,我们需要请医生把我们从这种情调的残余中解脱出来。"

在亲切地倾吐优美的爱情事件时,常常像是叙说鬼怪故事一般:只要说起一段故事,其他的便自然而然地涌来。

我们这个小团体在回忆过去的岁月中得到许多这样的材料。罗塔里欧说得最多。雅诺的故事都带有自己的个性,维廉所必须告白的,我们已经知道了。这时他怕人让他回忆他和伯爵夫人的情事;可是没有人想到她,就是连一点边也没涉及。

"千真万确,"罗塔里欧说,"我们的心在一段平静的休息之后,又重新为一个新对象的爱情而展开,这是人间最愉快的感觉。但是如果命运当初要使我和苔蕾丝能结为伴侣,我就愿意为了我的生活放弃这种幸福。人不能永远是青年,也不应该永远是孩子。对于一个认识这个世界,知道在这世界里必须做些什么事,知道能希望从这个世界得到些什么的男子来说,最迫切的愿望便是寻找一位夫人,而这夫人则要能够处处与他合作,为他预备一切,她的工作所承担的正是他不得不放下的事,当他的经营只能向着一条直路前进时,她的经营却朝着各个方面发展。我在苔蕾丝身上曾经梦想过怎样一个天堂！不是一种热狂的幸福的天堂,而是地上一种安定生活的天堂:幸福时有秩序,不幸时有勇气,为最小的事情操心,还有一个能把握住最伟大的东西,而又能让它离去的灵魂。啊！在她身上我甚而看到了这样一些天性,可以说,当我们在历史中看到比一切男子都优秀得多的妇女时,我们对她的这些天性的发展真是感到不胜惊奇:这样的通达事理！对种种情况这样的应付自如,对每件事这样的成竹在胸,因此一切都永久是井井有条,好像她们什么时候也没有想到这一切一样。你大半能够,"他微笑着转向维廉,继续说,"原谅我,若是苔蕾丝诱我舍开奥莱丽亚;和苔蕾丝在一起我能希望过上快乐的生活,在奥莱丽亚那里就是一个幸福的时刻也不能想。"

"我不否认,"维廉回答,"我是心里对你怀着很大的愤恨到这里来的,而且我已经打算好了,要很严厉地责备你对奥莱丽亚的态度。"

"也真值得责备,"罗塔里欧说,"我本不该把我对她的友谊换成爱的情绪,我本不该用她既不能激发也不能承受的爱慕代替她值得尊敬的地位。啊！她爱的时候也不使人感到亲切,这是一个女子的最大的不幸。"

"所以,"维廉答道,"我们不能永久躲避责难,也不能否认,我们的信念和行为有时会很奇怪地被诱导离开它自然而良好的方向;但是我们绝对不应该把一定的义务置之度外。女友的骨灰在温情脉脉地安息着！我们要既不非难自己,也不谴责她,而要满怀同情地在她墓上散些花朵。但是在那不幸的母亲安息着的墓旁,请你允许我问一问,你为什么不照顾那孩子？为什么不照料这个能惹人人喜爱的,而你却好像完全忽略不问的儿子？你有纯洁温柔的情感,你怎么能够完全否认一个父亲的心呢？我住了这么长时间你对那宝贵的小生物连一个字都没有提,关于他的娇美我们有许多话可以说。"

"你说的是谁?"罗塔里欧回问,"我不懂得你说的话。"

"除掉你的儿子,奥莱丽亚的儿子,还会说谁呢？那美丽的孩子,关于他的幸福无所缺乏,只缺乏一个温柔的父亲来照顾他。"

"你错了,我的朋友,"罗塔里欧说,"奥莱丽亚没有儿子,至少不是我的,我本来就不知道这个小孩,不然我会很高兴照顾他的;但在现在的境况中我也愿意把这小生物看作她的遗孤来教养。她能拿出什么证据来证明那男孩是属于她的,那男孩是属于我的吗?"

"没有,我也记不起来,我记得听到过她一句特别强调的话,那时我就这样断定了,对此我从来没有怀疑过。"

"我能够,"雅诺忽然插话,"在这上边给一些说明。一个老女人,她你过去肯定常常见到过,把这孩子送给奥莱丽亚,她热情地接受了他,她希望由于有这孩子在而减轻一些苦恼;他也给了她一些快乐的时刻。"

由于这个揭发维廉变得很不安了,他极其热烈地思念那善良的迷娘以及漂亮的菲利克斯,他希望这两个孩子能脱离他们现在的处境。

"我们要赶快把这件事办妥,"罗塔里欧答道,"那个奇异的女孩我们交给苔蕾丝,由她抚养这个女孩是再好不过的了;至于那男孩,我想,你应该自己接收过来:因为女人们在我们身上未能感化的部分,每每由孩子们在和我们相处的过程中完成。"

"总之我想,"雅诺说,"你索性和剧场断念吧,你简直就没有戏剧的才能。"

维廉很狼狈,他必须打起精神,因为雅诺强硬的语言很伤害他的自尊心。"如果你让我确信这事,"他勉强带着笑容回答,"你就得为我办一件事,虽然一旦有人把我们从美梦里摇醒,那只是一件悲哀的事。"

"不要往下多说了,"雅诺回答,"我只想催促你先把孩子们接来,其余的事自然就会明白。"

"我准备去,"维廉回答,"我的心情很不宁静,我很想知道,关于那男孩的命运我是否能够再知道得详细一些;我想再见见那个女孩,她有很多特点和我相近。"

大家一致认为他应该很快就动身。

第二天他一切都预备好了,马也加上了鞍,只是他还要和罗塔里欧告别。饭时到了,大家和平素一样坐在桌旁,并不等候主人;他很晚才到,他跟他们坐在一起。

"我敢打赌,"雅诺说,"今天你又让你温柔的心受了试炼,你不能抵制同你旧日爱人重逢的欲望。"

"猜中了!"罗塔里欧回答。

"请让我们听一听,"雅诺说,"过程是怎样?我非常好奇。"

"我不否认,"罗塔里欧回答,"那段风流事过分地挂在我的心上,所以我才决定,再骑马去一次,实实在在地看看那个人,那人比从前更为年轻的相貌曾经使我心中产生一个令人愉快的幻影。离那家还有些距离我就下了马,叫人把马拉到一边,为的是不搅扰在门前游戏的儿童。我走进这家,她忽然朝我走来,因为这是她本人,虽然有很大的改变,我还认识她。

她更强壮了，好像长高了一些；她的优美透露出一种冷静沉着的天性，她的活泼却已变为一种寂静的沉思。她的头在当年是那样轻盈自由，现在却有一些下垂，在她的额上添了几条浅浅的皱纹。

"当她看见我时，她的目光低垂，但是没有红晕表示一种内心的感动。我递给她手，她也把她的手递给我；我问她的丈夫，她说他现在不在；问她的孩子们，她走到门前，叫他们过来；孩子们都跑来围绕着她。人世间没有比看见一个母亲怀抱着一个孩子更可爱的了，也没有比一个母亲在许多孩子中间更崇高的了。我问这些小孩的名字，只为的是找些话说，她请我进来等候她的父亲。我答应了；她领我到屋中，我看见一切都几乎还处在旧日地位上，——真奇怪！那美丽的姨妈，她的化身，坐在织机后跟从前一样的小凳上，我从前常看见我的爱人也正是这样的姿态。一个和母亲完全相像的小女孩在后边跟随我们，于是我就置身在最离奇的境况中，在过去和将来的中间，像是在一座橘林内，在一个小的范围里花和果实层层叠叠地并列着生存。姨母走出去取茶水，我把手递给那当年我深爱过的人儿，对她说：'又见到你，我真高兴。'——'你很好，向我说这些话，'她回答，'我向你保证，我也有一种说不出的喜悦。我多么希望在我有生之年再见到你一次！我在那些悲恸欲绝的时刻曾经有过这样的愿望。'她用一种有节制的不动感情的声音说，但现出那种当年使我对她兴奋的雍容自若的态度。姨母回来了，还有她的父亲，——现在我让你们去想吧，我是怀着怎样的心情停留在那里，又是怀着怎样的心情走开的。"

第 八 章

维廉在往城里去的路上心里想着那几个他所认识、他所听到的高贵的女性,她们很少含有快乐的、奇异的运命使他感到切身的痛苦。"啊!"他说,"可怜的马利亚娜! 关于你,我还必须知道些什么呢? 还有你,美丽的女英雄,崇高的护身神,我欠你这么多的情,我处处希望遇见你,可惜什么地方也找不到你,如果一旦我再遇见你,我会在多么悲伤的境况中和你相会呀!"

在城里,他的熟人没有一个人在家;他跑到戏院,他以为他们正在排演;一切寂静,房子好像是空的,可是他看见一扇窗子开着。当他走上舞台时,他见到奥莱丽亚的老女仆正在用麻布缝一件新的舞台布景;只有这么多的光照进来,刚刚够照着她做工作。菲利克斯和迷娘在她身旁,坐在地上,二人捧着一本书,迷娘高声朗读,菲利克斯把各个字都随声说出,好像他也懂得诵读。

孩子们跳起来,向来人行礼;他极温柔地拥抱他们,领他们走近那老妪。他郑重地对她说:"把这孩子带给奥莱丽亚的,就是你吗?"她仍在工作,抬起头来面向他,他看见光亮正照着她的脸,吓了一跳,倒退了几步:这正是那年老的巴尔巴拉。

"马利亚娜在哪里?"他叫了出来。——"离这里很远。"老人回答。

"可是菲利克斯？……"

"他是那个不幸的，只会太温柔地去爱的女子的儿子。你绝感觉不到，你把我们害到了什么地步，我给你送来的这个宝贝会使你很幸福，正像他使我们不幸那样。"

她站起来要走开，维廉拉住她。"我并不想躲开你，"她说，"请你让我去取一件文件，这会使你欢喜，使你悲痛。"她走开了，维廉怀着一种恐惧的快乐看这男孩，他还不能承认这孩子是他的。"他是你的！"迷娘喊道，"他是你的！"她推这孩子，让他靠紧维廉的膝盖。

老女仆来了，递给他一封信。"这是马利亚娜的遗言。"她说。

"她死了！"他叫道。

"死了！"老女仆说，"但是我不想责怪你！"

维廉惊奇而恍惚地拆开那封信；但是他几乎还没有读完头几句，一种极度的痛苦便揪住了他的心，信从他手中落下，他倒在草凳上，躺在那里一动不动地待了一些时候。迷娘从旁慰解他。这时菲利克斯拾起来，一直纠缠他的游伴，直到她依从他的请求，跪在维廉身旁念信给他听。菲利克斯重复信中的字句，维廉不得不听两遍："不管什么时候，只要这张纸到你手中，你就该悼惜你不幸的爱人，是你的爱致她于死亡。这个男孩是你的，他诞生后我只活了几天；我死也对你忠实，不管那些皮相之谈怎样说得和我相反；我的心和你在一起。我丢掉了尘世间足以维系我的一切。我死得满意，因为人们向我担保，这孩子是健康的，会活下去。你听那年老的巴尔巴拉讲一讲吧，原谅她，好好生活，不要忘记我！"

一封多么痛苦然而也有所安慰的，一半带着谜团的信！

这信的内容由于两个孩子结结巴巴读了又读的,他才真正感觉到。

"现在你懂得了!"老女仆不等他喘过气来便说,"你要感谢上天,他在你失去一个这样好的女子之后,还给你留下一个这样出众的孩子。如果你听到,那善良的女子是怎样直到最后还忠实于你,她变得怎样不幸,她为你牺牲了一切,你的痛苦将是无可比拟的。"

"让我同时来饮这杯哀苦与欢乐的酒吧!"维廉大声说,"你只要能让我确信,你只要能说服我,认为她是一个善良的女孩,她值得我尊重,值得我爱,然后你就能让我为了她那不可补救的死亡而承担痛苦了。"

"现在不是时候,"老女仆回答,"我有事要做,我也不愿意让人看见我们在一起。你不要告诉人说,菲利克斯是属于你的,对于我这一向的乔装打扮这剧团必定会大加责备。迷娘不会给我们泄露,她好,她不爱多说话。"

"我早就知道,我什么也没有说。"迷娘回答。——"你怎么会知道呢!"老女仆说。——"从哪里知道的?"维廉也插问。

"是那精灵告诉我的。"

"怎么说的? 在什么地方?"

"在那老人拉出刀子来的地洞里,有声音向我呼唤:'叫他的父亲!'那时我就想到了你。"

"到底是谁呼唤呢?"

"我不知道,是在心里、在头脑里,我那时怕得要死,我战栗,我祈祷,我就懂得了。"

维廉跟她拥抱了一下;然后把菲利克斯交给她,就走开了。他最后才看到，她比他离开她的时候苍白瘦削了许多。在熟人中他最先看见梅里纳太太；她和蔼地向他行礼。"啊！"她说，"你在我们这里可以得到你希望得到的一切！"

"这一点我很怀疑，"维廉说，"我也不期待这些。只请你承认，人们做好了一切准备，可以用不着我了。"

"你为什么要走开呢！"那位女友回答。

"可惜人们不能早一点体验到，一个人在世上是怎样无足轻重。我们总以为我们是怎样重要的角色！我们只想让我们的工作干得有声有色；我们想象，若是我们离开，一切的生活，营养，呼吸，都会停滞，可是那因而出现的缺口几乎还未被觉察到，它已经又很快地填补上了，那缺口甚至常常成为填补那些即使不是更好的也是更令人愉快的东西的场所。"

"可是我们朋友们的苦痛就不值得我们考虑吗？"

"我们的朋友们也做得对，他们很快就平静下来了，而且彼此说：'你现在在什么地方，你停留在什么地方，就尽你的所能去工作吧，要努力，要友爱，你要对现在感到愉快！'"

再仔细盘问，一切果不出维廉的猜测：歌剧布置好了，招引了全体观众的注意。维廉所充任的角色这时由雷欧提斯和霍拉旭来代替，这两个人博得了观众更热烈的喝彩，比他任何时候所能得到的还多。

雷欧提斯走进来，梅里纳太太叫道："你看这儿这个幸福的人，他不久就要变成一个资本家，上帝才知道他会变成什么！"维廉拥抱他，在他上衣上触到一块非常精致的手帕；他其余的衣履简单，可是一切都是最好的材料做的。

"你给我解开这谜团！"维廉大声说道。

"要了解这一切，还有充足的时间，"雷欧提斯回答，"我的跑来跑去终归得到了报酬，一位大商店的老板从我的活动、我的知识和交游中得到了收益，他给了我一部分回扣；当我要同时赚得女人们的信任时我也要有许多花费；因为那家有一个漂亮的侄女，我觉察到，如果我愿意的话，我不久就会成为一个地位显赫的人。"

"你大概还不知道，"梅里纳太太说，"这中间在我们当中也成就了一段婚事？赛罗真和那美丽的爱尔弥尔正式结婚了，因为父亲不肯允许他们那秘密的亲近。"

他们于是谈了些他不在时所发生的事，他看得出，就这团体的精神和意义而言，事实上他跟这团体早已分手了。

他焦躁不安地等候那老女仆，她曾经通知他，她要在深夜里专程来拜访。她要在大家都睡了的时候来，并且要求他把一切都准备得像一个最年轻的女子要潜身到一个恋人那里去一样。这时他把马利亚娜的遗书读了有一百遍，他怀着难以形容的兴奋读她亲手写的"忠实"这两个字，又不胜恐怖地读着那死亡的预告，她好像对死的接近毫无畏惧。

午夜过去了，半掩的门旁有一些声息，老女仆带着一个小篮走进来。"我应该，"她说，"向你这个人说说我们苦难的故事，可是我将看到的必定是你无动于衷地坐在一旁，你只为满足你的好奇心这样小心翼翼地期待我，你现在和从前一样，把自己包笼在你的冷酷的自私中，尽管我们的心都碎了。但是你看这里！我在你们那幸福的晚间就是这样取出香槟酒瓶，就是这样把三个杯子放在桌上，于是你就这样开始用些亲切的儿童故事来欺骗我们，催我们入眠，现在我却必须用些悲哀的真实让你明白，叫你警醒。"

维廉不知道他该说些什么才好，这时那老女仆真的让瓶塞进了出来,斟满了三杯酒。

"喝吧!"她很快地把她那杯起着泡沫的酒喝干了以后,喊道,"喝吧!趁酒气还没蒸发快喝!这第三杯应该为了纪念我不幸的女友,没有人喝,任它沫尽杯干。当时她举杯祝你幸福时,她的嘴唇有多么红,啊!现在是永远苍白,永远枯冷了!"

"巫婆!复仇的女鬼!"维廉跳起来,用拳头打着桌子大声说,"是什么恶鬼附在你的身上,把你赶到这里来的?你认为,马利亚娜的死和苦难的简单故事还不够使我苦恼,你还用这样阴惨的手段来加强我的苦痛,你把我看成什么人了?如果你的饕餮无厌是这样厉害,就是在死宴旁也非狂饮不可,那么你就一边喝,一边说吧!我向来嫌厌你,我只要一看见你是她的女伴,我就能想象到马利亚娜并不是清白无瑕的。"

"静一些,我的先生,"老女仆回答,"你不会使我失却常态。你还欠我们很多的情义,谁也不能听凭一个欠人情义的人以非礼相待。但是你是对的,就是我最简短的叙述对你已经是惩罚了。现在你就听一听马利亚娜为了永久是你的人,怎样奋斗和胜利的吧。"

"我的人?"维廉大声说,"你要开始说一篇什么童话吗?"

"不要打断我的话,"她插口说,"请你听我说,以后就随你的便,爱相信不相信吧,现在无论如何都是一样。你最后一天晚上是不是在我们那里见到一个纸条,把它拿走了?"

"那纸条,是在我已经把它拿走以后才发现的,它是被裹在围巾里,我是为了热烈的爱情把那围巾抓来装入衣袋的。"

"那纸上写了些什么?"

"一个烦恼的情人的期望,希望下一夜比昨天受到更好的招待;我也亲眼看见你们不曾失信于他,因为天亮之前他就早早地悄悄从你们家里走出去了。"

"你可能看见了他;但是在我们那里发生了什么事,马利亚娜是怎样悲哀地、我是怎样苦恼地度过这一夜的,你现在才会知道。我要实说,既不否认,也不遮饰,我曾劝说马利亚娜去爱一个叫诺尔贝格的人;她听从了,我可以说她是怀着反感服从我的。他有钱,他钟情于她,我希望他能永久不变。随后他就外出旅行去了,这时马利亚娜认识了你。我是多么地忍受不了啊!我要加以阻止!又不得不忍耐!'啊!'她有几次说道,'要是你对我的青春和我的纯真再爱惜四个星期的话,我就会找到我爱情的尊贵的对象,我值得他爱,我的爱情也就可以是心安理得地献给他,可我现在违背自己的意志出卖了灵魂。'她完全委身于她的情欲,我也不能问你是不是幸福。我对于她的理智有无限的威力,因为我知道用什么方法,满足她那些小的嗜好;可是我没有力量管住她的心,因为我为她做的事,我催动她去做的事,若是违背她的心意,她从来都不允许;她只是对于难以克制的穷困让步,可是穷困不久就非常紧迫了。她少年时什么也不缺乏,她的家庭由于遇到经济纠纷丧失了产业,这可怜的女孩已经习于各样的需要,在她小小的心中已经印入某种良好的生活原则,这些原则只是使她不安,并不能给她多少帮助。她在人世间连最少的练达都没有,按根本意义说她是天真无邪的;她不懂得,人们不付钱就能够买东西;她没有比欠人家钱更忐忑不安的了,她宁愿永久舍而不取,只有为了清还一些小笔的债务,她才不得不牺牲自己。"

"你当时就不能,"维廉气愤了,"把她解救出来吗?"

"啊,是呀,"老女仆回答,"对付饥饿和穷困,对付苦闷和

487

缺乏吗,我从来没有做过这方面的准备。"

"你这讨厌的媒婆!你就这样把那不幸的人牺牲了?你就这样为了你的喉咙,你无厌的饕餮把她断送了?"

"你最好还是平一平气,停止咒骂吧,"老女仆回答,"如果你要谩骂,你就走进你们朱门大户里去骂吧,在那里你会看到那些做母亲的怎样小心翼翼地为可爱的天使般的女儿选择最讨厌的男人,只要他最有钱就行。你看,那可怜的女儿在她运命的面前战栗,震颤,直到一个有经验的女友让她了解到,她结了婚便获得了将来随意支配自己的心和自己整个人的权利,她处处找不到安慰。"

"住嘴吧!"维廉喊道,"难道你相信一个罪过能够抵消另一个罪过吗?你说吧,不要多加注解!"

"那么你就听吧,不要责备我!马利亚娜违背我的意志成为你的人。这段风流,我至少没有什么可以谴责我自己。诺尔贝格回来了,他跑来看马利亚娜,她冷淡而懊丧地接待他,连一个亲吻都不给他。我用尽心机为她的态度辩解,我让他知道,有个神父曾经说动了她的良心,一个人只要还有良心,我们就应该尊重他。我劝慰他,他走了,我答应尽我的力量为他办。他有钱,粗率,可是他心地纯良,爱马利亚娜爱到了极点。他说他要忍耐,我也加紧工作,为的是不使对他的考验太过分。我和马利亚娜有些争论;我说服她,我甚而可以说是胁迫她给她的情人寄信,请他晚上来,我说她要不写这封信,我就抛弃她出走。你来了,不经意就把他的回条围在围巾里抓走。你的意外的出现给我们造成了一场恶剧。你刚刚走,苦恼就又重新发生:她起誓,她不能对你不忠实,她是这样钟情,这样沮丧忘形,我不由得从心底里同情起她来。最后我和她约定,就是这一晚我也要抚慰诺尔贝格,用各样的托词让他走开;我请她到床上去休息,可是她好像不信赖我;她穿着衣服,最后因为过分激动,也哭乏了,才和衣入睡。

"诺尔贝格来了,我想方设法拦住他,我用极暗淡的色彩向他叙述她良心上的痛苦,她的悔恨;他希望只看她一眼,我走到屋里,让她做好准备,他随我走进来,我们俩同时走到她的床前。她醒了,愤怒地跳起来,脱开我们的手臂;她起誓,请求,她祈求,胁迫,她斩钉截铁地说,她决不依从。她十分大意,自然流露出几句她的真情话,对这几句话那可怜的诺尔贝格是按宗教的意义来解释的。最后他离开她,她又自己关在屋里。我还留他在我那里待了许久,和他讲了讲她的境况,我告诉他,她有喜了,大家必须爱惜这可怜的女孩。他对自己的做父亲的身份感到很骄傲,他希望将来得到一个男孩,他非常高兴,她向他所要求的一切他都答应了,他还许诺说,他宁愿外出旅行一些时候,也不愿使他爱人不安,不愿让这种心情的波动加害于她。第二天清早,他怀着这样的心意从我那里悄悄地走了,你,我的先生,你以为你的情敌是非常荣宠,非常幸福,他的出现会使你感到沮丧,若是你执行守卫的职务,那么为了你的幸福没有比看一看他的内心更为需要的了。"

"你说的是真的吗?"维廉说。

"就像是我希望还使你沮丧那样真。"老女仆说。

"一定的,若是我能够真正生动地给你描画出我们第二天的情景,你定会感到沮丧。她如何活泼地醒来!她如何和蔼地叫我进来!她如何生动地感谢我!她如何亲切地抱我靠紧她的胸脯!她微笑着走到镜子前面说:'现在我又可以为了我自己,为了我的身体欢悦了,因为我又属于我,属于我惟一亲爱的朋友了。克服了困难,是多么甜美呀!遂了他的心愿,那是怎样一种天堂般的感觉!我怎样感谢你,你照料了我,你还有一次为了我的利益运用了你的聪明才智,我可怎么谢你呢!你帮助我吧,你想得出,怎样才能使我完全幸福!'

"我听从了她,我不愿意刺激她,我赞美她所抱的希望,她极娇媚地抚爱我。若是她一离开窗子,我就必须过去守望:因为你无论如何总要从窗下走过一次,我们至少会看见你;一整天就这样不安地过去了。夜里,在你天天来的时刻,我们等候你,想你一定会来。我留神听着楼梯,我觉得时间太慢了,我又走到她这里来。我惊讶地看见她穿着军官的服装,她的外表真是想不到的活泼动人。'今天我穿着男装出现,'她说,'难道不应该吗?我装扮得不好吗?我的爱人今天看见我应该和他第一次看见时一个样,我要温存地,怀着比那时更多的自由拥抱他:那时有一个重要的决断还没有使我获得自由,我现在比那时不更是他的人了吗?但是,'她沉思了一些时候,添加说,'我还没有完全成功,为了能配得上他,为了确实归他所有,我还必须拿出最大的勇气来;我必须把一切向他说明,坦白地讲出我的全部情况,随后我就完全看他是要我呢,还是驱逐我。我为他,也为我布置了这一幕;如果他的情感能将我驱逐,那么我就又完全属于我自己了,我将在我所承受的惩罚中寻找我的安慰,并且忍受命运所加之于我的一切。'

"我的先生,那可爱的女孩就怀抱着这些思想、这些希望在等候你;你没有来。啊!我应该怎样描述她等候你和希望见到你的情形呢?我现在又看见你在了,你曾怀着怎样的热情讲述那个男子,那时你还不曾体验过他的残酷!"

"好了，亲爱的巴尔巴拉，"维廉跳起身来抓住老女仆的手说道，"现在你的佯装作态，你的有准备的表演，该收场了！你漠不关心的、你平静的、你满足的声音泄露了你的真情。把马利亚娜还给我，她还活着，她在我们附近。你没有徒然挑选出这夜深而寂静的时刻来拜访我，你没有徒然用这段感动人的故事来说动我。她在什么地方？你把她藏在哪里了？只要你把她指给我，只要你把她交还我，我信你所说的一切，我就完全相信你所说的一切。我一眨眼就看见了她的影子，让我再把她抱在我的怀里吧！我要在她的面前跪下，我要请求她饶恕我，我要为她的战斗、为她战胜了她自己也战胜了你的胜利当面向她祝福，我要把我的菲利克斯给她带来。来吧！你把她藏在哪里了？不要让她，也不要让我更长久地在不安定日月中苦熬了！你最后的目的达到了。你把她隐藏在哪里了？来吧，让我用这盏灯光照着她！让我再见见她美好的面庞吧！"

他把老女仆从椅子上拉起来，她向他定睛凝视，泪珠从眼中迸出，一种巨大的痛苦揪住了她的心。"怎样一种不幸的错误，"她大声说道，"还让你有一瞬间的希望！——是的，我把她藏起来了，但是在地底下，再也没有阳光，再也不会有一支亲密的蜡烛照耀她美好的面庞。请你带着那可爱的菲利克斯到她的坟边，告诉他说：'这里躺着你的母亲，她是被你父亲害死的。'那个亲爱的心再也不为要与你相会的焦躁之情而跳动，她也不会在邻室中等候我的故事，或是我的童话的结局；那暗室收容了她，没有新郎跟到里面去，她也不能从那里迎着爱人走出来。"

她靠着椅子倒在地上，悲痛地哭泣；维廉第一次完全信以为真,马利亚娜死了,他非常悲哀。老女仆立起身来。"此外我也没有什么向你说的了,"她说着,把一个包裹掷在桌上。"这里这些信件会完全使你对你的残忍感到羞愧;如果你能够,你就眼睛不含泪把这些信从头到尾读一遍吧。"她轻轻移步走去,这一夜维廉却没有心情启开信囊;这信囊是他自己赠给马利亚娜的,他知道,她从他那里收到的每张短简,她都小心翼翼地保留在里边。次日清晨他才克制着自己,解开这束信,迎面落出许多纸条,都是他亲手用铅笔写的;这些纸条又给他唤回从他们快乐结识的第一天起直到他们残酷分离的最后一天的每一种情况。只是有一小束短简,那是寄给他的,并且从内容看来,是又被威纳退回来的,他阅读着,不无极沉痛的痛苦:

"我的信简没有一封能够送到你的手里,我的请求和祈求你都听不见;这些残酷的命令是你自己发出的吗?难道我永远不应该再跟你见面吗?我再试一次,我请求你:来,啊来呀!难道我永远不应该再跟你见面吗?我再试一次,我请求你:来,啊来呀!我不要求把持住你,只要我还能再跟你拥抱一次。"

"若是我平素坐在你的身旁,握住你的手,望着你的眼睛,满怀爱和信任的心向你说:'亲爱的,亲爱的好人!'你这样爱听,我必须这样频频地重复着说,现在我还重复一遍:'亲爱的,亲爱的好人!'你要好好的,和从前一样,你来,不要让我在苦恼中毁掉!"

"你以为我有罪,我也是有罪,但并不像你所想的那样。

来吧,好使我获得惟一的安慰,我要告诉你,以后你要我怎样我便怎样。"

"不只是为了我,也是为了你自己,我祈求你来。当你逃开我时,我感到你是忍受着难以忍受的痛苦;你来,让我们的分离少带些残酷!我也许从来不值得你爱,正像你把我推回到一种无边无际的苦难中的那一瞬间一样。"

"凭着一切神圣的事,凭着一切能够感动一个人心的事,我呼唤你!那是同一个灵魂相关的,那是同一个生命相连的,那是两条命,其中有一条对于你必定是永久贵重的。由于狐疑你将不相信那件事,可是我要在将死的时刻吐露出来:我在我心房底下怀着的孩子是你的。自从我爱上你,就是我的手也没有被旁人握过;啊,你的爱,你的正直,若是都成为我青春的伴侣,该有多好!"

"你不想听我说吗?那么说起来,我最后必定要哑口无言了,但是这些信笺不应该沦亡,如果那冥被已经盖住我的唇,如果你悔恨的声音再也不能到达我的耳边,也许这些信笺还能够向你诉说。我这悲哀的一生直到最后一瞬间,我感到惟一可以自慰的便是:我对你没有罪过,纵使我不能说我一概是没有罪过的。"

维廉读不下去了;他陷入了极度的痛苦之中,但是当雷欧提斯走进来时,他在他面前勉强隐瞒他的情感,他更为苦恼了。这人拿出来一袋金钱,数着,算计着,对维廉说:"世界上没有比这更美好的了，一个人正在发财的路上走着，什么也不能破坏他，或阻拦他，——世界上没有什么比这更美好的了。"维廉回想他的梦，微笑着；但是同时他也怀着悚惧想：在那个梦境中马利亚娜是为了去追随他死去的父亲而离开他，最后这两个人像是鬼魂一般围着花园浮动。

雷欧提斯唤醒他的沉思，领他到一座咖啡店里，立即有许多平素在剧院里喜欢看他戏的人把他围了起来；他们见到他都很高兴，但听说他要脱离舞台，又都不胜惋惜；他们非常明确而公正地谈论他和他的表演，谈论他的才能和他们的希望，致使维廉最后不无感动地说道："若是在几个月前，这种关怀会对我有无穷的价值！会怎样启发我，怎样使我快乐呀！我的感情也许不会这样完全离开舞台，我也许不会走得这么远，对群众这样绝望。"

"总之不应该失望到这样的地步，"一个老年人走出来说，"群众是广大的，真的理智和真的情感并不像人们所相信的那样稀少；只是艺术家为了他表现的艺术万不可要求一种绝对的赞美；因为正是那绝对的东西价值最小，可是相对的，先生们又不愿意。我知道，在生活里和在艺术中一样，如果人们应该做一些，表现一些事物，必须深思熟虑；但是如果已经做完了，成功了，人们就可以注意听取多数人的评论，然后稍加整理就能很快地从这许多评论中凑集成一个完整的批评；因为那些能够替我们省去这番工作的人，多半是保持静默的。"

"这他们就不应该，"维廉说，"我常听说，那些自己对于好的作品不发言的人却在抱怨和惋惜没有人发言。"

"那么我们今天要大声说了，"一个青年说，"你必须和我们会餐,我们要追叙一番我们一向对于你,和有些回对那善良的奥莱丽亚所欠的情分。"

维廉谢绝了这次邀请,他到梅里纳太太那里去了。为了那两个孩子,他要和她谈话,同时他想把他们从她那里接出来。

老女仆所说的秘密,他并没有遮掩得很好。当他又见到那美丽的菲利克斯时,他把这秘密泄露出来了。"啊,我的孩子!"他喊着,"我亲爱的孩子!"他抱起他来,让他贴在他的胸前。"爸爸! 你给我带来了什么?"那孩子说。迷娘注视这两个人,好像她要告诫他们不要泄露了秘密。

"这是怎样一个新现象?"梅里纳太太说。人们设法把孩子们拉开,维廉觉得对于那老女仆并不负有严守秘密的义务,就把这全局的关系都告诉他的女友了。梅里纳太太微笑着注视他。"啊! 那些轻信的男子!"她说,"只要有一些事跟他们沾边,人们就不难把这些事推在他们身上,但是他们将来也还是不左右顾盼一回,他们只知道看重他们从先用一种固执的热情的标记所标示的那些事。"她不能抑制,长叹了一声,若不是维廉这时完全视而不见,那么他就会对她表现出无法克制的爱慕之情。

他于是和她谈到这两个孩子,他说他想把菲利克斯留在他身边,把迷娘送到乡下去。梅里纳太太虽不愿意和这两个孩子立刻分开,可是觉得这个提议是好的,诚然是必要的。菲利克斯在她这里变野了,迷娘像需要一种新鲜空气和另样的关系,这孩子的病是不能靠休养治好的。

"你不要弄错了,"梅里纳太太继续说,"我轻率地表示了一些关于这男孩是否当真属于你的疑点。对于那老女仆自然没有什么可以信赖的;可是谁在为个人的利益编造假话时,一旦真的对他有利,也能够说一次真话。那老女仆也骗过奥莱丽亚,说菲利克斯是罗塔里欧的儿子,而我们女人有这种特性:即使我们已经不认识他们的母亲,或是从心里恨她们,我们也能真心爱我们爱人的孩子。"菲利克斯跳着走进来,她以一种异乎寻常的热情紧紧地抱住他。

维廉跑回家去,唤来那老女仆;她本来已经说好要来拜访他,可是要在黄昏之后。他懊恼地迎接她,对她说:"在世界上没有比专门说谎造谣更为可耻的了!你已经用说谎造谣种下了许多罪恶,现在,因为你的话能决断我终身的幸福,现在我很疑惑,我不敢把那男孩抱在我的怀里,若是没有这些疑雾,他归我所有,会使我非常幸福的。你这可耻的东西,我看着你,不能没有憎恨和鄙弃。"

"如果要我公正地说,"那老女仆答道,"你的态度我觉得不能忍受。他若不是你的儿子,那么他在世界上也是那最美丽最招人爱的孩子,若有人想要把他永久留在身边,那人会愿意花任何价钱把他买去。由你来照料他,不是很有价值的事吗?我由于为他操了那么多心,出了那么多力,就不能赚得我将来生活的一小笔赡养费吗?啊,你们无忧无虑的先生们,把正义真理说得天花乱坠;但是有一个可怜虫,就是她最少的一点需要也无人理会,她在穷困中见不到朋友,劝告,帮助,她必须受那些自私自利的人的压榨,而在暗地里受罪——关于这些事有很多可以说,如果你愿意听,如果你能够听。你读过马利亚娜的信吗?那都是她在那不幸的时候写的。我想和你接近,想把这些信送给你,但都没有办到;你那残忍的妹夫把你封锁得死死的,使一切的巧计和聪明都归无效,最后他用监狱来威吓我和马利亚娜时,我不得不放弃一切希望。信里的一切不和我所说的一致吗?诺尔贝格的信难道不能使这全部故事免除一切怀疑吗?"

"怎样一封信?"维廉问。

"在信袋里你没有见到吗?"老女仆回答。

"我还没有都读完。"

"请你把信袋拿来!一切都取决于这个证据。诺尔贝格不幸的字条制造出这悲哀的纠纷,但他手里写出的另外一页信却能解开这个结子,如果在这缕情丝上还有一些症结。"她从信袋里取出一张信纸,维廉认得那令人憎恨的手迹,他聚精会神地读:

"你告诉我说,女孩儿,你怎样能这样地对待我?我真不愿相信,女神本人能够把我变成长吁短叹的情人。你并没有张着双臂迎我跑来,你是退回去了;你这种态度,别人见了真会以为你是嫌厌我。我不得不和那年老的巴尔巴拉在一间屋里一只箱子上度过一夜,这是说得过去的吗?而我的亲爱的女孩只离我一两间屋子远!我对你说,这太蠢了!我允许给你一些考虑的时间,不立即督促你,可是我对于每一刻逝去的时间都要发狂的。凡我所知所能的不是都赠给你了吗?你还怀疑我的爱吗?你要什么?都告诉我吧!你什么也不会缺乏的。我要那位神父变盲变哑,因为是他把这套无聊的事装在你的头脑里了。你非得到这样一个人那里去吗?有许多这样的人,专会窥探青年男女。够了,我对你说,你必须有所改变,你一定要在几天内给我一个回话,因为我不久就又要走了,如果你不恢复和蔼亲爱的态度,你就再也见不到我了……"

那封信就是用这样的口气漫长地写下去的,它总是纠缠着这一点,使维廉感到痛苦的满足,还证明他从巴尔巴拉所听到的那段故事的真实。又一封信证明,马利亚娜后来也没有让步。看了这许多信,维廉不无深切的痛苦,他知道了这不幸的女孩死前的全部故事。

老女仆当时把那粗率的诺尔贝格一点点地劝得柔和了,她把马利亚娜的死亡报告给他,让他相信,菲利克斯好像是他的儿子;他也曾给她寄过几次钱,这钱她自己留了下来,因为她已经把教养这孩子的操劳硬塞给奥莱丽亚了,但是可惜这秘密的营生没有延续多久。诺尔贝格由于过着放荡的生活耗费了他财产中最大的一部分,他又重新演些爱情的故事,他对他第一个信以为真的儿子的慈心也变硬了。

一切都说得这样若有其事,并且遇合得这样巧妙,可是维廉还不敢享受做父亲的欢悦,他好像害怕这是一个恶魔给他送来的赠品。

"只有时间能够治疗你的多疑,"那老女仆猜透他的心情,说,"你姑且看这孩子是个旁人的孩子,可是你要更仔细地注意他,你看他的秉性,他的本质,他的才能,如果你不能渐渐地又认识出你自己来,那么你必定是没有好眼力。因为我向你说明,如果我是一个男人,也不会让人随便推给我一个孩子;但是这对于我们女人也是一种幸福,男子们在这些事件里不这样眼光锐利。"

按照这一切情形维廉和老女仆商妥:他自己把菲利克斯带走,她将迷娘送到苔蕾丝那里去,随后她再随意去消受他答应给她的那一小笔养老金。

他唤来迷娘,让她准备这种变动。——"麦斯特!"她说,"留我在你身边吧,是喜是忧在一起。"

他解释给她听,她现在成长起来了,他必须为她将来的教育做一些事。——"我已经受足教育了,"她回答,"为了爱和悲伤。"

他让她注意她的健康,她需要一个能干的医生不断地抚育和指导。——"人们为什么为我操心呢?"她说,"世上有那么多值得操心的事。"

他费了很多劲儿令她确信他现在不能把她带在身边,他要送她到那些他以后常常见到的人那里去,可是她好像一切都没有听见。"你不要我在你身边吗?"她说,"若是你送我到竖琴老人那里,也许会比较好些!这可怜的人是那样孤独。"

维廉设法让她明了,那老人已经安置好了。——"我每个时辰都在渴念他。"孩子回答。

"但是我没有注意到,"维廉说,"当他和我们在一起的时候,你就这样地喜爱他。"

"如果他醒着,我怕他;我就是不敢看他的眼睛,但若是他睡着了,我就愿意坐在他身旁,为他赶苍蝇,我看他怎么也看不够啊!他在可怕的时刻曾经帮助过我,没有人知道,我欠他什么情。我要是知道路,我早就跑到他那里去了。"

维廉详细地向她解释一切情形,他说:她是一个理性的孩子,这次她也要依从他的愿望。——"理性是残酷的,"她回答,"这颗心要好些。我愿意到你要我去的地方,可是要把你的菲利克斯留给我!"

说来说去她总是固执她的意见,维廉最后只好决定把这两个孩子都交给老女仆,一同送到苔蕾丝小姐那里去。他觉得这更为轻易了，这时他还总是怕把这美丽的菲利克斯当作自己的孩子据为己有。他把他抱在怀里绕来绕去；那孩子喜欢在镜子前边被举起来；维廉并没承认父子关系，可是也喜欢把他抱到镜子前面去寻索他和那孩子的相似点。若是一瞬间他真觉得有些相像，他就把那孩子贴在胸前；但是忽然又被那怕是受了骗的思想所苦，放下孩子，让他跑去。"啊！"他大声说，"我若真能把这无价的宝贝据为己有，而后这孩子又被人抢走，那么我就是一切人中最不幸的人了！"

孩子们走了，维廉要正式和剧院告别，这时他觉得，他和它早就分别了，只要一走便了。马利亚娜已经不在人世，他的两个护身神也都离远了，他的思想也跟着他们跑去。那美丽的男孩子浮荡在他的幻想中活像一个感人而缥缈的现象，他看见他拉着苔蕾丝的手跑过田野树林，在自由空气里傍着一个自由、爽快的女伴成长；自从他想到这孩子在她的抚养中以来，他觉得苔蕾丝更为可贵了。就是在戏园子里听戏，他也是微笑着怀念她；他几乎沉湎在她的音容笑貌中，一切的表演再也不能使他产生幻象了。

赛罗和梅里纳一知道他对于他从前的地位没有什么更多的要求，就对他非常客气。一部分观众希望看见他再登一次台；这对他说来简直是不可能的了，在剧团里恐怕除了梅里纳太太再也没有一个人愿意。

现在他真正和这位女友告别了，他很感动，说："但愿人们不这样不自量，不要随意对将来有什么许诺！就是最微小的一点他也不一定能实践，更不必说有意义的计划了。我一想起，在那不幸的夜里，我们被人抢劫了，病的病，受伤的受伤，共同挤在一座穷苦的酒馆里，我向你们大家许诺了些什么事,我就感到惭愧。那时的不幸怎样提高了我的勇气,我以为在我的善良的意志中找到了什么宝物!现在从这一切中一无所得,是毫无成就!我欠着无限的情离开你,而我侥幸的是人们再也不重视我的诺言,并且没有人曾经有一次因此提醒过我。"

"你不要苛责你自己,"梅里纳太太回答,"如果没有人认识,你为我们做了些什么事,我却是不会不承认的;如果我们那时没有你,我们的全局也许会完全是另外一个样子。关于我们的种种计划和我们的愿望:如果它们完成了,实现了,它们的面貌就绝对不相似了,我们觉得什么也没有做,什么也没有达到。"

"你友爱的解释,"维廉回答,"并不能安慰我的良心,我将觉得永久欠着你的情。"

"你欠我的情,大半也是可能的,"梅里纳太太回答,"只是不要像你所想的那样。我们亲口所作的诺言没有实现,我们把这看成一种耻辱。啊,我的朋友,一个好人当面总是答应得太多!他所诱导出来的信任,他所引起的爱慕,他所唤起的希望,都是无限的,他会不知不觉地变成一个永远欠人情的人。前途珍重!如果我们外部的情况在你的领导下真正有所成就,那么在我内心里由于你的分别就产生了一个不容易重新弥补的罅隙。"

维廉在他从城里起程之前,给威纳写了一封详细的信。他们虽然通过几次信,但是他们因为意见不一致,最后就停止写信了。现在维廉又和他逐渐接近;他立即要去做威纳希望他做的事,他能够说:"我离开剧院,去和一些人接近。和这些人的交往必定会在各种意义上把我引到一种纯洁而稳定的事业中去。"他问到他的财产,现在他觉得非常奇怪的是,他竟这样久没有顾到这件事。他并不知道,所有这样的人都是如此:每当他们专注内心的修养时,他们就会完全忽略外界的状况。维廉就是陷入了这种境况中,他好像现在第一次注意到他需要身外的资财,以便持久地从事他的工作。他怀着完全与第一次不同的心情走了;他的前程是远大的,他希望在他的道路上经历一些愉快的事。

第 九 章

当他回到罗塔里欧的庄院时,他看到一种大的变化。雅诺迎面走来,告诉他,那位外叔祖死了,罗塔里欧到那边去领受遗留下来的田产。"你来得真是时候,"他说,"正好帮帮我和阿贝的忙。罗塔里欧委托我们接洽购买四邻的大田产;这已经准备了很久,现在我们正好得到了钱和贷款。同时只有一件事值得考虑,就是一个外国的大公司也有意购买这些田产;如今我们直截了当地决定,和它共同做这笔生意,因为不然我们会毫无必要毫不合理地把价钱抬得很高。看来我们要和一个聪明的人建立联系了。现在我们要造计划作预算;也必须从经济上考虑,怎样划分这些田园,才能使每人都得到一块良好的产业。"于是,他便把那些契约摆在维廉面前,大家观看田野、牧场、庄院,虽然雅诺和阿贝都好像很精通这件事,可是维廉总希望苔蕾丝也能参加讨论。

他们用了许多天来做这些工作,维廉几乎就没有时间向朋友们诉说他的风流故事和他那半信半疑的父子关系,他们也冷淡而敷衍地对待他认为如此重要的事。

他注意到,他们在吃饭或是散步的时候,有时秘密谈话,忽而又中止了,转换了话题,由此至少可以看得出,他们要料理许多隐瞒着他的事。他想到吕迪亚所说的话,并且对它更为相信了,因为这府里的整整一面地方在他面前还总是不能接近的。他试图走向几座走廊,特别是走向他从外边认得清楚的古老塔楼的道路和进门,直到这时,都是徒然。

一天晚上雅诺对他说:"现在我们能够有把握地认你是我们自己的人了,因此,不更深一层引导你知道我们的秘密,也是不应该的。一个人刚一走到世界上来,就看重自己,他想要获得许多优点,并努力去尝试一切,这很好;一旦他的修养达到某一种程度,他置身于大众中学习着忘我,这对他很有好处,他学习着为了旁人生活,在一种承担义务的事业中忘却自己。这时他才学习着认识自己;因为行为自然会将我们和旁人比较。你不久就会知晓,一个什么样的小世界正在你的附近,在这小世界里你怎样已经被人认识了;明天早晨,在日出之前,你穿好衣服准备着吧!"

雅诺在约定的时刻来了,引导他穿过府里熟悉的和不熟悉的房屋,随后穿过几道走廊,他们最后走到一座古老的满镶着铁皮的大门前,雅诺敲了敲,门开了一个缝儿,正好一个人能够掩身进去。雅诺把维廉推进去,并不跟着他。维廉置身于一间阴暗而狭窄的暗室中,黑暗围绕着他,当他要往前走一步时,就碰到了阻碍。一个不完全生疏的声音向他叫:"走进来!"这时他才注意到他所置身于这空间的四壁只是挂着壁毡,从中闪烁着一点微弱的光。"走进来!"又叫了一次;他掀开壁毡,走进去了。

他于是置身于一个厅堂中,这个厅堂好像从前是一所祠堂;一个只有几层的台阶,原来是祭坛的所在,那里放了一张大桌子,蒙着一块绿毡,上边好像有一幅没有揭开的帷幔掩蔽着一张画图;两旁都是精工制作的柜橱,用精细的铁丝栏关锁,像是我们在图书馆里所常见到的一样,只是他看见里边放着的并不是书,而是许多纸卷。这厅堂里一个人也没有,上升的太阳穿过色彩斑斓的窗户正迎着维廉,殷勤地向他致意。

"你坐下!"一个声音好像从祭坛那里传来。维廉坐在一张靠着入口的板壁的小椅子上;全室中没有第二个座位,他只能在那里坐下,早晨的太阳已经照耀着他的脸;椅子是固定的,他只能用手挡着眼睛。

这时发生一种窸窣的声音,祭坛上的帷幔揭开了,在一个框内,显出一个空而阴暗的洞口。一个人穿着日常的衣服走出来,向他致意说:"你难道不认识我了吗?在你所要知道的旁的东西里,你就不想知道你祖父的艺术珍藏现在在什么地方吗?你就一点也想不起那幅那样使你感动的画吗?那病王子现在在什么地方憔悴受苦呢?"——维廉很容易地认出,他正是在那很有意义的夜里和他在旅馆中闲谈过的外乡人。"也许,"这人继续说,"关于命运和性格现在我们更能意见一致了。"

维廉正要回答,帷幔却又迅速地闭上了。"好离奇!"他自言自语,"偶然的事件会有一种关联吗!我们所称为命运的事,应该只是偶然吗?我祖父的珍藏到底在什么地方呢?在这严肃的时刻,这个人为什么要使我想到那件事?"

他没有时间想下去,因为帷幔又打开了,一个人立在他面前,他立刻就认出是同他和那快乐的剧团一起渡河的乡村牧师;他像阿贝,虽然他们并不是同一个人。这人以一种爽快的面孔和一种高贵的表情开始说:"为人师者的职责并不是警诫你莫入迷途,而是引导迷路的人,甚至让他在迷误中吃尽苦头,为师的贤明就表现在这里。谁善于品尝他的迷惑,谁就能长久地享用它,他为它欢喜就像是为了一种稀有的幸福;但是谁若是把它完全吸尽了,如果他不疯狂,他就必须学着认识它。"——帷幔又闭上了,维廉有充足的时间沉思。"这人说的是什么样的迷途呢?"他对他自己说,"是不是在我一生中都追逐着我的那个迷惑呢? 我在得不到修养的地方寻找修养,我幻想能够获得一种才能,可是我对于这种才能连最起码的禀赋也没有!"

帷幔更迅速地分开了,一个军官走出来,他一边走过去一边说:"你要学着认识那些叫人信得过的人!"帷幔闭住了,维廉用不着长时间去想,一看这军官就认出那是在伯爵的花园里拥抱过他的那个人,他当时的过错是使维廉把雅诺当作一个招兵的人。这人怎样到这里来的,他是谁,维廉觉得完全是一个谜团。——"既然这么多人关怀你,认识你生活的路径,知道你以后能够做什么事,他们为什么不更严格、更严肃地来引导你呢? 他们为什么帮助你更好地游戏,而不把你拉开?"

"不要和我们争辩!"一个声音说,"你被救了,你正走在达到目的的路上。在你所做的蠢事中你将无所悔,也无所希求,对于一个人不能有更幸福的运命了。"——帷幔两边分开,在这房间站立着丹麦国的老国王,全身甲胄。"我是你父亲的魂,"这图像说,"你要勇敢地决定,因为我对你的愿望已经满足了,比我所理解的还多。险阻的地带只能由曲径才能攀登而上,在平原上则有直路从这个地方到达那个地方。珍重吧,当你享受我为你预备好的东西时,你要思念着我!"

维廉非常感动,他相信他听见了父亲的声音,可是那也并不是,由于现况和回忆他变得内心十分纷乱。

他不能长久地思考,这时阿贝走出来了,走到绿桌的后边。"走过来!"他朝着他惊奇的朋友叫。他走过,登上台阶。在桌毡上放着一轴小纸卷。"这里是你的结业证书,"阿贝说,"请你铭记肺腑,它的内容很重要。"维廉接过来,打开读道:

结 业 证 书

艺术恒久,人生短促,评判难,机会易失。行易,思难;思而后行,则不便。凡开端皆兴高采烈,门槛乃期待之所。儿童善惊愕,印象主其一切,彼戏而学之,严肃出其不意,模仿天所赋,所应模仿者则不易认识。超物鲜遇,尤鲜被珍视。高处兴奋我辈,非阶梯也;山巅在望,我辈则愿游荡于平原。艺术能学习者只限于局部,艺术家则需其全体。若只识其半,则永远迷惑而多言;谁若据其全豹,则只愿工作,所谈者稀少,或以待将来。彼一知半解者无奥秘,无生力,其言论味若烤就之面包,只充一日之饥;但面粉不能播种,而粮种又不可磨粉。语言诚善矣,但非至善。至善非语言所能尽达。我辈行事,由于精神,此精神乃至崇高。行为只被精神所理解,而再行表现。苟其行也正,则无人知其所为;但不正则永为我辈所意识。只以空洞之教条行事者,为腐儒,为伪君子,为庸师。若彼辈者甚众,而乐于类聚。彼辈之饶舌阻弟子前进,其庸凡固执使最优秀者气馁。真艺术家之教言乃在启人心思;盖语言缺处,则事业代之。真弟子乃在从已知推未知,以近于师。

"够了!"阿贝说道,"其余的在适宜的时候再读。现在请你浏览那些橱柜。"

维廉向那边走去,读手卷上的标题。他惊奇地见到"罗塔里欧的学习时代""雅诺的学习时代",以及他自己的"学习时代",都在那边陈列着,排在许多旁的他所不认识的名字中间。

"我可以看一看这些手卷吗?"

"从此这个屋子对你就不保密了。"

"我可以提出一个问题吗?"

"不要顾虑! 如果这是一件在你心上,并且应该在你心上的事,你就能期望得到一个断然的回答。"

"那么好了! 你们奇异而智慧的人们,你们的目光侵入这么多的秘密,你们能够告诉我,菲利克斯是否真是我的儿子?"

"善哉此问!"阿贝欢喜得拍手叫道,"菲利克斯是你的儿子! 面对我们中间深怀着的至圣心,我发誓说:菲利克斯是你的儿子;按照本性来说,他故去的母亲不是配不上你。你从我们手中接受这可爱的孩子吧,你转过身来,你大胆地幸福地生活吧!"

维廉听见身后有些声响,他回转身来,看见一个儿童的面庞从进口处的壁毯中间狡猾地往外望:那是菲利克斯。那男孩在被看见的时候,立即嬉笑着隐藏起来了。"出来!"阿贝叫道。他跑着来了,他父亲迎着他,把他抱在怀里,贴在胸前。

"是的,我感到了,"他大声说,"你是我的!上天给我一个什么样的赏赐,我必须感谢我的朋友们!我的孩子,正好在这个时候你来,你是从什么地方来的?"

"你不要问,"阿贝说,"祝你幸福,年轻人!你的学习时代过去了;天性允许你卒业了。"

第　八　部

第 一 章

菲利克斯跳到花园里,维廉兴奋地跟随着他,美丽的早晨使大自然的一切都显得新鲜悦目,维廉享受着这最美好的时刻。在这自由灿烂的世界里,菲利克斯觉得一切都是新鲜的,这孩子翻来覆去、毫不疲倦地询问各样事物,对这一切他的父亲也并不特别熟识。最后他们和园丁聚在一起,那园丁给他们讲了许多植物的名称和用途;维廉用一种新的官能观看自然,孩子的好奇心、求知欲使他感觉到,过去他对于身外之物的趣味是如何薄弱,他所了解所知道的是如何少。今天,在他一生最愉快的一天里,好像他个人的教育也刚刚开始;在孩子要求他讲解的时候,他深深感到求学的必要。

雅诺和阿贝都没有露面;晚间他们带着一个外乡人来了。维廉惊讶地迎接他,他简直不敢相信自己的眼睛:那是威纳,威纳也同样踌躇一刹那才认出他。两人极亲切地拥抱,谁也不能隐瞒各自都觉得对方变了。威纳认为,他的朋友变得更高、更强壮、更挺拔了,他的本性更有修养,他的举止更为雍容了。——"我感到他有一点缺乏旧日的诚挚。"他添上一句。——"只要我们从刚一见面的惊奇恢复过来,诚挚也就会重新显现出来。"维廉说。

威纳却不能给维廉同样好的印象。这个好人似乎与其说是前进,毋宁说是后退了。他比以往瘦削得多,他的尖脸好像更尖,他的鼻子好像更长了,他的前额和脑顶的头发都脱落了,他的声音明亮、急躁,是在叫喊,他那塌进去的胸、凸出来的肩、苍白的双颊使人毫不怀疑,面前是一个操劳过度的忧郁病患者。

维廉十分谦虚,很有分寸地解释这个大变化,但是威纳却完全充满了友情的欢悦!"真的,"他大声说,"如果你对你的时间使用得很不得当,像我所猜想的,你一无所获,那么你便在这段时间内变成了一个能够而且必须为自己创造幸福的小人物;只是不要再浪游和闲逛了!你应该用这份身材为我赚来一个享有遗产、阔绰、美丽的女子。"——"你不能否认你的性格!"维廉微笑着回答,"长久的别离后,你刚一见到你的朋友,你就把他看成一种商品,看成一个你用来赚钱的投机的对象。"

雅诺和阿贝好像对这番认识毫不惊奇,让这两个朋友随心所欲地倾吐他们的过去和现在。威纳围着他的朋友转,反反复复地看,甚至把他弄得窘起来了。"不!不!"他大声说,"这样的事在我还没有发生过,可是我知道我没有误解。你的眼更深了,你的额更宽了,你的鼻子更文雅,你的口更温柔可爱了。你们瞧啊,他的仪表多么出众!一切都配搭得多么和谐!可是疏懒又是滋长得多快!相反,我这可怜的魔鬼,"——他在镜子里看他自己——"若是我这一向没有真正赚得许多钱,那么在我身上可以说是一无所有了。"

威纳没有接到维廉最后的一封信:他们的交易对象就是罗塔里欧决定与之共同置买田产的那家外国公司。威纳就是为了办这件事才到这里来的,他没有想到中途竟遇见了维廉。

领主裁判官来了，文件都摆在面前，威纳觉得这些计划是合宜的。"如果你表面上要对这年轻人表示好意，"他说，"那么你就要自己尽量使我们这部分不被缩减。我的朋友是否愿意接受这份田产，是否愿意把他财产的一部分用在这上边，全取决于他自己。"雅诺和阿贝担保不需要这种提醒。人们刚把这件事大致商妥，威纳就渴望打一盘洛木白牌，阿贝和雅诺也就立刻在那里坐下；晚间不玩牌他就不能活，这已经成了他的习惯。

饭后只剩下两个朋友的时候，他们很生动地谈论并相互打听他们想说想知道的事。维廉称赞他的处境，称颂他被收容在这么卓越的人们中间的幸福。威纳反倒摇了摇头说："但是，除了你亲眼看见的以外，你什么也不要相信！不止一个好意的朋友告诉过我说，你和一个年轻的花花公子在一起，给他招来些女戏子，帮助他把金钱荡尽，使他和他整个的亲属起了纷争。"——维廉回答："如果在我的戏剧生涯方面有人对我说些流言蜚语，我们是这样地被人误解，我会为我个人和那些善良的人感到懊丧的。我们的行为在人们眼前出现时都是零星的、互不关联的，而人们所看见的又只是其中最少的一部分，人们怎么能评断我们的行为呢？要知道，善与恶都是在暗地里发生的，而平淡无奇的现象则大都大白于天下。我们为他们把些男戏子和女戏子送到高出地面的舞台上，四方都燃起灯光，整部戏在几小时内便结束了，可是很少有人知道，他从中应该做些什么。"

接着又问起家里、少年时的朋友们和故乡的情形。威纳很简洁地叙述了所有已经变化了的、还存在的，和新发生的事。"家里的妇女们，"他说，"都很愉快幸福，绝不缺少钱花。

她们耗费时间的一半在修饰上边,其余的一半就是修饰好了让人家看。她们也都适如其分地节省。我的孩子们我预期会成为聪颖的少年。我想象得出,他们是怎样坐在那里,怎样写字,做算数,跑路,工作,嬉戏;尽可能早一点为每个孩子准备一种职业,至于关于我们财产的事,你见了会欢喜的。若是我们把这些田产料理就绪,你必须立刻一同回家去;因为从表面上看起来,你能够很有理性地从事人间的事业。你的新朋友们是值得赞美的,是他们把你引上了正路。我是一个痴情的魔鬼,我现在才觉察到,我是怎样爱你,因为我看你真是看不够,你的外表是这样的可爱,这样的和善。你现在的仪表比起你有一次送给你妹妹的那幅肖像真是迥然不同了,关于那张像在家里曾经引起过大的纷争。母亲和女儿觉得那年轻的先生最可爱,露在外面的脖子、半露的胸腔、大花的波浪式的发型、披肩的头发、圆帽子、短背心、颤动着的长裤,我却以为,这服装比起舞台上小丑的只差两指远。如今你可像一个人了;只是短少一条辫子,我请你把你的头发编成辫子,不然在路上会有人把你当作犹太人拦住,向你要入境税和保护费。”

这时菲利克斯走到屋里来了,当人们注意到他时,他已经倒在躺椅上睡着了。“这是哪儿来的一个小孩儿?”威纳问。此时此刻维廉没有勇气说真话,也没有兴致去向一个天生没有虔诚心的男子讲述一段永久暧昧不明的故事。

随后全体都到田庄上去进行勘察,以结束这桩交易。维廉始终不让菲利克斯离开他的身边,他为这孩子着想真的从心底里喜欢上眼前这片产业了。樱桃和莓子很快就要熟了,那孩子急切地希望尝到这些果实,这使他想起他的少年时代,想起父亲繁重的义务,父亲总要为他的孩子们准备、创造和保持这种享受。他是多么兴致勃勃地观察那些园圃和建筑啊！他是多么热烈地企图把那些忽略了的又重新整理，把那些颓毁了的又加以修造！他再也不像候鸟一般地观看世界了，他再也不把一座建筑看作一所草草搭起来的、人们还没有离开就已干枯的草亭。他所要布置的一切，应该迎着这个男孩生长，他所制造的一切，应该有几代的延续。就这个意义而言，他的学习时代终结了，带着做父亲的情绪他获得了一个公民的一切美德。他深深感到，他的欢悦是无可比拟的。"啊，那道德上不必要的严格！"他大声说，"因为自然会以它最可爱的方式把我们造成我们应做的人！啊，公民社会的要求多么奇异：是社会先迷惑我们，把我们引上错误的路，随后又要求我们比天然形成所要求的还多！可怜每一个教育的种类都把真正教育最有效的方法破坏了，它指给我们终点，而在这道路上我们并感觉不到幸福！"

虽然他在他的生活中已经看见了这么多的事，可是他仿佛由于细心观察了这个孩子才渐渐了解了人的天性。剧院正如人世一般，他觉得好像是一群掷出来的骰子，其中每个人从他的表面上看时而点数较大，时而点数较小，但归根结底，组合起来都是一个总数。现在可以说，就这孩子的内心而言，已经有一颗单独的骰子掷在他的面前，在骰子的各方面很清晰地刻着人性的价值和无价值。

孩子辨别事物的要求天天在增长。因为他有一次听到，物品都有名称，他也就要听听一切的名称，他绝对相信他父亲必定知道一切。孩子提出的问题常常使他大伤脑筋，同时也促使他去过问他平素很少加以注意的事物。要知晓万物的来源和结局的天生的冲动，在这男孩的身上也出现得早。当他问到风从何处来、火焰向哪里去时,父亲才真正感到自己知识面的狭窄;他想知道,一个人究竟能想得多么深远,对于什么事物他什么时候都能给自己和旁人进行解释或说明。孩子只要看见人们虐待生物,就表示气愤,这使父亲非常欢喜,这可以看作一种高贵心情的象征。使女杀死几只鸽子,那孩子便狠狠地打她。当他看见那男孩也毫无怜悯心肠地把青蛙打死、把蝴蝶按碎时,对人的天性的这种好意说明也就被破坏了。孩子的这种性情使他想到:确实有许多只要不带私心杂念观察别人便表现得十分公道的人。

认为男孩对他的生存有一种美好而真实的影响这种令人愉快的感觉,转瞬间便被扰乱了,维廉在短期内便注意到,实际上是男孩教育他,比他教男孩的地方多。他对孩子无所责备,他不能向孩子指出不是孩子自己所取的方向,甚至从前奥莱丽亚曾经屡加纠正的那些恶习,自从这女友死后,好像又恢复旧态。那孩子仍然是不随手关门,仍然不把他碟子里的东西吃干净,人们看见他直接从盘里拿菜,放着满杯的水不动而从瓶子里喝,他总是感到莫大的舒适。当他抱着一本书在屋角坐下,郑重地说:"我必须学习这有学问的东西!"虽然他很久时间都不能也不愿辨认字母,他确也十分可爱。

每当维廉考虑到,他直到现在为那孩子做的事还很少,他的能力也很薄弱,他心里就产生一种不安,这不安的重量简直等于他整个的幸福。"难道我们男子生下来就这么自私吗?"他自言自语,"除了我们以外,我们就不能够为另一个生命操心尽力吗?我同这男孩不是正走在我从前同迷娘所走过的路上吗?我教养那可爱的女孩,她在我面前我高兴,可是我同时最残忍地忽略了她。她那样需求教育,我为她的教育做了些什么呢？什么都没有！我让她顺其自然，在一个下流社会里她只能靠着一切的偶然发展；这男孩，在他对于你还不曾这般有价值之前，已经引起你的注意，你的心可曾命令过你，要在任何时候为他做一些最微小的事？你不能再浪费你自己的岁月和他人的岁月了；你要振作精神想一想，你必须为你和那两个善良的孩子做些什么事，是天性和爱慕使他们跟你紧紧地联系在一起。"

其实这段自语只是一个开端，这说明他已经想过，操心过，寻找过，选择过；他不能再踌躇，不加承认了。在屡屡徒然反复痛悼马利亚娜死亡之后，他清楚地认识到，他必须为这个男孩找一个母亲，而且觉得没有人比苔蕾丝更适于做这孩子的母亲。似乎这样的妻和伴侣才是惟一可以与之推心置腹、并将爱子托付照管的人。她对罗塔里欧的高贵的爱并没有使他产生疑虑。他们是由于一种离奇的命运永远分开了，苔蕾丝觉得自己无羁无绊，她谈到婚姻时虽然不很在意，但也认为这是理所当然的事。

他自己考虑了许久之后，才下决心尽他所能向她剖白自己。她应该了解他，同样，他也应该了解她，于是他开始把自己的历史从头至尾想了一遍；他觉得他的身世是这样的空洞无物，总的说来每段剖白都对他没有多少好处，他甚至不止一次地打算放弃这个计划。最后他决定把放在塔楼里记载他学习时代的手卷从雅诺那里要来；雅诺说："这正是好时机。"维廉得到了这份证书。

一个高贵的人有意识地站在一个地方让人家阐明他自己的情况，确实令人感到悚惧。一切的过渡时期都是危机，一种危机不就是病吗？一场病后，我们是多么不情愿走到镜子前面啊！我们虽然感觉痊愈了，可是我们看见的却只是过去病危时的反应。在这中间维廉做了足够的准备，环境已经清楚地向他表明，他的朋友们对他是不宽恕的，可是当他立即把这羊皮手卷打开时，他越往下读就越感到心安了。他看见他一生详细的身世都记载在这概括的描述文字中，既没有零碎的事件，也没有狭隘的情感扰乱他的目光，普遍的亲切的观察告诉他，这里并没有什么使他感到羞惭，他不过是第一次在他身外看见他的图像，不是像在镜子里看见一个第二个自己，而是像在一幅画像上看见一个另外的自己：虽然我们并不赞成所有的描述，但是，有一个思想聪颖的精神愿意理解我们，有一个大的智能愿意描述我们，结果是不仅我们过去的图像还存在，而且这本图像又能比我们自己存在的时间更长久，我们也是很高兴的。

阅读了这篇文稿，一切情况又都回到他的记忆里，于是要为苔蕾丝把他一生的身世写成一篇文章，他几乎觉得万分惭愧，因为面对她伟大的德行他举不出什么事来证明一种有目的的行动。在自述的文章里他写得非常详细，在他写给她的信里又写得非常简短；他请求跟她建立友谊，如果可能的话，就向她求爱；他向她求婚，请她迅速决断。

在一些内心的冲突之后，他要不要还跟他的朋友雅诺和阿贝商量商量这件重要的事呢？最后，他决定保持静默。他的决定是非常果断的，这事对他实在太重要了，以至他不愿意让这事屈服于那最理性最善良的人的判断；的确，他甚至特别小心，在下次邮递时亲自交付这封信。他有一种想法，就是总觉得他生活里的很多事他都是自由地在暗地里做的，但实际上他却是被人从旁观察，甚至被人牵着鼻子走，就像这本手卷里含含糊糊地描写的那样,很可能正是这样的思想给了他一种不愉快的感觉。如今他要至少是真诚地向苔蕾丝倾诉衷肠,而且他的命运是有负于她的决心和决断的,然而在这么重要的事情上他至少是躲避着他的看守人和监视人,他竟不觉得于心有愧。

第 二 章

那封信刚刚送走,罗塔里欧就回来了。人人都看见这件准备好了的重要事务已经商妥,不久便告结束,心里很欢喜,维廉也怀着热望期待着千丝万缕的线一部分重新结缔,一部分已被解开,他期待着自己的未来运命的定局。罗塔里欧极热诚地问候大家:他完全复元了,心情很愉快,他像一个男子汉,他知道,他应该做什么,而在他所要做的一切事务中,没有一件事在中途受到过阻碍。

维廉不能回答他殷切的问候。他不禁在心里对他自己说:"这人是苔蕾丝的朋友、爱人、未婚夫,你想挤进他的地位。难道你相信你会把这样的印象消灭或驱除吗?"——若不是那封信已经送走了,他也许不敢发这封信了。幸而骰子已经掷出去,苔蕾丝也许已经做出最后的决定了,只是由于两地相隔,那即将降的幸福还蒙着一层轻柔的面纱。是胜利,还是失败,不久必见分晓。他通过这一切观察设法安慰自己,可是他的心猛烈地跳动着,几乎像发烧一般。只有些微的注意力他能够用在这几乎与他全部财产的命运相关联的重要事务上。啊！人在痴情的瞬间,那围绕着他的一切,那属于他的一切,对他显得如何不关重要!

幸而罗塔里欧处理这事宽宏大度,威纳也轻快简便。威纳因为利欲熏心,对应该属于他乃至属于他朋友的那笔可观的财产抱有极大的希望。罗塔里欧那方面好像有些完全不同的看法。"我既不能为了一份财产欢喜,"他说,"也不能为了这财产的合法性欢喜。"

"那么,天呀!"威纳喊道,"我们这财产不够合法吗?"

"不完全!"罗塔里欧回答。

"我们不是付现钱吗?"

"很对!"罗塔里欧说,"我所要指责的,你也许以为是不必要的疑虑。没有一片产业我觉得是完全合法,完全纯洁的,除非把它应上缴的部分交纳给国家。"

"怎么?"威纳说,"那么你宁愿要我们自由买来的田产付税吗?"

"是的,"罗塔里欧回答,"要上一定数目的税:因为只有同等看待这种产业和其他一切产业才能使产业有充分的保障。现代有许多概念都发生了动摇,农夫认为贵族的产业没有他们自己的产业更有根据,主要理由是什么呢? 理由就是贵族无所担负,而把担负都加在他们的身上。"

"那我们的资本的利息将要成什么状态呢?"威纳问。

"绝不会比以前更坏,"罗塔里欧说,"如果国家要让我们按规定适当地纳税,废除这'封建戏法'而允许我们任意处理我们的田产,我们就不必把田产大批地掌管在我们手里,我们可以把田产平分给我们的子孙,让他们都去从事愉快而自由的工作,不是只留给他们一些已被削弱又受限制的特权,要想享受这种特权,除非永远唤出我们祖先的灵魂。男人们和女人们如果只用无拘束的眼光四下张望,而没有其他考虑,经过选择时而提拔一个高贵的女孩,时而提拔一个卓越的青年,他们就会更加幸福愉快。国家也会有更多,也许是最好的公民,而不会感到人手的缺乏。”

“我可以明确地告诉你,”威纳说,“我在一生中从来没想到过国家;我的缴租、纳税和保卫费只是按照古代传下来的习惯缴纳的。”

“那么我希望,”罗塔里欧说,“还是把你培养成好的爱国人士;只有在吃饭时才给孩子们食物的人是一个好父亲,同样,也只有那在一切的支出之上,把他所应缴纳给国家的款储蓄起来的人才是一个好公民。”

那些特殊的事务并没有因为他们进行一般性的讨论而中断,相反,是更加快了速度。当这些事务快要完成的时候,罗塔里欧对维廉说:“我必须送你到一个地方去,你在那里比在这里重要得多;我的妹妹让人请你尽快到她那里去,可怜的迷娘好像身体日见憔悴,大家认为,你在她面前也许能挽救这种苦难。我的妹妹还给我送来了这张便条,你可以从中了解到她把这事看得多么重要。”罗塔里欧递给他一个纸条。维廉听他说这番话时就感到非常为难,从这草率的铅笔笔迹上立即认出是伯爵夫人的手迹后,他简直不知道应该怎样回答了。

“你带着菲利克斯去,”罗塔里欧说,“好使孩子们彼此欢喜。最好你明天早晨就走,我的仆人们来时乘的我妹妹的那辆车还在这里,我给你马走一半路程,随后你再雇马前进。祝你此去平安,替我多多问候。同时请你对我妹妹说,我不久就去看她,而且她要准备接待几个客人。我们外叔祖的朋友齐普列尼侯爵正在前往这里的路上；他希望看到这位老人还健在，他们本打算共同回忆旧日的友情，愉快地谈论他们共同的艺术爱好。侯爵比我的外叔祖年轻得多，他所受的教育中最好的部分要感戴我的外叔祖，我们必须尽力弥补几分他将要遇到的失望，这最好要由一个较大的团体来做。"

罗塔里欧随即和阿贝走到他屋里去，雅诺事先已经骑马外出了；维廉跑到他的屋中，他没有与之能够诉说衷情的人，他不能仰仗任何人躲开他非常恐惧的一步。小斯来了，请维廉打好箱笼，因为他今夜就要装车，明天天一破晓便动身。维廉不知道该做什么；最后他说道："你只要先离开这一家，在路上你再考虑能做什么，必要时你就停留在半路上，打发一个使者送封信回来，信上写出你当面不敢说的话，随后事体要怎样就怎样变化吧。"虽然这样决定了，他还是度过了一个不眠之夜；只是当他一看见非常甜美地安睡着的菲利克斯时，他才得到一些快慰。"啊！"他说，"谁知道还有什么样的考验在等待着我，谁知道我铸下的错误还要怎样苦恼我，我对于将来的良好而有理性的计划又要遭受多少失败！但是，你宽厚或毫不容情的命运呀，请让我把我现在仅有的这个宝贝保持住吧！如果我自己最好的部分有可能在我面前被毁坏，如果这颗心可能从我的心上撕去，那么就分手吧，理智和理性！分手吧，每个谨慎和小心！消逝吧，生存的欲望！我们和禽兽不同的一切都丧失吧！如果命运不允许自愿结束他悲哀的岁月，那么，在永久破坏生命意义的死亡还没有将长夜带来之前，就让一个先来的疯狂除掉意识吧！"

他把男孩抱在他的怀里，吻他，紧紧贴近他，用热泪沾湿他的面颊。那孩子醒了；使父亲感触最深的，就是他明亮的眼睛和蔼的目光。他说："如果我把你引见给那美丽而不幸的伯爵夫人，如果她用被你父亲深深伤害的心胸紧贴你胸膛，我的面前将会出现怎样的一幕情景啊！我真担心，在她刚一与你接触便在心中唤醒她真实的或是想象的痛苦的时候，她大叫一声又把你推开！"

车夫不给他时间往下考虑或选择，他请他务必在天明以前上车；他于是把他的菲利克斯穿戴得暖暖的，清晨寒冷，但是爽快，那孩子生来还是第一次看见日出。菲利克斯见到太阳火样的光辉，和阳光增长的神速，不胜惊讶，无比欢悦，顺口做了些奇妙的解释，这一切都使父亲十分高兴，使父亲好像看到了自己的心，像在一个清亮平静的湖上一样，太阳就在这颗心的前面升腾浮动。

到了一座小城里，车夫解下马来，骑着回去了。维廉立即订下一间房，自己问自己，他应该住下呢，还是继续赶路。在犹豫不决中他把那张他直到现在没敢再看一眼的便条取了出来；便条上写着下边的字句："立即把你的青年朋友给我送来！迷娘最近两天更憔悴了。这事虽然如此悲哀，能认识他，我还是很高兴的。"

那最后的字句维廉在初次读时没有注意到。他对这句话很惊讶，他立即决定自己不去了。"怎么？"他说，"罗塔里欧知道我们的关系，他就没有向她说明我是谁吗？她不是怀着冷静的心情等候一个她不愿再看见的熟人，她是在等待一位生客，可是走进去的却是我！我看见她吓得向后退缩，我看见她脸红了！不，迎着这样一幕场景向前走，在我实在不可能。"马已经拉出去，系好；维廉决定卸下行囊，留在这里。他十分激动。他听见一个女孩走上楼来，那女孩是来通知他一切都已安排停当,这时他又迅速地想了想那使他不得不在这里停留的理由,无意中他的眼睛正停留在他手里的便条上。"为了上帝!"他说,"这是什么?这不是伯爵夫人的手迹,这是那女英雄的手迹!"

那女孩走进来,请他下来,随手先带着菲利克斯走了。"这是可能的吗?"他说,"这是真的吗?我应该做什么呢?停留,等待,挑明?还是赶快动身?赶快走,奔向一个新的环境?你是在到她那里去的路上,能够踌躇吗?今天晚上你能看见她,你情愿把自己关在狱里吗?那是她的笔迹,那一定是!这笔迹在呼唤你,她的车套好了,载你到她那里去;现在这谜团解开了:罗塔里欧有两个妹妹。他知道我和其中一个的关系,我欠另一个多少情,他是不晓得的。她也不知道,那个受伤的流浪人在她哥哥家中受到了破格的款待。她虽说不是救了这流浪者的命,却也是把他从伤痛中救了出来。"

菲利克斯在楼下车里摇来摇去,他呼唤:"爸爸,来呀!来呀!看那美丽的云,那美丽的色彩!"——"好的!我来了,"维廉跳下楼梯说道,"好孩子,你现在所赞赏的一切天上的现象,跟我所期待的景象相比简直不值一提。"

他坐在车里,所有的情形都涌向他的记忆里。"那么这位娜塔丽亚也是苔蕾丝的女友了!多好的发现,多好的希望,多好的前景啊!由于怕听人谈这个妹妹,我竟把另外一个妹妹的存在完全隐蔽起来了,这真是太稀奇了!"他喜滋滋地注视着他的菲利克斯,他希望这个男孩和他自己受到最好的接待。

天已傍晚,太阳落下去了,路不是最好的路,邮车缓慢地走着;菲利克斯睡着了,新的忧思和疑虑在我们朋友的胸中升起。"你是被什么样的幻境、什么样的奇想支配着!"他自言自语,"一种笔迹上靠不住的相似使你忽然心中有数了,并且使你趁机想出这最奇异的童话。"他又拿出便条,在这夕阳的余晖中他又以为认出了伯爵夫人的笔迹;他的眼睛不愿意在细节上再找到他的心忽然在全面告诉给他的东西。——"可是这几匹马就这样引你奔向那可怕的一幕!谁晓得它们会不会在几小时后又拉你回来?你要跟她单独相见该多好!但是她的丈夫也许在面前,也许男爵小姐在场!我将看见她已经变成了什么样子!我能直立在她面前吗?"

只有他走向他的女英雄的那一线希望,才使他不时透过这忧郁的想象看清前景。已经是夜里了,车子驶入一座院落停住了;一个仆人举着一盏蜡烛从一座光华灿烂的门洞里出来,走下宽大的台阶,直到车旁。"等候您很久了。"他说着把车门打开。维廉下了车,抱过那睡着的菲利克斯,第一个仆人对另一个举灯站在门内的仆人说:"引这位先生立刻到男爵小姐那里去。"

思绪闪电般穿过维廉的灵魂:"多么幸运啊!是预先安排的,还是偶然发生的,男爵小姐就在这里!我应该先看见她!伯爵夫人也许已经睡了!你们善良的人们,帮助我吧,让那最窘的时刻将将就就地过去吧!"

他走进屋里,置身于他从来没有到过的最严肃的、按照他的感觉是最神圣的处所。迎面便是一座炫耀的挂灯照着一个宽大而精雅的楼梯,这楼梯在转弯的地方分成两部分。大理石的雕像和半身像陈列在石台上或墙洞里;有几个雕像他觉得很熟。童年的印象永不消逝,就是最小的部分也不消逝。他认识一个文艺女神的雕像,那是他祖父的;他认识这个女神并不是根据她的形体和她的价值,而是根据一只修补了的胳膊和衣服上新添的几块地方。他好像是经历了一段童话。他觉得那孩子很沉,他在台阶上踟蹰不前,跪下来,好像要把孩子抱得舒适一些。他本来就需要休息一会儿。他几乎站不起来了。那照路的仆人要把孩子接过去,他又不肯把孩子交给他。随即,他走进前厅,他看见墙上挂着那幅他很熟识的憔悴的王子的画像,他更为惊奇了。他几乎没有时间去看那画,仆人督促他穿过几间屋子,来到一间内室。在一个灯伞的后边,为阴影所遮,坐着一个女人在读书。"啊,那就是她!"在这重要的时刻他对自己说。那孩子好像睡醒了,他放下他,想去接近那位女子,但是孩子又沉睡着倒下去,女人站起,迎着他走来。她是那女英雄!他不能自持,双膝跪下说道:"是她!"他握着她的手,怀有无限的喜悦吻着。孩子躺在他们二人中间的地毯上安静地睡着。

　　菲利克斯被抱到双人沙发上,娜塔丽亚坐在他旁边,维廉在一旁站着,她让他坐在沙发椅上。她递给他一些茶点,他没有接受,这时他只是一心一意去认定,那就是她,仔细地再看一看,确切地再认识认识她那被灯伞荫着的面庞。她谈起迷娘的一般病况,那孩子被一些奥秘的情绪弄得渐渐憔悴起来,她隐藏着她的神经过敏症,这个病症一旦发作,她那可怜的心常常要忍受一种剧烈而难熬的痉挛,致使她生命中最高的机能在不可臆测的心情激动时有时忽然停止活动,在这好孩子的胸中再也感觉不到健全的生命勃动的迹象。若是这可怕的痉挛过去了,自然的力量就又表现在激烈跳动的脉搏中,而且就像她发病时忍受着生命力的缺乏一样,现在生命力过强又使她十分不安。

维廉想起这样痉挛的一幕,娜塔丽亚提到医生。医生将要同他继续谈这件事,并且详细解释为什么现在把这孩子的朋友、这孩子的恩人叫来的理由。"你将会在她身上,"娜塔丽亚继续说,"见到一种离奇的改变,她好像一向讨厌女人的衣裳,现在她穿女人衣裳了。"

"这你是怎么办到的呢?"维廉问。

"如果说那是符合我们的愿望的,我们也只能感谢偶然。请你听我说说那是怎么发生的吧。你也许知道,我周围总有一群年轻的女孩子,当她们在我身边成长时,我总希望培养她们具有善良而正确的思想。她们从我口中听不到我自己不以为然的话,可是我无法阻止,也不愿阻止她们也从旁人口中听到一些世上流行的错误和偏见。如果她们问我这些事,我就尽可能找一个地方把那些生疏的、不正确的概念连接在一种正确的概念上,这样做即使对她们无益,可也无害。一些时候以来,我的女孩子们就从农家的孩子们口中听到一些关于天使、关于圣诞老人、关于基督的故事,这些神在某种时候都化身出现,赏赐好孩子,惩罚坏孩子。她们猜测,那一定都是人装扮的,我也从旁加强她们的这个看法,我没作任何解释,就决定利用这第一个机会让她们看一出这样的戏。正巧有一对品行端正的双生姐妹就要过生日;我向她们说好,这次有一个天使要给她们送来她们分所应得的小小的赠品。她们都非常紧张,期待这个人物出现。我选出迷娘扮演这个角色,在规定好的这天,她整整齐齐地穿上一件轻柔的白色的长衫。既不缺乏一束金带围着胸,头上也不短少一顶金冠。最初我要取消翅膀,可是给她化装的女人们坚持要有一对大的金色的羽翼,她们要在这上面显示一下她们的艺术水平。于是这个奇异的人物一手拿着一枝百合花,一手提着一个小篮子,走到这些女孩中间,连我见了都感到很惊奇。'天使来了!'我说。孩子们都倒退一步,最后她们喊道:'这是迷娘!'可是谁都不敢和这奇异的形象接近一些。

"'这里是你们的赠品。'她说着,把小篮子递过去。大家围绕着她,端详着她,抚摸她,盘问她。

"你是一个天使吗?'一个孩子问。

"'我愿意我是。'迷娘回答。

"'你为什么拿着一枝百合花?'

"'我的心应该这样纯洁坦白,我就幸福了。'

"'那翅膀是怎样的呢? 让我们看看。'

"'翅膀展开那就更美丽了,可是它还没有展开。'

"她就这样郑重回答每个天真而轻松的问题。当这小团体的好奇心已经满足,这形象所给人的印象渐渐不新鲜了的时候,我们要把她的衣服脱下来。她不让脱,拿起她的拨琴,坐在这个高高的书桌上,怀着意想不到的柔情唱起一支歌曲:

> 让我这样打扮,直到死亡,
> 不要脱去我的白衣裳!
> 我来自美好的大地
> 奔向那永世的家乡。
>
> 那里我享受片刻的静寂,
> 明朗的眼便立即睁开;
> 我留下净洁的外衣,
> 连同花环和腰带。

那些天上的群神，

他们不问是男是女，

也不用衣服与褶裙

裹着净化了的身体。

我一生虽然无忧无虑，

可是尝够了痛苦深沉；

痛苦使我老得太早——

再让我永葆青春！

"我立即决定，"娜塔丽亚继续说，"就让她穿着这衣裳，又按这样子给她做几件，就是她现在还穿在身上的。我觉得，她穿着这样的衣裳确有一种完全不同的风度。"

因为已经晚了，娜塔丽亚请这个新来的客人去休息；他只好恋恋不舍地离开了她。"她已结婚了，还是没有？"他私下思忖。常常有些声响，他怕是门开了，她的丈夫走进来。仆人带他到他的房里，等到他鼓起勇气，要问这种关系时，仆人却已走开了。不安使他有一些时不能入睡，他尽力把那女英雄的图像和他眼前新结识的女友的图像相比较。它们还不能互相融合；那女英雄的图像可以说是他自己创造的，这女友的图像却仿佛要改造他。

第 三 章

第二天早晨，一切还都寂静无声，他在这所房子里漫步着,四下观看。这是他从未见到过的,最纯洁、最美丽、最庄严的建筑艺术。他惊呼道:"真的艺术真像一个良好的社会呀:它促使我们愉快地认识尺度,而我们的内心就是按照这尺度和朝着这尺度的方向被教化出来的。"他祖父的那些雕刻立像和半身雕像所给他的印象,使人感到有一种说不出的愉快。他心怀一种热望,朝着憔悴王子的图像快步走去,他觉得那图画迄今依然生动感人。仆人给他打开几间其他的房间,他看见一个图书馆、一间博物标本室、一座物理馆。在这一切对象的前面,他觉得非常生疏。这时菲利克斯也醒了,跳着赶来;将要怎样、在什么时候收到苔蕾丝的信的想象使他很忧虑,他怕看到迷娘,也有些怕看到娜塔丽亚。当他把给苔蕾丝的信封好,勇敢而愉快地完全献身于一个非常高尚的人儿的那个时刻,跟他现在的景况相比又是怎样的不同啊。

娜塔丽亚叫人请他去吃早点。他走进一间屋子,屋里有几个衣着整洁的女孩子,好像都在十岁以下,她们大家在布置餐桌,同时有一个年纪较大的人拿进各种各样的饮料。

维廉专心一意地观看挂在长沙发上边墙壁上的一幅画像,他不能不把它看作娜塔丽亚的像,可是他又觉得有些地方不太像。娜塔丽亚走进来,相似点好像完全消逝了。使他感到安慰的是画像在胸前有个十字架徽章,而他在娜塔丽亚的胸前也看到一个同样的徽章。

"我观看了这幅图像,"他对她说,"我很奇怪,怎么一个画家能够同时画得这样真又这样假。这幅像,一般说来,的确很像你,可是那既不是你的面纹,也不是你的性格。"

"这真值得惊奇,"娜塔丽亚回答着,"竟是这样地相似;因为这完全不是我的像,这是一个姨母的像,她在当时的年龄上倒很像我,而我那时还只是一个孩子。这像是她大约在我现在这么大岁数的时候画的;最初看见,每个人都以为看见了我,你也许会认识这位优秀的人物。我有许多的地方要感激她。她体质太弱,也许是过分地关怀自己,同时还有一种道德上和宗教上的顾虑,这一切使她在世上无所成就,若是在另一种环境中她也许能够有所作为。她是一支光,这支光只照耀过少数朋友,特别是照耀过我。"

"那是可能的吗?"维廉沉吟了一瞬间,忽然各种各样的境界都聚集在他面前,他说道,"那是可能的吗?那美丽、高尚的美的心灵就是你的姨母?她那安详的自述我也读过。"

"你读过那个册子吗?"娜塔丽亚问。

"读过!"维廉回答,"以最大的同情读的,它对我的整个生命也不无影响。我愿意这样说,从这自述里我得到的最大的启发是不只是她自己的,还有她周围一切生存的纯洁、她独立的天性,凡是与高贵、亲爱的情调不和谐的事物她都不能接受。"

娜塔丽亚回答道:"那么你是比较公正的,的确我大半可以说,对待这种优美的天性,你比那些也曾经读过这部手稿的人要公平。每个受过教育的人都知道,他必须怎样跟他自己和别人身上的某些粗鲁做斗争,他的教育使他付出多少精力,可是在某种情况下他又是怎样只想到自己而忘记了他对不起别人的事情。善良的人们时常责怪自己行动不够温柔;可是,如果此刻有一个天性优美的人修养得太温柔、太讲良心,诚然也可以说,太斯文了,那么,这个世界对这样的人就似乎是不能容忍、不能宽恕了。虽然如此,这类人中除去我们这些内心有理想的人,都是不能模仿只能向往的模范典型。人们嘲笑荷兰女子的纯洁,但是,如果在苔蕾丝的家务中不是总有一个相似的观念浮现在她面前,我们的女友苔蕾丝会是现在这个样子吗?"

维廉大声说:"所以我发现苔蕾丝的女友,那位娜塔丽亚出现在我面前了,她怀有她那位崇高的长亲的心,那个娜塔丽亚从青少年起就是这样富有同情心,这样慈祥和蔼,这样乐善好施!只有从这样的家族中才能成长出具有这样天性的人!我忽然综观了你的祖先和你所生活的整个环境,我眼前展现了一幅多么光辉灿烂的前景。"

"是的!"娜塔丽亚回答,"从某种意义上说,你只能通过我们姨母的文章更好地了解我们;自然,她对我的爱使她说出了很多有关儿童的善良的话。当人们谈到儿童,人们从来不说具体的事,总是只讲儿童的希望。"

在这中间,维廉迅速地考虑到,他现在也知道了罗塔里欧的出身和少年时早期的情况;美丽的伯爵夫人出现在他面前时,还是个孩子,颈上挂着她姨母的珍珠项链;当她温柔亲爱的双唇向着他的双唇低就时,他也曾挨近这些珍珠;他设法用别的思想来排除这些美丽的回忆。他在脑海里又经历了一番与那文稿相结识的过程。他说:"那么我这是在可敬的外叔祖的家里啊!这不是一所住宅,而是一座庙宇,而你就是庄严的虔诚女教士,甚至是神的本身;我将要终生回忆昨天晚上的印象,当我走进屋来,这些少年时代早期的古老的艺术画面又都展现在我的面前。我回忆起迷娘歌中那些充满同情心的大理石像;但是这些大理石像在我面前并没有悲伤,它们以崇高的严肃注视着我,而且把我最早时期和当前这一瞬间紧紧地连接起来。在这儿陈列的这么多宝贵的艺术品间,我发现了我们古老的传家宝、我祖父的乐观生活,天性使我成为这位慈善老人的宠儿,我发现我这个不成才的人现在也在这儿。啊,上帝! 这是一种什么样的联系,这是一种什么样的聚合呀!"

那些少女渐渐地离开这个房间,忙她们的琐事去了。只有维廉和娜塔丽亚单独留在屋内,他必须把他最后想到的话向她解释得更清楚一些。他发现在陈列出的艺术品中有可珍视的一部分是属于他的祖父的,这个发现带来了一种广泛交往的快乐情调。正如他通过那篇手稿认识了这个家庭一样,同样,他现在似乎又处在他应继承的一部分遗产中了。现在他希望看看迷娘;女友请他再忍耐一段时间,等到把被邻村请去的医生再转回来的时候。人们不难想到,这就是我们已经认识的那个矮小的、忙碌的男人,也就是美的心灵的自述提到过的那个人。

维廉继续说:"因为我处于这个家庭范围之中,难道那篇文章所提到的阿贝,那个我在你哥哥家里经过最稀奇的意外事件之后又重新遇到的那个教士,就一定是一个奇异的、令人捉摸不定的人吗? 关于他你也许能给我做一些更详尽的说明吧?"

娜塔丽亚答道:"关于他是有好多话可说的;我知道最清楚的是他对我们的教育所给予的影响。那时,至少有一段时间,他确信,教育必须只能和爱好相结合,他现在怎么想,我不能说。他那时强调:'对于一个人最重要的是行动,若是没有禀赋,没有推动我们去从事的本能,我们就将一事无成。'他常常说:'人们承认,诗人是天生的,人们对一切艺术都承认这一点,人们必须这样承认,因为人的天性的作用几乎是不能从表面上加以模仿的;但是人们仔细观察它,就发现每个,甚至最微小的能力对我们来说都是天生的,而且绝没有靠不住的能力。只是我们表里不一,散漫的教育使人捉摸不定了,它不鼓舞本能而刺激欲望,它不去发展真正的禀赋,而是树立对某种目标的追求,而这种目标和他所致力的事物又常常是不一致的。那些在他们自己的道路上迷惑的孩子和少年,我觉得比那些正当地漫步于生疏的道路上的人更可爱。如果那些人,通过自己的或是通过别人的引导找到了正确的道路,这就是适合于他们天性的道路,那么他们就绝对不会再离开这条路,这些人排除了时时刻刻都有的危险,他们摆脱了外加的枷锁,而献身于绝对的自由。'"

维廉说:"这真奇怪,这位值得注意的人也参与了我的事,而且好像按照他的方式,虽然不是引导我走上迷途,至少也是有一段时间使我加重了我的错误。他和一些有关系的人几乎都嘲弄了我,他将来要如何对此负责,我必须耐心地等待着。"

"关于这个奇想,如果真是一个奇想的话,我是无所抱怨的,"娜塔丽亚说,"因为我在我的兄弟姊妹之中是经受这种教育结果最良好的一个。我也没看到我的哥哥罗塔里欧能够受到更美好的教育,大半只有我的好妹妹,伯爵夫人,受到了另外的待遇,也许人们有可能使她的天性变得更严肃,更坚强。我弟弟弗里德里希将要成为一个什么人,让人无法想象;我怕,他要成为这种教育试验的牺牲品。"

"你还有一个弟弟?"维廉问。

"是啊!"娜塔丽亚回答,"他有一种非常愉快、轻率的天性,因为我们没有拦阻他周游世界,所以我不知道他的这样松弛、浪漫的本质将会使他变成一个什么样的人。我有好久没有见到他了。惟一能安慰我的是,阿贝和我哥哥的那个团体随时通知我们,他在什么地方逗留,他在做些什么。"

维廉刚刚想既研究一下关于娜塔丽亚的这个矛盾的思想,也要求她说一说这个神秘的团体,医生走了进来,见面寒暄几句之后,立刻谈起迷娘的情况。

娜塔丽亚这时牵起菲利克斯的手,说她要带着他去看迷娘,预示给迷娘,她朋友即将出现。

医生现在和维廉单独留在房间里,医生说:"我要告诉你一些你几乎猜想不到的奇怪事情。娜塔丽亚给了我们机会,让我们较自由地谈论一些事情,这些事虽然是我通过她本人就能知道的,可是在她的面前不好这样自由地讨论。现在谈话的内容是这个孩子的奇特的天性,它几乎只是来自一个深刻的渴望;再见到她家乡的期望,向往你的期望,我的朋友,我几乎可以说,就是她惟一的人世尘念了;这两件事都只能在无穷的远方办到,这两个不能达到的对象深藏在这孤独的心灵深处。她的家乡可能是在米兰一带地方,幼小的时候她被一个走绳索卖艺的团体拐走,离开了她的双亲。人们不能从她那儿了解更详细的情况,一则因为她当时太小,不能准确地说出地方和人名,但特别是因为她起过誓,不对活人较详细地描述她的住所和出身。因为正是那些人遇到了迷途中的她,她对这些人非常详细地描述了她的住所,她非常迫切地请求他们领她回家,可是那些人也就正是因此更快地把她带走了。夜里在旅店中,他们以为孩子睡着了,便就这个好的虏获品大开玩笑,而且断言绝不让这孩子再找到回去的道路。这时这个可怜的孩子陷入了可怕的绝望境地,在绝望中圣母出现在她的面前,而且向她保证,她愿意接受她。于是这孩子独自一人发出了神圣的誓言,以后她不再相信任何人,不向任何人诉说她的历史,只愿意在一个上帝直接帮助的希望中生活和死去。甚至这一点,就是我在这儿向您诉说的这些,她都没有明确地向娜塔丽亚说过。我们高贵的女友只是从个别的谈话中、从歌曲里、从孩子考虑不周时暴露出来的她所讳而不言的东西综合出以上的情况。”

现在维廉能够讲解这个孩子的一些歌曲、一些言辞了。他最迫切地祈求他的朋友完全对他无所保留,把凡是他知道的有关这个孤独的孩子奇异的歌词和自述都告诉他。

“哦!”医生说,“请你准备听一个奇异的自述,一个故事,你对它无所回忆,但有许多的同情,这个故事,正如我所怕的,是决定这个善良的生命的死和生的关键。”

维廉回答:“请你让我听听,我实在是等得不耐烦了。”

医生说:“你还记得在《哈姆雷特》上演之后夜间那次一个神秘的女人的拜访吗?”

维廉惭愧地说:“是的,这事我记得很清楚,但是我认为,现在没有必要提起这件事。”

“你知道那是谁吗?”

“不知道!你这么说,我很吃惊!天晓得,那该不是迷娘吧?那是谁?请你告诉我吧!”

“我也不知道那是谁。”

“那么不是迷娘?”

“不是,绝对不是!但是迷娘正要悄悄地向你走去,可是她惊讶地从一个角落里看到一个情敌在她之前走到你的面前。”

"一个情敌!"维廉喊道,"请你说下去,你把我完全弄糊涂了。"

　　医生说:"你能够这么快由我这儿知道了这些结果,你也应当很高兴了。娜塔丽亚和我,我们只是较疏远地参与了这件事,可我们也真够苦恼的了,后来我们才这样清楚地了解到我们所要帮助的这个善良的孩子错综复杂的情况。是菲利娜和其他女孩子的轻浮谈话,是某一支小歌挑动了她的思绪,她变得非常兴奋,渴望在她所爱慕的人的身旁度过一夜,一心只想排除一切杂念,作一次亲密幸福的休息。对于你的爱恋,我的朋友,在这颗善良的心里已经活跃起来,而且是很剧烈的,在你的怀抱中这个孩子已经从某些痛苦中休息过来,她那时希望这幸福能无比圆满。时而她打算为这件事友好地去请求你,时而又因为产生一股秘密的恐怖而退缩了。最后是那个愉快的夜晚,是那痛饮葡萄酒的情调使她鼓足了勇气,去尝试这一冒险行为,就在那天夜里她偷偷地到你那儿去了。她老早就已经跑出去,为的是在没有关上门的房子里隐藏起来,可是,当她刚走上楼梯的时候,她听到一个响声,她藏了起来,看见一个穿白色衣服的女性潜入你的房间。随后不久你本人就来了,而且她听到推上那个大门闩的声音。

　　"迷娘感到一种无法想象的痛苦:一种强烈的不可遏止的嫉妒心理变成了一种模糊不清的无人知晓的情欲要求,强暴地袭击着这个半成熟的女性。她的心此前曾经为了渴望和期待快活地跳动过,这时忽然开始停歇,好像有一块沉重的铅块压住她的胸膛,她不能呼吸,她不知所措,她听到老人的竖琴声,便跑向他住的顶楼,这一夜她就是卧在他的脚下在可怕的痉挛中度过的。"

医生稍停片刻;见维廉沉静无语,他又继续说:"娜塔丽亚对我确切地说,在她一生中没有一件事比这个孩子述说她当时的情况更使她恐怖和感动;我们崇高的女友甚至谴责自己不该通过提问和引导把这段自述诱引出来,不该通过回忆把这善良女孩的活生生的痛苦如此残酷地重新唤醒。

"'这个可爱的女孩,'娜塔丽亚对我这样说,'几乎还没达到她的叙述的顶点,或者应当说她对我越问越深的问题几乎还没有回答,她就忽然扑倒到我的面前,手按着胸口,怨诉起那个可怕的夜晚又转回来的痛苦了。她像一条虫子似的在地面上辗转,我这时必须集中我的全力去想出我在这种情况下所知道的对精神和身体有用的方法来救护她。'"

"你使我陷入一个恐怖的境地,"维廉说,"因为你在我正要跟这个可爱的孩子重新见面的时候,让我清楚地感到我对待这个孩子的多方面的过失。如果我应当跟她见面,那你为什么夺去我的勇气,使我不能自由自在地走到她的面前?我可以向你直说,既然她的心情是这个样子,我的出现又会有什么帮助呢?如果你作为医生确信,那双重的渴望如此严重地毁损了她的天性,甚至威胁着生命的存亡,我又何必让我的出现重新引起她的痛苦,或者加速她末日的到来呢?"

医生回答说:"我的朋友!即使我们无能为力,我们也有责任使之缓和啊,并且一个爱慕的对象出现,会多么强地消除幻想力的破坏力,又会怎样使内心的渴望变成安静的观看,关于这一点我有最重要的例证。一切都要有尺度和目标!因为正是对象的出现能够又点燃行将熄灭的热爱。请你看看这个善良的孩子,请你举止友爱,让我们等等看,这会产生什么结果。"

就在这时,娜塔丽亚回来了,她要求维廉跟她去看迷娘。"她和菲利克斯相见好像感到很幸福,我希望,她能很好地接待你这位朋友。"维廉不无勉强地跟着她去看迷娘,他深切地受到方才听到的话的感动,他怕出现一个热情激发的场面。当他走进去时,情形却恰恰相反。

迷娘穿着长的白色的妇女服装,头上浓密的褐色头发一部分披散着,一部分扎了起来,她坐着,把菲利克斯抱在怀中,紧紧地把他贴在胸前抱着;看起来她完全像一个与世隔绝的精灵,这个男孩像是生命本身,这景象真仿佛天与地拥抱在一起。她微笑地向维廉伸出手来,说:"我感谢你,你把这孩子又给我带来了;天知道他们是怎样把他诱拐走了的,简直弄得我至今都活不下去了。只要我的心在世上还有什么需要的话,这个男孩就应该弥补这个缺陷。"

迷娘用以迎接她朋友的宁静心情使这次聚会十分令人满意。医生要求维廉常来看她,我们要使她既在身体方面也在精神方面保持平衡。他本人先离去,约定短期内再来。

维廉现在能够在娜塔丽亚的周围的人群中观察她了;人们似乎除去想在她身旁生活外,再也没有其他更好的愿望。在她的面前,少女们和不同年龄的少妇们都受到最纯洁的影响,这些人有一部分就住在她的家里,一部分是常来她家做客的邻人。

维廉有一次对她说:"你一生的活动大概总是始终如一的?因为你姨母对你儿童时期的描述,如果我没有弄错,好像现在还很适合。谈到你,人们都觉得,你从来没有迷惑过。你绝对没有被迫走过一步回头路。"

娜塔丽亚回答说:"这多亏我外叔祖和那位阿贝,他们善于恰如其分地评价我的特性。我到处看到人们的需要和感到一种要解决这些需要的难以克制的要求，根据回忆，我从少年时期起几乎从来没有得到过这样生动的印象。还不能独立行走的儿童，不能依靠他的亲人维持生活的老人，一个富有的家庭想望孩子的要求，一个贫穷的家庭没有养育他们子女的能力，每个想得到一个职业的默默企求，对一种才能的冲动，对于成百种微小的必要的本领的禀赋，我到处发现这些东西，好像我的眼睛天生就是干这个的。我看见了无人指点我去看的东西，我似乎也就是为了看见这些东西而出生的。没有生命的大自然的刺激，有很多的人对它特别敏感，它对我却没有影响，艺术的刺激对我简直谈不上什么影响；每当我看到人世间缺乏什么、需要什么时，立刻就要在精神上找到一个补充、一种方法、一项帮助，这过去是、现在仍然是我的最愉快的感受。

"我若是看见一个衣衫褴褛的穷人，我立刻就想到我所看到的挂在我家里人的衣柜里的多余的衣服；我若看到得不到关心、得不到照料的孩子们，我马上想到这位或者那位太太，我观察出她们在富有而且舒适中有些感到生活无聊；我若是看到许多人拥挤在一间窄小的房间里，那么我就想到，最好把他们安置在某些大宅院和高楼大厦中的大房间去住。抱这种态度去观看事物在我是完全自然的，根本不需要动脑筋想，甚至在儿童时期我就想在世界上做出最奇异的事来，并且不止一次地由于我最奇异的动议使人们陷入困窘中。还有一个特点，就是我能恰如其分地看待金钱，后来把它看作满足需要的一个手段；我的一切慈善行为都体现在馈赠物品上，我知道这常常被人嘲笑得够呛。只有阿贝好像对我有些了解，他到处迎合我，他使我熟识我自己，熟识这些愿望和爱好，而且他教导我有目的地去满足它们。"

维廉问道:"那么你在教育你那个小小的少女世界时也采取那些特异的男子的基本原则吗?你也让每个具有纯真天性的人自己去教育自己成人吗?你也让你的家人寻求和徘徊,做些错事,幸福地达到目的,或者不幸地误入迷途吗?"

"不是!"娜塔丽亚说,"这样去对待人们,是完全和我的见解相反的。谁在此刻不帮助人,我就觉得是从来不帮助人;谁在此刻不给人以忠告,我觉得就是从来不给人忠告。我觉得,宣布某些规则,让孩子们切记必须以坚强的意志来对待生活,是必要的。我甚至要主张:按照规章行事而犯了错误,比受天性的任意支配犯错误,要好一些;我看到的人们,我总觉得他们的天性里存在着缺陷,而这个缺陷只能通过一条断然宣布的法规加以弥补。"

"所以,你的行为方式,"维廉说,"完全和我们的那些朋友所观察的不同。"

"是呀!"娜塔丽亚回答说,"但你能由此看出那些男人的想象不到的宽容,他们也因为看到这正是我的道路,所以在我的道路上绝对不干扰我,而在我的一切愿望上逢迎我。"

娜塔丽亚向她周围的孩子们所做的一次冗长的报告,我们将另找机会来谈。

迷娘常常要求参加聚会,而且当她渐渐地又习惯于和维廉在一起时,她又对他表露胸怀了,并且总是显得更愉快更活泼。因为她很容易疲乏,在散步的时候她喜欢挎着他的胳膊。她说:"现在迷娘不再爬树跳高了,可是她还总向往在群山顶上散步,从一所房子跨到另一所房子,从一棵树迈到另一棵树上。就像值得称羡的鸟儿一样,尤其是在它们这样活跃和自信地建筑它们的鸟巢的时候。"

不久,迷娘经常邀请她的朋友到花园里来,便成了一种习惯。倘若这个朋友正在忙别的事,或是找不到他时,那么菲利克斯就必须代替他的地位,当这位好姑娘在某些时刻好像要离开世界的时候,那么她在其他人中仿佛又牢牢地注视着这父与子,好像和所有的人相比她更害怕和这两个人分离。

娜塔丽亚似乎在沉思。她说:"我们曾希望,你的到来,能使这颗可怜的好心再开朗起来;是否我们做对了,我不知道。"说到这里,她沉默了,好像期待着维廉说些什么。他也想起来,由于他和苔蕾丝的来往,迷娘在当场的情形下必定是非常难过;只是因为他毫无把握而没敢谈到这个情况,他没想到,娜塔丽亚向他道破了。

当他崇高的女友谈到她的妹妹,赞美她的特性和惋惜她的境遇时,他也同样不能自由自在地来聆听这段谈话。当娜塔丽亚告诉他,他不久将在此地见到伯爵夫人,他显得很尴尬。她说:"妹妹的丈夫现在没有其他的意思,他只想在那教社里代替死去的伯爵,通过检查和工作去支持和发展这个大的机构。他和她一起到我们这儿来,为的是向我们告别,他以后将要访问几个地方,那都是这个教社曾经居留过的地方。人们好像会满足他的愿望似的,我甚至相信,他敢于带着我可怜的妹妹到美国去旅行,为的是真正和他的前驱者相像;因为他有一次几乎确信,他差不多已经是一个圣者了,所以他心里不时浮现这样的愿望:尽可能最后也能作为殉道者流芳后世。"

第 四 章

迄今人们经常地谈到苔蕾丝小姐,经常顺便提到她,而且几乎每次维廉都准备向他的新女友承认,他曾经把他的心呈献给这个优秀的女子,向她求过婚。有一种他自己也不能解释的感觉制止了他;他一直在踌躇,直到最后娜塔丽亚面带着人们常见的崇高、谦逊和愉快的微笑,自己向他说:"看来最后还是必得由我来打破静默,粗暴地干涉你的信念! 为什么你对我保守一件事情的秘密,我的朋友,这件事情对你是这样重要,而跟我关系又是这样密切? 你向我的女友求过婚——我并不是没有责任介入这件事,这是我的身份证明! 这里是她给你写的信,她要我把这封信交给你。"

他大声说:"苔蕾丝写的一封信!"

"是啊,我的先生! 你的命运已有了定局,你是幸福的。请允许我向你和我的女友祝福。"

维廉闭口无言,两眼向前方看着。娜塔丽亚注视着他,她觉察到,他的脸色变得很苍白。她继续说:"你的快乐真是达到了极点,它竟以惊吓的形式表现出来,它夺去了你的语言。我的由衷的同情并不因此而有所减少,因为我还能讲出话来。我希望你会感谢我,因为我可以告诉你:我对苔蕾丝做出这个决定是有不小影响的;她向我征求意见,而无巧不成书的是你恰巧正在我这儿,我能够把我女友心中仅存的几个小疑虑欣幸地解除掉,信使殷勤愉快地往还着:这儿是她的决定! 这里有发展过程！现在你应该把她所有的信件都读一遍，你应该用自由纯洁的眼光深入地观察一下你未婚妻的美丽的心。"

维廉展开她递给他的没封口的信笺；其中充满亲切友好的言辞：

"我无疑是你的人，我的心你是了解的。我说你是我的人，正因你还是你，你的心我也是了解的。凡在我们俩本人方面，在我们婚姻关系上所发生的变化，我们都会依靠理性、乐观的精神和善良的意志来扭转。因为把我们牵引到一起的并不是狂热，而是倾慕和信任，所以我们的行为不像上千的其他人那样大胆。我有时很想念我旧日的男友，你一定会原谅我的；为此我愿像母亲似的把你的儿子紧紧抱在我的胸前。如果你愿意立刻和我共同住在我的小房子里，那么你就是主人和尊者；同时购置地产的契约也就可以签订了。我希望，那里没有我在场就不要进行新的布置，以便立即让人看到我值得受到你的信任。祝你健康，亲爱的，亲爱的朋友！我爱恋的未婚夫，敬爱的丈夫！苔蕾丝带着希望和生活的愉快把你紧抱在她的胸前。我的女友将告诉你更多的事情，将把一切都告诉你。"

这一纸信笺使维廉的苔蕾丝又出现在他的面前，维廉也完全又恢复了神志。在看信的时候，他心中的思绪真是瞬息万变。他惊愕地觉察到他心里确有倾慕娜塔丽亚的清楚的痕迹；他责怪自己，他认为每一个这样的念头全都纯属胡闹，他想象着完美无缺的苔蕾丝，他重读这封信，他变得快乐了，或者不如说他的精神恢复到了能够表现出愉快的地步。娜塔丽亚把这些来往信件放在他面前，我们想从这些书信中摘录几段。

苔蕾丝在以她的方式描写了她的未婚夫后,继续写道:

"在我的想象中,这个丈夫现在正向我伸手求婚。他对自己是怎样想的,你将来会从这些信笺里看到,在这些信里他对我说的话都是非常坦率的;我相信,我和他的生活将是幸福的。"

"关于地位问题,你知道,我的想法一直没有变。一些人认为外界情况失去常轨是可怕的、无法扭转的。我不愿意说服任何人,正如我要按照我的确信行事一样。我不打算举例说明,然而我的行动也并不是没有先例。使我担心的只是这种内在的不平衡,是一个造物所给我们的形体,和它应具有的灵魂不相适应;排场大而享受少,富有和吝啬,高贵和粗野,青春和迂腐,生活需要和繁文缛节,这些情况就可能是那些使我毁灭的因素,人世可以随其所愿给以褒贬。"

"如果说我希望我们将情投意合地共同生活,那么我主要是把我的决断建立在他与你相似这个基础上,亲爱的娜塔丽亚,而我是无限地崇拜你、尊敬你的。是的,他具有你那种对完美事物的高贵的憧憬和追求,我们自己就是依靠这完美来创造我们可以从外界发现的善。我时常暗自谴责你,说你对待这个人或那个人和我完全不同,说你在这种情形或那种情形中的处世态度和我所采取的态度不同,可是结果多半你是对的。你说:'如果我们接纳这些人,任凭他们一如既往地生活,那么我们就会使他们变得更坏;如果我们对待他们,就像对待他们应该被培养成的人一样,那么我们就会把他们引

545

向他们应该达到的境界。'我既不能这样想,也不能这样做,这一点我知道得很清楚。洞察、秩序、培养、命令,这些是我的事。我还清楚地记得雅诺说的话:'苔蕾丝是训练她的门徒,而娜塔丽亚则是教化他们。'有一次他甚至走了极端,竟完全否认我有这样三个美好的特性:信仰、爱和希望。他说:'代替信仰她有洞察,代替爱她有坚毅,代替希望则是信任。'我也愿意向你承认,在我认识你以前我不知道世界上还有比机警和聪颖更高的东西,只在你出现以后,我才被说服,被唤醒,被战胜,而我也心甘情愿地在你的美丽高贵的灵魂前退居后位。正是因为这个缘故,我尊敬我的男友,他的传记内容是永久的寻求和一无所获;但给他以力量的并不是空洞的寻求,而是奇异的、仁爱的寻求,他希望从外界得到的只能是来自他自己的东西。那么,我亲爱的,这一次我的机警倒也无损于我,我对我丈夫的了解比他对自己的了解更透彻了,从而也就更尊重他了。我看着他,但我看不透他,就是用尽我所有的心力也看不出他能做些什么。在我想到他时,我总把他的图像和你的图像混合起来,我不知道,我怎么会有资格跟这样两个人亲近。但是我会履行我的义务的,我会完成人们期望我所做的一切,因此我将有资格跟这样两个人亲近。"

"我是否想念罗塔里欧?热烈地想,天天都在想。在我想象中围绕着我的人群里,我一时一刻也没觉得他不在我身边。啊,这个优秀的人,只是由于青年时期的过错,他才成了我的亲戚,如今他跟你也血缘太近,我真为他感到惋惜!确实,像你这样的女人,要比我更配得上他。我能够,我也必须把他让给你。咱们就让他那样吧,惟一可能的是,等到他找到一个高贵的夫人,而且以后也让我们生活在一起,并且总在一起。"

娜塔丽亚起始说:"那么现在我们的朋友们将会说些什么呢?"——"您的哥哥对此毫无所知吗?"——"毫无所知!和你的亲属一样,都是一无所知。这件事这一次只是在我们妇女们中间磋商过。我不知道,吕迪亚把什么奇异的思想灌输到苔蕾丝的头脑里了,她对阿贝和雅诺好像有点不大信任。吕迪亚花言巧语地怂恿她反对某些秘密的联系和计划。关于这一切我只知道个大概,但我也根本不想详细地了解这些事。在决定她生活的紧要关头,苔蕾丝只肯听我的意见。她从前就跟我哥哥说好了:自己结婚时只要给对方一个信儿就行,不必征求任何意见。"

娜塔丽亚现在给她哥哥写了一封信;她请维廉也写上几句话,这是苔蕾丝的一个请求。正要把信封好,却意想不到地听到通报雅诺来了。他被最友好地迎接进来;他也显得很愉快,很滑稽,最后他忍不住地说道:"老实说,我到这儿来,是给你们送一个非常奇怪而愉快的消息;这消息是有关我们的苔蕾丝的。你有时责备我们,美好的娜塔丽亚,你说我们关心的事太多了;现在你瞧瞧吧,这可倒好,到处都有他的密探。请你估计一下吧,请你让我们看看你有什么远见卓识吧!"

他说这些话时所表露的自鸣得意,他那注视着维廉和娜塔丽亚的目光所表现出的狡猾表情,使这两个人确信,他们的秘密被发现了。娜塔丽亚微笑着回答:"我们比你所想的更巧妙得多,我们已经猜出这个谜了,在你提出这个问题之前,我们就把答案写在纸上了。"

她说着这些话就把这封写给罗塔里欧的信递给了他;由于认为这封信肯定会引起他们意想中的惊异和惭愧,她觉得很得意。雅诺多少有些惊讶地拿过信纸,只浏览了一下,便大吃一惊,信纸从他手中掉在地上;他瞪大眼睛,以一种惊奇的,甚至可说是惊恐万状的表情,注视着他们俩,这种表情人们在他的脸上是不常看到的。他一语不发。

维廉和娜塔丽亚的惊惶也并不亚于他。雅诺在屋中走来走去。他喊道:"我应该说什么?或许我应该把这件事说出来?秘密是不能永久存在的。混乱是不可避免的。因此这是秘密对秘密!惊奇对惊奇!苔蕾丝不是她母亲的女儿!障碍已经消除:我到这儿来是请求你们为这个高贵的女孩子和罗塔里欧的结合做准备的。"

雅诺看见这两个朋友都很惊慌,他们低垂两眼,瞧着地面。他说:"这种事情是最难叫人忍受的。一个人对此非要加以思考不可的话,最好是单独去想,我至少要请求离开一个小时。"他急忙走进花园,维廉机械地跟着他走了出去,但是离他远远的。

一小时以后,他们又聚到一起了。维廉开口说道:"过去,我的生活毫无目的和计划,我过着一种轻松的甚至轻率的生活,那时,友谊、爱情、倾慕、信任总是张开两臂迎接我,甚至一齐向我蜂拥而来;现在,生活变严肃了,命运似乎存心跟我作对。向苔蕾丝求婚的决定也许是纯粹出自我本心的第一个决定。经过熟虑我想出一个主意,这个主意完全出自我的理智;由于这位优秀的少女的允婚,我的一切希望都满足了。如今这特殊的天命把我伸出的手压了下来。苔蕾丝从远方向我伸出了她的手,而我却好像是在梦中,竟握不住它。这美丽的形象永远不会在我心中消逝。那就再见吧,你美丽的形象!还有你们这些围绕在她周围的最充满幸福的形象,也再见吧!"

他静静地沉默了一瞬间,眼睛呆呆地向前望着。雅诺想要说话,维廉却先插话说:"请你让我再说几句话,因为现在只有靠抽签来决定我整个的命运了。就在这时,我第一次见到罗塔里欧时永远铭记脑海的印象,出来帮助我了。这个男子配得上任何的爱恋和友谊,可以说没有牺牲也就谈不上友谊。为了他,我会轻易地欺骗一个不幸的少女,为了他,我会有足够的力量放弃最值得钦敬的未婚妻。请你到他那儿去,把这奇异的故事讲给他听,请你告诉他,我正准备做什么。"

雅诺回答道:"我认为,在这种情况下,只要人们不太着急,一切都会自然而然办妥的。没有罗塔里欧的同意,我们什么也不要做!我要到他那儿去,请你安静地等我回来或他的书信。"

他骑马走了,把两个朋友丢在苦海里。他们总是翻过来掉过去地不断谈论这件事,而且对此议论纷纷。现在他们才恍然大悟,原来他们对这奇异的事件的说明都是从雅诺那里听来的,自己并没做过进一步的了解。甚至维廉也抱着几分怀疑的态度;但使他万分惊愕,甚至迷惑不解的是:第二天来了一个苔蕾丝的信使,他给娜塔丽亚带来下面这么一封奇怪的信:

"不管这事显得如何稀奇,我还必须在我前封信之后立刻追送一封信来,并且请求你,让我的未婚夫赶快到我这儿来。他应当成为我的丈夫,纵使人们出谋划策,要从我这儿把他抢走。请你把内附的这封信给他!只是不要有任何一个别的人在场,不论是谁都一样。"

给维廉的信内容如下:"如果你的苔蕾丝忽然热情地迫切要求和你结合,而这结合又好像仅仅是由冷静的理智所决定的,你对她做何感想?请你不要受任何阻拦的影响,接到我这封信后马上启程。请你来,亲爱的,亲爱的朋友,三倍珍贵的爱人,因为他们想要把我,把属于你的人抢走,至少我们的结合将要遇到障碍。"

维廉读完信,大声说:"这可怎么办呢?"

略加思索之后娜塔丽亚回答道:"我的心和我的理智从来没像遇到这种情形时这样静默;我简直不知所措,我也不知道该怎样规劝你。"

维廉激愤地叫道:"罗塔里欧本人对此竟一无所知,这可能吗?要么就是他本来知道,他是心怀鬼胎拿我们耍把戏?难道是雅诺读了我们的信后即兴编造童话吗?倘若我们不是过分着急地亮了相,他或许还会对我们说些别的话吧?这些人想要干什么呢?他们能有什么目的呢?苔蕾丝能想出什么计谋呢?不能否认,罗塔里欧是被秘密的影响和联系包围了;我自己就有这样的经历:有些人不停地忙碌着,从某种意义上看,他们是关心着许多人的行为和命运,他们很善于引导别人。我丝毫不懂这些秘密计谋的最终目的,但最后的企图则是从我手里抢走苔蕾丝,我却看得一清二楚。一方面人们向我描述罗塔里欧可能得到的幸福,这或者只是表面现象;另一方面我看到我的爱人,我的敬爱的未婚妻,她正在把我呼唤到她的心坎上。我应当怎么办呢?我应当放弃什么呢?"

娜塔丽亚说:"请稍忍耐一下!要考虑考虑。在这种错综复杂的情况下我只知道一点:我们不应当急急忙忙做出难以挽回的事情。面对虚构的童话和人为的计谋自有坚忍和聪慧帮助我们与之抗衡；是真是假，不久必定水落石出。如果我哥哥真的希望和苔蕾丝结合，而在这幸福临近他的时刻竟永远从他手中把这幸福夺走，那就太残酷了。请你等待我们弄清楚，他是否知道这件事，他本人是否相信，是否希望这样。"

幸而罗塔里欧来了一封信，它很有助于说明她的理由："我不派雅诺回去了，"他写道，"我亲手写的几行字比一个使者繁琐的话语对你更有用。我确实知道苔蕾丝不是她母亲的女儿，我直到她也确信了，然后在我和这个朋友之间经过冷静的考虑决定取舍之前，我决不能放弃占有她的希望。我请求你别让他离开你的左右！哥哥的生活，幸福都系之于此。我向你保证，这种不确定不会延续很久。"

"你就看看究竟情况如何吧！"她友好地对维廉说，"请你向我保证，不走出我们家门。"

"我保证！"维廉说，同时把手递给了她，"我不想违背你的意愿而离开这个家。我感谢上帝和我的守护神，这一次我是有引导者的，而且是像您这样的引导者。"

娜塔丽亚把事情的全部经过都写信告诉了苔蕾丝，并且说明，她决不让她的朋友离开她；同时把罗塔里欧的信也随函附去了。

苔蕾丝回答说："使我感到特别奇怪的是，罗塔里欧本人对这事是确信不疑的，因为他不会对他的妹妹伪装到这种程度。我烦恼，真烦恼。我还是什么也不说更好。他们对待吕迪亚太冷酷无情了，最好是一把她安置好，我就到你这儿来。我怕我们大家都受了欺骗，而且被欺骗到永远弄不清事实的地步。倘使这位朋友跟我的见解一样，他就会从你那儿溜出来,投入他的苔蕾丝的怀抱,结果也就没有人能把苔蕾丝从他那儿夺走了。但是我怕失掉他,而又再也得不到罗塔里欧。别人从他手里夺走吕迪亚,就是同时给了他有可能占有我的希望。我不愿意再多说什么话,免得把事情弄得更复杂。在这期间这最美好的关系是否不受到扰乱,不遭到破坏,不被颠倒,甚至一切都水落石出了,也无法加以补救,那只有等待时间的考验了。如果我的朋友不能脱身,那么在近几天内我就到你那儿去找他,把牢他。看到你的苔蕾丝竟如此被热恋所支配,你会感到惊奇的。这并不是热恋,这是确信,就是,因为罗塔里欧不能是我的了,我确信这个新朋友将给我的生活带来幸福。那个男孩曾和他一起坐在那棵橡树下,因为受到他的关怀而感到高兴;请你就以这孩子的名义把这个意思告诉他!苔蕾丝是真诚坦率地欢迎他的求婚的,请你就以她的名义把这个意思告诉他!我过去想和罗塔里欧一起生活的梦,现在已经离得远远的了;而渴望和我的新朋友共同生活的梦,现在却时时浮现在我面前。人们竟以为临时把这个人换成那个人,在我是轻而易举的事,难道人们就这样不尊重我吗?"

"我相信你,"娜塔丽亚对维廉说,同时把苔蕾丝的信交给了他,"你别从我这儿逃走。你要想到,我这一生的幸福掌握在你的手里!我的存在和我哥哥的存在是极为紧密地同根相连的,他的一切痛苦必在我心里引起反应,他的一切愉快就是我的幸福。凭良心说,只有通过他我才能感受到我的激动和喜悦,我才能感受到世上的欢乐、爱情和一种超越一切需要、令人满足的情感。"

她中止了谈话。维廉握住她的手,说道:"啊,请你说下去吧!我们彼此完全信任的时刻到了;过去我们从来没有这样需要相互了解得更透彻。"

"是的,我的朋友!"她微微一笑说,带着宁静温柔的难以描绘的崇高神情,"也许现在正是我该对你说的时候,我告诉你,凡是书上所写的和人们口头上称作爱情的东西,在我看来只不过是童话而已。"

"你没有过爱情?"维廉大声说道。

"从来没有过,或者说一直在爱着!"娜塔丽亚回答说。

第 五 章

他们就是这样一边谈着话,一边在花园里走来走去。娜塔丽亚掐了一些奇形怪状的鲜花;这些花维廉一种也不认识,于是他便问她那些花名。

"您恐怕猜不到,"娜塔丽亚说,"我是为谁采集这捧鲜花的。这是为我叔祖父准备的,我们现在就去拜望他的亡灵。太阳刚才亮闪闪地照耀着那'祖先堂',我现在就得把您领到那儿去。我到那儿去,没有一次不带叔祖父在世时最喜欢的花朵。他是一个奇人,具有特殊的知觉。对植物和动物,对人和地域,甚至对某些石头,他都很感兴趣,这一切有时很难解释。他常说:'如果我不从少年时期起就竭力克制自己,如果我不努力广泛而全面地发展我的智能,我就会变成一个目光短浅、性情暴躁的人,因为:当要求一个人从事正直而有价值的活动时,这个人兴趣的狭窄古怪是再有害不过的。'可是他本人也不得不承认,如果他不偶尔宽容自己,如果他不尽兴地陶醉于他不总认为可称赞和可饶恕的一切,他好像就不能生活和呼吸似的。'如果我没能成功地把我的意向和我的智慧统一起来,'他说,'那也不是我的罪过。'遇到这种情况,他往往一边跟我开着玩笑,一边说:'娜塔丽亚活在世上可以算作一个正直的人,因为她的天性所要求的,只是世人所希望和所需要的东西。'"

说到这里,他们又回到了主楼。她引他穿过一道宽阔的走廊,朝着一扇门走去,门前躺着两个花岗石雕成的斯芬克斯①。就连门本身也是埃及式的,上窄下宽;两个铜制的门扇看上去那么庄重,甚至有些阴森可怖。他们走进一个大厅,在那里艺术和生活已把死亡和坟墓的思想驱赶净尽,恐惧的心理和发自心底的欢乐融为了一体,他们是多么惊奇,多么愉快呀!几面墙里有规则地挖了一些凹洞,里边放着较大的水晶棺。在那些凹洞之间的柱子里则是一些小的壁龛,里边安放着小骨灰盒和骨灰钵。墙壁和拱形圆顶的平面都是均匀地分割成大小不一的条块的,在形形色色的框架、花环和装饰图案之间画着欢乐的意味深长的图像。建筑的各个细部是用美丽的黄里透红的大理石装饰起来的,恰当的化学颜料绘成的浅蓝色条纹模拟着天青石,由于对照鲜明而赏心悦目,使整体显得那么和谐一致。所有这一切华丽的装饰完全符合建筑艺术上严格的对比关系。这样,每个走进来的人,都会觉得比原来的自己更高明,因为他通过这种艺术的和谐的严整性第一次认识到人是什么、人可能成为什么样的人。

门对面,在一个华丽的水晶棺上面,有一个可尊敬的人的

① 斯芬克斯,埃及金字塔旁的狮身人首石像。

大理石雕像靠在台座上。他眼前有一个卷状的东西,他似乎正在静静地注视着它。那个卷状的东西,位置放得极好,上面刻的字句人人都能毫不费力地读到。上面写的是:"铭记生活"。

娜塔丽亚一手把枯萎的花束拿掉,一手把那捧鲜花放在外叔祖像前;因为雕像表现了他的形象,所以维廉一下子就认出了这位老显贵的模样,那时他是在林子里看到这位老主人的。

"我们要在这儿待上几个钟头才能把这个灵堂看完,"娜塔丽亚说,"外叔祖在生前最后几年就找来了几个很高明的艺术家;帮助画家从那些素描和纸板画稿中构思和创作出这一系列壁画,是他当时最好的消遣。"

维廉对他周围的物件看得着了迷。

"在这座灵堂里,人们经历了多少生活啊!"他大声说,"我们何尝不可以把它称为'今日和未来的厅堂'呢。一切,过去是这样,将来也还会是这样!耽于享乐和观察的人是不会久长的。这里这张怀抱婴儿的母亲的画像,将会见到许多代幸福的母亲。也许在几百年以后,有那么一个做父亲的看见这个留胡子的男人放下架子跟自己的儿子开起玩笑来,竟会感到心里高兴哩。在任何时代,新娘都是这样羞怯地坐在那里,即使心中暗自怀着各种愿望,她也还是要等待人家来抚慰她鼓励她;而新郎则总是急不可耐地坐在门槛上窃听,看允许不允许他进来。"

维廉把那难以胜数的图像从容地看了一遍。从儿时天生想要像玩儿似的活动和练习每个幼小肢体的最早的快乐冲动,到智者孤独而宁静的严肃,在这里都可以从有规律而又生动的连续描绘里观察到,就像一个人天生的爱好和才干对他都是需要而且有用的那样。从一个女孩缓缓地从清亮的水里拉起水罐,偶然在水里看见自己的倒影时所产生的第一次羞怯感,一直到那些国王和人民在祭坛前召来诸神证明他们的联盟,——所有这一切在这里都表现得那样清楚,那样令人信服。

在这里,是整个尘世和整个天堂包围着观看者。除了这些杰出人物所引起的种种思想,除了他们所激起的各样感觉以外,似乎这里还有一点别的东西,一种使整个人完全心向神往的东西。维廉也觉察到了这一点,但他说不清这是什么。

“这东西不受任何内在含义的限制,”他高声说道,“它也处在我们对人间诸事和各种命运的一切同情之外,然而它却如此强烈如此悦人地感动着我,这究竟是什么呢?它产生于整体,它也产生于每个分体,可是,前者我并不理解,后者我更是一点儿也不懂得!我觉得,这些平面,这些线条,这高度与宽度,这些石头和颜色,都有很大的魔力。这些形象已经成了装饰品,但是只要向上看去,它们却如此令人喜悦,这是什么缘故呢?我甚至觉得,你可以在这里逗留,在这里休憩,用眼睛捕捉这一切,你会感到愉快,而且会产生超出眼前所看到的其他感情和思想。”

当然,假如我们能描写出,一切布置是多么令人愉快,一切怎样通过相类似或相对立,通过单色或五光十色,在同一处显示出来,一切都表现出它应有的模样,并引起完满而显著的印象,那么,我们就会把读者带到他不愿很快离开的地点。

有四个大型的大理石枝形烛台立在大厅的四个角落里,还有四个小一点的烛台立在大厅中央一个雕琢得极美的水晶棺的周围,从大小尺寸上看,那口水晶棺里装的很可能是一个中等身材的年轻死者。

走到这个墓碑跟前,娜塔丽亚停住了脚步,她把手放在墓碑上面说:"我亲爱的外叔祖特别喜爱这种古代的艺术品。他有时说:'凋落的不仅是初放的花朵,这花朵你们本可以保存在楼上的,凋落的还有枝头的果实,对这果实我们早就寄予美好的希望了,这之间是一种蛆虫偷偷地害得它们早熟和毁灭了。'"她接着说,"我担心,外叔祖就是预言这个女孩子好像在渐渐地摆脱我们的照料,正倾心于这个安静的住所。"

他们正准备离开这里,娜塔丽亚说:"我还想让你看点东西。您瞧大厅两侧上边的那些半圆形的洞!这可能是隐藏唱诗班的地方,檐板下边的这些铜制的装饰物都是用来固定壁毯的,每当举行葬礼时那些壁毯都要按照外叔祖的设计悬挂起来。没有音乐,特别是没有歌唱,他就不能生活。同时,他还有这样一种癖性,那就是他从来不去看唱歌的人。他常说:'剧院宠坏了我们,在那里音乐似乎成了视觉的娱乐,音乐是与动作相伴,而不是与感情相随。在圣乐会和音乐会上,干扰我们的总是乐师的面孔。真正的音乐只服务于听觉。一个悦耳的声音是一切可以想象得到的最一般的东西,一旦引起这声音偏狭的个性出现在我们的眼前,它便会破坏这种一般东西的直接效果。我希望看着跟我说话的每一个人,因为这是一个独立的人,他的面容和性格会使谈话增辉,也会使谈话减色。反之,为我唱歌的人,却不该让我看见,他不该用他的外貌来引诱或诓骗我。在这里,是声音诉之于听觉,不是精神诉之于精神,不是五彩缤纷的世界诉之于视觉,也不是天诉之于人。'同样,在听乐器合奏时,他也宁愿让乐队尽可能处于隐蔽的部位,因为演奏者体力的辛劳和必不可少却又总嫌古怪的动作分散和搅扰听众的注意力。因此他习惯于闭着眼睛欣赏音乐,好把全部的精神都集中在听觉的惟一直接的享受上。"

他们刚想离开这个大厅,忽然听到孩子们噔噔地疾跑和菲利克斯的喊声:"不,是我! 不,是我!"

迷娘首先从敞着的门跑进来;她跑得上气不接下气,一句话也说不出来。菲利克斯还没跑到就喊:"苔蕾丝妈妈来了!"看得出,两个孩子赛跑,就是要看是谁第一个把这个消息送到。迷娘斜躺在娜塔丽亚的怀里,心跳得非常剧烈。

"傻孩子,"娜塔丽亚说,"不是说禁止你做任何激烈运动吗? 瞧,你的心脏跳得多快!"

"跳裂了才好呢!"迷娘深深地叹了一口气说道,"它跳的时日已经太长了。"

大家还处在迷乱而又震惊的心情中,苔蕾丝走了进来。她抢步奔向娜塔丽亚,跟娜塔丽亚和那可爱的女孩拥抱。然后,她才转向维廉,用她那明澈的目光望着他,问:"喂,我的朋友,情况如何? 您没给弄糊涂吧?"他朝她往前迈了一步,苔蕾丝一踮脚跳起来搂住他的脖子。"噢,我的苔蕾丝!"他高声呼道。

"我的朋友! 我的亲爱的! 我的丈夫! 是啊,我永远都是你的!"她一边热烈地吻着他,一边说。

菲利克斯拉了拉她的衣角说:"苔蕾丝妈妈,我也在这儿呀!"娜塔丽亚站在那里呆呆地望着前方;迷娘突然用左手去摸心窝,然后猛地把左臂向外伸去,大喊一声,就像死了一样倒在娜塔丽亚脚下。

人们大惊失色。迷娘心脏和脉搏的跳动全都听不到摸不着了。维廉把她托在两臂里，急忙送到楼上去，那女孩索索发抖的身体悬在他双肩上。医生的到来给了些许的安慰；这位医生和我们早已认识的那位年轻的外科医生徒然地忙了一阵子。这个可爱的少女并没有活过来。

　　娜塔丽亚给苔蕾丝递了个眼色。苔蕾丝便拉着她朋友的手，把他领出这个房间。他沉默无语，也没有勇气望一下她的目光。他就这样挨着她坐在长沙发上，从前他第一次见到娜塔丽亚也是坐在这个长沙发上。他像闪电一般急速地在脑子里过了一遍命运的多变，确切地说，他不是在想，而是感到了自己无力摆脱的内心烦恼。生活中往往有这样一些时刻：有些事件就像织机上的飞梭一般在我们面前不停地往返摆动，毫无阻碍地把布织成，我们总是在一定程度上用这些布来奠定和巩固生活的基础。"我的朋友！"苔蕾丝说，"我的亲爱的！"她打破了沉默，抓起他的手又说，"就像在类似的情况下常常该做的那样，我们现在必须同心同德。生活中的这些事必须两个人在一起共同忍受。要考虑到，我的朋友，要感觉到，你不是孤立的，要证明你是爱你的苔蕾丝的，第一步就是把你的痛苦告诉她。"她拥抱他，温柔地搂他靠近自己的胸脯；他也把她搂在怀里，紧紧地拥抱着她。"这可怜的孩子，"他大声说，"她在苦难的时刻曾在我这颗变化无常的心里寻找过保护和救援；现在就让你这颗可靠的心在这可怕的时刻援救我吧。"他们依旧紧紧地拥抱着，他感觉得到她的心紧贴在他的胸脯上跳动，但他的精神却是死寂而空虚的；只有迷娘和娜塔丽亚的形象犹如影子浮现在他的脑际。

　　娜塔丽亚走进来。"祝福我们吧！"苔蕾丝说，"让我们就在这悲痛的时刻永偕百年吧！"维廉把脸埋在她的脖颈上；为了自己的幸福，他流泪了。娜塔丽亚走进来，他非但没有听到，也没有看见，只是一听见她的语声，他更是泪流不止了。——"凡是由上帝联结在一起的，我都不想把它分开，"娜塔丽亚微笑着说，"但是，我不能使你们结合；我不赞成用痛苦和相爱完全从你们的心里驱除对我哥哥的回忆。"一听这话，维廉立时从苔蕾丝的手臂里挣脱出来。"你想到哪儿去？"两个女子同时嚷道。——"让我去看看那个孩子，"他喊道，"她的死是我造成的！我们亲眼见到这不幸，要比我们在心里无情地想着这灾祸时要少一些苦恼。让我们去看看那已飞离的天使吧！她的快乐的表情会告诉我们，她是感到欣慰的！"两个女人没拦住这个心情激动的青年人，便跟在他身后走去；但那位善良的医生和外科医生迎面向他们走来，拦住了他们，不准他们接近那长眠者，医生说："请你们不要去看这令人悲哀的形象，请你们允许我尽我所能使这奇异的孩子的残余生命再延长一些时候吧！在这个可爱的人身上，我想应用一下最高超的技术，那就是往她身上涂香料防腐，给她整容使她看上去像活人一样。我预见到她必死无疑，一切准备我都做好了，我的这个办法肯定会成功。请你们给我几天的期限，在我们把这可爱的孩子抬进'先人堂'以前也请你们别再要求来看她。"

那位年轻的外科医生又把那个手术器具袋拿在手中了。"这个器具袋他是从谁那儿得到的？"维廉询问那位医生。——"这个器具袋的来历我很了解，"娜塔丽亚插进来说，"那是他父亲给他的，他当初曾在树林里给你包扎过。"

"那么说，我没有弄错，"维廉大声说，"我一眼就认出了那个绦带！你把它让给我吧！它首先帮助我找到了我的那位女恩人的踪迹。这个无生命的物件见识过多少欢乐和痛苦，而那缝线还是那么结实。它陪伴过多少人走完生命的最后里程，而它的颜色却一点也没有褪。它曾经是我生命最美好时刻的见证，那时我受了伤，躺在地上，你那乐善好施的形象出现在我眼前，正是那个披着血迹斑斑头发的女孩子温柔细心地关照过我的生命，现在，她竟过早地死去了，我们真是太悲痛了。"

朋友们没有太多的时间去谈论这件令人伤心的事，也没有太多的时间来向苔蕾丝小姐讲述这个孩子的身世和解释她的意外之死的真实原因，因为仆人通报来了生人，但他们一露面，大家发现那根本不是什么生人。罗塔里欧、雅诺和阿贝走了进来。娜塔丽亚迎面向她的哥哥走去；其余的人一时沉默不语。苔蕾丝面带微笑对罗塔里欧说："你大概想不到会在这里见到我吧。不管怎么说，就在此刻我们还是不得不又相见了。我们分别了这么久，我要向你表示衷心的欢迎。"

罗塔里欧向她伸出手，答道："我们既然不得不忍痛舍弃我们的幸福，即使此刻我们面临一切良好的愿望，我们也只好一如既往，听天由命。我无权左右你的抉择。我一直非常尊重你的心地、你的理智和你的思想，我愿意把我的命运和我朋友的命运都交给你来安排。"

谈话旋即转向一般的话题，甚至可以说谈的都是一些无关重要的琐事。大家很快就分散开来，三三两两地出去散步了。娜塔丽亚随着罗塔里欧，苔蕾丝陪着阿贝走了，维廉和雅诺留在府邸里。

在维廉心情沉痛的时刻，这三位朋友的到来，非但没有减轻他的痛苦,反而使他的情绪变得更坏。他又生气又猜疑;当雅诺问他怎么这样愁闷寡言时,他既不能够也不愿意掩饰他的心绪。"这有什么好奇怪的?"维廉说,"罗塔里欧带着他的人来了;要使塔楼上那些一向忙碌不停的神秘莫测的力量现在不对我们发生影响,那是很难设想的;不过我也不知道通过我们的手段要达到什么样不可理解的目的。根据我对这些虔诚人物的了解,他们的值得称赞的意图,无非是把连在一起的东西分开,把分开的东西连在一起。从中产生的一切把戏,对我们不够虔诚的眼睛说来,永远是一个谜。"

"你的话很尖刻,充满了怨恨,"雅诺说,"这没有什么不好。要是你真的发怒,那就更好了。"

"用不了多久,我也会发怒的,"维廉回答说,"我所担心的是,我生就和养成的忍耐性会被激到我无法容忍的程度。"

"我们的意图是什么,那是再明显不过的,"雅诺说,"我不妨给你讲一讲塔楼上的情形,看来它引起了你很大的怀疑。"

"能不能以此减轻我的痛苦,"维廉回答,"那就看你了。但我心里还是充满了忧虑,我不知道这个故事能不能得到它应有的重视。"

"你的愉快情绪绝不会妨碍我向你解释这件事的。你把我看作一个明白人,你还应该把我看作一个正直的人,但更重要的是这一次我是要完成一项使命。"——"我希望,"维廉声称,"你能自动地本着善良的愿望给我解释清楚。既然我对你的话不无怀疑,我又干吗非要听你讲不可呢?"——"既然我现在没有更重要的事,只能讲讲童话给你解闷,我想你大概也会有时间来听这些童话的。为了使你能够细心地倾听,我要立刻就告诉你:你在塔楼上所看到的一切,只不过是一种青年人活动的纪念物而已,这种活动当初几乎使所有的知情人肃然起敬,而现在则只能引人一笑。"

"那就是说,这些庄严的象征和语言只能拿来把玩了,"维廉大声说,"人们兴高采烈地把我们带到我们所崇敬的地点,让我们去看最稀奇古怪的现象,把写有神秘优美箴言的纸卷交给我们,对那些箴言我们当然懂得的极少,人们对我们说:直到今天我们还只是小学生,然后发给我们结业证书,可是我们一丝一毫也没比以前变得更聪明。"——"那个羊皮纸文献你带在身边没有?"雅诺问,"它的内容很有价值,因为那些一般性的格言不是凭空想出来的。自然,这些格言对那些毫无此类阅历的人说来仍然是空洞和模糊的。要是那张毕业证书在你手边的话,就请您把它拿给我看看。"——"当然就在我手边,"维廉接口说,"这样的护身符,是必须永远随身携带的。"——"可是,"雅诺微笑着说,"谁晓得,那内容在你头脑和你心里是否曾经占有一定的位置。"

雅诺打开纸卷看了看,浏览了一下上半段。"这里讲的是艺术鉴赏的发展,这可以让别人去商讨;下半段谈的是生活问题,对此我是很在行的。"

他开始读每一段文字,间或作些注解和阐述。"青年人对神秘的东西、对各种礼仪和夸大言辞的爱好,是很强烈的,这种爱好往往被看作非凡性格的象征。在这些年里,尽管总是含混不清,难以确定,人们一直在试图捕捉和触及它的全部本质。年轻人向来有很多预感,他以为在一件神秘的东西里能发现很多东西,于是他就把很多东西放在神秘的东西里去,他的想法是:必须通过神秘才能有行动。神父阿贝在一个青年团体里扶持了这种观点，一方面是根据他的基本原则，一方面是出于爱好和习惯，因为他本人从前就跟某一个神秘地实现了很多事情的团体有过联系。我并不怎么赞成这种行为方式。我比别人大几岁，从少年时代起我就清楚地观察了周围的一切，总希望把一切都弄个水落石出。首先我是希望认识世界，我要知道世界是什么样的；我的这种爱好感染了我的最好的伙伴。我们的整个教育险些走上歪路：开始我们只看别人的短处和局限，把自己看成白璧无瑕的完人。阿贝来了，给了我们帮助，他教导我们：不考虑人的发展，就不能观察人。即使我们观察自己，我们也只有在行动中才能观察和认识自己。他劝我们保持我们团体的最初形式；因此在我们的历次集会里保存了一些旧日的法规，最初的神秘的影响触及整体的结构，这可以拿已被提高到艺术高度的手工业阶层打个比喻。这里的称呼是：学徒，帮工，师傅。我们的愿望是亲眼观察一切，因此我们建立了一个自己的世界知识档案馆。那里有很多自述材料，其中有些是我们自己写的，有些是我们约人写的，这些东西后来编成了'学习时代'的材料。绝不是所有的人都关心自己的教育。很多人只想得到一些家庭常用保健药，得到一点致富良策和达到各式各样福祉的方案。对所有不愿意用自己的双脚走路的人，我们要么用故弄玄虚和奇思怪想加以愚弄，要么干脆把他摆脱。我们只能用自己的观点去开导那些生来就有敏锐的感觉和清楚的认识并对此有所训练的人，以便他们轻松愉快地去走自己的路。"

"你对我有点操之过急了，"维廉回答，"恰恰从那时起，我对我能够、愿意和应该做什么，简直是一无所知。"——"我们陷入这样的迷惑不解的境地，是毫无过错的。命运会帮助我们摆脱困境。您听：'需要多方面发展自己才能的人，对自己和对世界的认识都是比较晚的。既有思想又能付诸行动的人，是很少的。思想扩大了人的眼界，但停滞了；行动活跃了，但受到了限制。'"

"我请求你别给我念这些稀奇古怪的词句了！"维廉打断他的话，"这些空话已经把我搞得够糊涂的了。"——"那么我只好就讲到这儿了，"雅诺说，一边把纸卷卷上一半，一边还不时地朝那里边看上一眼，"过去，我本人对这个团体和这些人比谁都没有用。我是一个很坏的教师，见人实验做得很笨，我就觉得不能容忍。只有一个人像梦游者一样面临粉身碎骨危险时，我才不得不向他呼喊。在这个问题上我无论如何也不能赞成阿贝的看法。他硬说，错误只能通过错误来医治。关于你，我们也是常常争论不休。他很喜爱你，但他尤其关注非凡的事业。你应该承认，我不管在什么地方见到你，我都对你实话实说。"——"你从来不对我发什么慈悲，"维廉说，"你始终固守你的原则。"

"如果一个青年人抛弃良好的素质，去走完全错误的路，"雅诺答道，"那还有什么慈悲好发呢？"——"请原谅，"维廉说，"你曾经严厉地否认了我当演员的一切才能；我承认，我虽然放弃了这个行当，但我内心里并不认为我对这一行一点才能都没有。"——"但关于我自己我却下了这样的断语，"雅诺说，"凡是只能扮演自己的人，都不是演员。凡是不能从内心到外表变成很多不同人物形象的人，都不配获得'演员'这个称号。譬如，你扮演哈姆雷特和其他几个角色都演得很好，这些角色的性格、形体和瞬时情绪对你都很有利。这对一个业余剧院，对任何一个看不到自己有别的出路的人说来，自然是相当好的,"雅诺继续说,同时朝那个纸卷看了一眼,"有一种才能是不能指望通过训练而达到完善地步的,对这种才能我们必须当心才是。无论怎样努力,但归根结底,只要完全理解了师傅的全部意义,你总要为由于草率从事所消耗的时间和精力而感到痛惜。"

"不要再念了!"维廉说,"我恳求你,请你说下去,请你给我讲,请你解释给我听吧。阿贝不是找了一个演鬼魂的演员,帮我演好了哈姆雷特吗?"——"是的,因为他确信,如果你是可救药的,这是救治你的惟一途径。"——"就是为了这个缘故他才留给我一个面罩,就让我逃跑了吗?"——"是的,他甚至希望用上演哈姆雷特来满足你的全部热望。他说,你以后再也不会进剧院了。我的看法恰恰相反,我认为我是正确的。在那次演出后,我们为此争论了一个晚上。"——"你看过我的演出吗?"——"噢,当然看过。"——"鬼魂究竟是谁扮演的?"——"我确实不知道。不是阿贝本人,就是他的孪生兄弟。我认为是后者,他是先生下来的。"——"现在你那里的一切还都是秘密的吗?"——"朋友们可能也必然都有自己的秘密,但他们之间是没有秘密的。"

"一想起这种混乱的情形,我就感到迷惑不解。请你给我讲讲这个人的情况吧,我对他欠着好多情,可又老责怪他。"

"为什么我们这样重视他,"雅诺答道,"是什么使他在某种程度上操纵我们大家? 是他那无约束的敏锐的目光。这目光是自然赋予的,这自然胜过一切人人身上具备但又各不相同的力量。大多数人,甚至杰出人物,都有自己的局限性;每个人都重视自己和他人身上独具的特征。他只是要帮助这些人，他只想促进这些人的培养成长。阿贝从事的活动，与此恰好相反：他的志趣是认识一切，促进一切的发展。现在我必须再看一看这个纸卷！"雅诺继续读，"'人的总和构成人类，一切力量合在一起构成世界。所有的人和一切力量常常处在相互斗争中，他们总企图消灭对方，而自然却总要把他们联合起来，使他们复兴。从最低级的动物般的手工冲动牵引到精神艺术的最高级的表现，从婴儿的咿呀学语和欢呼笑闹到演说家和歌唱家的精彩表现，从孩童的滚打嬉戏到保卫祖国和掠夺他国的大规模举动，从最不明显的好感和最短暂的爱情到不可遏制的激情和最严肃的结合，从感官所及的最单纯的感觉到精神上对遥远未来的最敏锐的预感和希望，——所有这一切全取决于人，而且必须经过训练；但不是靠一个人，而是靠很多人。每种天赋都是重要的，人们必须促使其发展。如果某一个人只促成美的事物，另一个人只促成有用的事物，那么，这两个人合在一起才构成一个人。有用的事物能自行发展，因为众人都在促成它，所有的人都少不得它；美的事物必须由人去扶植，因为能创造它的人很少，需要它的人却很多。'"

"你别读了，"维廉嚷道，"这一切我都读过。"——"还有几行！"雅诺答道，"这里全是阿贝的话：'一种力量掌握着另一种力量；但没有一种力量能形成另一种力量。在每一种天赋里都存在着自我完成的力量。只有很少一些从事教学和实际工作的人才懂得这一点。'"——"我也不懂啊。"维廉答道。——"这里所讲的内容你还会经常在阿贝那里听到。因而，我们一直力求看清和了解：我们自己有什么才干，我们能在自己身上培养什么才干。我们努力做到待人公正，因为我们只有给别人以应有的尊重,我们才能得到别人同样的尊重。"——"看在上帝分上,别再说警句了!我觉得,对于一颗受伤的心,这些警句并非良药。你最好就用你严厉坦率的方式告诉我,你对我有什么期望,你想要怎么样或以什么方式把我供献出去吧。"——"我充分相信,你以后会原谅我们对你的猜疑的。考虑也好,选择也好,这是你的事;我们的任务是给你以帮助。一个人在没有给自己无限的努力规定出范围之前,是不会愉快的。你不要依靠我,而要依靠阿贝;你不要考虑你自己,你要考虑你周围的环境。譬如,你要努力看清罗塔里欧的卓越的长处,看他的远景规划和他的活动怎样不可分割地联系在一起,看他怎样一直在大步前进,他是怎样扩大自己的活动领域,同时又怎样带领着每一个人。无论在什么地方,他总是领导着一个世界;只要有他在,一切都会生机勃勃,热火朝天。反过来,你再来看看我们可尊敬的医生吧!这是完全相反的天性。如果说罗塔里欧的影响是全面而遥远的话,那么这位医生则是把他的锐利目光投向最近的事物。与其说他能够从事各种活动,不如说他本人一向处在行动中。从他的行动上看,他跟一个精干的当家人没有什么两样。他的行动,效用是不明显的,因为每个人的行动都严守本分。他的知识总是不断地积累又不断地支出,小规模地收取和分配。那个人几年辛勤劳动创造的一切,罗塔里欧一天之内就能全给毁掉;但罗塔里欧立刻也能给别人以力量,把破坏的东西成百倍地建造起来。"——"在你自己内心中充满矛盾的时刻,才想起别人的明显的优点,"维廉说,"是令人不快的;只有性情安静的人才这样思考事情,容易激动、好猜疑的人做不到这一点。"——"沉静而理智地进行观察,从来都是无害的,因为我们已习惯于考虑别人的优点,所以我们自己的优点总是不露痕迹地自动摆在合适的位置上,由我们的空想造成的每个错误行动事后我们都会心甘情愿地加以清除。你尽管打起精神,摆脱一切猜疑和不安吧!瞧,阿贝来了。你可要尊重他呀,你很快就会知道你该多么感谢他了。你这个爱打趣的人!瞧,他已经来到娜塔丽亚和苔蕾丝之间了。我敢打赌,他又在想什么诡计了。他总喜欢扮演代表天命的角色,也不是由于爱好,却为人缔结婚姻。"

雅诺的明智而善良的话语并没有平复维廉的激愤情绪。维廉认为,最不美妙的是,他的朋友恰在此刻提到了这样一种情况,他面带微笑而又不无愠色地说:"我想,让那些彼此相爱的人去爱好缔结婚姻吧。"

第 六 章

整个团体又相聚了,这两个朋友不得不中断他们的谈话。立刻有人通禀来了一个信使,他要把信亲自交给罗塔里欧。信使被领进来了;看上去他健壮而精干,他的仆人制服富丽而别致。维廉觉得他很面熟,他果真没弄错:这正是他当时派到菲利娜和那个臆想中的马利亚娜那里去传递信件,而后一直未曾回来的那个人。维廉正想跟他攀谈,恰好罗塔里欧读完了送来的信,严肃而不悦地问道:"你的主人姓什么?"

"对这个问题,我无可奉告,"信使恭恭敬敬地回答,"我想,这封信把该说的全说了;我没有受委托做任何口头的传报。"

"姑且如此，"罗塔里欧微笑着说，"既然你的主人这么小心翼翼地给我送来一封信，对他我们一定表示欢迎。"——"他很快就会来的。"信使鞠了一躬，转身离去了。

"你就听听这封空洞无物而又杂乱无章的信吧，"罗塔里欧说，"'既然在所有的客人当中，他一旦出现，他就会因为富有幽默感而成为最受欢迎的客人，'这个陌生人这样写道，'既然他是我的形影不离的旅伴，所以我相信，这次拜访，这次我早已决心探问你可尊敬的阁下的拜访，是不会引起你的反感的。不仅如此，我甚至希望我能使这整个高贵的家庭对我完全满意，然后我再离去，我就是这样处理诸如此类的问题，施奈肯福斯伯爵。'"

"这是一个陌生的姓氏。"阿贝指出。

"也可能是某一位伯爵的代表。"雅诺说。

"这个秘密很容易揭晓，"娜塔丽亚说，"我敢肯定，这是弗里德里希弟弟。自从外叔祖去世以后他就说要来拜访我们一次。"

"对极了！我的美丽聪慧的姐姐！"一个人从近处的一簇灌木林里喊道，同时走出一个活泼快乐的年轻人。维廉怎么也按捺不住自己的激动心情了。"怎么？"他喊道，"难道是我们的金发淘气鬼在这里把我追上了吗？"弗里德里希警觉起来，两眼紧盯着维廉，高声说："真的，如果根据传闻，那些巍然矗立在埃及的举世闻名的金字塔，或是茂索鲁斯国王的陵墓不复存在了，却突然在我外叔祖的花园里被发现了，我也不会跟你——我的老朋友和万全的慈善家——一样感到惊奇的。还是让我向你表示最美好的敬意吧！"

在他问候和亲吻了周围的所有人以后，他又跳到维廉跟前，高声说："你就为我好好照料照料这位英雄、这位军事统帅和戏剧哲学家吧！我们初次相识时，我给他梳头真让他大吃了苦头，我要老老实实地承认，我用的是梳麻器，他后来竟免去了对我的一顿痛打。他像斯皮奇奥一样宽宏，像亚历山大一样慷慨；他有时也被卷入爱情的旋涡，但对情敌从不怀恨。他不仅对他的敌人以德报怨，可以说这是人们所能想象的最坏的报答，——不，确切地说，他是给拐走他情人的朋友们派去了善良而忠实的仆人，免得他们绊在石头上跌跤。"

他就是这样不停地说着，谁也无法拦住他不说，而且也没有人能回答他，因此他只是一个人在那里说个没完。"你应该知道我是怎样获得这些知识的。"大家都想知道他的境况如何，他是从哪儿来的。

娜塔丽亚小声对苔蕾丝说："见他那么风趣，我很痛苦；我敢打赌，他自己心里并不痛快。"

除开雅诺跟他开了几句玩笑，弗里德里希没有发现这个团体对他的恶作剧有什么反应，于是他说："现在我只能以严肃的态度来对待这个严肃的家庭了。因为在这样窘迫的环境里，我的整个负罪的重担沉重地压在我的心头，所以我干脆做一次总的忏悔，但是，我的尊贵的先生和女士们，关于这一切你们连一个字也不会听到。这里的这位挚友，他对我的生活和作为已经有了一些了解，只有他能听我的忏悔，不过那也仅限于他有权询问的那一部分。难道你就不想知道'怎么样'和'在哪里'，'究竟是谁''什么时候''为什么'这类问题？就不想知道希腊语'我爱'和'我爱过'怎样变位，就不想知道这个动词的派生成分吗？"

他热烈地拥抱维廉,亲维廉的脸,然后挎起维廉的胳膊,把维廉领走了。

刚刚跨入维廉的房间,弗里德里希就看见窗户里边放着一把随身携带的小刀,上边的题词是:"不要忘了我"。"你的宝贵的东西你都保存得很好,"他说,"的确,这是菲利娜的小刀,就是我给你梳完头的那天她送给你的。但愿你还时时想念着我们的这位美丽的少女,我敢肯定,她并没有忘了你。假如我不是早已排除了我心中任何嫉妒的蛛丝马迹,我也就不会不无猜忌地跟你见面了。"

"请你别再提这个可爱的人了,"维廉接口说,"我不否认,我在很长的时间里都不能忘怀她那喜人的形象,但这也不过如此。"

"呸,你不害臊吗?"弗里德里希嚷道,"怎么可以抛弃自己的情人呢?众愿所归,你曾经不顾一切地爱过她。没有一天你不送点什么给这个姑娘。一个德国人送东西给姑娘,那就说明他是真的爱她。我觉得,不是别的,而是人家把她从你身边骗走了,结果让那个红衣小军官讨了便宜。"

"怎么?你就是我们在菲利娜家里遇到的那个军官?她就是跟你一块儿走的?"

"是的,"弗里德里希答道,"你还以为那是马利亚娜呢。对这个误会,我们真是笑了个够。"

"太残忍了!"维廉喊道,"竟让我担了嫌疑。"

"此外,你打发到我们那儿去的信使,马上也就有了差事!"弗里德里希说,"那是一个很能干的小伙子,这一向他都站在我们一边。我现在仍像以前一样疯狂地爱着这个姑娘。我被她迷住了,简直成了神话里的一个角色,天天害怕会起什么变化。"

"请你告诉我,"维廉问,"你是从哪里获得这样渊博的知识的?你经常援引古老的传说和故事,对你的这种不同凡响的习惯我实在佩服。"

"我就是在这种愉快的方式下受的教育,"弗里德里希说,"并且真的成了很有学问的人。菲利娜也在我身边,我从一个承租人那里租了一座骑士庄园的古堡,我们在那里就像顽皮的山妖一样过着极快乐的生活。在那里我们发现了一个规模虽小但内容极好的藏书室,这里有一部大的对开本的《圣经》,戈特弗里德的《编年史》,两卷《欧洲戏剧》,《哲学集锦》,格里菲的著作以及其他几本不很重要的书。每当我们闹够了,我们有时也感到无聊,于是我们就读书,但霎时间我们又觉得更烦闷了。菲利娜终于想出了一个好主意:把所有的书都打开,摆在一张大桌子上。我们俩面对面坐下,你一句我一句地交替朗读不同的书。那真是极大的乐趣!我们觉得我们是生活在一个良好的团体里,认为过久地研究某一个内容或很透彻地解释它都是不成体统的。我们觉得我们生活在一个活跃的团体里,在这里一个人可以打断另一个人的话。我们就这样天天有系统地交谈,从这里渐渐也就受到了教育,我们能学到这么多东西连我们自己也感到惊奇。对我们说来,人世间再也不存在什么新的不可知的问题,我们的科学知识使我们具有解答一切问题的能力。我们总是变换研究方法,可以说采取的方法是多种多样的。有一种沙漏几分钟就能把沙子漏完;我们读书有时就利用这种废旧的沙漏计时。第二个读书人很快就读完了他的书,于是就开始读另一本新书。沙子刚落入底下的玻璃瓶里,另一个人立即开始朗读。

我们就是这样严格按照科学的方法研读，只不过我们的学习时间更短了，我们的研究更广泛了。"

"这样的儿戏我完全理解，"维廉说，"特别是如此快活的一对在一起的时候；我所不理解的是，像你们这样性情不定的一对，怎么能在一起生活这么久。"

"这正所谓我们的幸福和不幸，"弗里德里希大声说，"菲利娜不准别人看她，她自己也不照镜子看她自己，她怀孕了。世上再也没有谁比她更难看更可笑的了。在我刚要离去的时候，她突然走到镜子前面。'啊呀，活见鬼！'她边说边掉过脸去，'这可成了真正的梅里纳夫人！多么讨厌的形象啊！一个人看上去怎么会这样丑恶！'"

"应该承认，"维廉说，"你们俩竟然做了父母，实在显得可笑。"

"说我是孩子的父亲，真是瞎胡闹，"弗里德里希说，"她硬说孩子是我的，而且时间好像也对头。演完《哈姆雷特》她去看过你一次，开始使我产生怀疑的就是她对你的这次访问。"

"哪一次访问？"

"难道你真的不记得了吗？就是那天夜里，你不知道那是菲利娜，竟把她当作一个勾引男人的有血有肉的女妖了。当然，这故事对我说来并非美妙的赠品，但对这类事如不采取息事宁人的态度，那就根本谈不上相爱了。总之，做父亲只能建立在确信无疑的基础上；我确信，这就意味着我是父亲。你看得出，我是很懂得审时度势的。那孩子要不是一生下来就含笑死去了，他即使不是栋梁之材，也会成为一个讨人喜欢的世界公民。"

在两个朋友这样无拘无束地叙谈这些轻佻行为的同时，别的人却都在讨论严肃的问题。弗里德里希和维廉刚要离去，便被阿贝好似无意中领进了一个花厅；大家一入座，阿贝便开始发言了。

"过去，"他说，"我们总说苔蕾丝小姐不是她这个母亲生的。现在我们有必要详细地说一说这件事。下面就讲这个故事，我恳求我讲完后能得到各方面的承认和证实。

"封·×××夫人在婚后最初的几年里跟丈夫生活得很和谐；只有一件事使他们感到不快：几次指望传宗接代的孩子，一生下来就死了。生第三胎时，医生甚至事前就告诉这位母亲这一次又是一个死胎。他还预言，第四胎也不可避免地还是个死胎。迫不得已，只好另找出路；解除婚约他们又不愿意，因为在世人心目中他们处得极为和睦。封·×××夫人开始设法弥补她那被剥夺了的做母亲的幸福，一边激励自己的精神，同时在社交场合中不停地活动，并顺从自己的虚荣心。当她丈夫对一个身材苗条、品行端庄的女人产生了爱慕之情时，她却怀着愉快的心情凝望着他。封·×××夫人很快就促成这件美事，使这可爱的姑娘献身于苔蕾丝的父亲，这个姑娘继续操持家务，对她的女主人显得更殷勤，更顺从。

"过了一些时候，她声称自己怀孕了，夫妻俩尽管动机不同，却都怀着同样的生儿育女的心理。封·×××先生希望他情人生的这个孩子成为他家的法定继承人，封·×××夫人却很恼恨，她的医生不慎在邻人中把她的健康状况泄露出去了，她打算用一个冒名顶替的婴儿消除贬低她人格的传闻，以自己这样的让步来保持她在家中的最高权威，她一直担心环境发生变化后她会丧失这个权威。她比丈夫更沉稳，她摸透他的愿望后,从不跟他对立,但她能很轻易地让他就范。她提出了她的条件,几乎实现了她的一切要求;于是出现了一份几乎根本不考虑孩子利益的遗嘱。老医生去世了,便请来了一个聪明能干的年轻人,这个人得到了优厚的报酬,他也真的不负所托,尽力作了说明,改正了他已故同事仓促做出的不恰当的诊断。生母也不反对,所有的人也都装得很像。苔蕾丝诞生了,她被公认为这位养母的女儿,她的生母同时也就成了这次颠倒黑白的牺牲品,——她因下床过早而送了命,愤然离开了自己可敬的男友。

"而封·×××夫人却完全达到了目的——在世人眼里,她有了一个可爱的孩子,为此她感到无比骄傲,同时她又摆脱了她的情敌,她把她情敌的地位视作眼中钉,暗自担心这情敌有朝一日哪怕发生极其微小的影响。她待这孩子极为温柔亲切,她善于在跟丈夫亲密温存的时刻对他的亏损深表同情,从而博得丈夫的欢心,可以说,他对她真是百依百顺,把自己的幸福和他孩子的幸福全都寄托在她身上,只是在他临死前不久,而且主要是借他长大成人的女儿的帮助,他才又一度当家做主。美丽的苔蕾丝,这也许就是你的卧病不起的父亲渴望向你揭示的秘密。这就是我现在要详细向你说明的一切,因为那个年轻的朋友由于世间奇特的联系而成了你的未婚夫,现在他不在这里。这里有几张纸,都是对我所讲的一切事实的铁证。从这里你还会了解到,我对这件事已经追踪调查很久了,只不过现在才完全确信不疑。过去我不敢对我的朋友讲他有获得这种幸福的可能,因为这个希望第二次再落空,对他感情的伤害就太深了。你现在可以理解吕迪亚的嫉妒心理了:坦白地说,自从我重新考虑我的朋友同苔蕾丝的关系以来，我就再也没有去鼓励过他去爱这个善良的姑娘。"

听完这个故事，谁也没说一句话。女人们过了几天把这几张纸还了回来，也没有再提起这件事。

只要这个团体聚集在一起，就有足够的办法让大家在家里家外从事各种活动。这个地区本身就极有吸引力，人们都很愿意单独地或集体地骑马、乘车或步行出去观赏周围的风光。雅诺从中找了一个机会完成了别人委托他办的一件事：他把这几张纸拿出来给维廉看，但并不直接要求对方做出任何决定。

"在我所处的这样极其复杂的环境里，"维廉说，"我只能向你重复一遍我一开始就真诚坦率地当着娜塔丽亚的面说过的话：罗塔里欧和他的朋友们有权要求我做出任何牺牲；这是我对苔蕾丝提出的全部要求，请你转告她，你就设法让我得到应有的解脱吧。噢，我的朋友，为了做出这个决定，我无须考虑多久。苔蕾丝最初就是在这里快快活活地欢迎我的，这些天来我已经感到，她很难恢复她当初的那种神态了。我失掉了她的爱，确切地说，我从来就没有享受过她的爱。"

"这样的状况是需要靠缄默和等待逐渐解决的，"雅诺指出，"这样做比靠多言多语要好得多，多言多语总难免引起不安和动乱。"

"我想，"维廉说，"正是在这样的状况下，才有可能得到最稳妥最有效的解决。人们常常责备我犹疑不定；为什么偏在此刻人们会违背我的意志把罪过归咎于我呢？难道世人如此热心地教育我们，不正是为了让我们感觉到世人的自我教育是多么少吗？是的，你很快就会使我心情愉快起来，你会帮我找到摆脱困境的出路，我是抱着最良好的意愿陷入这样的困境的。"

尽管提出了这样的要求，几天来他却一直没有听到人们谈起此事，而且也没有发现他的朋友们有什么新的变化；谈话往往都是很一般的，不痛不痒的。

第 七 章

有一天，当娜塔丽亚、雅诺和维廉坐在一起时，娜塔丽亚开口说："你有些心事重重，雅诺，好几天前我就觉察到了。"

"我确实有些心事重重，"她的朋友答道，"我面前摆着一件重要的事，对此我们已经做了很长时间的准备，现在无论如何也必须着手去办了。这件事的主要情况你都知道，我可以跟我们这位年轻的朋友谈一谈，因为这要看他愿不愿意参与。不久以后你就再也看不见我了，因为我打算乘船前往美洲。"

"到美洲去？"维廉面带微笑问，"我从未想到你会去做这样的冒险，更没想到，你会选中我做你的旅伴。"

"如果你完全了解我们的计划，"雅诺说，"你就会给它取一个更好的名字，说不定你还会很喜欢它呢。请你仔细听我说！为了认清我们所面临的翻天覆地的变化，认清财产在什么地方都是靠不住的，我们必须懂点政治。"

"政治我一点儿也不懂，"维廉插话说，"不久前我才认真经管我的财产。也许我应该再晚一些来考虑我的财产要更好一些，因为我发现，为保持这点财产而终日焦虑，简直能把人搞成疑病患者。"

"请你听我讲完，"雅诺说，"上年纪的人适于有这样的焦虑，这可以让青年过上一段无忧无虑的生活。人类活动的这种平衡可惜只能借助对比的方法来建立。现在已经不能再劝人只在一个地点把持自己的财产，只把自己的钱托付一个人管理了，而在很多地方看管这一切又是很困难的。因此我们想出了别的办法：由我们的古老的塔楼开始建立商号，这商号推广到世界各大洲，各大洲的任何人都可以加入这个商号。我们以自己的财产相互上了保险，一旦某国里的革命使我们某人的财产受到损失便可以相互补偿。我现在到美洲去，就是想利用我的朋友在那里建立的良好关系。阿贝准备到俄罗斯去。如果你愿意参加我们的团体，你就可以做这样的选择：要么你跟罗塔里欧留在德国，要么你就跟我一起动身到美洲去。我建议你选择后者，因为做一次遥远的旅行对青年人是非常有益的。"

维廉振作起精神，回答说："这样的建议是值得认真考虑的，因为我的格言正是：'走得越远越好。'我希望你能更详细地给我讲讲你的计划。也许这是由我对世界的无知造成的，我总觉得这样的结合会遇到不可克服的困难。"

"由于迄今为止像我们这样正直、聪明、坚定并具有一种能发展为社会思想的一般思想的人还很少，所以这里的大多数困难都是容易克服的。"雅诺答道。

弗里德里希一直默默地听着，这时发话了："如果你对我友好相请，我也跟你们一道去。"

雅诺摇了摇头。

"那么，你们对我有什么不满意的吗?"弗里德里希继续说，"一个新的移民地也需要年轻的殖民，我可以把这些人带去;同时这也是一些快活的人,我敢向你们保证。此外,我还认识一个可爱的年轻女子,她在这里已经没有安身之处了,这就是那娇美迷人的吕迪亚。如果这可怜的孩子不把她的痛苦抛进海底,如果她没有一个好心的男人来怜爱,她怎样摆脱她的痛苦呢?我青年时代的朋友,我想,你正准备安慰那些离家出走的人,你就下决心这样做吧!让每个人都用胳膊挎着自己的美人儿走吧,我们将紧随在我们这位老朋友的身后。"

这个建议激怒了维廉。他故作镇静地答道:"我现在连她有没有意中人都不知道呢。一般说来我在求婚上总是运气不佳,所以我也不打算做这样的尝试。"

"弗里德里希弟弟,"娜塔丽亚说,"你自己做事轻率,也以为别人跟你的想法一样。我们的朋友是值得一颗完全属于他的女人的心去爱的,这颗心一经属于他就不会再有别的忆念。只有为了像苔蕾丝这样具有理智而纯真的性格的人,才能敦促他去做这样的冒险。"

"什么冒险!"弗里德里希高声说,"在爱情中一切都是冒险。不论在园亭下还是在祭坛前,不论相互拥抱还是赠送订婚的金戒指,不论在蟋蟀的叫声中还是在喇叭铜鼓的齐鸣下,一切都是冒险,一切都出于偶然。"

"我一向看到的,"娜塔丽亚说,"我们的原则只是我们的生活的一个补充。我们并不想给我们的错误披上合法的外衣。只是要看看这个以强大力量吸引你攫住你的美人要把你引向什么样的道路。"

"她自己现在正走在一条美好的大道上,"弗里德里希答道,"走在一条圣洁的大道上。诚然,道路是迂回曲折的,但它更合意更可靠。但马利亚·封·马格达拉走的也是这样的路,天晓得还有多少别的人！不过,姐姐,谈到爱情,你最好还是保持沉默。我认为,只要一个地方不缺乏新娘,你是不会结婚的,你以你天生的好心也是要成为谁的生活的补充。现在就让我们结束跟这个灵魂的贩卖者的谈判,在旅行团体的组成问题上取得一致的意见吧。"

"你的建议提得太晚了,"雅诺说,"吕迪亚的命运已经有了保障。"

"怎么得到保障的?"弗里德里希问。

"我本人向她求婚了。"雅诺回答。

"我的老朋友,"弗里德里希说,"你这纯属胡闹,这种事简直会让人议论纷纷,肯定是说什么的都有。"

"我不得不直言不讳,"娜塔丽亚说,"就在此刻,当一个姑娘正对另一个人的爱感到绝望的时候,你向她表白自己的爱,这是一次危险的尝试。"

"我已经大胆地向她提出,"雅诺答道,"她可以在一定的条件下跟我结合。请你相信我,世上没有什么比一颗能爱能激动的心更宝贵的。这颗心是否爱过,它是否还在爱,都无关紧要。在我看来,那种拿来爱别人的爱,比之于可能拿来爱我的爱,更令人着迷。我看到一颗美好的心具有多么大的力量和能力,自私心不能蒙蔽我的洞察力。"

"前几天你跟吕迪亚说了吗?"娜塔丽亚问。

雅诺微微一笑,点了点头。娜塔丽亚摇了摇头,站起来说:"我不能再给你们什么指导了。但你们也休想欺骗我。"

她刚想走,阿贝拿着一封信走进来,对她说:"请留步！我这里有一个建议,很想听听你的意见。你已故外叔祖的朋友,那位侯爵,几天内就要到这儿来了,我们盼他来已经盼了好些时候了。他写信告诉我,他德语说得并不像他所想象的那样流畅,他需要一个既精通语言又懂得其他知识的陪同者。因为他还打算了解一些科学和政治方面的情况,所以他非常需要有这样一名口译人员。我认为我们这位年轻的朋友是最合适的人选。他精通语言,而且具有多方面的知识;在这样一个良好的团体和如此优越的环境里来看一看德国,这对他本人也是大有好处的。谁不了解自己的祖国,谁就没有认识其他国家的尺度。你们还有什么要说的吗,朋友们? 你还有什么要说的吗,娜塔丽亚?"

没有一个人对此提出异议。看来,雅诺也不认为这对他的美洲之行有什么障碍,因为他反正不能马上动身。娜塔丽亚沉默不语,弗里德里希引用了不少各式各样有益于此次旅行的警句。

维廉从内心深处感到对这个建议十分恼火,他简直都无法掩饰他的恼怒心情了。他清楚地看到有一种想尽快摆脱他的默契。最糟糕的是,人们竟让这种默契如此明确如此无情地显现出来。吕迪亚在他心里引起的猜疑和他所知道的一切,都重新活跃在他的灵魂面前。雅诺向他解释一切时的天然风度他也觉得是装模作样。

他克制着自己的情感,回答说:"不管怎么说,这个建议必须冷静地加以考虑。"

"这需要赶快决定。"阿贝说。

"我现在对此毫无思想准备,"维廉答道,"我们最好还是静候客人的到来,然后再看我们彼此是否能够处得融洽。然而有一个主要条件我们必须事先提出来:要准许我带着我的菲利克斯一起走,准许我走到哪里把他带到哪里。"

“这个条件是很难接受的。”阿贝说。

“我看不出为什么无论是谁都有权向我口授条件！”维廉高声说，“我看不出，为了了解自己的祖国，干吗非要让一个意大利人加入我们的团体。”

“因为一个青年人永远有理由要求参加一些活动。”阿贝激动而严肃地指出。

维廉注意到，他已经不能继续克制自己了，因为他的心境只有当娜塔丽亚在场的时候才能稍好一些，他连忙说：“我请求给我点时间考虑考虑，我看很快就可以有个定论，决定我是否有资格参加团体的活动，决定我的心智是否有能力挣脱将注定使我永遭屈辱的奴隶地位。”

他十分激动地说了这一席话。只要向娜塔丽亚看一眼，他便略感心安，因为在他心情激动的时刻她的身影和她的威严对他全有极大的影响。

“是的，”他自言自语地说，这时他已经控制住了自己的感情，“你要承认：你是爱她了，你又感觉到倾心的爱意味着什么了。我曾这样地爱过马利亚娜，我曾为她犯了可怕的错误；我爱过菲利娜，却又不得不鄙视她；我尊重奥莱丽亚，但我不能爱她；我崇敬苔蕾丝，却以父爱的形式掩饰对她的倾慕。现在，理应使人获得幸福的一切感情都在你心中翻腾起来了，现在你必须逃脱！啊！为什么不可抗拒的占有欲总跟这些感情和这些意识搅和在一起呢？为什么没有占有，这种感情和这种信念就会把任何别种形式的欢乐完全毁灭呢？你今后还能享受到阳光的照耀和世人的关怀，还能得到团体的信任或任何一种幸福财富吗？你永远也不会对你自己说：‘娜塔丽亚不在这里！’可惜，娜塔丽亚对于你是常在的。只要你闭上眼睛,她就站在你面前;一旦你睁开眼睛,她就在一切物体前飘浮,就像一个幻象在人们眼中留下的一个耀眼的图像。以前在你的想象中不是一直存在着那一闪即逝的女骑士的形象吗?你只能看到她,你却不认识她。现在,你认识她,你离她这样近,她对你又充满了同情;同你想象中她的形象相比,现在,她的种种特征已经更深刻地印入了你的脑海。永远寻找她,要小心翼翼;而找到她又必须离开她,更要小心翼翼。在这个世界上我还有什么要问的呢?我还有什么要寻找的呢?哪个地区、哪个城市保存着比得上她的宝贝?难道我四处奔走就是为了寻得最坏的结果吗?难道生活仅像一个直线跑道,人们跑到一端立刻就得反身转回吗!难道善或至美仅像一个固定不变的标杆立在那里,当人们骑着快马以为达到时便必须同样迅速地再离开它吗?相反,每个追求人间幸福的人都能在世界各国或干脆在市场和年市上把它们弄到手。"

"来,可爱的孩子!"他朝着刚好跑来的儿子喊道,"你现在和将来都是我的一切!你顶替你可爱的母亲留在了我身边,你现在应该代替我曾为你选定的第二个母亲,你应该弥补这个很大的缺陷。我的宝贝儿子,就用你的英俊、友好、好学和才干来安慰我这颗心,抚慰我的精神吧!"

那男孩正在摆弄一个新的玩具。父亲想帮他把玩具弄得好一点,听使唤一些,符合要求一些。但就在这时这男孩竟没了兴致。"你是一个真正的人!"维廉说,"来,我的儿子!来,我的兄弟!让我们四处漫游,尽兴地无目的地玩耍吧!"

他已经决定离家出走了,决定把这孩子带在身边,抛却世上的一切,这是他的不可更改的计划。他写信告诉威纳,请威纳借给他一些钱并签一张信用单,他打发弗里德里希的信使去办这件急事并要求他赶快回来。尽管他对其余的朋友心怀不满,他对娜塔丽亚的态度却极真诚。他相信她是赞同他的意图的;她确信,他可以走也必须走,尽管她佯装的冷漠态度使他感到痛苦,但她的美好风度和她的在场却使他格外心安。她劝他去访问几个城市,以便在那里跟她的几个男友和女友结识。信使回来了,虽然威纳似乎对这次远行并不完全满意,他还是带回了维廉所要求的一切。——"我原本盼望你能明智一些,可是这个希望现在又被推延一段时间了,"威纳写道,"你们大家究竟要到什么地方去漫游呢?那女人,你曾希望我对她给以经济援助,她现在究竟在哪里?其他朋友现在都不在;这些麻烦事整个儿都落在法官和我的身上了。幸运的是,就像我成了一个经济家一样,他也成了一个好的法学家,然而,我们俩都不善于办这类麻烦事。祝你平安!你的狂妄行径是可以原谅的,因为没有这一切,我们的事业在这个地区也许不会这样兴旺。"

从外表上看,他现在随时都可以动身,只是在感情上他还有两个牵挂构成了阻碍。阿贝打算为迷娘举行葬礼,但有关的礼仪尚未准备停当;除了在葬礼上,人们永远不想让他去看迷娘的躯体。医生也被乡村教士写的一封莫名其妙的信叫走了。现在需要把那位老竖琴师找来,维廉有心详细地了解他坎坷的一生。

处在这样的境况,他的身心白天黑夜都得不到安宁。所有的人都入睡了,他还在屋子里来回踱步。从小就熟悉的那些艺术作品件件都摆在那里,这些艺术品使他既感兴趣又生厌恶。周围的一切他既抓不住又放不开,一切都使他浮想联翩;他通观自己这整个的生活之环,可惜他面前的这个环已经断了,似乎永远也不可能再接起来。他深深地陷入这样古怪和愁苦的思索之中,甚至有时觉得自己就像一个幽灵;尽管他还能感觉和触摸到周围的事物,他却始终摆脱不了这样的怀疑:他是否真的活着,在这里的究竟是不是他自己。

一想到他不得不如此轻蔑而急迫地抛却他所寻得和重新获得的一切,他便感到痛苦万分,只有这钻心的痛苦,只有他的眼泪才能使他重新感到自己的存在。他总设想他目前的处境何等幸福,但白费心思。"一旦那对人最宝贵的东西不存在了,一切也就化为乌有了!"他说。

阿贝通知大家:侯爵已到。"看来,"他对维廉说,"你是决定带着你的孩子单独远行了。不过你还是认识一下这个人较好,不管你今后在什么地方碰到他,他也许对你有点用处。"——侯爵进来了。他是一个中年人,一个身材端正、讨人喜欢的伦巴底人。他年轻时就在军队里结识了比他年纪大得多的外叔祖,后来又跟外叔祖有过业务上的往来。他们曾一起游历过大半个意大利;侯爵在这里再次见到的这些艺术作品,都是当他在场,而且如今仍然记忆犹新的幸运机会出现时碰到和买来的。

一般说来,对艺术的高贵价值,意大利人比其他民族有更深的感受:他们当中的每个人无论从事什么活动,都希望别人称他为艺术家、师傅和教授,至少对这种称呼的要求表明,他不满足于只做一个模仿者,也不满足于只掌握手工艺技能。按照他的观点,每个人都应该有能力思考他所做的事,提出自己的原则,向自己也向别人说明他为什么一定要这样做,而不那样做。

侯爵看见这些已故收藏家的珍贵的收藏,心情很激动;听到他朋友的杰出继承者亲口向他讲的他故友的精神,他非常高兴。他们一起观赏了这些风格各异的艺术品,他们怀着极为满意的心情确认彼此是完全理解的。谈话的人主要是侯爵和阿贝;娜塔丽亚觉得自己又被摆进了她外叔祖的团体里,她很理解他们的思想和观点;为了了解某一观点,他不得不把一切都译成专有名词。弗里德里希的俏皮话是很难制止的。雅诺很少在场。

当人们提到近代稀少优秀的作品时,侯爵说:"环境对艺术家究竟产生什么影响,是很难完全弄清楚的。而谈到最伟大的天才、最著名的大师,他对自己总是提出无尽的要求,为培养自己付出不可名状的辛劳。如果环境对他的影响很小,如果他明白适应世界并不很难,自己只需轻松恬静、笑脸相迎即可,那么,当对舒适生活的追求和自私心理不使他停滞在平庸的状态上,就会令人感到惊奇;如果他不愿把投合时尚的作品换成金钱和赞扬,而是要选择那条或多或少通向一种殉道者苦难生活的正确的路,就很稀少了。因此,我们时代的艺术家们永远应允,从不践约。他们总是力求打动人心,而从不给以满足;一切都只是筹划,可是无论在什么地方也看不到根基,也看不到实行。但人们只要能在画廊里安静地待上一阵子,就会看到,什么作品吸引观众,什么作品受到观众的赞扬,什么作品被人忽略,这样,你就会对今天失去兴致,对未来不抱希望。"

"是的,"阿贝回答说,"艺术爱好者和艺术家的修养是相互补充的。艺术爱好者只寻求一般的不固定的享受;他希望艺术品能像天然物那样使人感到快慰;人们以为凭借感官便可享受艺术作品,人们的自我成长就像自己的舌头和大拇指的发育一样,人们评论艺术作品就像品评饮食一样。他们不理解,为了获得真正的艺术享受,必须具有一种特殊的文化。在我看来,最难的是:当一个人想要培养自己时,他必须学会独立思考和行动的能力。因此我们常常遇到许多自以为判断整体而实际是片面的文化。"

"你的话,我不大明白。"雅诺向谈话的人走过去说。

"三言两语把这个讲清楚,也不容易,"阿贝回答,"我只能这样说:只要一个人向往多种多样的活动或多种多样的享受,他就必须培养自己多种多样同时又互不相依的感官。谁想去从事和享受人的天性所要求的一切,谁想把一切都与这种享受联结在一起,他就得把他的时间用在一种永不知足的努力上。观赏一座美丽的雕像、一幅杰出的绘画时只为这艺术品所吸引,倾听一曲歌唱只因那歌曲动听,赞佩一名演员只因他的表演感人,称道一座建筑物只因它和谐和恒久,——一切都如此自然而然地流露出来,也是一件难事。但我们看到的情况却是:大多数人都把优秀的艺术品看作可以随便揉搓的软胶泥。按照他们的兴趣、观点和欲念,一块雕好的大理石可以多次改变它的形象,一座砌得坚固的建筑物可以伸长或缩小,一张画应该能给以指导,一出戏应该能够修改;不管什么东西,想让它变成什么样子都行。事实上,大部分人都是没有定型的,他们无力赋予自己和自己本性以形状,因此他们必须努力从各种物体那里寻取自己的形体,以便使一切都变成不固定不坚实的材料,他们自己也是属于这类材料的。归根结底,他们把一切都归结为所谓的效应,一切都是相对的,所以一切也就变成相对的了,这里不包括荒谬和平庸,然而荒谬和平庸却占着绝对的优势。"

"我明白你的意思，"雅诺说，"确切地说，我看到，你所说的完全符合你一向固守的原则；但我对不幸的人类不能取这样严酷的态度。诚然，我认识很多这样的人：他们一看见艺术和自然的最伟大的创造，首先想到的是他们那些可怜的需要，他们在演歌剧时也保持着自己的良知和道德，在观赏廊柱时也怀着爱和恨；一切外界可能带给他们的至善和伟大，在他们的想象中必然尽量地变得更为逊色，其目的无非是要把这至善和伟大同他们的贫乏的本性联结在一起。"

第 八 章

晚上，阿贝请大家去参加迷娘的葬礼。大家来到了祖先堂，那里的灯光和布置极为别致。四壁从上到下几乎挂满了天蓝色的壁毯，只露着墙脚和柱顶线盘。墙角的四个枝形烛台上燃着巨型的蜡烛，围着大厅中央的石棺按比例放着四个较小的枝形烛台。石棺旁站着四个男孩，都穿着天蓝色镶银边的衣服，好像用一把巨大的鸵鸟羽扇向一个安眠在石棺里的人扇风送爽。大家坐下来，于是两个合唱队便开始用美妙的歌唱提问："你们把谁送到我们这个安静的隐身所在来了？"四个孩子用娇柔的声音回答："我们送来了一个疲惫的卖艺少女；就让她在你们中间安睡吧，直到天上姐妹的狂欢有一天再把她唤醒。"

合唱："欢迎你，我们团体的青春的初生儿！我们以悲痛的心情欢迎你！不论男孩,还是女孩,都不让再有一个人追随你!只有老年人才会心甘情愿、忧伤地走进这安谧的大厅。就让这最可爱的孩子也在这严肃的团体里安息吧!"

男孩子们:"唉!把她送到此地,我们何等悲哀!啊,只好把她留在这里!我们也宁愿留在这里,让我们哭泣吧,在她的石棺旁哭泣!"

合唱:"请看这强劲的翅膀!请看这轻柔美丽的服装!她头上那金黄色的带子闪着亮光。看,她的面貌多么美,多么尊贵!"

男孩子们:"啊,翅膀已托不起她!这服装再也不会在那轻柔的波状服饰下闪动!当我们把玫瑰花环戴在她头上,她娇媚而友善地朝我们瞧。"

合唱:"请用心灵的眼睛仔细看!在你们心里跃动着一种创造力,它能把生命高举在群星之上,因为生命高于一切,生命比一切都美。"

男孩子们:"啊!我们在这里失去了她。她再也不能在公园里散步,再也不能在草地上采花。让我们哭吧,我们把她留在了这里!哭吧,我们愿意和她在一起!"

合唱:"孩子们!返回生活吧!清风将吹干你们的眼泪,清风在蜿蜒的河上吹拂。走出黑夜吧!白天,欢乐,生存——这是活人的命运。"

男孩子们:"振作起来,让我们返回生活!让白天赐给我们工作和欢乐,傍晚带给我们安歇,夜梦唤醒我们心中的力量。"

合唱:"孩子们,赶快走向生活!爱情身穿美丽的盛装,头戴不朽的花环,在迎接你们!"

男孩子们走了,阿贝站起来,走到石棺后。"这是一个准备走进这安静住所的人的内心表白。每个新来的人都应该受到隆重的欢迎,"他说,"在他之后,也就是在这座房子的建造者和这个避难所的创造者之后,我们首先带来了一个年轻的外乡人,结果,这个不大的空间现在就有了严峻、专横、无情的死神的两种截然不同的祭品。按照固定的法则我们生在人世,我们能够观察世事的日子是屈指可数的,但对寿命来说却没有任何法则。最微弱的生命之线会延伸得出人意料的长,最坚固的生命之线也能被命运女神的剪刀强力剪断,这命运女神好像喜欢拿矛盾的事物取乐。关于现在安葬在这里的这个孩子,我们能说的话很少。我们不知道她是从哪儿来的;她的父母是谁,我们一无所知,她的年龄我们也只能推测。她的心是深沉的、紧锁的,对她内心深处隐秘的感情我们只能猜想。她心中的一切都不清楚,都像蒙上了一层雾,看得见的只有她对从恶棍手中将她救出的那个人的爱。这温柔的爱慕,这深情的谢意,仿佛一团火,把她的生命之油耗尽;医生的妙手也没能留住这美好的生命,最忠实的友谊也不能使这生命延长。但技术也束缚不住这弃世的精神,它却使尽一切手段来保护她的肉体,使之永不腐烂。一种芳香液注入所有的动脉,而今代替血液把她过早苍白的面颊染红。请走近一点,我的朋友们,你们都来看看技术与辛勤的奇迹!"

　　他揭开面纱:那孩子身穿天使般的衣裳,像睡着了似的以优雅的姿态安然躺在那里。所有的人都走过来,个个赞叹这生命的模型。只有维廉坐在椅子上不动,他无法控制自己;他所感到的一切他不敢去想,仿佛每种思想都有可能破坏他的感情。

　　为了照顾侯爵，上面那一席话全是用法文讲的。这位客人也跟其余的人一起走上前来，细心地观察那已故的人。阿贝继续说道："这颗向人们闭锁着的善良的心，怀着一种神圣的信赖感，坚贞不变地转向她的上帝。温顺，甚至喜欢屈从，仿佛是她的天性。她虔信天主教，她在天主教的精神中降生，在天主教的熏陶下成长。她时常提到她要在这神圣的土地上安息的愿望。我们按照教会的条规把这大理石棺和她枕内的一小块土地奉为神圣不可侵犯。在她那细小的胳膊上，人们曾用数百个针点精心刺出一个钉在十字架上的受难者的图像；她在临死前不知怎样热情地吻过这个图像呢。"他一边说着，一边扒开她右臂上的衣袖，大家看到那白白的皮肤上有一个淡青色的耶稣受难像，旁边还有一些字母和符号。

　　侯爵走近前观看这意外的现象。"啊，上帝！"他喊道，同时伸直腰，把两手举起来，"可怜的孩子！不幸的外甥女！我竟在这里找到了你！我们早就放弃了和你再见的希望，你这美好可爱的躯体我们以为早就在湖里成了鱼腹之食，谁想在这里又见到了你，虽然你死了，但总算找到了你，这快乐含有多少苦味啊！我参加了你的葬礼，这葬礼由于你面貌安详而变得如此壮丽，由于有这些把你送到这安谧之所的善良的人而变得更加壮丽。如果我还有什么可说的，"他用断断续续的声音说，"我只能向他们表示我的谢意。"

　　眼泪使他哽塞难言。阿贝按了一下弹簧，把这躯体送到了石棺的底部。四个少年的穿着打扮跟那些男孩一模一样，他们从壁毯后面走出来，举起雕刻精美的沉重的棺盖，把它放在石棺上，然后开始了他们的歌唱。

少年们:"现在,我们可爱的人儿,这昙花一现的美丽的形象,已经得到了妥善的保藏!她在大理石石棺中安息,永不陈腐;在你们心中,她活着,她继续发挥作用。赶快大踏步地返回生活吧!要带着神圣严肃的真理,因为只有神圣的真理才能使生命永恒。"

那看不见的合唱打断了最后的一句,在场者没有一个人听到这句令人欣慰的话,每个人都在想着这些奇异的发现和自己的感受。阿贝和娜塔丽亚引导着侯爵、维廉、苔蕾丝和罗塔里欧走出去,当他们完全听不到歌声时,痛苦和沉思、思想和好奇又以巨大的力量攫住了他们的心,他们渴望返回那一种境界。

第 九 章

侯爵忌谈从前的事,但他私下同阿贝谈了很长时间。大家聚在一起时,他常常请求听音乐。他的愿望总能实现,因为只要免除谈话,人人都很高兴。就这样度过了几天,直到人们发现侯爵准备起程。一天,他对维廉说:"我不愿意让这可怜孩子的尸骨不得安宁;就让她留在她爱过和受过苦的地方吧。我要求她的朋友们答应到她出生和成长的祖国去访问我。他们应该去看看那些廊柱和雕像,在他们的想象中这些名胜现在依然是一片模糊。

"我要领他们到她喜欢捡小石子的那些小海湾去。亲爱的年轻人,我希望你不要回避一个家族对你的谢意,这个家族确实欠了你很多情。明天我就动身走了。我已经把这整个的故事都对阿贝讲了,他会向你转述的。每当我的痛苦使我的话连不成句,他都能对我表示谅解;他作为第三者会把整个故事讲得更连贯。如果你愿意按照阿贝的建议随我在德国旅行的话,我是非常欢迎的。你可以带着你的孩子。每当他给我们带来小小的麻烦时,我们都会想起你对我那可怜的外甥女的照护。"

就在当天晚上,伯爵夫人出人意料地光临了。她一露面,维廉全身都感到震颤;而她,尽管思想上有所准备,也不得不靠在她姐姐身上,她姐姐立刻给她搬来一张椅子。她的服饰是何等惊人的朴素,她的形象发生了多么大的变化啊!维廉几乎不敢朝她看上一眼;她向他致意,而几句一般的言语也掩饰不住她的思想和感情。侯爵趁早上床睡觉去了,大家却不想散去。阿贝掏出了手稿。他说:"我已经把我所听到的这个奇异的故事及时写了下来。尽管笔墨不多,但这个有价值的故事的一些细节还是给描述出来了。"人们把这个话题告诉了伯爵夫人,于是,阿贝读道:

"侯爵说:尽管我阅历不浅,但总认为我父亲是一个最好的人。他性格高尚,为人正直,具有远见卓识;对自己要求严格;他的一切计划全都不可动摇,他的一切行动都按部就班,从不间断。一方面,他容易接近,好办事;另一方面,也正是这些特点妨碍了他与世人融洽相处,因为他要求国家、邻人、孩子和下人都严格遵守他所签署的一切法规。他那些最适度的要求竟由于他的严格而变得难以实现,他从未感到过满意,因为一切事实都跟他的预想完全不同。当初,他造宫殿,修花园,在最美好的地带置办一座极大的新庄园时,我观察过他,当时我内心怀着极大的愤恨充分地相信,他是命中注定要抑制自己的感情,忍辱负重。他以自己的行为显示了最伟大的品格;他开玩笑,也表现得智慧过人;受人责难,他是不能容忍的。我平生只有一次看到他完全失去了自制,因为他耳闻别人说他的一项措施有点胡闹。他也就是按照这个精神安排他的孩子们和他的财产。我的哥哥被教育成了一个将来有希望拥有大量财富的人;他要我进入神职人员阶层,让弟弟去当兵。我活泼、热情、爱活动、动作快、擅长一切体育训练。弟弟似乎更适于安静的思考活动,献身于科学、音乐和诗歌。只在进行了最艰苦的斗争之后,在完全证明了别无出路之后,父亲才一反他的意愿,同意我们调换职业。尽管他看到我们俩都很满意,他还是很不放心,并且断言这不会有什么好结果。他越老,越感到跟所有的人都存在着隔阂。最后他几乎成了孤家寡人。只有一个在德意志军队里服过役的老朋友跟他还有些交往;这个人在战争中失去了妻子,当时身边带着一个十岁左右的女儿。这个人在附近买了一座很像样的庄园,每周都有几天按时来看我的父亲,有时还带着他的女儿。他从不违拗我父亲,我父亲最终也就跟他处熟了,把他当作惟一可以容忍的交往者。父亲去世以后,我们发现此人从我们的老人那里得到了优厚的报酬,他花在老人身边的时间一点儿也没有白费。他扩充了自己的财产,他的女儿也有希望获得一笔可观的嫁妆。女儿长大了,变得绝美无比;我哥哥常常跟我开玩笑,说我应该向她求婚。

"这时,我弟弟奥古斯丁已经在修道院那特殊的环境里度过了好几个年头。他完全沉醉在一种神圣的冥想之中，那是一些半梦幻半现实的感受，这些感受时而把他送上天堂，时而又把他打入软弱无能而又空虚悲痛的深渊。当初父亲在世时我们任何变化都不敢想，如今又能提出什么希望和建议呢？父亲死后，他到我们这儿来得很勤；他的心绪开初使我感到很痛苦，但渐渐地有了变化，因为理智是高于一切的。只不过这理性越强烈地指望在天性的笔直大道上达到复元和平静的地步，就越迫切地要求我们不受他的誓言的约束。他使我们懂得了：他是希望娶我们的邻女斯佩拉达为妻。

"我哥哥受尽了父亲粗暴脾气的磨难，不能对弟弟的精神状况漠不关心。我们同家里听忏悔的神父，一位可尊敬的老人，谈了这件事，向他说明了我们的弟弟的双重意图，请他帮助促成这件美事。他一反常习，竟踌躇不决起来。当我们的弟弟终于催促我们，我们百般恳求这位神父援助时，他才不得不向我们透露下面这段离奇的故事。

"原来斯佩拉达是我们的妹妹，而且是同父同母的妹妹。到了晚年，我们的老父亲又被爱慕和情欲所战胜，他当时似乎完全忘了做丈夫的权利。前不久在这个地区人们还拿类似的情况寻开心，所以我父亲为避免别人嘲笑，决定把这个迟来的合法的爱情果实谨慎地隐匿起来，就像平素人们把偶然早来的爱情果实隐藏起来一样。我们的母亲秘密地分娩了，然后让人把孩子送到了乡下，我家的一个世交被说服把这孩子假冒他的女儿收留。除了神父之外，只有他知道这个秘密。只准神父在绝对必要时有权揭示这个秘密。父亲已经死了，这个娇弱的女孩子的起居由一个老妇照料。我们知道，歌曲和音乐已经为我们的兄弟打开了通向她的道路，他一再要求断绝旧关系,建立新关系,所以有必要尽快向他讲明他所面临的危险。

"他却以粗野的蔑视一切的目光凝视着我们。'不要编造虚构的童话了,只有孩子和傻瓜才信,'他高声说,'你们休想让我从心里跟斯佩拉达分开,她是我的。现在你们就该跟你们的可怕的魔怪一刀两断了!用它吓唬我,是枉费心机!斯佩拉达不是我的妹妹,她是我的妻子!'——他兴奋地描述这个天仙般的少女怎样使他脱离那反常的、与人隔断的环境,把他领进真正的生活,两个情意相投的人怎样正如两个歌喉同声歌唱,他怎样为他的一切痛苦和迷误祈福,因为它们曾使他远离所有的女人,因为他如今已能全身心地投入这最可爱的少女的怀抱。他这样披露衷肠,使我们大为震惊;他的心绪使我们感到很痛苦;我们简直都不知所措了。他心情激动地告诉我们,斯佩拉达已经为他怀孕了。我们的神父尽心做了他该做的一切,但这一来反而把这件丑事弄得更糟。我弟弟激烈反对天性和宗教的信条,反对道德的规范和市民的戒律。在他眼里,任什么都不如他跟斯佩拉达的关系神圣,任什么都不如父亲和妻子这名称庄严。'只有这称呼是符合天性的,'他嚷道,'其他的一切都是臆想和偏见。难道世上就没有准许哥哥同妹妹结婚的民族吗?不要提你们的那些神明了,你们根本不需要这些名称,你们只知道诱骗我们,使我们偏离天性的轨道,只知道使用卑鄙的强制手段把最高贵的本能歪曲成犯罪。为了尽量搞乱人们的精神,为了恶意糟蹋人们的肉体,你们需要受难者的牺牲,你们是把他们活活地埋葬。

"'我有权这么说,因为谁也没有我遭的磨难多,从至高无上、甜蜜丰富的空想到无能为力、空虚、被抛弃和绝望的可怕的虚无感受,从对超凡事物的最高预感到信念全无,连对自己也不相信,我都经受过。我把这诱人酒杯里的可怕的残汁一饮而尽,于是,我的全身,直至内心,就都中了毒。现在,因为宽爱的大自然借助于它巨大的恩赐和爱又把我治愈了,因我在紧贴这天仙般少女的胸膛时又感到了我的存在,她的存在,我俩已合为一体,感到从这活生生的结合中又要产生第三个实体,它正对着我们微笑呢;现在,你们就放出你们的地狱里的横扫一切的火焰吧,这火焰只能烧焦病弱的想象力,你们就拿这火焰来对抗这纯洁爱的生动、真实和不可摧毁的享受吧! 你们就到那枝叶参天的柏树下来找我们吧,你们就在那柠檬和甜橙盛开的支架篱笆边来看我们吧,那里还有精致的桃金娘把它们的娇媚花朵奉献给我们,然后你们就大胆地用你们那人工织成的暗灰的网来恫吓我们好了!'

"他长时间顽固地坚持自己的看法,决不相信我们讲的事实。最后,我们以果断的态度向他说明这是实情,因为神父本人也把它讲给他听了,他也就只好不再执迷不悟了,确切地讲,正如他所说的:'不要去问你们修道院的穹隆的回响,不要去问那已腐烂不堪的羊皮纸写的古代文献,也不要去问你们那杂乱无章的编造和训令! ——只要问问大自然和你们的心就够了! 它会教你们懂得应该害怕什么,它会严肃地向你们指出它将永远不停地对你们的诅咒说些什么。你们仔细看看这些线条:丈夫和妻子不是源于一个枝干吗? 难道不是那枝并生的花把他们俩连在一起的吗? 这条线难道不是无罪的象征吗? 难道他们兄弟姐妹般的结合不也是生了后代吗? 自然总是公开摒弃反自然的东西;不该是它的造物就不可能产生,无权生存的造物必将及早毁灭。不结果实,不体面的生存,过早的泯灭,——这一切都是自然所唾弃的东西,是自然所严厉对待的代表物。它干脆立即给以惩罚。只要环顾四周,你们就会看到什么是被禁止、被诅咒的东西。在修道院的寂静所在,在世上的喧嚣声中,有上千种自然所诅咒的东西被奉若神明而加以尊敬。对游手好闲如同对过分紧张的工作,对任性和过盛如同对限制和困乏,它都带着忧郁的目光加以俯视。它呼吁要有节制;它的一切动机都是正确的,它的一切行为都是沉稳的。谁受过我这样的苦,谁就有权获得自由。斯佩拉达是我的;只有死神才能把她从我手中夺去。我怎样才能留住她,我怎样才能有幸福,——这你们就不必操心了!现在我马上就到她那里去,再也不离开她一步。'

"他想乘船渡河到她那里去;我们拦住他,劝他不要迈出这一步,这可能给他带来不堪设想的后果。他应该考虑到,他并不是生活在他个人的思想和观念上的自由世界里,而是生活在一个国家里,这个国家的条例和法规是自然的法则不能制约的。我们只好答应神父,我们决不让弟弟离开我们,更不让他离开城堡;随后,他就走了,并答应几天内就回来。我们所预期的事终于发生了:理智使我们的弟弟变坚强了,但他的心却是软弱的;早年的宗教感受又活跃起来,他心里充满了恼人的怀疑。他苦苦地熬过了两天两夜;神父又来帮助他,但毫无效果!从他的无拘束的自由意志上看,他是无罪的;然而,他的感情,他的宗教信仰,他所习惯的观念,都判定他是一个罪人。

"一天早上,我们发现他的房间里空无一人。桌子上放着一张纸,他以文字的形式向我们宣布:由于我们以暴力看住他不放,他有权去寻求自由;他跑掉了,他到斯佩拉达那儿去了,他打算跟她私奔;如果非要把他们分开不可,他就不顾一切了。

"我们大吃一惊,但神父却叫我们放心。他说,早有人就近监视我们那可怜的兄弟;船夫没把他渡到对岸,而是把他送进了他的修道院。他四十小时没有睡觉,已经累了,在月光下他被小船一摇就睡着了。直到看见自己已落入修道院的师兄弟手中,听到修道院的大门在身后哐啷一声关闭时,他才醒来。

"我们的弟弟的命运引起了我们的同情,我们激烈地责难我们的神父。但这位可尊敬的长者却很巧妙地以外科医生治病为例很快说服了我们,他说我们对可怜的病人的同情是会致人死命的。他不是个人任意行事,而是根据主教和最高议会的命令。目的是:避免引起任何公愤,用教会的一种秘密纪律把这可悲的事遮盖起来。斯佩拉达应该受到保护,不能让她知道她的情人就是她的哥哥。人们将委托一位教士照料她,她早就对这位教士讲过她的情况了。可以成功地掩盖她的怀孕和分娩。她当了母亲,会因为有这么一个孩子而感到格外幸福。像我们的大多数少女一样,她也是既不会写字也大字不识一个。因此她总是委托这位彼得向她的情人传话捎信。彼得认为,对一个哺乳的母亲的善意欺骗是无罪的;他没去看我弟弟,却假意传送消息,以我弟弟的名义安慰她,要她放心,请她自己保重,照料好孩子,把未来交给上帝去安排。

"斯佩拉达天性虔信宗教。她的处境和她的孤独更增强了这个特性。神父利用这一点劝她慢慢地做好永远离别的准备。孩子刚刚断奶,他还不大相信她的身体已强壮起来足以忍受这难以名状的精神痛苦,他就以可怕的色调向她描绘他们的迷误,描述她投入一个教士怀抱的迷误,他把这迷误说成是一种违抗自然的罪恶,一种乱伦行为。因为他有一种奇异的想法,想把她的懊悔跟她一旦知道了她的错误的真实情况所感到的懊悔等同起来。这样一来,他便使她的情绪变得十分痛苦和忧伤,他极力向她颂扬教会和大主教的思想,他向她指出:如果人们在这样的情况下表示让步并通过一种合法的结合来酬答这两个犯罪的人,那将会给一切灵魂的幸福带来多么可怕的后果。他告诉她,及时为这过失赎罪是多么有益,她总有一天会得到最高的桂冠,若是她最后像一个可怜的罪犯似的心甘情愿地把她的脖颈伸向惩罚的刀斧,并恳求人们永远把她跟我弟弟分开。

"在人们向她提出这些要求以后,便给了她在一定的监视之下的自由:她是住在自己家里,还是待在修道院,一切听她自便。

"她的孩子长大了,很快显露出一种特殊的天性。这孩子很早就会走路了,行动极为灵活敏捷。孩子不大,歌就唱得很好;没用人教,自己就学会了弹吉他。这孩子只是缺乏语言表达能力,看来思想方法上的障碍大于语言器官上的障碍。见孩子这样,母亲很伤心。神父的治疗使她精神极为迷惑,弄得她即使不曾精神错乱,也心绪十分乖戾。她觉得她的过失更加严重和不可饶恕。神父一再重述的关于近亲相好的比喻深深印入她的脑海,她竟感到如此憎恶,似乎这种事情在她并不陌生。神父自以为并不缺少巧妙的本领,然而他的做法却把一个不幸女人的心给撕碎了。母亲见孩子待在身边从内心深处感到喜悦;当你发现她的母爱如何同她认为孩子不该生存的思想搏斗时,你会感到多么凄惨啊!有时这两种感情拼死交锋,有时憎恶明显地战胜母爱。

"人们早就把孩子从她身边带走,送到山下湖畔的一些好人那里受教育去了。那女孩有了更多的自由,她不久后便对爬高发生了特殊的兴趣。爬上树梢也好,在船舷边奔跑也好,模仿常在此地看见的走索人和最奇异的杂耍也好,全是她的天性所驱使。

"为了更灵便地练习这一切动作,她总喜欢跟男孩子换穿衣服。尽管她的养父养母认为这太失体统,不能容忍,但我们还是尽可能地原谅她。她的奇特的行走和跳跃有时把她引向远方,她迷路了,不见了,不过总会回来的。通常她回来的时候,就坐在附近一座别墅大门的柱子下。人们不再找她了,他们等待着她。她好像是坐在台阶上休息呢,接着她就跑进大厅里去看雕像;如果人们不特别留她,她就赶快跑回家去。

"最后,我们的希望还是落空了,我们的宽容受到了惩罚。这女孩子不见了,我们在水面上找到了她的帽子,就在离一条急流入湖不远的地方。大家猜测,她是在爬山时从陡崖上摔下去遭到了不幸。大家想尽一切办法去找,也没找到她的尸体。

"不久,斯佩拉达从她女伴们的无意闲谈中知道了孩子的死。她好像很安详,很快活,也没有表示不可理解,她高兴的是上帝把这可怜的孩子收回去了,不让她再去忍受和播种更大的不幸了。

"借此,关于我们的江湖产生了各式各样的传说。据说:这个湖每年都要吞没一个无罪的孩子;它不能容忍有尸体留在水中,迟早会把尸体抛上岸来,甚至那沉入海底的最小的指节骨也非冲出来不可。大家讲了一个孤苦无告的母亲的故事,她的孩子掉进湖里淹死了,她祈求上帝和圣者至少把孩子的尸骸恩赐给她拿去埋葬。第一次暴风雨把头颅骨冲了出来,第二次暴风雨把躯体冲上了湖岸。一切尸骨都凑全以后,她用一块头巾包好尸骨带往教堂。但,奇迹出现了!她一踏进寺院,包裹便变得越来越重;当她把尸骨放在祭坛的台座上时,竟有一个孩子在里边大嚷大叫,更令人吃惊的是那孩子还从包裹里爬了出来。只在右手小拇指上缺了一节指节骨。后来由于母亲细心地寻找,又把这节指节骨找到了,它已被放入教堂内其他死人的尸骨里保存起来。

"这些故事给这位可怜的母亲留下了很深的印象。她的想象力受到了一次新的激发,她的内心感情渐趋好转。她自信,这孩子已为自己和自己的父母赎了罪;迄今为止对他们的诅咒和惩罚已不复存在;现在最关键的是把孩子的尸骨找回,带到罗马去,这样,这孩子才有可能重新获得她那美丽娇嫩的皮肤,重新面向人民站在彼得教堂大祭坛的祭台上。她将再亲眼看见她的父母。教皇将在上帝及其圣徒的恩准下,在人民的大声疾呼中,饶恕这对父母的罪孽,宽宏大量地允许他们结为夫妻。

"于是,她的目光和注意力一直对着湖面和湖岸。每当月夜中波涛翻滚时,她总以为每一个看得见的浪头都会把她的女孩托上来,每个看见这女孩的人都会跑下去把她捞上岸。

"就是白天她也不知疲倦地待在缓缓向湖水倾斜的沙滩岸边。她把她发现的所有的骨骸都收集起来放在一个小筐里。谁也不敢讲那是禽兽的骨骸。大部分骨骸她都埋在沙滩里了,只有一小部分她才保存起来。她就在这样的忙碌中度日。是神父在执行自己的义务时促使她产生了这样的情绪,他就只好全力保护她了。在他的努力下,她在这个地区才没被当作疯子,而是被当作一个极度兴奋者来看待。人们见她走过来时都合掌站在那里表示祈祷,而孩子们则去吻她的手。

"这位听忏悔的神父赦免她多年的女友兼陪伴在促使二人不幸结合时所犯的罪过,只是必须遵守下列条件,即她应永远忠实地陪伴这不幸女人未来的一生。她也确实以令人敬佩的忍耐和责任心恪尽职守直至老死。

"这期间,我们一直监视着我们的弟弟。不论医生还是他的修道院的神父都不允许我们在弟弟面前出现。但为了让我们相信他自得其乐,生活得很好,说只要我们愿意,我们就可以在花园里,在十字回廊,甚至透过他屋顶的窗口窥视他。

"经过了许多我毫未注意的慌乱而离奇的时期,弟弟陷入了一种精神安谧而肉体不宁的奇异境地。除了手抱竖琴弹奏,他几乎从不落座,因为他大都要伴着琴声歌唱。此外,他也一直不停地忙碌着,他对什么都表现得很温顺很听话,因为他的一切热情仿佛都融化在死的恐怖中了。只在拿病魔和死神吓唬他的时候,才能使他想到世上的一切。

"他不知疲倦地在修道院里走来走去,他毫不含糊地暗示,只要外出漫游,跨越高山峡谷,一切就都会好转;除了这些奇怪言行,他还谈了一种通常使他胆战心惊的现象。他强调说,夜里他醒着的每一小时都有一个漂亮的男孩站在他的床的下端,手里拿着一把锃亮的刀威胁着他。人们把他搬到另一间禅房;但他仍旧说,那孩子还在那里,甚至在修道院的别处埋伏着。他的踱步变得越发不安了,可是后来修道士们回忆起他那时比平素更爱站在窗前望着湖对岸。

"这时我们可怜的妹妹似乎渐渐只受着一种思想和一种

有限的活动的折磨。我们的医生建议让人慢慢把一个孩子的骸骨骷髅混入她的其他遗骸里,以此增强她的希望。这个尝试是冒险的,不过至少可以达到这样的目的:尸骨凑齐以后,她会停止无休止的搜寻,抱定前往罗马的希望。

"事实果真如愿实现了,她的女伴悄悄地用她找到的遗骸换走了那些交托给她的细小的碎骨。当一切部位的骨骼逐渐凑齐,那些缺位的地方也能确定的时候,这位可怜的病人真是有说不出的喜悦。她非常细心地按照骨骼应处的部位用线和带子把各块骨头绑扎在一起。像人们敬重圣徒的遗体一样,她也用丝绸和刺绣把躯体的空闲部位添补起来。

"这样,整个肢体便结为一体了,只是缺少手足的小骨。一天早上,她还在睡觉,医生前来探问她的病况,老女伴便从放在卧室的小箱子里把那些可贵的遗骨拿出来让医生看,告诉他这善良的病人正在忙些什么。紧接着,他们二人就听到她从床上跳下来,她掀开围巾一看,发现箱子已经空了。她跪倒在地;他们走过来,听到她说出如下热烈而喜悦的祷词:'是的! 这是真的!'她高声说,'这不是梦,这是现实! 我的朋友们,跟我共享这喜悦吧! 我看见这美好善良的孩子又活了。她站起来,揭开脸上的面纱,她脸上放出的光照亮这个房间,她的美貌放射着异彩,尽管她很愿意,但却无法踏上地面。她轻轻地向上飘浮,甚至连她的手也来不及伸给我。她正在那里呼唤着我,让我到她那里去,她已指出我要走的路。我要跟她去,很快就跟她去,这我已经感觉到了,就因为这个缘故我的心轻松了。我的悲痛消失了。我已经看到了我的又复活了的人,这使我预感到天堂的欢乐。'

"从这时起,她内心中便充满了最喜悦的希望。地上的一切都不再引起她的注意,她只摄取很少一点食物,她的精神渐渐摆脱肉体的羁绊。最后,人们意外地发现她脸上已无血色,心神已无知觉:她不再睁开眼睛,她已经成了我们所说的死的模样。

"关于她的圣像的传说,很快就在民间传播开来。她生前所具有的令人景仰的内心感情,在她死后促使人们产生了这样一种信念:人们认为她正直,甚至神圣。

"当人们为她送葬时,大批人群怀着令人难以置信的激情涌来,谁都想碰碰她的手,哪怕摸一下她的衣角也好。在这样的感情冲动下,各种不同的病人对平时折磨他们的痛苦已不再感觉难熬,他们认为自己的病是可医治的了,他们坦白地说着这层意思,他们赞美上帝和他们的新的女圣徒。教士们不得不把她的遗体放在一个小礼拜堂里,大众要求容许他们向死者告别。来参拜的人多得不可思议。山区居民本来就具有虔诚的宗教感情,这次也从各个山谷里奔来瞻仰遗容。什么祷告、奇迹、礼拜,一天比一天多起来。主教下令限制这种敬神活动,并逐渐加以取缔,但主教的命令根本无法执行。每当有人企图制止时,人们便更激愤,他们准备强烈反对那些不相信的人。'你们也不必去朝圣了,'他们说,'神圣的波罗梅欧①就在我们的先人中间。他的母亲不是也体验过自己的儿子被列入圣徒行列的幸福吗?难道人们不是在阿罗纳巉岩上树立起了他的巨大形象,好让我们亲眼看到他,接受他的精神影响吗?难道他的后代不正活在我们中间吗?上帝不是答应

---

① 波罗梅欧,米兰的主教,曾被敕封圣徒。1697年,在他的诞生地阿罗纳附近为他竖立了一座雕像。

过我们要永远在虔信者中间创造新的奇迹吗？'

"当尸体过了几天仍然一点儿腐烂的迹象都没有发生，只是变得比以前更白，好像透明体一样时，人们对此的信任感便越来越强烈了。在人群中出现了各种各样的治好疾病的事迹，这些疗效连那些最细心的观察者也无法解释，但又不能把这看作欺骗。整个地区都活跃起来了。凡是不亲自前来的人，至少在一段时间里传到两耳的都是这类奇闻。

"我弟弟所在的修道院里，也跟别处一样，在传播着这个奇迹。他在场时人们也说这个，全不在乎，因为平时他什么也不注意，别人谁也不知道他的生活经历。但这一次他好像清清楚楚地听见人说了；他的逃跑安排得非常巧妙，仿佛谁也弄不清他是怎样离开修道院的。后来大家才知道，他是跟一批朝圣进香者一起渡过河来的；那些船夫对他一点儿疑心也没有，他只请求他们要加倍小心，千万不要翻了船。深夜他来到他那自苦自艾的不幸情人安息的小礼拜堂。只有不多的几个祈祷者跪在角落里，她的老女伴就坐在那些人的前列。他迈步走过去向她问好，并且向她探询他情人的情况。'你自己看吧。'她惶惑地说。他只能从侧面看见那个尸体。踌躇片刻，他抓起她的手。因为手是冷的，他吓了一跳，立即又把手放下。他不安地环顾四周，然后对老妇说：'我现在不能留在她身边，我还要向前赶一大段路程呢，我打算在适当的时候再来；等她醒来，你把这个意思告诉她好了。'

"说完，他就走了。我们很晚才知道这件事。大家曾探寻过他究竟到哪里去了，但毫无结果！他是怎么越过高山峡谷的？简直不可理解。过了很久我们终于在格劳本顿又找到了他的踪迹，但已经太晚了，可是这踪迹很快又消失了。我们推测,他是到德国来了,但战争把这些微乎其微的足印完全抹掉了。"

第 十 章

　　阿贝的朗读停了下来,没有一个人在听他朗读时不落泪。伯爵夫人还用手帕捂着眼睛;最后,她站起身来,跟娜塔丽亚一起离开了房间。其余的人都沉默不语,阿贝说:"这里有一个问题:我们是不是不把我们的秘密告诉这位善良的侯爵,就让侯爵离开此地呢?奥古斯丁和那个竖琴老人就是一个人,谁会对此有丝毫怀疑呢?需要考虑的是我们怎么做才好,既要为这不幸的男人着想,也要为整个家庭着想。我建议不要太匆忙,要看看医生给我们带来什么消息,我们不是正在等待他从那里归来吗?"

　　所有的人都赞成阿贝的建议。阿贝继续说:"随之而来的还有一个问题,这个问题也许很快就可以解决。侯爵来此做客,在我们这里,特别是在我们这位青年朋友这里,找到了他的外甥女,他确实无比喜悦。我不得不把全部过程详细地对他讲了两遍,他对此极为感谢。'这个青年人,'他说,'他在不弄清我们之间的关系以前不同意跟我一起去旅行。我在他眼里已经不是陌生人了,我的习惯和性情他也都知道。我是自己人,甚至可以说是他的亲戚;如果说以前他不愿把儿子留下是我们共同外出的障碍,那么现在就让这孩子成为一条不寻常的纽带,把我们联结得更紧密吧。除去我要为你的朋友尽些义务而外，他在路上对我也许会有些帮助的。只要我把他带回我的故乡，我哥哥准会热烈地欢迎他。他不该忽略必须留给自己所教养的孩子一份遗产，因为按照我们的父亲和他朋友的秘密契约，留给他女儿的那份遗产要再落到我们手里，而我们当然是很愿意赠给我们的外甥女的恩人应得的一份的。'"

苔蕾丝抓住维廉的手，说："我们在这里又看见了一件美事：一个无私的善举带来了最高最美的奖赏。你就听从这意外的呼唤吧，你要加倍为侯爵效劳，你赶快去访问那个国家吧，它已不止一次地唤起你的想象，勾起你的心思了。"

"我完全听凭我的朋友们来安排和引导，"维廉说，"在这个世界上只按个人的意志去奔波，是毫无结果的。凡是我要紧握的东西，我都不得不放开手，而意想不到的酬报却自己向我冲来。"

维廉握了握苔蕾丝的手，又把手缩回来。"我完全听从你的安排，"他对阿贝说，"只要不把我的菲利克斯留下，你让我到哪里去，我就到哪里去；只要朋友们认为对，要我做什么我就去做什么。"

根据这个声明，阿贝立刻提出了自己的计划。他说："就让侯爵走吧，维廉应当等待医生带来的消息，然后我们再决定怎么办，他可以随后跟菲利克斯一起走。"

于是他便借口为了不影响这个青年人做旅行的准备，劝侯爵去参观城里的名胜古迹。侯爵离去了，为了真心表示他的谢意，他留下了礼品，那都是些珠宝、精雕的宝石和绣花的绸缎。

维廉现在也做好了一切上路的准备。但谁也不知道下一步该怎么办,因为医生那里一点儿消息也没有。大家担心那可怜的竖琴老人遭遇什么不幸,同时又希望他的状况有所好转。他们把那个信使打发出去了,但他刚走,就在那天晚上医生带着一个陌生人回来了。那人看上去庄重、严肃、引人注目,不过谁也不认识他。两个刚到的人沉默了一阵子;最后,还是那陌生人向维廉走去,并向他伸过手来说道:"你不认识你的老朋友了吗?"说话是竖琴老人的声音,但原来的形象却没留半点痕迹。他身穿旅行者的普通服装,又整洁又得体,他的胡子不见了,他的发鬓也有一些是假的,使人对他根本无法辨认的倒是他那庄重面容上的老年皱纹竟一点踪影也没有了。维廉欣喜若狂地跟他拥抱;他被介绍给了其他的人,他举止非凡,却不知他在这个团体里最近已成为人所共知的人了。"我希望你待人宽厚,"他冷静地继续说,"有一个人,他看样子是一个成人,但他经历了长时间的磨难之后又像一个无知的孩子来到世上。我应该感谢这个善良的人,因为我又能出现在一个有人情味儿的团体里了。"

所有的人都向他致意,而医生却立刻建议出去散步,其用意无非是打断这样的谈话,引他去谈无关紧要的问题。

当他们单独待在一起的时候,医生作了下面的解释:"是一次极为偶然的机缘帮助我们治好了这个人的病。我们按照我们的方法从道德和生理两方面给他治疗了很久。一切都达到了相当好的地步,但他心中一直存在着对死的恐惧,他不愿意按照我们的要求刮去胡子,脱掉长袍;此外,他还参加了不少世俗活动,他的歌声似乎像他的理性一样又接近了生活。你知道,教士是用一封多么奇怪的信把我从这里叫走的。我去了,我发现这个人全变了:他自动放弃了胡子,他同意把他的发鬈剪成一般的式样,他要求穿上普通的衣服,他好像突然变成了另一个人。我们急于知道他这种变化的原因,但又不敢直接去问他本人。最后,我们偶然发现了一种特殊的情况。教士的家庭药室里丢失了一杯鸦片液。我们认为有必要进行严格的查讯。人人都竭力洗刷自己的嫌疑,于是在家里人当中便起了一场轩然大波。最后,这个人站出来承认鸦片液在他手里;人们问他喝了没有,他说没有喝,然后又继续说:'我感谢它使我恢复了理智。要不要从我手里把这个药瓶拿走,由你们决定;不过,你们再也不会看见我回复老样子了。首先使我走上治愈之路的,是认为以死结束尘世间痛苦是美好的这种感觉。紧接着就产生了这样的思想:通过自愿的死来结束这些痛苦;正是出于这个意图我拿走了那个小药瓶。立刻使人永远解除巨大痛苦的可能性给了我忍受这痛苦的力量。自从我身边有了这个护身符,我反而被从死神身边推回生活中来了。不要担心我会使用它;我斗胆希望你们这些人类灵魂的洞察者,在你们承认生活已同我绝缘的时候,能让生活来全权安排我的一切。'经过深思熟虑以后,我们就不再强求他了,现在他身边一直带着这个塞得很紧的光滑的装着毒品的小药瓶,他把它当作自己的特殊的攻毒剂使用。"

人们把自己所知道的一切都告诉了医生,只是对奥古斯丁守口如瓶。阿贝决心不让他后退一步,他要引导他沿着他已踏上的路继续前进。

在这期间,维廉应该陪同侯爵完成参观全德国的旅行。如果可能再激起奥古斯丁对祖国的爱,就可以向他的亲人说明一切情况,维廉应该把他送回家乡。

维廉做好了外出旅行的一切准备。虽然奥古斯丁听到要离开自己的老友和恩人竟很高兴,显得令人费解,但阿贝很快就揭示了这类感情变化的原因。奥古斯丁不能克服他昔日对菲利克斯的恐惧,他希望菲利克斯这孩子能赶快离去。

渐渐地来了很多客人,几乎府邸和侧楼都有点容纳不下了,因为开初没为接待如此之多的客人安排好客房。大家一起用早点,共进午餐,谁都充分相信自己是生活在和谐愉快的环境里,但私下里人们还是表示愿意告辞。苔蕾丝骑马外出,有时同罗塔里欧一道,但更多的还是单独一人。附近的男女地主她都认识;她坚持不能毫无根据地胡思乱想;同邻人和睦相处,相互关照,是她的治家之道。她从不曾谈到她和罗塔里欧的关系。两姐妹总是有说不完的话。阿贝想跟竖琴老人攀谈;雅诺常跟医生商量什么事;而弗里德里希则跟维廉形影不离;菲利克斯是觉得哪儿好就到哪儿去。

散步时大家通常是分成一对一对的;当大家聚在一起时,就立刻又躲进音乐里去,在人各孤立的状态中寻求把所有人联系在一起的途径。

伯爵的到来使这里的人突然增多,他是想把伯爵夫人接走,但整个看来,简直就像跟他今世的亲友庄严地告别。雅诺赶快迎到他的车前;可是当新来的人问他这里都有些什么人时,他又像往常每当见到伯爵时一样陷入紊乱的情绪中,他说:"您在这里可以见到世界上所有的贵族,意大利和法国的侯爵,英国的公爵和男爵,只是还缺少一位德国的伯爵。"于是,他们便上了楼,维廉是在前厅里第一个迎上前来的人。"阁下!"伯爵用法语称呼他。伯爵仔细打量了他一阵子,又说:"我非常高兴意想不到地同您再次相识。如果我没弄错的话,我在我的府邸里陪同亲王的时候曾经见过您。""我那时能向阁下您请安,也感到很荣幸,"维廉答道,"只是您把我当作英国人,而且是地位最高的英国人,这我可实在不敢当。我是德国人,而且……""而且是一个可尊敬的青年人。"雅诺立刻打断他的话。伯爵微笑地望了望他,好像想说点什么;这时,其他的人也来了,并向他致以最衷心的问候。主人说没有及时为他准备好像样的房间,特向他表示歉意,并且答应立刻把必要的房间收拾好。

"好,好!"他微笑着说,"我看得出,食宿的准备全都出人意料。只要善于预见和调动有方,还有什么办不到的呢! 现在我请求你们连我的拖鞋也不要去动。另外,我还看得出,这里一切都是乱糟糟的。谁都会住得很不舒服,没有一个人会因为我的缘故肯待一个钟头。您不就是见证人吗?"他对雅诺说。"还有您,尊贵的先生,"接着他又转向维廉,"当时在我的府邸里我曾经让多少人住得舒舒服服的呀。请把客人和仆从的名单交给我,向我说明一下每个人居留的情况;我现在打算做一个安排住房的计划,每个人都可以毫不费力地找到一套宽敞的住房,为突然顺访的客人也留出空间。"

雅诺自愿担任伯爵的副官,向他提供一切必要的资料。每当他使老伯爵迷惑不解的时候,他都以自己独特的风格开个很大的玩笑。但伯爵总是毫不迟疑地取得完满的胜利。把所有的客人都安置好以后,他就让人把名字写在所有的门上。不能否认,用不着费很大的周折,谁都可以找到自己的房间。在其他方面,雅诺也做了这样的安排:尽可能让兴味相投的人住在一起。

一切都布置好了以后,伯爵对雅诺说:"请您帮我查访一下,您称他为麦斯特的那个青年的踪迹,他该是一个德国人。"雅诺没作声,因为他知道得很清楚,伯爵是那种只要询问谁就想教训谁的人。伯爵不等回答,又接着自己的话头说:"您当时向我介绍他,并曾以亲王的名义表示敬意。如果说他的母亲是德国人,那么,我敢肯定,他的父亲是英国人,而且是一个很有地位的英国人。三十年来英国人的血一直在德国人的血管里流,谁知流进了多少!我不想继续追问这件事,你们总有这样一些家庭秘密,不过什么也欺骗不了我。"接着他又谈了一些当初维廉在他府邸里的情况,对此雅诺依然保持沉默,虽然伯爵完全弄错了,他把维廉和一个多次陪同亲王的英国青年混为一人了。这位好心的伯爵早年记性极好,现在仍以能记起青年时代的细情末节而感到骄傲。但是今天他却以同样的确信不疑把奇妙的联想和虚构当作真实了,这种确信就在他记忆力日益衰退时以他的想象欺骗了他。此外,他也变得温和友好了,只要他在场,就对整个团体发生良好的影响。他要大家读一些有用的东西,甚至还不时决定搞点小型演奏,演奏他虽不参加,但总热心地充当指挥。人们对他的屈尊低就感到诧异,他就说:每个远离世俗重要事务的人都应该更多地注意微不足道的小事。

在这些演奏的时刻里,维廉总是感到困惑、沮丧;轻佻的弗里德里希往往乘机暗示维廉对娜塔丽亚的倾慕。他是怎么得出这个结论来的?他何以具有这样的权利?要知道,其余的人会以为,由于维廉跟他接触较多,他才敢在维廉面前这样轻率,这样不看场合胡言乱语。

有一天,他们开玩笑时,闹得比平时快活得多。就在这时,门突然开了,奥古斯丁张牙舞爪地闯了进来。他面色苍白,两眼发直,好像想说什么,可是一句话也说不出。大家都很惊讶,罗塔里欧和雅诺以为他又发疯了,便跳过去抓住了他。起先他吞吞吐吐,闷声闷气,接着才气急败坏地大嚷:"别拉住我,快去帮一把!救救那个孩子!菲利克斯中毒了!"

他们放开他,他冲出门外,大家惊慌地跟在他的身后。有人去喊医生,奥古斯丁迈开脚步奔向阿贝的房间;孩子就在那里,他显得又惊恐又困惑,大家老远就朝他大声喊:"你究竟发生了什么事?"

"亲爱的爸爸,"菲利克斯说,"我不是从瓶子里,是从杯子里喝的,我太渴了。"

奥古斯丁击着手掌,说:"他不行了!"他从人群中挤过去,匆匆跑掉了。

他们看见一个装杏仁奶的杯子放在桌子上,旁边有一个小玻璃瓶,瓶里一多半是空的。医生来了,他听人们把自己所了解的情况告诉了他,他大惊失色地看见那装着液体鸦片的熟悉的小瓶子空空地放在桌子上。他让人拿醋来,使用了他的一切急救措施。

娜塔丽亚让人把孩子送到另一个房间,她很不放心地在孩子身边忙来忙去。阿贝跑出去找奥古斯丁去了,他急于从他那里摸清情况。同样,那位不幸的父亲的努力也是白费气力,回来时他发现所有人的脸上都充满恐惧和忧虑。医生化验了杯子里的杏仁奶,化验结果表明:那是很浓的鸦片混合溶液。孩子躺在睡椅上,似乎病得很重。他请求父亲什么也不要再让他喝了,不要再折磨他了。罗塔里欧派走了他的仆人,他自己也骑马外出寻找奥古斯丁去了。娜塔丽亚守在孩子身边;那孩子把头埋在她怀里恳求保护他,恳求给他一小块糖,醋实在太酸了！医生同意了。医生说:应该让那个躁动不安的孩子安静一会儿;又说:一切该做的都做了,他要努力去做能做的事。伯爵似乎很勉强地到来了;他看上去很严肃,甚至可以说很庄重,他把手放在孩子身上,两眼朝天呆望了好一会儿。本来忧郁地躺在椅子上的维廉,一跃而起,绝望地朝娜塔丽亚看了一眼,便朝门外走去。

　　紧接着,伯爵也离开了房间。

　　"我不明白,"过了一会儿,医生说,"这孩子怎么一点儿生命危险的迹象都没有。只要喝上一口浓度的鸦片溶液就足以致人死命了;我们认为孩子不行了,我也采取了急救措施,可是我发现他的脉搏并没有进一步恶化。"

　　不大工夫,雅诺走进屋来说,人们发现奥古斯丁在阁楼上躺在血泊中,他身旁有一把剪刀,可能他是自己剪断了喉管。医生急忙赶去,他遇见一些人正从楼上往下抬奥古斯丁。人们把他放在一张床上,经过确切的诊断,认定:气管被剪子剪了,由于流血过多现已昏迷。但很快发现他还活着,还有救活的一线希望。医生把他的身体摆平,把剪开的气管接起来,然后绑上了绷带。这一夜所有的人都是在无眠和忧虑中度过的。

　　那孩子不愿让娜塔丽亚离开一步。维廉坐在她面前的一个矮凳上;他把孩子的脚抱在自己的怀里,孩子的头和胸膛伏在她身上;他们俩就这样分受这令人愉快的负担和使人心焦的忧虑,一直到天放亮他俩都一动不动地保持着这不舒服的痛苦的姿势。娜塔丽亚把手递给维廉,他们不说一句话,都注意着那孩子,不时彼此对望一眼。罗塔里欧和雅诺坐在房间的另一端,进行着重要的谈话,如果事情不紧迫,我们倒很愿意在这里向我们的读者报告这一切。

这孩子睡得很平静;他一大早醒来时显得特别快活,跳下床就要黄油面包吃。

奥古斯丁刚见好转,大家便想让他作些解释。大家费了好大的劲儿才慢慢弄清:根据伯爵不幸的安排,他恰巧搬进一个房间,跟阿贝同住;他发现了那个手稿,知道了自己的身世。他大为震惊,认为不能再活下去了。他立刻取出他平日藏着的鸦片,把它倒在一杯杏仁奶里。他把杯子拿到嘴边,一发抖又放下了。他想再到花园里走一走,再看一看这世界。他回来时发现那孩子正往那个被喝干了的杯子里倒水。

大家请求这不幸的人镇静下来;他死命地抓住维廉的手。"噢唷!"他说,"我干吗不早一点离你而去呀!我知道我会杀死他的,要么就是他杀死我。"——"这孩子还活着!"维廉说。医生注意听了他们的谈话,他问奥古斯丁是不是所有饮料都是有毒的。——"不,"他回答,"只有杯子里的有毒。"——"那么说,真是碰巧太幸运了,"医生提高嗓门说,"那孩子喝的是瓶子里的东西!是善良的守护神把他的手引开了,他的手抓的不是死神,而死神就站在眼前等着呢!"——"不!不!"维廉大叫起来,同时用手捂住了眼睛,"那句话是多么可怕啊!那孩子硬说他喝的不是瓶子里的饮料,而是杯子里的东西。他的健康只是回光返照。我们会亲眼看见他死去的。"说完,他就跑掉了。医生走下楼来,一边安慰孩子一边问:"菲利克斯,你喝的是瓶子里的,不是杯子里的,对不对?"那孩子哭起来。医生悄悄地对娜塔丽亚说了事情的原委;她想从孩子嘴里弄明真情,结果也没有成功。那孩子哭得更凶了,一直哭到入睡为止。

维廉守在他身边没有睡，一夜平安无事。第二天早上，人们发现奥古斯丁死在他的床上了：他假装入睡骗过守候人的注意，偷偷解开绷带，流血不止而死。娜塔丽亚带着孩子去散步，那孩子像处在最欢乐的日子里一样活泼可爱。"你真好，"菲利克斯对她说，"你不骂我，也不打我。我只想告诉你，我喝的是瓶子里的饮料！我一抓那个小瓶儿，奥莱丽亚妈妈就打我的手指；爸爸样子也很凶，我想他会打我的。"

娜塔丽亚迈着轻捷的脚步急急奔向府邸；维廉迎上前去，仍是一脸的愁容。"你是一个幸运的爸爸！"她大声说，同时把孩子举起来抛到他怀里，"给你，这是你的儿子！他喝的是瓶子里的东西，是他的顽皮救了他自己。"

人们向伯爵讲了这幸运的经过，但伯爵倾听时却静静地微笑着，显得有些自信，人们会容忍善良人的错误。雅诺细心地注意一切，这一次没去解释他心中的自满，最后他费了很多周折才弄清楚：原来伯爵是确信那孩子真的喝了毒药，但他以为是他的祈祷和他双手放在孩子头上的虔诚，奇迹般地保住了他的生命。现在伯爵也决定立刻离去；像往常一样，他的一切行装转眼间就打点停当；告别时，美丽的伯爵夫人还没把手从姐姐的手里抽出来，就又用手抓住了维廉的手，于是四只手便握在一起了。夫人赶快转身上了车。

这么多可怕而奇怪的事接连不断地发生，顽固地要求人们进入一种反常的生活方式，一切都失去了秩序，变得混乱不堪，——于是，这房子里便出现了一种高度紧张的气氛。睡着和醒着的时刻，进餐、饮酒和聚会的时刻，全像发了疯，都失去了常态。除了苔蕾丝，没有一个人不脱离自己的常规。男人们试图用烈性酒来恢复自己的良好心绪，然而他们在人为提高自己的情绪时,却失去了真正的愉快和人生的乐趣。

激动不安的万千思绪冲击着维廉的心,搅乱了他的宁静。经历了这一切可怕的意外事件,他简直已无力抵抗那强有力地占据着他的心的热情。菲利克斯又回到了他的怀抱,但他却感到失去了一切;威纳的那些指点他如何行事的信都在手边,旅行的准备全完成了,只欠离去的勇气。一切都促使他去做这次旅行。他猜想得到,罗塔里欧和苔蕾丝只等他出走,以便按教会仪式举行结婚典礼。雅诺一反常态,变得很沉静,甚至可以说,他已经有点失去了常有的快活特点。幸而医生帮了我们这位朋友的忙,使他在一定程度上摆脱了窘境,医生说他生病了,而且给他吃了药。

大家照常还是晚上聚在一起。弗里德里希一向爱说爱笑,他通常总是喝得有点过量,一个人说个没完,大量引用别人的成语,还做些恶作剧的暗示,逗得大家大笑,同时又大声说出自己的想法,多次把大家弄得很尴尬。

看来,他不相信他的朋友生了病。有一次,当他们聚在一起时,他高声问道:"大夫,你说说我们的朋友是得的什么病?你用三千种名称掩饰你的无知,难道其中就没有一个名称适用于他的病症吗?至少类似的病例是不存在的。要知道,"他以傲慢的声调继续说,"这样的情形,在埃及和巴比伦的历史上也是没有的。"

大家面面相觑,微微一笑。

"那个国王叫什么名字?"他大声说,然后停了片刻,"如果,你们不愿意帮助我,"他继续说,"我就不得不靠我自己了。"他猛地打开门,用手指着挂在前厅里的那幅大画像,"痛苦地靠在生病的儿子床脚下的那个头戴王冠、留山羊胡子的人叫什么名字？那个闪着庄重调皮的眼光的,同时把毒品和解毒品带来的美人儿叫什么名字？有一个医生就在此刻恍然大悟,平生第一次开了一张有根据的药方,提出一种根治的药物,而这药物既不难吃又有特效,请问这个可怜的医生叫什么名字？"

他继续用原来的语调自鸣得意地说。大家都尽量控制着自己,露出勉强的微笑来掩饰自己的窘态。微微的红晕浮上娜塔丽亚的面颊,泄露了她的心潮起伏。幸而她正在屋里跟雅诺一起踱步。当她来到门边,她敏捷地一转身大步跨出门去,开初在前厅里走了几个来回,然后便走进自己的房间。

所有的人都默不作声。弗里德里希开始跳舞和歌唱:

噢,你们将看到奇迹!

该发生的已经发生,

该说的话已经说过,

天亮之前,

你们该看到奇迹。

苔蕾丝跟在娜塔丽亚身后走了。弗里德里希把医生拉到那幅巨大的油画前,戏谑地颂扬了几句他的医术,就悄悄地走掉了。

直到现在,罗塔里欧一直站在窗户前,一动不动地望着下面的花园。维廉心境极坏。甚至只有他和他的朋友面对面地待在那里,他也是好一阵子都一句话没有说。他粗略地回顾了自己的生活,最终竟吃惊地看到自己落到今天这步田地;他站起身来,高声说:"如果我对眼前发生的一切有罪,如果我对我和你所遭遇的一切有罪,你就惩罚我吧!除了我的一切痛苦外,你把你的友谊从我这里收回吧,你就让我毫无慰藉地走向大世界吧,我早就应该消失在那里了。但是,如果你看到我心中存着一种无情的偶然的复杂情况所造成的牺牲,而我又不能从这复杂的境地自拔,你就会以你的爱和友情祝福我的旅行,这旅行我再也不能往后拖延了。总有一天我会告诉你这些天里我都想了些什么。也许我现在只好接受这惩罚了,因为我不能早一点倾诉我的衷肠,因为我下不了决心向你展示我目下的情况。我一次又一次地反省我自己,但每一次都为时过晚,每一次都徒劳无益。雅诺对我的指责太对了!我多么相信我是牢记这些话的,我多么希望这些话能帮助我走向新生活!这新的生活我有能力争取到吗?这新的生活我有权利得到吗?我们这些人啊,诅咒我们自己有什么用,诅咒自己的命运有什么用!我们的生活是凄惨的,我们是注定要过凄惨的生活。是不是自己的罪过,是较大的影响还是偶然,是德行还是恶习,是明智还是发昏把我推向犯罪,难道不完全是一个样吗?再见吧!我一分钟也不想在这个房子里多待,在这里我违背自己的意志如此严重地践踏了我的做客权利。你弟弟的轻率是不可原谅的,就是这轻率使我的不幸发展到不堪设想的地步,就是这轻率使我完全绝望了。”

“噢,听说,”罗塔里欧抓住他的手说,“你跟我妹妹的结合有这样一个先决条件,就是苔蕾丝同时要跟我成婚,是这样吗?这个高贵的少女为了你想出了一个多么好的补偿。她发誓,这两对男女要在同一天到教堂去举行婚礼。‘从理智出发他选择了我,’她说,‘他的心却是倾慕娜塔丽亚的,我的理智将对他的心给以帮助。’我们说好了要观察娜塔丽亚和你;我们把事情托付给了阿贝,我们答应他决不为这种结合采取任何步骤,而要让一切都顺理成章地自行发展。我们正是这样做的。是自然在发挥自己的作用,而顽皮的弟弟则只是收获成熟的果实。现在我们如此奇妙地会合在一起了,那就请你让我们别去过平庸的生活吧!我们一起干些有意义的事情吧。很难想象一个有教养的人会为自己和别人做什么事,如果他无意于保护别人,促使他们及时去做他们高兴的事,引导他们达到他们认为美好但却不知用什么途径才能达到的目的。就让我们结成一个团体吧!这并不是空想,这种思想是完全可以实现的,好多善良的人都在为实现它而努力,只是不总是很自觉罢了。我的妹妹娜塔丽亚就是这方面的生动的榜样。这位美的心灵的天性所独具的行为方式总是无法做到的。是的,她比许多人更配得上这光荣的称号,我敢说我们尊贵的姨妈本人更配如此称呼。在医生为她的那份手稿拟定标题时,姨妈就具有最美的天性,这在我们那个圈子里大家都是知道的。娜塔丽亚成长起来了,所有的人都为有这样一个人才而感到高兴。”

他还想讲下去,但弗里德里希大喊大叫地跑进屋来。“我将会得到一个什么样的花环啊?你们拿什么来酬谢我?桃金娘,月桂,常春藤,橡树叶,你们会发现这是最新的叶子,你们把它们编织在一起吧!你们必须为我完成这样的功绩。娜塔丽亚是你的!我就是发现这财宝的魔法师。”

“他是说梦话,”维廉说,“我走了。”

“你是受人之托吗?”男爵说,同时拉住维廉。

“我是完全靠自己的意志和力量,”弗里德里希回答,“也靠上帝的恩典,你们可以这么想。过去我是求婚者,现在我又是一名使者;我附门偷听到了她毫无隐瞒地对阿贝所讲的一切。"

"无耻之徒!"罗塔里欧说,"谁让你去偷听了!"

"谁让他们把自己锁在屋里咧!"弗里德里希反驳道,"一切我都听得准确无误。娜塔丽亚非常激动。那天夜里那孩子好像是生病了,他半倚在她怀里,而你忧郁地坐在她面前,你不是跟她一起共同承受着这个可爱的负担吗?她不是发誓说,一旦这孩子死了,她就承认她的爱情,向你伸出许诺的手吗?现在这孩子活着,难道她就改变主意了吗?一个人做出的许诺,在任何条件下都应该信守。现在,神父来了,说不定他会带来什么新消息呢。"

阿贝走进屋来。"我们什么都知道了,"弗里德里希迎上去对他说,"干脆说吧,你到这里来,只是为了履行一下手续吧;别的事,谁也不要你这样的先生来办了。"

"他偷听了。"男爵说。——"太没教养了!"阿贝喊道。

"别拖延了,"弗里德里希说,"究竟举行什么仪式啊?这些仪式是屈指可数的;你们必须去旅行,侯爵的邀请对你们太及时了。只要你们越过阿尔卑斯山,一切都会很顺利。你们会产生各种奇思怪想,人们会感谢你们的,因为你们给他们送去了无须他们花钱便可得到的娱乐。这真好像狂欢节一样,各阶层的人都会参加进来。"

"诚然,有了这样的民间节庆,你们也就为大众做出了极大的贡献,"阿贝指出,"我来了,看来今天我也没有话可说的了。"

"如果我说得不全,"弗里德里希说,"就请你开导我吧。过来,过来!我们谁也忍不住要看上一眼,而且会感到高兴的。"

罗塔里欧跟他朋友拥抱,把他朋友领到妹妹面前;她跟苔蕾丝一起迎上前来。所有的人都默不作声。

"别踌躇不决了!"弗里德里希说,"两天内你们就可做好出行的准备。你觉得怎么样,我的朋友,"他继续说,同时转向维廉,"我们结识的时候,我曾恳求你给我一束美丽的花,谁曾想,你竟从我手中得到这样一朵花?"

"在这最幸福的时刻我不愿去想那个时候的事!"

"人们往往不得不为自己的出身而感到羞愧,你们可不要为此而感到不好意思。时代并不坏,我看到你,我就觉得好笑。我觉得你像基士的儿子扫罗,他外出寻找他父亲的驴,而得到一个王国。"

"我不懂得一个王国的价值,"维廉答道,"我只知道,我已获得幸福,这幸福我并配不上,但在这个世界上,谁拿任何东西换这幸福,我也不愿意。"

"外国文学名著丛书"书目

第 一 辑

书 名	作 者	译 者
伊索寓言	〔古希腊〕伊索	周作人
源氏物语	〔日〕紫式部	丰子恺
堂吉诃德	〔西班牙〕塞万提斯	杨 绛
泰戈尔诗选	〔印度〕泰戈尔	冰 心 石 真
坎特伯雷故事	〔英〕杰弗雷·乔叟	方 重
失乐园	〔英〕约翰·弥尔顿	朱维之
格列佛游记	〔英〕斯威夫特	张 健
傲慢与偏见	〔英〕简·奥斯丁	王科一
雪莱抒情诗选	〔英〕雪莱	查良铮
瓦尔登湖	〔美〕亨利·戴维·梭罗	徐 迟
欧·亨利短篇小说选	〔美〕欧·亨利	王永年
特利斯当与伊瑟	〔法〕贝迪耶	罗新璋
巨人传	〔法〕拉伯雷	鲍文蔚
忏悔录	〔法〕卢梭	范希衡 等
欧也妮·葛朗台 高老头	〔法〕巴尔扎克	傅 雷
雨果诗选	〔法〕雨果	程曾厚
巴黎圣母院	〔法〕雨果	陈敬容
包法利夫人	〔法〕福楼拜	李健吾
叶甫盖尼·奥涅金	〔俄〕普希金	智 量
死魂灵	〔俄〕果戈理	满 涛 许庆道

第 五 辑